非琴俄罗斯文学经典译文集

В прекрасном и бурном мире

在美好和狂暴的世界上（上）

——俄罗斯抒情散文小说选

[苏]安·普拉东诺夫等 著

非 琴 译

河北出版传媒集团

河北教育出版社

图书在版编目（CIP）数据

在美好和狂暴的世界上：俄罗斯抒情散文小说选 / (苏) 安・普拉东诺夫等著；非琴译. -- 石家庄：河北教育出版社，2019.3

（非琴俄罗斯文学经典译文集）

ISBN 978-7-5545-4833-2

Ⅰ. ①在… Ⅱ. ①安… ②非… Ⅲ. ①散文集－俄罗斯－现代②小说集－俄罗斯－现代 Ⅳ. ①I512.15

中国版本图书馆CIP数据核字(2018)第272197号

书　　名　**在美好和狂暴的世界上**
　　　　　——俄罗斯抒情散文小说选
作　　者　安・普拉东诺夫等（苏）
译　　者　非　琴
策　　划　杨　才　蒋海燕
责任编辑　刘书芳
封面设计　于　越
版式设计　郝　旭
出版发行　河北出版传媒集团
　　　　　河北教育出版社　http://www.hbep.com
　　　　　（石家庄市联盟路705号，050061）
印　　制　河北新华第一印刷有限责任公司
开　　本　850mm×1168mm　1/32
印　　张　19.125
字　　数　474千字
版　　次　2019年3月第1版
印　　次　2019年3月第1次印刷
书　　号　ISBN 978-7-5545-4833-2
定　　价　99.00元（全二册）

浅谈散文想到两位大师

李庆云

散文不是单纯的写景，为写景而写景的散文没有灵魂，就像一张呆板的风景照片，没有立体感，因为它是静态的，不会让人产生动感的联想和领会文中所蕴育的内涵。真正的散文形式应是多种多样的、丰富多姿的，包括人们对人生、对世间的一切的所思、所想、所感、所悟，用清新的文笔简洁地将它们表达出来。即使写景，也应同时写情，情景融合在一起，景是为了说明情。这样的散文是有动感的，因为它能使读者和作者产生交流或共鸣，或使读者一起有所思、有所悟，哪怕是见仁见智，也是有活力的。

散文不都是赏心悦目和心畅神怡的文字描写。散文和听音乐一样，在美的感受中，有欢愉也有惆怅，有激情也有哀伤，就像读帕乌斯托夫斯基的《夜行的驿车》和《电报》时会隐隐领略到肖邦钢琴曲中那淡淡的哀愁，读普拉东诺夫的散文作品中有贝多芬的“命运”和“田园”，读卡扎科夫的《夜》里有《月光奏鸣曲》第一乐章的意境……当然这只是我的一孔之见，个人的感觉不能强加于人。总的来说，散文的内涵是丰富的，它不仅是美文，也是思想感情的综合文体，能对读者有一定的感染力。

散文不一定要有故事情节，但抒情散文小说则一定要有故事情节的。但这类小说一般不以情节取胜，只是作者用散文的笔调写出主人公的一个简单的故事，却能吸引读者在作者抒情的叙述中有要往下读完的欲望，这样的抒情散文小说才是成功之作。

如上所述，散文不一定要有情节，就像散文大师普里什文的散文，大多是随笔，没有或少有情节，但如果把这些随笔中的一段或几段加以发挥，那会成为整整一部书。这就是他被誉为世界级散文大师之所在。

单纯的散文多是写大自然的。然而，假如把大自然和人结合在一起，或者像普里什文那样，把大自然人格化，使之与人息息相关，那么普里什文的散文不仅是诗，也是科学，更是社会科学，以致他的作品深受社会学家和环保人士的关注。如在他的随笔中的《树枝》《光》《争取光的斗争》等作品中，作家深刻地表达了他对和谐社会的伟大理想，即社会对每个成员的责任问题。谈到"爱"时，作者认为，不仅要有狭义的爱，更要有广义的爱，爱人类，爱和谐社会，爱大自然，爱人类与大自然的和谐，爱一切生命……人类不能只向大自然索取，以致破坏大自然的规律。谈到"善和美"时，作者认为"善本身不会显示自己，并使我们相信，除非美的光辉照耀着它，使美成为善的太阳"。

在我反复多次读非琴译的《太阳的宝库》后，才体会到在这部约三万字的作品中，普里什文把自然界写得像人类社会一样的生动。大自然中不是一切都美和善。为了生存，大自然中有和谐，有竞争，有合乎自然规律的斗争与残酷。在这儿，鸟儿的啼声不都是婉转歌唱，而是鸟的各种语言，是鸟用来表达思想感情的语言，有时甚至像人类的手势或肢体语言，用来和不同鸣声的鸟类交流或互动。

在这儿，植物也有语言，也有互助和对抗（这使我联想到西双版纳原始森林中的许多奇特的植物现象，令人不可思议）。在《太阳的宝库》里，甚至风、云彩、土地、沼泽……都有生命和语言。在这部作品中，虽然主人公只是姐弟两个孤儿，他们的父母在卫国战争中牺牲了，小小年纪的他俩，却犹如自然界中的一切生命一样，自强自立地生活着。

关于帕乌斯托夫斯基，普里什文用特殊的语言赞美他："假如我不是普里什文，我希望像帕乌斯托夫斯基那样写作。"那么这两位散文大师不同之处何在呢？他们二位都知识渊博，对大自然的观察都那么敏锐和细致，他们的散文都诗意，文笔都优美。然而，二者的写作风格却不同：帕乌斯托夫斯基的作品里没有像普里什文那么多得富于人生哲理，而是用他那诗一般朴素的语言轻轻地拨动人的心弦，读后好像有点儿什么在读者心中萦绕不去，心情久久不能平静下来，就如常言所说的"余音袅袅"那种感觉，这就是帕乌斯托夫斯基作为散文大师魅力之所在。

帕乌斯托夫斯基的散文大多有情节，是小说，但不以情节取胜。他的主人公们没有高大的英雄形象，他们都是一些普通人，却能使读者从中看到生活的闪光，并能用这些善良、淳朴的人们内心深处迸发出来的火花点燃千千万万人的心。即使他的谈文学创作的《金玫瑰》（本书中译为《金蔷薇》），也是以平凡人的生活故事为情节，用他那独特的散文诗般的语言谈文学艺术的创作，没有教条式的枯燥，却能使读者更深层次地去思考创作问题。

帕乌斯托夫斯基小说情节的特点是，没有多少矛盾冲突和跌宕起伏及伏笔的悬念，只是用他那浪漫主义的清新秀美的文笔写出主人公的一个故事或一段经历。即使写爱情，也不庸俗，相反，读后会使人高尚起来，因为他的主人公们都是心地善良、诚恳待人的人。就是写战争、贫困、牺牲、悲苦、惆怅……他也是从美好未来世界的角度去写。他的小说里没有媚俗和迎合，没有应时的歌功颂德，没有对人类感情的污染，反而能净化人们的心灵。这就是为什么他被认为是一位善于征服读者的心的作家。他的作品是从生活的洪流中抓住"美的瞬间"的诗，他的短篇小说《时光飞逝》就是一个例子。正如俄罗斯作家斯莫利奇说的："我从未遇到一个读者，说他不喜欢帕乌斯托夫斯基的作品。"

他的作品不仅能使读者得到美学上的享受以及情操的陶冶，同时也能扩大读者的知识面，因为他能把诗意和统计数字、历史结合起来，也可以把科学变成诗，他写过很多科学题材、历史题材和传记题材的长篇及许许多多的短篇小说，都是以他那独特的风格和浪漫主义的优美文笔写成的。即使写他的自传体长篇纪实小说《一生的故事》（河北教育出版社，2001 年版），虽然这是一部百万余字的巨著，作者仍用他的特立独行的流派——抒情浪漫主义去写，因为作者认为，浪漫主义能净化人的心灵，浪漫主义不容许一个人变得虚伪、无知、怯懦和残酷。在《一生的故事》的"前言"里，作者甚至特别强调说："对所有的著作，特别是传记性的作品，有一条神圣的规则——只有在作者能讲真话时才应写。"所以他的这部代表作具有历史的真实性，是一部一切服从事实的真实自传，对于了解当时的社会，尤其是文艺界的状况有着重大的认识价值。这就是为什么他给青年作家的赠语是："权贵不可惧，百姓不可欺。"因为这样，才能体现出“作品就是良心”这一道德规范。

以上两位杰出作家的作品从来没有时髦过，但也从未过时，这说明他们作品的生命是长存的。

由于不少读者对帕乌斯托夫斯基作品的喜爱，网上有留言说：“非琴先生译笔极美，帕氏有一种独特的无主语被动句式，非琴译得传神。”“非琴译的帕乌斯托夫斯基的作品美极了，里面译的一些诗歌，我看了比别人译的整篇诗文还要有感觉。”“非琴能完成帕氏气质的完美传达。”“现在市面上已买不到非琴译的帕氏译书了。”……

为了感谢这些读者对非琴译帕翁作品的喜爱，我特在此书中多选了一些帕乌斯托夫斯基的作品译文。

目　录

上册

下册

黄　昏

加林－米哈依洛夫斯基

黄昏。寒气日益凛冽，结了一层冰的窗子上闪着淡蓝色的火花。

不想伸手去按电铃，只有壁炉里的火照亮了这间斗室。

我坐在安乐椅里，坐在壁炉前面，凝望着流窜奔驰的火苗。

思想也如同这些火苗一样，你追我赶，在脑子里飞驰。永远无法了解，为什么会突然回想起遥远的、已被忘却的往事，重又忍着剧烈的痛楚，体验过去的一切。

宛如透过业已消散的雾幕，我又看见了那双凝望着我的黑眼睛，那张镶嵌在柔软如丝的头发中间的脸，头发是古铜色的，全世界的人们都对这种发色给予那么高的评价。和从前一样，我又被热烈的愿望控制了，真想把嘴唇贴在这些头发上……哪怕是一次也好……一次……一次也不能了……永远也不能了……

我这就告诉你们。现在我已经能够叙述了。

现在，当已经过了这么多岁月——当整个一生都已逝去，当生活的经验犹如燃烧着的烛火，照亮往昔的无知的时候。

是啊，如今，掌握了这些生活经验，我可以尽情反复回味自己过去生活中的错误了。

是这样的……

我是一个贫寒、年轻、初出茅庐的雕塑工作者，一个老成持重的青年，一心只想着自己的艺术。

我是那么老成，人家竟把和我同室居住的一位医生托付给我了。他也很年轻，岁数并不比我大。这位医生的亲属请求我，在他对一位小姐的恋爱问题上，要给他以明智的影响，就是为了这位小姐，他方迁居到莫斯科来的。我尽可能诚恳地影响他，说一些让他扫兴的话，因为情况就是如此：医生的恋爱反正是不会有什么结果的。

现在转变话题，谈谈我和她初次邂逅的情况吧。

我在熟人的一次晚会上和她初次相遇。

我一进去，就在里边的门里看见了她，看见了她那娇小的头。于是一切都完了，简直跟有什么东西在我心里扎了一下似的，仿佛落上了一颗火星，我立刻如同失魂落魄一般。

我忘记了一切——我在哪儿，屋里还有什么人？是亮呢，还是暗？——我看到的、听到的和感觉到的，只有她一个人。我这一生当中从来没有过这样的事，无论是以前，还是以后。人家把我介绍给她，我不顾任何礼节，整整一晚上和她寸步不离。我们一直在谈着什么——我甚至永远也记不起来，谈的是什么。当晚会结束，人们都散了的时候，我对她说：“明天我们一定要见面。”

她高声大笑起来，说："明天恰巧是我们家的会客日[①]。"

我回答："好的，我去。"

我甚至还没有结识她的亲属们。

我回到家里，躺下来安睡。可是连一分钟也没能睡着。这在我也是头一回。

医生平常总是比我醒得早，他吃了一惊："你已经醒了吗？"

"我根本没有睡。"

"为什么呢？"

"你是医生，又是个聪明人——你自己说说看吧，这是为了什么。"

他走到我身边，把手搭在我的头上，看了看舌苔，听了听脉搏，说："昨天晚上你在哪儿？"

我回答了。

"在那儿认识了一位古铜色头发的美人儿？"

我点点头。

"于是你爱上她了？"

"可是我从来也没想到过，恋爱，这就意味着成为另一个人，这就意味着生病，肉体上受苦，成为一个毫无用处的废物。我不知道我是怎么了——好像是喘不过气来——我想呼吸，可是不能；一想到我再不会见到她了，也就等于意识到，以后我还是要这样喘不过气来，我准会窒息，准会憋死。你认识她吗？"

"我给她叔父家里诊病，最近她刚到他家里去做客。今天一早我正要

---

① 从前，上流社会里每星期有一个专门接待客人的"会客日"。（原注）

到他们那儿去。”

“你听我说。今天他们那儿有个晚会，我要到他们家去，你去请求她的叔父允许我去，要是他不允许的话，就反正还是要去的。我求你给办一件事：你到他们那儿了解一下，我给她留下了什么印象。”

“我的朋友，我应当告诉你一点：如果说我的爱情是疯狂的话，那么你的，就更加是一千倍的疯狂和荒唐！你是个穷小子，刚刚踏上还不牢靠的谋生之路，可她，却是百万富翁的女儿。”

我回答：“这反正一样。不过，请你穿上衣服，这就去吧，请快点儿回来，不然的话，我等不及，准会一命呜呼的。”

他说：“也许，不至于死吧？”

“不，你别开玩笑，我根本弄不明白，我是怎么了。我准是掉了魂。你去吧，把我的魂给找回来。快点儿去找着它，因为我不能长期处于失魂落魄的状态。”

我不知道，他不在的那段时间，我是怎样度过的。等到他回来的时候，我冲上去问：“喂，她怎么样？”

“她毫不放在心上。”

“不可能！为什么她整整一晚上都跟我坐在一起，跟我谈心，不把我赶开呢？”

她叔父给我送来了请帖。

“我也要去。”医生说。

“你留心看看，自己进行判断吧。”我说。

九点钟，我们到了他们那儿，直到最后，才和最迟离开的几个人一同离开。

我们又是在一起坐了整整一晚。等到就要分手的时候，我觉得，不能再像这样继续下去了。要么我必须死，要么就得做出什么决定来。不过整整一个礼拜不见面，却是不行的。

我仍然不记得我们谈了些什么，可是最后的话是记得的。我对她说："明天我必须和您见面。"

她高声大笑起来，说："必须吗？"

"一定。"

"嗯，那么，明天请到我们家来吧。"

"不，不是到府上来。在这儿，我什么也不能跟您谈。请您约我在街上会面吧。"

"在街上？"

她又高声大笑起来。她自己发窘了，想了一会儿，说："明天十二点钟我到姑妈家去吃饭。请您在街上等着我。"

十二点整，她从家里出来了，我在拐角上等着她，于是我们并肩朝前走去。

天气异常寒冷。

我向她提议，顺便到商场里去一下，我去送一封信。我们进了商场，登上四楼，来到了邮局。我寄了信，我们走出来，随即坐到一张长凳子上。

我们坐在那儿谈心，直到商场里电灯亮了，这才恍然醒悟。四个半钟头一转眼的工夫就过去了，既不觉得冷，也不觉得饿。

她大吃一惊，高声惊呼："该回家了！"

于是我们走了。

“您想要跟我说什么吗？”

于是我迫使自己把一切都告诉了她：我怎么突然爱上了她，爱得发狂的一切。

我问她：她是不是也爱我呢？

她说，这一切是这么奇怪，太奇怪了，她完全无法理解，弄不明白，怎么能一下子就产生爱情的。她说，她相信我爱她，可是她不知道，她似乎觉得，她不能爱我——她不会爱任何人。她不知道，我是否能存什么希望。

你们懂吗？我觉得，那时候她已经在爱我了，不过不愿意说出来……

唉，要是她说了的话……

不是吗，那样就会有另一种生活了。

头一天，医生曾经问我：“要是她拒绝你呢？”

“我准死无疑。”我回答。

我已经死了，要么就是睡着了，从此一睡不醒。开始了这样的生活，一切如在梦中：你活着，你在行动，但不是按照自己的意志，而是一切听任梦的摆布，一切都由梦来指引。

当我们走近她家的时候，我说：“好吧，以后我再也不谈这个了，如果情况发生变化，请您自己告诉我吧。”

于是我就开始了这样的生活。每天我都和她见面。我一醒来，就对自己说：“今天也得见她。”

于是我见到了她。在街上，在剧院里，在她家里。她在哪儿，我总是也来到哪儿。大概，我知道，在哪儿，在什么时候能够碰到她。有一次我突然想到商店里去。一进商店，我就看见了她。而我并不需要在那家商店里买任何东西。我们俩对此都不觉得惊讶——应当如此。我们放声大笑，高兴地互相握手。

她叔父家里的人都喜欢我了，我成了她们家的“自己人”。吃饭的时候，我总是坐在她的身边，旁人都开玩笑，管我们叫未婚夫妇。

这样过了两个月。

“喂，你们的事情怎么样了？”医生问我。

“我不知道。”我回答，“她应当告诉我，我们这样谈妥了。她不说，我在等着。”

医生给我出了这么一个主意。

假装生病，两个星期不上她那儿去。那么至少可以弄清她的感情。

我决定照办。我有两个星期没去她们家。可是仍然每天都看到了她。我藏在她家大门旁边，等她出来，就远远地跟着她。在照例的一次晚会上，医生独自一个人去了。我等着他回来。

“喂，她怎么样啊？”

“问你了。我说，你病了。”

终于等到下一次晚会，我去了。

她对我十分冷淡，几乎没有和我说话。

吃晚饭的时候，我们已经不再坐在一起了。

我本想永远不去她那儿了，然而想了想，仍然继续和她会面。

她很冷淡，我也不硬要和她接近。这样又过了一个月。

有一回，她对医生说了一句话，医生把这句话告诉了我：“我喜欢您的朋友。”

“但愿她对我这么说，那么我们就要结婚了。”

她当真开始对我亲切一些了，我们又不知不觉地亲近起来。这时我已经开始觉出她是喜欢我了，可是我在等着她的第一句话。

我需要到华沙去买材料。

我到她那里去，告诉她我要走了。

“就在这几天，我也要回家去。”

她住在柯夫诺。

临别时，她说：“您愿意跟我一道走吗？”

“愿意。”

我们在一起乘了一昼夜火车。在我要下车的那个车站上，她说：“在您的火车到来之前，您还可以送我三站路。”

我买了票，我们又乘车走了。我觉得，我知道，她是有什么话要跟我说。我等着。我还是那样，也许是更加深深地爱恋着她。我知道，当时只要我开个头，我们准会很快就能谈妥的，然而……舌头就像上了锁。我什么也说不出来……也许，这是骄傲吧，为了过去受屈辱的自尊心……我不知道。

就这样，我们乘了三站路。我下了车。开车以前，我们还在月台上溜达了一会儿。

正是春天，我给她买了一束紫丁香花。

列车已经开动了，她站在窗口……什么也没有说。

突然，她高声招呼：“您听我说，回来的时候，请到我们家来！”

我也高声回答：“一定来！”

过了两个星期，我来到了柯夫诺她们家里。我在那儿盘桓了数日。

这是一些那么愉快、美好的日子。他们像接待亲人似的接待我。虽说是什么也没有说，可是似乎无须语言，一切就都已经决定了。

是那样一个妙不可言的七月。玫瑰、丁香和茉莉盛开，经过漫长的严冬，落日显得那么美丽，空气是那么温和、芬芳。一切都是生气勃勃，一切都因为感到生的喜悦而战栗——每一棵小草，每一朵天上的云，一切，一切都是那么宁静、幸福。晚上是那样神秘，那样令人快慰。我们走进花园，坐在长凳子上，促膝谈心，似乎，我们周围的树木都在向前移动，在倾听，由于感到过分幸福，也在轻轻地叹息。我们头上，天是那么蓝，闪闪发光，布满繁星。时而有流星陨落，犹如一把银刀，划破蔚蓝的天空。

那时候是那么美。永远，永远也不会有那样美好的日子了，无论是过去，还是将来。

这几天就这样过去了。可是对我们最重要的那件事，我们仍然是什么也没有说。

有好几次——不是好几次，而是，似乎是几千次——眼看我们这就要说了。可是仍然默默不语。

好像已经成了习惯，我们已经不能战胜自己、唤醒自己了。我们似乎被一个魔法师催眠了。缺乏强烈的感情吗？然而我们的爱情还从来没像那时那样强烈，我们一生当中其余的日子，无论是她的，还是我的，都可以为此作证。

我需要到维尔诺去。

又是拖延到最后一瞬间，当她和我告别的时候，她突然说："回来的时候，请再来。"

死神又离开了我，我又是一个幸福的人了。一切都决定了，我无法改变这一点。回来的时候，我一定要向她说明。

我又幸福，又高兴，过了几天，我已经又在可爱的门边，在揿门铃。

过了好久，没有给我开门。在客厅里又让我等了好久。后来，她母亲出来了，显得很冷淡，像一个陌生人。又等了许久，她还没有出来，最后，她终于出来了。我什么都不明白：她也成了陌生人，枯燥、冷淡，谈话一点儿也不投机。她母亲问我："您什么时候继续登程啊？"

我说，下一趟车就走，于是起身告辞。我不知道，我是怎么出来的。早先她答应过，送给我一张照片。我离开的这几天里，她应该已经照好了。

照片是照好了，她把它拿给我看了看，不过我要求送给我的时候，她母亲却从我手里把照片接过去，说："这是样片，不能送人的。"

我什么也不明白。脑子里只有一个念头：赶快到车站去，纵身跳到火车底下。就在这时候，我正要出去，一个女仆塞给我一张便条。

上面写着："您去吧，不要困惑不安，请耐心等待着。照片我给寄去。"

我回到了莫斯科，不久就收到了她一封简短、枯燥的来信，请求我去看望她在莫斯科的兄弟，并且写信告诉她。为了防备可能会有令人担心的消息，以免惊吓她的母亲，她要求我按另一个地址给她写信。我立刻就去看望她的兄弟，并且当天就写了回信。

按照日期计算，她接到我的信以后，也是当天就写了回信。就这样，我们互相通起信来。不错，我们在信上都是互相称呼："敬爱的……"不过我们什么都谈，写得很多，只是从来也没有涉及让我们感到痛苦的那个问题。她履行了诺言，寄来了她的照片。那时候我已经有了自己的工作室了。

我试图为她塑一尊头像。医生看了非常高兴，他硬要叫我雕一尊大理石的头像，拿到展览会去展出。结果头像被公认为成功之作，我立刻获得了显赫的声誉。

我把这尊头像寄给她，收到一封热情洋溢的回信。她第二次用这样的话来称呼我："我亲爱的……"这封信里含有多少柔情、欢悦和狂喜啊。

"现在您就是一切：您是一位伯爵、公爵，您是一位富翁，您是上帝的宠儿，是那些最卓越的人物中最最卓越的人。我感到如此幸福，为您，也为我自己……"

似乎，什么都已经说出来了。然而……

我也回了她一封同样热情的信。我们就这样继续通信。这时我收到了她的一封信，信上说，她这一生中决定性的关头到了。她的母亲改嫁了，就要到俄罗斯东方某处去。

"我请求您给我忠告：我是该跟母亲走呢，还是留在这儿，留在姑母家里？"

似乎，这是很明显的。然而当时我却仅仅从那一个观点去考虑问题：她和谁在一起比较合适——她爱母亲，可是不爱姑母。于是我回信说，当然，我劝她和母亲一起去。我接到了一封简短、枯燥的回信，开头的称呼是："敬爱的……"

"我执行您的忠告，明天就走。请不要再写信来。祝您一切顺利。"

我甚至不知道，她是到哪里去了。那时候她的亲属们一个也不在莫斯科，因此我无法从他们那里打听消息。

我已经开始懂得了她的问题的真正含意，明白了自己的错误。我决定，只要一得知她的住址，立刻就到她那里去，和她结婚。

然而，当秋天她的亲属来到莫斯科的时候，我听说，她已经嫁给了某工程师。

过了五年，我没有听到过她的任何消息，也没有到她的亲属们家里去过。

又是春天了。我打算到别处去消夏，这时候我收到了我表姐发来的一封本市电报：“我从克里米亚来，我很多事要告诉你。我只有今天留在莫斯科。”

我到她那儿去了，这就是她告诉我的：

纽霞——这是她的女主人的名字——在克里米亚死在了她的怀里。她只爱我一个人，她把我的回答当作对她的拒绝，觉得受了屈辱，由于悲伤而出嫁了。我到维尔诺去的那短短几天，她对母亲坦白了她对我的爱情，不过当时母亲认为我配不上她。我的头像却也征服了她母亲的心。

我从表姐那儿出来，在路上走着，觉得那么孤独，那么孤单，好像全世界上就只剩下了我独自一人。

正像五年前一样，又是花香扑鼻、空气温和的时光，只是她却没有了，永远也不会再有了。

然而她是可能活着的。如果五年以前我们终于谈妥了的话，她就会活着了。我也会活着了。我将要活得多么充实！如果说仅仅由于一点儿幻想，我就创造了一尊头像，使我立刻获得了声誉，那么，如果我们终于能使自己从束缚我们的迷梦中醒来的话，我会创造出什么来呢？

尼·加林（1842—1904），原名尼古拉·格奥尔基耶维奇·加林－米哈依洛夫斯基，俄国著名作家。他毕业于彼得堡交通学院，在西伯利亚铁路建设工程中担任过工程师，游历过很多地方，根据旅途见闻写成随笔《环球旅行》(1902)、《在朝鲜满洲里和远东半岛的旅行》(1899)。在朝鲜，他曾搜集了一些民间故事。他的思想接近马克思主义，却没有积极参加马克思主义的活动，只是在马克思主义的报纸《萨马拉信使报》和《生活信使报》上发表过一些文章和小说。

他的主要作品有《焦马的童年》(1892)、《中学生》(1893)、《大学生》(1895)以及《工程师》(1908)，后者是在他去世后才发表的。在这些作品中，他写出了19世纪末俄国知识分子的心理状态，栩栩如生地描写出1905—1907年期间革命前夕的气氛。

高尔基在一篇回忆他的文章中认为，他的作品不善华丽辞藻，毫不矫揉造作，感情真挚，语言朴素无华。在这篇《黄昏》中，就可以看出这些特点。他不做任何的铺陈，几乎是用白描的手法，简练地勾画出整个故事的情节轮廓，没有一句多余的话，然而却十分动人，文笔也清新秀雅。

太阳的宝库

童话——事实

米·普里什文

1

彼列斯拉夫尔——扎烈斯基市地区，靠近布鲁多沃沼地的一个村庄里，有两个孩子成了孤儿。他们的母亲死于疾病，父亲是在卫国战争中牺牲的。

我们住在这个村子里，和这两个孩子只隔着一幢房子。当然啦，我们也和旁的邻居们一道尽可能设法帮助他们。他们非常可爱。娜斯嘉活像一只长腿的小金母鸡。她的头发颜色既不太深，也不太淡，而是金光闪闪。满脸上生着大颗大颗的雀斑，好似一些小小的金币，又多，又密，四面八方，爬得满脸都是。只有小鼻子干干净净，向上翘着。

米特拉沙比姐姐小两岁。他总共才不过十岁挂零儿。他个儿不高，不过长得挺结实，大脑门儿，后脑勺儿也很阔，是一个执拗而刚强的小男孩儿。

“麻布袋里的小庄稼汉。”学校里的老师们私下里都微笑着这么称呼他。

“麻布袋里的小庄稼汉”和娜斯嘉一样，也是满脸金色的雀斑，他的小鼻子也是干干净净，像他姐姐一样，也朝上翘着。

父母去世以后，他们那农民的全部家业就都归孩子们所有了：一间有五面墙壁的小木屋，一头叫卓尔卡的母牛，一头叫多契卡的小牛犊，一只叫杰烈莎的山羊，几头没有名字的绵羊，几只母鸡，一只叫别佳的金毛公鸡，还有一头叫赫连的小猪。

不过和这些财富一起落到可怜的孩子们头上的，还有一大堆要为这些生物操心的事。但在卫国战争那些艰苦的岁月里，我们的孩子们所对付的难道是这样的灾难吗！起初，正如我们已经说过的，他们的远房亲戚和我们大家这些邻居们，都去给孩子们帮忙。可是聪明、友好的孩子们很快就自己学会了一切，已经过得挺不错了。

这是两个多么聪明的孩子啊！只要可能，他们总尽量参加集体的工作。集体农庄的田野里、草地上、牲口棚里、会场上、反坦克壕里，到处都能看到他们的小鼻子：他们的鼻子是那么惹人注意。

在这个村里我们虽说是外来人，却清清楚楚了解每个家庭的生活情况。现在我们可以说：没有哪一家像我们宠爱的这两个孩子那样齐心协力地干活儿，日子过得那么和睦。

和她过世的母亲一样，娜斯嘉也是早在日出以前、天未破晓的时候，牧人的号角一响，就起来了。她手拿一根长竿，把心爱的畜群赶出去，然后匆匆返回小屋。她已经不再去躺下睡觉了；她生炉子，削土豆，做午饭，就这样操持家务，直到深夜。

米特拉沙跟父亲学会了做木制器皿：小木桶，带把的木盆，洗衣盆。他有一把刨子、一个足有他两倍多长的箍桶工具，他就用这些工具把小木板一块一块地配搭起来，排列整齐，再用铁箍或木箍箍上。

两个孩子有一头母牛，本来没有必要再到市场上去卖木制品了，不过好心的人们都来订货，有人要个洗脸盆，有人需要一个小木桶，用来接房檐上的滴水，有人要个腌黄瓜和蘑菇的小桶，要么甚至会要一个普通的容器，边上要做成锯齿形的，用来在家里种花儿。

他做好这些东西，以后人们也会好好地酬谢他。不过除了箍桶，一切该由男人做的活儿和公共事务，也都是由他承担。他参加一切集会，竭力想弄懂集体该办些什么事情，大概有些事情他也的确是弄懂了。

娜斯嘉比弟弟大两岁，这可太好了，不然的话他准会高傲自大起来，他们的友谊之中也就不会有现在这样极好的平衡了。就是现在，米特拉沙有时记起父亲是怎样教导他母亲的，也会忽然产生这样的念头，想要学父亲的样，也来教导自己的姐姐娜斯嘉。不过小姐姐很少听话，她只是站着微笑……于是“麻布袋里的小庄稼汉”发起火来，神气活现，总是傲慢地说：“得了吧！”

“你神气什么？”姐姐反问。

“得了吧！”兄弟气呼呼地说，“是你，娜斯嘉，是你神气活现。”

“不，是你！”

“得了吧！”

这样把执拗的弟弟折磨一阵子以后，娜斯嘉用手轻轻抚摸他的后脑勺儿。姐姐的小手刚一接触到弟弟那宽阔的后脑勺儿，父亲的那种挑衅的心情立刻就从这位一家之主的身上溜走了。

“咱们来一道锄草吧。”姐姐说。

于是弟弟也动手给黄瓜锄起草来，要么就去翻甜菜地，或者给土豆锄草。

2

味酸而非常有益于健康的浆果酸果蔓，夏天生长在沼泽地里，人们都是在深秋季节采集它。不过并不是所有的人都知道，最好最好的甜酸果蔓，就像我们这儿的人所说的，是埋在雪底下过了一冬的浆果。

这年春天，茂密的丛林里，直到四月底雪还不化，不过沼泽地里总是暖和得多：这时候那儿的雪已经无影无踪了。从人们那儿打听到这个情况以后，米特拉沙和娜斯嘉就准备去采酸果蔓了。天还不亮，娜斯嘉就给所有的牲畜都添好了饲料。米特拉沙拿上父亲的那支双筒猎枪——“土耳卡”，还有引诱松鸡的碎麦米，也没忘了带上指南针。从前他父亲到森林里去的时候，从来忘不下这个指南针。米特拉沙不止一次问父亲：“你这一辈子都在森林里转来转去，对森林了如指掌。你还要这个指针干吗？”

“你要知道，德米特里·巴甫洛维奇[①]，”父亲回答说，“在森林里，这个指针对你可比母亲还要亲哩：有时候，乌云遮住天空，在森林里你不能根据太阳来定方向了，要是随便乱走，就会走错，就会迷路，就会挨饿。这时候你只要看一眼指针，它就会给你指出，你的家在哪里，按照指

① 米特拉沙是德米特里的爱称，巴甫洛维奇是他的父名。

针指示的方向一直走回家去，到家就会让你饱餐一顿了。这个指针对你比朋友还要忠实：有时你的朋友会背叛你，指针却永远不变，不管你怎么转动它，它总是指着北方。”

米特拉沙对这奇妙的东西仔细瞧了一会儿，就把指南针关上了，免得让指针白白地颤抖。他像父亲那样，在脚上仔细裹上包脚布，塞到靴筒里，戴了一顶旧便帽，硬帽檐已经旧得分成了上下两半儿：上边一片翘得老高，根本遮不住太阳，下边的一片却几乎耷拉到他的小鼻子上。米特拉沙穿上一件父亲的旧短上衣，更确切些说，是穿了一条把几块从前曾经很不错的家织布料拼接在一起的领子。小男孩儿用一条宽腰带把这些布料扎在自己的肚子上，父亲的短上衣穿在他身上，简直像件大衣，一直拖到了地上。这个猎人的儿子还在腰带上插了一把斧子，装指南针的背包挎在右肩上，双筒猎枪“土耳卡”挎在左肩上，这样一来，他这副模样儿对一切鸟兽真是可怕极了。

娜斯嘉也着手准备，拿块毛巾把一个大篮子挎在肩上。

“你要毛巾干吗？”米特拉沙问。

“怎么？”娜斯嘉回答，“难道你不记得妈妈是怎么去采蘑菇的吗？”

“采蘑菇！你懂得的可真多：蘑菇多得很，肩膀勒得痛。”

“说不定我们的酸果蔓会更多。”

米特拉沙刚想说他那句“得了吧！”忽然记起了父亲说的关于酸果蔓的话，那还是在征召他去参加作战的时候。

“你记得吗，”米特拉沙对姐姐说，“关于酸果蔓，父亲是怎么跟我们说的，他说，森林里有块宝地[①]。”

“记得，”娜斯嘉回答，“关于酸果蔓，他说，他知道一个好地方，那儿遍地撒满了酸果蔓，不过我不知道他说过什么宝地。我还记得，他说过有个可怕的地方，叫瞎洞[②]。”

“对，就是在那儿，就在那洞附近有一块宝地。”米特拉沙说，“父亲说：你们往高土岗[③]那边走，然后向北，越过响松岗[④]，一直往北，就会迎面看见那块宝地，那儿遍地鲜红，跟血一样，清一色的酸果蔓，没有旁的。这块宝地还没有人到过哩！”

米特拉沙说这些话的时候，已经是在门口了。在说话的时候，娜斯嘉想起：昨儿个还剩了整整一小铁锅煮土豆，动都没有动过。她忘记了宝地，悄悄地一扭身钻到锅台那儿，把一小铁锅土豆都倒进了篮子里。

“说不定我们还会迷路哩，”她想，“面包我们拿得足够了，还有一瓶牛奶，土豆兴许也用得到的。”

这时候弟弟还以为姐姐一直在他背后，还在给她讲那块宝地，他说：“不错，到那儿去的路上有个瞎洞，有很多人啊，牛啊，马啊，都在那儿送了命。”

“喂，这块宝地到底是什么样啊？”娜斯嘉问。

“这么说，你什么也没有听见吗？”他这才明白。

于是，已经在路上走着的时候，他又把从父亲那儿听来的关于那块谁

---

① 宝地，原文是 nanecmuhka。作者注：森林里非常美好、极其可爱的地方，民间称之为 naccecmumka。

② 瞎洞，原文是 еланрь。作者注：指沼泽地里泥泞不堪的地方，就像冰上的冰窟窿一样。

③ 都是布鲁多沃沼地里的地名，见下文。

④ 都是布鲁多沃沼地里的地名，见下文。

也不知道的、长着酸果蔓的宝地的一切，耐心地对她重新说了一遍。

3

我们自己也曾不止一次在布鲁多沃沼地[①]迷过路。这片沼泽地一开始是一片由柳树、赫杨和旁的灌木丛构成的无法通行的丛林，一般大沼泽地几乎都是这样的。第一个人通过这片沼泽地边上的丛林时，是手持斧头，披荆斩棘，为旁人砍出一条通道来，经人的脚踩过以后，土墩陷落下去，小路变成了里面淌着水的小沟。孩子们没有费多大力气，就在黎明前的黑暗中穿过了沼泽地边缘上的丛林。当灌木丛不再遮住前面的景物时，在清晨的第一道光线里，沼泽地就如同大海一般呈现在他们面前了。其实，它，这个布鲁多沃沼地本来就是古代大海的海底。而且，就像在那里，在真正的大海里有岛屿，沙漠里有绿洲一样，沼泽地里也有一些小丘。在我们这个布鲁多沃沼地里，这些小丘是砂质的，上面覆盖着高高的松林，叫作“松林岗”。孩子们在沼泽地里没走多远，就登上了第一座松林岗，大家都知道，它叫“高土岗”。从这儿没长树木的、高高的小丘顶上望过去，在曙光乍露、灰蒙蒙的雾霭里，响松岗隐约可见。

还不到响松岗，几乎就在小路旁边，已经零零落落地出现了个别血红色的浆果。采酸果蔓的孩子首先把这些浆果放进嘴里。谁要是一生中从未尝过秋天的酸果蔓，马上就吃春天里的，准会给酸得喘不过气来。但这两

① 布鲁多沃沼地，意译为“迷路沼地”。

个乡村里的孤儿十分清楚秋天的酸果蔓是什么滋味，因此这会儿吃了春天里的酸果蔓，就赞不绝口地说：“多么甜哟！”

声音都从潮湿、荒凉的沼泽地里汇集到这儿来了。干谷里覆盖着松林的松林岗松涛澎湃，对一切都发出回响。

但可怜的小鸟和小兽们多么苦恼哇，它们竭力想要发出一个对大家来说是共同的声音，说出同一句美好的话来！就连孩子们，像娜斯嘉和米特拉沙这样普通的孩子，也理解它们新做的努力。它们大家都希望说出一个、仅仅是一个美好的词来。

可以看出，小鸟儿在枝头歌唱的时候，由于用力，身上的每一根羽毛都在颤抖。但它们毕竟不能像我们这样说话，因此它们只好放声歌唱，高声叫喊，发出突突的叩击声。

“台克——台克！”隐约可以听到大雷鸟在阴暗的树林里发出叩击似的鸣声。

“什瓦尔克——什瓦尔克！”野公鸭掠过小河上空。

“克里亚克——克里亚克！”野鸭浮在湖上叫。

“咕——咕——咕……”美丽的小灰雀在桦树上唱道。

田鹬，一种不大的灰色小鸟，长着像压扁的发针一样的长喙，在空中掠过，宛如一朵奇异的卷云舒展开来。麻鹬高声大叫，仿佛是在说：“活着，活着！”乌鸡在那边什么地方嘟嘟囔囔，“啾弗啾弗”地叫着。白沙鸡像女巫一样哈哈大笑。

我们这些打猎的人，从自己的童年老早就听得出，而且满怀喜悦，清清楚楚懂得它们努力想说而又说不出来的是一句什么话。正是因此，我们在早春黎明时分来到森林里，听到它们的叫声时，就像对人说话一样，对它们说出这句话来："你们好！"

这时，似乎它们也都心花怒放，似乎这时它们也都同声应和着这句从人的舌头上飞出来的奇妙的语言。

它们有的"呷呷"地叫着回答，有的"啾弗啾弗"地叫，有的叫声好似"什瓦尔克"，也有"台克——台克"的鸣声，它们竭力想用自己的叫声回答我们："你们好，你们好，你们好！"

但这时在这些声音中冲出一声——什么都不像的叫声。

"你听见了吗？"米特拉沙问。

"怎么听不见呢？"娜斯嘉，"老早就听见了。叫人有点儿害怕。"

"没有什么可怕的。父亲对我说过，还指给我看过：春天里兔子就是这么叫的。"

"为什么？"

"父亲说，它在叫'母兔，你好！'"

"这是什么在哎哟哎哟的？"

"父亲说，这是水牛。"

"它哎哟什么？"

"父亲说，它也有自己的女伴，它也像大家一样，用它自己的话对她说：'你好母水牛！'"

突然觉得空气清新，四周生气勃勃，仿佛整个大地一下子洗了个脸，天空忽然明亮起来，树木也飘散出树皮和幼芽的清香。这时似乎在一切声音之上冲出一声不同凡响的胜利的欢呼，它飞出来，压倒了一切，仿佛所有的人都兴高采烈，整齐和谐地齐声高呼："胜利，胜利！"

"这是什么？"满心喜悦的娜斯嘉问。

“父亲说，这是鹤群在欢迎太阳。这就是说，太阳快要升起来了。”

但是当采甜酸果蔓的孩子们走下大沼泽地的时候，太阳还没有升上来。这儿欢迎太阳的仪式还压根儿没有开始。夜幕好似灰蒙蒙的烟雾，悬挂在矮小弯曲的小枞树和小白桦树的树顶上，压低了响松岗上一切美妙的声音。这儿只能听到使人痛心、愁闷的、不愉快的长嗥。

“这是什么，米特拉沙？”娜斯金卡[①]畏缩地问，“远处号叫得那么可怕！”

“父亲说，”米特拉沙回答，“这是狼在小干河上嗥叫，大概，现在是那条叫灰地主的狼在叫。父亲说，小干河上的狼都给打死了，只有那条灰狼，要打死它是不可能的。”

“那么为什么现在它叫得那么可怕呢？”

“父亲说，春天里狼嗥，是因为这时候它们没有东西吃了。灰狼又是只剩了它独自一个，所以在长嗥。”

沼泽地里的潮气似乎透过他们的身躯，钻进骨头里，冻得他们浑身发冷。真不愿再往下去，到那潮湿、泥泞的沼泽里去。

“咱们往哪边走？”娜斯嘉问。

米特拉沙取出指南针，测出哪边是北方，于是指着一条往北去的、比较看不大清的小路说：“咱们顺着这条小路往北去。”

“不，”娜斯嘉回答，“咱们顺着这条大家走的大路走吧。父亲跟咱们讲过，要记住瞎洞是个多么可怕的地方，有多少人和牲口在那儿送了命。

---

① 娜斯嘉的爱称。

不，不，米特拉申卡[1]，咱们不上那边去。大家都朝这边走，这就是说，那儿是有酸果蔓的。”

“你懂得的可真多！”猎人打断了她，“我们照父亲说的，往北走，那儿有一块宝地，谁也没有到过那儿。”

娜斯嘉看到弟弟生起气来，突然微微一笑，摸了摸他的后脑勺儿。米特拉沙立刻安静下来，于是姐弟俩就顺着指南针所指的小路朝前走去，现在他们已经不像以前那样并排走了，而是一个跟着一个。

4

约莫二百年以前，播种者——风把两粒种子带到了布鲁多沃沼地：一颗松子和一颗枞树种子。两粒种子都落在一块扁平的大石头旁边，同一个土坑里……从那时起，这棵枞树和这棵松树也许在一块儿生长了二百年了。它们的根从幼年起就纠缠在一起，它们的树干并排向上，向着光伸展，彼此都竭力想超过对方。不同种类的两棵树彼此之间展开了一场斗争：用根争夺营养，用树枝争夺空气和光。它们越长越高，树干也长粗了，它们互相用干枯的树枝去刺对方活着的树干，有些地方已经被刺穿了。恶毒的风给这两棵树安排了这样不幸的生活之后，有时还要吹来摇撼它们。于是这两棵树像动物那样呻吟、哀号，声音传遍整个布鲁多沃沼地。听到树的哀号，连蜷缩在蒙着一层青苔的土墩上的小狐狸，也朝上仰

---

① 米特拉沙的爱称。

起了它那尖尖的小脸。这松树和枞树的呻吟和哀号，动物听来却感到如此亲切，布鲁多沃沼地里一条成为野狗的狗听了，唤起它对人的怀念，于是高声吠叫；而狼所以长嗥，却是由于这哀号唤起了它对人的难以忍受的仇恨。

孩子们来到这儿，来到卧石这里，正好是太阳的最初几道光芒掠过沼泽地里矮小、弯曲的枞树和白桦上空，照亮响松岗的时候，这时松林里强壮的树干也仿佛都变成大自然宏伟的神殿里燃起来的蜡烛了。从那儿到这儿，到孩子们坐下来休息的这块扁平的石板上，隐约传来了赞美伟大的太阳升起的鸟鸣。

大自然里静悄悄的，孩子们冻得浑身冰冷，也一声不响，因此一只公乌鸡丝毫也没有注意他们。它停在最上边，那儿有一根松枝和一根枞树枝搭在一起，仿佛在两棵树之间搭起了一座小桥。对它来说，这座小桥是足够宽绰的，它停在小桥上靠枞树的那一边，在初升的朝阳的光辉里，显得容光焕发，神采奕奕。它头顶上的小冠子闪着火焰般的光彩。它的胸脯黑中透蓝，又渐渐由蓝变绿。而它那虹霓一般、舒展开来犹如七弦琴一样的尾巴更显得无比美丽。

它远远看到悬在沼泽地里可怜的小枞树林上空的太阳，蓦地在它的小桥上向上一跳，露出衬在尾巴和翅膀底下的洁白羽毛，高声叫道：“啾弗，西！”

在乌鸡语里，“啾弗”大半意味着“太阳”，而“西”，在它们的语言里大概就是我们的“你好”了。

为回答这只求偶的公乌鸡的第一声“啾弗”，远方，整个沼泽地里都传来了这种“啾弗啾弗”的鸣叫和扇动翅膀的响声，不久就从四面八方飞来了几十只和这只公乌鸡一模一样的大鸟，落在卧石附近。

孩子们屏息坐在冰冷的石板上，盼望着阳光照到他们身上，哪怕让他们稍微暖和一点儿也好。瞧，第一道阳光在最近处一些很小的小枞树顶上滑过，终于在孩子们的脸蛋上映照出一片金光。这时上面那只公乌鸡为了向太阳致敬，停止了跳跃，也不再“啾弗啾弗”地叫了。它在枞树梢头那座小桥上低低地蹲下，顺着一根树枝伸直它的长脖子，唱起歌来，歌声悠扬，好似小溪中淙淙的流水声。就在这儿附近，不知是停在哪儿的几十只同样的鸟儿——也都是公乌鸡——也都伸长脖子，唱起那同一个曲调，作为对它的回答。于是仿佛有一条已经相当大的溪流从一些无形的小石子上潺潺地流过。

有多少次我们这些猎人们盼到一个昏暗的早晨，在寒气袭人的黎明时分，怀着内心的战栗倾听这首歌曲，竭力要根据自己的理解，弄清这些公乌鸡所唱的歌词。当我们照自己所理解的意思复述它们的喃喃低语时，于是这歌词就成了这样的：

羽毛羽毛耸立，
乌尔——咕尔——咕，
羽毛羽毛耸立，
我要揪光它，一根也剩不下。

乌鸡们这样齐声喃喃低语，同时却摆好了打架的架势。当它们这样嘟嘟囔囔的时候，枞树浓密的树冠深处发生了一件小事。那儿有一只乌鸦正在窠里孵蛋，它一直躲在里面，不让那只几乎就在它窝边发出求偶叫声的公乌鸡看见。乌鸦很想把那只公乌鸡赶走，不过又怕它一离窝，在清晨的寒气中蛋就会冷却。为窝担任警戒的雄乌鸦这时正在作巡回飞行，大概是遇到了什么可疑的情况，所以给耽搁住了。母乌鸦躲在窝里，等着雄乌鸦，一声不响，纹丝不动。

突然它看到了飞回来的雄乌鸦，于是叫了一声："呱！"

它的意思是："救救我！"

"呱！"雄乌鸦对着乌鸡求偶鸣叫的地方回答，那意思就是：还不知是谁要把谁的羽毛揪光哩。

雄乌鸦立刻明白这儿是怎么一回事了。它落下来，停在那同一座小桥上，靠近枞树，就在它的窝边，开始等待着。公乌鸡正在小桥上啼叫，只不过离松树比较近一些。

公乌鸡此时对雄乌鸦毫不在意，却发出了猎人们都很熟悉的一声长鸣："卡尔——卡尔——科克斯！"

这正是求偶的公乌鸡们全体投入一场总决斗的信号。瞧，耸立的羽毛纷纷飘向四面八方！这时，仿佛根据那同一声信号，雄乌鸦也迈着小碎步，顺着小桥，神不知鬼不觉地向公乌鸡走去。

采甜酸果蔓的孩子们坐在石头上一动不动，好似两尊雕像。太阳是那么温暖，那么洁净，在他们对面沼泽地里的小枞树林上升起来了。但这时候空中出现了一条云彩，像一支冷冰的蓝色箭头，把正在升起的太阳劈作两半。就在这时，突然一阵风又一次猛吹过来，松树向下一压，于是枞树开始怒吼了。

这当儿娜斯嘉和米特拉沙坐在石头上休息了一会儿，在阳光中暖和过来了，于是站起来，想要继续赶路。可是就在这块石板旁边，沼泽地里相当宽的小路分成了两股，一条平坦，坚实，向右转弯；另一条小路模糊不清——一直向前。

米特拉沙用指南针核对了一下两条小路的方向，指着那条不太清晰的小路，说："我们应该顺着这条路往北去。"

"这不是路！"娜斯嘉回答。

"得了吧！"米特拉沙发火了，"有人走，这就是说，是路。我们该往北走。走吧，别再多说了。"

娜斯嘉觉得，要听弟弟米特拉沙的话，未免有点儿委屈。

"呱！"这时，躲在窝里的那只乌鸦叫了一声。

它那只雄乌鸦已经迈着小碎步走到了小桥中间，离那只公乌鸡更近了。

又是一个笔直的蓝色箭头从太阳上穿过，空中飘来一片灰色的积云。

"小金母鸡"鼓足了劲，试图说服她的伙伴。

"你瞧，"她说，"我这条小路多坚实，大家都往这边走。难道说我们比谁都聪明吗？"

"即使大家那么走，"固执的"麻布袋里的小庄稼汉"毅然决然地回答，"我们也得像父亲教导我们的，照指南针指的路，往北走，到那块宝地上去。"

"父亲是给咱们讲故事，跟咱们说着玩的，"娜斯嘉说，"大概北边压根儿就没有什么宝地。我们要照指南针的方向走，甚至是很愚蠢的。没准儿偏偏到不了宝地，倒刚巧闯到瞎洞里去。"

"哼，算了，"米特拉沙生硬地转变了话题，"我不再跟你争了，你顺着你那条娘儿们去采酸果蔓的小路走吧，我却要照我自己的意思自个儿走，照指南针指的路，往北去。"

于是当真往那边走了，既没想到装酸果蔓的篮子，也没想到吃的东西。

关于这些，娜斯嘉本该提醒他一下的，不过她自己也气坏了，气得满脸通红，涨得像块红布似的，她朝他背后啐了一口，就顺着大家走的那条小路采酸果蔓去了。

“呱！”乌鸦叫了一声。

雄乌鸦顺着小桥很快跑完了到公乌鸡那儿去的那一点儿路，用尽全身的力气朝它猛撞过去。公乌鸡像被烫了一下似的，急忙展翅向已经飞走的乌鸡们那儿飞去，但怒火冲天的雄乌鸦追上了它，揪下一撮雪白的和五色斑斓的羽毛，丢到空中，并且一直在追赶它，追出了很远很远。

这时大片灰云密密地堆积起来，遮蔽了整个太阳和它那给人力量的光芒。凶猛的风猛一阵吹来。树根纠缠在一起的两棵树互相用树枝刺向对方，对着整个布鲁多沃沼地咆哮、号叫、呻吟起来。

5

树在呻吟，声音是那样哀怨，以致安吉佩奇的猎狗特拉夫卡从看林人小屋旁半塌的土豆窖里爬了出来，也和着树的呻吟哀怨地吠叫起来。

这狗干吗要这么早就从躺了很久的温暖的地窖里爬出来，哀怨地吠叫，回答树的呻吟呢？

在这一片呻吟、咆哮、怒吼和嗥叫声中，这天早晨有时还似乎从树那里传来这样一种声音，好像森林里什么地方有个被丢掉、被遗弃的孩子在伤心地痛哭。

特拉夫卡可受不了这种哭声，一听见这声音，不管是白天，还是在半夜里，它都要从地窖里爬出来。狗受不了永远纠缠在一起的两棵树的这种哭声：树使这个畜生想起了它自己的伤心事。

自从特拉夫卡的生活里发生了那件可怕的灾难——它所崇拜的护林员、老猎人安吉佩奇去世了——已经过去整整两年了。

好多年以前，我们常到安吉佩奇那儿去打猎，我们寻思，老头子大概自己忘了他有多大年纪了，一直还在活着，住在他那间看林人的小房子里，好像觉得，他是永远也不会死的。

“你多大岁数了，安吉佩奇？”我们常常问，“有八十了吧？”

“少了点儿。”他回答。

“一百岁？”

“多了点儿。”

我们以为他是逗我们玩儿，而自己很清楚自己有多大岁数，于是问：“安吉佩奇，别开玩笑，实话告诉我们，你到底多大岁数了？”

“实话，”老头儿回答，“我跟你们说实话，如果你们先告诉我，什么是实话，它像什么样儿，住在哪儿，怎样才能找到它。”[①]

我们很难回答。

“安吉佩奇，你年纪比我们大，”我们说，“大概你自己比我们更清楚，哪儿有实话（真理）。”

---

①原文“实话”和“真理”是同一个词，语意双关。这句话的意思其实应该是：“什么是真理，它像什么样……”

“我知道。”安吉佩奇笑了。

“那么说说看。”

“不，只要我还活着，我就不能说，你们自己去找吧。这么着，等我快死的时候，请你们来吧，那时候我会对着你们的耳朵，悄悄地把全部实话（真理）都告诉你们。来吧！”

“好的，我们准定来。不过万一我们没料到该什么时候来，当我们不在你身边的时候你就死了呢？”

老爷爷以他自己的方式眯缝起眼来，每逢他想寻开心，想开玩笑的时候，总是这样眯缝着眼。

“好孩子，你们，”他说，“你们也不小了，是该自己懂事的时候了，可你们老是问。嗯，就这样吧，等我快要死，而你们又不在这儿的时候，我就悄悄地告诉我的特拉夫卡。特拉夫卡！”他叫它。

走进小屋来的是一条棕黄色的大狗，背脊上有一条像皮带样的黑纹。它的两眼下面各有一条黑色的曲线，好像戴着眼镜。由于这些条纹，一双眼睛显得老大，它就用这双眼睛问：“叫我来做什么，主人？”

安吉佩奇用有点儿不同寻常的眼光看了看它，这狗立刻懂得了主人的意思：他叫它是由于他们的交情，由于他们的友谊，不为什么事，只不过是想叫它，要跟它开开玩笑，逗它玩玩。特拉夫卡摇摇尾巴，伸开腿，身子越来越往下去，当它这样爬到老头儿的膝边时，就背朝下躺到地上，把它那有六对黑奶头的、亮闪闪的肚子翻到了上面。安吉佩奇刚刚伸出一只手，要去抚摸它，它突然一下子跳起来，两只爪子搭到他的双肩上——一遍又一遍出声地吻他，吻他的鼻子、腮帮子，还吻他的嘴唇。

“嗯，好了，好了。”他说。一面让狗安静下来，一面用袖子擦脸。

他在它头上抚摸了一下，说："嗯，好了，现在你回去吧。"

特拉夫卡转身回到院子里去了。

"是啊，是啊，孩子们，"安吉佩奇说，"你们瞧，特拉夫卡，一条猎狗，只要一句话，就什么都懂了，你们这些傻孩子，还要问实话（真理）住在哪儿。好吧，你们来吧。要是你们错过了时机，见不到我，我会悄悄地把什么都告诉特拉夫卡的。"

这不是，安吉佩奇已经死了，此后不久爆发了伟大的卫国战争，没有派另一个看林人来接替安吉佩奇的工作，他的看林小屋也荒废了。小屋破旧不堪，它经历的岁月比安吉佩奇本人还多得多，已经是靠撑着它的柱子来支撑着了。主人已经不在了的时候，有一次风和小屋闹着玩儿，小屋一下子就倒塌了，就像纸牌搭的小屋被小孩子一口气就吹倒了一样。只一年工夫，透过木头缝隙，钻出了高高的柳兰，整座小屋已经变成了林间空地上一个开满红花的小丘。特拉夫卡搬进土豆窖里，在森林里开始过着和野兽一样的生活。

只是特拉夫卡很难过得惯这种野蛮生活。它追捕野兽是为了安吉佩奇，为了它那位伟大、宽厚的主人，而不是为了自己。从前有很多次它在追捕的时候逮到了兔子。它把兔子压在身子底下，躺在那儿等着安吉佩奇，经常是自己饿得要命，也不肯吃那兔子。即使由于什么原因，安吉佩奇没有来，这时它就用牙齿叼起兔子，高仰起头，免得兔子左右摇摆，就这样把它拖回家去。这就是说，它是为安吉佩奇工作，而不是为了自己：主人喜欢它，喂养它，保护它不受狼的侵袭。现在，安吉佩奇死后，它也要像一切野兽那样为了自己生活了。不止一次，在激烈地追捕时它忘记了，它追兔子是为了抓住它，吃掉它。在这样的狩猎中特拉夫卡往往遐想出神，抓住兔子以后，还要把它拖到安吉佩奇那儿去，这当儿，有时听到树的呻吟，它就爬上曾经是一座小屋的小丘上去，哀哀长吠……

那头叫灰地主的狼老早就已经在留心倾听这狗吠声了……

6

安吉佩奇的看林小屋离小干河不远，几年以前，应当地农民请求，我们的打狼队曾经到小干河去过。当地的猎人侦察出，有一大窝狼住在小干河上的什么地方。我们驱车来到这儿，帮助农民们，按照和猛兽斗争的那套办法，着手行动起来。

我们在夜里深入布鲁多沃沼地，模仿狼嗥，引诱小干河上的狼群回答我们。这样我们就准确地弄清了它们到底住在哪儿，一共有多少狼。它们就住在小干河上河道阻塞、根本无法通行的那一带。那儿很久以前，水为了争取自由，和树木展开了一场搏斗，而树木本来是应该加固河岸的。水胜利了，树木大批大批地倒了下去，此后水就四散奔流，流进了沼泽地里。倒下去的树一层一层堆积起来，渐渐腐烂。树与树的缝隙里长出草来，常春藤的藤蔓缠住了生长茂密的小白杨树。于是形成了一个坚不可摧的阻塞地带，或者甚至可以照我们猎人的说法，称之为狼的堡垒。

确定了狼的住处以后，我们踏着滑雪板绕着这块地方滑行了一圈，再按照滑雪板的辙迹，在三公里圆周的灌木丛上用绳子挂了许多发出强烈气味的红旗。红色使狼害怕，红布的气味使狼恐惧，如果微风穿过森林，这儿、那儿，到处吹动这些红旗，狼就更加胆怯了。

我们有多少射手，就在用这些旗子围成的连绵不断的圆周上做多少道门。对着每一道门，都在茂密的枞树后面埋伏下一个射手。

赶狼的人小心翼翼地呼喊着，用棍子从容不迫地在地上敲打着，以惊起狼群。狼群一开始先悄悄地往一边走。最前面是那头母狼，跟着它的是些一岁的小狼，后面，单独在一旁自作主张走着的，是一条大脑门儿的、身强力壮的大狼，就是大家都知道的那个恶棍，绰号叫灰地主。

狼群很小心地走着。赶狼的人紧逼它们。母狼开始快跑了。突然……

站住！旗子！

它掉头朝另一边跑，那儿也是：站住！旗子！

赶狼的人越逼越近。老母狼晕头转向，不知所措，到处瞎碰乱撞，最后找到一条出路，就在我们所做的门里迎头中了一弹，离猎人总共只有十步的样子。

就这样，所有的狼都被打死了，但灰狼曾不止一次遇到过这种困难处境，它听到第一阵枪声，一下子就从旗子上跳了过去。在它跳起来的时候，朝它打了两枪，一枪打掉了它的左耳朵，另一枪打断了它的半截尾巴。

狼群消灭了，可是灰狼在一个夏天里糟蹋的牛羊，并不比从前那一窝狼糟蹋的少。它躲在桧树丛后，等着牧人离开或睡熟了的时候，瞅准了合适的时机，立刻冲进畜群，既咬绵羊，又伤害母牛。然后背起一只绵羊，驮着它飞也似的逃跑，跳过栅栏，回到小干河上它那个别人无法进入的狼窝里去。冬天，当畜群不到田野里放牧的时候，它很少冲进畜栏里去。冬天它多半是在各村里逮狗，几乎光靠吃狗过活。它竟如此蛮横无理，有一次，追捕一条跟在主人雪橇后面跑的狗，追得那狗爬上了雪橇，它却径直从主人的手里把那条狗夺了过去。

灰地主成了这个地区的灾星，于是农民们又来找我们这个打狼队了。我们五次试图用围旗法猎获它，五次它都从我们手里逃跑了。灰狼在严寒中忍饥挨饿熬过了一个严冬，现在，早春时节，它正在狼窝里急不可待地期待着真正的春天的来临，等待着村里的牧人吹起号角来的那一天。

那天早晨，两个孩子争吵之后顺着不同的小路各奔西东，这时候灰狼正躺在窝里，又饿，又凶狠。当风把一个好端端的清晨刮得天色阴沉，卧石旁边的树哀号起来的时候，它忍不住了，于是从狼窝里爬了出来。它站在河道阻塞处的上方，昂起头来，缩紧本来就很瘦的肚子，用唯一一只耳朵对着风，挺直半截尾巴，也哀号起来。

这是多么凄厉的哀号哇！不过，你，一个过路的人，如果你听到哀号，引起你的同情，请你千万别相信你的恻隐之心：正在哀号的不是狗——那人类最忠实的朋友，这是狼，是人类最凶恶的敌人，由于它生性凶狠，这就注定了它必然灭亡，是它自己决定了自己的命运。过路的人哪，请珍惜你的恻隐之心，不是为了那为自己的命运哀号的狼，而是为了失去主人的狗，它所以哀号，是因为它不知道，现在，在他——主人——死了以后，它该去为谁效劳。

7

小干河兜一个老大的半圆形圈子，绕过布鲁多沃沼地。在半圆形的这一头，狗在哀号，另一边，狼在嗥叫。风压迫着树木，把它们的哀号和呻吟送往四面八方，根本不知道它是在为谁效力。不管是谁在哀号：是树也好，是狗——人的朋友也好，或者是狼——人的最凶恶的敌人也好，只要是哀号，对风来说，反正都一样。风阴险地把被人遗弃的狗的哀号声传送到了狼的耳朵里。灰狼分清了狗的呻吟和树的呻吟，从河道阻塞处轻轻地爬了出来，竖起它那只警觉的、唯一的耳朵，直挺挺地挺着半截尾巴，爬上了一座陡峭的小丘。在这儿，它确定了狗叫的地方就在安吉佩奇的看林人小屋附近，于是从小丘上下来，跨着大步一直往那个方向跑去。

对特拉夫卡来说，幸运的是，强烈的饥饿感迫使它停止了悲泣，或者是它对新主人的召唤。说不定对它说来，从它那狗的观点来看，安吉佩奇甚至根本就没有死，只不过是扭过脸去背对着它罢了。也许，它甚至是这样理解的，整个人类就是安吉佩奇同一个人，只不过有许多不同的面孔而已。如果他的一张脸转到背面去了，那么也许不久之后那同一个安吉佩奇又将召唤它，只是将另换一张脸孔，它呢，也将像对从前的那张脸孔一样，忠实地为这张新的脸孔服务……

多半就是这样的：特拉夫卡是用自己的哀号呼唤安吉佩奇，叫他到它这儿来。

狼听到这种它十分痛恨的狗对人的“祈祷”，就迈开大步朝那边走去。如果它再叫上那么四五分钟，灰狼也许就会抓到它了。但它对安吉佩奇“祷告”了一阵子，觉得饿得厉害，于是它不再呼唤安吉佩奇，而去为自己寻找兔子的足迹去了。

现在正是这样的季节，夜间出来活动的动物，像兔子，已经在刚刚露出一线曙光的时候就潜伏起来，整天都大睁着双眼在恐惧中躺着不动了。春天，兔子在大白天也敢公开、大胆地在田野里和道路上久久地游荡。这不是，在那两个孩子争吵过以后，有一只老灰兔来到了孩子们适才分手的那个地方，也像他们一样，坐下来休息，在那块卧石上留神谛听。突然，阵风吹来，风声中夹杂着树的哀号，使它吓了一跳，于是它从卧石上跳下来，用它那兔子的跳跃方式，两条后腿往后一甩一甩地，一直朝对人来说十分可怕的瞎洞那儿跑去。它还没有完全换完毛，所以不但在地上留下了脚印，而且还在灌木丛和去年长得老高的草丛上挂上了一撮撮越冬的毛。

从兔子停在石板上，已经过了相当长的时间了，但特拉夫卡一下子就嗅出了灰兔的足迹。它耽搁下来，没有立刻去追兔子，是因为石板上有两个小人儿和他们的篮子留下的痕迹，篮子里还散发出面包和煮土豆的香味。

于是在特拉夫卡面前出现了一个难题——要做出决定：是跟踪灰兔到瞎洞去呢——两个小人儿中有一个的脚印也是往那儿去的；还是顺着往右拐弯的那个人的脚印，绕过瞎洞去。

如果能够知道，两个小人儿当中是谁带着面包的话，解决这个难题也就很简单了。要是能多少吃点儿面包，从此不再为了自己去追捕野兽，而是把逮到的兔子送去给喂它面包吃的那个人，那该多好啊！

往哪儿去，往哪个方向去呢？……

在这种情况下，人会陷入沉思，至于猎狗，猎人们就会说：狗伫立不动了。

特拉夫卡伫立不动了。而且和一切猎狗一样，在这种情况下，它开始转起圈子来，高高地仰着头，鼻子时而向上，时而向下，并向不同的方向转动着，两眼集中注意，流露出寻根究底的神气。

突然从娜斯嘉所去的那个方向吹来一阵风，霎时间就使狗停住不再迅速地转圈子了。特拉夫卡稍站了一会儿，甚至像兔子那样用后脚直立起来……

安吉佩奇还在世的时候，有一次它就遇到过这样的情况。护林员有一件困难的工作——在森林里卖劈柴。为了不让特拉夫卡碍他的事，安吉佩奇把狗拴在屋里。一清早，天刚蒙蒙亮，护林员就出去了。但只是到吃午饭的时候，特拉夫卡才猜到，链条的另一头是用一根粗绳子拴在一个铁钩上。明白了这一点，它立刻站到土台上去，后脚直立起来，用两只前爪去拉那根绳子，快到傍晚的时候，才把绳子松开。在这以后，它立刻带着脖子上的链条跑出去寻找安吉佩奇。安吉佩奇走过去已经一天多了，他的脚印早已无法分辨，后来又被露水一般的蒙蒙细雨冲洗掉了。但整整一天森林中是那么宁静，在这一整天里，空气丝毫没有流动过，从安吉佩奇烟斗里冒出来的烟，那轻微的烟草味，从早到晚一直飘浮在静止的空气里。特拉夫卡立刻明白，不可能根据脚印找到安吉佩奇了，它高高地仰起头来，转了一圈，突然碰到了空气中一丝烟草的味道，于是渐渐根据烟味，时而失去这留在空气中的踪迹，一会儿又碰上了它，终于找到了主人。

曾经有过这样的情况。现在一阵强劲、猛烈的风吹来了可疑的气味，它呆住了，它在等待着。当阵风又一次吹来，它和从前那一次一样，像兔子那样用后脚直立起来，断定：面包或土豆是在阵风吹来的那个方向，也就是两个小人儿当中的一个所去的方向。

特拉夫卡回到卧石前面，把篮子留在石板上的气味和风吹来的气味互相印证了一下，然后它又核对了另一个小人儿的脚印，也闻了闻兔子的脚印。可以猜得出，它是这么盘算的："灰兔的脚印是一直往它白天躲着的地方去的，它就在这儿，不太远，就在瞎洞附近，一整天都待在那儿，哪里也不去了。可是那个带着面包和土豆的小人儿是会走开的。而且这怎么比较呢？与其为了自己去追兔子，耗尽精力，累得半死，不过是为了把兔子撕碎，自己大吃一顿，不如去讨得一块面包，让人的手抚摸一下吧，说不定还能在这个人身上找到安吉佩奇呢。”

特拉夫卡再仔细望望一直通往瞎洞那个方向去的脚印，最后坚决转向从右首绕过瞎洞的那条小路，又一次用后脚直立起来，证实一下，然后摇摇尾巴，迈开大步往那边跑去。

8

指南针引导米特拉沙去的那个瞎洞，是个极其危险的地方，自古以来有不少人在那儿陷进了沼泽，陷下去的牲口就更多了。当然啦，凡是到布鲁多沃沼地去的人，都该弄清楚瞎洞是个什么地方。

对此我们是这样理解的：整个布鲁多沃沼地，连同它那蕴藏量极其丰富的燃料——泥炭，是一座太阳的宝库。不错，正是如此，那炽热的太阳就是每一株小草、每一朵小花、沼泽地里的每一个灌木丛和每一颗浆果的母亲。太阳把自己的温暖无一例外地分给了它们大家，它们死亡时，腐烂解体，变成肥料，作为一份遗产，转赠给其他植物、灌木丛、浆果、鲜花和小草。但沼泽地里的水不让生儿育女的植物把它们的全部财富都转交给自己的孩子们。几千年来，这些财富一直保存在水底下，沼泽成了太阳的宝库，以后，整个这座太阳的宝库，都要以泥炭的形式，作为一笔遗产落到人类的手里。

布鲁多沃沼地蕴藏着极其丰富的燃料，但泥炭层的厚度并不是到处都一样的。孩子们在卧石旁边坐着的那里，几千年来植物一层一层地压上去，互相覆盖着。那儿是最古老的泥炭矿层，但越往前去，越靠近瞎洞，矿层就越来越年轻，越来越薄了。

米特拉沙照指南针和小路指示的方向往前走着，渐渐地，随着他每走一步，情况都在发生变化，他脚下的土墩已经不像以前那样，不只是软绵绵的，渐渐变成了半湿半干的。脚似乎是踩在坚硬的土地上，但刚一踩下去，脚就会往下沉，叫人害怕：脚是不是会完全掉进深渊去呢？有时碰到一些不太稳定的土墩，不得不选择下脚的地方。后来竟出现了这样的情况，一脚踩下去，脚底下就会咕噜咕噜地响，好像肚子里的那种响声，而且这响声似乎在沼泽底下向什么地方跑去。

脚下的土地变得好似吊床，挂在覆盖着一层厚苔的深渊上。在这块活动的土地上，在薄薄一层互相纠结在一起的植物的根和茎上，稀稀落落长着一些矮小、弯曲、霉点斑斑的枞树。酸性的土壤不让它们长大，它们虽然这么矮小，却已经有一百年，甚至一百多年了……这些矮小的枞树小老太婆可不像树林里的树木那样，树林里的树长得一模一样，高大，匀称，一棵挨着一棵，一行挨着一行，好似一对对的蜡烛。沼泽地里的小老太婆年纪越大，样子也越古怪。瞧，那儿有一个小老太婆抬起一根光秃秃的树枝，仿佛伸出手臂，要在你走过时抱住你；另一个小老太婆手里拿着一根棍子，它正等着你，想要给你当头一棒；第三个不知为什么蹲下去了，第四个却站在那儿织袜子……所有的树都是这样：每一棵枞树，总会像个什么东西。

米特拉沙脚下的植物层越来越薄了，但那些植物大概纠缠得很紧，满可以支持住一个人的重量，所以尽管摇摇晃晃，晃动周围的一切，连很远的地方都在晃来晃去，他却一直往前走着，走着。米特拉沙只好相信在他之前打这儿走过，甚至还在自己后面留下了一条小路的那个人了。

枞树老太婆们让背着一支猎枪、戴一顶有双层帽檐的便帽的男孩子从它们中间穿过去，但又显得十分激动不安。有时，一个小老太婆突然站起来，仿佛想要朝这个大胆的人头上打一棍子，用自己的身子挡住前面的那些小老太婆。后来它又坐下去了，而另一个女巫却向小路伸出了它那骨瘦如柴的手臂。你会期待着——眼看就像童话中所说的那样，出现一块林间空地，空地上有一座女巫的小屋，高竿上挂着一些死人的头颅。

一只黑渡鸟在守卫着松林岗上的渡鸟巢，它正绕着沼泽地上的警戒圈飞行，发现了一个帽子上有双层帽檐的小猎人。春天里，渡鸟也有它特殊的叫声，那声音就像是人用鼻音大声喊："德咙——咚！"在它的基本音里有一些我们的耳朵难以捉摸的古怪音调，因此我们听不懂渡鸟的谈话，只能像耳朵有点儿背的人那样去猜测。

"德咙——咚！"担任警戒的渡鸟叫道。它的意思是，有一个帽子上有双层帽檐、带一支猎枪的小人儿正在走近瞎洞，说不定不久就会有一笔外快了。

"德咙——咚！"巢里的母渡鸟从远处回答。

它的意思是："听见了，我在等着！"

渡鸟的近亲喜鹊们注意到渡鸟在互相呼应，也叽叽喳喳地叫了起来。一只小狐狸本来正逮老鼠，可是很不顺手，在这以后，连它也竖起耳朵来倾听渡鸟的叫声了。

这一切米特拉沙全听到了，但丝毫也没有胆怯——他有什么好胆怯的呢，既然他脚底下是一条由人踏出来的小路：有个像他一样的人走过这条路，这就是说，他本人，米特拉沙，也能放心大胆地在这条路上走。听到渡鸟的叫声，他甚至唱起歌来：

黑羽毛的渡鸟哟，
别在我头顶上盘旋。

歌声使他精神更加振奋，他甚至忽然省悟，怎样才能缩短在这条小路上的困难的行程。他看看自己脚底下，发现他的脚踩到泥上，水立刻就流进才踩出来的小坑里。每个人从这条小路上走，都是像这样把水从青苔上排放到较低的地方去，因此在和小溪并行、排干了水的小路边上，两旁夹道长出了高大甜美的硬毛草，犹如一条小小的林荫道。眼下，早春时节，这种草在哪里都是黄的，但在这儿，它们却更像是白色的。根据这种白色的草，可以在自己前面老远看出人行小道通向哪里。这时米特拉沙看到：他的小路向左来了个急转弯，一直往那边下去很远很远，后来就在那儿完全消失了。他用指南针核对了一下，指针指向北方，小路却是通往西方。

“您是谁家的？”这时一只凤头麦鸡叫道。

“活着，活着！”一只鹬回答。

“德咙——咚！”渡鸟更有把握地叫了一声。

枞树丛中四面八方都传来了喜鹊叽叽喳喳的叫声。

米特拉沙仔细察看一下地形，发现就在他前面有一块挺不错的、干干净净的林间空地，那儿的土墩渐渐向下倾斜，逐渐变成一块十分平坦的平地。但最主要的是，他看到，离这儿很近，就在林间空地对面，蜿蜒曲折地长着高高的硬毛草——人行小路的忠实旅伴。根据硬毛草的方向认出了那条并不是一直往北去的小路。米特拉沙心想："我干吗要踩着土墩向左转弯呢？既然小路就在眼前，近在咫尺，看得见它就在林间空地的那一边。"

于是他勇敢地穿过那块干净的林间空地，向前走去。

"唉！你们哪！"当我们陷到沼泽地里，满身污泥，浑身湿透，回到家里的时候，安吉佩奇对我们说，"孩子们，你们是穿着衣服和鞋子的吧。"

"怎么不是呢？"我们问。

"你们还是光着身子，脱掉鞋子的好。"他回答。

"为什么要光着身子，脱掉子呢？"

他却只是哈哈大笑，嘲笑我们。

就这样，我们一点儿也弄不懂老头儿到底在笑什么。

只是到现在，过了很多年以后，我们想起安吉佩奇的话，一切才都变得可以理解了：我们这些小孩子满怀激情，信心十足，吹着口哨，夸夸其谈自己还根本没有体验过的事情，这时安吉佩奇就对我们说了这样的几句话。

安吉佩奇叫我们光着身子，脱掉鞋子，只是没有把底下的话说完："不识水深浅，千万莫涉水。"

米特拉沙也该这样。慎重的娜斯嘉已经警告过他。硬毛草也指明了绕过那个洞去的方向。不！他不知水深浅，却撇开别人踩出来的小路，一直走下了瞎洞。然而就是在这儿，在这块"林间空地"上，植物已经完全不再纠结在一起，这儿是一个洞，完全和冬天里池塘上的冰窟窿一模一样。通常这种洞上总会隐隐约约看得到一点儿水，水上漂浮着美丽的白色睡莲和萍蓬草。正是因此，这个洞才叫作瞎洞，因为从外表上根本看不出来。

米特拉沙在洞上走，最初比他以前在沼泽地里走时还好走一些。然而渐渐地他的脚越陷越深，越来越难拔出来了。驼鹿在这儿是满不在乎的，它的腿力大无穷，而主要的是，它毫不踌躇，不管是在森林里，还是在沼泽地里，它都同样飞也似的奔跑。但米特拉沙感觉到有危险，就停下来，考虑一下自己的处境。只停了一刹那，他已经陷到膝盖了，又过了一瞬间，已经陷到膝盖以上了。也许他还可以加一把劲，从洞里挣脱出来，冲回去的。他本想回转身，把猎枪放在沼泽地上，撑着它跳出去。可是这时他在前面离他很近的地方，看到了生长在人的脚印上的、高高的白色硬毛草。

“跳过去。”他说。

于是向前猛一冲。

然而已经迟了。像一个受伤的人，凭着那么一股劲——要完蛋就完蛋吧，豁出去了——想要碰碰运气，冲了一次，又冲一次，再冲一次。于是感觉到自己已经齐胸部从四面八方都被紧紧地抱住了。现在他连用力呼吸也不可能了——稍一动弹就会往下沉，他所能做的只有一样——把猎枪平放在沼泽地上，两手抓着它，靠它支撑着，一动不动，赶快让呼吸平稳下来。于是他这样做了：从身上摘下猎枪，把它放在自己面前，两手抓着它，靠它支撑着。

突然一阵风吹来，给他送来了娜斯嘉刺耳的尖叫声：“米特拉沙！”

他回答了她。

但风是从娜斯嘉那边吹过来的。他的喊声被吹到布鲁多沃沼地的另一边，吹到只有一眼望不到头的枞树林的西边去了。只有一些喜鹊响应他的呼喊，从一棵枞树飞到另一棵枞树上，像往常一样慌慌张张叽叽喳喳地叫着，渐渐包围了整个瞎洞，落在枞树梢头像小手指一般的小树枝上，这些清秀、长喙、长尾巴的喜鹊喋喋不休地叫起来了，有一些好像是在这样叫：“德哩——叽——叽！”

另一些是：“德拉——嗒——嗒！”

“德咙——咚！”渡鸟从上边叫道。

对一切糟糕透顶的事都十分明白的喜鹊们明白，陷在沼泽里的那个小人儿已经完全无能为力了。它们从枞树的小枝上跳下地来，照它们喜鹊的方式跳跃着，从四面八方开始了它们的进攻。

帽子上有两层帽檐的小人儿不再高声大喊了。在他那晒黑了的脸上，眼泪像两条闪闪发光的小溪，顺着腮帮子流了下来。

9

从来没见过酸果蔓是怎样生长的人，可能在沼泽地里走上很久，而不会发现他是在酸果蔓上行走。以欧洲越橘这种浆果来说——它长在那儿，你看得见它：很细很细的小茎向上伸展着，翅膀似的小绿叶围着细茎，伸向不同的方向，欧洲越橘，那披着蓝绒毛的黑色浆果就长在叶子旁边，像一些小小的瓦罐。越橘也是这样，血红的浆果，暗绿色的小叶子密密麻麻的，就是埋在雪底下也不会变黄，浆果往往那么多，好像那块地方洒满了鲜血。沼泽地里还生长一种小灌木样的水越橘，浆果是淡蓝色的，比较大，从那儿路过，不会看不见的。在大雷鸟栖息的僻静地方，会碰到悬钩子，红宝石色的浆果长得像一把小刷子，每一颗红宝石都镶嵌在绿框里。只有我们这儿唯一一种浆果——酸果蔓，特别是在早春时节，躲在沼泽地长着草的土墩里，从上边几乎看不到它。只是当一个地方集中长着很多酸果蔓的时候，你才会从上边看到它，而且会想："这是谁撒了一地的酸果蔓。"弯下腰去，拾起一颗来尝一尝，于是和这一颗小浆果一起，拉起一条挂着许多小酸果蔓的绿线。要是你高兴的话，可以从土墩里拉出一整串由大颗血红色的浆果穿成的项链。

不知是因为酸果蔓是春天里一种珍贵的浆果呢，还是因为它有益于健康，能够治病，泡在茶里很好喝，只是在采酸果蔓的时候，总是会越采越贪心，简直让人害怕。我们这儿有个老太，有一次采了那么一大筐，拿都拿不动了。倒掉一些浆果，或者干脆把篮子丢下，她又舍不得。于是就这么守着满满一篮子浆果，死在那儿了。

还有的时候，一个妇女碰上了浆果，赶紧四面环顾，看看是不是有人看见了，于是趴到沼泽地上，紧贴着地面爬着走。

起初，娜斯嘉是从蔓条上一个一个地摘下每一颗浆果，为了每一颗鲜红的浆果深深地弯下腰去。但不久她就不再为了每一颗浆果弯腰了：她想要采得更多一些。

现在她已经开始猜到，在哪儿能不止采到一两颗浆果，而是能采到满满的一小把，只是为了采一小把，她才弯下腰去。于是她一把一把地往篮子里倒，一把紧接着一把，越来越快，而她希望能越采越多。

从前娜斯嘉在家里做活儿，要不了一个钟头，就会想起弟弟来，想要和他互相招呼一声。这会儿他自个儿不知到哪儿去了，她却想不起面包是在她这儿，亲爱的弟弟正在那边不知什么地方，在昏暗的沼泽地里饿着肚子走路。其实她连自己也忘记了，她所记得的只有酸果蔓，她希望采得越多越好。

她和米特拉沙争吵，掀起这场风波，到底是为了什么呢：不就是为了她想走这条踩瓷实了的小路吗。可现在，娜斯嘉用手摸索着，跟着酸果蔓走，酸果蔓把她引向哪儿，她就跟到哪儿，不知不觉已经离开了那条小路。

只有一次好像突然醒悟过来：她突然发觉，不知在哪儿离开了小路。她回到好像觉得小路打那儿经过的地方，但那儿并没有小路。她扑向另一边，可以远远看到那儿有两棵树枝光秃秃的干树，可是那儿也没有小路。遇到这种情况，这时她该想起指南针，想起米特拉沙谈指南针的那些话，想起自己亲爱的弟弟，想起他在饿着肚子走路了。想起这些，也许会高声呼喊，想跟他互相招呼一声了吧……

刚刚想起这一切，娜斯嘉突然看到了并非每一个采酸果蔓的妇女哪怕能在一生中看见一次的情景……

孩子们争论该走哪条小路的时候，有一点他们是不知道的，不论走大路还是小路，绕过瞎洞以后，两条路就在小干河上会合在一起，变成一条路了，过了小干河，它们已经不再分开，最终都通往去彼列斯拉夫尔的大道。娜斯嘉走的小路兜一个老大的半圆形圈子，沿干谷绕过瞎洞。米特拉沙走的小路是一直擦着瞎洞的边缘。要是他没有把事情弄糟，不是无视人行小道上的硬毛草，那么他早就已经到了娜斯嘉现在才来到的那个地方了。而这块藏在桧树丛中的地方，就正是米特拉沙竭力想按照指南针指示的方向去找到的那块宝地。

要是米特拉沙饿着肚子，不拿篮子来到这儿，他能在这儿、在这块血红色的宝地上干什么呢？

娜斯嘉是挎着一个大篮子，带着一大堆已被忘却、埋在酸浆果底下的食物来到这块宝地的。

这个活像长腿小金母鸡的小姑娘，在她满心欢喜来到宝地的时候，该又想到她的兄弟，高声呼喊他了吧：“亲爱的朋友，我们到了！”

唉，渡鸟啊，渡鸟，你这能预言的渡鸟啊！说不定你自己已经活了三百年了吧，那只生你的鸟，也把它在三百年生活中所了解到的一切全记在它的蛋里了。这样一来，这块沼泽地里一千年来所发生的一切，都由渡鸟们代代相传，保存在它们的记忆之中了。渡鸟，你看到过，而且了解多少事情啊，为什么你不，哪怕是仅仅一次，走出你那渡鸟的圈子，用你那强壮的翅膀，带来正在走向毁灭的兄弟的消息呢？

但愿你，渡鸟，会对他们说……

“德咙——咚！”一只渡鸟叫了一声，一面飞过那个正在走向灭亡的人的头顶。

“听见了，”母渡鸟在巢里也用这样一声“德咙——咚”回答说，“只是你来得及的，趁他还没有完全陷进沼泽里，先去撕下点儿什么东西来吧。”

“德咙——咚！”公渡鸟又在小姑娘的头上叫了一声，她差不多就待在快要灭亡的兄弟旁边，正在潮湿的沼泽地上匍匐爬行。渡鸟的这一声“德咙——咚”的意思是，在这个爬行的小姑娘身上，渡鸟一家也许能捞到更多哩。

宝地的正当中没有酸果蔓。这儿是一片茂密的白杨林，清一色的白杨，高低参差，犹如岗峦起伏，引人注目。一头长着大犄角的巨人般的驼鹿站在树林里面。从一边看上去，觉得它像一头公牛，从另一边看上去，又觉得像马，简直就是一匹马：匀称的身躯，匀称而细瘦的腿，一张丑脸上长着两只细小的鼻孔。但这张丑脸弯得像弓一样，而且是什么样的眼睛，什么样的犄角啊！你瞅着它，会这么想：说不定什么也没有，既没有公牛，也没有马，而是在这片茂密的灰蒙蒙的白杨林里堆着一大堆灰蒙蒙的东西。但怎么会是堆起来的白杨呢？既然清清楚楚看到这个怪物的厚嘴唇啪地一下子贴到树身上，娇嫩的杨树上留下一条狭窄的白色痕迹：原来这怪物就是这样吃东西的。而且几乎每棵杨树上都能看到这种啃过的痕迹。不，这个大家伙不是沼泽地里的幽灵。不过靠杨树皮和沼泽地里睡菜的花瓣儿，竟会长成这么大的身躯，这叫人怎么能理解呢？人类尽管有伟大的力量，连对酸果蔓上结的酸果都那么贪婪，这样的贪心是打哪儿来的呢？

驼鹿在啃树皮，同时居高临下，安详地瞅着那个在地上爬行的小姑娘。

除了自己的酸果蔓，她什么也看不见，她爬着，爬着，爬到一个老大的黑树桩前面。原先的长腿小金母鸡现在浑身湿淋淋的，满身是泥，勉强挪动着拖在身后的篮子。

驼鹿根本就没有认为她是一个人：她具有普通兽类的一切特性，对这样的兽，它向来是漠不关心的，就像我们对待死气沉沉的石头一样。

黑色的大树桩把阳光吸收到自己身上，晒得暖烘烘的。这时天色开始暗下来，空气和四周的一切都渐渐变冷了。不过这黑色的大树桩还保留着一些暖意。六条小蜥蜴从沼泽地里爬到树桩上，紧紧依偎着这个暖和的地方；四只柠檬色的蝴蝶并拢翅膀，用触须紧贴在树桩上；一些大黑蝇飞到这儿来过夜；一根很长的酸果蔓蔓条攀着草茎和凹凸不平的地方，缠住黑树桩，在它的顶上盘了几圈，又从另一边消了下去；在这个季节里，毒蛇——蝮蛇需要保暖，一条半公尺长的大蝮蛇爬上树桩，在酸果蔓上盘成一个小圆圈。

小姑娘也在沼泽地里爬着，从不向上高高地抬起头来。她就这样爬到了那个朽掉的树桩跟前，扯了一下上面盘着一条蛇的蔓条。那爬虫抬起头来，发出咝咝的叫声。娜斯嘉也抬起头来。

娜斯嘉终于清醒了，一下子跳了起来，驼鹿看出她是人，立刻跳出白杨林，甩开强壮有力、像踩着高跷似的长腿，在泥泞的沼泽地里轻快地飞跑，犹如灰兔在干燥的小路上奔驰。

被驼鹿吓了一跳的娜斯嘉吃惊地瞅着那条毒蛇：蝮蛇仍然躺在那儿，在温暖的阳光里盘成一团。娜斯嘉仿佛觉得，好像是她本人留在了那儿，留在了那个树桩上，这时她已经从蛇皮里钻了出来，站在这里，弄不清自己究竟是在什么地方。

就在不远的地方，一条背上有一道黑纹的棕黄色大狗，正站在那儿瞅着她。这条狗是特拉夫卡。娜斯嘉甚至记起了它，安吉佩奇曾不止一次带它到村里去过。不过狗的名字她记不准了，于是对着它叫：“穆拉夫卡，穆拉夫卡，我给你点儿面包吃！”

她伸手到篮子里去拿面包。篮子装得满满的，面包埋在酸果蔓下面。

从早到晚，直到把老大的一个篮子装满，已经过了多少时间，采了多少酸果蔓啊？在这段时间里，饿着肚子的弟弟在哪儿，她怎么会忘了他，怎么会忘记了自己和周围的一切呢？

她又望望盘着蛇的树桩，突然刺耳地尖叫一声：“弟弟，米特拉沙！”

于是放声大哭，倒在装满酸果蔓的篮子旁边。

正是这一声刺耳的尖叫声飞到了瞎洞，米特拉沙听到喊声，也回答了，但那时阵风却把他的喊声吹到另一个方向去了。

10

可怜的娜斯嘉呼喊的时候，那阵强烈的风还不是晚霞满天、寂静降临之前最后的阵风。这时太阳正穿过厚厚的云层向下浮动，从那儿把它宝座上的金脚伸向地面。

当米特拉沙高声回答娜斯嘉的时候，那一阵风也还不是最后的一阵风。

当太阳仿佛把它宝座上的金脚沉入地下，当一轮巨大、光洁的红日用它的底边接触到地面的时候，那时吹来的方是最后的一阵风。那时候小歌手白眉鸫在干谷里唱起了它那动听的歌曲。卧石旁边，发情的公乌鸡在安静下来的大树上怯生生地发出求偶的鸣声。鹤群一连大叫三声，不是像早晨那样高呼“胜利”，而仿佛是说：“睡吧，不过请记住：我们不久就要把你们全部唤醒，全部唤醒，唤醒！”

白天不是以阵风作为终点，而是随着最后一声轻微的呼吸消失。这时一片沉寂降临大地，随便哪里，什么声音都能听得清清楚楚，就连松鸡在小干河的丛林中互相应答的轻啸声，也能听清。

这时，特拉夫卡猜到了人的不幸，于是走到痛哭的娜斯嘉跟前，舔她那因为流泪而有点儿咸味的脸蛋儿。娜斯嘉抬起头来，看了看那条狗，什么也没有对它说，特拉夫卡就又低下头去，把头径直埋在浆果里了。透过酸果蔓，特拉夫卡清清楚楚闻到了面包的香味，它非常想吃面包，但它无论如何也不能允许自己用爪子去刨酸果蔓。它不肯这么做，但觉察到人的不幸，于是高高地仰起头，高声吠叫起来。

记得很久以前，有一次也是在傍晚，我们乘一辆挂着车铃的三套马车，像古时候那样，在森林旁边的道路上行走。蓦地车夫勒住了马车，车铃沉默了，倾听了一会儿，车夫对我们说："糟糕！"

我们自己也听到了什么声音。

"这是什么？"

"有什么不幸的事：一条狗在森林里叫。"

当时我们始终没有弄清，那是件什么不幸的事。说不定也是什么地方有人陷在沼泽地里了，因此伴送他的狗，这人类的忠实朋友，在高声吠叫。

在极端的寂静中，当特拉夫卡吠叫的时候，灰狼立刻听出，这是在那块宝地上，于是赶快，赶快一直往那边跑去。

只是特拉夫卡很快就住了声，不再叫了。于是灰狼停下来，等它再叫。

而这时候特拉夫卡自己听到，在卧石那边有一种它熟悉的、尖细而且难得听到的声音："架夫，架夫！"

它立刻明白，这是狐狸在追兔子时尖声叫唤。当然啦，它也明白，狐狸所发现的，就正是它在卧石那儿嗅到过的那只灰兔的脚印。它还知道，狐狸不要花招永远也追不到兔子，狐狸所以要叫，只不过是为了让兔子跑，让它疲于奔命，当它累得筋疲力尽、躺下来的时候，那时狐狸就会到它躺着的地方去抓住它。安吉佩奇死后，特拉夫卡抓兔子吃的时候，也不止一次这么干过。听到这只狐狸的叫声，特拉夫卡决定采用狼的办法：狼狩猎时是一声不响守候在猎场上，等到高声吠叫着追赶兔子的狗来到跟前，就冲上去抓住它。现在特拉夫卡也是这样，躲藏起来，趁狐狸追捕的机会，去抓那只兔子。

留心听了听狐狸追捕的叫声，特拉夫卡也和我们猎人一样，弄清了兔子奔跑的路线：兔子从卧石那儿跑到瞎洞，再从那儿到小干河，从那里兜一个老大的半圆形圈子跑到宝地，然后准是再回到卧石那儿去。明白了这一点，于是它跑到卧石那里，躲在那儿茂密的桧树丛里。

特拉夫卡用不着久等。它凭着自己敏锐的听觉，已经听见了兔子的脚踩在沼泽地小路上的小水洼里噗噗的响声，这种声音人的听觉是难以察觉的。早晨娜斯嘉踩出的脚印里渗出水来，于是就形成了这些小水洼。灰兔准要马上来到卧石这儿了。

特拉夫卡在桧树丛后蹲下，把力气都使在后脚上，好用力向前猛扑过去。当它看见一对耳朵的时候，立刻就扑了过去。

刚好这时那只肥大、强壮的老灰兔勉强一瘸一拐地走过来，但突然想要停住，甚至用后脚直立起来，听听狐狸的叫声是不是离得还远。

于是这就同时凑到一起了。特拉夫卡猛一扑，兔子却站住了。

特拉夫卡扑过了头，从兔子身上跳过去了。

趁狗转身的工夫，兔子已经大步大步跳跃着，顺着米特拉沙走的那条小路飞也似的向瞎洞跑去。

这样一来，狼的狩猎法没能奏效：天黑以前不可能等到兔子再回转来了。于是特拉夫卡就用它自己的、狗的办法，跟在兔子后面，紧追不舍。

它尖叫一声，接着，在傍晚的寂静中，到处都响彻了忽高忽低、不紧不慢、有节奏的狗吠声。

听到狗吠声，小狐狸当然立刻放弃了追捕灰兔的狩猎，又像平日一样去捕老鼠了……灰狼终于听到了期待已久的狗吠声，于是大步向瞎洞那个方向跑去。

11

瞎洞上的喜鹊们听到兔子走近的声音，于是分作两伙：一些留在那个小人儿那里，高声叫喊着："德哩——叽——叽！"

另外一些对着兔子叫喊："德拉——嗒——嗒！"

很难弄清楚和猜出这些喜鹊的警报是什么意思。要说它们是在呼救吧——可这能帮什么忙呢？如果有个人或有只狗听到喜鹊的叫声赶了来，喜鹊们就什么也捞不到了。要说它们是用自己的叫声召集喜鹊全族都来参加血的筵席吧？可是难道会是这样的吗……

"德哩——叽——叽！"喜鹊们边叫边跳，越来越逼近那个小人儿了。

但它们不能跳到他紧跟前去：那个小人儿的手是能自由活动的。突然，喜鹊的叫声混乱了，同一只喜鹊有时叫"德哩"，有时又叫"德拉"。

这就是说，兔子快到瞎洞了。

这只灰兔已经不止一次躲开过特拉夫卡，它十分清楚，猎狗总是追得上兔子的，这就是说，得要个花招才行。所以就在瞎洞前边，还没走到那个小人儿跟前，它站住了，惊动了所有的喜鹊。喜鹊纷纷落到枞树上层的小枝上，大家一齐对着兔子叫喊："德拉——嗒——嗒！"

但兔子不知为什么不理睬这种叫喊，仍然向一旁跳去，故意弄乱自己的脚印，对喜鹊毫不在意。因此有时会认为，喜鹊的这种叽叽喳喳毫无用处，它们也像人们一样，由于无聊，只不过是用闲扯来消磨时间罢了。

兔子稍站了一下，往一旁跳出了老远，这是它的第一跳，或者像猎人所说的，称之为"诈跳"——在那儿稍站一会儿，又跳到另一边去，连跳十来次，每次都跳不多远，然后再跳第三跳，于是躺在那儿，眼睛紧盯着自己的脚印，以防特拉夫卡识破它的诡计，跟踪到它第三次诈跳的地方来，这样，它可以事先看到那条狗……

是啊，当然啦，兔子很聪明，真够聪明的，但这些诈跳毕竟是危险的把戏。聪明的猎狗也知道兔子总是瞅着自己的脚印，它会很巧妙地辨明诈跳的方向，不是根据脚印，而是依靠辨别空气中的气味，直接从空气里找到线索。

所以当兔子听到狗叫声忽然停了，狗站在原地，开始一声不响兜它那可怕的圈子时，它的心跳得多厉害呀……

这一次算兔子走运。它明白了：当狗在瞎洞那儿开始转圈的时候，准是遇到了什么，突然清清楚楚地听到，那儿有人说话的声音，接着掀起了一阵可怕的喧哗……

可以猜得出：兔子听到了无法理解的喧闹声，自言自语说了些什么，就像我们所说的："是非之地，远离为妙。"于是一瘸一拐，顺着来时留下的脚印，悄悄往卧石那边逃去。

再说特拉夫卡跟踪那只兔子，飞快地追到了瞎洞，突然在离自己十步远的地方面对面地看到了一个小人儿。它忘记了兔子，一动不动地站住了。

不难猜出，特拉夫卡望着陷在洞里的小人儿，心里在想些什么。要知道，对于我们来说，我们大家各人都是互不相同的。而对于特拉夫卡，所有的人似乎就只是两个——一个是有着各种不同脸孔的安吉佩奇，另一个是安吉佩奇的敌人。因此一条出色的聪明狗不会一下子就到人跟前去，而是先站住，认一认，这是它的主人呢，还是主人的敌人？

现在特拉夫卡就是这样站着，望着被落日的余晖照亮的小人儿的脸。

起初小人儿的眼睛暗淡无光，毫无表情，但蓦地眼睛里闪出了火花，特拉夫卡看到了这个变化。

“多半这是安吉佩奇。”特拉夫卡想。

于是轻轻地、勉强可以觉察地摇摇尾巴。

我们当然不能知道，特拉夫卡认出它的安吉佩奇时心里在想什么，但猜一猜自然是可以的。你们记得自己有过这样的情况吗？有时你在森林里对着一个静静的小河湾弯下腰去，像在镜子里一样，照见全身，照见整个人，高大，美丽，也在河湾里照一照，就像是在照镜子。在那儿，在这镜子里，他和整个大自然，和云彩、森林在一起，显得那么美，太阳也在那儿，落进水底，一弯新月和满天繁星也都映照在水里。

大概对于特拉夫卡来说，也正是这样，如同在镜子里一样，它在每个人脸上看到的都是人，也就是安吉佩奇，对每一个人，它都很想扑到他脖子上去，但根据自己的经验，它知道，安吉佩奇的敌人也有和这一模一样的面孔。

所以它在等待着。

然而它的爪子也渐渐被吸进沼泽去了。如果再这样站着不动，那么狗的爪子也将陷下去，再也拔不出来。不能再等下去了。

突然……无论是雷声，还是闪电，无论是伴随着各种胜利的欢呼的日出，还是日落时鹤群期许迎来美好的、新的一天——对于特拉夫卡来说，任何事物，任何自然界的奇迹，都不可能比现在沼泽地里所发生的事情更为重要：它听到了人说出来的一个词——而且是一个什么词啊！

作为一个高明的、真正的猎人，起初安吉佩奇当然是照猎人的习惯，根据“特拉维契”[①] 这个词，给自己的狗取了个名字，最初他把我们的特拉夫卡叫作扎特拉夫卡；但后来猎狗的名字叫起来绕口，结果就出现了特拉夫卡这个美妙的名字。安吉佩奇最后一次到我们这儿来的时候，他的狗还叫扎特拉夫卡。当小人儿的眼睛里闪射出火花的时候，这意味着，米特拉沙记起了狗的名字。随后那个小人儿的麻木、发青的嘴唇又有了血色，变得红润，开始微微翕动了。特拉夫卡注意到了嘴唇的这种动作，于是第二次轻轻摇了摇尾巴。这时发生了特拉夫卡所能理解的真正的奇迹。完全和老安吉佩奇生前那些时候一样，新的、年轻的小安吉佩奇说：“扎特拉夫卡！”

一认出安吉佩奇，特拉夫卡立刻趴下了。

“喂，喂！”安吉佩奇说，“到我这儿来啊，好聪明的狗哇！”

特拉夫卡轻轻朝前爬去，这样来回答那个人的话。

但现在这个小人儿叫它，引它，并不像特拉夫卡多半在心里所想的那样，完全出于一片诚心。小人儿的话里不但有特拉夫卡想象之中的友情和喜悦，而且还暗含着搭救他自己的巧妙的计划。如果他能把自己的计划

---

① 特拉维契（мраьпмь），意思是用猎狗去追捕。

讲给它听，让它听懂的话，它会多么高兴地扑上去救他啊。然而他无法让它懂得他的意思，必须用爱抚的话来骗它。他甚至需要让它怕他，不然的话，如果它不怕他，在伟大的安吉佩奇的威力前不感到一点儿应有的畏惧，却按照狗的方式飞也似的一下子扑到他的脖子上来，那么泥沼必然会把他们连人带狗——他的朋友——一起拖到沼泽地底下去。简单地说，小人儿现在不能成为特拉夫卡幻想中那样一个伟大的人。小人儿不得不要花招。

“扎特拉乌什卡[①]，亲爱的扎特拉乌什卡！”他用甜蜜的声调亲热地叫它。

心里却在想：“喂，爬呀，只要你爬！”

狗凭着自己纯洁的心灵感觉到，安吉佩奇清清楚楚说出来的话里有点儿什么不完全真诚的东西，所以爬一爬，又停一停。

“喂，亲爱的，再过来一点儿，再过来一点儿！”

心里却在想：“只要你爬，爬呀。”

瞧，它渐渐爬近了。现在他已经能撑着平放在沼泽地上的猎枪，稍微俯身向前，伸出手去，抚摸一下它的脑袋了。但狡猾的小人儿知道，只要他哪怕是轻轻地碰它一下，它准会高兴地尖叫一声，扑到他身上来，使他陷进沼泽里去。

于是这个小人儿在自己身上保留着一颗大人的心，他一动不动，准确地计算着动作，就像一个战士在做决定性的一击时计算斗争的结局：是死是活，全在此一举了。

---

① 扎特拉夫卡的爱称。

现在只要特拉夫卡在地上再稍往前爬一下，它就要扑到人的脖子上来了，但小人儿的计算毫无差错：转瞬间他很快向前伸出右手，抓住这条强壮有力的大狗左边的后腿。

难道人的敌人能像这样欺骗它吗？

特拉夫卡用发狂的力气猛一挣，它也许会从这个小人儿的手里挣脱出来的，如果已经被拉出半截身子的小人儿没有用另一只手抓住它另一只脚的话。在这以后，转眼之间他已经用肚子俯在猎枪上，放开了狗，自己也像狗那样四肢着地，把支撑着他的猎枪一点一点地朝前挪着，爬到了小路上，那儿是人经常行走的地方，由于人的脚踩过，小路两边都长着老高的硬毛草。在这儿，在小路上，他站起身来，这时他从脸上擦掉最后的眼泪，从他破烂的衣服上抖掉污泥，像一个真正的大人一样，威严地命令说："现在到我这儿来吧，我的扎特拉夫卡！"

听到这样的声音和这样的话，特拉夫卡抛弃了一切犹豫：站在它面前的就是从前那个再好也没有的安吉佩奇。它认出了主人，高兴地尖叫一声，扑到了他的脖子上，那个人也在亲吻自己的朋友，亲它的鼻子、眼睛、耳朵。

我们的老护林员安吉佩奇曾经答应我们，如果我们自己不能在他活着的时候见到他，他会把自己的实话（真理）悄悄地告诉他那条狗：现在是不是到了讲一讲对他这些叫人纳闷儿的话，我们自己是怎么想的时候了呢？我们认为，安吉佩奇说这些话并不完全是开玩笑。很有可能，作为特拉夫卡所了解的那个安吉佩奇，或者照我们的说法，整个人类，在他遥远的过去，曾经把某种伟大的人类的真理悄悄地告诉了自己的朋友——狗。我们认为：这真理就是人们为了爱而进行的永恒、严肃的斗争。

12

要讲完这漫长的一天中在布鲁多沃沼地发生的一切，该说的事现在所剩的已经不多了。不管这一天看起来有多长，当米特拉沙靠特拉夫卡帮忙从瞎洞里挣脱出来的时候，白天还没有完全结束。经过和安吉佩奇相逢的狂喜之后，办事认真的特拉夫卡立刻又想起了它最初追兔子的事。可以理解：特拉夫卡是一条猎狗，它的事情就是为自己去追捕野兔；然而为主人安吉佩奇去抓兔子，这永远是它的幸福。现在它把米特拉沙看作安吉佩奇，又在继续它那被打断了的追踪了，它转着圈子，不久就发现了灰兔逃走时的脚印，于是立刻高声叫着，顺着这条新鲜的脚印追了上去。

饿得半死的米特拉沙立刻明白，他要想得救，就全靠这只兔子了。如果他打死这只兔子，那么可以放一枪来取火，就像父亲在世时曾不止一次做过的那样，可以在热灰里烤兔肉吃。他检查一下猎枪，换掉稍微受了潮的弹药，于是走到猎场上，隐藏在一丛桧树丛里。

当特拉夫卡追的那只兔子从卧石那儿跑到娜斯嘉走的那条大路上，又把它赶到宝地，再从那儿把它赶到猎人藏身的桧树丛来的时候，还能清清楚楚看到猎枪上的准星。但这时发生了这样的事：灰狼听到狗又开始追捕兔子的叫声，恰巧为自己挑中了猎人藏身的那丛桧树，于是两个打猎的，人和他的最凶恶的敌人碰在一起了。看到离自己四五步远的灰狼的嘴脸，米特拉沙忘记了兔子，几乎是用枪顶着灰狼开了一枪。

灰地主毫无痛苦地结束了自己的生命。

追捕兔子的事当然被这一声枪响打断了，但特拉夫卡仍然在继续干它自己的事。最主要的、最幸福的事既不是兔子，也不是狼，而是娜斯嘉听到附近的枪声，高声喊叫起来。米特拉沙听出了她的声音，回答了她，于是一眨眼的工夫她就跑到了他的身边。在这以后不久，特拉夫卡也给它年轻的新安吉佩奇叼来了那只灰兔，于是姐弟俩开始在篝火旁烤火，给自己准备吃的东西和过夜的地方。

娜斯嘉和米特拉沙住的地方和我们只隔着一幢房子，当早晨他们院子里饿着肚子的牲口叫起来的时候，我们最先到那儿去，看看孩子们那里是不是发生了什么不幸的事。我们立刻明白了，孩子们没有在家里过夜，多半是在沼泽地里迷路了。旁的邻居们也渐渐聚集到这里，开始考虑，如果孩子们还活着的话，我们该怎样去搭救他们。刚刚打算分头到沼泽地里去——抬头一瞧，采甜酸果蔓的孩子们正一个跟着一个从森林里走出来，他们用一根竿子搭在肩膀上，抬着一个沉甸甸的篮子，和他们并排走着的是特拉夫卡，安吉佩奇的那条狗。

他们给我们详细叙述了在布鲁多沃沼地发生的一切，包括每一个细节。对这一切我们深信不疑：采到空前未有的那么多的酸果蔓，就是明显的证据。但并不是所有的人都能相信，一个十一岁的小男孩儿竟能打死那条狡猾的老狼。然而相信这回事的人们当中，有几个带着绳子，赶着大雪橇，到上述那个地点去了，不久就运回了那条叫灰地主的死狼。这时村里所有的人都暂时丢下自己的事情，聚拢过来，不单是自己村里的人，就连邻村的人也都来了。人们谈论得可真多啊！很难说他们主要是来看谁，是看狼呢，还是来看帽子上有双层帽檐的猎人。当人们把眼光从狼身上挪开的时候，都说："是啊，以前我们还笑他，逗他说'麻布袋里的小庄稼汉'哩！"

于是不知不觉对大家来说，从前那个"麻布袋里的小庄稼汉"当真变了样，在战时最近两年里他长高了，长成一个多好的小伙子了——高高的个儿，身材那么匀称。他准会成为卫国战争中的英雄的，只不过这时战争结束了。

小金母鸡也叫村子里所有的人惊叹不已。大家都和我们一样，谁也没有责备她贪心，恰恰相反，大家都称赞她很有见识地叫弟弟走那条平坦的路，称赞她采了那么多酸果蔓。可是当收养从列宁格勒疏散出来的孩子们的保育院，请求村里为生病的孩子们提供力所能及的帮助时，娜斯嘉把她自己那些能治病的浆果全部都捐献出去了。正是在这时候，我们赢得了小姑娘的信任，从她那儿了解到，为了自己的贪心，她内心里曾感到多么痛苦。

现在我们只剩下再稍微谈谈自己了：我们是什么人，到布鲁多沃沼地是干什么来的？我们是沼泽地里财富的勘探者。还在卫国战争最初的日子里，我们就在为开采沼泽地里的燃料——泥炭，进行准备了。我们查明，这片沼泽地里的泥炭能够供一座大工厂开工一百年。看，我们的沼泽地里蕴藏着多么宝贵的财富啊！可是直到如今，许多人对这座伟大的太阳的宝库所知道的只是，似乎沼泽地里有鬼：这全是胡说八道，沼泽地里什么鬼也没有。

米哈依尔·米哈伊洛维奇·普里什文（Muxaun Muxanuoku Hpumbuh，1873—1954），苏联伟大作家，是极受读者欢迎的散文大师。他的作品独具一格，可以说是一位独具慧眼的歌唱大自然的诗人，能在人心灵深处激起对美和善的憧憬，用他自己的话来说，也就是能“使美成为善的太阳”。

普里什文出生于奥辽尔省叶列茨县一个商人家庭。他原来是学农艺的，1897 年因参加马克思主义小组被捕入狱，半年后被驱逐出国。在德国，他在莱比锡大学哲学分院学习农艺学专业，1902 年毕业，回国后曾在克林和卢加做农艺师，还为一些农艺杂志写过稿子。1905 年，他的第一部作品《在飞鸟不惊的地方》问世，颇受欢迎，从此开始专心写作。他曾在祖国到处游历，这些旅行为他的创作提供了丰富的素材。

他的主要作品有《小圆面包》(1908)、《克鲁托亚尔的野兽》、《鸟的坟地》、《看不见的城市的墙边》(1909)、《亚当和夏娃》(1909)、《黑脸的阿拉伯人》(1910)、自传体长篇小说《恶老头的锁链》(1960，从 20 世纪 20 年代起开始写作，全文出版时作者已去世)、《仙鹤的故乡》(1929)、《亲爱的野兽》、《人参》(1933)、《没有披上绿装的春天》(1940)、《叶芹草》(1940)、《列宁格勒儿童的故事》(1943)、《当代的故事》(1945)、《太阳的宝库》(1945)、《造船的密林》(1954) 等。

对他的作品，许多著名作家都给予很高的评价。高尔基说：“细读您的著作，我发现了您所独具的优点，这在其他俄罗斯作家的作品中还没有看见过……在我看来，您所写的不是大自然，而是比大自然更大的东西——是大地，是我们伟大的母亲。”谈到普里什文的语言时，高尔基曾说：“在尼·谢·列斯科夫之后，我们的文学艺术中还没有过如此老练的大师。但列斯科夫是天才地运用叙述的语言，而普里什文则是完美地令人惊异地掌握了描绘的语言。他当真是在‘塑造’。他的句子仿佛在做手势，他的语言则在进行思索。”著名诗人亚历山大·勃洛克读了普里什文的第一部作品之后，说道："这当然是诗，不过还是什么别的东西。"帕乌斯托夫斯基曾说："普里什文的语言如同有花盛开，光彩夺目。它们时而似芳草沙沙作响，时而如清泉喃喃低语，时而似小鸟歌声应答，时而为最初的薄冰，不时发出清脆的叮当之声，终于，如同一串串星流，慢慢地排列在我们的记忆之中。"

普里什文自己虽也曾谦逊地说，他并没有什么"真正的成就"，"名望甚至还不如一个中等作家"，但他深信自己会在人民中找到他的"位置"，深信他的"种子"——作品，"能够发芽"，而且会长出蓝瓣金心的"勿忘我花"。也就是说：人民是不会忘记他的。他的预言果然实现了，他的作品经受住了时间的考验，在他逝世二十多年以后，读者对他作品的兴趣不但未曾消减，反而日益增加。正如他自己所说的："只有在俄罗斯人民灭亡的时候，才能把我消灭，但人民不会灭亡，也许，它才不过刚刚开始生活。"

普里什文的创作植根于对人民的爱："我写——也就是说，我爱。"但他决不去迎合什么时髦的东西，而是根据自己心灵的命令进行写作。

普里什文认为，对于许多小说作者来说，大自然往往只是故事的背景，是人物在其中活动的环境，就连像屠格涅夫这样善于描写自然景色的能手也不例外，在他的作品中，风景也不过是完全独立的大自然。

普里什文却做了不同的尝试。在他的许多作品中，大自然和人是不可分割的，他往往让大自然和人以平等的身份出场，大自然中的一切都成了故事的主人公。也许这正是《太阳的宝库》的艺术特点之一。在这部作品中，不但狗、狼、兔子、乌鸦、乌鸡，就连松树、枞树，甚至风，也都成了故事的有机组成部分。大自然不是背景，不是道具，而是和人一样，是灵魂，是主人，他不是简单地描写自然景色，而是使自然界的一切都人格化，让大自然和人融为一体。正是因此，普里什文才不止一次在日记中提到，《太阳的宝库》是他自己比较满意的作品。

十四英尺

亚·格林

1

“那么，她对你们俩都拒绝了吗？”告别的时候，草原客栈的老板问。

罗德默默地抬抬帽子，就迈开大步走了。基斯特也是一样。矿工们在怨恨自己，因为昨儿晚上酒后失言，话说得太多了。现在客栈老板想跟他们稍微开点儿玩笑，至少这最后一个问题几乎毫不掩饰含有嘲笑的意思。

当拐了个弯，客栈消失以后，罗德不好意思地笑了笑，说：“这是你要喝酒的。要不是喝酒，凯特就不会为了我们说的话臊得满脸通红了，别看这姑娘离我们那么远。可是这和这条鲨鱼[①]有什么关系……”

“可是老板到底知道了些什么呢？”基斯特反驳说，“唔……你爱……我爱……咱们爱的是一个女人。对她来说，反正都一样……总之，这场谈

① 鲨鱼，转义为贪得无厌的剥削者，这里指客栈老板。

话谈的是女人，不是吗？”

“你不懂，”罗德说，“我们对她做得太不好了：我们在柜台那儿……说出了她的名字。唉，够了，别说了。”

尽管那姑娘牢牢地占据了他们每个人的心，他俩却仍旧是朋友。如果姑娘在他们之中进行选择的话，不知道情况将会怎样。内心的不幸甚至使他们亲近起来：他们俩都在想象中用望远镜观看凯特，而任何人都不像天文学家那样互相亲近。因此他们的关系并没有受到破坏。

正像基斯特所说的，“凯特反正一样”。不过并不完全一样。然后她却默默无言。

2

“谁要是爱，他就会走到底的。”当他俩——罗德和基斯特——来告辞的时候，她心想，那个感情最强烈、最坚强的人准会回来，重新向她求爱。也许这有点儿残酷无情，这位十八岁的穿裙子的所罗门暗自论断。其实，他们两个，姑娘都喜欢。她不明白，怎么能离开走出四英里远，在二十四小时之后会不想回来。然而矿工们严肃的神情，他们那装得满满的口袋，以及那些只有在真正离别时才讲的话，稍稍激怒了她。她心里很不是滋味，为此她进行了报复。

“去吧，”凯特说，“世界大得很。你们不会总是两个人一道靠在一个窗口上吧。”

她这么说着，最初心里在想，要不了多久，愉快、活泼的基斯特很快就会来到她的面前。后来，过了一个月，这个期限的力量使她把念头转到了罗德身上，她和罗德在一起的时候，总是觉得更随便些。罗德的头很大，强壮有力，沉默寡言，然而经常是那样柔顺地望着她，以致有一次她像叫小鸡那样对他说："咕——咕——"

3

到太阳山露天采矿场去，走直路要穿过一些纵横交错的悬崖峭壁——一条遮断森林的山脉的支脉。这里有一些小路，还在客栈里，他们就已经了解了这些小路的性质和它们之间的关系。几乎整整一天，他们都是在沿着正确的方向前进，可是傍晚前稍微偏离了正路。最大的错误发生在扁石附近——这是很久以前被地震抛下来的一块断岩。由于疲倦，他们忘了拐弯，本该先向左转，走一英里半，然后再上山，可他们却一直往上走去。

日落时矿工们好不容易走出茂盛的密林，这才看到，一个断裂口拦住了他们的道路。山谷相当宽，但是一般说来，好像站在合适的位置上，马可以跳得过去。

看到迷路了，于是基斯特和罗德分头前去找路：一个往右，一个往左。基斯特好不容易走到无法通行的悬崖边上，就折了回来。过了半个钟头，罗德也回来了，道路把他带到了跌落进无底深渊的瀑布那里，裂口分裂开来，一股激流就从那里跌落下去。

他们会合在一起，停在最初看到断裂口的那个地方。

4

峡谷对面，峭壁的边缘仿佛就在他们面前，看起来是那么近，似乎只要架一座很短的小桥，就可以走过去。因此基斯特懊恼地跺跺脚，搔了搔后脑勺儿。被峡谷分开的峭壁边缘是个坡度很小的慢坡，坡上布满碎石，再往下就是直上直下的峭壁了，然而在他们寻找可以绕过去的道路时，走过的所有地方当中，峡谷两边的距离只有这儿最窄。罗德用绳子拴上一块石头，扔过去，量了量这段很伤脑筋的距离：它差不多有十四英尺。他环顾四周，只见红日西落，晚霞中，高地上只有一片像刷子一样干枯的灌木丛。

他们可以折回去，这样会耽误一两天时间；但前方，就在下面，半圆形的阿斯采达山脉犹如一条细线，远远地若隐若现，在这条曲线右面就是太阳山含有金矿的支脉。越过这个峡谷，意味着至少能缩短五天的路程。然而如果踏着自己来时的足迹折回去，走人们通常所走的那条道路，沿着弯弯曲曲的河流行进，就要兜一个老大的圈子，而目前他们却可以越过峡谷，走一条直路，用不着去绕那条“S”形的弯路了。

“要是有树就好了，”罗德说，“可是这儿没有树。没法儿扔条绳子过去，那边也没有什么可以拴绳子的东西。只有跳过去了。”

基斯特向四面看了看，然后点了点头。真的，在跳跃之前，先跑几步是很方便的：谷边有一段慢坡，坡度很小。

“得这样想：在你前边是一块绷紧的黑布，”罗德说，“再没有旁的了。你要设想，并没有山谷。”

“当然啦，”基斯特心不在焉地回答，“稍有点儿冷……好像在洗澡。”

罗德从肩上取下口袋，把它扔了过去；基斯特也学他的样。现在他们只能照自己的决定去做，毫无其他选择的余地了。

“那么……”罗德说，但基斯特比较急躁，和罗德相比，更不善于等待，他伸出手来，拦住了罗德。

“我先来，你后跳，”他说，“这根本算不了什么。小事情！你看着。”

他一鼓作气，以防会突然胆怯——虽说胆怯是情有可原的，后退几步，然后向前跑去，猛一蹬脚，腾空而起，顺利地飞过峡谷，胸部着地，扑通一声，落到他自己的口袋旁边。在他拼命一跳，腾空而起的时候，罗德也在暗暗使劲，仿佛是用自己全身的力气帮助他跳过去。

基斯特站了起来。他的脸色有点儿苍白。

“好了，”基斯特说，“我等着你，希望你这就过来。”

罗德慢慢地退到高处，心不在焉地搓了搓手，低下头，向悬崖边上跑去。他那沉重的身躯似乎像飞鸟一样用力向前猛冲过去。当他跑了几步，然后一跃而起，悬在空中的时候，基斯特突然不由自主地想象他正在掉进无底深渊。这是个卑鄙的想法——不受人意志支配的那些想法之一。可能这个想法传达给了那个正在跳过山谷的人。罗德离开地面时，不经心地朝基斯特望了一眼——这一看使他感到心慌意乱。

他胸部着地，落到了悬崖边上，立刻抬起一只手来，抓住了基斯特的手。下面的万丈深渊仿佛在他心里“哎哟”惊呼了一声，但就在他要跌落下去的千钧一发的时刻，基斯特紧紧地抓住了他。再稍微迟延一下，基斯特的手就只能消失在一片空虚之中了。悬崖边上布满碎石，基斯特俯在碎石上，顺着悬崖边缘的曲面向下滑去。他的胳膊被拉得很长，罗德沉重的身躯坠得它失去了知觉，但是他用双脚和另一只空着的手在地上又是蹬，又是抓，冒着生命的危险，疯狂地拼命拉住罗德的手，犹如祭坛上的牺牲在做垂死的挣扎。

罗德看得清清楚楚，也很明白，基斯特正在往下滑。“放开！”罗德说，他的声音如此可怕，声调是那样冷冰冰的，吓得基斯特绝望地大声呼救，但他自己也不知道是在喊谁。“你会掉下来的，我跟你说，”罗德接着说，“放开我，你别忘了，她曾经用一种特别的眼神看了你一眼。”

这样他就暴露了自己心中暗藏着的、痛苦的信念。基斯特没有回答。他在默默地为他自己的那个想法赎罪——那个觉得罗德是在向下跳的想法。于是罗德用另一只空着的手从衣袋里掏出折刀，用牙齿扳开它，一刀扎在基斯特的手上。

手松开了……

基斯特朝下看了一眼，然后，勉强支撑着，不让自己也掉下去，爬回上面，用手帕把伤口包扎起来。有一会儿工夫他静静地坐着，用一只手紧紧地捂着脸，浑身轻轻地颤抖起来。

第二年冬天，一个衣着相当考究的人走进卡罗尔的农场。他还没来得及回头看一看，只听得屋里好几道房门砰砰啪啪一阵乱响，一个年轻姑娘从屋里飞快地向他跑来，吓得鸡群东奔西窜。她的神态无拘无束，但拉长了的脸上表情是紧张的。

“罗德呢？”她刚向他伸出手来，急忙问道，“还是只有您一个人，基斯特？”

“如果由你挑选，你的选择是错不了的。”进来的那个人想。

“罗德……”凯特又说了一遍，“你们总是在一起的，不是吗？”

基斯特咳嗽一声，望望旁边，把什么都说了出来。

1925年

埃尔达和安戈泰娅

亚·格林

1

戈托恩走进比绍姆剧院的后台。这是在排演已近尾声的时候，排演就要结束了。戈托恩站在过道里那些灯具和布景的板壁之间，把自己的名片递给检票员，请他转交给埃尔达·西尔万。

进入她的化妆室以后，他又一次为她和费尔古松的那张照片如此相似感到震惊。

埃尔达穿一件黑色连衫裙，这使别人的注意力全集中到这位小巧玲珑、颇有才华的女演员的脸上。由于没有一个有势力的情夫，所以她还没有出名。

她中等身材，有点儿神经质的脸长得并不匀称。她那漆黑的头发，一双乌黑的大眼睛，光洁的前额和脖子的线条，都十分秀美，长长的睫毛赋予她的眼睛一种严肃而狡猾的温柔神情。只有细细端详，观察者才会注意到，她那坚定、锐利的目光，认真而又谨慎地注视着眼睛所看到的东西。

她那毫不拘束的姿态——她弯腰坐着，把一条腿架在另一条腿上——以及像男人那样猛一下子喷出香烟烟雾的方式，解除了他的局促不安，而一切微妙的事情总是会使人感到局促不安的。

“亲爱的，”他说，“您大概已经遇到过各式各样的怪人了，因此我事先就把自己列入这些怪人之中。我来请您参加一次演出，只不过不是在舞台上，而是在生活里。”

“从您这方面来说，这有点儿太大胆了，”埃尔达以一种冷淡的亲热口气回答说，“对于初次相识来说，这太大胆了，不过我不反对和您进一步结识。唯一的条件是：请不要带我到城外去。我很喜欢‘阿尔法’饭店。”

“可惜，孩子，事情要严肃得多。”戈托恩回答，“您这就会看到，我的选择完全是以一种独特的方式落到您身上的。”

女演员非常惊讶，同时像在舞台上那样，以面部的表情来强调自己的诧异。她说，她愿意听听。

“我在散步的时候认识了一个叫费尔古索姆·费尔古松的人。我到他屋里去喝水，他的房子坐落在泰林库尔丘陵上。费尔古松靠他姐夫留给他的养老金生活。费尔古松有四十五岁。他的女仆觉得和一个病人在一起生活是一件非常苦恼的事，所以丢下他走了。他是个精神病患者，眼看就要死了。他的精神病的主要症状是，他认为他的妻子失踪了，但是他从来就没有过妻子——这一点已由文件证实。可能，由于不堪忍受的孤独，他自己凭空想象出了一个妻子，于是就相信了自己的幻想。不管是怎样吧，可是安戈泰娅——他说他妻子就叫这个名字——的照片和您惊人地相似。我是在舞台上和埃斯特列玛商店里看到您的。这种不同寻常的相似使我产生了一个想法：帮助费尔古松找到他失去的妻子。他的照片是打哪儿来的——这不知道。我想，是他在什么时候买来的吧。"

"是这么一回事啊！"愤怒的埃尔达说，"您擅自替我做媒，而且还是要我嫁给一个疯子！"

"请耐心一点儿，"戈托恩打断了她，"费尔古松已处于弥留状态，这一点我已经跟您讲过了。我的时间很少，不过我得把我的故事讲完。在结婚的那天，安戈泰娅独自沿着一条小路往前走去，小路上有一个洞。那是横断那条小路的一堵薄薄的岩壁上的山洞。椭圆形洞口后面的那段小路，和通往洞口的山径如此相似，以致在费尔古松的想象中，椭圆形的山洞变成了一面神秘的镜子。他深信安戈泰娅走进了镜子里，在那里迷了路。据医生推测，他最多只能再活十二个小时。我希望不要让他在忧愁中死去，希望让他看到她。"

"嗯，嗯！……"出于礼貌，埃尔达稍微沉默了一会儿，说，"真有意思，一个性情古怪、多愁善感的傻瓜。对不起，我不喜欢这样的怪人。不过请告诉我，这整个故事是要达到什么目的呢？"

"它要达到这样的目的，"戈托恩严肃地回答，"您是否同意做半小时的安戈泰娅？因为他在呼唤她。这是一个具有极美的心灵的人，理应有一个不同的命运。假如您同意的话，请说明，您想要多少报酬。"

在戈托恩说最后几句话的时候，埃尔达的脸一动不动，好似没有生命的一般，眼珠却在谨慎地盘算着。

"我该说什么呢？"她很快地问。

"我大致扼要地写了一些。"戈托恩递给她一张纸。

埃尔达嚅动嘴唇，念了起来。

"不，这一切太令人惊讶了。"她说，一面放下那张纸，"我脑子里乱糟糟的。请告诉我，您是不是一位精神病医生？"

"不是，"戈托恩平静地说，"我是个病理学家。"

"啊！"她信任地拖长了声调说，"请等一等，我试试看。请先出去一下。"

戈托恩走了出去，开始在门边踱来踱去。门很快就打开了，埃尔达向他点点头，请他进去。

"我想，我们会把这件事情办妥的。"女演员说。更加起劲地抽着烟，并用一只手驱散眼前的烟雾，她的眼睛正在冷静地、热切地研究戈托恩。"首先是钱。您打算给多少钱呢？"

"一万。"为了使她大吃一惊，戈托恩说。

"什么——么——么？"

"我说过了：一万。"

"多谢。"埃尔达说。说着，开玩笑似的深深弯腰，一躬到地，这使戈托恩感到很不愉快，因为它给人以奴颜婢膝的印象。"少了，我也不会同意。"她可怜而又贪婪地补上一句，虽然本来她心里所想的只是这个合同的十分之一。"还有一个条件：如果您这位费尔古松恢复健康，我可没有义务继续表演下去。"

"当然啦。"戈托恩同意说，"那么，请上汽车吧。它就停在这儿，请收拾一下，咱们一起走吧。"

2

他们最后达成协议，走了出来，坐上汽车，向泰林库尔丘陵驶去。

在这总共一个半小时的行程中，埃尔达几乎一言不发：对戈托恩勾画出的范围以外的事情，她一概不感兴趣。她认为，就技术方面来讲，他所说的这些已经足够了。她望着前面，顽强地思考着什么。汽车驶入一条蜿蜒曲折的山路，道路在深不可测的山谷上盘旋，山谷下一片森林，郁郁苍苍，几条小溪缓缓流动。戈托恩正想让她注意欣赏这幅轮廓分明的绝妙的图画，这时，她突然说："我只能照您所写的那样说吗？您写的那些不完全合适。应当简单些：虽说他只是在神智昏迷的时候才看到她，可是，要知道，这已经不完全是梦幻了。"

"大概，"戈托恩说，对于他来说，这件事是一次试验，也是一个涉及怜悯心的问题。"您的相貌，您和并不存在的安戈泰娅的相似，就已经足够了。"

"不，这还不够。"

"您想要怎样，就怎样做吧，只是要意识到您负有重大的责任。"随后，戈托恩又用手指着，加上了一句，"瞧，又是一个山谷。您看到那里烟雾中的影子吗？虚无缥缈的美丽的环舞。"

"嗯，"埃尔达心不在焉地回答，"我想问一声：钱立刻就付清吗？"

"当然。"

"谢谢您。"

她不再陷入沉思，戈托恩指给她看一条在灌木丛中盘旋的小路，把她从沉思状态中唤醒了。

“我认为，”他说，“您应该看看那面想象出来的‘镜子’，看看山岩上的那个洞，费尔古松确信，安戈泰娅就是走进那个洞里去了。”

“对，为了获得灵感，”埃尔达同意了，“什么都有用处。这不远吧？”

戈托恩让她放心，吩咐汽车停下来，于是他们一起沿小路向前走去。小路就在悬崖壁上面，这不是，他所说的那个形状十分匀称的、高高的山洞在横断小路的岩壁上出现了。真的，这个山洞的前面和后面一切都十分相像：那边和这边，树丛和岩石，光和阴影，什么都是对称的——当然啦，这不涉及某些细微的地方——简直一模一样，惊人地相似。

埃尔达仔细观看了山洞，穿过椭圆形的洞口，往前走了十来步，然后跑了回来。

“说实在的，这不能给我任何帮助。”她对戈托恩说，“那么我们这就走吗？”

只剩下不远的一段路了。他们回到汽车上，绕过一座巨大的峭壁，就停了下来。树林中有一座不大的石头房子，可以看到屋顶和墙壁的垂直面。戈托恩把通向石屋的小路指给埃尔达，约好半小时后前来接她，就走开了。他心中暗自怀疑，他带来的这个女人，她的本质可能于无意中流露出来，把他这既复杂而又冒险的好心变成了一场可笑和痛苦的混乱。

等他走了以后，埃尔达走进树丛中去换装。她一面轰开讨厌的苍蝇，一面在咒骂那些刺伤她光着的脚掌的野草。但钱——这么一大笔钱——在鼓舞着她。然而在这颗丑恶、冷酷的心里，体态轻盈、亲切可爱的安戈泰娅已经沿着多石的小路走来，埃尔达匆匆地对她研究了一番。

3

戈托恩没有进费尔古松的屋里去，他请助理护士去把身材高大、头发蓬松的医生请出来。当医生来了以后，他领他到远离病人的一间屋里，开始询问。

“他很安静地躺着，”医生说，“默不作声。有时拿过照片，仔细端详它，他的力气在很快地消失，就像在太阳下湿毛巾很快被晒干一样。有时陷入昏迷状态，一清醒过来，就问您在哪里。”

“我把她带来了，”戈托恩说，“怎么，能领她进来吗？”

“我的处境很难，”医生回答，说着和戈托恩一同走到窗前，仔细观看悬崖的山顶。“我知道，他最迟到晚上就要死了。然而狂躁型的精神错乱，如果神经系统受到震动的话，有时会突然神志清醒起来，万一发生这种情况呢，能不能冒这个险呢？我想要说的是，可能出现了事与愿违的结果。”

“那该怎么办呢？”

“我不知道。”

“我也不知道。”戈托恩说。

出现了令人心情郁闷的沉默。戈托恩在自己心中寻找答案。悬崖的阴影仿佛很有信心地逐渐遮住那些坑坑洼洼的地方。他把医生留在那里，向费尔古松那边走去，但又走了回来，说：“刚才我不知道，但现在我知道了。我又有了信心。不过，医生，我和您不要到他屋里去。我们待在隔壁房间里，观看房门那边的动静。”

戈托恩穿过凉台走出去，匆匆赶到埃尔达等着他的那个地方，看到她正坐在一块石头上。

她已开始进入角色，他朝她看了一眼，更增强了信心。刺眼的发式不见了，代之以勉强挽起来的发结，把前额露了出来。埃尔达的脸上不施脂粉，没有化装，嘴唇也变苍白了，看上去似乎满面风尘，面容消瘦。她赤着脚，穿一条撕破了的短裙子和一件颈部露出来的短上衣，弯着胳膊肘，肘弯里搭一条深色的头巾，她突然变得和那个虚构出来的女人在他心中的形象如此相像，以使他说："我很满意，埃尔达。我看得出来，您猜对了。"

"猜对了吗？算了吧。"埃尔达回答，说着用苹果酸铁溶液擦净牙齿，以消除烟草气味。"我到底已经有六年舞台经验了。怎么样，该走了吗？"

"对，该走了。喂，埃尔达，"戈托恩用力握了握她的手，"您看着办吧。您应该懂得的。您是个女人。"

她耸耸肩，把目光避开了。她希望尽快摆脱这一极不愉快的事情，快点儿回家去。他们默默地走到那座房子那里，穿过三间无人居住、没有打扫干净的房间，停在一扇半开着的门前，在门内的亮光中，可以看到一张床，枕头上是费尔古松的消瘦的脸，脸上长满了花白胡须。

戈托恩看到了医生，他已经弯着腰坐在一把椅子上，椅子摆放的位置，正好可以从这间屋里关着的百叶窗昏暗的光线中，清清楚楚看到那扇开着的房门的画面。

埃尔达叹了口气。

"我害怕。"她低声说，但立刻令人难以觉察地起了变化，她走近门口的亮光，以致她的脸被照亮了。她的脚趾动了三下，她心中暗暗在数：

“一，二，三。”然后，埃尔达泪流满面，边笑边哭，飞快地跑到床边。

医生和戈托恩一样，面色苍白，不由自主地站了起来。埃尔达熟练的表演改变了自己的面貌，把戈托恩从紧张和期待中解放了出来。他如释重负。他把费尔古松交给了一个经验丰富、演技高超的人。

“我终于回来了！”他赞叹地听到埃尔达恰如其分、毫不矫揉造作的声音，声音里充满极其热情地松了一口气的感觉。“真好像过了几万年似的！快来迎接你的流浪者吧，我的朋友。你没忘了我吗？要是没忘，就请原谅我吧！”

费尔古松坐了起来，后脑勺儿靠在墙上，伸出了双手。他狂乱地朝前望着，仿佛被推向一片空虚。但在他那仿佛是镶嵌在干瘦的嘴唇中间、湿润的牙齿旁边，一个微笑犹如昙花一现，这是开朗的、极端喜悦的微笑。他既说不出话，也喊不出来，只是急促地喘着气，胸部越来越朝前挺着，脸越来越仰向后面。终于，他痛苦地喊了一声，他的这声叫喊——“安戈泰娅！”——是那么可怕，以致医生和戈托恩一起冲向那间房间。病人浑身发抖，哈哈大笑，泪流满面。戈托恩轻轻抓住他的双手，发现，除了埃尔达，费尔古松谁也没有看见。他以自己的全部最后一点儿力气凝神注视着她。

“安戈泰娅，”他喃喃地说，“现在你不再独自徘徊了吧？”

“永远不了，”埃尔达说，“我曾经在很远很远的地方，可是始终在惦着你。我饿坏了，也吓坏了。我的脚走累了，脚上全是伤痕。啊，那里什么都叫人一点儿也不喜欢，什么都是陌生的！四周全是墙壁，下面只听到滚滚的波涛声。从悬崖峭壁里怎么也走不出来。可是镜子已经打碎了……”

戈托恩惊奇地听着，她是多么轻松自然地把他匆匆写在纸上的那些话颠三倒四地说了出来。

“打碎它，”费尔古松说，“混账玻璃，滚开！”

“我用石头把它打碎了。”埃尔达证实说。

她用被子盖上费尔古松的腿，在墙和他的后脑勺儿之间垫上枕头，然后跪在床前，握住病人的一只手。她把脸紧贴在他的膝盖上，轻轻摩擦，擦干了眼泪。费尔古松的另一只手从医生的手中挣脱出来，伸向前去，用颤抖的指尖碰了碰她的前额。

“小傻瓜……”费尔古松说，随即闭上眼睛，进入弥留状态。一开始他的头剧烈地抖动，后来抖动得越来越轻，于是他慢慢地倒在枕头上，他的脸上已经毫无声息了——只是在他那隆起的肋部，轻微的颤抖还没有停止。

医生翻开费尔古松的眼皮，摸了摸脉搏。

“咽气了。”他说，说得很轻，很轻。

埃尔达从地上站起来。她惊恐地看了看渐渐咽气的病人，揉揉酸痛的膝盖，就跑出去换衣服了。

等她回来时，死者已经用床单盖起来了。医生和戈托恩坐在另一间屋里一张桌子旁边，研究他的文件。

埃尔达进来时，他们都站了起来。戈托恩向她致谢，还加上了一句：只是由于事情的性质，他不能对她的天才给予应有的赞扬，她利用自己的天才做了一件也许是奇怪的，然而却是真正合乎人道的事。

“您呢——您认为呢？”她问医生。

“好极了，”医生回答，“不过目前我很难谈论这件事。”

埃尔达走到戈托恩跟前，小伞的尖端拖在地上，画出一些乱七八糟的图形。

"是这么回事，"她说，一双直率的大眼睛里流露出孩子般的神情，"您是给支票呢，还是付现款？您总该知道的，明天银行不开门。"

"付现款。"戈托恩说，说着把早就准备好的五十元一张的一捆钞票递给了她。

由于高兴，埃尔达满面红光，把那捆钞票拿到那张桌子一个空着的角落上。她坐下来，在那儿数了起来。好长时间医生看着她在点钞票，后来皱起眉头，闭上了眼。

数完以后，埃尔达动了动嘴唇，怀疑地望望戈托恩。

"少七十五元，"她说，"我数了两遍。要是不信，您自己数数看。"

"我相信，请原谅我心不在焉。"戈托恩说，把所缺的钱数补给了她。"现在请到汽车那里去吧。我已经吩咐过，叫送您回去。"

"谢谢。"她说。她感到幸福、疲倦，为自己的成功感到头晕目眩。"唔，再见……我只给那位怪人增添了不多一点儿色彩。然而这只不过是两个字母而已：'э. 和 с.'[①]。"

戈托恩送走了她。汽车来了个急转弯，他望了望汽车里的她的后脑勺儿，然后回到医生这里，医生问："她算术不怎么好啊。"

"我是故意这样做的，因为我了解她，知道她一定要数一数。我这样做，是为了把埃尔达和安戈泰娅彻底区分开来……"

1928 年

---

① э. 和 с. 分别是埃尔达的姓名的第一个字母。

声音和眼睛

亚·格林

1

盲人面带笑容，把双手叠放在胸前，静静地躺着。他的微笑是无意识的。人家嘱咐他，叫他别动，无论如何，只有在非动不可的时候才能活动。他眼睛上扎着绷带，已经这样躺了两天多了。别看他脸上挂着宁静的微笑，他的心情却是一个被判了刑、正在等待赦免的人的心情。有时，重新开始生活、借助瞳孔的神秘工作使自己在明亮的空间里保持平衡的可能性突然变得如此明显，以致他激动得像在梦中一样浑身抽搐起来。

为了避免刺激拉比德的神经，教授没有告诉他：手术已经成功，他无疑能够复明。但还有那么万分之一的可能性会使病情逆转，使一切都变成悲剧。因此教授每天告辞时都对拉比德说："您放心好了。我已经为您做了一切，其余的问题也都会顺利解决的。"

在折磨人的紧张、等待和各种各样的推测之中，拉比德听到了走近他身边的黛齐·嘉莲的声音。这是一位在医院里工作的姑娘，在拉比德痛苦的时刻，他经常请求她把她的手放在他的前额上，现在他正愉快地等待着这只友好的小手轻轻地紧贴在他由于长久不动而麻木了的头上。而现在，果然出现了这样的情况。

这么长时间他一直在观察自己的内心，学会了准确无误地理解自己内心的每一活动。当她把手拿开时，他再一次了解到，最近他的主要恐惧是担心他永远也不会看到黛齐。还在送他来到这里的时候，他就听到一个女人性急的声音。等她招呼安顿好病人，他心中立刻有一种喜悦的感觉，仿佛接触到一个身材匀称而温柔的人，而这一形象完全是根据她的声音描绘出来的。这是一种年轻人热情、愉快、使人心灵感到十分亲切的声音，音调和谐悦耳，好似唱歌一般，犹如温暖的早晨那样明朗。

渐渐地，在他的心里十分清晰地产生了她的形象，就像我们想象一切看不见的事物一样，这是一个随意想象出来的、然而对他来说却是绝对必需的形象。三个星期以来，拉比德只和她一个人交谈，在她轻轻地坚决离开时，他又只能听任她离去。他知道，从头几天起，他就已经爱上了她；现在，恢复健康已成了他的目的，为了她而要达到的目的。

他认为，她深深地同情他，这一同情心对未来是有利的。作为一个双目失明的人，他认为自己无权提出这些问题，他想把这些问题暂时搁置起来，推迟到他们两人能够彼此看到对方的时候再解决。他完全不知道，这位声音使他感到如此幸福的姑娘，正怀着恐惧和忧虑的心情考虑着他恢复健康后将会发生的情况，因为她长得并不美。她对他的感情产生于孤独，是由于她意识到自己对他的影响，意识到这并没有危险。他双目失明，因此她可以放心大胆地以他在内心中想象她的那种目光来看自己，他并不是以言辞，而是以对待她的整个态度来表达他是怎样想象她的。她知道，他爱她。

手术前，他们经常闲谈，一谈就是很久，谈到许许多多事情。拉比德对她谈起他到处漂泊的生活，她则把目前世界上正在发生的种种事情讲给他听。她说话时，思路也像她的声音一样，充满令人神往的柔情。每次临别，他们还要再想一想，彼此还有什么话要告诉对方。她的最后一句话是:“回头见。”

“回头见……”拉比德回答，他似乎觉得，在这句“回头见”中含有什么希望似的。

他性情直爽，而且年轻勇敢、爱开玩笑，他长着高高的个子、乌黑的头发。他也应该有，如果会有的话，应该有一双凝神注视、炯炯有神的黑眼睛。黛齐想象着他的目光，眼睛里带着恐惧的神情离开了镜子。于是她那病态的、长得并不端正的脸上蒙上了一层柔情脉脉的红晕。

“将会怎样呢？”她说，“啊，就让这美好的一个月结束了吧。但是请打开他的监狱吧，列巴尔德教授，我求求您！”

2

考验的时刻到了。已经布置好让拉比德尚未完全康复的眼睛在最初一段时间里能够经受得住的光线，这时，教授、他的助手，还有另外几个学术界的人围在拉比德身边。

“黛齐！”拉比德说，心想她是在这里的，而且希望头一个看到的人就是她。然而她不在这儿，这恰恰是因为在这个时刻她没有勇气看到、感觉到揭开绷带将决定其命运的那个人的激动心情。她站在房屋中间，好像中了魔法，全神贯注地倾听着人们的说话声和脚步声。她不由自主地努力张开想象的翅膀——在我们痛苦地叹息的时候，往往会有这样的情况——仿佛看到自己是在另一个世界上，这是新生婴儿的目光想要看到的另一个世界。她长叹一声，完全听天由命了。

这时绷带取下来了。拉比德既感觉到绷带已经消失，但又好像仍旧感觉到它的压力。他躺在那儿，心中充满了强烈、幸福的怀疑。他的脉搏变得微弱了。

“好了，”教授说，由于激动，他的声音在发抖，“请看一看吧，请您睁开眼！”

拉比德抬起眼皮，他仍然认为黛齐就在这里，但不好意思再呼唤她。就在他的面前，挂着一块有皱褶的帷幔。

“把这块布拿开，”他说，“它碍事。”他说过以后立刻明白，他的视力恢复了，那块仿佛就挂在他面前的有皱褶的帷幔，其实是房间那一头儿的窗帘。

他的胸部开始痉挛地上下起伏，他没有注意到自己正在哭泣，哭声止不住地震动他那长期卧床、十分虚弱的身体。他开始环顾四周，仿佛在看一本书。他的心情无比喜悦，物体一样接一样地从他面前滑过去。他看到了门，霎时间爱上了它，因为黛齐经常出入的房门原来是这个样子。他幸福地微笑着，从桌子上拿起一只茶杯；他的手发抖了，于是他几乎毫无差错地把茶杯放回原处。

现在他急不可耐地等着这些使他恢复视力的人出去，好叫黛齐来，作为一个获得了为生活而斗争的能力的人，他有权把自己认为最主要的一切都告诉她。但高兴而激动的小声的学术性谈话又延续了好几分钟，在这段时间里，他不得不回答自我感觉如何、看得清楚吗等问题。

他思绪万端，思想犹如闪电，模模糊糊想到许多事情，心情异常兴奋，因此怎么也记不起这几分钟里的一切详情细节，也说不清究竟是在什么时候他终于只剩下了独自一人。但这一时刻到了。拉比德按了按铃，对女仆说，他等着黛齐·嘉莲立刻前来看他，于是怀着极其愉快的心情望着房门。

3

得知手术做得十分成功，黛齐回到她那间由于孤独而显得特别干净的房间，两眼含泪，做好在最后一次会见中勾销一切的精神准备，听天由命，鼓起勇气，穿上一件漂亮的夏装。她随便梳理了自己的浓发——对于这头像波浪一般，仿佛湿润的、闪闪发光的黑发，对于这张对一切都是那样诚恳坦率的脸，这样的打扮可以说是再好也没有了。她自然地抬起头来，满脸含笑，心里却痛苦万分，向那扇房门走去。现在门内的一切都已发生了异乎寻常的变化。她甚至好像觉得，那里躺着的并不是拉比德，而完全是另一个人。但她以最后这几分钟匆匆消逝的时间，很快记起了他们每次会面和谈话的许多细节。她明白，他确实爱她。

她碰到了房门，迟疑了一下，才推开它，这时她几乎希望一切仍旧是老样子。拉比德头朝她这边躺着，他坚决地转过脸来，用目光在她身后寻找她。她走过去，站住。

“您是谁？”拉比德疑问地微笑着问。

“真的，对您来说，我似乎是一个新人，不是吗？”她说，霎时她的声音唤醒了他们之间所有那些短暂的、互相隐瞒着的过去。

在他乌黑的眼睛里，她看到了十分明显的无比喜悦的神情，于是痛苦离开了她。没有发生奇迹，但是她的整个精神世界，她的全部爱情，她在最后一分钟的恐惧、自尊心、一切绝望的想法以及所有的激动不安，都在她那罩上一片红霞的面部的微笑中流露了出来，以致拉比德觉得，她——配以她的身材是那样匀称——就如鲜花缠绕着心弦的声音。在爱的光辉中，她是美丽的。

“现在，只是在现在我才明白，”拉比德说，“为什么您会有这样美的声音，就连在梦里我也爱听到它！现在，即使您双目失明，我也将爱您，我要用我的爱来治好您的病。请原谅我。我有点儿疯了，因为我复活了，什么话都可以允许我说的。”

在这一瞬间，由黑暗所产生的他心目中关于她的真实概念是她本人万万没有料到的，而且在他的心中，始终保持不变。

1925 年

蛇

亚·格林

熟人们都开玩笑地称他们为“涅德·加兰的继承人”。他们是七个年轻人，有男的，也有女的，都是大学生；他们共同拥有一艘摩托艇，这是害肺病死在瑞士的加兰赠送给他们的礼品。

七月中，“继承人们”第一次外出旅行。他们到斯纳尔克湖畔去过野人生活。

作为第八个人，科里贝尔也受到了邀请，他和一同去旅行的一位姑娘——乔·戴维丝的不幸的爱情，还在一年前就已在大学里闹得满城风雨，人尽皆知了，而且常常是人们议论的话题。

从十六岁开始，直到今天，乔·戴维丝在人们心上留下了一个又一个的伤痕，因为她不会、要么是不想给人医治，所以这些伤痕不用医治也都很快就痊愈了。科里贝尔受的伤最重，他并不隐瞒这一点。

他曾三次向乔求婚，最初这引起一阵哄笑，后来是希望“继续做朋友”，最后他得到的却是毫不掩饰的苦恼——她不喜欢他。她害怕严肃认真、凝神逼视、为爱情忧愁伤感的人。一想到这样一个特别拘谨的人会成为她的丈夫，她就感到怒不可遏，想要对看不见的暴力进行报复。

但科里贝尔不是那种死乞白赖、纠缠不休的人，她已事先从他那里得到承诺，保证再也不向她求婚，因此她并不躲避他。他听从了她的话，从此他的举止就好像从来也没用这句很普通的话使她感到不安一样：“做我的妻子吧，乔！”

在过野人生活的第三天，乔想要到树林里去，她请科里贝尔陪着她去，心里模模糊糊地希望，他那坚如磐石的“再不求婚诺言”会找到一个软化的口实。已经有三个月没有任何人和她谈情说爱了，她希望出现一个小小的戏剧性场面，能引起昙花一现式的、完全没有任何危险的、类似爱情的心情。当科里贝尔走在后面的时候，她仿佛有这样一种感觉，似乎跟在她后面的是一堵畏缩不前，但又随时想倒下来的墙壁。她还得猜出它会在什么时候倒下来——好躲到一旁，让它倒在空无一物的地方。

他们走到一块林间空地，空地上长满了高高的野草，到处都是石头，他们坐到石头上，各人想各人的心事。

科里贝尔说，已经过了休息时间，该回去了。

“您高兴让我们只保持一般的关系吗？”乔沉默了一会儿，说。

“这个问题已经解决了，我认为。”科里贝尔谨慎地回答，不无根据地认为这可能是一个圈套，“我已经答应过了。不过，如果……”

“不，”乔打断了他，“我已经禁止您了，您也答应了我。莫非您想食言吗？”

“我宁死也不会食言，”科里贝尔严肃地反驳说，“决不会违背我已经答应过您的话。请您放心好了。”

乔懊丧地瞅了他一眼：他面带微笑，坐在那儿，神情是那样恭顺，那样悲哀，致使她的懊恼变成了愤怒。她想出来的游戏没能成功。

再继续玩下去——意味着让自己落入愚蠢的境地。有一会儿工夫，她还期望科里贝尔会忍不住开口说话，但他只是沉思默想地用手掌在搓一根草茎。乔突然感到，这个人整个一副很认真的样子，他的忠诚和坚定，都好像是在给她上课，以致她心中对他充满了如此强烈的憎恨，忍不住挖苦说："您是由于怯懦才答应的。一言不发，默默地坐着，这样更安全些，是吗？"

"乔，"科里贝尔不安地说，"看样子您是太热了。咱们回去吧，在那里您可以坐在荫凉里！"

乔站了起来。她真想抓住他那淡火红色的浓发，摇摇这颗不懂得游戏的意义的笨脑袋，摇它很久很久。他不想适应她那刁钻古怪的心情。自以为受了委屈、心情激动的姑娘咬着嘴唇，凝神注视着自己的脚下。她的注意力被簌簌作响的草丛中一个发出闪光的东西吸引住了。

"您看哪，蜥蜴！"

科里贝尔猛一推，差点儿把她推倒。她摇晃了几下，勉强站住了脚。科里贝尔正挥舞着双手，在踩草丛里的什么东西，然后蹲下来，小心翼翼地捏着这个东西的中间。他拿起了一条小蛇，它的两头——头和尾巴，都朝下耷拉着。

"您看到这个了吗？"他望着乔愤怒的脸，激动地说，"请您原谅，如果我推您时用力太猛的话。青铜蛇！这是最危险的蛇中的一种。女士们几乎总是会把蛇当作蜥蜴。被青铜蛇咬伤的人，三分钟之内就会死去。"

乔走近一些。

"它死了吗？"

“死了。”科里贝尔回答，把蛇扔掉，又拾起来。

在乔看来，把死蛇拿在手里是很勇敢的，所以她不想让科里贝尔在这方面上占上风。她从他手里拿过死蛇，把它绕在自己的左臂上，这样一来，好像戴着一只手镯。蛇身上有些地方已被科里贝尔的鞋后跟踩得不成样子，衬着乔的黝黑的皮肤，小蛇闪耀着古老的黄金的色彩。

“丢掉，丢掉它！”科里贝尔突然大声喊。

他来不及说，在死蛇身上看到了勉强可以察觉的痉挛。有一刹那，蛇苏醒了过来，这只不过是在感觉到人手含有敌意的温暖之后，张开嘴来咬乔的手。这垂死的挣扎使它彻底丧失了生命。科里贝尔抓住蛇头的下面，用力掐它，把头掐了下来，然后丢掉乔的手臂上残余的蛇身。他看到了两滴血，这血的含意他是明白的，几乎使他惊呼起来。

“别慌！”他说，“您要明白，致命的毒素就在这儿。”

他的全身在发抖，仿佛要爆炸似的，但他竭力控制着。乔束手无策地看着自己被咬伤的手臂。她觉得疼得难受，但她的想象力没有科里贝尔的动作那样迅速，只是完结的想法还没有吓得她失去知觉。但科里贝尔的生硬态度和命令却促使她的独立自主的精神又全副武装起来。科里贝尔要为她效力，救她的性命，她的独立自主的精神却感到这是无意中落入了危险境地。

“放开，”她急促地喘息着说，“我自己来，给我刀子。”

在这种关头，时间比生命还要宝贵。科里贝尔打开小刀，竭力想把姑娘推倒在地上，为她动手术。同时他用舌头很快地舔了舔牙床和上颚，以判明他的嘴里有没有划破了的地方。

“把毒液吸出来！”他大声喊，“别的办法都没有用！乔，别跟我争了！”

她一声不响，咬紧牙关，在一种暴躁易怒的心情支配下和他斗争着，这是一种奇怪的心情：宁愿死，也不愿从他的手中获得生命。现在科里贝尔有机会成为她的丈夫了——因此，她一言不发，也没有什么想法，完全出于自己的本能，拼命地在他手里挣扎着。科里贝尔似乎忘乎所以，把她拉到一棵树干裂成两半的树前，把她的手臂塞进那个裂开的地方，树干挂破了她的皮肤，他自己却绕到了树的那一边去。他在那边抓住了乔的手。现在她的手臂好像夹在老虎钳里。

科里贝尔紧紧捏住这只憎恨他的手臂靠近胳膊肘的地方，他的力气很大，捏得乔的指甲都发青了。他在被蛇咬的伤口里那深深划了一刀，俯在伤口上，用嘴吸了满满一口血。他吐掉血，又吸了一口，喘一口气，第三次又去吸他心爱的姑娘的血，她的手臂挣了两三下，终于安静下来了。她靠在树上，站在另一边，恐惧、屈辱和愤怒使她脸上挂满了愤恨的泪珠。她反复强调说：“科里贝尔，我反正永远也不会做您的妻子。放开我！”

科里贝尔一声不响。他终于放开她的手，这时才听懂她说的话，于是回答说：“您总会做某个人的妻子的。而最主要的，要做妻子，就得活着。”

他的胡子和下巴上都沾满了血，他用同样被血染红了手擦了一把。

乔阴郁地伸出擦掉了皮肤、伤痕累累的手臂，用手帕紧紧地摁住伤口。两个人都气喘吁吁，好像跑了很久似的。最后乔撕开手帕，把手臂包扎起来。科里贝尔看了看表。

“好像五分钟已经过去了。现在我放心了。”

乔背对他站着，什么也没回答。当她回转身来，他已经不在空地上了。

感到诧异的姑娘呼唤："科里贝尔！"姑娘还处于科里贝尔彻底占了上风、对她使用了暴力的心情支配之下，什么事情也没有宽恕他。她顺着被踩倒的草上的脚印，往树丛中望了一眼，立刻站住了。

科里贝尔仰面朝天躺在地上，脸色乌黑，肿了起来。这完全像是另一个人。眼睛肿得老大，胡子和嘴上沾满血污，就是救了她性命的那些血。这一切向她说明了，他使他心爱的人免于遭受的是多么可怕的痛苦。这张极其难看的中了毒的脸终于使乔感到害怕了，因为她在他令人无法忘记的惨状中看到了已经得以防止的自己的结局，于是她转身就跑，大声叫喊着："救命啊，我要死了！"

然而已经迟了，因为她已经得救了。

1926 年

胜利者

亚·格林

雕塑家，莫为一团黏土反应迟钝、百依百顺……

泰·戈底叶[①]

1

“好运道终于落到我们头上来了。”根尼松说，一面关上房门，挂好被雨水湿透了的大衣。“喂，珍，天气坏透了，可我心里却是晴朗的好天。我回来稍晚了一点儿，这是因为我遇见了斯德尔斯教授。他告诉我一个惊人的消息。”

根尼松边说，边在屋里踱来踱去，心不在焉地望望已经摆好的饭桌，用一种很特殊的、饥饿的姿势搓搓冻得冰冷的双手——这是一个总是不走

① 泰·戈底叶（1811—1872），法国作家、批评家。

运、习惯沉湎于希望之中、认为希望比午饭更为美好的人所特有的姿势。他急于把斯德尔斯的话说出来。

珍，一个年轻的妇人，她那双严厉地闪闪发光的眼睛里流露出一种求全责备、又有点儿神经质的神情。她勉强笑一笑。

“啊呀，我害怕一切惊人的东西。”她说。本来她已经要吃饭了，可是看到丈夫心情激动，于是站起来，把一只手搭在他的肩上，“别生气。我只是想说，每当你带回什么‘惊人的’消息来，第二天我们通常总是没有钱。”

“这一次，看来是会有的。”根尼松反驳说，“所谈的恰恰是斯德尔斯教授和另外三个人去参观工作室的事，在竞赛评选委员会里，他们可占了大多数票。嘿，看来，甚至可以说，这次的奖金大半会发给我。自然，这种秘密性是相对的。我的作品的风格很容易就给认出来，就像普克、斯陶尔塔、别尔拉夫和其他人的一样。因此斯德尔斯说：‘我亲爱的，那尊举着孩子，手捧书本，沿着陡峭的小路向上攀登的妇女雕像有一切希望。我们——你注意，他说“我们”，这就是说，他说的是那件事——我们对它最为中意，请保守秘密，我把这点告诉您，是因为我喜欢您，对您寄托着很大的希望，改善一下您的情况吧。’”

“当然你的作品是不难认出来的。”珍说，“不过，一向是为了生活而疲于奔命，以致很难相信，在道路尽头终于可以休息一下了——斯德尔斯还说什么了？”

“他还说过些什么，我都忘了。我只记得这一点，回家来的时候仿佛是处于一种并不完全清醒的状态。珍，我似乎是在一种从未有过的乐观前景中看到了这三千磅。对，准会这样，毫无疑问。听说普克的作品也不错，不过我的更好。吉赛尔的作品更像素描，而缺乏解剖学。不过为什么斯德尔斯一点儿也没谈起列丹的作品呢？”

“列丹已经把他的作品送去了吗？”

“大概还没有，不然的话，斯德尔斯应该谈到他的。列丹从来不太抓紧这类事情。但是前几天他对我说过，他没有权利误了这次期限，因为他的六个孩子，一个比一个小，想必也都在等着奖金呢。你认为呢？”

“我认为，”珍思索了一下说，“在我们还不知道列丹的作品究竟如何以前，我们谈论胜利还太早了点儿。”

“亲爱的珍，列丹比我更有天才，但是有两个原因使他不能得奖。第一，因为他过于自负，大家都不喜欢他。第二，他的风格不受有权力的人们赏识，我可是什么都知道的。总而言之，斯德尔斯还说过，我的《妇女》是最恰当不过的科学的象征，她引导婴儿——人类——走向知识的顶峰。”

“不错……那他为什么不谈及列丹的作品呢？”

“谁？”

“斯德尔斯。”

“他不喜欢他。只不过是不喜欢他罢了。对此毫无办法。只能这样加以解释。”

这场紧张的谈话谈的是正在里斯市建造大学校舍的建筑委员会所宣布的一次竞赛，决定在大楼入口处装饰一尊青铜雕像，市长答应发给最好的应征作品三千磅奖金。

根尼松吃过午饭，一面继续和珍谈论，他们得到这笔钱以后，要做些什么。在根尼松为了这次竞赛而工作的六个月里，这一类谈话还从来没有像现在这样现实而明朗。在十分钟的谈话中，珍去了许多高级商店，买了一大堆东西，还从这间单间住房搬进了一套住宅；根尼松则在喝汤和吃肉饼的这个工夫里去了一趟欧洲，在度过长期屈辱与贫困的生活之后得到了充分的休息，而且他还在考虑创作一些新的作品，只要完成这些作品，他就会得到荣誉，生活也就有保障了。

当兴奋的心情平息下来，谈话也不再具有如此美妙的性质时，雕塑家疲倦地环顾了一下四周。还是那间狭窄的斗室，还是那些廉价的家具，每个角落里都看得到贫穷的影子。他还需要等待，等待……

但总有一个念头使根尼松感到不安，他甚至不敢对自己承认心中有这样的想法。他看了看表——快七点了——于是站了起来。

“珍，我出去一趟。你要明白，这不是不安，也不是嫉妒——绝对不是。我完全相信事情的顺利结局，不过我还是要去看一看，看看那里有没有列丹的作品的模型。我对此感兴趣，毫无私心。了解一切，总是好的，特别是在重要场合。”

珍抬起目光，凝神注视着他。那同一个念头也使她感到担心，但和根尼松一样，她也在隐瞒着，可是她说的话却暴露了她的心情：“当然啦，我的朋友。要是你对艺术不感兴趣的话，那才是怪事呢。你很快就回来吗？”

“很快。”根尼松说着，穿上大衣，拿起帽子，“总之，我们还得再等两个星期的样子，不会再多了。对吗？”

“对，是这样的。”珍并不十分有把握地回答。虽然她脸上带着愉快的微笑，给丈夫理了理从帽子下面掉出来的头发，然后又加上了一句，“你去吧。我坐下来做点针线活儿。”

2

指定的供比赛展出用的那间雕塑室坐落在绘画雕塑学校的大楼里。在晚上这个时候，除了早就和根尼松很熟悉的看门人努尔斯，那里已经一个人也没有了。根尼松走了进去，说："努尔斯，请您开开北边拐角上的那间房子，我想再看一眼自己的作品，也许要修改一下。喂，怎么样，今天送来的模型多吗？"

"好像总共是十四件。"努尔斯开始望着地下，"您要知道是怎么回事。才不过一个钟头以前接到命令，不准放任何人进去，因为明天评选委员会要开会，您要知道，大家都希望一切顺利。"

"当然，当然啦。"根尼松附和说，"不过，真的，不再看一看自己的作品，我就觉得心神不安，一直放不下心来。请您以人道主义的态度来理解我的心情。我不会告诉任何人的，您也不要告诉任何人。这样一来，这件事就不会有什么关系了。还有……这——请把它存到'格里尔——鲁玛'银行里去吧。"

他掏出一枚金币——他身上的最后一枚金币，把它放进努尔斯犹豫不决的手掌里，用热乎乎的手攥紧了看门人的手指。

"嗯，对。"努尔斯说，"这一切我都很理解……假如，当然啦……有什么办法呢，走吧。"

努尔斯把根尼松领进希望的监狱，打开房门，开开电灯，他自己却站在门口，用目光怀疑地扫视了一下那间冷冰冰的、高大的房间。可以看到，里面一个个底座上有一些蒙着绿呢子的蜡制或黏土塑造的人像，塑像一动不动，充满一种奇怪的、变了样的生命力，正是这种生命力让人看出，它们是雕塑品。两个人对此有不同的看法。努尔斯看到的是一些傀儡，然而根尼松心里却又感到一阵疼痛，觉得心慌意乱。他在别人的精心杰作的行列里看到了自己的塑像，于是用目光去寻找列丹的作品。

努尔斯出去了。

根尼松走了几步，停在一尊最多只有三英尺高的、不大的白色雕像前面。根据线条的不可思议的轻快和简单朴素的风格来看，他立刻就认出这是列丹的作品。列丹的模型是用大理石雕成的，放在普克的作品和正直、勤劳的普拉斯那件可怜的、毫不真实的作品之间——普拉斯的作品是一尊手持盾牌和市徽、神情呆板的朱诺[①]的雕像。列丹不时以虚构的想象力使人感到惊异。他的作品只不过是一个沉思默想的青年妇女的雕像，她身上很随便地披着一块布，微微弯着腰，正在用树枝在沙地上画几何图形。在端正的、女性的坚毅的脸上，紧皱着的双眉反映出她冷静的、坚定不移的信心。她的脚线条匀称，急不可耐地伸出的脚尖似乎正在为她心中默默的计算打着拍子。

根尼松怀着仿佛突然进入深渊和抑制不住的狂喜的心情后退了一步。“啊！”他说，终于有了仅仅是作为一个艺术家的勇气。“不错，这是艺术。要知道，这简直就跟抓住光线一样，仿佛能感觉到她正在呼吸，正在思索！”

于是他慢慢走到把一切希望和获得解放的幻想都寄托在上面的、他自

---

① 朱诺：罗马神话中的女神，大神朱庇特之妻。

己创作的《手捧书本的妇女》跟前，这时他的心情好似一个同时兼有医生和病人的眼光来察看自己伤口的受伤者，郁郁不乐，而又觉得兴奋。他看得出，她的姿态有点儿不自然。他细细审视那些幼稚的缺陷和他所做的努力，虽然这些努力已被拙劣地掩饰起来了，而他本来是希望用这样的努力来补偿他所缺少的那种艺术家的准确的视角。相对而言，他的塑像是不错的，但和列丹的作品放在一起，从本质上来讲，它却是拙劣的。他从未背叛过最高的公正，从这一点来看，他痛苦而忧郁地承认，列丹有无可争辩的权利——用大理石创作自己的模型，而并不刻意期待博得斯德尔斯的点头和赏识。

几分钟之内，根尼松仿佛经历了第二次生命。在这以后，结论和决定只能采取唯一的、为他所特有的形式——他拿起壁炉上的火钳，用力朝自己的模型打去，只两三下，就把它变成了一堆泥土。没有眼泪，没有狂笑，也没有歇斯底里——如此理智，如此简单，就像销毁一封写得并不成功的信。

“这几下，”他对听到响声跑进来的努尔斯说，“是我自己在打我自己，因为我打坏的只是我自己的作品，您不得不在这儿打扫一下了。”

“怎么？”努尔斯大声嚷道，“就是这个……而这是您的吗？唉，我告诉您，我最喜欢的就是它。现在您做什么呢？”

“什么？”根尼松重复了一遍，“还是这个，只不过要做得更好，好不辜负您对我的称赞。没有钳子帮忙，对这一点的希望是靠不住的。无论如何，怪诞的大胡子，家庭负担沉重、要养活一大堆孩子、又很有才华的列丹可以安心了，因为评选委员会再也没有别的选择了。”

1925 年

父亲的怒火

亚·格林

贝林格外出旅行已经很久了，就在他要回来的头一天，他的儿子小汤姆·贝林格受到了科尔艾丽娅姑妈和卡尔姑夫的责备。

汤姆把彩色的肥皂泡吹进了阴森森的藏书室里。还有一些更加严重的罪行，也都记到了他的账上。例如：用放大镜在黄色窗帘上烧了一个小洞，看《杰卡美隆》上的图画，和邻居家的儿子打架……但肥皂泡特别惹科尔艾丽娅生气。十分宽敞，但布置得很古板的房间，可不能容忍这种轻浮的行为，因此卡尔姑夫郑重其事地从孩子手里夺走了盛肥皂水的小碟子，科尔艾丽娅姑妈则夺走了他手里的玻璃管。

科尔艾丽娅数落了很久，她预言，汤姆也跟所有调皮的人一样，将来的命运一定是可怕的：成为一个罪人，要么成为一个流氓——训斥完了，又说："当心你父亲的怒火！等我兄弟一回来，我就把你干的那些好事都告诉他，一点儿也不可怜你，怒火准会发泄到你的头上，够你受的。"

卡尔姑夫弯下身子，两手叉腰，又加上一句："他的怒火真吓人哪！"

等他们走了以后，汤姆躲在一张大沙发椅上，试图想象，等待着他的是什么样的命运。不错，卡尔和科尔艾丽娅一向言过其实，但是一再提到父亲的“怒火”，却让汤姆感到十分不安。要是问一问姑妈或姑丈，怒火是什么——那就等于说他胆怯了。汤姆不愿意让他们得到这样的满足。

想了一会儿，汤姆从沙发椅上溜下来，很神气地往花园里走去，幻想能从他碰到的人那儿打听出点儿什么来。

奥斯卡尔·蒙克正躺在橡树荫下看报。他是个文学家，是科尔艾丽娅的亲戚。

汤姆迈着火鸡那样的步子，悄悄走近他的身边，大喊一声：“蒙克！”

蒙克放下报纸，用手勾住孩子的膝部，把他拉向自己。

“俄利诺科河[①]上一切平静，”他说，“古隆们来到了北美大草原。”

但汤姆闷闷不乐，无心游戏。

“您知道怒火是什么吗？”他忧郁地问，“可别跟任何人说，我对您讲起过怒火。”

“怒火？”

“对，父亲的怒火。父亲明天就要回来了，怒火也跟他一道回来。姑妈要讲我的坏话，说我吹肥皂泡，还烧了个小洞。洞很小，不过我……不愿意叫怒火知道。”

“啊，原来如此！”蒙克说，而且古怪地哈哈大笑起来，这使汤姆感到莫名其妙，不由得后退了三步。“不错，你父亲的怒火样子可不大好看，是个少有的怪物。它有四只手和四条腿，跑起来别提多快了！眼是斜的，样子怪讨人厌，是个非常可怕的东西。”

---

① 俄利诺科河，在南美洲。

汤姆发愁了，一步一步往后退去，困惑不解地望着蒙克——他是那么开心地形容这个可怕的怪物。他不想再问任何人了。好一阵子，他在林荫道上踱来踱去，像是在想什么心事，这样，直到看见邻居家的小姑娘，八岁的莫丽。他向她跑去，想要向她诉说自己的不幸。但莫丽一看到汤姆，立刻就跑开了，因为在她和他一道用箭去射了暖花房上的玻璃以后，人们禁止她再跟他玩。在这一类的事情中，一向认为汤姆是罪魁祸首，虽说这一次其实是莫丽出的主意，是她怂恿他“试试看”能不能射中窗框的。

对这个卷发小姑娘的依恋和爱慕之情，驱使汤姆径直穿过灌木丛向她跑去，脸都被树丛划破了，可是他没能追上小姑娘，只好擦干委屈的眼泪，走回家去。

女仆把早饭摆到桌子上，就出去了。汤姆看到一个大长颈玻璃瓶里装着金黄色的葡萄酒，立刻想起，基德船长（《沿岸海盗》一书中的主人公）在荒无人烟的海岛上，在难以忍受的极端的孤独之中，要喝罗姆酒。

汤姆很喜欢基德。因此他爬上桌子，斟了一杯葡萄酒，含含糊糊地低声说：“为您的健康干杯，船长。我坐轮船来救您了。您别害怕，我们会找到您女儿的。”

汤姆刚从杯子里喝了一口，科尔艾丽娅就进来了，她把小酒鬼从桌子上拉下来，一句话也没说，不过并无恶意地在他屁股上打了三下。随后狂怒的老太婆大叫一声，罪犯已经从她手里挣脱出来，跑进花园，躲到木亭子的地板底下去。

他意识到，他算完了。他的全部希望都寄托在父亲身上，希望父亲会在怒火前替他说情。

关于自己的父亲，汤姆只记得他有两撇黑胡子和一只温暖的大手，汤姆可以把自己的脸整个儿都藏在这只大手后面。他不记得母亲。

他坐着，唉声叹气，竭力想象，当把怒火从笼子里放出来的时候，将会发生什么事情。

照汤姆的看法，对于怪物，笼子是必不可少的。他从角落里取出一张弓和两支箭来，这都是他亲手做的，不过他又怀疑，有这样的武器是不是就够了呢。汤姆振作起精神，从亭子下爬出来，偷偷地穿过凉台，溜进卡尔姑夫的书房。那儿墙上挂着些手枪和猎枪。

汤姆知道，这些枪里都没装子弹，因为他曾多次听到别人这么说过，但他希望能从园丁的儿子那里偷到一点儿火药。可以用小石子当子弹。汤姆刚刚爬上沙发背，动手去摘那支铜管的大手枪，卡尔姑夫就进来了，他惊讶地吹了一声口哨，然后用硬邦邦的手指抓住孩子的后脑勺儿。汤姆挣脱了，从沙发上摔了下来，跌伤了膝盖。

他站起来，一瘸一拐地低下头去，阴郁地盯着姑夫的那双大鞋。

"汤姆，你说说看，"姑夫开口了，"你，加拉里德·贝林格的儿子，该不该偷偷溜进这间从来没发生过任何丑事的书房，来偷东西？你想过你是在做什么吗？"

"我想过，"汤姆说，"姑夫，我需要手枪。我不愿意不作战就投降。您的怒火，要跟父亲一道回来的那个怒火，只有等我死了才能抓住我。活着，我决不向它投降。"

卡尔姑夫沉默了一会儿，然后发出一声好像压低了的牛叫声，于是站到窗旁，动手往烟斗里装烟。等他装好烟，转过身来，他的脸上不知是什么让汤姆想起了蒙克脸上的表情。

"我把你关在这儿，不准你吃早饭。"卡尔姑夫平静地站在书房门口说，“你留在这儿，听着，我关门的时候，钥匙会咔嗒一响。怒火的牙齿也是像这样响。什么东西都不要动。”

他说完就走了出去，钥匙咔嗒咔嗒一连响了两下，然后把它拔出来，装进了口袋里。

汤姆立刻把眼睛贴到锁孔上。看到姑夫转了个弯就不见了，汤姆打开窗户，爬上屋顶，再从屋顶上跳进花坛，压倒了一丛百日草。一种感到就要毁灭的、冷冰冰的绝望心情推动着他这样做，他豁出去了。他想到森林里去，挖一个土窑，就住在那里面，吃野果和野花，直到找到藏有黄金和武器的宝藏。

汤姆这样寻思着，从篱笆旁边溜过去，隔着栅栏看到一辆小汽车在公路上向卡尔姑夫的房子飞也似的驶来。车上有一个上了年纪的男人，留着黑胡子，他的旁边坐着一个金发的年轻女人。这辆汽车后面还有一辆汽车，上面载着许多箱子和手提箱。

汤姆刚看清这一切，两辆汽车已经转了个弯，来到了大门口，汽车行驶时的噪声也听不见了。

他模模糊糊记起了那只大手，他的脸可以整个儿藏在大手后面。回忆使孩子站住了，随后他拼命往家里跑去。“莫非这就是父亲吗？”他想，径直穿过花坛，向前跑去，他渴望得到宽恕和安慰，已经忘记了他是从书房里逃出来的。

汤姆溜进后门，偷偷穿过所有的房间，来到前室，他的怀疑消失了。科尔艾丽娅、卡尔、蒙克、女仆和男仆——大家都在这里，大家都围着那个有黑胡子的高个子男人和他的女伴，忙得团团转。

“是啊，我提前一天动身，”贝林格说，“为的是快一点儿看到我的孩子。不过他在哪儿呢？我没看到他啊。”

“我去领他来。”卡尔说。

“我自己来了。”汤姆说，说着从科尔艾丽娅和胖女仆中间挤出来。

贝林格眯缝起眼睛，亲切地叹了口气，抱起儿子，亲了亲他那被划破了的脸蛋儿。

卡尔姑夫瞪大了眼睛。

“可是，你不是受到处罚，给关起来了吗？”

“今天他得到赦免了。”贝林格宣布，一面把孩子领到那个年轻女人跟前。

“这是不是他的怒火呢？”汤姆想，“大概不是。不像。”

“她就要做你的母亲了。”贝林格说，“请您做这个小傻瓜的母亲吧，凯特。”

“我要跟你一道玩。”一个温暖的、让人感到愉快的声音对着他的耳朵说。

他相信父亲的话，抓住她的手，望了望她那双蓝色的大眼睛。这一切无论如何也不像卡尔和科尔艾丽娅所说的。再说早饭也已经有保障了。

人们拉拉扯扯，领他去洗脸。然而汤姆心里还是不够踏实，因为无论是对卡尔，还中对科尔艾丽娅，他都了解得很。他们一向是说话算数的，这会儿，毫无疑问，他们准是已经和怒火串通起来了。趁女仆去换毛巾的当儿，汤姆冲向那间据他所知是给父亲准备的房间。

汤姆知道，怒火就在那儿。它被关在里面，静静地坐在那儿，等着放它出来。

汤姆把眼睛贴到锁孔上，可是什么人也没看见。地板上堆着一捆捆地毯和皮衣，放着几个用席子包着的箱子。这间房子布置得十分古板，让人感到压抑，而这正是那种平静、呆板的生活的特点。但这几个箱子——其中有两个盖子已经掀开，靠在墙上——却改变了这间房子的面貌，看上去叫人觉得很不习惯。

汤姆为自己所做的事情感到害怕，但又很想去掉压在心上的那块石头。他拉开房门，走进屋里。床上放着一支真正的手枪，这使他松了一口气。汤姆对手枪什么都不懂，只是从书上得知，要开枪时应该按什么地方。他抓过勃朗宁，伸出一只手拿着它，大着胆子走近一个打开的箱子。

这时他看到了怒火。

一个约莫一尺[①]高、有四只手的白色怪物，用一对可怕的斜眼从箱子里恶狠狠地盯着他。

汤姆大喊一声，按了按那个应该按的地方。

箱子好像爆炸了似的，从里面尖声呼啸着飞出一些碎瓷片，叮叮当当地撞到窗户和桌子上。汤姆攥紧仍在冒烟的手枪，坐到了地板上。贝林格和卡尔、科尔艾丽娅闻声跑了进来。汤姆扔掉手枪，痛哭流涕，扑到面色苍白的贝林格的怀里。

“我把你的怒火打死了！”他又高兴又激动地大声嚷嚷着，“我用枪把它打死了！现在它永远不能碰我了！我什么也没有做！我烧了个小洞，我和基德一起喝了点儿罗姆酒，可是我不愿意要怒火！”

“你放心好了，汤姆！”贝林格说，轻松地呼了一口气，紧紧抱住儿子发抖的身体。“我都知道了。我的小汤姆……可怜的，天真活泼的

---

① 原文为“半俄尺”，约合一市尺多。

孩子！”

1925 年

格林是亚历山大·斯杰潘诺维奇·格林涅夫斯基（1880—1932）的笔名。

格林的父亲曾参加 1863 年的波兰起义，因此被沙皇流放到维亚特卡。格林的童年就是在维亚特卡度过的。

格林的一生可以说是历尽了人间的艰辛，旧社会的苦难在他的心灵上刻下了难以磨灭的烙印。也许正是因此，他才成为一个幻想异常丰富的人。他做过船员，干过各种各样、报酬微不足道的临时工作，过过流浪生活，当过淘金工人。最后，当生活的一切领域都对他关上大门以后，他当了兵。在军队里，他认识了社会革命党人，因为参加革命工作，1903—1910 年曾三次被捕。十月革命后，格林曾在红军中服役。旧社会的艰苦生活严重损害了作家的健康，1932 年，格林不幸过早地离开了人世。

格林的作品独具一格。他善于以美丽的幻想点燃人心中向往美好未来的希望之火，用具有高度艺术魅力的英雄形象来激发人心中崇高的感情。他的作品中所描写的往往是一些在地图上找不到的虚构的地方，他的主人公多半是一些大胆勇敢、天真无邪、具有自我牺牲精神的善良的人。

他的代表作《红帆》（已拍成电影，并改编成芭蕾舞剧）幻想尤为丰富。《红帆》的主题：应该用自己的双手来创造奇迹；当一个人心中埋藏着希望的种子时，如果可能，就应该帮助他把希望变成现实。高尔基对《红帆》十分赞赏，特别是欣赏故事的结尾。帕乌斯托夫斯基认为，单单一部《红帆》，就足以使格林的名字和许多不朽的文学巨匠并列在一起了。

为了纪念这位把现实和创造性的幻想结合在一的作家，1970 年在菲奥多西亚建立了格林文学纪念馆。

短篇小说《十四英尺》赞颂了罗德的自我牺牲精神，基斯特虽然并不是一般所说的那种坏人，但在罗德面前，却仍然是十分渺小的。和《红帆》一样，《埃尔达和安戈泰娅》的主题也是用自己的双手创造奇迹；但女演员埃尔达只是看在金钱的分上才同意以自己的演技去创造奇迹，她念念不忘的是那笔丰厚的酬金；拿到那笔酬金以后，她还一连数了两遍，生怕会少了哪怕是几元钱——埃尔达终究不是幻想中的安戈泰娅，就这样，金钱在幻想和现实之间画出了一条明显的界限。在《胜利者》中，雕塑家根尼松是在进行一场特殊的斗争：作为一个日常生活中的普通人，他需要，甚至是十分需要那三千镑奖金，然而作为一个艺术家，他追求的却是无愧于“艺术”的真正的美；斗争的结果，获胜的是艺术家的良心。按照作者的看法，如果每个人都能成为这样的胜利者，那么关于理想世界的幻梦也就会变成现实了。

短篇小说《声音和眼睛》歌颂了纯洁真诚的爱。“没有发生奇迹”，但爱的力量创造了奇迹；在爱的阳光照耀下，就连外表并不美的黛齐也变得像她的心灵一样美丽了。《蛇》却创造了两个不同的典型：严肃、拘谨、具有自我牺牲精神，但不讨人喜欢的科里贝尔和轻佻、美貌、讨人喜欢，但极端自私的乔·戴维丝。为了救戴维丝，科里贝尔牺牲了自己；但看到科里贝尔死后的惨状，戴维丝心中感到的却不是羞愧和悔恨，或对科里贝尔表示感激，她想到的仍然只是她自己：她也可能像科里贝尔那样死去。因此她感到恐惧了，并大喊“救命”。然而已经迟了，为了让自私的戴维丝留在人间，高尚的科里贝尔已经献出了自己的生命。

《父亲的怒火》写孩子的天真无邪，并指出成人动辄训斥孩子，并用孩子尚不理解的事物恫吓他们是不好的，这会在孩子的想象里发生一些不该发生的事。在《父亲的怒火》中，作者对孩子幼小心灵尚不理解的事物所产生的想象力描写得极其真实细致，令读者会联想到自己童年时类似的情景……

亚历山大·格林生平

康·帕乌斯托夫斯基

1932年7月，作家格林——亚历山大·斯杰潘诺维奇·格林涅夫斯基——在旧克里米亚与世长辞了——这是一座满城都有古老的胡桃树的小城市。

格林度过了异常艰苦的一生。生活中的一切仿佛是故意和他为难，似乎处心积虑要把格林变成一个罪犯或性情凶恶的庸人。简直无法理解，这样一个郁郁寡欢的人，怎么能带着强烈的创造性幻想的天赋、纯洁的感情和羞涩的微笑，经过苦难的生活历程，而没有让它们受到玷污的。

格林的生平是对革命前人与人之间相互关系的制度做出的无情判决。旧俄罗斯对待格林是残酷的——还在童年时，它就剥夺了他对现实的爱。周围的一切都是可怕的，生活是无法忍受的。它简直就像野蛮的私刑。格林活下来了，但他一生始终对现实持不信任的态度。他总是试图离开现实，认为即便把精神寄托在虚无缥缈的梦境里，也胜似每天生活在“丑恶和废物”之中。

格林开始写作，在自己的书中创造了快乐、勇敢的人们的世界，美丽的土地上阳光普照，到处都长满芳香四溢的丛林，而这些地方在地图上是找不到的。他在自己的书里还创造了许多惊人事件，尤为美酒一般使人迷恋，使人陶醉。

“我经常注意到，”马克西姆·高尔基在《我的大学》一书中写道，“人们喜欢有趣的故事，只不过是因为这些故事能让他们暂时忘记痛苦的，然而已习以为常的生活罢了。”

这几句话完全可以用来说明格林。

对他来说，俄罗斯的生活就是庸俗的维亚特卡、肮脏的技工学校、小客栈、力不胜任的劳动、监狱和长期的饥饿，仅此而已，再没有旁的含意了。但在灰色的地平线那边，有一些由光和海风以及鲜花盛开的草地构成的地方，仿佛在灿烂发光。由于日晒，那里的人皮肤是棕色的，他们是淘金者、猎人、艺术家、不知忧愁的流浪汉，以及具有自我牺牲精神、性情愉快、温柔、像孩子一样的女人。

如果不相信大洋中为数众多的岛屿上有这样一些繁荣兴盛、人声嘈杂的地方，对于格林来说，生活就未免太痛苦了，有时简直是无法忍受的。

革命来了。它震撼了使格林感到压抑的许多东西：过去人与人之间相互关系的凶恶制度、剥削、背叛行为——迫使格林从生活逃避到梦幻和书本领域里去的一切。

格林真诚地为革命的到来感到高兴，但革命描绘出的未来新生活的美丽远景还是模糊不清的，而格林却属于这样一些人，他们的缺点是：永远没有耐心。

革命到来时并不是身穿节日的盛装，而是像一位征尘满面的战士、一位外科医生。它翻耕了腐败的日常生活的千年土层。

格林觉得，光明的未来似乎是非常遥远的事，但他却希望现在，立刻就能接触到它。他希望呼吸未来城市的清新空气，那里树叶簌簌作响，充满了儿童的欢声笑语；他希望进入未来的人们的房屋，和他们一起参加诱人的考察活动，和他们一起过想象中的愉快生活。

现实不可能立刻把这一切给予格林。只有创造性的幻想能带他到他所向往的环境里，带他到那些极不平凡的事件和人们当中去。

这种永远不变，几乎是孩子式的缺乏耐心，希望立刻看到伟大事件的最终结果，却同时意识到这还十分遥远，意识到改造生活是长期的事情，这一切使格林感到苦恼。

从前他在否定现实这一点上是偏执的，现在在对创造新社会的人们要求严格这一点上，他同样是偏执的。他没有看到许多事件的急速进程，却认为它们的发展缓慢得令人无法忍受。

如果社会主义制度像在童话中那样一夜之间就繁荣昌盛起来的话，格林准会欢欣若狂。但他不善于等待，也不想等待。等待使他感到苦闷，破坏了他心情的诗的和谐。

也许，我们不十分理解的、格林与时代疏远的原因就在于此吧。

格林死在社会主义社会的门槛上，却不知道是在什么时候死去的。他死得太早了。

死神恰恰是在他的精神刚刚开始转变的时候夺走了他的生命。格林已经开始留神倾听并细心观察现实了。如果不是早逝，说不定他会作为最为与众不同的作家之一进入我们的文学队伍，把现实主义和自由而大胆的创造性幻想有机地结合在一起吧。

格林的父亲曾参加1863年的波兰起义，后来被流放到维亚特卡，在那儿的医院里当会计，变成了一个酒鬼，最后死在贫困之中。

他的儿子亚历山大——未来的作家——从小就是一个充满幻想、没有耐心、总是好像心不在焉的孩子。他曾醉心于很多事情，但什么也没能做到底。他学习不好，然而曾大量阅读麦因·李德、儒勒·凡尔纳、古斯塔夫·埃玛尔和扎科里奥的作品①。

“‘俄利诺科河’‘密西西比河’‘苏门答腊’这些词，对我来说，听起来就像音乐一样。”后来格林谈到这段时间的时候说。

现在的青年人很难理解，这些作家怎么会对在从前俄罗斯的穷乡僻壤中长大的孩子发生令人神往的影响。“要了解这一点，”格林在他的自传中说，“得熟悉当时外省的日常生活，偏僻的城市里的日常生活。契诃夫的短篇小说《我的一生》最好不过地表达出了这种紧张的神经过敏、虚伪的自尊和羞愧的环境。当我看这篇小说的时候，我仿佛就是在看描写维亚特卡的故事。”

从八岁起，格林就努力想要出去旅行。直到老死，他对旅行的渴望始终保持不变。每次旅行，即使是微不足道的旅行，都使他深深激动。

格林从小就有精确的想象力。当他成了作家的时候，那些实际上并不存在的地方——他小说中的故事就是在那些地方发生的——在他的想象中并不是一片模模糊糊的景色，而仿佛是一些详细地研究过、在那里来来回回走过了几百遍的地方。

他能画出这些地方的详细地图，能标出道路上的每一个转折点，能说

① 麦因·李德（1818—1883），英国作家，作品有《无头骑士》等。儒勒·凡尔纳（1828—1905），法国作家，作品有《格兰特船长的儿子》等。古斯塔夫·埃玛尔（1818—1883），法国作家。扎科里奥（1837—1890），法国作家。

明那里植物的性质、指出河流上每一个弯曲的地方、房屋的分布情况，最后，还能列举停泊在并不存在的港湾里的船只，说明它们的一切航海特点，以及无忧无虑、乐观愉快的全体船员的特性。

下面，就是这种十分精确，但实际上纯属子虚乌有的景色的一个例子。在《兰菲埃尔移民区》这篇短篇小说里，格林写道：

北边，直到地平线尽头，黑压压的森林好似一动不动的畜群，环绕着由白垩质峭壁构成的山脉，峭壁上斑斑点点，到处都是裂罅，东一簇西一簇地长着一丛丛病态的灌木。

东边，在湖的后面，道路好似一条弯弯曲曲的白线，通往城外。路边上有些地方竖立着一些小树，看上去很小很小，仿佛是一些莴苣的嫩芽。

西边，蔚蓝色的大洋一望无际，水平如镜，闪着白光，包围了沟壑纵横、丘陵起伏的平原。

在平缓的漏斗形盆地里，房屋和农场五光十色，绚丽多彩，周围是粗放地栽种得稀稀落落的菜地。兰菲埃尔移民区歪歪斜斜的四角形种植场和被开垦的土地，就从漏斗的中心一直向南延伸。

由于生活毫无乐趣，格林从小就感到疲倦了。

孩子在家里经常挨打，就连被家务活累坏了的、有病的母亲，也以一种奇怪的愉快心情唱着一首小曲逗弄儿子：

身为奴隶，
迫不得已，

像条狗一样去混日子！

“听到这首歌，我就觉得难过。”格林说，“因为它说的就是我，它是在预言我的未来。”

父亲费了很大劲才让格林进了实科中学[①]。

因为写了一首并无恶意的关于级任老师的诗，格林被学校开除了。

父亲狠狠地打了他一顿，后来，一连几天踏破校长的门槛，卑躬屈节，去见校长，恳求不要开除他的儿子，但什么都没有用。

父亲试图让格林进文科中学，但那里不肯收他。城市已经把孩子列入了尚未写成书面形式的黑名单。只好送格林去读高小了。

母亲去世了。格林的父亲不久就又续弦，娶了诵经士的寡妇。后娘又生了一个孩子。

生活一切照常，没有任何意外事件，日子在狭小简陋的住宅里，在肮脏的襁褓和疯狂的争吵中流逝。学校里斗殴成风，打起架来就像野兽一样；墨水的酸味深深地渗透进皮肤、头发和穿破了的制服上衣里。

孩子（格林）不得不为医院誊写预算，以赚取几个戈比，或者去装订图书，为庆祝尼古拉二世“登极日”糊彩灯，为地方剧院的演员抄写台词。

格林属于那种不善于在人生中找到一个位置的人。在不幸中他感到不知所措，躲避别人，为自己的贫困感到羞愧。丰富的幻想第一次碰到令人痛苦的现实，立刻就背叛了他。

格林成年以后，为了摆脱贫困，曾想用胶合板做成小匣子拿到市场上

① 实科中学里不学拉丁语和希腊语，主要学自然科学、现代语言及绘画。

去卖。这是在旧克里米亚的事，在那儿，费尽九牛二虎之力才能卖掉一两个小匣子。格林为摆脱饥饿所做的尝试也同样是毫无成效的。他做了一张弓，到旧克里米亚郊外去射鸟，希望哪怕能射死一只鸟，也就可以吃到新鲜的肉食了。但，当然，这也毫无结果。

像所有倒霉的人一样，格林总是把希望寄托在机会和意外的幸运上。

格林的所有小说里都充满“惊人的机会”和欢乐的幻想，但幻想最丰富的是他的中篇小说《红帆》。这部令人心醉的、童话一般的作品，是格林于1920年在彼得格勒开始构思并着手写作的。当时他害斑疹伤寒刚刚痊愈，终日在这座冰封的城市里徘徊，每天夜里都得向他偶然碰到的、并不怎么熟识的人们那里去寻求一个新的过夜的地方；恰恰是在这个时候着手创作这部作品，这一点很能说明格林的性格。

《红帆》是一篇诗，它使人对人的精神力量确信不疑；对生活的爱，对精神的青春的爱，犹如早晨的太阳，自始至终照耀着它，使人深信，人在向往幸福的激情中能用自己的双手创造奇迹。

维亚特卡的生活令人沮丧，单调乏味，好像没有尽头似的。直到1895年春天，格林在码头上看到一辆马车，车上坐着两个穿白色海员制服的、领航员学校的学生。

“我站住了，”关于这件事，格林这样写道，“像着了魔似的盯着这两个来自对我来说神秘而美丽的世界的客人。我并不嫉妒他们。我觉得非常高兴，但又感到忧郁。”

打从那时候起，格林就幻想着能到海上工作，从事“美丽如画的航海事业”，这些幻想对他似乎有一种特别的吸引力。他开始准备到敖德萨去。

格林是家里的负担。父亲给他筹措了二十五个卢布作为路费，就和他这个神情阴郁、从未受到父亲抚爱、从未体验过什么叫作父爱的儿子匆匆告别了。

格林随身带了些水彩画颜料——他深信，他将会在印度与某个地方，在恒河两岸用这些颜料作画——拿了一点儿非常可怜的日常生活用具，怀着极为不安，但又十分高兴的心情离开了维亚特卡。

“有好长时间我在码头上的人群中看到惘然若失、胡须花白的父亲的脸。”格林谈到这次动身时的情况，这样说，“我却幻想着密密麻麻布满了船帆的大海。”

在敖德萨，格林第一次见到了海——就是以后使他的小说充满耀眼夺目的光辉的海。

关于海，已经写了许多书。一大批杰出的作家和研究工作者力图表达出可以称之为“对海洋的感情”的奇异的第六感觉。他们所有的人对海的认识各不相同，但在这些作家们任何一个人的书中，海洋都不像格林作品中的海洋那样波涛喧嚣、绚丽多彩、变幻莫测。

与其说格林爱海，不如说他爱的是他自己虚构的海滨。他心目中的世界上最诱人的一切都集中在那里：神奇的群岛，繁花似锦的沙丘，浪花朵朵、宛如泡沫翻滚的海洋的远方，由于鱼群聚集、闪着青铜光泽的温暖的浅水海湾，把色彩绚丽的丛林的芳香和含盐的海上轻风的咸味混合在一起的古老的树林，最后还有那些舒适的滨海城市。

几乎在格林的每一篇小说里，都能遇到描写里斯、祖尔巴冈、盖尔——格尤和盖尔同——这些实际上并不存在的城市的文字。

格林把他看到的所有黑海港口的特点全部加进这些虚构出来的城市的面貌里。

幻想实现了。大海像通向奇迹的道路，就在格林面前，但他立刻感觉到，业已逝去的维亚特卡的过去仍然在对他发生影响。在海边，格林特别尖锐地感觉到自己孤立无援，没有人需要他，他觉得自己是那么孤独。

“这个新的世界不需要我，”他写道，“我感到十分窘迫，觉得自己在这里像别处一样，是个外人。”

海上的生活立刻背转身来，让格林看到了它的反面。

一连几个星期，格林在港口徘徊，怯生生地请求船长们让他到船上去做水手，但人家不是粗暴地拒绝，就是当面嘲笑他—— 一个眼睛里充满幻想的瘦弱青年，能成为一个什么水手呢？

最后，格林“交了好运”。人家让他到一艘往返于敖德萨和巴统之间的轮船上去当不拿薪水的学徒。格林在这艘船上完成了两次秋季的航行。

这两次航行在格林的记忆里只留下一些关于雅尔塔和高加索山脉的印象。

> 记得最清楚的是雅尔塔的灯火。港口的灯火和看不见的城市的灯火连成一片。轮船在花园里乐队清晰可闻的音乐声中缓缓驶近防波堤。花香扑鼻，迎面吹来温暖的阵风。远远听到人们的欢声笑语。
>
> 航行的其余部分我都忘记了，只除了绵延不断、仿佛在地平线那边缓缓行进的雪山。有直插云霄的高峰，即使远远看去，也显示出是一个庞然大物的世界。这是万里冰封、寒光闪闪、高耸入云的沉默之乡的山脉。

不久船长就把格林赶下船来——格林交不出伙食费。

赫尔松“小木船”悭吝的船主让格林到他的纵帆船上当他的助手，他任意支使格林，就像使唤一条狗。格林几乎不能睡觉——主人给他一片破瓦当作枕头。在赫尔松，一个钱也没给，就把他赶上岸去了。

格林从赫尔松回到敖德萨，在港口仓库里当过贴商标的工人，还曾在去亚历山大港的航线上做过唯一一次出国航行，但因为他和船长争吵，他被解雇了。

敖德萨的全部生活，只有在港口仓库里的工作给格林留下了美好的回忆。

“我喜欢仓库里的那种香味，喜欢感觉到自己周围有丰富的货物，特别是有那么多柠檬和橙子。香荚兰果、海枣、咖啡、茶叶，一切都散发出香味，和海水、煤炭、石油的寒气混合在一起，在这里呼吸感到说不出的舒畅——特别是在太阳晒得暖烘烘的时候。”

敖德萨的生活使格林感到疲倦了，他决定回维亚特卡去。他是无票乘船，作为“黄鱼”回去的。最后二百公里只好在泥泞不堪的道路上步行——正赶上阴雨连绵。

在维亚特卡，父亲问格林，他的东西在哪里。

“东西留在邮局里了，”格林撒谎说，“没有马车。”

“父亲，”格林写道，“可怜地微笑着，不相信地一声不响。一天以后，当弄清什么东西也没有的时候，他问（他身上散发出一股强烈的伏特加味）：‘你干吗说谎呢？你是走着回来的。你的东西呢？你撒谎！’”

该死的维亚特卡的生活又开始了。

后来是毫无结果地在生活中找一个位置的漫长岁月，或者照一般人家里通常的说法，也就是“找个活儿干”。

格林在维亚特卡附近穆拉希车站做过澡堂里的工人，在办公室里做过司书，还在小饭馆里给农民们写过诉状。

他在维亚特卡没有坚持多久，就到巴库去了。巴库的生活同样是令人绝望的，异常艰苦，以致给格林只留下了不断的寒冷和黑暗的回忆。详情细节他都记不得了。

他靠一些只能挣几个戈比的、偶然碰上的劳动为生：在港口上打、刮、去除旧轮船上的油漆，装运木材，和一些无家可归的流浪者一道被雇去扑灭石油钻塔上的火灾。他在渔业组合里差点儿死于疟疾，在巴库和捷尔宾特之间黑海海滨能致人死命的沙地浴场上几乎渴死。

他经常是在码头上空着的大锅里，在扣过来的小船底下或者只不过是在篱笆底下过夜。

巴库的生活在格林身上打上了无情的烙印。他变得神情忧郁，沉默寡言，巴库的生活在他的外表留下的痕迹——过早地衰老——终生都伴随着他。用格林自己的话来说，从那时候起，他的脸就已经像一张揉皱的一卢布纸币了。

格林的外貌比语言更能说明他生活的性质：这是一个异常消瘦、身材高大，但有点儿驼背的人，脸上纵横交错、布满数不清的皱纹和伤疤，眼睛神态疲惫，只有在读书或构思不同寻常的故事时，才会发出美丽的闪光。

格林长得并不美，但充满了潜在的魅力。他走路脚步沉重，就像被工作折磨得筋疲力尽的装卸工人。

他是一个十分轻信的人。他很友好，诚恳地握手就表现出他的这种轻信。格林说，根据人怎样握手，就能认清他是个什么样的人，这是认识一个人的最好的办法。

格林的生活，特别是在巴库的生活，和马克西姆·高尔基的青年时代有很多相似之处。高尔基和格林都有过流浪生活，但高尔基成了一个具有崇高的公民勇敢精神的人，成了一位最伟大的现实主义作家，格林却成了一个耽于幻想的人。

在巴库，格林达到了贫困的极点，但始终没有背叛自己纯洁的、孩子式的幻想。他常常停留在照相师的橱窗前面，长时间地细细观看里面的照片，力图在千百张呆板的，要么是被疾病折磨得神情疲倦的脸中，哪怕是找出一张象征崇高的、无忧无虑的愉快生活的脸来。他终于找到了一张这样的脸——一个少女的脸——他在自己的日记里把它描绘了一番。日记落到了一个小店老板的手里，这是一个卑鄙、狡猾的家伙，他开始嘲笑格林和那位不认识的姑娘。这件事几乎弄得动武，以至发生流血事件。

格林从巴库又回到了维亚特卡，喝得醉醺醺的父亲向他要钱。但他当然没有钱。

得重新想办法活下去。格林没有这样的本事。他又渴望能遇到幸运的机会，于是在凛冽的严冬步行到乌拉尔去——去寻找金矿。父亲给了他三个卢布作路费。

格林看到了乌拉尔——一个出产黄金的荒凉地方，在那里燃起了天真的希望。在去金矿的路上，他拾起脚下的许多石头，细细观察，希望能找到天然金块。

格林在舒瓦洛夫金矿工作过，跟着一个性情温和、徒步旅行的小老头儿（后来才知道他原来是一个杀人犯和小偷）在乌拉尔到处流浪，还当过砍柴人和运送木材的工人。

离开乌拉尔以后，格林曾在船主布雷乔夫的驳船上当过船员——就是那个大名鼎鼎的布雷乔夫，高尔基的著名剧本[①]中主人公的原型。

但这个工作很快就结束了。

看来，生活犹如一个圆圈，已经紧紧地封闭起来，在这个圈子里，格林再没有任何欢乐，也没有任何合理的工作可做了。于是他决定去当兵。作为志愿兵参加被训练的像白痴一样的沙皇军队，是既痛苦又可耻的，但靠年老的父亲供养则更加痛苦不堪。父亲一直梦想着把亚历山大，自己的头生子培养成一个“真正的人”——医生或工程师。

格林在乎扎的步兵团中服役。

在团里，格林第一次碰到社会革命党人，并开始阅读革命书籍。

“从那时起，”格林说，“我看到了生活的另一面，以前觉得神秘的那一面被揭露了出来。我的革命热情无穷无尽。一个志愿入伍的社会革命党人一提出要求，我就拿了一千份传单，在兵营里散发。”

服役将近一年以后，格林就从团里开了小差，去参加革命工作了。他的这一段生活很少为人所知。

格林在基辅和塞瓦斯托波尔工作过。在塞瓦斯托波尔，他在水兵和要塞炮兵中以一个热情洋溢、很吸引人的地下工作者——演说家而闻名。

但在革命工作危险而紧张的气氛中，格林仍和从前一样，始终是一个观察者。无怪乎他在谈到自己时曾说，生活现象主要是作为观察的对象引起他的兴趣——他喜欢观看和记忆。

格林在塞瓦斯托波尔的时候正是秋天——克里米亚的晴朗的秋天，这时空气仿佛是透明、湿暖的水气，充塞于街道、海湾和群山之间，极小的

---

① 指高尔基的剧本《叶戈尔·布雷乔夫及其他人》(1932)。

声响都会在空气中引起一阵轻微的战栗，久久不会消失。

“我的小说里含有塞瓦斯托波尔的某些色调。”格林承认。但每一个熟知格林的作品并熟悉塞瓦斯托波尔的人都十分清楚，神话般的祖尔巴冈，几乎是分毫不爽地描写塞瓦斯托波尔，描绘的就是这座城市清澈透明的海湾、衰老的船夫、太阳的反光、军舰、鲜鱼的气味、金合欢和多石的土地，以及把全部余晖和黑海海水中的反照撒满天空的宏伟壮丽的落日。

如果没有塞瓦斯托波尔，就不会有格林的祖尔巴冈，不会有祖尔巴冈的渔网，不会有水手们穿着打了掌的皮靴在砂岩上行走时发出的雷鸣般的响声，也不会有夜间的风、高高的桅樯，以及闪闪烁烁、仿佛在碇泊场上跳舞的点点灯火了。

在苏联的任何一座城市里，也不会像在塞瓦斯托波尔那样，明显地感觉到格林在下面一段话中所表达的那种海洋生活的诗意：

> 危险性和冒险性，大自然的权力，远方的光，奇妙的未知因素，由于约会和离别显得丰富多彩的、昙花一现似的爱情；令人目醉心迷、不断涌现的热情会见，人物和事件，生活的极端多样化；而在高高的天空中——一会儿是南十字星座，一会儿是大熊星座；以及所有的大陆——这一切都逃不出敏锐的眼睛，虽然你的船舱里到处都可以看到并未被你遗弃的祖国，看到祖国的书籍、图画、书信和干枯的花朵……

1903年秋，格林在塞瓦斯托波尔的伯爵码头上被捕。他被关在塞瓦斯托波尔和菲奥多西亚监狱里，直到1905年10月。

在塞瓦斯托波尔监狱里，格林初次动手写作。提起自己的最初几篇作品，他十分羞怯，不好意思拿给任何人看。

格林很少谈他自己的事，他没有来得及把自传写完，因此他一生中有好多年的情况几乎不为任何人所知。

在塞瓦斯托波尔以后，格林的经历就模糊不清了。只知道他曾第二次被捕，被流放到托波尔斯克，但在路上逃跑了，偷偷跑回维亚特卡，夜间来到生病的老父亲那里。父亲从市立医院里给他偷来了教学下级职员马尔金诺夫已故的儿子的身份证。有很久，格林一直是用这个假名字，就连他的第一篇小说，用的也是这个名字。

格林带着别人的身份证到了彼得堡，他的这篇小说就发表在那儿的《市场新闻》上。

这是格林一生中第一次真正的喜悦。他从一个爱唠叨的报贩那儿买了一份刊载他的小说的报纸，他差点儿没有热情地亲吻那个报贩。他想让报贩相信，那篇小说是他写的，可是那个老头儿不相信，并且怀疑地望着这个腿很长、满脸都是雀斑的年轻人。由于激动，格林都不能走路了，他的腿发软，止不住地颤抖。

在社会革命党组织中的工作显然成了格林的累赘。不久他就拒绝了交给他的暗杀任务，退出该党。他完全被写作吸引住了。几十种构思成了他精神上的负担，他性急地寻找表现的形式，但在最初一段时间没能找到。

他写作还很胆怯，似乎总是在看编辑和读者的神色，他是怀着这样的心情写作的，仿佛背后站着一大群嘲笑他的人，吹毛求疵地仔细阅读他写出的每一个字。这种心情，刚刚开始写作的作家都是十分熟悉的。

格林毫无顾忌，只是按照自己的愿望自由写成的第一篇短篇小说——《莱诺岛》，已经包含了未来的格林的一切特点。这是一篇朴素无华的小说，讲的是尚未遭到破坏的热带大自然的力量和一个从军舰上开小差的水兵对自由的渴望，为此舰长下令把他枪毙了。

格林的作品开始发表了。屈辱和饥饿的岁月，诚然是很慢很慢的，但终究已逐渐成为过去。自由的、心爱的劳动的最初几个月，在格林看来，简直像是奇迹。

因为他曾经是社会革命党的成员，由于这一旧案的关系，他再次被捕，坐了一年牢，被流放到阿尔汉格尔斯克省的皮涅加，后来又被流放到凯戈岛。

在流放中，他写了很多作品，读了很多书，还常去打猎，用他自己的话来说，甚至是在从前的苦役生活之后得到了休息。

1912 年，格林回到彼得堡。在这里开始了他一生中最美好的一段时期，仿佛是他的“波尔金诺的秋天”。那时候格林几乎是毫不间断地写作，他贪婪地、如饥似渴地读了大量书籍，希望知道一切、体验一切，把什么都搬进他的小说里去。

不久，他带着自己的第一本书回维亚特卡去看望他的父亲。格林想让老人高兴高兴：这时老人已经认为他的儿子亚历山大是个毫无用处的流浪汉，并安于这样的想法了。父亲不相信格林。为了让老人相信格林当真已经成了个“人物”，不得不把和出版社签订的合同以及其他文件拿给他看。这次父子相见是最后一次，老人不久就去世了。

二月革命爆发时，格林正在芬兰的鲁纳季奥基镇。他欣喜若狂，热烈地欢迎革命的到来。得知革命的消息之后，格林立刻步行返回彼得堡去——火车已经不通了。他把自己的所有东西都丢在了鲁纳季奥基，连从不离身的埃德加·坡[①]的肖像也丢下了。

几乎所有评论格林的人都谈到格林和埃德加·坡、亨格尔德[②]、约瑟夫·康拉德[③]、斯蒂文生[④]、吉卜林[⑤]等人的风格相近。

格林喜爱“疯狂的埃德加”，但认为格林模仿他以及上述那些作家的看法，却是不正确的：在格林已经是一个完全成熟的作家时，他从他们那里了解了许多东西，仅此而已。

格林对梅里美给予很高的评价，认为他的《卡尔曼》[⑥]是世界文学中最优秀的作品之一。格林曾大量阅读莫泊桑、福楼拜、巴尔扎克、司汤达、契诃夫（契诃夫的短篇小说使格林感到震惊）、高尔基、斯威夫特[⑦]和杰克·伦敦等人的作品。他经常一遍又一遍地读《普希金传》，在成年时曾全神贯注地研读百科全书。

格林不是一个被娇纵惯了的、经常受到关怀的人，因此他非常珍视别人的关心。即使是人与人关系中最普通的照顾，或是表示友谊的行为，也会使他深受感动。

例如，当生活使格林第一次和高尔基偶然相识的时候，就是如此。那是在1920年。格林应召参加红军，在普斯科夫附近的奥斯特拉夫市保卫团服役。在那里，他得了斑疹伤寒。他和几百名斑疹伤寒病人被送到彼得

---

① 埃德加·坡（1809—1849），美国作家。
② 亨格尔德（1856—1925），英国作家。
③ 约瑟夫·康拉德（1857—1924），英国作家。
④ 斯蒂文生（1850—1894），英国作家，主要作品有《宝岛》等。
⑤ 吉卜林（1865—1936），英国作家。
⑥《卡尔曼》，梅里美的主要作品之一，一般译作《卡门》。
⑦ 斯威夫特（1667—1745），英国作家，主要作品有《格列佛游记》等。

格勒，安置在鲍特金传染病医院里。格林病得很厉害，他出院的时候几乎成了残疾。

他没有栖身之处，病体尚未复原，饥肠辘辘，头晕得厉害，整天整天地在这座用花岗石建成的城市里徘徊，寻找吃的东西，寻找温暖。那个时候到处都在排队，口粮是定量分配的，只有油灯、又干又硬的面包皮和室内上冻的住宅。关于死的想法变得越来越拗，越来越强烈了。

“这时，”作家的妻子在一篇未发表的回忆录中写道，“高尔基就是格林的救命恩人。他得知格林的困境，为他安排了一切。应高尔基的请求，发给格林一份在当时十分罕见的，只发给科学院一级的口粮，还拨给他在莫伊卡的艺术之家的一间房间——温暖，明亮，有床和桌子。在受尽折磨的格林的眼里，这张桌子显得特别珍贵——可以在桌子上写作了。除此以外，高尔基还为格林安排了工作。

“高尔基的帮助使陷入最深的绝望之中、等待死神光临的格林恢复了生命。病后尚未完全康复的格林，夜间想起自己艰苦的一生和高尔基的帮助，经常感激地放声大哭。”

1924 年格林搬到了菲奥多西亚。他想住在一个安静的地方，离心爱的大海近一些。格林的这一行动反映了一个作家的正确的本能——海滨生活正是作家的真实环境，使他有可能构思自己的小说。

格林在菲奥多西亚一直住到 1930 年，在那里他写了很多作品。他多半是在冬天，在早上写作。有时他几个钟头地坐在沙发椅上，一面抽烟，一面思索，这时候不能去惊动他。在他沉思和让想象力自由驰骋的这几个钟头里，对格林来说，远比他工作的时候更需要集中注意力。格林深深地陷入沉思，几乎听不到声音，也看不见任何东西，要使他脱离这种状态是很困难的。

在夏天里，格林休息，制作射箭用的弓，在海滨漫步，和无家可归的野狗玩耍，驯养受伤的鹞子；读书，和愉快的菲奥多西亚居民——热那亚人和希腊人的后裔一起打台球玩。格林喜欢菲奥多西亚——这座濒临碧波浩瀚、有点儿浑浊的大海，建筑在多石的白色土地上的炎热城市。

1930 年秋，格林从菲奥多西亚迁到了旧克里米亚——这座充满鲜花、寂静和各种遗迹的城市。在这儿，他在孤独之中死于折磨人的疾病——胃癌和肺癌。

格林死的时候也和他在人世间一样，是很痛苦的。他请求把他的床挪到窗前去。窗外，远方克里米亚的群山如黛，天空亮闪闪的，仿佛是心爱的、永远失去的大海的反光。

在格林的一篇短篇小说《归来》里，有这样几行，仿佛就是描写他自己的死——是那样准确地表达了格林弥留时的情况："在敞着的窗户的亮光里，在田野里的鲜花前，死神来临了。他已经气喘吁吁，请求扶他坐到窗前。他望着丘陵，用残存的、出血的肺部吸进最后几口空气。"

临终前格林非常想念人们。以前他从来没有过这样的情况。

在他去世前几天，从列宁格勒寄来了赠送给作者的、格林的最后一本书——《自传体小说》。格林无力地微微一笑，试图看看封面上的题词，但没能做到。书从他的手里掉下去了。他的眼睛里已经是一片空虚，痛苦的、荒凉的空虚。格林的眼睛，这双善于以不同寻常的目光观看世界的眼睛，已经渐渐熄灭了。

格林的最后一句话不知是呻吟，还是喃喃低语："我要死了……"

格林去世两年以后，我到克里米亚去过一次，我到了格林去世时的屋里，还去过他的墓地。

一幢白色的小房子，周围是生意盎然的草地，浓密的草丛中野花盛开。热得打蔫的胡桃树叶子散发出一种酸涩的药味。房间里的陈设严肃、简单，屋里真是静极了，强烈的阳光照在白粉墙上，落到墙上唯一一张版画——埃德加·坡的肖像上面。

格林的坟墓在旧清真寺后面的墓地上，已经荆棘丛生，长满了野草。

风从南方吹来。在遥远的远方，在菲奥多西亚那边，灰蓝色的大海犹如一堵墙壁。在格林的房屋上空，在他的坟墓上空，在旧克里米亚上空……在这一切的上空，是万里无云的夏日的寂静。

格林去世了，给我们留下了一个问题：我们这个时代是否需要像他这样的、近乎疯狂的幻想家。

是的，我们需要幻想家。是摆脱对这个词持嘲笑态度的时候了。有很多人会幻想，也许正是因此，他们不能完全符合时代的精神。

如果剥夺人幻想的才能，那么产生文化、艺术、科学，产生为美好的未来而斗争的愿望的动机以及促使产生这种动机的最强大的推动力之一，就会消失。但幻想不应脱离现实。幻想应该能预测未来，并为我们造成这样的感觉，仿佛我们已经生活在这一未来世界之中，我们自己也已成为另一种人。

通常认为，格林的幻想脱离生活，是离奇古怪、毫无意义的思想游戏。通常认为，格林是一个惊险小说作家——诚然，他是创造情节的能手，然而他的作品没有社会意义。

每一个作家的作用取决于他对我们会产生什么影响，他的作品能激起什么样的感情，引起什么样的思想和行为，它们是否会丰富我们的知识，还是只不过是一些有趣的词句的堆砌。

格林在他的书中创造了一系列大胆勇敢、像儿童一样天真无邪，具有自豪感和自我牺牲精神的善良的人。

这些天性纯朴、充满魅力的人生活在格林的大自然中，呼吸的是清新、芳香的空气——格林笔下的大自然是真实的，并以其迷人的力量使人心醉。只有精神贫乏的人才会认为格林的主人公生活的那个世界是不真实的。每一个在海边吸进第一口稍许带点儿咸味的温暖空气，觉得微微头晕的人，立刻就能感觉到格林笔下的景色是真实的，格林描写的那些地方令人心胸开阔，呼吸舒畅。

格林的小说在人们心中激起体验多种多样生活的愿望，这样的生活充满冒险和勇敢精神，充满"高尚的感情"，而这种感情正是一切考察工作者、航海家和旅行家所固有的。看完格林的小说以后，你会希望看到整个地球——不是格林虚构的那些地方，而是真正的现实世界，那里阳光普照，到处都是郁郁葱葱的森林，到处是人声嘈杂、可以听到各种不同语言的港口，到处充满了人类的激情和爱。

"大地在挑逗我，"格林写道，"它的大洋浩瀚无边，岛屿不计其数，还有许许多多神秘的、挑动人好奇心的角落。"

不仅孩子，而且成年人也需要童话。童话会使人心情激动——而这正是人类崇高激情的源泉。童话不让我们的心情平静下来，总是让我们看到仿佛在闪闪发光的新奇的远方，总是让我们看到另一种生活，它拨动我们的心弦，迫使我们强烈地希望也能过这样的生活。童话的意义就在于此，这种意义有时是无法用语言表达的，但格林的小说中那种明显而不可抗拒的魅力的意义也正在于此。

我们的时代已经宣布要和假仁假义的人、糊涂虫以及伪君子们进行无情的斗争。只有伪君子才能说，应当满足于已经取得的成就，可以停步不前了。已经取得了伟大的成就，但更伟大的未来还在前面。在未来的不太遥远的远方，崇高而困难的新任务已经出现，造就新人，培育新的感情和无愧于社会主义社会人与人之间新型关系的任务，就摆在我们面前。但要为未来而斗争，就需要幻想，善于幻想，热情、深刻、积极地幻想，需要在自己心中培养永不满足的愿望，对有意义的美好的一切怀着不断的希望。格林富有这样的希望，并在自己的书中把它传达给了我们。

人们都在谈论格林作品中的惊险情节。这是不错的，但他的惊险情节只不过是为了容纳更深刻的内容的外壳。只有盲人才看不到格林的书中对人类的爱。

格林不仅是一位出色的写景作家和创造情节的能手，而且还是一位观察入微、十分敏锐的心理学家。他经常写自我牺牲精神、勇敢精神——最平凡的普通人身上所具有的英雄主义特性。他经常写劳动，写对自己职业的爱，写大自然的威力，以及我们还没有好好地去研究大自然。最后还有一点：还很少有像格林这样的作家，那么真诚、那么关怀备至、怀着激动的心情去写对女性的爱。

我可以在这里从格林的书中摘引数以百计的激动人心的片段，每一个还未丧失在美的景象前激动不安的能力的人，看到这些片段都不会不深受感动，但读者是会自己找到这样的片段的。

格林说过，“整个地球，以及大地上的一切，都是为了生活而给予我们的，也是为了在一切地方，只要是有生活存在的地方，承认这一生活。”

格林是我们时代需要的作家，因为他为培养崇高感情的事业做出了自己的贡献，而缺少这种感情，社会主义社会就不可能实现。

（原载《苏联现代散文欣赏》）

回忆克里米亚

康·帕乌斯托夫斯基

几年前，我曾在冬天乘柴油机船从巴统北上。过了图亚普谢以后，柴油机船驶进了开阔的海面，好避开正在诺沃罗西斯克沿岸一带猖狂肆虐的、寒冷的风暴。

可是我们还是受到了风暴边缘的影响。缆索哀鸣，犹如狼嗥，刺人的雪糁鞭打着人脸。风驱赶着乌云，急速地从桅杆上面吹过。似乎这乌云就是一片片的黑暗。

黎明时感到十分寂静，于是我醒了。机器单调地发出嗡嗡的响声。我走到甲板上。风暴已经停了，太阳在异常晴朗的天空中升了起来。

前面，在淡蓝色发光的烟雾里，很低、然而很亮的光线从下面照亮了渐渐从大海中升起的黄色的群山。这是克里米亚，可是我没有立刻认出它来。我觉得，它好像是一个淹没在清晨一片蓝光中的大岛。

我是第一次在海上从远方看到整个克里米亚，看到从菲奥连特海角到卡拉—达格的、它的全部宏伟壮观的海岸。

我第一次懂得了，被地球上最欢快的海洋之一冲洗干净的这片土地是多么美丽。也许，这天早上，当我和我的旅伴们望着从波涛喧嚣的大海中出现的海岸，当时所体验的那种感情，和初次发现一个新地方的人的感觉是一样的吧。显然，我们的远祖就是像这样想象他们的天国的。

我们渐渐驶近被染上克里米亚冬天严酷无情而又十分刺眼的各种色彩的海岸。葡萄园已变成一片赤褐色，仿佛在熊熊燃烧；已经能看到恰狄尔——达格和阿伊——彼特尔山白雪皑皑的山巅，山峰上面，白云犹如缕缕轻烟，升向天顶，渐渐消失。大海把早晨粉红色的浪花驱赶到石头海角的山脚下，懒洋洋而又有点儿凄凉地喧嚣着——就像几百年、几千年来一样。

第二天，在雅尔塔，作家马雷什金[①]领我去马斯山德罗夫花园。群山上空悬挂着仿佛仍在梦中的乌云，偶尔有一两片法国梧桐干枯的叶子飘落在我们身边。溪水在喃喃低语。小路两旁，翠菊已渐渐开谢了。冬青的浆果在潮湿的草丛中显得格外红艳。大海在轻声嘟哝，时而把白色太阳的倒影冲洗掉，时而又把它放在波浪上面。

马雷什金站起来抽烟，并且说："在我们出生以前，黑海就在这些悬崖峭壁旁边喧哗，现在它在喧哗，将来，我亲爱的朋友，当我和您已经不在这个世界上的时候，它仍然会像这样喧哗。克里米亚的冬天也仍然会像现在这样动人。不是吗？"

我同意他的话。

"由于这样的想法，人们很喜欢陷入愁思"，马雷什金有点儿嘲讽地说，"可是在这儿，在克里米亚，这样的想法却使我心情平静，甚至使我

---

① 马雷什金（1892—1938），苏联作家。

感到喜悦。”

他当然是对的。我们大地上有一些地方是如此之美，每次去那里，都会引起一种幸福的感觉，感到生活是那样完美，仿佛我们整个身心都进入一种极为朴素而又十分有益的、抒情的音乐境界。

克里米亚就是这样的。因此，正如自古以来人们所说的，它成了许多作家、诗人、画家和音乐家“灵感的源泉”。

克里米亚的迷人之处，对有些人是慢慢地、逐渐显示出来的，但是却能长期引诱人们，永远占据他们的心。每一个到过克里米亚的人，和它告别以后，都会带走一种惋惜的心情，以及如同在回忆童年时所产生的那种淡淡的哀愁，而且希望能再次看到这“南方的土地”。

克里米亚在我们的文化艺术中留下了深深的痕迹。只要回想一下普希金、密茨凯维支、托尔斯泰、契诃夫、高尔基、谢尔盖耶夫–青斯基①、魏烈萨耶夫②、库普林、格林、沃洛申③、马雷什金、画家博加耶夫斯基④、康恰洛夫斯基⑤、德尼克⑥等名字，就足够了。这些人爱上了克里米亚，他们创作中许多意外的新发现和他们的许多欢乐都得归功于它，像这样的作家和艺术家的名单可以无止境地延长下去，正如描写克里米亚的作品目录可以无止境地延长下去一样。

什么是灵感？就是有充分的能力最好地认识和领悟种种印象，并把它

---

① 谢尔盖耶夫–青斯基（1875—1958），苏联作家。
② 魏烈萨耶夫（1867—1945），苏联作家。
③ 沃洛申（1877—1932），苏联诗人。
④ 博加耶夫斯基（1872—1943），苏联画家。
⑤ 康恰洛夫斯基（1876—1956），苏联画家。
⑥ 德尼克（1899—1969），苏联画家。

们转达给别人。大体上说，这就是普希金的定义。克里米亚，它的一切，都把这种充分的能力、这种灵感慷慨地赐予我们——不仅是那隐没在阳光的黄色雾霭中令人心旷神怡的景色，而且就连每一微不足道的事物——一朵巴旦杏花，松林中一条箭头似的光线，一块碎瓦片，一片带刺的赤褐色的槲树林，被拍岸的浪涛冲洗干净的水草气味，一切——就连春天的烟雾，被太阳晒暖的遍地砾石的土地，我们祖国这阳光灿烂的地方的空气，这一切都会赐予我们灵感。

南方的来客

康·帕乌斯托夫斯基

1951年秋天，在顿河罗斯托夫举行的南方作家代表会议上，索契的育种学家佐林——关于亚热带植物群的几部著作的作者——送给我一小包花籽儿。小包上写着：月亮花。我是第一次听说有这么一种花，但不知为什么，佐林不愿意把它的情况详细讲给我听。对我的一连串问题，他只是神秘地笑笑，作为对我的回答。

“请把这花种在梁赞市附近您自己的花园里吧，”他说，“只是有一个条件：当月亮花上出现花蕾的时候，请您在最初几个温暖的黄昏时坐在它旁边，耐心等着。”

“会发生什么事情呢？”我问。

“您自己会看到的。”佐林还是那样神秘地回答。

几天以后，我从罗斯托夫到了塔干罗格。这个城市里有许多业余的花卉栽培家。塔干罗格的一个个舒适的小庭院，乍看上去好似一束束扎得很巧妙的鲜花。正是深秋季节，天气干燥，处处秋声。一堆堆相思树的落叶，黄中有青，青中透红，在脚下发出簌簌的响声。黏土质的陡岸下，亚速夫海不时发出微弱的闪光。海水的颜色很像相思树稍有点儿发黄的叶子。

我向塔干罗格的花卉栽培家详细打听月亮花，可是谁也不知道它。

在莫斯科，也没有任何人知道这种南方的植物。不过大家就像商量好了似的，众口一词，都断定，它当然是种不活的。无论如何，在我们这儿，在俄罗斯中部地区，它绝不会开花。

春天，我把月亮花花籽儿种在了梁赞市附近的花园里。

我觉得，对于这种神秘的花，梁赞的土地似乎太粗糙了。紧挨着花园后面就是一片松林，那儿的土壤松散，是灰色的，像灰一样。大概，正是因为像灰，所以这种土壤才得了这样一个名称——灰壤。只有璎珞柏、耐旱的白石竹、密枝瑞香和又粗又硬的多芒的野草，在这种土壤里才能很好地生长。

真的，很难相信，这种土壤里能够长出这种小花——从气候温和的南方来的客人。在南方，到处香气浓郁，炎热而湿润。然而，月亮花长出来了。夏天天气凉爽，几乎每天浓云低垂，从云层中斜飞下一条条冷冰冰的雨丝，匆匆地敲打着屋顶。

但尽管如此，月亮花仍然长得又快又茂盛，我们这儿只有杂草、荨麻、白屈菜和滨藜才能像这样迅速生长。

快到八月的时候，花丛已经长得有一人高了，而且长出了又大又长的花蕾。花蕾形似矛尖，又好像卷起来装进绿色套子里的团旗。

每天黄昏，我们家住农村的人都聚集在月亮花旁，还有一些邻居——嘉尔卡——一个留着长辫子的姑娘，她喜欢高声说话，生着一双灰色的眼睛；小男孩儿阿辽沙，他的保姆普拉斯科维娅·扎哈罗芙娜——一个上了年纪的妇人，对世界上的一切都有她独特的见解；谢苗老大爷和集体农庄的司机万尼亚·萨马尔斯基——一个灵活勤快、极端好奇的人；最后，还有我。每个人都很想知道，这是一种什么花，它的秘密在哪里？那时阴雨天已经过去了，刚被秋色稍稍染黄了的八月，天气干燥、无风。

瞧，奇迹发生了！在这样的八月的一个黄昏，月亮花花丛上所有的花蕾突然颤抖了一下，花蕾上出现了很窄的裂缝，立刻从每一个花蕾中伸出一些卷得紧紧的星状白色小杵。每根小杵都开始很快地从左向右旋转，包着花朵的萼片，花蕾上的套子像被弹簧弹开似的，露出了纺锤样紧紧卷着的淡金色花冠。

小杵旋转着，很快捻开了花冠。最后，犹如透明的金色瓷碗一般的花朵完全开放了，并发出一种奇怪的声音，仿佛是一声轻微的叹息，同时呼出一种稍有点儿苦涩的、巴旦杏的香味，在这以前，这香味一直被牢牢地锁在花瓣之中。

花蕾上所有的小杵都在旋转，花的叹息汇合在一起，形成一阵清晰可闻的喃喃低语，不一会儿，整个花丛上已经挂满大朵大朵湿润的金花，在暮色中发出柔和的光辉。已经闻惯薄荷和母菊香味的农村花园里，顿时充满了温暖的沿海地区、热带丛林里的空气。

当第一个花蕾开始迅速旋转的时候，小阿辽沙大声喊：“啊，它在转，花在转哩！”“轻一点儿！”嘉尔卡呵斥说，“别吵，爱嚷嚷的阿辽沙！你会吓坏它的。”

花会颤抖，还会小声说话，这奇异的景象使孩子大吃一惊。他感到惊讶的程度并不亚于大人，因此他不作声了。只是每当又有一朵花嘁嘁嚓嚓地响了一阵儿以后，仿佛燃烧起来似的完全开放的时候，他都要胆怯地向它伸出手去，可是立刻就又缩了回来。

为了能听清花朵的喃喃低语，大家都一声不响。谢苗老大爷张开嘴盯着月亮花，他自己卷的马合烟纸烟粘在他的嘴唇上，渐渐烧完了，烫着了他的嘴，可是谢苗毫不理会。

当月亮花花丛上的四五十朵金花在几分钟之内全部开放以后，繁花似锦的花丛旁进行了一场这样的谈话。

“嘉尔卡，”阿辽沙眯起眼睛，说，“你自己别吵了，要不它们会飞走的。真是个傻丫头！”

真的，月亮花还没有完全安静下来，花瓣儿还在轻轻颤抖，仿佛是一群停在花枝上的蝴蝶。

“瞧啊，多么爱自作主张的家伙！”嘉尔卡说，“你怎么敢这样跟大人说话？我给你点儿厉害瞧瞧！”

“这不行！”谢苗老大爷调解说。

“什么不行？”

“不行，姑娘，这会儿不能生气。你别吓唬孩子。你最好还是看看这花，欣赏欣赏吧。大家都知道，阿辽沙可厉害着哪。拿他有什么办法呢！”

“阿姨，它们是活的吗？”阿辽沙问，毫不理会他们的谈话。

“我也不知道。”普拉斯科维娅·扎哈罗芙娜怀疑地回答，“当然啦，是些有魔法的花。”

“怎么有魔法呢？”阿辽沙担心地望望普拉斯科维娅·扎哈罗芙娜，问。

“对，真的是有魔法。”嘉尔卡代她回答说，“我不是给你念过关于魔法的童话吗。还记得吗？这就是说，这些花就是从这样的童话里来到我们花园里的。”

“怎么来的？”阿辽沙又问，说着仿佛是试探似的瞅了瞅嘉尔卡。“来做客吗？”

“可它们到底是怎么来的？照我看，这才是最怪的怪事哩。”万尼亚·萨马尔斯基说。

“这有什么好奇怪的！”谢苗反驳说，“我们奇怪了多少年，现在已经是见怪不怪了。我们都变成一些多么厉害的人了呀！”“这是怎么回事呢？”阿辽沙严厉地问。他问，只不过是由于习惯。

“奇怪，奇怪，怪事儿接连不断。新鲜事来自四面八方，让人看都看不过来。头一样是拖拉机！后来是这些飞机在田野上空嗡嗡地响，给庄稼喷洒农药。后来又出现了联合收割机，并引起一阵惊慌——简直是可怕！原因是明明白白的——这是一种能够创造奇迹的机器。后来又装上了电灯，周围这一带，所有村镇，直到荒无人烟的地方，直到洛普赫，都大放光明。从前我是个锯木工人，要是锯子给夹在松树里，除了我，谁也拉不出来。只有我一个人知道这个秘密。可眼下人们是用电锯，滋——滋，一下子就锯好了！”阿辽沙笑了，简直笑得喘不过气来。“他这是怎么了？”老大爷吃惊地问。

“他是在笑你的‘滋——滋’。”嘉尔卡解释说。

“对，对，”谢苗赞许地说，“你笑吧，好孩子！据说，一个人笑多了，他就不要吃糖了。是不是这样啊？”

“又不知胡编乱造些什么，”普拉斯科维娅·扎哈罗芙娜气愤地说，“你就爱跟着瞎说。当着孩子的面胡说什么。你就是不说，都没法儿让他吃东西哩。”

谢苗和普拉斯科维娅·扎哈罗芙娜眼看就要争吵起来，这时万尼亚·萨马尔斯基进行干涉了。

“够了，你们别吵了。”他懊恼地说，“你们该明白，我们梁赞的土地在这儿已经有千百年了，在这块土地上发生过各式各样的事情，可是这儿还从来没有过这样的花。我们的土地上没长过这样奇妙的花。因此我想，由此我们应该得出一个结论。”

“好，好。”谢苗抽着自己卷的纸烟，赞成地说，“想入非非吧！”

“这花，当然是为了美啦。”万尼亚仿佛是抱歉地说，面带内疚的微笑望了望我。“您别见怪。我懂得，没有这个，没有美，就不可能有美满的生活。特别是，如果讲的是共产主义的话。这问题不在这里，而在于，这种南方的花，这种怕冷的花，对于我们的气候来说，似乎是外来的东西。可是瞧，它在生长，在开花。可见，问题不仅在于这种花，而在于苏联人的大胆。”

“可我，如今对什么也不觉得奇怪了。”谢苗又重复说，“莫斯科附近也种起西瓜来。这是什么呢？老弟，这简直是奇迹。要么拿咱们的草地来说吧。都是多年的草地了，这还用说吗。唉，可以看得出来，已经一年不如一年，良种草慢慢地消失了。可是从前有谁关心过它呢？谁也不关心！可现在看到，开了多少机器来啊？草地就要返老还童了。将来这儿长出来的不会是草，而是纯金。”

“这是什么啊？”阿辽沙问。

“嘿，金子。怎么才能跟你说清楚呢？是一种东西，就跟这花差不多，只不过是硬的，敲起来当当响。我最好还是跟你讲讲咱们同一个集体农庄里一个庄稼汉的故事吧，他想要知道一切。”

“他是个坏蛋吗？”阿辽沙问。

“看你说的，好孩子！”谢苗吃了一惊，“既然他是个待人真诚、挺爱说话的人，怎么会是坏蛋呢？他只不过很想知道周围的一切罢了。譬如说吧，他在喝茶——他就很想知道，这茶是哪儿来的？茶是从温暖的地方来的，是用晒干的叶子做成的。要么，再举个例吧，糖是从哪儿来的？糖是从甜菜里来的，只是甜菜在我们这儿长不熟。对它来说，这儿太冷了。于是那人就收拾收拾，到温暖的地方去了，他要亲眼看看，这一切是怎么生长的。而在那里，当然啦，花香扑鼻，树叶又浓又密，花园简直像天堂一样。在这些花园里，树上挂着许多柠檬。”

“橘子。”阿辽沙说。

“可我说是柠檬！我们这个人心想：‘这样可不像话！一块地上什么都有，另一块地上似乎什么也不长。让我来采些种子，带回我的北方去吧。把它们种在那里，让我们的土地高兴高兴。不是吗？从来没有人娇惯它，我们的土地上只生长耐寒的谷类作物。可它也很愿意充分发挥自己的力量啊。’他采了一些种子，回到故乡。可那儿那时候正是冬天，遍地是雪，一直堆到树梢。他抓起一把种子，撒到了雪地里。你猜怎么着？雪立刻陷下去，不见了。溪水奔流，下面露出湿润的土地，到了天暖的时候，那块土地上，瞧，长出了各式各样极好的谷物和花草，就跟这金色的花一样，长得也是那么快。和那里，和温暖的地方长得一样，简直是跟着他的脚后跟生长。”

“都是你编出来的，谢苗。”普拉斯科维娅·扎哈罗芙娜说，“老人就像小孩儿一样。”

“比喻嘛。”万尼亚·萨马尔斯基突然说。他的脸红了，大概是因为他说出了这个奇怪的词。

第二天，月亮花花丛上开了已经不止五十朵，而是一百多朵花了。从各个村里来了许多客人，都想看看这种不可思议的花。

小孩子们整天趴在篱笆上，用通常的喊叫声来表示自己的赞美。

“嗬，瞧你！”他们悄悄地说，“你看哪，啊，真有你的！真了不起！”

成年人看花时都怀着敬意，在花丛前不知为什么总是小声说话，走开的时候说：“瞧，又是一项成就。”

有一次，我在夜里到花园去，用很强的灯光照亮了月亮花花丛。周围一片黑暗，它在我面前显得那样庄严、温柔、美丽。谢苗讲的那些花草，想必也是这样光彩四射吧。民间史诗的源泉是多么真实，而在我们的时代里，它又包含着多么空前丰富的内容啊。

球花风铃草

康·帕乌斯托夫斯基

去年夏天我从波罗沃湖回故乡农村里去。走的是一条穿过松林的林间小路。四周野草丛生，由于夏天干旱，草香浓郁。

一些老树桩旁，结了穗的野草和野花长得特别茂密。这些腐朽的树桩，只要用脚轻轻踢一下，就会垮掉。于是飞起一团如同磨碎的咖啡一样、深棕色的烟尘，树桩里面被蠹虫蛀成的一条条纵横交错的秘密信道也都暴露了出来，许多带翅膀的蚂蚁、步行虫、像军乐队一样戴着红色肩章的扁平黑色甲虫，都在这些信道里忙乱，东奔西窜。无怪乎人们管这种甲虫叫“小兵”哩。

随后，从树桩下的洞里爬出一只似乎尚未睡醒的丸花蜂——丸花蜂是黑色的，身上有金色的条纹，像飞机那样嗡嗡叫着，向空中飞去，并竭力想要在哪个破坏者的额上用力给他一下子。

空中堆积着一团团积云。看样子，它们好像很扎实，似乎，显然可以躺在这些大团大团耀眼夺目的白云上，从那上面观看和蔼可亲的大地和地上的森林、林间小路和林间空地、正在扬花的黑麦、静静的水面上微弱的闪光以及五颜六色的畜群。

在林边的空地上，我看到了一些蓝色的小花。它们互相紧紧地挤在一起。一个个花丛犹如许多小湖，湖水湛蓝，而且稠得很。

我采了一大束这种蓝花。当我抖动花束的时候，花中成熟的种子就哗啦哗啦地响起来。

我不认识这种花，好像是风铃草。但风铃草的花萼是弯向地面，而这种不知名的花，它那干枯的花萼却向上直竖着。

道路出了森林，进入田野。看不见的云雀立刻在黑麦地上空唱起歌来。给人的印象，似乎它们是在把一条玻璃细丝互相抛来抛去。它们一会儿把它丢落下来，一会儿又立刻在半空中接住它，那颤抖的响声连一分钟也不停息。

在田间道路上迎面遇到两个农村姑娘。她们大概是从很远的地方来，落满尘土的鞋子用带子扎着，搭在她们的肩上。她们不知在谈论着什么，有说有笑，但一看到我，立刻住了声，匆匆地理一理头巾下浅色的头发，生气地瘪了瘪嘴。

每当像这样的皮肤晒得黝黑、又有点儿可笑的灰眼睛的姑娘们看见我立刻装出一副严肃的样子，不知为什么心里总是觉得怪不是滋味。如果和她们擦身而过之后，听到背后传来勉强抑制着的笑声，那就更难过了。

我已经在精神上做好再体验一次这种委屈心情的准备了，但姑娘们走到和我并排的时候，却站住了。她俩立刻那样羞涩，那样温和地对我嫣然一笑，弄得我甚至有点儿不知所措了。还有什么能比在荒凉的田间道路上出乎意料的姑娘的微笑更美呢？当深邃的蓝眼睛里突然出现湿润而温柔的闪光，而你呆呆地站着，惊讶万分，仿佛是一丛金银花，花丛上的全部花朵立刻在你面前吐蕊怒放，光彩四射，宛如点点星火，香气四溢，娇艳动人，还有什么能比这更美呢？

“谢谢您。”姑娘们对我说。

“为什么呢？”

“为了您让我们遇到了这些花。”

姑娘们突然跑了，但一面跑着，仍然一再回过头来，微笑着温柔地对我大声喊着，喊的仍然是那同一句话：“谢谢您！谢谢！”

我断定，这是因为姑娘们心情非常愉快，所以在和我开玩笑。但在田间道路上的这件小事中，似乎仍然含有某种神秘的、令人惊异的、我不能了解的东西。

在村口，我碰到一个衣着整洁、十分匆忙的老太婆。她用绳子牵着一头烟灰色的山羊。老太婆看到我，站住了，两手一拍，放开了山羊，像唱歌似的说：“啊呀，亲爱的！我在路上遇到你，这真是多么好啊！我真不知道该怎样感谢你呀。”

“为什么要感谢我呢，老奶奶？”我问。

“瞧，还装呢。”老太婆回答，说着狡猾地摇摇头。“就像你还不知道似的？我可不能把这告诉你，说不得的。你走你的路吧，不用着急，好多碰到一些人。”

只是到了村里，才终于解开了这个谜。村苏维埃主席伊万·卡尔波维奇把谜底告诉了我——他是个严肃而能干的人，不过喜欢研究地方志和历史，用他自己的话来说，是“在自己这个区的范围里”。

“您找到了一种稀有的花。”他对我说，“这种花叫‘球花风铃草’。有这么一种迷信说法——可是我不知道是不是用得着揭穿它？——似乎这种花能给姑娘们带来幸福的爱情，给上年纪的人带来安宁的老年。总而言之，是带来幸福。”

伊万·卡尔波维奇笑了：“瞧，我遇到您的时候，您手里也是拿着球花风铃草。大概我的工作也会顺手的。可以认为，从州里到我们这儿的公路今年能修通。我们还要第一次收获黍子。在这以前，这儿从来没种过这种作物。”

他不作声了，不知想起了什么，微微一笑，又补上一句：“我为姑娘们高兴。这是些很好的姑娘们，我们这儿最好的种菜能手。您听我说，幸福的源泉是在劳动之中，也在于我们的土地繁荣兴盛。”

黄　光

康·帕乌斯托夫斯基

我醒来是在灰蒙蒙的黎明时分。屋里洒满了均匀的黄光，仿佛是煤油灯光。光是从窗子下面照进来的，圆木天花板给照得最亮。

奇怪的光——不太亮，一动不动——不像是阳光。这是秋叶在发光。在有风的漫漫长夜里，花园里枯叶洒了一地。落叶簌簌作响，一堆堆地堆在地上，发出暗淡的光辉。由于这光，人的脸好像晒黑了似的，桌上翻开的书页上仿佛蒙上了一层旧蜡。

就这样开始进入了秋天。对我来说，它在这天早晨立刻就到来了。在这以前我没注意到它：花园里还没闻到腐烂的树叶味，湖里的水还没有发绿，早上，木板屋顶上还没有铺上一层厚厚的严霜。

秋天来得很突然。由于一些最不引人注意的事物而引起的幸福感觉，由于听到鄂毕河上远方轮船的汽笛声，或是由于一个偶然的微笑——有时就是像这样突然到来的。

秋天出其不意地到来，立刻占领了整个大地——统治了花园和河流，森林和空气，田野和鸟儿们。一切都成了秋天的。

山雀在花园里跑来跑去。它们的叫声好似打碎了的玻璃的声音。椋鸟头朝下倒挂在树枝上，从枫叶后面向窗子里张望，发出好像用钉锤敲打鞋底的啪啪声。隔壁院子里住着一个性情快活的人——村里的鞋匠，椋鸟在模仿他，而且经常为了雌椋鸟而争斗。

每天早晨，许多候鸟聚集在花园里，仿佛是聚集在一个孤岛上。在各种鸟鸣的伴奏下乱作一团，从树上落下一簇簇被弄掉的叶子。只有白天花园里是静悄悄的：不安静的鸟儿们已经飞往南方去了。

树叶开始飘落。白天夜里，叶子落个不停。它们时而随风斜飞，时而垂直降落在湿润的草丛中。树林里落叶纷飞，仿佛在下蒙蒙细雨。这雨一下就是几个星期。只是快到九月底的时候，小树林才变成光秃秃的，透过密密的树干，才开始能看到寒光闪闪、微微泛蓝的远方收割后的田地。

这时，一向对人唯唯诺诺的老头儿普罗霍尔给我讲了一个关于秋天的故事。他是个渔夫，又是个编篮子的人——在索洛特契，几乎所有的老头子随着年龄的增长，都会成为编篮子的人。这故事以前我从来没有听到过——大概是普罗霍尔自己编出来的。

“你看看周围，眼光敏锐一些。”普罗霍尔一面用锥子在编树皮鞋，一面对我说，“你仔细看看，我的好人，每一只鸟儿，要么，比如说吧，每一只旁的小动物，流露出来的都是什么样的感情啊。你看看，讲给我听听。要不，人们就会说：你算白上大学了。比方说，秋天叶子就掉了，可是人们想不到，人要对这负主要责任。譬如说吧，人发明了火药，可敌人要让他和这火药一起炸个粉碎。从前我自己也喜欢用火药来取乐。古时候村里的铁匠打成了第一支猎枪，给枪里装满了火药，猎枪落到一个傻瓜手里。傻瓜在树林里走，看到黄鹂在天上飞，愉快的黄色小鸟边飞边叫，叫得怪好听的，它们是在邀请客人哩。傻瓜用猎枪朝它们开了一枪——金色的羽毛落了一地，落到树林里，树林就干了，变了颜色，一下子树叶全掉光了；另一些叶子，鸟的血落到上面，就变成了红的，也都掉了下来。不是吗，你看到树林里有些叶子是黄的，有些叶子是红的。在那以前，鸟儿都在我们这儿过冬。就连仙鹤，也是哪儿都不去。树林呢，不管是夏天还是冬天，都长满绿叶，到处开满了鲜花，遍地都是蘑菇。那时候也没有雪。等等，你先别笑！我说的是，没有冬天，没有！请问，我们要它，要这个冬天干什么用呢？从它那儿能得到什么好处呢？傻瓜打死了第一只鸟——大地就发愁了。打那时候起，就有了落叶、潮湿的秋天、秋风和冬天——鸟儿们都吓坏了，离开我们飞走了，在抱怨人们哩。亲爱的，可见是我们自己弄坏了的，我们应该什么也别损坏，要牢牢地保护着。”

“保护什么呢？”

“唔，比方说吧，各种各样的鸟儿，要么是树林，要么是水，让水都清澈见底。老弟，什么都要爱惜，要不，大手大脚，任意挥霍地上的财富，挥霍光了，就要倒霉了。”

我曾经长期坚持不懈地研究秋天。要想真正能看到点儿什么，就得让自己深信，你是平生第一次看到它。对秋天也是如此。

我让自己相信，索洛特契的这个秋天是我一生当中的第一个也是最后一个秋天。这有助于我更加聚精会神地细心观察它，并看到许多从前我没有看到过的东西。从前，秋天往往是不知不觉地就过去了，除了记忆中阴郁的秋雨、泥泞和莫斯科潮湿的屋顶，从未留下任何痕迹。

我看出，秋天把大地上一切纯净的色彩都调和在一起，像画在画布上那样，把它们画在遥远的、一望无际的大地和天空上面。

我看到了干枯的叶子，不仅有金黄和紫红的，而且还有鲜红的、紫的、深棕色的、黑的、灰的，以及几乎是白色的。由于一动不动悬在空气中的秋天的烟雾，一切色彩都似乎显得格外柔和。而当下雨的时候，色彩柔和这一特点就变成了豪华：被云遮住的天空仍然能提供足够的光线，让远方的森林仿佛笼罩在一片深红和金黄的火焰之中，宛如在熊熊燃烧，蔚为壮观。松林中，白桦冷得发抖，渐渐稀少的叶子如同金箔一样纷纷飘落。斧头伐木的回声，远方女人们的呼喊声，鸟儿飞过时翅膀扇起的微风，都会摇落这些叶子，它们在树枝上的地位竟是那样不稳。树干周围堆着很宽的一圈圈落叶。树从下往上开始变黄了：我看到，白杨的下边已经变红，树梢却还完全是一片翠绿。

秋天里，有一次我泛舟普罗尔瓦河上。正是中午，太阳低悬在南方。斜射的阳光落到发暗的水面上，又反射回去。船桨激起层层波浪，波浪上反射出一道道太阳的反光，有节奏地在岸上奔驰，反光从水面升起，然后熄灭在树梢之间。光带潜入草丛和灌木丛的最深处，刹那间，岸上突然异彩纷呈，仿佛是阳光打碎了五光十色的宝石矿，星星点点的宝石同时迸发出耀眼夺目的光辉。阳光时而照亮闪闪发光的黑色草茎，以及挂在草茎上、已经干枯了的橙黄色浆果，时而照亮毒蝇蕈仿佛洒上点点白粉的火红色帽子，时而照亮由于时间太久、已经压成一块块的橡树落叶，时而又照亮瓢虫的黄色背脊。

秋天里，我时常凝神注视着正在飘落的树叶，想要把握住那不易察觉的几分之一秒的瞬间，看到叶子从树枝上脱落、开始飘向地面的情景，但我很久都没能做到。我在一些旧书上看到，落叶会发出簌簌的响声，可是我从来也没听到过这种声音。如果说叶子会簌簌地响，那么这只是在地上，在人脚底下的时候。以前我觉得，说叶子会在空中簌簌作响，就像说春天能听到小草生长的声音一样，同样是不足信的。

我的想法当然并不对。需要有时间，让听惯城市街道上的种种噪音、已经变迟钝了的听觉能好好休息一下，能够捕捉到普通的秋天大地上非常纯正、非常准确的声音。

有天晚上很晚我到花园里的井边去。我把光线暗淡的煤油提灯放在井栏上，从井里打水。水桶里漂着几片黄叶。到处都是落叶，无论什么地方都无法摆脱它们。从面包房拿来的黑面包上粘着一些潮湿的叶子，风把一撮撮叶子抛到桌子、吊床、地板和书本上；在花园里的小路上，连走路都很困难——不得不在落叶上行走，就像在雪地里行走一样；我们会在雨衣口袋、便帽和头发里找到落叶——到处都是。我们睡在落叶之中，浑身都浸透了落叶的酒香。

有时，秋夜万籁俱寂，静得出奇，森林边缘没有一丝风，只有从村口隐约传来一阵阵并不响亮的、打更人的梆子声。

那天夜里就是这样。提灯照亮了水井、篱边的一棵老枫树和已经变成一片金黄的花坛上被风翻乱了的金莲花花丛，我望望那棵枫树，看到一片红叶小心翼翼地慢慢脱离树枝，颤抖了一下，在空气中稍一停顿，然后摇摇晃晃，发出极其轻微的簌簌声，斜着飞向我的脚边。我第一次听到了落叶的簌簌声——声音含糊不清，好似婴儿的喃喃低语。

夜笼罩着已经静下来的大地，是一个满天星斗、十分寂静的夜晚。星光直泻，异常明亮，几乎令人目眩。我眯缝起眼睛。秋天的星座在水桶里和农舍的小窗子上闪闪烁烁，和在天空中一样紧张用力。

秋夜的英仙星座和猎户星座、金牛座昴宿星团和双子星座模模糊糊的光斑，正沿着它们有规律的轨道在地球上空缓慢地移动着，在黑黝黝的湖水里微微颤抖，照着狼群正在其中打盹儿的丛林，显得暗淡无光，照着在斯塔里查和普罗尔瓦河浅滩上熟睡的鱼儿，在鱼鳞上发出微弱的反光。

黎明前，天狼星在东方点起一盏红灯，它的红光总是会陷入柳树乱蓬蓬的叶丛之中。木星在草地上发黑的草垛和潮湿的小路上空嬉戏，土星则从天空的另一边，从每年秋天都被人类忘却和遗弃的森林后面升起。

星光灿烂的夜经过大地上空，在干枯的芦苇簌簌的响声和秋水的酸涩气味中，撒下一阵阵零星的寒冷的火花。

秋末，我在普罗尔瓦河边碰到了普罗霍尔。他须发银白，头发乱蓬蓬的，浑身粘满鱼鳞，正坐在杞柳丛旁钓鲈鱼。一眼看上去，普罗霍尔至少有一百岁的样子。他用没有牙齿的嘴微微一笑，从篮子里拖出一条正在疯狂挣扎的、又粗又大的鲈鱼，拍一拍它那很肥的肚子，夸耀他钓鱼的成绩。

直到晚上，我们坐在一起钓鱼，嚼着又干又硬的面包，小声谈论着不久前发生的那场森林火灾。

大火是从洛普哈村附近一个林间空地上烧起来的，割草的人们忘了熄灭那儿的一堆篝火。在刮干热风，火很快被吹向北方，它以每小时二十公里的火车行驶的速度向前推进。它声势浩大，犹如数百架紧贴地面作超低空飞行的飞机。

浓烟遮住天空，太阳悬在空中，如同一只血红的蜘蛛吊在一面织得十分紧密的灰白色蛛网上。烟熏得人眼睛痛。在下一场缓缓降落的灰雨。它给静静的河水蒙上了一层灰。有时从空中飞来一些白桦叶子，这些叶子也已变成灰烬。只要轻轻一碰，它们就会化作灰尘。

一群群野鸟跌进火中，都被烧焦了。爪子被火烧伤的熊爬进湖中，陷在很深的淤泥里。它们又痛又气，高声吼叫。蛇来不及避开大火，火灾之后，村里的小男孩儿们从沼泽地里带回许多烧焦了的蛇皮。

夜间，阴郁的火光在东方盘旋飞舞，各家庭院里牛鸣马嘶，地平线上突然亮起一颗白色信号弹——这是灭火的红军部队互相警告：火已经离得很近了。

“我在那时候，就在起火以前，”普罗霍尔轻轻地说，“正好到小湖上去，还带了猎枪。我碰到一只兔子，是棕黄色的，有一只耳朵破了一道口子。我开了一枪，没打中。老了，我的眼睛不等枪响就会眨眼。要么是，比如说吧，会流眼泪。我可是个蹩脚猎人！

“这是在白天，最闷最热的时候。我热得闭上了眼，躺到一棵白桦树下，睡着了——这样更容易等到晚上热气消退的时候。一股烟味把我熏醒了，我看到——风把烟吹过来，吹得湖上到处都是烟，眼睛刺痛、喘不过气来。着火了，可是看不见火。

“唉，我想，闹了半天，竟落了个不得好死。那时候树林干得冒烟，就像火药一样。我往哪儿去，往哪里跑啊？反正一样，火会压倒我，挡住我的路，哪里也不让我去。怎么办呢？

“我顺着风跑，可是湖那边火已经在白杨林里毕毕剥剥地烧着了，眼看着火舌在舔苔藓，在吞吃野草。我喘不过气来，心在怦怦地跳。我猜到，火就要烧过来了。

“我跑着，好像一个盲人，不知道是往哪儿跑，大概什么也没看见，在一个土墩上绊了一跤。这时，就在我脚底下跳出一只兔子，它一点儿也不害怕，在我前面跑着，一瘸一拐，竖着两只耳朵。我跟在它的后面，心想，咱们两个一道，兴许能想法逃出去，不至于死在这里，因为树林里的兽类比人的鼻子灵，嗅得到哪里有火。我怕被它落下，对它大声喊：'请跑慢一点儿！'它呢，自己都快跳不动了。

"我这样和兔子一起跑了多久呢，我记不得了。不过烟味已经小了。我回头一看，看到风正卷着火苗渐渐往后退，刮到红色沼地那边去了。这时我一下子倒在地上：我的力气用光了。我躺在那儿，兔子躺在我旁边，在大口喘气。我一看，它后面的两只爪子已经烧焦了。

"我躺着，好好休息了一阵子，把那只兔子装进口袋里，好容易才算走回自己村里。我把兔子带到兽医那儿，想治好它的伤，兽医笑了。'普罗霍尔，'他说，'你最好还是把它烤熟了，就着土豆吃掉它吧。'我啐了一口，就走了，把兽医骂了一顿。

"兔子死了。在它面前我是有罪的，就像对孩子犯了罪一样。"

"老大爷，你有什么罪过呢？"

普罗霍尔沉默了一会儿，笑了笑说："怎么没有什么罪过？那只兔子，我的救命恩人，一只耳朵上有一道口子啊。对兽类，也得懂得它的心哪，不是吗？你认为呢，我的好人？"

"你恐怕还一直在打猎吧？"我对普罗霍尔说。

"不——不，亲爱的，看你说的！现在我把枪都卖了，见它的鬼去吧！如今对兔子我连碰都不敢碰了。"

天快黑了，我才和普罗霍尔一道回去。太阳落向奥卡河后面，在我们和太阳之间横着一条暗淡的银白色带子。秋天的蛛网密密麻麻覆盖着草地，太阳照在上面，不时发出反光。

白天蛛丝随风飘荡，缠住未收割的牧草，宛如一根根很细的银丝，粘在桨上、脸上、钓竿梢上和牛角上。它从普罗尔瓦河的此岸拉到对岸，慢慢在河上织出许多轻飘飘富有黏性的网来。早晨蛛网上露水盈盈，在阳光照耀下，罩在蛛网和露珠下的柳树俨然童话中的仙树，似乎是从遥远的远方迁移到梅肖尔土地上来的。

每一面蛛网上都有一只小蜘蛛。蜘蛛是在风带着它飞过地面的时候结网，有时会连着蛛丝飞出几十公里。蜘蛛的这种飞行很像秋天候鸟的迁移。但直到现在谁也不知道，为什么每年秋天蜘蛛都要飞行，用它极细的细丝覆盖大地。

在家里，我洗掉脸上的蛛丝，生起了炉子。白桦木的烟味和瓔珞柏的香气混合在一起。一只老蟋蟀正在唱歌，地板下面老鼠蠢蠢欲动。它们把丰富的储备拖进自己的洞里——被遗忘了的干面包和蜡烛头，白糖和几块又干又硬的干酪。

在老鼠弄出来的轻微的响声中，我睡着了。我梦见，星星落到湖里，旋转着发出沙沙的响声，沉入湖底，在水面上留下一些金色的波纹。

深夜里，我醒了。已经鸡叫二遍，一动不动的星星在我们习惯看到它们的位置上闪闪发光，风小心翼翼地在花园上空喧闹，等待着黎明。

沃龙涅什的夏天

康·帕乌斯托夫斯基

沃龙涅什附近乌斯曼河沿岸的森林是顿河草原边界上最后的森林之一。它轻轻喧哗着，林中异常凉爽，草香满林。可是只要一走到林边，立刻就会感到一阵阵热浪和刺眼的亮光扑面而来，眼前豁然开朗，直到地平线尽头，都是一望无垠的、开垦过的草原，阵风吹过，犹如汪洋大海，绿波滚滚。

可以看到，一座座小丘上，风车仿佛振翼欲飞，鹞鹰在空中翱翔，古老庄园里的花园宛如一个个岛屿，零零落落分布在远方。但首先看到的是天空——高高的草原上的天空，空中堆积着一堆堆泛着蓝光的云。云很多，但它们几乎永远遮不住太阳。云影时而在这里，时而在那里从草原上飘过。它飘得那么慢，以致可以在云影中行走，以躲避灼人的烈日，很久也不会落在它的后面。

草原上，离古老的椴树公园不远，有一条叫卡缅卡的小河在坡度平缓的小山沟里不时发出微弱的闪光。小河几乎干涸了，只是在一些不大的深水潭里灌满了被晒得暖烘烘的清水。一些水蜘蛛在水面上窜来窜去，还有些懒洋洋的青蛙蹲在岸边困难地喘着气——由于干热，它们怎么也喘不过气来。

椴树公园里到处都挖了掩蔽所，这些掩蔽所现在已经被破坏了，而且长满了野悬钩子。从老远就能听到椴树公园里的种种声音。由于公园里栖息着许多山雀、金翅雀、知更鸟、黄鹂和黄雀，从清晨直到黄昏，公园里鸟鸣啾啾，不绝于耳。鸟群混杂在一起，椴树冠中吵吵嚷嚷，从来没有片刻安静的时候；而树冠是那么高，仰起头来看一看都会觉得头晕。

树脚旁绿荫中隐藏着一座白色的小屋。很久以前，它曾属于一位如今几乎已经被人忘却的作家艾尔德里[①]——他和契诃夫是同时代的人。现在这儿是一个不大的休养所。

我和公园里的鸟有些旧账还没有清算。每天清晨我经常去卡缅卡河钓鱼。我一走进公园，千百只鸟儿立刻在树枝间忙乱起来。它们尽力隐蔽起来，于是往我身上浇下一阵阵露水雨。它们仿佛是从水中泅出，扑棱棱地飞出树丛，慌忙向公园深处飞去。

大概这景象是很美的，但是露水浇得我浑身都湿透了，所以我对它并不怎么欣赏。我竭力轻轻地走，不弄出一点儿声音来，但这也没有用。我越是尽量不被发觉地悄悄走近落满鸟儿的树丛，它们惊慌得也就越厉害，落到我身上的冰冷的露水也就越多。

我来到卡缅卡河。太阳正在升起。露水盈盈的草原光彩四射。四周空无一人。就连最锐利的眼睛也不能发现任何一个人影。但只要我一投出钓钩，立刻就会从小山沟里钻出一些生着一头浅色头发、光着脚丫的小男孩

---

① 艾尔德里（1855—1908），俄国作家。

儿来。

他们分散开形成一个老大的半圆形，从背后走近前来，不过他们是那样小心，有时，只是当我听到有背后聚精会神、呼哧呼哧喘气的声音，这才知道他们来了。

小孩子们一声不响，呼哧呼哧地喘着气，目不转睛地盯着红色的浮子。

根据过去的经验，我知道，在这种情况下鱼是不会上钩的。这无法解释，然而灵验得很。只要哪怕有一个小孩子站在背后盯着浮子，鱼就完全不再上钩了。

起初我决定收买这些小孩子。我送给他们每人一个镀金的鱼钩，不过有一个条件：叫他们走开，不要妨碍我钓鱼。

小孩子们拿了鱼钩，低声道谢，诚实地走开了。但过了半个钟头，又来了一群旁的孩子。还从老远，他们就大声叫嚷着："叔叔，给个鱼钩！"

我明白，我是犯了个大错误。

得找到一个可靠的办法，好摆脱这些小孩子们。这时我想起了作家盖达尔的话。他曾肯定地对我说，对孩子们最能起作用的是说一些神秘难解的话。

于是，当第二天小孩子们又围住我，开始呼哧呼哧地喘气，鱼又不再上钩的时候，我头也不回，用忧郁的声音说："孩子们，为了这个要罚款一百卢布，你们知道吗？"

"为了什么？"一个最活泼的小男孩儿问。

"就为了这个。"我回答。

孩子们互相使个眼色，目不转睛地瞅着我，开始慢慢地、小心翼翼地一步一步后退。他们这样后退了三十步的样子，然后立刻转身纷纷往草原上跑去。一个最小的孩子磕磕绊绊地跑在最后面，后来突然哇的一声，用低音放声大哭起来。那个动作麻利的孩子拉住他的手，啪地打了他一巴掌，拖着他跟在自己后面。小孩子们都不见了。

对于所发生的事情，我自己吃惊的程度也不亚于那些小孩子们。我笑了。仿佛是回答我似的，柳丛后有人也嘿嘿地笑了起来。

我望望树丛后面。那里有两个淡黄色头发的小男孩儿，拿着用绳子编的长鞭，把头埋在草丛里，俯在地上，笑得浑身发抖。

“你们为什么还留在这儿？”

“我们不能走，”那个较大一些的男孩儿回答，“我们是牧童。小丘后面有我们的牲口。”

“要是没有牲口呢？”

小男孩儿得意地微笑着，站了起来。

“不！”他说。“反正一样，我们还是不跑。我们都大了。那些全是些小毛孩子。不管对他们说什么，他们都信以为真。这会儿都害怕了，很久不会再跑来了。”

我和牧童维嘉与费佳就这样交上了朋友。于是我们开始进行一场不寻常的谈话。

“您是什么人？是作家吗？”费佳立刻问我。

“对，是作家。”

“您早就当作家了吗？”

“老早了。”

“这倒看不出来。”费佳说，并且怀疑地望望我。

“为什么看不出来呢？”

“鱼上钩了，可我一看，您还一直呆呆地望着。”

“你真是驴唇不对马嘴。”我说，“鱼和这毫无关系。”

“谁说的，”费佳委屈地说，“怎么会没有关系呢！”

这时那个小一点儿的牧童维嘉插嘴了。

“前年夏天，”他匆匆忙忙、上气不接下气地说，“有两个作家也在这儿钓鱼。若拉叔叔和萨沙叔叔。萨沙叔叔把鱼钩一下子扔出去，立刻就有鱼上钩了，他猛一拉，一下子就拉了上来——那么大一条鲈鱼！有一尺多长！钓了一条又一条。可若拉叔叔——他可不行。若拉叔叔钓不着。他坐上整整一天，只钓起一条很小的斜齿鳊鱼。又瘦又难看。”

“你插什么嘴！”费佳生气地说，“傻瓜。要知道，若拉叔叔根本就不是作家。明白吗？可萨沙叔叔，那才真是个作家呢。他写过二十本书。”

这时我终于明白了。在费佳的心目中，真正的作家是神话式的人物，毫无疑问在生活的一切领域里都是天才，是一个有“一双金手”、精通魔法的行家。他应该知道一切，看到一切，什么都懂，无论干什么，都做得十分出色。

我不愿破坏农村牧童的这一天真的信念。也许这是因为，在这天真的信念后面隐藏着作家的真正写作技巧的真理——我们并不总是真正理解，也并非总是力图实现的真理。

不知为什么，我觉得有点儿不好意思。即使是在这种小事——在钓鱼这件事情上，我也要从此发誓决不错过一次鱼儿吞饵的时机，特别是当着费佳的面的时候。这似乎已经成了一件与名誉有关的事情。现在，在莫斯科，我觉得这——当时我在卡缅卡河上的想法——有点儿好笑，但是我不能设想，让费佳对什么人说："科斯嘉叔叔吗？他算是什么作家呀！他连拉钓竿都不在行，鱼总是会从他那儿溜掉。"

从那以后，遇到费佳的时候我都随时提防着。什么他都想要知道。他向我提出许多问题。然而并不是他的所有问题我都能回答得出来。

和所有牧人一样，费佳对一切花、草、植物具有丰富的知识，而且很喜欢谈论它们。我对植物也知道一些，不过这儿，沃龙涅什附近，有许多在我们那儿、在俄罗斯更偏北的地区里没有见到过的野草和野花。因此，我从莫斯科带来了一本植物图鉴，这使我感到非常高兴。

我从草原上，从乌斯曼河两岸的森林里采集了一把把各种各样的花草，带回去进行鉴别。由于费佳的关系，我渐渐沉溺于形形色色的叶子、花冠、花瓣、雄蕊和穗状花序的诱人世界，沉醉在各种植物色香味的绚丽多彩的世界里了。我的房间变得好像乡村草药医生的住处。一束束晒干的野草挂在墙上，草原植物的药味在屋里已经牢牢地安家落户，就连窗外渐渐开谢的椴树的花香也无法把它排挤出去。

瞧，我得意的时候终于到了。

卡缅卡河岸上开着一些娇弱的野荞麦花。它们像一些白色的小星星。

有一次，我在黎明时来到卡缅卡河。费佳立刻也来了。他坐到我身旁，从口袋里掏出面包，嘴里嚼着面包，在问我生活里的各式各样的事情。

天空被烟雾笼罩着。鲜艳的浮子在灰蒙蒙的水面上一动不动。鱼不大吞饵。

我看了看脚边的野荞麦花，发现花瓣都闭着。"要下雨。"我对费佳说。

“您怎么知道的？”

“从花上知道的。”

我指给他看闭着的花。费佳皱起额头，想了很久。

“它们为什么要在下雨以前闭起来呢？”

“不让雨冲掉花粉。”

我开始给他讲花粉和授粉的知识，给他讲，可以根据不同的花来判断一天中的时间。我讲着的时候，有一条斜齿鳊鱼上钩了，可是我错过了时机。费佳甚至没有注意到这件事。我讲的这些事情使他十分兴奋。

“这些您是从哪里知道的？”他问，“从学校里吗？”

“从书上。”

“唉，要是我能懂得这么多该多好……”费佳拖长了声调说，然后不作声了。

“怎么样呢？不再放牛了？到沃龙涅什去吗？”

“不！”费佳说，“我是这儿的人。我在这儿觉得自由自在。等我长大了，我要接西拉吉·彼得罗维奇的班，代替他当集体农庄的主席，在村里造一个温室，种花。我什么没有想好啊！我要办一座蜂蜜工厂。”

孤零零的一滴雨点垂直落进水里。雨点打在水上，水面漾起一圈圈微弱的波纹。随后，我们四周的草立刻摆动起来，沙沙地响起来，整个水面上密密麻麻布满了许多小圆圈儿，很轻很轻、但清晰可闻的雨声在深水潭的水面上漂向远方。下了一场静静的、温暖的雨。

远处，太阳从柔软的云层的裂缝里撒下一大片银光，草原上烟雾腾腾，放射出异彩。草、庄稼和泥土散发出更为浓郁的芳香。从小丘后飘来刚刚挤出的牛奶的香味——牛群正在那里放牧。

“您看，”费佳说，“这不是玻璃草吗！”

长着绒毛的野芥麦茎上挂满了雨珠。这小小的植物在我们脚边浑身上下闪闪发光，仿佛当真是用水晶做的。

没有地方避雨，所以我们就坐在那儿，把费佳的棉袄披在头上。

“好心肠的夏天！”费佳一本正经地说。

这话他大概是从村里哪个老人那儿听说的。夏天当真是充满了难以察觉的善意——在轻微的沙沙的雨声中，在慢慢成熟的小麦的清香里——预兆丰收的善意。

时光飞逝

康·帕乌斯托夫斯基

有人请莫斯科画家符拉基米尔·伊万诺维奇·拉弗罗夫画几张伏尔加河上的风景画。拉弗罗夫很高兴地同意了。但是由于他拖拖拉拉，准备了整整一个夏天，只是到了九月初，才离开莫斯科到伏尔加去。

轮船烟囱宽大，擦得像水晶一样的玻璃窗闪闪发光。机器间里马达发出低沉的隆隆声。轮船载着满船灯火和甲板上挤满身穿盛装的旅客，从容不迫和威风凛凛地驶过莫斯科郊外的小树林和河道。稍带凉意的、已经暗淡无光的残日，正徐徐没入水中。两岸的树林已变成一片赤褐色，或者披上了一身金黄色的外衣。航道上的信号灯，在秋雾中隐隐约约地闪烁着。

拉弗罗夫尽管已经上了年纪，但为人腼腆，因此很难和旅伴们接近。他首先是以一个画家的眼光，根据人们的性格和形象来评价别人的。轮船上使他最感兴趣的有两个人：一个是皮肤晒黑了的姑娘——领航员萨莎；一个是一位旅客——脸刮得光光的、长着一双温柔的眼睛、眼皮稍有点儿浮肿的老人，一位著名的历史学家。

黎明时船经过雷宾海。拉弗罗夫走上甲板。那里空无一人，由于露水的关系，甲板上湿漉漉的。并不太大的波浪，迎着罩在一层薄雾之中以及预兆恶劣天气的朝霞，高声喧嚣着滚滚而来。历史学家也走上了甲板。他站在船舷旁，竖起大衣领，用手扶着黑色的帽子。

萨莎顺着很陡的舷梯从船长台上跑了下来。她穿着深色的制服大衣，手戴一双皮手套，头上戴着一顶无檐帽。她把淡褐色的头发撩到了帽子底下。萨莎刚值完夜班。由于天冷，她的脸红通通的，嘴唇都被风吹皱了。

“您好！”她亲切地对拉弗罗夫说，并微微一笑，“在欣赏海吗？”

“可不是吗！”拉弗罗夫回答，“简直难以相信，这一切都是人的双手创造出来的。”

“我就是这儿的人，莫洛加人，”萨莎回答，“就是在这儿，在这个海的海底上。”她指指闪着朝霞玫瑰色光彩的波浪，“还是小姑娘的时候，我在这儿采过蘑菇。就是在不久以前。这个海比我还年轻哩。”

“许多事情变化如此之快，历史都来不及追赶它们了。”历史学家说，把帽子拉得几乎遮住了耳朵。“各种事情互相交叉，飞速前进，超过了我们细心而缓慢的历史思维。需要有一支历史学家的大军，才能使科学研究对这种前所未有的时间的飞驰确信不疑。”

“难道没有这样一支大军吗？”拉弗罗夫问。

“有了，”历史学家回答，并微微一笑，“现在它已经按作战规则行动起来了。”

在基涅什马附近，轮船赶过了一排木排。

阵风驱赶着仿佛被撕碎的、轻飘飘的浮云。云影从河面和两岸的树林上疾驰而过，时而有一条条沙滩从岸上伸进水里。太阳总是跟在云影后面突然冲出来，于是周围立刻霞光万道，异彩纷呈。一群河鸥时而飞出云影，突然一片白光，令人目眩；时而又飞入云影之中；时而河岸远方一座小屋上红旗招展，犹如火焰，想必是村苏维埃悬挂的旗帜；时而是一座松林，浑身战栗，光彩四射，宛如向它洒下一阵斜射的光雨；时而那同一座松林又仿佛罩上一层暗绿色的幕布，拖得很长的、庄严的松涛声从远处传到了轮船上面。

波浪从轮船涌向木排。几个持篙的姑娘，站在用钢索扎紧的、很粗的松木排上，不知在大声喊叫着什么，但风把她们的喊声吹向对岸，什么都听不清。只能看见姑娘们晒黑的、笑嘻嘻的脸上露出两排很结实的牙齿，还有那些彩色的头巾和被风吹起来的、在黝黑的腿上飘来飘去的、印花布连衫裙的下摆。

萨莎站在船长台上。她把铜传话筒贴到嘴上，大声喊道："过得怎么样啊，姑娘们？"

"很好，萨莎！"姑娘们齐声叫喊着回答，并且挥动头巾。

"要去很远吗？"

"一直到斯大林格勒！再——见！别忘了我们，别忘了伏尔加的姑娘们！"

看着这些姑娘们，拉弗罗夫明白，萨莎对她们来说是自己人，这个女领航员在伏尔加河上大概是赫赫有名，而且是受人喜爱的。真是这样：在伏尔加河上，是不大经常能碰到女领航员的。

晚上拉弗罗夫向萨莎抱怨说，瞧，发现了一个绝妙的绘画素材——在一个不但有风，而且色彩瞬息万变的日子里，看到了流送木排的姑娘们。可是他连速写都来不及画，因为这一切从一旁一闪而过，太快了。

"您哪怕让轮船稍停一停呢，就是停一分钟也好哇。"

“不行，”萨莎回答，“符拉基米尔·伊万诺维奇，这无论如何也不行。”

“唉，您呀，”拉弗罗夫叹了口气，“你们都是些机器人！你们不能正确评价我们生活中美的意义！”

“嘿，看您说的！”萨莎激烈地反驳说，“我们很爱美，也很珍惜美。只是请您也要了解我们。”

“你们有什么需要特别了解的呢？”

“请您想象一下全国交通运输的全部复杂性和严肃性吧，”萨莎回答，“所有火车、轮船和飞机的运行，都有它们道路的交叉网点，它们都必须按照时刻表准时到达这些地点。为了让生活能稳定地毫不间断地运行，就需要这样。难道这不是美吗？”

“好像是吧，”拉弗罗夫同意了，“我不知怎么没有想到这一点。”

轮船沿伏尔加河行驶。仿佛镀了金的丘陵在陡峭的右岸连绵不断地伸展开来。输电设备的钢铁高架傲然耸立，下部却淹没在树林赤褐色的叶丛之中。

那里，在高处，电流沿着拉紧的电线不断地流着。拉弗罗夫不知为什么好像觉得，这电流正在发出蓝色的反光。也许，他所以会有这样的感觉，是因为电流不时发出浅蓝色的闪光，因而暴露了自己吧。

左岸没入雾海之中。这雾被染上了各种不同的色彩。雾中有许多仿佛被冲毁的斑点，它们时而是玫瑰色的，时而是金色的，时而是蓝色的和淡紫色的，时而又变成紫红和青铜色的。拉弗罗夫知道，这是透过雾幕看到了后面的景色：一会儿是森林，一会儿是被傍晚的落日照亮了的云彩，一会儿是陡峭的河岸，一会儿，也许是远方那淹没在雾海之中的、看不见的城市中的白色房屋。

有一次，拉弗罗夫坐在上层甲板船长台旁的长凳子上，那里没有旅客。他把绷着画布的木框放在面前一张小凳子上，用粗犷的笔触很快地勾画出傍晚时寂静下来的整个世界，把空气、雾、色彩绚丽的河水、倒影和金色的远方，都画到了画布上。

萨莎在船长台上值班。她有几次以疑问的目光看看拉弗罗夫，然后又望望天空。她感到遗憾，因为晚上来得这么快，要不了多久，这灿烂的光辉就要熄灭，黄昏将要把一切都染成一片单调的灰色。“来不及了！”萨莎想，“快点儿画吧，真的！”

萨莎拉了拉汽笛的绳子。轮船拖长声调大吼一声——有条小船拦住了轮船的去路。

轮船很快驶近小船，拉弗罗夫突然看到：小船上站着一个青年妇女，她的短上衣敞着，没扣纽扣。她把一捆秋天的树枝抱在胸前，望着轮船。坐着划桨的是一个皮肤晒黑了的小伙子。他不再划了，也在望着轮船。树枝的倒影在小船船舷旁的水面上轻轻晃动着。

拉弗罗夫觉得，这傍晚的景色，那个妇女以及在河流上空闪闪发光、宛如一串葡萄的彩云，这一切似乎是整个世界的化身，是非凡的亲爱的祖国正在休息，而且这形象是如此鲜明，以致他只能长叹一声，生气地望了望萨莎。他提起笔来，稍等了一下，希望萨莎哪怕让轮船停一分钟也好，然而萨莎面无表情，甚至似乎有点儿凶狠的样子。

小船载着那个妇女摇摇晃晃地很快进入暮色之中。落日的最后一抹余晖落到了那一捆秋天的树枝上。黑暗怎么也不能熄灭树枝上微弱的金光。

拉弗罗夫气愤地啪的一声关上画箱，回到自己的船舱去了。经过船长台的时候，他斜着眼睛望了望萨莎。她脸红地转过身去。

“哼，好吧！”拉弗罗夫想，“什么时候我们得谈一谈。”

他在自己船舱里考虑了很久，想好了要和萨莎说些什么。这是一大篇责备的话。但那天晚上拉弗罗夫没看到萨莎：显然，下班后她回去睡了。而过了一夜，这篇责备的话已经褪了色，他甚至觉得那些话是愚蠢的。

拉弗罗夫陷入了沉思。他要达到什么目的呢？让生活在他面前停下来吗？但它是永远也不会停下来的。它永远如同无限广阔、绚丽多彩的洪流，向我们称之为未来的远方，飞也似的奔流不息。你一停下来，生活的洪流就会从你的眼前流过，失去光泽，以后你就再也赶不上它了。

“看来，这姑娘是对的，”拉弗罗夫断定，“我不该生她的气……”

过了一天，拉弗罗夫在甲板上遇到萨莎，只是望了望她那羞怯而又愉快的灰眼睛，说：“我一定要给您画像。只不过不是现在，而是冬天，在莫斯科。您同意吗？”

“好吧，有什么呢，”萨莎回答，“谢谢，符拉基米尔·伊万诺维奇。”

她轻轻地、信任地把自己的一只手搭在拉弗罗夫的衣袖上。

拉弗罗夫看了看河。在黑暗的秋夜里，船上一排排灯火倒映在水中，闪闪发光，色彩变幻不定。伏尔加河河面宽阔、凉爽、湿润，好似一道巨大的玻璃围墙，河水把灯火的倒影拉成一条条光带，把它们撕碎，带着它们向黑夜的无底深渊流去。轮船渐渐驶近正在建设中的古比雪夫大坝。

十二月，萨莎去特烈基亚科夫绘画陈列馆参观一年一度的画展。

正是晚上。飘着懒洋洋的雪花，从街上望着灯火辉煌的窗子，仿佛在这些房子里，点着千百支金光闪闪的蜡烛。蜡烛散发出热气，正在庆祝一个静悄悄的、冬天的节日。

展览会上观众不多。萨莎很快穿过一座座大厅，寻找拉弗罗夫的画。她从老远就看到了它。她站住了，由于激动，有一分钟，她突然感到呼吸困难……

这个沉默寡言、看样子甚至有点儿笨拙的人，是怎样以令人难以理解的力量，把河上那一令人惊异的晚上永远保留了下来？而且他在这天晚上所看到的迷人的景色和绚丽的色彩，比她在那同一时刻所看到的要丰富得多了。他的力量在哪里呢？在于天才吗？还是在于把天才和对自己无比美好的祖国的爱结合起来了呢？

“他怎么能凭记忆画出这个晚上，画出那条小船，还有那个抱着一捆秋天的树枝的妇女呢？”萨莎想，“不是吗，我并没有让轮船停下来呀？虽然我很清楚，他是等着我把船停下来的。”

萨莎对着这幅画看得越久，也就越希望感谢拉弗罗夫。也许，甚至想满怀柔情和惊异的心情轻轻抚摸一下他那只消瘦、沾满颜色的手。萨莎站在那儿，从远处看着那幅画，她的激动变成了突然涌上心头的狂喜。“这一切是多么美好哇！”她想，“包括窗外那毛茸茸的、落到脸上让人感到痒酥酥的、晚上的雪。一切，一切！……”

沿岸街上的人群

康·帕乌斯托夫斯基

"你在那不勒斯上岸的时候，"我的女儿，一个喜欢让自己的行为出人意料的年轻女人，对我说，"请把这个村姑模样的木雕娃娃送给遇到的第一个意大利小姑娘。"

我答应了。谁知道呢——说不定这一委托会导致某一抒情事件。而对于这样的事，我们早已感到非常生疏了。

在我动身以前，这个披着华丽的大红披肩的木雕娃娃就放在书桌上。它身上厚厚地上了一层漆，像玻璃的一样，闪闪发光。

这个娃娃里面还藏着五个木雕娃娃，各自披着不同颜色的披肩：绿的、黄的、蓝的、紫的。最后还有一个最小的娃娃，只有顶针那么大，披着用金箔做的披肩。

乡村里的工匠把纯粹是俄罗斯的美赋予了这些木雕娃娃，使木雕娃娃有两道发亮的浓眉和像炭火一样红光闪闪的绯红双颊。他用那么长的睫毛遮住了木雕娃娃的蓝眼睛，这样的长睫毛只要轻轻一动，男人们的心想必就会给打得粉碎。

从童年起，我就相当清楚地想象出那不勒斯是什么样子，甚至能想象出某些详情细节。

实际上那不勒斯好像是在空间和色彩上都给挪动了位置。我习惯于想象它是在右边的，却原来是在左边；它在我的想象中看上去是白色的，原来却是橄榄色的，要么是褐色的，而笼罩在维苏威火山上方的典型的烟，却完全消失了。维苏威火山已经有两年没冒烟了。据说它永远熄灭了。

一大清早，我们的轮船在卡斯特利·努奥沃城堡附近的防波堤旁靠了岸。一群头戴仿佛生有双翼的白色包发帽的黑衣修女聚集在防波堤上。老远，她们就匆匆忙忙地对着我们的轮船画十字，为它祝福。

突然，一个上了年纪的、胖胖的女修道院长骑着摩托车来到修女们跟前，生气地对着她们喊了些什么。修女们惊恐地四面环顾，迈着小碎步匆匆离开了我们的轮船，在那不勒斯街道上清晨的轻烟薄雾中消失了。女修道院长开着摩托车，发出低沉的轰鸣，跟在她们后面疾驰而去。

显然，是弄错了，修女们欢迎和为之祝福的，完全不是她们本该迎接的那艘轮船。

真的，不久就有一艘船身向一边倾斜的旧船“巴勒莫”号停靠到我们旁边。一面褪了色的意大利国旗无精打采地挂在它的船尾。轮船从巴勒斯坦接回了朝谒圣陵的朝圣者们。

从“巴勒莫”号上冒出一股咖啡渣和神香的气味。船舱里挂着一个有耶稣受难像的黑色十字架和一束束带刺的草。那是犹地亚的牧草和带刺植物，骆驼和驴子的可怜的饲料，沙漠中已经木质化了的植物。

“巴勒莫”号让朝圣者们上了岸，立刻就靠在码头上睡着了。乱蓬蓬的海藻从它的红色船底上耷拉下来，好像这艘老迈的轮船经过漫长的航程，已经如此疲惫，连刮刮脸的力气也没有了。

然而“巴勒莫”号运气不好。甚至没让它睡上半个钟头，两艘烟囱歪斜的、毫不客气的拖船就驶近了“巴勒莫”号，用钢缆钩住昏睡不醒的轮船，拖着它离开了防波堤，好给一艘美国轮船让出地方来。

那艘美国船是白色的，船身很长，让人感到枯燥无味。它送来了一批旅游者，大部分都是已过中年的人。一些满脸脂粉的太太在轮船甲板上摇摇摆摆地踱来踱去。她们都穿着有皱褶的游泳衣，戴着最稀奇古怪的各种形式的黑眼镜：有的是蝙蝠形，有的是梯形，有的像热带的蝴蝶，有的像降落伞。男人们都穿着短裤，并不为自己那两条有点儿发蓝、像公鸡腿一样的腿觉得不好意思。

然而在这儿，在那不勒斯，天空、云彩和大海的色调把全部可以看到的世界都化作柔情脉脉的淡蓝色轻烟；在黑夜，街头乐师的歌喉发出像大哭一样的声音——在这儿，最令人惊讶和最让人不愉快的却是这一情况：这些美国男人和女人原来是闻所未闻地平淡无味，让人感到无聊，而且，当然啦，绝不会放弃任何一个他们已经根深蒂固的习惯。对于他们来说，世界上没有任何惊人的事物。土地没有给予他们加以赞美的足够的理由，尽管会使他们偶尔拍拍人的肩膀，以表示赞赏。

我们经过地板上镶嵌着轻快多桅帆船图形的海关大厅，登上了防波堤，踏上了意大利的土地。地上铺着普通的长方形石块，一群群鸽子在石块上慢慢踱来踱去。

头戴热带白色盔形帽、挎着白色漆皮武装带的警察们期待地凝神注视着我们。有时他们的眼睛简直是在恳求我们，恳求我们做某种我们并不明白的事情。但不久就弄明白了，警察是渴望得到莫斯科的纪念品，特别是有克里姆林宫风景的纪念章。而公开索取纪念品，他们却下不了这样的决心。

我走到沿岸街上。我没有忘记意大利小姑娘，手里拿着那个包在卷烟纸里的木雕娃娃。那些喜欢纪念品的人默默地，而且带着责备的神情跟在我后面慢慢走了一会儿，然后就落到后面了。

我没有立刻遇到任何一个小姑娘。不错，我可能很容易就错过了她，因为我时常站住，望望通到沿岸街来的那些街道的深处。

这些街道深处诱人而且神秘。一排排圆柱上气势雄伟的涡形装饰和紫杉的黑色树枝，一块块色彩鲜艳引人注目的招牌和从喷泉里喷出来、完全晶莹清澈的一条条水流，一座座房屋正面那些胸部丰满、背生双翼的女神像和教堂门窗彩色玻璃图案上五光十色的闪光，一家家咖啡馆上方的花条遮阳篷和熏人欲醉、芬芳扑鼻的夹竹桃，所有这一切独出心裁地交织在一起，是十分诱人的。一条条街道像一条条河流，把从一座座大理石房屋里流出的冰凉的气流送到晒得极热的沿岸大街上。

小姑娘一直还没有碰到。我遗憾地想，她想必是已经不知不觉从我身旁溜过去了。我终于迫使自己不再去看那些滨海街道上的街景，顺着沿岸街上望了望。最初，由于强烈的阳光，我的眼里一阵发黑。后来，那些沿马路摆在路旁出售的一篮篮不认识的鲜花看得我眼花缭乱。最后，我终于看到了她。

在到意大利来的途中，有时我暗自想象，在那不勒斯遇到的第一个小姑娘会是什么样子。在我的想象中，她就像一幅著名绘画上的摘葡萄的少女：也是那样一头湛蓝的头发，上面洒满乌黑发亮的太阳闪光，也是那样一双调皮的眼睛和肤色黝黑、像桃子一样的双颊。

现在向我迎面走来的这个小姑娘完全不是这样的。她大约十岁的样子，搀着一个小男孩儿的手。小男孩儿一直在回头看着什么使他的想象力感到惊讶的景象，因此他是侧着身子走路的。小姑娘简直是在拖着他走，并且生气地在申斥他。

小男孩儿背后的景象当然并不十分寻常。有人正在把一头有些地方已经脱毛的老驴子拖到一艘不大的轮船上去（大概这艘轮船航行的路程并不远——去索伦托，要么是去卡斯塔比亚）。驴子不愿意上跳板，用四只蹄子竭力撑在地上，而且由于愤怒，令人讨厌地在打嗝儿。最后它被套上拉索，用蒸汽绞车给拖上了甲板。显然，这样做纯粹是出于恶作剧。

绞车发出轧轧的响声。从绞车上喷出一团团蒸汽。那些身穿花布衬衫的港口装卸工人对驴子吹口哨、鼓掌，但是驴子毫不理会这些。

我望着那个小姑娘。她比布留洛夫那个采葡萄的少女还要好——比她淳朴得多，穷得多，可爱得多。

小姑娘身穿一件破旧的黑连衫裙，肘部已经磨破了，脚上穿一双补过的浅色长袜和一双——也是黑色的——软底便鞋。而且这一身黑色装束和她瘦瘦的、苍白的脸，和那两条在胸前随便扎了一个结、颜色出乎意料得淡、几乎是淡火红色的辫子，都惊人得十分相称。

等小姑娘走近了，我打开烟卷纸，从纸包里取出了木雕娃娃。

她看到了木雕娃娃，站住，把黝黑的手指紧贴在胸前，笑了起来。她笑什么，我不知道。也许，她是为在那不勒斯的太阳下熠熠发光的、她没见过的玩具的美而笑吧。当人们心爱的梦成为现实的时候，他们才会像这样笑。

我把木雕娃娃递给小姑娘。她没有接受。她不再笑了，皱起黑色的眉毛，惊恐地跳到了一边。我一把抓住她的手，几乎是强迫她把娃娃接过去。

她低下头，行了个屈膝礼，让人勉强才能听到地说："谢谢，先生！"

随后她又行了个屈膝礼，向我抬起一双湿润的、闪闪发亮的眼睛。我难以相信，小姑娘会对像一个木雕娃娃这样微不足道的小玩意儿感到这么高兴。但是我在离她很近的地方看到了破旧的连衫裙下她那瘦小的锁骨，看到了逆来顺受的贫困的其他迹象，于是我明白了，对于这个小姑娘来说，木雕娃娃当真给了她极大的喜悦。

那时候我还不知道有一些那不勒斯街区，那里由于腐烂的蔬菜而发出一股恶臭；那时候我还不了解城市北边的郊区，在那里，呈亮黄色而有一股酸味的烟一直飘浮在一片片荒地上空。而那些地方也都住着人。

这一切我是在以后才遇到的。现在那不勒斯却在无忧无虑地闪闪烁烁，把大海向它投射来的闪光慷慨地还给海洋。

小姑娘一直在向我道谢。小男孩儿还那么小，不管他怎样仰起头来，怎样竭力想要看到他姐姐发生了什么事，可仍然看不到那个木雕娃娃。不过他还是学着姐姐的样，从下面，从他姐姐的膝盖底下，用嘶哑的低音瓮声瓮气地说："谢谢，先生！"

我向小男孩儿弯下腰去，但这时候有人从一旁搂住我的脖子，瞅了瞅我的脸。于是我看到，就在我身旁有两片正在微笑的、轮廓清晰的嘴唇和一双睁得老大的、喜悦的眼睛。

一个年轻妇人，大概是个农妇，穿一条带绉边的蓝裙子，肩上搭一条又轻又薄的黑披巾，有一瞬间把火热的面颊紧贴在我的面颊上，喉音很重而且满怀柔情地说出了仍然是同样的那几个字："谢谢，先生！"

这是那些坐在沿岸街上的卖花女中的一个。她跑到我跟前来，为了我把一个这么稀罕的玩具送给一个意大利小姑娘，向我连声道谢。

过了一分钟，一群五光十色的女小贩已经在我们周围此呼彼应，高声呼喊起来。她们丢下了自己那些摆满橙子、廉价的珊瑚、鲜花、绦带、美国口香糖和香烟的货摊，把它们丢在那里无人照看。她们拍拍我的肩膀，拥抱我，简直是对着我的脸向我大声叫喊着什么。她们的眼睛都在笑。

木雕娃娃在人们手里传来传去。那些妇女看着它，就好像是在看太阳，用手掌遮住眼睛，赞叹地咂着嘴。她们拉着小姑娘，祝贺她，拉正她身上那件破旧的连衫裙。其中有一个很快地给她重新编了编辫子，把一条橙黄色的带子编在她的辫子里。

妇女们千方百计竭力把小姑娘打扮得漂亮些，甚至把一朵黄玫瑰花蕾别在她的连衫裙上。在她们温柔的手指的照料下，小姑娘真的是像鲜花一样开放了。

在这一切忙乱的关怀和照料中，可以看得出来，这些妇女在一个外国人，一个“俄罗斯先生”面前，感到不好意思——为小姑娘十分消瘦的脸，为她那件破旧的连衫裙，为她那副极端贫困的样子感到不好意思。

人群在增长。在沿岸街上奔驰的一辆辆出租汽车都在我们附近停下来了。司机们问出了什么事，然后和乘客们一齐匆忙地从车上跳下来，挤到小姑娘那里去。对那头老驴子发出嘘声、给它喝倒彩的那些港口上的工人也在后面挤。不知从哪里涌来了一群小学生。他们用书本和书本互相拍打着，为木雕娃娃鼓掌，这样拍打着的时候，从书上飞出一页页掉下来的纸。军帽上插着公鸡尾巴上的羽毛的狙击兵从军车上跳下来，也混杂在人群里面。

一个老马车夫爬到他那辆用鲜花和铃铛装饰起来的轻便马车的车夫座上，似乎这是一个流动马戏院，然后向天空举起双手，用假声唱着一首不知是什么歌名的歌曲。

由于欣喜若狂，由于港口上这一切极不寻常的意外事件，小姑娘容光焕发。

突然大家都静下来了。我回头一看，一个海关监察员正慢慢向人群走来。他头戴一顶镶金边的制服帽，腰带上挎着一支装在白色漆皮枪套里、像玩具一样的小手枪。

他分开人群，异常坚定地走了过来。他那留着两撇短胡子的脸十分冷淡，毫无热情。

监察员走到小姑娘跟前，从她手里拿过那个木雕娃娃，皱起眉头，开始仔细察看。小姑娘恳求地望着他。有好几次她胆怯地向娃娃伸出一只手去，但立刻又缩了回来。

监察员抬起头，用眼睛扫视了一下人群。几十双警惕的眼睛也在看着他。这时监察员微微一笑，啪的一声弹了一下手指。人群喧哗起来，弄不清是什么意思。

监察员把那个木雕娃娃举到头顶上面，给四面八方都看一看，就像魔术师所做的那样（“喂，注意了！”），然后用一个十分迅速、完全不易察觉的动作打开那个木雕娃娃，从里面取出第二个——披着翠绿色披肩的娃娃。

一阵异常兴奋的轻微喧哗掠过人群。监察员又弹了一下舌头，霎时间从那个绿色娃娃里面又出现了一个黄色娃娃，然后是蓝色的、紫色的，最后（他用两个手指取出，并且小心翼翼地举了起来），还有最后一个——

披着金色披肩的最小的娃娃。

这时人群简直好像爆炸了。一阵高声呼喊的旋风从人群上面疾驰而过。人们在鼓掌、吹口哨、拍自己的大腿、跺脚、哈哈大笑。

监察员还是那样平静地把所有六个娃娃收拾起来，装成一个，还给了那个小姑娘。她不是把娃娃紧贴在胸前，而是紧贴在由于幸福正在突突跳动的咽喉上，一把拉住小男孩儿的手急忙跑了。

监察员以教导的口吻干巴巴地对我说:“您犯了个小小的错误，先生。”

“什么错误？”

“您可以把这玩具送给不是一个，而是六个那不勒斯小姑娘。”

说到六个小姑娘，当然他在某种程度上是对的。也许正是因此他才那样庄严地把一只戴着白手套的手举到自己的制服帽边上，有点儿傲慢和自负地走了。

瞧，说实在的，这就是那天早上在那不勒斯港口所发生的一个木雕娃娃的全部故事，如果不是还有一些附加情况的话。这情况属于那些也许仅仅存在于我们想象之中的现象，它们是我们愿望的产物。但尽管如此，它们却会以无法抗拒的力量长期影响着我们今后的岁月。

小姑娘不见了，忘了最后与我告别。还是那个穿带绉边的蓝裙子的年轻农妇改正了她的这个错误。那个农妇又一次拥抱了我，又一次亲切地把黝黑、火热的面颊紧贴在我的面颊上，小声而又不好意思地说：“别了，我亲爱的先生！”

她立刻和其他卖花女一起跑回她们那些装着鲜花的篮子那里去了，她脸上那稍有点儿苦味的浓郁的芳香却留在了我的脸上。这芳香好像熏衣草的香味。

这香味惊人地经久不散。它停留了很久，只是在我从那不勒斯到了要在那里待几天的罗马，它才消失。也许我这么长时间闻到这股香味，只不过是因为我很希望这样。

当那不勒斯—罗马的列车每一分钟都试图从轨道上挣脱出去，冲进亚平宁山脉黄色的峡谷，向罗马疾驰的时候，我望着车窗外面那些很小的山城，心里在想，其中的每一座都可能是这个农妇的故乡。

那是一些位于山顶上的、非常古老的城市，一些有雉堞的要塞，围着它们的城墙已经有很多缺口了。那里不时响起阴森森的大教堂的钟声。

一条条白茫茫的——弯弯曲曲和荒凉的——道路从被干旱烤焦了的谷地盘旋而上，通往这些城市。几头驴子迈着小碎步在这些路上慢慢走着。看得最清楚的是它们发黑的耳朵。细瘦的驴腿已经和板岩灰的颜色融合在一起，因此是无法看清的。

我暗自想象这些城市，想象从那些由于年深日久已经失去鲜艳色彩的房屋正面附近通过的一条条狭窄的街道，想象那些五颜六色的电影广告和那些已经损坏的喷泉上有了裂纹的大理石，想象花园里那些有不少节疤的齐墩果树，这些果树仿佛是用有许多小孔的锡浇铸出来的。同时我在想，说不定就在这样一座小城里，我已经有一颗亲近的心——就像那绯红的小脸上的温暖一样温柔的心。如果将来我在生活中感到特别痛苦，那么这颗天真无邪的心永远也不会拒绝给我帮助，给我安慰。对此我深信不疑。而这一信念已无限地使生活变得轻松起来。

回程中，从罗马开来的列车于深夜抵达那不勒斯。带点儿石油味的温暖的海风吹进敞着的车窗。沿铁路路基的那些狭小的房子里当然是黑漆漆的，只有给灯光照耀得明晃晃的、扳道工的小房间里，一个留着络腮胡子的青年正坐在窗台上弹曼陀铃。

这是那不勒斯给我留下的最后印象。

列车开往防波堤，径直开到轮船那里。轮船立刻离岸了。在亮得不自然的灯光中，从甲板上可以看到沿岸街上卖花女们白天坐在那里的那个地方。我注视着那里，耻于向自己承认，我是在等待奇迹，等待那个穿带绉边的蓝裙子的年轻农妇会出现在荒凉无人的马路上，而且会沿着防波堤，跟在已经用钢铁的船头慢慢切割开夜的黑暗和海湾里黑水的轮船后面，向前奔跑。

有一瞬间我甚至好像觉得，在远处看到了一个模模糊糊的妇女的身影。但这是充塞于港口之夜的那些淡淡的阴影之一。

我在甲板上一直坐到黎明，直到在微微发蓝的水域中出现了撒丁岛的灯光。

我怀着遗憾的心情迎来了黎明。

夜行的驿车

康·帕乌斯托夫斯基

在威尼斯古老而污秽的“恰尔托查”旅馆里，就别想弄到墨水。可是那里为什么要有墨水呢？为了给旅客们记那些虚夸的账目吗？

不错，当安徒生住在“恰尔托查”旅馆的时候，一个锡制的墨水瓶里还剩有一点儿墨水。于是他开始用这点儿墨水来写一篇童话。但是眼看那篇童话一小时一小时地逐渐发白了，因为安徒生往墨水里掺了好几次水。因此他没能把那篇童话写完——童话的愉快的结尾就留在墨水瓶底了。

安徒生微笑了一下，并且决定了，他下一篇童话就叫作“留在干涸了的墨水瓶底的故事”。

他爱上了威尼斯，称它为“正在凋萎的荷花”。

低低的秋云在海空上飘舞，污浊的水在运河里汩汩地拍溅，冰冷的风在十字路口吹拂。但是当太阳冲出云层的包围时，从墙上的绿霉下面就现出玫瑰色的大理石来，于是整个城市就像旧日威尼斯大画家卡那列托[①]的

① 卡那列托（1697—1768），意大利画家，以威尼斯风景画著名。——译者

一幅图画般呈现在窗前了。

是的，这是一个美妙的、虽说也是一个有些忧郁的城市。但是安徒生为了游历其他城市，已经到了和它分离的时候了。

因此，安徒生差遣旅馆的仆人去买夜间出发到维罗纳去的驿车车票时，并不感到特别惋惜。

这个仆人和这个旅馆刚好相称——他是个懒汉，总是微带醉意，还喜欢揩油，但是他却有一副坦率的、天真的脸孔。他从来也没有收拾过安徒生的房间，甚至都没去扫过那石板地。

从红色天鹅绒帷帐里时常会飞出一群群金色的蛾子。洗脸只好用那个画着胸部丰满的美女出浴图的破瓷盆。油灯打破了，桌子上放着一个沉重的银烛台代替油灯，上面插着一段脂油蜡烛头。这个烛台想必从提香[①]时代起就没有擦过了。

从设有廉价饭馆的一楼发出一股股烤羊肉和大蒜的气味。那些年轻的女人们，穿着用撕开的绦带勉强系着的、磨掉了毛的天鹅绒胸衣，整日价在那里震耳地大笑大吵。

有时这些女人还互相揪住头发厮打起来。安徒生偶或走过这些正在厮打的女人身旁，这时他就站下来，赞美地欣赏她们那些蓬散的辫发，由于盛怒而变红了的脸孔和燃烧着复仇的渴望的眼睛。

可是最最美妙的奇景，自然是那些就像小金刚石珠般从她们的眼睛里迸涌出来，沿着面颊流下去的愤怒的眼泪。

当着安徒生的面，女人们就都安静下来了。这个鼻子细长，瘦瘦的、

① 提香（1477—1576），意大利著名油画家，肖像画的创始人。——译者

文雅的先生使她们感到惶惑。她们认为他是一个过路的魔术家，尽管人们都尊敬地称他为“诗人先生”。照她们了解，他是一个奇怪的诗人。他的胸臆里没有热血沸腾。他既不和着吉他唱那些裂人心肺的船歌，也没有一个一个地欣赏她们这些女人。只是有一次他从纽扣孔里取下一朵通红的玫瑰花，把它送给一个最丑的、洗碗盏的小女孩儿，而且她还是个跛子，走起路来就像鸭子一样。

仆人去买车票的时候，安徒生扑向窗口，拉开沉重的窗帷，他看到那个仆人一面沿运河走，一面吹口哨，顺便还捏一下那个红脸孔的卖小虾的女人的乳房，为此他吃了一记响亮的耳光。

之后，那个仆人又聚精会神地从运河的拱桥上往下吐了好久唾沫，他竭力想吐到那半个空蛋壳上。蛋壳就漂浮在桥桩近旁。

他终于吐到了蛋壳里，于是蛋壳沉下去了。这时那个仆人走到一个戴着破帽子的男孩子身边。这个男孩儿正在那里钓鱼。那个仆人坐到他旁边，凝视着浮子，等着什么时候才会钓着一条正在游荡的鱼。

“噢，天哪！”安徒生绝望地叫道，“难道因为这个傻瓜，我今天竟走不成了吗？”

安徒生敞开窗子。窗玻璃被震动得这么厉害，连那个仆人都听到了响声而抬起头来。安徒生举起手，愤怒地向他挥了挥拳头。

仆人从小孩子的头上摘下那顶帽子，得意地向安徒生挥了挥，然后把帽子又扣到小孩子的头上，跳起来就在拐角的地方消失了。

安徒生笑了。他一点儿也没生气。甚至就是这些可笑的小事也足以使他渴望旅行的热情一天天地增长起来。

旅行准会遇到一些意外的事情。你永远也不会知道，什么时候女人狡猾的目光会突然在眼睫毛下面闪现，什么时候远方会露出陌生城市的塔尖，地平线上会浮起载重的船只的桅樯。你永远也不会知道，哪一些诗句会像阿尔卑斯山巅猖獗的大雷雨骤然袭来，也不会知道，谁的声音会像旅途中的车铃似的，向你唱起关于含苞未放的爱情的歌曲。

仆人送来了驿车车票。但是他没交出找头儿来。安徒生抓住他的领子，客客气气地把他领到走廊上，然后在他脖子上拍了一下。于是那个仆人可着嗓子唱起来，跳过一级级的阶梯，沿着摇摇摆摆的楼梯飞也似的跑下去了。

驿车驶出威尼斯时，开始下起雨来。夜色笼罩着沼泽地带的原野。

车夫说，这一定是恶魔想出来的主意——从威尼斯到维罗纳去的驿车要在夜间出发！

乘客们什么也没有回答。车夫不作声了。但一会他又很生气地啐了一口，警告旅客们说，除了洋铁灯里的一点儿蜡烛头，就再没有蜡烛了。

旅客们还是一点儿也不理会这个。这时车夫开始怀疑自己的乘客是否有正确的判断力，并且补充说，维罗纳是个荒僻的角落，那里正经人是没有什么事情好做的。

旅客们知道并非如此，但是谁也没有反驳他。

旅客统共是三个人：安徒生，一个上了年纪的、阴郁的神父和一位裹着深色斗篷的太太。

安徒生觉得，那个太太一会儿好像是年轻的，一会儿又似乎是上了年纪的，一会儿像是个美人，一会儿又似乎生得很丑。这一切都是在车灯里跳舞的那段蜡烛头的把戏。它每一次都是照它自己的想象，以不同的方式来照耀那位太太。

“蜡烛熄掉吧？”安徒生问，“现在并不需要它。否则等到要点的时候，我们就没有什么可点啦。”

“噢，这种想法永远也不会跑到意大利人的脑袋里去！”神父叫道。

“为什么？”

“意大利人就是没有先见之明。他们总是在一切都无可挽回的时候才恍然大悟，才高声大叫起来。”

“看起来，”安徒生说，“神父，您是不会属于这个轻浮的民族的。”

“我是奥地利人！”神父生气地回答说。

谈话中止了。安徒生吹熄了蜡烛。沉默了一会儿之后，那位太太说：“在意大利这一带，夜间赶路还是不点灯好些。”

“反正一样，车轮的响声还是会暴露我们的。”神父反驳她说，并且补充道，“太太们旅行应当找个亲戚护送。或者，至少也要带个仆人。”

“我的护送人，”那位太太回答说，并且狡猾地笑了起来，“就和我并排坐着。”

她说的是安徒生。他于是摘下帽子，为了这句话向这位不认识的同路者致谢。

蜡烛刚刚熄掉，各种响声和各种气息都更加活跃起来，好像都在为它们竞争者的消失而欢欣似的。马蹄声、车轮在砂砾上的摩擦声、弹簧嘎吱嘎吱的响声和雨点敲打车顶的声音都更响亮了。透进车窗的潮湿的杂草和沼泽的气息，也格外浓烈了。

“奇怪！”安徒生说，“我期望能在意大利闻到橙树林的香味，现在呼吸到的却是自己北国的空气。”

“现在一切都变了。”那位太太说，“我们正在爬山，山上的空气要暖和一些。”

马一步步地往上走。驿车真的登上了一座倾斜的山岗。

但是夜却并没有因此变得明朗些。相反的，道路两旁伸出一些老榆树来。在榆树的繁茂的树枝下面，一片漆黑，静悄悄的，勉强能听得出它和树叶、雨点的窃窃私语。

安徒生放下了车窗。榆树的树枝伸进驿车，用它们的丛叶擦过了他的脸孔。

安徒生摘下几片树叶作为纪念。像许多想象力丰富的人们一样，他有一种在旅途中收集所有小事物的热情。不过这些小事物都有一个奇妙的特点：它们能唤醒过去，能使那种逝去的心情在他的心灵中再生，这种心情就正是他，安徒生，收集这个精雕的木片、榆树叶或者是一个小小的驴蹄铁时所体验过的。

“夜！”安徒生自言自语地说。现在夜间的黑暗比阳光更使人感到舒适。黑暗允许他静思一切，而当他厌烦了思索时，它又会帮助他编造各种以他为主角的故事。

安徒生总是想象自己在这些故事里是美丽的、年轻的、生气勃勃的。他慷慨地把那些使人沉醉的字句撒在自己周围，情感丰富的批评家们称这些字句为“诗的花朵”。

事实上安徒生却长得很丑，而且这一点他自己也知道得很清楚。他是瘦长的、羞涩的，他的手脚就像提线木偶的手脚一样摆动着。在他的祖国，孩子们管这种木偶小人儿叫“哈姆别里玛”[1]。

---

① 哈姆别里玛，丹麦语，驼背的意思。——译者

生成这副样子，就别想还能引起女人们的注意。但是每当女人们从他身旁经过，就像走过一根路灯杆的时候，他的心里总还是要引起一种屈辱的感觉。

安徒生打盹儿了。

当他醒来的时候，首先看到的是一颗大绿星星。这颗星正在大地上空闪烁着。显然，夜已经很深了。

驿车停住了。从外面传来了讲话的声音。安徒生侧耳倾听。车夫和几个在路上拦驿车的女人正在讲价钱。

这些女人的声音是这么甜蜜，这么响亮，因之这场音调悦耳的交易，使人联想起古老的歌剧中的吟诵调[①]来。

她们要搭车到一个显然是非常小的小城市去，但是车夫不同意她们所出的那个价钱。女人们争先恐后地说，她们一定得三个人一道，而且不能再多给了。

“够了！”安徒生对车夫说，“你蛮不讲理问人家多要的钱，我来付。如果你不再侮辱旅客，并且停止胡说八道的话，我还可以给你加一点儿。”

“好吧，美人儿们，”车夫跟女人们说，“坐上吧。谢谢圣母玛利亚，为了你们能碰上这位惯于挥金如土的外国王子。他不过是不愿意因为你们耽误赶路罢了。而他需要你们，那就像需要去年的通心粉一样。”

“噢，耶稣！”神父哼道。

“姑娘们，跟我并排坐吧，”那位太太说，“这样我们可以暖和些。”

姑娘们一面轻轻地交谈，一面互相传递东西，爬到驿车里，向车里的

---

① 吟诵调，介于激情朗诵与歌唱之间的一种声调。——译者

人们问好，谢了安徒生，就坐下去，安静下来了。

立刻散发出羊酪和薄荷的味道。虽然很黑，安徒生却模糊地看到，姑娘们廉价的耳环上，一些小玻璃片间或发出微弱的闪光。

驿车开动了。砂砾又在车轮下面喳喳地响起来。姑娘们开始喃喃私语。

“她们想要知道，”那位太太说，安徒生猜到，她正在暗中发笑，“您是什么人。您真的是一位外国王子吗？或者只是一个普通的旅客？”

“我是一个预言家。”安徒生不假思索地回答说，“我能预测未来，能在黑暗中观察。可是我不是骗子，夫人，我只是一个诗人。也许，我是那个国家里一个特殊的、可怜的王子，哈姆雷特就曾经在那个国度里住过。”

“那么您能在这样的黑暗之中看到什么呢？”姑娘中的一个惊奇地问。

“就说你们吧，”安徒生答道，“我这么清楚地看到你们，连我的心中也充满了对你们非凡的丽质的赞美。”

他这样说了，感到自己的脸上发冷。那种每逢他构思自己的诗篇和童话时所体验过的心情逼近了。

在这种心情中融合着轻微的不安，不知从哪里骤然涌现的像浪花般喷溅的词汇的激流，和突然而来的能够支配人类心灵的诗的魅力。

仿佛是他那些迷人的故事之一中所说的那样，那个古老的大箱子的盖子轰然飞了起来。在这个大箱子里藏有某些隐秘的思想和正在微睡的感情，在这个大箱子里保藏着所有大地的诱惑，所有大地的花朵、色彩和声音、和煦的熏风、抚慰心灵的海洋的广阔、森林的喧哗、爱情的痛苦和轻信的儿童时代的喃喃私语。

安徒生不知道这种心情叫作什么。一些人认为这是灵感，另一些人认为这是狂喜，而还有一些人却认为这是即兴创作的天才。

“我醒了，突然在黑夜里听到了你们的声音。”沉默了一下，安徒生安静地说，“对我来说，亲爱的姑娘们，认识你们，甚至更进一步，像爱自己的姊妹那样地爱你们，这已经足够了。我很清楚地看到你们，知道你们。喏，就拿您来说，生着浅色头发的姑娘。您是一个快乐的女郎，并且是这么喜欢所有的生物，甚至当您在菜园里做活儿的时候，野鸫都会落到您的肩膀上。”

“噢，尼卡林娜，他这正是说的你呀！”姑娘中的一个高声耳语说。

“尼卡林娜，您有一颗热情而温柔的心，”安徒生还是这么平静地继续说，“假如您所爱的人发生了什么不幸，那时您会毫不考虑地走过积雪的高山和干燥的沙漠，到千里之外去看他，救助他。我说的对吧？”

“那就是这样吧……”尼卡林娜惶惑地咕哝道，“既然您是这么想。”

“去年，”第二个姑娘打断了她，“阿尔卑斯山上的雪猛然溶化了，河里涨了水，淹掉很多田地。有一头小牛犊还留在岛上。它齐膝盖站在水里，那么可怜地哀号，于是尼卡林娜在齐脖子的深水里涉水到它那儿，把它从那里抱了回来。水流是很险急的……”

“那是小牛犊……”尼卡林娜嘟嘟囔囔地说。

“你们都叫什么，姑娘们？”安徒生问。

“尼卡林娜、玛丽亚和安娜。”姑娘中的一个自愿代替她们大家回答。

“怎么，玛丽亚。我真不愿意谈论您的美丽。我说意大利话说得很差。但是还在少年时代我就向诗神起过誓：我要到处赞颂美，无论是在哪里看到它。”

“耶稣！”神父轻轻地哼道。毒蜘蛛咬了他一口。他吓坏了。

“有一些女人具有真正使人震惊的美丽。这几乎总是些性格孤僻的人。她们孤独地忍受着能使她们自己焚毁的热情。这种热情仿佛是在内部烧灼着她们的面颊。您，玛丽亚，就正是这样的人。这种女子的命运往往是不平凡的。或者是很悲惨，或者是很幸福。”

“您曾经在什么时候遇到过这样的女人吗，先生？”那位太太问。

“正是现在。”安徒生回答说，“我的话不仅是对玛丽亚说的，而且也是对您说的。”

“我想，您讲这些话并不是为了消磨长夜。”那位太太用颤抖的声音说，“对这样一个美丽非凡的姑娘来说，这未免太残酷了。对我也是一样。”她低声补充说。

“我还从来没像现在这样严肃过，夫人。”

“那么怎么样呢？”玛丽亚问，“我会不会幸福呢？”

“虽然您只是一个普通的农家姑娘，可是您向生活要求的却很多，因此您是很难幸福的。但是在这一生中您会遇到一个能够满足您的心愿的人。您所选择的人，当然，一定是一个卓越的人物。他可能是一位出色的画家，一个诗人，一个为意大利自由而战的勇士……也可能只是一个普通的牧人，或者是一个水手，但是却具有极美丽的灵魂。这总归是一样的。”

“先生，”玛丽亚轻轻地、然而坚决地说，“我看不见您，因此我才不会因为怕羞而不问您。假如这样的人已经占有了我的心灵，那怎么办呢？我统共见过他几次，甚至他现时在哪儿，我都不知道！”

“找他去！”安徒生喊起来，“一定要找到他——他会爱上您的！”

“玛丽亚！”安娜兴奋地说，“那么这就是那个维罗纳的青年画家了，他在……”

“住嘴！”玛丽亚对她喊道，“你从哪里知道他是维罗纳的？”

“维罗纳不是一座大得连一个人都找不到的城市，”那位太太说，“记住我的名字吧。我叫叶列娜·格维琪奥莉，我就住在维罗纳，每一个维罗纳人都会指给您我的住处。玛丽亚，您一定到维罗纳来。来时您就住在我家里，一直到我们亲爱的同伴所预言的那件幸福的事情实现。”

玛丽亚在暗中抓着叶列娜·格维琪奥莉的手，抚摸它，然后亲切地把这只冰冷、纤细的小手贴到自己火热的面颊上。

大家都沉默着。安徒生注意到，那颗绿色的星星已经熄灭了。它已落到地平线下面去了。这就是说，已经过了半夜了。

“唉，关于我的未来您怎么什么也没有谈呢？”姑娘中最爱说话的安娜问。

“您将来会有很多孩子，”安徒生很有把握地回答，“他们要一个跟一个地排着队来吃奶。每天早晨您要花费很多时间来给他们梳洗。您未来的丈夫会帮助您做这些事情的。”

“不就是彼得吧？”安娜问，“这个笨汉彼得，我非常需要他！”

“您还要花费很多时间，一天好几次地——吻遍这些小男孩儿和小女孩儿闪射着好奇心的眼睛。”

“在教皇的辖区里，说这些愚妄的话，简直是不可思议的！”神父气愤地说，但是谁也不理会他。

姑娘们又在窃窃私语着什么。她们的低语时而被一阵阵笑声打断。玛丽亚终于说：“现在我们想要知道，先生，您是一个什么样的人。我们在黑暗中看不见。”

“我是一个游荡的诗人。”安徒生回答，“我是个年轻人。我有一头浓密的、波浪形的头发，我的脸是黝黑的。我这双碧蓝的眼睛几乎总是在微笑，因为我是无忧无虑的，而且暂时还没有爱谁。我唯一的职务——是给人们做一些小小的礼品和做一些愉快的事情，只要这些事情能使我邻近的人们高兴。”

“是些什么事情呢，举例说说？”叶列娜·格维琪奥莉问。

“怎么跟您说呢？喏，就在去年夏天，我住在犹特拉金我熟识的一个林务区长那里。有一次我在树林里散步，走到了一块林间空地上，那里长着很多蘑菇。就在这一天，我又到这块空地上去了一次，我在每一棵蘑菇底下藏了一件东西：或者是一块包着银纸的糖果，或者是一颗枣子，或者是一束蜡制的小花，或者是一枚顶针和丝带。第二天早晨我带着林务区长的小女儿到这个树林里去。她那时是七岁。喏，在每一棵蘑菇底下她都找到了一些稀罕的东西。只有枣子不见了。大概，给乌鸦叼去了。要是您能看到就好了，她的眼睛里燃起了怎样的狂喜啊！我使她相信，这一切都是地神藏在这里的。”

“您欺骗了天真的孩子！”神父激怒地说，“这是一项很大的罪恶。”

“不，这并非欺骗。她将一生都记得这件事。而且，您可以相信，她的心决不会像那些没有经历过这一事件的人们的心一样轻易地变得冷酷无情。除此而外，我还必须向您声明，先生，我可不惯于听那些不请自来的教训。”

驿车停下了。姑娘们坐着一动也不动，好像是被迷住了。叶列娜·格维琪奥莉沉默着，低低地垂下了头。

“嗳，美丽的姑娘们！”车夫喊，“醒醒！到了！”

姑娘们又窃窃私语着什么，一面站了起来。

突然在黑暗中一双有力的、纤细的手拥抱住安徒生的颈子，火热的嘴唇触到了安徒生的嘴唇。

“谢谢！”火热的嘴唇轻轻地说。安徒生听出，这是玛丽亚的声音。

尼卡林娜感谢了他，并且小心而亲热地吻他，这时她的头发搔着了安徒生的脸。而安娜的吻是热烈的，出声的。姑娘们都跳列地上。驿车沿着铺砌的道路驶去。安徒生向窗外望望。除了那些悬在微微发绿的天空中的乌黑的树梢，什么也看不见。开始破晓了。

维罗纳以其壮丽的建筑物使安徒生感到惊奇。这些建筑物的庄严的正面在相互媲美。

匀称的建筑应当能促使人们精神上得到安宁。但是安徒生的心灵却很不安静。

晚上，安徒生去揿格维琪奥莉住宅的门铃。她这座古老的房子坐落在一条通往要塞的窄狭的街道上。

叶列娜·格维琪奥莉亲自给他开了门。绿天鹅绒外衣紧紧地裹着她纤细的身躯。天鹅绒的反光映到她的眼睛上，安徒生仿佛觉得，她的眼睛完全是绿的，就像瓦里基利亚[①]的眼睛一样，而且是无法形容的美丽。

她把双手伸给安徒生，用她冰冷的手指紧紧地握住他宽阔的手掌，后退着把客人领到小客厅去。

“我感到这么寂寞，”她说，并且单纯而歉疚地微微一笑，“我已经少不了您了。”

安徒生的面色变得苍白。他整天都怀着隐秘的不安想到她。他知道，

---

① 瓦里基利亚，北欧神话中掌管战争的女神。——译者

他会在心里狂热地爱这个女人的每一句话，爱她落掉的每一根睫毛，爱她衣服上的每一粒微尘。他懂得这个。他想，如果他让这样的爱情燃烧起来的话，他的心是无法容纳的。这爱情会给他带来多少痛苦和欢乐、眼泪和微笑、鲜花和毒刺，甚至他会没有足够的力量来经受它所有的变幻和意外。

而且谁知道呢，也许，由于这样的爱情，他那丰富多彩的、多种多样的童话说不定会变得黯淡无光，而且会离开他一去永不复返了。那时他值不值得呢？

反正一样，归根到底他的爱情是默默无言的。在他的生命中已经有过多少次这样的事情了！这样的女人们，就像叶列娜·格维琪奥莉，都是被任性控制着的。终于会有这么一天，在一个黯淡的日子里，她将要发现，他原来是一个畸形儿。他自己就是自己的敌人。他时常感到，在他背后有一些讥笑的目光。这时他的脚步就变得僵硬了，他颠踬着，恨不得要钻到地底下去。

“只有在想象中，”他想，“爱情才能永世长存，才能永远环绕着光辉灿烂的诗的光轮。看来，我幻想爱情远比在现实中体验爱情要好得多。”因此他是带着坚定的决心到叶列娜·格维琪奥莉那儿去的，见过她就走，以后永远也不再和她相见了。

他不能直截了当地把这一切告诉她。要知道在他们之间什么也还没有发生过。他们不过是昨天才在驿车上遇到，而且谁和谁也还没有说过什么。安徒生停在客厅门口打量。屋角上被枝形烛架照耀得雪亮的狄安娜[①]

① 狄安娜是希腊神话中的月神和猎神。——译者

的大理石头像惨然发白，仿佛是在她自己的美貌前，因激动而黯然失色。

“谁为了使您的面貌永远不朽而雕成这个狄安娜的头像的？”安徒生问。

“卡诺瓦[1]。”叶列娜·格维琪奥莉回答说。她低下了眼睛。看来，她已经猜着了他心里所想的一切。

“我是来告别的。”安徒生喑哑地说。

“我要离开维罗纳了。”

“我认出您是谁来了，”叶列娜·格维琪奥莉望着他的眼睛说，“您是安徒生，著名的童话作家和诗人。但是看来您在自己的生活中却害怕童话。您缺少爱的力量和勇气。”

“这是我的沉重的十字架。”安徒生承认说。

“啵，怎么样呢，我亲爱的游荡诗人？”她把一只手搁在安徒生的肩上，悲伤地说，“走吧，解脱吧，让您的眼睛永远微笑吧！不要想我。但是假如以后您由于年老、贫穷或疾病而感到苦痛的话，那时只要您说出一个字，那么我立刻就去，就像尼卡林娜那样，徒步走过积雪的高山和干旱的沙漠，到千里之外去安慰您。”

她倒在安乐椅里，用双手掩住了脸。蜡烛在枝形烛架上爆裂作响。

安徒生看到，在叶列娜·格维琪奥莉纤细的手指间渗出一颗泪珠，泪珠闪烁着落到她的天鹅绒外衣上，慢慢地滚下去了。

他扑到她身边，跪下，把嘴唇贴到她那温暖、有力而娇嫩的脚上。她并不睁开眼睛，伸出手来紧紧地捧住他的头，俯下身去，吻了吻他的

① 卡诺瓦（1757—1822），意大利雕刻家。

嘴唇。

第二颗热辣辣的泪珠落到他的脸上。他感到了泪水的咸味。

“去吧！”她轻轻地说，“愿诗神饶恕您。”

他站起来，拿起帽子，很快地走了出去。

全维罗纳响起了晚祷的钟声。

此后他们就再也没有见面，但是却终生相互思念着。

也许，正是因此，安徒生才在临终前不久对一个年轻的作家说：“我为自己的童话付出了巨大的代价，甚至可以说是无可估量的代价。为了童话我拒绝了自己的幸福，并且错过了这样的一段时间，那时，尽管想象是怎样有力，如何光辉，它还是应该让位给现实的。

“我的朋友，要为人们的幸福去想象，而不是为了悲哀。”

夏　天

康·帕乌斯托夫斯基

最后一个魔鬼

老爹到格路哈伊湖去采野覆盆子，回来的时候脸都吓得歪了。他在村里嚷了很久，说湖上出了鬼。他指着被撕破的裤子作证明：好像鬼啄了老爹的腿，撕破了粗麻布，在他膝盖上留下了一块很大的擦伤。

谁也不信老爹的话。连那些爱发脾气的老太婆们也喃喃地说，鬼生来就没有啄食的喙，湖里也从不闹鬼，再说，革命以后根本就没有也不可能有鬼——因为布尔什维克已经把它们全部连根消灭了。

但是女人们终究不再上格路哈伊湖去采野莓了。她们不好意思承认，革命以后二十年了她们还害怕鬼，因此当别人责备她们的时候，她们都是把眼睛望着一旁，拖长了声调，回答说："咦——亲爱的，现在连格路哈伊湖上也没有莓果了。活这么大还没有见过这样荒的夏天。你自己想想看：我们为什么要白跑一趟，为什么要去磨鞋底呢？"

人们不相信老爹还因为他是一个怪物，是一个倒霉的人。人们都管老爹叫“百分之十”。以前我们不懂这个绰号是什么意思。

“人们这样叫我，是因为这么一回事，亲爱的。”有一次老爹给我们解释，“因为现在我的力气只还剩了以前的百分之十。一头猪把我咬伤了。吓，这样的猪——简直是一头狮子！它一跑到街上，嘴里呼噜呼噜地哼哧着——周围的人都跑光了！女人们抱起孩子躲到屋里去。男人们出来的时候，手里都拿着干草叉，那些胆小鬼根本就不敢出来。简直是一场对土耳其人的恶战！那头猪闹得可真凶。

“哎，你听着，往后怎么样。那头猪钻到我的房子里来了，它哼哧着，凶光闪闪的眼睛直盯着我瞧。我，当然啦，用拐杖朝它身上狠狠地揍了一家伙。‘滚！’我说，‘亲爱的，见你的鬼去吧，快滚！’它立刻跳起来，立刻朝我扑过来了！它一头把我撞倒。我躺在地上，大声叫喊，它就一个劲儿地咬我、撕我！瓦斯卡·茹科夫大声喊：‘去开救火车来，咱们用水把它赶开吧，因为现在禁止杀猪！’人们在周围推来挤去，高声叫喊，可是那头猪还是在一个劲儿地咬我、撕我！人们好容易才用打麦子的连枷把我救了出来。我躺在医院里，医生简直是惊讶极了。他说：‘你这个人，米特里，从医学的角度来看，最多还只剩了百分之十。’现在我就靠这百分之十勉强活着。看，咱们的日子是什么样的日子啊，亲爱的！结果那头猪是用达姆弹打死的：别的子弹都打不死它。”

傍晚，我们把老爹叫到我们这里来，仔细打听湖上闹鬼的事。灰尘和新鲜牛奶的香味笼罩在乡村街道的上空——乳牛从林间空地上赶回来了。女人们站在篱门旁叫喊，又凄伤又温存地召唤着小牛：“嘉路什[①]！嘉

---

① 嘉路什，呼唤小牛的声音。——译者

路什！……”

老爹说，他是在湖边的小溪上遇到鬼的。在那里，那个鬼猛然扑到老爹的身上，用鸟一般的嘴啄了他一口，使他跌倒在覆盆子丛里，失声尖叫起来。随后，他一下子跳了起来，一直跑到果烈雷沼地。

“差一点儿没把心给跑炸了。真是，会出了这么一回事！”

“这个鬼是什么样的？”

老爹搔了搔后脑勺儿。

“唔，好像一只鸟一样。”他犹豫地说，“叫的声音很难听，嗓子是哑的，就像是伤风了。鸟——又不是鸟，天晓得它是个什么东西。”

“咱们到格路哈伊湖去看看怎么样？真够奇怪的。”等老爹喝完了茶、吃了些面包圈离开我们以后，鲁维姆说。

“那里真有个什么东西，”我说，“虽然这个老爹是从斯巴斯·克列皮基城到梁赞城一带一个最不起眼的老头子。”

第二天我们就去了。我带着一支双筒猎枪。

我们是头一次去格路哈伊湖，因此我们叫老爹当向导，跟我们一道去。最初他以他的“百分之十”为借口，不肯答应。随后他同意了，不过他要求，为了这件事要在集体农庄里给他记上两个劳动日。集体农庄的主席，共青团员列尼亚·雷若夫哈哈大笑着说：“到那里再看吧！假如你能用这次探险把女人们的愚蠢念头从她们的脑子里赶出去，那么就给你记。现在，还是走吧！”

划过十字，预祝一路平安以后，老爹就和我们一道去了。一路上他不大乐意讲那个鬼的事情，大部分时间都是默默无语。

“它吃东西不，这个鬼？”鲁维姆取笑地问道。

“可以认为，在水里它稍微吃点儿鱼，爬到岸上，就狼吞虎咽地大吃野莓。”老爹一面擤鼻涕，一面说，“它也得靠着点儿什么东西才能生活呀，尽管它是个鬼怪。”

“它是黑色的吗？”

“你看见就知道了。”老爹令人费解地回答说，“它变个什么，就让你看到个什么。”

整整一天我们都在松林中行走。我们走过的地方连路都没有，我们穿过干涸了的沼地——腿一直到膝盖都陷在褐色的干苔中。

炎热无孔不入地弥漫在针状叶之间，四处有蝼蛄鸣叫。在干燥的林间空地上，蚱蜢像落雨一般在脚底下乱飞乱蹦。野草疲倦地垂下了头，森林里飘散着发烫的松树皮和晒干的草莓气味。高空有几只苍鹰，一动也不动地悬在松林的树梢上空。

炎热折磨着我们。树林是灼热的、干燥的，似乎白热的阳光晒得它都轻轻地冒出烟来，甚至连空气中也好像飘散着焦味。我们都不抽烟。我们害怕，只要一根火柴，就会使森林像干燥的桧木一样劈劈啪啪地燃烧起来，而白色的烟柱就要袅袅地向着太阳升往天空。

我们不时躲到浓密的白杨和白桦林中休息，穿过树丛钻到潮湿的地方，在那里呼吸杂草和树根的像腐烂的野菌的气息。

我们在休息的地方躺了很久，倾听着松林顶端仿佛海涛拍岸的声音——高空中刮着微风。这风，想必也是很热的。

太阳将落的时候，我们才走到湖岸。默默无言的夜色缓缓地伸展开来，给森林罩上了一片浓密的暗蓝色。勉强可以看到，最初出现的星星仿佛一滴滴银色的水滴，在空中闪着光。野鸭成群地低沉地呼啸着飞向夜晚的宿处。

在下面，被一圈无法通过的灌木丛紧紧包围着的湖水，间或发出微光。黑黝黝的水面上有许多宽大的圆圈荡漾开去：这是鱼儿在日落时戏水。

黑夜开始笼罩着森林的边缘，漫长的黄昏在树丛中变得越深越浓了，只有篝火劈劈啪啪地燃烧着，打破了林间的沉寂。

老爹坐在篝火旁边，张开手指头搔他的消瘦的胸膛。

“嘿，你的鬼呢，米特里？”我问。

“在那里。”老爹不肯定地朝那片丛生的白杨林挥了挥手，“你往哪里跑？早上咱们再去找它去。今天晚了，天黑了——得等一等。”

黎明时分我醒来了。从松树上滴下来温暖的雾珠。

老爹坐在篝火旁边，正在匆匆忙忙地画十字。他的潮湿的胡须在微微发抖。

“你这是干什么，老爹？”我问。

“跟你们来自找倒霉啦！”老爹嘟嘟囔囔地说，“你听，它叫哪，该死的东西！听见了吧？叫醒大家吧！”

我侧耳倾听。鱼儿半睡半醒地在湖中拍溅，随后传来了一阵刺耳的狂怒的叫声。

“呜哎克！”有谁在这样叫，“呜哎克，呜哎克！”

黑暗之中发出了嘈杂的声响。有一个什么动物在水里沉重地拍击，那个凶恶的声音重又欢腾地大叫起来：“呜哎克，呜哎克！”

“救命吧！有灵的三手圣母！”老爹结结巴巴地嘟囔着说，“听见了吗，它在叭叭地磕牙呢？我怎么会想起跟着你们到这儿来，我这个老糊涂！”

从湖上传来了一阵奇怪的劈劈啪啪的响声和敲击木头的声音，就好像小孩子们正在那里用棍子打架。

我推醒了鲁维姆。

“哼，”老爹说，“你们动手干吧，想怎么着就怎么着吧。我可是什么都不懂！还要我来领着你们干吗！哼，见你们的鬼去吧！”

老爹吓晕了。

“去吧，开枪打它吧。”他气愤地嘟囔说，“苏维埃政府也不会喜欢这么做的。难道能开枪打鬼吗？唉，你们，真是，怎么想的？”

“呜哎克！”魔鬼疯狂地叫道。

老爹把厚呢外衣拉到头上，不作声了。

我们爬到湖岸上。雾气在草丛中沙沙作响。巨大的白色的太阳不慌不忙地升到了湖水上空。

我分开湖岸上有毒的野果树丛，朝湖上看了一眼，慢慢地托起了猎枪。

“看见什么啦？”鲁维姆小声问。

“奇怪。这是一只什么鸟，我简直不知道。”

我们小心翼翼地站起来。有一只庞大的怪鸟在发黑的水面上游荡。它的羽毛闪烁放光，变幻不定，一会儿呈柠檬色，一会儿又变成玫瑰色。看不到它的头——它的头连同它的长脖子整个儿浸在水里。

我们愣住了。那只鸟从水里抬起像鸡蛋大小的小头，头上生着卷毛。一个带有红色皮囊的巨大的喙，仿佛是粘在它的头上。

“塘鹅！”鲁维姆叫道。

"呜哎克！"塘鹅警告似的回答说，并且用它通红的眼睛瞅着我们。

从塘鹅的喙中露出一条肥美的鲈鱼尾巴。塘鹅抖抖脖子，想要把鲈鱼压挤到肚子里去。

这时我想起那张包腊肠的报纸来了。我赶紧跑到篝火那里，从背囊中把腊肠抖了出来，摊平油腻的报纸，把那段用粗体字排印的通告读了一遍：

> 动物园由窄轨铁路迁移时，走失非洲产塘鹅一只。此鸟特征：羽毛玫瑰色和黄色，喙大，带有捕鱼的皮囊，头披柔毛。鸟龄已老，性很凶暴，不喜儿童，用喙啄击，但不常招惹成人。有人发现此鸟，来园报告，定有相当酬谢。

"喏，"我问，"咱们怎么办呢？开枪打吧，太可惜了，可是到秋天它就会饿死的。"

"让老爹去通知动物园，"鲁维姆回答说，"顺便去弄两个钱花。"

我们过去叫老爹。老爹有好久弄不懂究竟是怎么一回事。他一言不发，眨着眼，一直用手搔他那消瘦的胸膛。后来，等他明白了以后，这才提心吊胆地走到湖岸上去看"鬼"。

"喏，这就是它，这就是你的那个鬼，"鲁维姆说，"瞧瞧吧！"

"咦——亲爱的……"老爹嘻嘻地笑了，"我还有什么说的呢！事情很明显——这不是鬼。让它自由自在地住在这里逮鱼吃吧。谢谢你们，你们叫人们不再害怕了。现在姑娘们又要到这里来采野莓了——你看着吧！好一只疯鸟，活一辈子我还没看见过。"

白天我们捕了些鱼，带到篝火那里去。塘鹅急急忙忙地爬上岸来，一瘸一拐地走到我们休息的地方。它眯缝起眼睛瞅了瞅老爹，仿佛要努力回想什么事情似的。老爹吓得发抖了。但是这时塘鹅看到了鱼，它张大了喙，然后就像敲木头似的砰的一声把喙闭上，叫了一声“呜哎克”，并且拼命地拍着翅膀，用鸭蹼般的脚掌在地上直跺。从旁边看上去，就像是塘鹅在踩一具沉重的汲水机。

篝火中飞起了炭屑和火星。

“它这是干什么？”老爹吃惊地问，“疯了吧？”

“它要鱼吃。”鲁维姆解释说。

我们扔给塘鹅一条鱼。它一口就把鱼吞了下去，然后又用翅膀在空中拍打起来，并且蹲下来不住地跺脚——要鱼吃。

“去吧，去吧！”老爹对它叨唠说，“上帝会给你的。嘿，拍起翅膀来可没有完了！”

整整一天，塘鹅都在我们周围慢慢地转来转去，不时发出吱吱的声音，或者是大声啼叫，但是却不让我们逮到它。

傍晚，我们走了。塘鹅爬到一个小丘上，在我们身后边拍动翅膀，并且气愤地叫道：“呜哎克，呜哎克！”大概它是不满意我们把它丢在湖里不管，要求我们回去。

过了两天，老爹到城里去了一趟，他在集市广场上找到了那个动物园，把发现塘鹅的事告诉了他们。从城里来了一个麻脸的、枯燥无味的人，把塘鹅带走了。

老爹从动物园领到了四十卢布酬金，他就用这笔钱买了一条新裤子。

“我的裤子是头等货，”他常常拉着裤脚管说，“一直到梁赞城，人们都在谈论我的裤子。据说，连报纸上都登了。因为这只蠢鸟，全集体农庄都出了名。你看，咱们的生活是什么样的生活啊，亲爱的！”

金色鲤鱼

当牧场上正在割草的时候，最好还是不要到靠近牧场的湖里去钓鱼。我们都知道这个，可是终究还是到普罗尔瓦湖去了。

不愉快的事情立刻就在乔尔塔维依[①]桥那边开始了。

一群穿得花花绿绿的女人们正在那里堆草。我们决定从她们旁边绕过去，可是她们已经看到了我们。

“上哪里去，小鹰们？”女人们哈哈大笑着高声叫道，“整天江边坐，一事也无成！”

“他们准是上普罗尔瓦湖去，相信我吧，姑娘们！”绰号叫预言家格鲁莎的身材瘦长的寡妇大声嚷道，“他们再没有别的路了，这些倒霉的家伙！”

女人们折磨了我们整整一个夏天。不管我们钓多少鱼，她们总是怜悯地说：“唉，你们钓的鱼够给自己做碗鱼汤喝的——就这还算是幸运呢。我的别契卡不久以前才带回十条鲂鱼来。而且这些鱼是多么肥呀——油从尾巴上一直往下滴！”

我们知道，别契卡统共只不过带回了两条又瘦又小的鲂鱼，但是我们都一声不响。我们和这个别契卡打过一段交道：他割去了鲁维姆的英国鱼

---

① 俄文 qepTost~3 的译音，意思是“鬼的”。——译者

钩，还跟踪探出了我们放饵诱鱼的地方。为了这个，按照钓鱼的规矩就该好好地揍他一顿，可是我们宽恕了他。

直到我们走到尚未收割的牧场上，女人们这才安静下来。

甜美的粗大的酸模草鞭打着我们的胸膛。兜苔散发着强烈的甜味，竟使洋溢在一望无际的梁赞原野上的阳光，也仿佛是一大片流动的蜜汁。我们呼吸着野草的温暖的香气，四周有野蜂嘤嘤的飞舞声，有蝈蝈唧唧的鸣叫声。

百年古柳的树叶闪射着暗淡的银光，在头顶上簌簌作响。普罗尔瓦湖上飘来了睡莲花和清凉的水气融合的香味。我们沉下心来，投出了钓丝，可是冷不防绰号“百分之十”的老爹从草场上蹒跚地走了过来。

“嗳，怎么样？”他眯缝着眼，望着被太阳照耀得闪闪发光的湖水问道，“鱼上钩吗？”

谁都知道，钓鱼的时候是不能谈话的。

老爹坐下，抽起马合烟来，并且动手脱掉鞋子。他好久好久仔细打量着挂破了的草鞋，大声叹息说：“割草的时候把鞋都挂破了——不，这会儿鱼不会吞你们的饵，这会儿鱼都吃饱了，挑食吃——鬼才知道它们要吞什么饵。”

老爹不作声了。湖岸边一只青蛙像梦呓似的呱呱叫了起来。

“唉，可哇啦起来了。”老爹咕哝说，一面朝空中望了望。

牧场上笼罩着一层暗淡的玫瑰色的轻烟。透过这层轻烟现出一片苍白的灰蓝天空，一轮晕黄的太阳悬在灰色的柳林上空。

“风！”老爹叹了口气，“可想而知，到傍晚就会有一场好雨。”

我们还是默不作声。

“青蛙也不是无缘无故地叫。”老爹解释说，我们阴沉的沉默使他有点儿不安。“青蛙，亲爱的，在大雷雨之前总是有点儿惊慌，到处都是这种哇啦哇啦的声音。有一次我在渡船船夫那里过夜，我们在篝火上煮了一锅鱼汤，有一只青蛙——足有一公斤重，不会再少了——一下子正好跳到锅里，这就煮到里面了。我说：‘华西里，这一下子咱们可吃不成鱼汤了。’可是他说：‘青蛙有什么关系！跟德国人打仗的时候，我到过法国，那里吃青蛙的多得很。吃吧，怕什么。’我们就这样把一锅鱼汤全吃光了。”

“没有什么吧？”我问，“可以吃吗？”

“味道美得很，”老爹回答说，然后眯缝起眼睛来想了想，“你想要的话，我用树皮给你编件西装上衣怎么样？亲爱的，我已经给展览会编了一整套树皮的衣裳，全三件——上衣，裤子，还有坎肩。全集体农庄里编草鞋再没有比我编得好的了。”

足有两个钟头以后，老爹这才走开。当然啦，鱼没有上钩。

世界上再也没有任何人像渔人这样有这么多各式各样的敌人了。首先是小孩子。他们会花几个钟头站在你背后呆呆地凝视着浮子，这还算是好的，有时他们会在附近洗起澡来，像马一样地弄得水花飞溅，如果潜在水底游泳，那可就更糟糕了。这时候就得收起钓竿，另换个地方。

除了小孩子、女人和多话的老头子以外，我们的最大敌人是：隐蔽在水中的树根、蚊子、浮萍、大雷雨、连阴天和湖里或河里的涨水。

在水中生有隐木的地方钓鱼是十分诱人尝试的，那里总藏着一些又大又懒的鱼。它们吞饵很慢，但是又稳又准，把浮子深深地拉到水底下去，把钓丝缠到隐蔽在水里的树根上，再把钓丝连同浮子一齐拉断。

被蚊子咬了以后那种轻微的痒劲使我们感到浑身战栗。前半个夏天我们一直是被蚊子咬得浑身是血和肿包。

在无风而苦热的日子里，当天边一连几昼夜老在同一地方停滞着一团团像棉花样松软的白云时，在小河湾和湖面上就会出现一些细小的水草，像绿霉一般——这就是浮萍。一层绿色的黏膜遮住了水面，厚得连渔网锤都不能穿透它。

大雷雨将要到来的时候鱼就停止吞饵。鱼害怕大雷雨，害怕远处的雷声震得大地隐隐发抖时那种异常的寂静。

连阴天或者涨水的时候，鱼也不吞饵。

可是在有雾或者空气清新的早晨，树影远远地伸展到水面上，而贴近岸边的水中，一群群眼睛突出的诸子鲦鱼不慌不忙地游来游去，这时光该是多么美妙啊！在这样的早晨，蜻蜓总是喜欢落到羽毛浮子上，我们平心静气地注视着浮子，突然浮子带着蜻蜓慢慢地斜着沉到水里，蜻蜓的爪子一沾水，赶忙飞了起来，这时钓丝尽头正有一尾欢腾活泼的大鱼，紧紧地拉着钓丝在水底游动。

那些像银片一般落在浓密的草地上，落在蒲公英和三叶草之间的活蹦乱跳的铜色石斑鱼是多么美呀！那悬在半天空中和林间湖上的落日，那轻烟似的薄云，那冷冰冰的百合花茎，那篝火燃烧时的爆音，那些野鸭的嘎嘎声，又是多么美妙诱人啊！

原来老爹说对了：将近傍晚时分大雷雨来了。雷雨在森林中闷吼了很久，然后像一堵灰墙飞升天顶，这时在遥远的云堆里迸发出第一阵闪电的光芒。

我们在帐篷里一直坐到深夜。半夜里雨停了。我们升起一大堆篝火。

烤干了衣服。

夜间的鸟儿在牧场上幽怨地哀啼，一颗白色的星星在黎明前普罗尔瓦湖上的天空中，闪闪烁烁。

我打盹了。一只鹌鹑的鸣声唤醒了我。

“皮契——巴拉，皮契——巴拉，皮契——巴拉！[1]”它就在附近一带的野玫瑰和鼠李丛中鸣叫。

我们攀附着树根和野草，从陡峭的湖岸走到水边。水像一块黑色的玻璃，闪闪放光。在沙质的湖底上看得出蜗牛爬过的小径。

鲁维姆在离我不远的地方甩出了钓钩。几分钟后，我听到他轻轻召唤我的口哨。这是我们渔人的语言，短短地吹三下，意思是：“丢开一切，赶紧到这里来。”

我小心翼翼地走到鲁维姆身边。他沉默着指给我看他的浮子。有一条奇怪的鱼吞饵了。浮子摇摆起来，小心翼翼地一会儿折向右方，一会儿折向左方，颤动不停，可是不往下沉。

它斜过去了，稍微浸入水中，立刻又浮了上来。

鲁维姆紧张地一动也不动——只有那种很大的大鱼才会像这样吞饵……

浮子迅速地飘向一边，停下来了，拉直了，然后开始慢慢地向下沉去。

“沉了。”我说，“快拉！”

鲁维姆赶紧一拉。钓竿弯成了弓形，钓丝呼啸着在水中切过。那条看

---

① 俄文 llni，nopa 的读音，意思是：“该喝茶了！”——译者

不到的大鱼紧紧拉着钓丝，慢慢地兜圈子。阳光透过丛生的白柳照射到水上，我看到水底下发出明晃晃的青铜色的闪光：这是那条上钩的鱼在弯着身子退向水底。过了好几分钟以后，我们才把它拉了上来。原来这是一条又肥又懒、生着浅黑色金鳞和黑鳍的鲤鱼。它躺在潮湿的草地上，迟缓地摆动着肥厚的尾巴。

鲁维姆擦干了额上的汗，抽起烟来。

我们不再钓了，收起钓竿，走回村子里去。

鲁维姆背着鲤鱼。鲤鱼沉重地搭在他的肩膀上。水珠一滴一滴地从鱼身上滴落下来，鱼鳞闪闪放光，耀花人眼，就像从前的庙宇上的金色圆屋顶似的。在晴朗的日子里，从三十公里以外就可以看到那金色的圆顶。

我们故意穿过牧场，从女人们的身旁走过。女人们一看见我们，就丢开工作来看鲤鱼。她们用手掌遮住眼睛，好像在看刺目的太阳。

女人们都一声也不响。随后，从她们那五光十色的队伍里传出了一阵轻微的狂喜的低语。

我们神态安然，满不在乎地从女人们中间走了过去。女人中只有一个人叹了口气，她拄着草耙，冲着我们的背说："他们背的那条鱼多美呀——真刺眼！"

我们背着这条鱼不慌不忙地穿过了整个村子。老太婆们从窗户里探出身来，望着我们的背后。小孩子们一面跟着我们跑，一面一股劲地只是问："叔叔，叔叔，在哪里钓的？叔叔，叔叔，用的什么饵？"

老爹"百分之十"弹了弹鲤鱼的坚硬的金腮，笑了起来："好，现在女人们的嘴可要闭上了！要不，她们总是跟你嘻嘻哈哈。现在可是另一回事了，现在的事是严肃的。"

从那时起，我们就不再避开女人们走了。我们一直朝着她们走过去，女人们都亲切地跟我们招呼说："你们钓吧，尽管钓吧！要是给我们送点儿鱼来也不坏呢！"

就这样，公道取得了胜利。

猫——小偷儿

我们一点儿办法也没有了。我们不知道怎样才能逮住这只棕黄色的猫。它每夜都来偷吃我们的东西。它总是这么敏捷地躲躲藏藏，以致我们谁也没能清清楚楚地看见过它。只是过了一星期以后，我们才终于看明白，它的一只耳朵被撕破了，肮脏的尾巴也被剁掉了一截，是一只丧尽天良的猫——简直是一个流氓和土匪。我们背地里都管它叫"小偷儿"。

它什么东西都偷：鱼、肉、酸酪浆和面包。有一次它连贮藏室里一个装鱼饵的洋铁罐也给拉了出来。它并不吃这些东西，可是一群鸡却跑拢来，围住洋铁罐，把我们所存的虫虫都啄光了。

吃得过饱的鸡躺在太阳底下呻吟起来。我们在它们身旁转来转去，一面转一面骂。反正鱼是钓不成了。

我们几乎花了一个月的时间来侦查这只黄猫的踪迹。

村里的小孩子们都帮助我们。有一次他们飞跑了来，气喘吁吁地对我们说，黎明时分，这只猫叼着一篮子鲈鱼，跑一会儿、蹲一会儿地从菜园里穿了过去。

我们跑到地窖里一看，发现不见了一只篮子：里面装有十条肥美的鲈鱼，是我们在普罗尔瓦湖里钓来的。

这已经不是偷窃了，简直是白天抢劫。我们发誓要逮住这只猫，为了它的土匪行为，一定要狠狠地揍它一顿。

就在这天晚上，这只猫落网了。它从桌子上偷了一段肝浆灌肠，叼着它就爬上了一棵白桦。

我们开始摇晃白桦。灌肠从猫嘴里落下来，掉到鲁维姆的头上。猫在树上瞪着凶光闪闪的眼睛，凄厉地吼叫着。

可是它反正没有救了，它决定来一次拼命的冒险。它一面发出吓人的哀号，一面从白桦树上窜落平地，跳起来，就像一个足球一样，飞快地钻到房底下躲了起来。

这是一间小房子，坐落在一所僻静的、荒废了的花园里。每天夜里，我们都要被野苹果从树枝上落到木板屋顶上的声音惊醒。

房子里塞满了钓竿、弹丸、苹果和干枯的落叶，我们只是夜间住在里面。整个白天，从黎明一直到天色昏暗，我们都是在那些数不尽的小溪和湖泊的岸边度过。我们在那里钓鱼，在岸边的灌木丛中点燃篝火。

要想到湖岸去，势必要在那些芬芳的、高高的野草中踏出小径。野草的花冠在我们头顶上摇来摆去，把金黄色的花粉撒落到我们的肩膀上。

到傍晚，我们手里提着一串串银光闪闪的鱼回来。这时，我们感到非常疲倦，身上全是野玫瑰划破的伤痕，皮肤也被太阳晒痛了，每次回来后，又总发现这黄猫的一些新的流氓行径。

可是，它终于落网了。它钻到房子底下唯一的窄狭裂缝里。那里没有出口。

我们用旧渔网蒙在裂缝口上，等它出来。可是它并不出来。它像一个地下的幽灵似的讨厌地号叫，毫不间断地、不知疲倦地号叫着。

过了一点钟、两点钟、三点钟……是睡觉的时候了，可是猫还在房子底下号叫，这真使我们大伤脑筋。

于是我们把村里靴匠的儿子列尼卡叫了来。列尼卡以勇敢胆大和动作灵活出名。我们委托他把这只猫从房底下拖出来。

列尼卡拿了一根丝质的钓丝，把日间钓来的一条小石斑鱼的尾巴拴到上面，然后把它从裂缝扔到地板底下去。

号叫停止了。我们听到有什么东西的破裂声和争食的咬牙声——猫咬住了鱼头，咬住死不松口。列尼卡抓住钓丝往外拉。猫在里面拼命地支撑着，但是列尼卡的力气比较大，而且，那猫也舍不得这条鲜美的鱼。

一分钟之后，紧紧咬住小石斑鱼的猫头在洞口上出现了。

列尼卡抓住它的后脖颈儿，把它提到地面上来。这是我们头一次能好好地看看它。

这只猫紧紧地闭住眼睛，抿住耳朵。它如临大敌似的把尾巴也夹了起来。原来这是一只瘦得皮包骨的——尽管它经常地偷吃东西——毛色火黄、肚皮上带有白斑的无家可归的野猫。

鲁维姆仔细看了看这只猫，若有所思地问道：“我们拿它怎么办呢？”

“狠狠地揍！”我说。

“没有用。”列尼卡说，“它从小就是这种性情。你们试一试好好地喂喂它看。”

猫闭紧了眼睛在等待着。

我们采纳了这个建议，把猫提到贮藏室去，让它吃了一顿异常丰盛的晚餐：烤猪肉、鲈鱼冻、乳渣饼，还有酸酪浆。

这只猫足足吃了有一个多钟头。它蹒跚地从贮藏室里走出来，蹲在门槛上，用它那对绿色的傲岸白得的眼睛望着我们，望着低低的星星，洗起脸来。

洗过脸以后，它有好久弗哧弗哧地喷着鼻子，用头在地上摩擦。看样子，这显然是表示喜悦。我们直担心它把后脑勺上儿的毛擦光了。

然后它翻身躺在地上，捉住自己的尾巴，衔在嘴里嚼一嚼，再吐出来，就在火炉旁边伸展腰躺下，匀静地打起鼾来。

从这天起它和我们混熟了，而且从此不再偷吃东西了。

第二天早上它甚至还有了一次出乎意料的高尚行为。

一群鸡爬上花园里的一张桌子上，互相推挤，互相争吵，开始啄食盘子里的荞麦粥。

由于愤恨，那只猫浑身颤抖起来，它偷偷地跑近鸡群，胜利地急促地叫了一声，就跳到桌子上面。

那些鸡登时飞起，咕咕地警啼。它们碰翻了牛奶罐，顾不得挂掉了羽毛，连扑带撞地拼命逃出花园。

一只小腿又瘦又长的傻公鸡，绰号叫“果尔拉奇”①，打着嗝儿，在最前面飞跑。

那只猫用三条腿跑着追赶这公鸡，却用前面另一只爪子打它的脊背。从公鸡身上飞出了灰尘和绒毛。每打一下，公鸡的身子里边就发出一种喑哑的响声，仿佛猫在拍打一只橡皮球。

从这以后，那只公鸡有好几分钟痛得躺着抽筋，眼睛骨碌骨碌地直

---

① 俄文的译音，意思是“细颈的瓦罐”。——译者

转，同时又微微地呻吟。给它身上泼了些冷水，它才能走开。

从那时起，鸡再也不敢偷东西了。一看到猫，它们立刻吱吱地尖叫着互相推挤着逃开，躲藏起来。

黄猫时常在房子里和花园里走来走去，好像是这里的主人和守卫者。它常常用头在我们的腿上蹭来蹭去。它要求我们感谢它，因此我们的裤子上常常沾上几绺棕黄色的柔毛。

我们给它改了名字，把“小偷儿”改成了“民警”。尽管鲁维姆坚决认为这个名字很不妥当，但是我们深信：民警同志们不会因此见怪我们的。

礼　　物

每当秋天临近的时候，我们就开始这样谈论说，自然界中有很多事物都不是照我们所希望的那样来安排的。我们这里的冬天是漫长的，旷日持久的，夏天要比冬天短得多，而秋天更是眨眨眼就过去了，给人留下的印象就像是一只黄金鸟从窗外一闪掠过。

看林人的孙子，一个十四五岁的小男孩儿——瓦尼亚·玛良文很喜欢听我们的这些谈话。他时常从乌尔任斯科伊湖，从他祖父的看林人的小棚子里跑到我们村里来，有时他会带来一口袋白蘑菇，有时是带一筛子草莓来，要不就空手跑了来——到我们这里来做客，来听我们闲谈，来看《环球》杂志。

这些分卷装订成册的厚厚的杂志和一些船桨、灯笼与一个旧蜂房一起乱放在贮藏室里。蜂房本来是用胶质的颜料涂成白色的。可是颜色一大块一大块地从干燥的木头上脱落了下来，木头上就散发出一种陈蜡的气味。

有一次瓦尼亚带来一棵连根挖出来的白桦树。他用潮湿的青苔围在树根周围，还用一条席子把它裹上。

“这是给你们的，”他说，不由得脸发红了。“一件礼物。请把它栽到一个大木桶里，再放在一间暖和的房间里——那么整个冬天它就都是碧绿的。”

“你干吗把它挖出来呢，你这个怪人？”鲁维姆问。

“你们不是时常说你们舍不得夏天吗？”瓦尼亚回答说，“爷爷教给我这么做的。他说：‘你去，你到去年烧毁的那个树林里去，那里长着许多两岁小桦树，就像野草一样——简直连走都走不过去。你挖一棵白桦给鲁姆·伊萨耶维奇（爷爷这样称呼鲁维姆）送去吧。他想起夏天就难过，这样一来，在严寒的冬天里他也可以呼吸到夏天的气息了。’等到外面大雪纷飞，雪花就像从面口袋里倒出来的时候，看看绿色的叶子当然是会高兴的。”

“我不仅仅舍不得夏天，我还更加舍不得秋天。”鲁维姆说，一面用手抚摸白桦的纤细的叶子。

我们从杂物室里拿来一个小箱子，把箱里装满了泥土，然后把这棵小白桦移种到里面。我们把这个小箱子搬到一间最明亮、最温暖的房里，靠近窗子放下。过了一天，耷拉下来的白桦树枝舒展起来，整个小树都显得活泼愉快，甚至当过堂风闯进房来，激动地把门吹得砰然作响的时候，这棵小白桦的叶子也沙沙发声了。

花园里已是秋天了，但我们的白桦的叶子还是绿油油的。枫树上下满是深暗的绛红色，仿佛火焰一般。檀树的叶子也变成了玫瑰色，亭子上的野葡萄都已经干枯了。甚至连生在花园里的白桦，有些地方也出现了一缕缕的黄丝，就像是尚未衰老的人头上出现了最初的白发。可是房里的这棵白桦却似乎越来越年轻了。我们还没在这棵白桦上发现有任何凋萎的征象。

有一天夜里初寒来袭。它对着窗玻璃吹送着阵阵寒风，使窗玻璃蒙上了一层水蒸气，好像出了一身大汗。初寒还在屋顶上撒下了颗粒状的霜花，使人们走起路来发出薄冰碎裂的声音。只有天上的星仿佛由于初寒感到高兴，比在温暖的夏天夜里显得更明亮了。这天夜里我被一阵悠扬不绝、使人愉快的乐声唤醒了：牧人的号角在黑夜里吹奏起来。朝霞在窗外映出的灰蓝色已隐约可辨。

我穿上衣服走到花园里。刺人的寒风像冷水浇到我的脸上，睡意立刻被驱散得无影无踪。黎明如同火光似的燃烧起来。在东方，一片蔚蓝色的天空变成了深红色的烟雾，好像大火里吐出来的浓烟。这片烟雾逐渐明朗起来，变成透明的了；透过这层薄雾，已看得到黄金色和玫瑰色的浮云所幻成的柔美的远方的奇景。

没有风，可是花园里树叶却一直在往下飘落。白桦在这一夜里一直黄到了树梢，树上的叶子就像绵绵的苦雨不停地洒落。

我回到房子里：房里温暖，使人昏昏欲睡。在早霞的苍白微光中，那棵小小的白桦还挺立在木箱里，可是我忽然发现——在这一夜之间，它几乎全部变黄了，几片柠檬色的叶子已经静静地躺在地板上。

房里的温暖没有能够挽救白桦。过了一天，它的叶子全落光了，它似乎不愿意落后于它的成年的朋友们：在寒冷的丛林里，在每到秋天就显得潮湿辽阔的林中旷地里，那些朋友们早就把叶子落净了。

瓦尼亚·玛良文、鲁维姆和我们大家都有点儿难过。我们原来已经深信：即使今冬雪花纷飞，可是白色的阳光和吐着深红色烈焰的欢跃的炉火，照耀得屋子里光明温暖，那么这棵小白桦将仍然是绿油油的。最后的夏天的回忆消失了。

当我们把这次企图挽救白桦的绿叶的故事，告诉我们熟识的一个林务区长的时候，他微笑了。

“这是规律，”他说，“自然界的规律。假如树木不把叶子落尽了过冬的话，那就会有很多情况使它们遭遇死亡——它们会死于积雪的重压，堆积在叶子上的雪会越积越多，以致压折最粗最壮的树枝；或者，秋天叶子里聚集许多对树木有害的盐分，也会使它们死亡；还有，树木若在冬天留着叶子，就要继续消耗水分，而冻结的大地却不再把水分供给树根，那时树木不免会死于冬季的干旱，死于焦渴。”

可是绰号“百分之十”的米特里老爹，知道了这棵小白桦的故事之后，却照他自己的看法来解释。

“你，亲爱的，”他对鲁维姆说，“你先活到我这么大岁数，再来跟我争论吧。要不，你老是跟我争论，却没有足够的时间来多寻思寻思。我们老年人心里更会想事情，我们要关心的事情很少——我们常常这么掂斤播两地想，世界上什么东西和什么东西有什么关系，这些关系又应该怎么来解释。就拿这棵白桦来说吧。你不用跟我谈那个林务区长的话，我老早就知道他会说些什么。林务区长是个滑头鬼，当他住在莫斯科的时候，据说，是这样的，在电流上给自己做饭吃。这可能吗？”

“可能。”鲁维姆回答说。

“可能，可能！”老爹学他的口气说，“可是你看见过这个电流吗？如果一个东西就像空气一样，没有外形，你怎么可能看到它呢？你还是听我说说白桦的事吧。在人们之间有没有朋友的情分呢？当然有啰。可是人自大得很。他们认为只有人才有这种情分，因此，他们在所有的生物面前都大模大样的。可是，朋友的情分啊——好兄弟，在四周围，无论哪里，到处都瞧得见。牛和牛要好，雀和雀交朋友，这都用不着说了。你打死一只公鹤，母鹤就会形容枯槁、苦苦地哀号，失去了归宿。各种的花草和树木之间也是一样，有时也是有朋友情分的。要是所有在森林里的桦树叶子都落光了，你的那棵白桦怎么会不掉叶子呢？要是冬天大家都在受着苦难，这时它却独自一个在炉边烤火，烘得暖暖的，吃得饱饱的，收拾得干干净净的，那么到春天它还有什么脸面去见大家，那时候它跟大家去说什么呢？它们也是有良心的。”

“哼，老爹，这是你在瞎胡扯，”鲁维姆说，“和你就谈不出个道理来。”

老爹嘻嘻地笑起来了。

“没有话说了吧？”他挖苦地问道，“投降了吗？你还是别跟我争论了吧——跟我争论是没有什么好处的。”

老爹拄着拐杖走了。他感到非常满意，他深信在这一场争论中他战胜了我们大家，同时，顺便也战胜了那个林务区长。

我们把白桦移种到花园里，靠近围墙栽下。它那些黄色的落叶，我们都收集起来，夹在《环球》杂志里，把它晾干了。

我们要在冬天里追忆夏天的企图，就这样告终了。

告别夏天

一连下了好几天连绵不断的冷雨，潮湿的风在花园里发出飒飒的响声。每天一到下午四点钟，我们就点上了煤油灯，这不由得使人感到：夏天一去永不复返了，大地也越来越陷入浓密的雾中，陷入令人不舒适的黑暗和严寒之中了。

正是十一月底——这是乡村中最使人哀愁的时光。猫蜷缩在一张旧安乐椅上，整天地睡觉，每当黑乎乎的雨点敲打着窗子的时候，它就在梦中颤抖起来。

道路都被冲毁了。微黄色的浪花，像搅浑了的鸡蛋清，随着河里的激流奔下。最近还曾飞出来过的小鸟，也都藏到低矮的屋檐下面。已有一个多礼拜，无论是米特里老爹、瓦尼亚·玛良文，还是林务区长——谁也没有来看我们了。

一天中最好的时光要算是傍晚。我们升上炉火，火焰在炉子里呼呼作响，深红色的反光跳动在木板墙上和那张老旧的木刻画上——那是画家勃留洛夫[①]的画像。勃留洛夫仰身倒在安乐椅里瞅着我们，似乎也像我们一样，把一本打开的书放在一旁，正在回想读过的内容，并且侧耳倾听雨点敲打木板屋顶的声音。

灯着得很亮，残缺的铜茶炉反复地唱着单调的歌曲。只要把它一拿进房来，屋子里立刻就显得舒适了，也许是因为窗玻璃蒙上了一层水汽，再不曾看不见那根日日夜夜孤零零地敲击着窗子的白桦树枝。

---

① 勃留洛夫（1799—1852），俄国著名画家。——译者

喝过茶以后，我们就坐在炉边读书。在这样的晚间，读狄更斯那些篇幅浩长而且非常动人的小说要算是最愉快的事了，或者我们就翻阅那些沉重的一厚册一厚册的旧杂志——《田野》和《美术评论》。

夜间封契克——一只棕黄色的小狗，时常在睡梦中哭泣。这时就只好起来用一块温暖的破毛巾给它围上，封契克睡意蒙眬地表示了一下感谢，轻轻地舔了舔手，叹口气就又睡着了。在黑夜里，墙外疾雨在敲打，大风在猛刮，一想到也许会有人在漆黑的大森林里碰上这样阴雨连绵的夜晚，就不由令人胆战心惊。

有一次夜里我被一种奇怪的感觉惊醒了。我觉得，我在睡梦中变成了聋人。我闭着眼睛躺着，侧耳倾听了好久。终于，我明白了，我并没有聋，只不过是屋外变得异常寂静——这样的寂静正是所谓“万籁俱寂”。雨声静止了，风声平息了，嘈杂不安的花园也沉默了。能够听到的只是猫在睡梦中轻微的喘息。

我睁开眼睛，满屋里洋溢着一种白皑皑的、匀静的光辉。我起来，走到窗户跟前——窗外一切都盖着白雪，一切都是静悄悄的。在雾气蒙蒙的天上，在令人仰望时头晕的高空中，悬着一轮孤零零的月亮——它周围有一圈淡黄色的晕光微微闪烁。

初雪是在什么时候降落的呢？我走近壁上的挂钟。房子里是这么明亮，钟面上发黑的时针竟看得清清楚楚，它正指在两点上。

我是在半夜十二点睡着的。那就是，在两小时内，大地就这么异乎寻常地变了样；在短短的两小时内，田野、森林、花园全被严寒的魔力征服了。

隔着窗户，我看到一只灰色的大鸟落到花园里一棵枫树的枝上。树枝摇摆起来，抖下一些雪花。那只鸟慢慢地站起身来，又飞走了，可是雪花还像枞树节上缀着的玻璃雨珠一般，不住地飘洒下来……以后一切又重新归于寂静。

鲁维姆醒了。他望着窗子，好一会儿，才叹了口气说道："初雪真把大地打扮得美极了。"

大地穿上了盛装，仿佛是一个羞答答的新娘。

早上四周所有一切都在沙沙作响：不管是冻结了的道路、台阶上的落叶，还是从积雪下突现的发黑的荨麻。

我们正要喝茶的时候，米特里老爹蹒跚地走了进来，他向我们祝贺初雪。

"这一下子，地皮也洗了个干净，"他说，"还是用银盆里的雪水洗的。"

"你这是从哪里听来的一套话，米特里？"鲁维姆问。

"难道不是吗？"老爹笑着说，"我亡故了的母亲说的，在远古的时候，美人儿都是用银罐盛了初雪来洗脸，以后她们的美貌就永远也不会衰退了。这还是在彼得大帝以前的事，亲爱的，那时候这一带的森林里还常有强盗打劫客商呢。"

在刚刚入冬的这一天，真是不想留在家里，我们就动身到林中的湖上去。老爹把我们送到森林边上。他也很想到湖上去，可是他的"骨头隐隐作痛，不允许他去"。

树林里十分庄严、明朗，而且寂静。

天色昏昏沉沉的，像在打瞌睡，从阴暗的高空间或落下一些孤零零的雪花。我们轻轻地对着这些雪花哈气，它们就都化成了纯洁的水滴，以后又变得混浊起来，凝结在一块，像小珍珠似的滚到地上去了。

一直到黄昏，我们都在树林里徘徊，走遍了所有我们熟悉的地方。一群群鸟蜷缩着落在蒙着雪的山楂树上。

我们摘了几串冻得通红的山楂果——这是最后的夏天和秋天的怀念了。

在一个名叫拉陵内塘的小湖上经常漂着许多浮萍，这时，湖水非常黑亮、透明——所有的浮萍在入冬时都已沉落到湖底去了，靠近湖岸结了一段玻璃似的冰。这层冰异常晶莹透明，甚至就在近旁都很难看得出来。我看到岸边水中有一群小鲤鱼游来游去，于是朝它们投了一块小石子。石子落到冰上，当啷一响，小鲤鱼们鳞光一闪，都匆匆地窜入湖水深处，冰上只留下石子打出的一点白印儿。根据这点我们才了解，岸边已结了一层冰。我们用手折断了几块零散的小冰块。它们发出了碎裂的声音，还在我们的手指上留下了一种雪和草莓的混合气味。

林间空地上某些地方有小鸟哀怨地啁啾着飞来飞去。头上天空异常明朗，异常洁白，可是接近地平线的地方就变得阴暗，如同铅色一样。孕育着一场大雪的阴云正从那边慢慢移动过来。

树林里面越来越暗，越来越静了，终于，浓密的大雪纷纷降下。雪落在黑色的湖水里，立刻就溶化了；落在脸上，搔得人脸上微微发痒。雪像灰色的烟雾笼罩着森林。

冬天开始统治了大地，可是我们知道，假如用手扒开地上的雪，那么在松软的积雪下面还找得到生长在林中的鲜花；我们知道，火焰总会在火炉里毕剥作响；我们知道，山雀会留下和我们一道过冬。而在我们看来，冬天也像夏天一样美。

电 报

康·帕乌斯托夫斯基

十月里，天气是稀有的寒冷和阴雨连绵。薄木板的屋顶都被雨淋得发黑了。

花园里乱蓬蓬的杂草已经枯败，只有紧靠围墙的一株小向日葵，却还一直没有萎谢飘零。

松软的乌云从河那边懒洋洋地升起，弥漫在牧场上空，笼罩了树叶已凋零的白柳。雨丝令人厌烦地从乌云中飘落下来。

路上已经既不能步行，也不能行车了。牧人们也已经不再把畜群赶往牧场。

牧人的号角声沉默了，要到明春才会听到。每天早上，卡捷林娜·彼得罗夫娜越来越难以起床，来看那些长远不变的事物：几间房子，里面充满了火炉久未生火因而发出的苦涩气味，一本满是灰尘的《欧洲公报》，几只发黄的茶杯摆在桌上，一个很久没有擦洗过的茶炊，还有挂在墙壁上的几幅图画。也许是由于房里过于昏暗，所以从卡捷林娜·彼得罗夫娜眼里看来，成了模模糊糊的一片，或许是那些图画由于年深日久，失去了光泽，因此上面已经什么也分辨不清了。卡捷林娜·彼得罗夫娜只是凭记忆才能知道：一幅是她父亲的肖像，另一幅——那幅装着金框的小画——是克拉姆斯柯依[①]的赠品，是他那幅“穿天鹅绒大衣的陌生女人”的草图。

卡捷林娜·彼得罗夫娜住在这所古老的房子里消度她的残年。这所房子是她的父亲——一位著名的画家修建的。

这位画家在暮年的时候从彼得堡回到了故乡，在这里过着退休的生活，并且种种花草。他已经不能作画了：他的手发抖，而且视力也减弱了，时常害眼病。

这所房子，就像卡捷林娜·彼得罗夫娜所说的那样，是一所“纪念性”的房子——它由州博物馆负责保管。但是卡捷林娜·彼得罗夫娜不知道，当她——房子的最后居住者，一旦死去的时候，这所房子的命运究竟会怎样?

在这个叫作扎包利耶的村子里，没有一个人可以在一起谈谈那些挂在墙上的图画，谈谈彼得堡的生活，谈谈那一年的夏天——当时卡捷林娜·彼得罗夫娜和她的父亲一同住在巴黎，在那里她曾经看到了维克多·雨果的葬仪。

这些事情是不能讲给玛纽什卡听的。玛纽什卡是她的邻人，集体农庄里靴匠的女儿——这个小姑娘每天到她这里来，给她从井里提水，给她打扫地板和烧茶炊。

为了感谢对她的帮助，卡捷林娜·彼得罗夫娜送给了玛纽什卡一副揉皱了的手套、几支鸵鸟毛、一顶镶着小玻璃珠的黑帽子。

---

① 克拉姆斯柯依（1837—1887），俄国著名画家。——译者

“我要这个做什么呢？”玛纽什卡声音嘶哑地问，一面大声急促地吸气，“我是个收破烂的吗，还是怎么的？”

“你把它们卖了吧，亲爱的。”卡捷林娜·彼得罗夫娜低声地说。自从她身体衰弱以来，已经整整有一年不能高声说话了，“你把它们卖了吧。”

“当旧货卖吧。”玛纽什卡这样决定，把这些东西收拾起来，拿走了。

消防队用品库的看守人——瘦个子、棕黄头发的吉洪，有时候到这里来看望她。他还记得，卡捷林娜·彼得罗夫娜的父亲是怎么从彼得堡搬回来的，又怎样修建了这所房子，开辟了这一片庄园。

那时候吉洪还是个小孩子，可是他终生都保持着对这位画家的敬意。瞅着他的画，他总是高声叹息说：“画得和真的一样！”

吉洪时常在无谓地奔忙招呼，只是出于怜悯心，但是他也还能帮忙做点儿家务上的事情：砍倒花园里干枯的树木，把它们锯开，劈成劈柴。每次他临走的时候，总停在门口上问一声：“卡捷林娜·彼得罗夫娜，没听说，娜斯嘉[①]是不是有信来？”

卡捷林娜·彼得罗夫娜默默不语，她坐在沙发上——有点儿驼背，身材瘦小——一直在一只棕黄色的手提皮包里翻弄一些什么纸头。吉洪停在门槛边擤鼻涕，磨蹭了好半晌。

“唔，”等不出回答，他就说，“我，嗯，我，要不，先走吧，卡捷林娜·彼得罗夫娜。”

“去吧，吉沙，”卡捷林娜·彼得罗夫娜低声说，“去吧，上帝保

① 卡捷林娜·彼得罗夫娜的女儿娜斯塔西娅的爱称。——译者

佑你！”

他走了出去，小心翼翼地掩上了房门，这时卡捷林娜·彼得罗夫娜就开始悄悄地哭泣起来。风在窗子外面赤裸的树枝间呜呜地呼啸，吹落一些残存的黄叶。煤油灯在桌子上颤抖。这盏灯俨然就是这荒屋里的唯一的有生物体——如果没有它，卡捷林娜·彼得罗夫娜简直不知道怎么才能等到第二天早晨。

夜就像失眠症一样，已经是漫长而难熬的了。曙光越来越慢吞吞地出现，越发来得晚了，懒洋洋地不肯穿过久未刷洗的窗子。还在去年，这些窗框间的棉花①上就铺上了一层秋叶，当时还是黄色的，现在却已经腐烂变黑了。

娜斯嘉是她的女儿，也是唯一的亲人，住在遥远的列宁格勒。还是在三年以前，她曾回家来过一次。

卡捷林娜·彼得罗夫娜知道，娜斯嘉现在顾不上她，顾不上她这个老太婆。这些年轻人，有自己的事情，有自己的不可理解的兴趣，有自己的幸福，最好是不要去打搅她。因此卡捷林娜·彼得罗夫娜很少给娜斯嘉写信，只是天天坐在压塌了的沙发的边缘上，默默地思念着她。她坐在那里静得毫无声息，竟致老鼠都受了骗，以为这里杳无人迹，就从炉子后边跑了出来，用后脚站起，翘着鼻子向四下里嗅了好久房间里凝滞的空气。

娜斯嘉也没有信来，但是每隔两三个月，快活而年轻的邮递员华西里就会给卡捷林娜·彼得罗夫娜送来二百卢布的汇款。每当卡捷林娜·彼得罗夫娜签字的时候，他总是小心翼翼地把住她的手，免得她签错了地方。

---

① 在当时的苏联，房子通常有两层窗子，中间装有棉花。——译者

华西里走后，卡捷林娜·彼得罗夫娜手里拿着钱，坐在那里，不知怎样才好。随后她戴上眼镜，一次又一次地重读汇款单上的附言。汇款单上写的总是那几句话：事情这么多，不仅没有时间回来，甚至连写一封规规矩矩的信的时间都没有。

卡捷林娜·彼得罗夫娜小心地翻弄着这些毛茸茸的、柔软的纸头。由于年迈，她忘记了，这些钱根本就不是娜斯嘉手中拿过的那些钱，她似乎觉得，从这些钱上正飘散出娜斯嘉身上的香水气味。

有一次，在十月底的一个夜晚，有个人长时间敲打花园深处的小门，那扇小门还在几年前就已经钉死了。

卡捷林娜·彼得罗夫娜感到了不安，她花了很长时间把温暖的头巾裹在头上，穿上件旧大衣，在这一年里第一次走出了屋门。她用手摸索着，走得很慢。寒冷的空气使她头痛起来，久别淡忘了的星星目光炯炯地俯瞰着大地，地上的落叶使她走起路来不大方便。

卡捷林娜·彼得罗夫娜走到小门近旁，轻轻地问："谁呀？"

可是围墙那边并没有人回答。"想必是我听错了。"卡捷林娜·彼得罗夫娜说，这才慢慢地往回走去。

她感到喘不过气来，就在一棵老树旁停下，用手抓住又冷又湿的树枝，认出了这是一棵枫树。这树是她老早以前亲手栽的，那时候她还是一个嘻嘻哈哈的年轻姑娘。现在树叶已经落光，树身也冻得冰冷——它也逃不脱这寒夜中冷风刺骨、无所依归的苦况。

卡捷林娜·彼得罗夫娜怜惜起这棵枫树来了，她摸了摸粗糙的树干，然后慢慢地走回房里去。就在这天夜晚，她给娜斯嘉写了一封信。

"我最亲最爱的好女儿，"卡捷林娜·彼得罗夫娜写道，"我熬不过这一冬了。回来一趟吧，哪怕一天也好。让我看一看你，握一握你的手。我老了，又这么衰弱，不用说走路，就连坐着和躺着都吃力——死神早晚会想起到我这里来的路。花园都凋残了——全不是从前那样了——而且我也看不见它。今年秋天异常凄凉，令人感到这么难过，好像一辈子都没有这个秋天这么长。”

玛纽什卡皱起鼻子吸着气把这封信给送到邮局去，她好一会儿才把信塞进邮筒去，又朝里面望了一阵——看看有什么？可是里面什么也看不见，只是一个白铁做的空筒。

娜斯嘉在美术家协会担任秘书职务，工作很多，举行展览会和竞赛——这些事情都要经过她的手。

娜斯嘉在工作时收到了卡捷林娜·彼得罗夫娜的来信。她没有看就把信放到小皮包里——打算工作完了以后再看。卡捷林娜·彼得罗夫娜的来信总是使娜斯嘉轻松地舒一口气：既然母亲写信给她——就是说，她活着。可是同时这些信件也开始让娜斯嘉感到深深的不安，好像每一封信都是一种无言的谴责。

下班以后，娜斯嘉要到年轻的雕塑家季莫菲耶夫的工作室去，看一看他的生活情况，好向协会的领导去汇报。季莫菲耶夫常抱怨说他的工作室里太冷，而且总说他受到排挤，没有得到一个表现自己的机会。

在几层楼梯间的一个平台上，娜斯嘉取出一面小镜子来，搽了点儿粉，这才嫣然一笑——现在她感到很喜欢自己了。她有一头金黄色的头发和一双冷冰冰的大眼睛，因此画家们都称她为莎尔威格[①]。

---

① 易卜生诗剧《培尔·金特》中的女主角。——译者

季莫菲耶夫亲自给她开了门。他是一个身材矮小、性情果断而会捣鬼的人。他穿着大衣，脖子上围着一条宽大的围巾。在他的脚上，娜斯嘉看到了一双女式的细毛深筒毡靴。

“请不要宽大衣吧，”季莫菲耶夫嘟囔着说，“就是穿着皮袄您都会冻僵的。请吧！”

他引导娜斯嘉穿过昏暗的走廊，登上几级阶梯，然后打开通往工作室去的窄小的门。

工作室里飘散出一股烟来。在地板上，靠近装着湿黏土的大桶的地方，生着一个煤油炉子。一个个雕塑架上都放着雕塑作品，上面都盖着潮湿的旧布。宽阔的窗子外面，雪花斜飞，撒满了云雾迷蒙的涅瓦河，溶化在黑黝黝的河水里。风在窗框间呼啸不停，不时翻动散乱在地板上的旧报纸。

“天哪，多么冷啊！”娜斯嘉说。她觉得，由于那些杂乱无章地挂在墙壁上的白色大理石浮雕，工作室里更加冷了。

“喏，请您欣赏一下吧！”季莫菲耶夫说，一面把一张沾染上黏土的沙发推来给娜斯嘉。“真是难以理解，住在这个熊洞里，我怎么还没有冻死。可是在彼尔欣的工作室里，空气加热器还吹送着暖风，就像是从撒哈拉大沙漠里来的一样。”

“您不喜欢彼尔欣吗？”娜斯嘉很谨慎地问。

“暴发户！”季莫菲耶夫气呼呼地说，“手艺匠！他的塑像，没有腰身肩膀，而是挂大衣的衣裳架子。他的集体农庄女庄员是一个折起半截围裙的村姑，他的工人好像内安得塔尔人①。他简直是用木头铲子塑造作品。可是亲爱的，他是个滑头，狡猾得很。”

“请让我看一看您的果戈理像。”为了转变话题，娜斯嘉这样要求他。

“请到那边去吧！”雕塑家怏怏不乐地指挥说，“不，不是那边！喏，在那个角落里。对了！”

他从那些雕塑作品中的一座雕像上取下湿布，吹毛求疵地从四下里把它检查了一遍，然后靠着煤油炉子蹲下来，开始烤手，一面说：“唔，这就是他，尼古拉·华西里耶维奇！现在请看吧！”

娜斯嘉浑身战栗了一下。一个尖鼻子的、稍显驼背的人，仿佛能看透她的肺腑似的带点儿讥诮意味地直盯着她。娜斯嘉看到，似乎有一条纤细的、硬化了的青筋在他的太阳穴上跳动。

“有封信还放在皮包里没有拆呢。”果戈理那对什么都不放过的眼睛似乎在这样说，“唉，你呀，你这只喜鹊！”

“唔，怎么样？”季莫菲耶夫问，“是一位很认真的老伯伯，是吧？”

“好极了！”娜斯嘉很吃力地回答说，“这真是妙极了。”

季莫菲耶夫笑了起来。

“妙极了。”他重复说，“全部这样说：妙极了。连彼尔欣，连玛契雅什和各委员会里所有的专家全部是这么说。可是有什么用呢？在这里——妙极了，可是在那里，在那个决定我的命运，决定一个雕塑家的命运的地方，同是这一个彼尔欣，却只是哼啊哈啊地不表示肯定的意见——只是这么哼几声就算完了。彼尔欣不表示肯定的意见——这就是说完蛋！……多

① 曾广泛地分布在石器时代的欧洲的人种。——译者

少夜晚连觉也不睡！”季莫菲耶夫高声大嚷起来，一面跺着脚在工作室里跑来跑去。“潮湿的黏土弄得手上得了风湿病。整整三年读遍了关于果戈理的每一句话，做梦时常梦见猪嘴[①]！”

季莫菲耶夫从桌子上拿起一堆书，举在空中抖了抖，又用力扔回桌子上去。桌子上飞起了一阵石膏粉。

“这就是——关于果戈理的一切！”他说，忽然一下子就平静下来了。“怎么？似乎，我使您吃惊了吧？请原谅，亲爱的，但是，说真的，我已经准备好了战斗。”

“好，让我们来共同战斗吧。”娜斯嘉说，一面站了起来。

季莫菲耶夫紧紧地和她握了握手，她带着坚定的决心走出房门，决定无论如何也要使这个有天才的人摆脱默默无闻的境地。

娜斯嘉回到协会，立刻去见主席。她和他谈了很久，谈得冒火，她向他证明必须马上就给季莫菲耶夫的作品举办展览会。主席用铅笔轻轻地敲着桌子，好久好久考量着什么，最后他终于同意了。

娜斯嘉回到家里，回到她那间在莫依卡的天花板上有镀金浮雕的古老的房子里，在这里她才看完了卡捷林娜·彼得罗夫娜的来信。

“现在我能到哪里去？”她说，一面站起身来。“难道能从这里脱身吗？”

她考虑到那些挤满了人的列车，考虑到途中要换乘窄轨铁路和颠簸的大车，考虑到凋残的花园，考虑到必不可免的母亲的眼泪，考虑到乡村日子里那种悠长寡趣、无法排遣的沉闷——于是就把那封信放到写字台的抽

① 这句话见果戈理著《索罗钦集市》。——译者

屉里去了。

有两个星期，娜斯嘉忙着筹备季莫菲耶夫的展览会。

在这期间她曾和这个乖张的雕塑家一再争吵，过后又重新和好。季莫菲耶夫把自己的作品送往展览会去的神情是：仿佛这些作品一送出去就不免要遭到毁灭。

“这个展览会什么结果也不会有，亲爱的。”他幸灾乐祸地对娜斯嘉说，仿佛她并不是在为他，而是为她自己举办展览会似的。“说实话，我们只不过是白白浪费时间。”

最初，娜斯嘉曾经感到失望，感到委屈。因为她还不了解，这些任性的话连一个小钱都不值；她还不了解，这些都是矫揉造作，其实季莫菲耶夫在内心里却很为他这个未来的展览会高兴。

展览会是在晚间开幕的。季莫菲耶夫大发脾气，他说不能在电灯光下来看雕塑品。

“死光！”他叨唠着说，“无聊得要命！就是煤油灯也比它强。”

“您到底要什么光，您这个令人难堪的人？”娜斯嘉也冒火了。

“需要蜡烛！蜡烛！”季莫菲耶夫非常痛苦地叫嚷，“怎么能把果戈理放在电灯底下呢！简直是荒谬！”

来参加展览会开幕仪式的有许多雕塑家和画家。外行人听到雕塑家们的谈话，并不见得都能猜测得到，他们对季莫菲耶夫的作品是赞扬呢，还是责骂。不过季莫菲耶夫已经知道，展览会成功了。

一个头发花白、性情暴躁的画家走到娜斯嘉跟前，拍了拍她的胳膊，说：“谢谢您。我听说，是您使季莫菲耶夫见了天日的。您做得太好了。不然的话，您知道，我们这里有很多空谈家，他们老是空谈对艺术家的注意、关心和体贴，可是一接触到实际问题，马上你就会遭到白眼。再一次谢谢您。”

讨论开始了。大家说了很多，都对作品大加称赞，大家说话的时候都是激昂慷慨的，那个老画家所提出的意见——对人的关怀、对这个被人不应该忘怀了的青年雕塑家的关怀——在每一个人的发言里又都重复了一遍。

季莫菲耶夫严阵以待地坐在那里，眼睛直瞅着嵌木地板，可是还不时地斜视发言者，不知道是可以相信他们呢，或者是现在相信是否太早？

协会的女通讯员——善良而有些糊涂的达莎在门口出现了。她向娜斯嘉做了些手势。娜斯嘉走到她跟前去，达莎微笑着递给她一封电报。

娜斯嘉回到自己的座位上，悄悄地拆开电报，读完了，她什么也弄不懂：

卡嘉[①]将死。吉洪。

“哪一个卡嘉？”娜斯嘉茫然地想。“什么吉洪？大概，这不是给我的电报。”

她看了看地址：不，电报是给她的。只在这时候她才注意到纸条上的纤细的印刷字体：“扎包利耶”。

娜斯嘉把电报揉成一团，皱起了眉毛。彼尔欣发言了。

“在我们的时代里，”他说，一面晃晃身子，用手托托眼镜，“对人的关怀已经成为这样一种美好的现实，它帮助我们成长和工作。我庆幸能看

① 卡捷林娜的爱称。——译者

到就在我们中间，在雕塑家和画家们中间，也表现出这种对人的关怀——我指的是季莫菲耶夫同志的作品展览会。能够举办这个展览会，我们完全应该感谢——希望我的话不至于使我们的领导见怪——应该感谢协会中的普通工作人员之一，我们的敬爱的阿娜斯塔西娅·谢苗诺夫娜。”

彼尔欣向娜斯嘉鞠了一躬，所有的人都鼓起掌来。掌声响了很久。娜斯嘉窘得流出眼泪来了。

有人从后面碰了碰她的胳膊。这是那个性情暴躁的老画家。

“怎么样？”他小声问，同时用眼睛望了望娜斯嘉手里揉皱了的电报。“没有什么不愉快的事情吧？”

“没有，”娜斯嘉回答，“这是……是一个认识的人拍来的……”

“啊哈！”老人嘟囔着说，于是他重又去听彼尔欣的发言了。

人们都望着彼尔欣，可是娜斯嘉却始终觉得有一个什么人的沉重而锐利的目光一直在紧盯着她，因此她害怕得不敢抬头。“这能是谁呢？”她想。“难道有谁猜到了吗？多么愚蠢哪。又是神经衰弱了。”

她努力抬起眼睛，可是立刻就又把目光移开了：果戈理正在讥诮地注视着她。他的太阳穴上仿佛有一条纤细的硬化了的青筋在沉重地跳动。娜斯嘉觉得，果戈理透过咬紧的牙齿缝轻轻地说：“唉，你呀！”

娜斯嘉很快地站了起来，走出展览会场，匆匆忙忙地在下面穿上大衣，跑到街上去。

夹杂着雨点的大雪下得正紧。伊萨基耶甫斯基大教堂的墙外盖上了一层灰色的霜。阴郁的天幕向下低垂，它越垂越低，渐渐罩住了城市，罩住了娜斯嘉，也罩住了涅瓦河。

“我最亲最爱的好女儿，”娜斯嘉想起了不久以前接到的那封信，“最亲最爱的好女儿！”

娜斯嘉坐在海军部附近一个小公园的长凳上，悲伤地痛哭起来。雪花在她的脸上融化了，和她的眼泪混合在一起。

由于寒冷，娜斯嘉打了个冷战，她突然了解到，谁也没有像这个衰老的、被人们遗弃了的、住在寂寞的扎包利耶的老太婆这样爱过她。

“晚了！我看不到妈妈了。”她自言自语地说。她忽然想起：最近一年来，她这还是第一次说出这个童年时代的亲切字眼——妈妈。

她跳起来，迅速地迎着鞭打面颊的雪花向前走去。

“妈妈，这是什么意思？什么意思？”她想，眼前什么也看不见。“妈妈！怎么能够这样呢？要知道我的生活中什么人也没有。没有，而且也不会有更加亲近的人了。只要能来得及，只要能让她看到我，只要她能够宽恕我就好了！”

娜斯嘉走到涅瓦大街，走向城里的火车站去。

她来迟了。火车票已经没有了。

娜斯嘉站在售票窗口，她的嘴唇在颤抖，她一句话也说不出来，她觉得，只要她一说话，那么她就会放声大哭起来的。

那个上了年纪的戴眼镜的女售票员从窗口向外望了一眼。

“您怎么了，女公民？”她不大满意地问。

“没有什么，”娜斯嘉回答，“我的妈妈……”

娜斯嘉回转身来，急速地走向出口处去。

“哪里去？”女售票员喊道，“起先就该告诉我的。请等一等吧。”

就在这天晚上娜斯嘉乘车动身了。一路上她总觉得“红箭特别快车”不大向前移动，虽然这时候列车正穿过沉浸在夜幕中的森林向前疾驰，一面飞奔，一面发出一阵阵拖长的、警告的笛声，喷出一股股蒸汽，向树丛撤去。

……吉洪来到了邮局里，他和邮递员华西里轻轻地说了几句什么，从他那里拿了一张电报纸，把纸转来转去，一面用衣袖擦着自己的胡子，花了很长时间用歪歪扭扭的粗字体在纸上写了一些什么。然后他小心翼翼地把电报纸折起来，塞到帽子里，缓慢地向卡捷林娜·彼得罗夫娜家里走去。

卡捷林娜·彼得罗夫娜已经十天没起床了。什么病也没有，只是令人昏迷的衰弱压在她的胸膛上、头上和两条腿上，连呼吸都感到困难。

玛纽什卡整整有六昼夜没有离开过卡捷林娜·彼得罗夫娜。

夜里，她和衣睡在那张压塌了的沙发上。有时候玛纽什卡似乎觉得，卡捷林娜·彼得罗夫娜已经不呼吸了。这时候她由于惊恐而哽咽起来，并且大声喊叫：“老奶奶，老奶奶！你还活着吗？”

卡捷林娜·彼得罗夫娜的手在被子底下动了动，玛纽什卡这才放了心。

从一大清早起，屋角里就充满了十一月的阴暗，但是却很暖和。玛纽什卡生着了炉子。当愉快的火焰照亮木制的护墙板的时候，卡捷林娜·彼得罗夫娜轻轻地叹息了——炉火使房子变得舒适起来，显得适于居住了，老早老早以前，当娜斯嘉还在这里的时候，房子里就曾经是这个样子的。卡捷林娜·彼得罗夫娜合上了眼，从她的眼睛里滚出一颗孤零零的泪珠，沿着焦黄的鬓角滑下去，没入花白的头发中间。

吉洪来了。他咳嗽着，擤了擤鼻子。看来，他很激动。

"什么事，吉沙？"卡捷林娜·彼得罗夫娜软弱无力地问。

"天气越来越冷了，卡捷林娜·彼得罗夫娜！"吉洪精神饱满地说，并且不安地瞅了瞅自己的帽子。"快要下雪了。这是好现象。道路就要上冻了——这就是说，她在路上就更好走了。"

"谁呀？"卡捷林娜·彼得罗夫娜睁开眼睛，并且用她那干巴巴的手痉挛地抚摸起被子来。

"除了娜斯塔西娅[①]·谢苗诺夫娜还有谁，"吉洪似笑非笑地回答说，并且从帽子里取出了电报。"不是她还有谁。"

卡捷林娜·彼得罗夫娜想要坐起来，可是不行，就又倒在枕头上了。

"喏！"吉洪说，一面慎重地打开电报，把它送给卡捷林娜·彼得罗夫娜。

但是卡捷林娜·彼得罗夫娜并不去拿电报，她仍然用恳求的姿态望着吉洪。

"你给念一下吧，"玛纽什卡声音嘶哑地说，"老奶奶已经不能看了。她的眼力不行了。"

吉洪吃惊地四面环顾了一下，整一整衣领，抚平稀疏的棕黄色的头发，用一种喑哑的、犹豫不决的声音读道："已动身，请等待。永远爱您的女儿娜斯嘉。"

"用不着，吉沙！"卡捷林娜·彼得罗夫娜轻轻地说，"用不着，亲爱的。上帝保佑你。谢谢你的好话、好意。"

卡捷林娜·彼得罗夫娜很吃力地转过身去，面对着墙壁，就好像睡着

---

① 即阿娜斯塔西娅。——译者

了一样。

吉洪坐在寒冷的外室里，坐在一张小凳上，他低下头去，抽烟，啐唾沫，又不住地叹气，一直待到玛纽什卡走出来，招手叫他到卡捷林娜·彼得罗夫娜的房子里去。

吉洪踮着脚尖走进房去，张开手指，用手掌擦了擦脸——卡捷林娜·彼得罗夫娜躺在床上，她面色苍白，显得又瘦又小，仿佛是安然入睡了。

“她没能等到，”吉洪喃喃地说，“唉，她的苦处多么大呀！她的痛苦真是难写难描啊！你，瞧着点儿，傻姑娘，”他生气地对玛纽什卡说，“要拿好心肠还好心肠，不要做个忘恩负义的人。你坐在这里守着，我上村苏维埃去，去报告去。”

他说完就走了，玛纽什卡蜷起腿来，坐在方凳子上，浑身颤抖，目不转睛地瞅着卡捷林娜·彼得罗夫娜。

卡捷林娜·彼得罗夫娜在第二天下葬了。天已上冻，飘落过细小的雪花。天色显得苍白，空中很明净，然而是一片灰色，就像在头上展开一块洗过又冻了的本色麻布。河那边，远远一片灰蓝色。经受了初雪侵袭的柳树皮和雪的气味，清新而使人愉快，隔着河飘送了过来。

参加葬仪的是一些老太婆和小孩子。棺材由吉洪、华西里和玛良文弟兄抬往墓场。玛良文弟兄是两个小老头，满头白发，好像洁净的麻絮一般。玛纽什卡和她的兄弟沃洛季卡抬着棺材盖，目不转睛地直望着前面。

墓场在村外的河边上。墓场上生着一些高大的柳树，树身长着苔藓，看上去颜色是深黄的。

一个女教师在路上遇到了他们。不久之前她才从省城里来，在扎包利耶她还一个人也不认识。

“那是女教员，女教员！”小孩子们悄声地说。

这个女教师还很年轻，有些羞怯。她生着一双灰色的大眼睛，完全还是一个小姑娘。看到出殡的行列，她不好意思地站下了，吃惊地望了望躺在棺材里的瘦小的老太婆。扎人皮肤的小雪花飘落在这个老婆婆的脸上，并不融化。远在省城里，女教师也有一个母亲——也是这么瘦小，经常为她的女儿牵肠挂肚，头发也都灰白了。

女教师站了一会儿，也跟在棺材后面慢慢地走去。老太婆们回过头来瞅了瞅她，相互耳语说，看，这姑娘多么安静，头一回跟小孩子们在一起，要感到困难的——扎包利耶的这些小孩子们太无拘无束，太顽皮了。

终于，那个女教师想定了，她向老太婆们中间的一个——玛特莲娜老奶奶问道：“想必这个老婆婆就是孤零零的一个人吧？”

“咦——亲爱——爱的，”玛特莲娜立刻就像唱歌似的回答说，“几乎完全是孤零零的一个人。她是一个待人这么诚恳、这么热心的老奶奶。常常是这样，一个人一直坐在自己房里的沙发上，没有人跟她说说话。多么可怜呀！她有一个女儿，在列宁格勒。可是，看起来她是飞高了。就这样，她死啦，没有亲人，连一个沾亲带故的人也没有。”

到了坟场，棺材放在一座新墓穴旁边。老太婆们躬身向棺材行礼，她们那皮色乌黑的手都碰到了地面。女教师走近棺材，鞠了一个躬，吻了吻卡捷林娜·彼得罗夫娜的干巴巴的焦黄的手。随后她迅速地站直了，转身走向那座倒塌了的砖墙。

围墙外边，在轻盈的、飘落的雪里，望去正是可爱的、稍微有些忧伤的、亲爱的大地。

女教师长时间地看着、听着，老人们怎样在她背后相互交谈，泥土怎样敲棺材盖子，远处人家院子里的公鸡怎样用不同的音调高唱——预告着晴朗的天气、轻微的霜寒和入冬的寂静。

举行葬仪之后第二天娜斯嘉才回到扎包利耶。她所看到的只是墓场上的一座新坟——坟上的泥土已经冻结成块了——还有卡捷林娜·彼得罗夫娜的那间寒冷而阴暗的房间，似乎，生命老早就从这间房里溜走了。

娜斯嘉在这间房里哭了一整夜，一直到昏沉沉的黎明在窗外现出了暗蓝色的时候。

娜斯嘉悄悄地从扎包利耶溜走了，她竭力避免让人看到或问她什么。似乎她觉得，除了卡捷林娜·彼得罗夫娜，此外无论是谁都不能给她解除那种无可挽回的过错，无论是谁都不能给她减轻心头那种难以忍受的沉痛。

破旧的小船

康·帕乌斯托夫斯基

列车停下来了。这才听出来，有一只野蜂被卷在窗帘里嗡嗡地响。

“到了哪一站？”车厢房间里一个半睡半醒的声音问。

“中途停车。”列车员回答说。

他匆匆地穿过车厢，一面用麻屑擦净自己的双手。

娜塔莎从车窗中探出身去。从高耸的路基一直到地平线尽头伸展着一大片森林，森林上面一块浓密的乌云遮蔽了半边天空。成群的白鸟在乌云前纷飞逃避，就像是蒲公英的大片绒毛在空中飘舞。

大地尽头轰然一声雷鸣，接着隆隆的雷声迟钝地滚到了森林上空。雷声一直咆哮了这么久，仿佛已围绕整个大地兜了一个圈子。雷电陷入密林里，暂时沉寂了一会儿，等它爬上林间小路和旷地的时候，响声比以前更加阴沉了。

“好厉害的大雷雨！”有人在娜塔莎背后说。

她回头一看：在车厢房间的门口站着她的一个同路旅客——一个年轻的导演。

“好厉害的大雷雨！简直妙极了！”他又重复说了一遍，一边注视着阴云密布、电光闪闪的天空。看他的神情，仿佛他把天空当成了舞台上的布景。“您知道这是什么鸟吗？”

“不知道。”娜塔莎回答说。

“这是野鸽子。”一个上了年纪、戴着角边眼镜的林务区长说，同时对娜塔莎微微一笑。“您怎么能不知道呢！还是一个十年级的学生哪！”

“我是城里人。”娜塔莎回答说，她不由得有些窘了。

列车震动了一下，随即向后退去。天色立刻昏暗起来。突然一阵狂风吹来，掀起窗帘，翻倒了小桌子上一个装着鲜花的茶杯。杯里的水立刻哗哗地流到地板上。

一道电光在车窗旁忽地一闪。森林里立刻发出一阵又奇怪又干燥的爆裂声，仿佛折断了一棵巨大的苍松。

“出什么事了？”一个穿淡紫色睡衣的枯瘦女人，用一种哭腔问。自从爆发了第一声雷鸣，她那喋喋不休的谈话的才能消失得无影无踪了。

旅客们急忙拉起车窗，观望乌云。一打闪电就可以看到乌云里的不祥的巨洞、漏斗似的旋风和飘坠下来的浑浊的雨丝。黑压压、灰扑扑的烟尘，像山崩地陷似的从云端泼了下来，严严地遮蔽了天空。在可怕的黑暗中，有一棵苍白、干枯的白桦在闪电光里闪闪发光。白桦的周围还有其他成千上万的树木，随着狂风一路喧哗，为什么疾驰不停的闪电在黑暗中只选出了这一棵白桦呢，这简直是不可理解的。

“列车员，到底是出了什么事？”穿淡紫色睡衣的女人高声喊道，“为什么我们在往后退？”

“前面路基被冲坏了。”列车员无精打采地回答说，“您看，多厉害的大雷雨！现在列车正开往西涅节尔基去。在那里要停到修好路再走。”

“真不像样子！”那个个子小小的女人说，一面惊恐地闭上眼睛，砰的一声关上车厢房间的门。

僵凝不动的森林在模模糊糊的闪光中抖了一下，似乎活起来：树枝宛如撕裂的黑色袖筒，被风刮得颤抖着，伸向同一个方向——伸向在乌云四合、天幕低垂中剩余的一线洞天。树木仿佛是紧紧追随着逐渐消逝的晴空，向它伸手呼救。

倾盆大雨在车顶上以千军万马的声势沸腾起来了。

“流电光烛天，霹雳迸地火。”林务区长不期而然地念道。

导演的眼睛里流露出一丝笑意。

“这是哪里的句子？”娜塔莎问。

“这是琉克里细斯[①]的诗句。”林务区长回答说，他的脸发红了。

由以上情况已看得出，林务区长是既感到幸福，又感到窘迫。他感到幸福，是因为现在他要到克里米亚去度假期，自从童年时离开那里，他已很久没有去过了。他还记得那些长满了荆棘的险峻的海角，还有那从非常遥远的地方流送到岸角来的永不停息的波涛声。

同路的旅客们却使他感到窘迫。他们对他的那种矜持的礼貌，他们的睡衣，他们关于疗养地生活的那些闲谈，都使他惶惑不安。他们互相之间常常谈论这些，可是从来不跟他谈。当他们随随便便地谈论什么旅馆啦，旅馆里的看门人啦，还有什么大餐厅啦……他感觉到：跟他，跟这个上路才穿一身新的灰色西装的林务区长，他们确乎是没有什么好谈的。他

---

① 琉克里细斯，古罗马诗人和哲学家。——译者

们，这些旅伴们，眼光都非常敏锐，似乎他们已经看出这是他唯一的一身西装，而且不过是科斯一特罗马城一个中等的裁缝做的。他很爱护这身西装，也就非常羡慕那个导演——他一歪就倒在沙发上，把一双苍白的手塞到极漂亮的西装裤的口袋里。他抽的是“艾里特”牌的香烟，既不担心解开纽扣的西装上衣会被压皱，也不担心烟灰会撒落到随意挽了个结子的光彩夺目的漂亮领带上。

唯一不使林务区长受窘的旅伴是娜塔莎——一个有些怯生生的、瘦瘦的姑娘。她的头发老是被吹进车窗来的风刮得乱蓬蓬的，而且一天有好几次让细小的沙粒落进她的眼睛里。

有一次林务区长帮她拂出眼里的沙粒，可是当娜塔莎给他用一块透明的、洒上了少许香水的小手帕的时候，他也感到有些窘了。

“森林里的土包子！”林务区长暗自责骂自己，“活该是乡下人！”

“多么可爱的地名——西涅节尔基……”导演咕哝说，“西涅节尔基，西涅节尔基！蔚蓝色的湖[①]。要好好地记住它。”

“这里，在这些森林里，有很多湖。”林务区长说。

“您熟悉这些地方吗？”

“是的，有点儿熟悉……大约十四五年前，我曾经在这里工作过，在这里培育森林。”

“啊——这很有趣！”导演拖长了声调说。可是看他脸上的表情，林务区长了解，这事无论对谁也没有趣味。“我们真不走运。偏偏今天在

---

①西涅节尔基（Cnueaepku）这个地名的发音在俄文中近似“蔚蓝色的湖”（Cnnneoaepa）。——译者

这里赶上这场大雷雨，要是明天下就好了！”

“是的，这真是件遗憾的事。”林务区长表示同意地说。

不过他心里却在想，他老早就准备要到西涅节尔基，到这些老地方来看一看，可是却无论如何也打不定主意。现在列车要在西涅节尔基停留一两个小时，一直等到路基修好。可是，在这熟悉的车站上却空无一人：除了月台上有几只鸡踱来踱去，忙着它们自己的事情以外，他什么也没有看到。

“是的，真可惜！”林务区长叹了口气。

娜塔莎也感到情绪激动。她还没有到过克里米亚。在她的想象中，克里米亚似乎是天连海、海连天的一片蔚蓝色，似乎整个地方都笼罩在雾幕之中，似乎那里到处都飘散着丁香的芬芳。她恨不能马上就看到大海。据说：海洋是突然在人眼前展开来的，就像是一堆高高的乌云。

西涅节尔基车站上寂静无人，一盏煤油灯在值班室的窗子里面闪闪放光。很难了解，是已经到了晚上呢，还是由于下雨天色昏暗起来了。

雨停了。从森林中飘来了潮湿的锯末味。

华西里老爹给车站上送来了劈柴，堆放好了，又把大车里淋湿的干草抖出来。他回头朝列车看着：“这些人成天价东来西去、东来西去的，都往哪里去呀？”

那匹小马连头带耳朵都钻到装燕麦的料袋里，一面匆匆忙忙地咀嚼，一面竖起耳朵来听老爹嘟囔，等待着那一声习惯的吆喝：“啾——你个鬼东西，公粮可吃肥了！”这声过后，它就只好沉重地叹一口气，沮丧地拖着大车，沿着沙路回到湖上去。

可是华西里老爹突然丢掉缰绳，匆匆忙忙地朝列车走去。他走近一节灯光明亮的软席车厢窗前，用鞭杆敲了敲玻璃窗。

“彼得·玛特维夫！”他那微弱的喊声脱口而出，“彼得·玛特维夫！”

隔着车窗，林务区长正站在走廊里和娜塔莎谈话。林务区长朝老人仔细望了望，这才打开了车窗。

“不认得了吗？”老爹问，一面轻轻地笑了起来。“我可从老远就认出你来了，从大车上就认出来了。你说说，是哪阵风把你吹来的呀？”

“华西里！”林务区长大声招呼，他很快地走出车门前的平台，跳到沙地上，抱着老人。“过得好吗？”

“还活着，”老爹回答说，一面用衣袖擦净自己的脸。“还活着，可是老了。死神已在近处打转儿了，只是它还没想起要到看林人的小房子里来找我……你把我们忘了，彼得·玛特维夫，说实话，你忘了！可是没有你，我们的生活，照直说吧，简直不像样子。”

“这是怎么的？你们这里有什么不顺利的事情吗？”

“就像你还不知道似的？”老爹不相信地反问说，“就像你生下来从不看报似的，彼得·玛特维夫？”

“什么事啊？你说吧，用不着东张西望的。”

“我没有什么要东张西望的。我们区里的报纸上已经登了多少次了，”老爹叹口气说，“登出来了，登出来了，可是事实上却是：白费力气。看来，单靠动笔杆根本不顶事，单靠动笔杆并保护不了森林。”

“你这是说的什么呀？”林务区长问。“你别绕圈子了，照直说吧。”

老爹摘下帽子，把它扔到被煤油浸润得发黑的沙地上：“唉，彼得·玛特维夫，彼得·玛特维夫！你的森林算是完了。”

“烧掉了吗？”林务区长吃惊地问。

“怎么会烧掉了！我们这里，上帝保佑，还没闹过火灾。可是从今年春天，森林里出了毛虫，毛虫吃森林，就像是商量好了来吃似的。现在，大概已经吃完了一半，这些该死的毛虫。新来的养林员什么也办不了。可是你知道，人家既不给他独立自主的权力，又不给他杀虫的药剂，他只是往这里写信去，往那里写信去，不管有谁来，他总是那一句话：‘没有答复。’喏，我们就是这么干坐着，连裤子都磨破了。‘没有答复，没有答复。’可是森林……”老爹高声说，不由得抽抽搭搭起来。“我和你，彼得·玛特维夫，造出了什么样的森林哪！松树紧对着松树，就像是一排排的美女，一对对的姊妹花。真的，信不信由你，我一走进森林，就把帽子摘下来，呆呆地站在那里出神：森林长得有多么美呀！”

老爹把帽子拾起来，看了看，又把它扣到蓬乱的灰白色的头发上。

“该怎么办呢，华西里！”林务区长说，说着回头望了望。

娜塔莎站在车厢出口处的阶梯上，皱着眉毛听老爹诉苦。

“要是父亲把自己的孩子们丢掉了不管，”老爹悲伤地说，“那么良心会责备他，而且要在人民法庭上审判他。可是树木怎么样呢？树木是不会开口的。树木能向谁去诉苦呢？只能是我这个老傻瓜一个人，这个巡林看守的老头子。”

“那么，怎么办呢，华西里？”林务区长茫然无措地问。

“受粉作用。”老爹没有听林务区长的话，仍自顾嘟嘟囔囔地说。“今年春天花粉成熟后，刮起风来了——花粉被风吹到湖上，飘散得满湖都张开一片黄金色的粉雾。我这一辈子从来也没有见过这样的花粉。”

老爹沉默了一下。

“彼得·玛特维夫，”他用一种恳求的语调说，同时拉住林务区长的袖子。“给我老头一点儿面子：咱们到湖上去一趟，去看一看。你只要告诉我，用什么方法可以挽救它——我指的是森林——那么你还去走你的路，以后我再自己想办法来对付。”

“怪人！”林务区长说，“要知道过两三个钟头火车就要开了。你真是怎么想出来的？”

“它不会开走！”老爹很有信心地说，“它走不了。铁路冲坏了有两公里。到明天吃午饭的时候才能走，不会再早了。”

林务区长又回过头去望了望娜塔莎。她一直还是那个样子：皱着眉毛，直瞅着老爹。

“咱们到值班员那里问问去。”老爹坚决地说，“他要是有一点点良心的话，那么他一定会向你证实我的话。喏，走吧！”

“我可拿你怎么办呢？”林务区长生气了，“你这些话把我都弄糊涂了。”

“您去一下吧，彼得·玛特维耶维奇。”娜塔莎突然说道，“能来得及的。”

“您想我会来得及吗？”林务区长问。他笑了，又重复了一遍，“您想我会来得及吗？”

“或者我也和您一道去，可以吧？”娜塔莎叫。

“唉，美丽的小姐，亲爱的同志！”老爹说，一面向娜塔莎深深地鞠了一躬。“就凭你这句好话，怎么能不带你一道去呢！咱们走吧。当我们在森林里这儿那儿兜圈子的时候，你就留在湖边玩好了。我们这里的湖，装的是银水。全苏联都没有这样的湖。”

“好吧，我们去问问值班员看！”林务区长说。“你呀，老头儿，你把我完全弄糊涂了！”

值班员说，不到明天中午，道路是不会修复的。

林务区长、老爹和娜塔莎一齐动身到湖上去了。他们这一走，在旅客中间引起了很不赞同的疑虑。

小马不慌不忙地拖着大车。车轮在生长着野草的发暗的路上发出轧轧的声响。森林中一片寂静，娜塔莎感到这种寂静好像夜间的流水一样深沉。只是在潮湿的树苗区里，不知有些什么鸟儿，偶然发出半睡半醒的啼声。

将近半夜的时候，乌云消散了，在松林顶端，微弱的寒光开始在天空闪烁。但是娜塔莎认不出这些星星：所有的星座都在树枝间混乱起来，失去了她所熟悉的旧有的外形。

森林恰似变幻莫测的无边大海，在昏暗的夜色中向四周伸展开去，空气中飘散着霉味和湿树叶的味道，从未被人惊扰过的密林发出刺鼻的气息，天上的星星不停地闪烁。娜塔莎讲话的时候不觉成了窃窃低语，连老爹和林务区长也都是压低喉咙说话。

“我们这一方是禁林区。”老爹叹息着喃喃地说，“这些森林一直顶到地边上。世界上再也没有比它们更好的了。”

“睡吧，睡吧！”头上不知哪里有一只刚刚醒来的鸟儿叫道，“睡吧，睡吧！”

“我这就要睡了。”娜塔莎想。想到这次意外的快乐，她不由笑了起来。由于喜悦，她甚至觉得身上有点儿凉爽，她真想叫今夜就这样无尽无休地延长下去，叫这辆大车就这样不慌不忙地轻轻碰着树根，无尽无休地走着，叫这座森林变得越来越静，越来越密才好。

“唔，似乎是到了。”老爹说。

天色明朗了一些。娜塔莎朝四周环顾了一下，她闹糊涂了：布满繁星的天空就倒卧在大路旁边，并且在静静地向着看不见的岸边摇动。

“湖，”林务区长说，“里面有多少星星——就像在秋天似的！”

一只狗哑声地吠起来。大车停在一片黑乎乎的柳树底下，一座看林人的小房子旁边。不知哪里的楼架上，有些鸡惊地骚动起来。老爹走进小房子里，点着了一盏洋铁做的煤油灯，给娜塔莎和林务区长照路。

娜塔莎喝了一杯牛奶，立刻就倒在一张年久磨亮了的宽凳上睡着了。老爹给她头底下垫了一件新的厚呢外衣。

她醒来的时候时间还很早。白色的太阳已经升到森林的上空。小房子里一个人也没有，只有一条黑狗趴在桌下。它好奇地瞅着娜塔莎，一面捉它身上的跳蚤。

“可别晚了！”娜塔莎猛然想到，就跳起身来，整理了一下头发。

娜塔莎走到凉爽的外室里。

狗跟在她后面，讨好地用尾巴敲打着水桶和堆放在地上的马颈轭。

一个人也不在。娜塔莎推开通向台阶去的房门，她不由得长舒了一口气。在轻微得几乎觉察不到的薄雾里，紧贴着门外一个圆形的湖。明晃晃的湖水就在近旁闪烁，森林的倒影映入湖中。白色沙岸边的湖水是这么清净，似乎轻飘飘的，连一点儿分量都没有。一些银色的小鱼轻轻地摆动着尾巴，正在湖水中打瞌睡。

一只干裂了的小船由于年深日久变成了灰色，被拖到湖岸上。娜塔莎在湖里洗了个澡，然后穿好衣服，走到小船跟前。小船里还有一条长凳。

娜塔莎坐在凳上。这凳子已被太阳晒热了。

小船的裂缝里钻出了一些高大的花草。就在娜塔莎的脚底下，一丛齐整的粉红色柳兰正在盛开。船头系在一根生锈的铁轴上，船头上就生有一棵山鼠麴草，从船底下的细沙里爬出了几棵剪秋罗来。这里，飘散着菖蒲和松木刨片的强烈的、甜腻腻的香气。黑狗躺到小船旁边，打了个呵欠。

"可是火车怎么样了呢？"娜塔莎想了一下，她自己也觉得奇怪：因为想只管想了，她却没有认真着急。

她就在那里坐了约莫有一个钟头。她听到，在湖那边，在林间空地有野鹤的声音，轻轻地、不知在交谈着一些什么，随后一只野鸭又绝望地叫了一声，一切重归寂静。

老爹先回来了。他亲切地向娜塔莎问了好，就坐在小船旁边的沙地上，说道："你不要担心火车的事。让我先抽口烟，随后套上玛尔契克[①]送你到车站去，祝你万事如意。你去吧，去住在温暖的海岸上，去住在黄金的马克夫奇[②]吧，祝你幸福。"

"彼得·玛特维耶维奇呢？"

老爹微微一笑。"他马上就来。现在他什么也不在乎了。"

"这是什么意思？"娜塔莎吃了一惊。

"他会讲给你听的。"老爹回答说。一面在小船的船舷上磕掉已经裂开的烟斗中的烟灰。"你听着。这只小船有多少年代了呢？年代不比我少。

---

① 马名，意思是"小孩子"。——译者

② 黄金的马克夫奇（ЗолотыеМаковкн），泛指大城市。从前俄罗斯人认为所有大城市中都有金顶的大教堂，所以称大城市为黄金的马克夫奇。马克夫奇就是"圆屋顶"的意思。——译者

我和它同年。你看，上面长满了各式各样的花草。这个在我们这里叫作装睡花。”老爹指着剪秋罗说，“你看看它，看看这朵花：白天它打瞌睡，可是一到晚上就开放了，发出蜜一样的香气，就这样一直开到早晨。说实在的，小船是又破又旧，用过了年限了。前些日子，护林员来过一趟，他笑了，他说：‘你，华西里，你用它来煮土豆不好吗，为什么让木材白白地扔在这儿呢？’可是我想：不，还不到用它来煮土豆的时候，那还得等一等呢。”

“舍不得吗？”娜塔莎问。

“当然，舍不得。你自己想想看：它虽然是完全糟朽了，可是对生活还会有用呢。”

“怎样呢？”娜塔莎问，“我不了解。”

“这有什么好了解的！”老爹生气了，“这只小船是个废物，可是在它的每一条裂缝里都长出了鲜花。这样，我朝它看看，有时候就会想：‘也许我这个老头子对生活也还会有点儿什么用处吧。’喏，我就正在努力这样做。你不要害怕长白头发。主要的是，让你的心没有毛病。我说得对吧？”

“对。”娜塔莎回答，她笑了。

“唔，对了！你相信我的话吧！”

林务区长走来了。老爹哼了一声，站起来去套玛尔契克。林务区长的神情严肃、僵窘。他问娜塔莎睡得怎样，早晨喝过牛奶没有，就沉默了下来。

“我们要晚了吧？”娜塔莎问。

“不，我想不会。”林务区长回答说。他的脸红了，他不看娜塔莎，又补充说，“问题是——我不走了。”

娜塔莎惊愕得一声不响。

“是的，我不走了！”林务区长气愤地说。“原来，这里事情是这样的……总而言之没有我，他们可能什么也搞不成。森林要完了。自己种的，您知道，怪可惜的……”

“这我了解。”娜塔莎说。

“我得承认，一般说来，我在这里要比在克里米亚更好一些。只是有一样可惜：疗养证白白地浪费了。唉，可是这又有什么办法呢，我恳求您，请您把我的手提箱交给老爹，让他给我带了来吧。”

“好吧。”娜塔莎说，她叹了口气，“我甚至有点儿羡慕您。”

“啾，你个鬼东西！”老爹在看林人的小屋旁边声音嘶哑地喊道，“公粮可吃肥了！”

“好吧，再见！”娜塔莎说，她怯生生地握了握林务区长的手。

列车沿着一道平滑的曲线向前疾驰，娜塔莎认出了：喏，昨天列车就是在这里遇到大雷雨的。车厢铿铿锵锵地飞驶过一道明净的小河。娜塔莎居然来得及看明了小桥边的木板上蒙着一层灰尘的题字：“莫什卡河。”

一道宽阔的彩虹跨过森林的上空——那里，在湖泊那边的什么地方，正下着小雨。

在娜塔莎看来，这道彩虹就指出通往那些神秘的禁林区去的入口处，在那里，彼得·玛特维耶维奇和老爹在经营他们的事业，在那里每到黎明时分，野鹤就发出嘹亮的长唳。

远远地，在灌木丛中，有明亮的水光闪耀。难道这就是湖吗？娜塔莎从车窗探出身去，长久地凝视着绿叶丛中闪动的波影，凝视着天边的彩虹，她的心紧紧地压缩起来了：要是能够留在这里一直住到秋天，那该是多么好哇！

机车告别似的响起了汽笛，森林开始把它这短促的声浪转送出去，送往难以通过的密林，又突然送回响亮的、不同音色的回声。

阿奴什卡

康·帕乌斯托夫斯基

旱风一连刮了一个多星期。割草的人们都在抱怨：公园里的草都干枯了，缩得紧紧地像铁丝一般，简直无法刈割——时常要去磨镰刀。

磨镰刀的响声、闷热的旱风、大草原道路上尘沙形成的灰柱——这夏天得多么难受哇！土地都干裂了，池塘里的水也干涸了，露出了被小牛犊们踩得坑坑洼洼的塘底。简直无法使人相信，这个世界还会下雨、凉爽。

割草的人们接受了一个任务：要割净休养所公园里的野草。他们竭力清除每一墩草丛，但是却绕过了一棵菩提树下面的小丘。他们之所以绕过了它，是因为这个长满了黄色草穗的小丘，是安娜姑娘的坟墓。

从休养所的巡夜人谢苗老大爷混乱啰唆的叙述里，可以了解这个坟墓的故事。一百年前，有一个沃龙涅什州的小有产者伊凡·萨夫维奇·尼基丁住在这个地方。他在扎东斯基大路上开了一家旅店，闲暇的时候，他曾在一本厚厚的账簿上写了一些自己创作的诗歌。据谢苗说，伊凡·萨夫维奇亲手锯掉了安娜在上面吊死时的那根树枝，并且在锯痕上涂上白色的颜料。已经有多少年过去了，可是那里的白色却还没有消褪！就是现在也还可以看到，菩提树上长出那根树枝的地方，有一个白色的斑点。

安娜是地主什里赫青克家里的一个女伶。这个地主拥有一群出色的马，毛色黑油油的，光闪闪的，“像燕子一样”。伊凡·萨夫维奇供给他喂马的燕麦。

有一次伊凡·萨夫维奇到什里赫青克那里去讨拖欠的燕麦钱，正赶上他家里演戏，因此他看到了安娜。谁也不知道他和她说了些什么，只知道他去见什里赫青克，请求他允许安娜到莫斯科去，到首都的剧院里演出，因为她有伟大的天才。

他用种种方式来向他请求：一会儿谈天理，一会儿讲人情，他答应为此把他所欠的燕麦账全部一笔勾销——这是一笔多年的老账，数目相当可观——还许下什里赫青克将来定能博得社会上的好感。可是什里赫青克是一个干巴巴的、卑鄙的德国人，虽然他也喜欢开开玩笑，有时还在自己的庄园里蹦蹦跳跳地乱跑。

他让伊凡·萨夫维奇坐在他的办公室里，坐在一张柔软的安乐椅里，自己坐在对面，用手紧紧地按住双膝，亲切地望着伊凡·萨夫维奇的眼睛说：“你这些建议都是枉然的，就像我已经破产到了非贪图你的燕麦钱而卖掉安娜不可的地步。你把这些卢布收下，走你的吧。现在我不需要你的燕麦了。”

他拉开镶有珠母的桌子的抽屉，取出一沓纸币交给伊凡·萨夫维奇。他说：“我把所有的马和整个庄园都卖给奥尔洛夫勋爵了，安娜，毫无疑问，也一定要卖给他——他在这上面是很贪心的。我自己就要到里加去，以后就住在那里。这么说来，你来求我是迟了一步。即使不迟的话，也还是白来，因为要不是有急需，无论如何我也不肯卖掉安娜，也不会放她到任何地方去。我的——就是我的，你的——就是你的。我的钱口袋和我的事，你不要来插嘴吧！”

伊凡·萨夫维奇站起来说：“哼，看起来，您既没有荣誉感，又没有良心，您只不过是一头黄毛的德国狗！”他说完就走了，竭力克制住自己，才没有当场把什里赫青克干掉。就在当天夜晚，安娜在一棵年幼的菩提树上吊死了。

休养所公园四周围绕着围墙。割草的人们时常坐在围墙上休息——围墙上，总有从草原上吹来的风，为他们吹干汗湿的前额和衬衣。

起初割草的人们一声不响，眯缝着眼睛，看着田中灰白色的燕麦一大片被风吹得歪歪倒倒，等一会儿、歇过一口气，就抽起烟来。这时和他们一道工作的谢苗说话了：“我的女儿也叫安娜。只是如今世道不同了！”

“什么？”他们里边有个人追问。

谢苗所讲的女伶安娜和谢苗的女儿安娜（一个安静的姑娘）这两个故事，他们都不知听过多少遍了，可是他们从来也不阻止他说下去——不知是因为懒得这样做呢，还是因为乡村里的人们喜欢听这种原原本本、有根有据的生活故事。

“我是说，如今世道不同了！”谢苗重复说，“如今世道清明了。你只要去看！”

谢苗开始讲他的故事，割草的人们一面听他讲，一面用手搔着胸膛，随声附和。这有什么好说的呢，谢苗没有儿子，可是命运也没有难为他——给了他一个可爱的女儿。这是实实在在的，关于这个谁也不能反对！

当谢苗沉默下来的时候，割草的人里一定会有人问：“这么说，你是说她快要回来看你了？”

“当然啦！”谢苗急忙回答说，并且抱歉地微笑了。“她写信来说：过了彼得节[1]回来。只是我要能等得到哇！”

“会等到的。”割草的人们懒洋洋地安慰他说。

“是要等到哇！”谢苗犹豫地说，“只是如今我的气短了。”

他弯下身去，动手绑扎树皮鞋。他呼吸吃力，一喘就发出呼呼的啸声。割草的人们沉默着彼此丢了个眼色，随后有一个欢跃地说道：“烟抽过了，就像作战时冲锋以前一样，现在走吧，挥起镰刀来吧。大概，等不到彼得节，咱们就会把这些野草全部收拾完了的。”

战争期间休养所关闭了。房间里和公园里立刻都显得异常空旷、寂静。小路上长满野草，成群带黑色斑点的红甲虫肆无忌惮地停在路上晒太阳。人们管这种甲虫叫作“小兵”。书架上的书、窗帷和古老的家具上都盖满了灰尘。休养者遗忘在花瓶里的花束都干枯了，房间里充满了插花的陈水散发出的微微的霉味。

谢苗绝不肯安于这种寂静无人的现状。他仍像战前一样，每天夜里背着一支旧猎枪在公园里踱来踱去，暗自琢磨着，为什么没有孩子们到花园里来摇撼早熟的樱桃？他仰起头来，长久地倾听着在高空中飞过却看不见的夜航机，暗自猜测着，这是谁的飞机？是他们的呢，还是我们的？

谢苗和他的女儿阿奴什卡[2]住在离休养所三公里的普利瓦洛夫村，傍晚他才来公园巡守。整个白天，休养所和公园空洞洞的，都被人们忘

① 在 7 月 12 日。——译者
② 安娜的爱称。——译者

怀了。

后来隆隆的炮声传到公园里来了，休养所里出现了新的主人——军人们。发烫的、蒙着灰尘的坦克爬进了公园，隐藏在菩提树和枫树的绿荫底下，战士们开始在这里挖掘掩蔽部了。他们把掩蔽部挖在最僻静、风景最最入画的角落里和浓密的灌木丛中。头上风雨不透的绿荫和遮住掩蔽部入口的野覆盆子树——一切都使战士们感到特别可亲可爱，使他们安下心来。

战争爆发前，阿奴什卡刚从七年制学校里毕业，到乌斯曼河对岸的森林里，一个海狸培养所工作。当德国人逼近这里时，所有铁笼子里的海狸全放回河里去了。可是有一只老海狸无论如何不想走。它独自留在铁笼里，等到培养所的工作人员撤退以后，阿奴什卡就受委托负责喂养它。她经常从普利瓦洛夫村到培养所来，给那只老海狸截白杨树枝、拔荨麻。每次海狸看到阿奴什卡，总是用后脚站起来，摇撼铁丝栅栏——表示欢迎。

集体农庄里的工作很多——从朝霞升起一直忙到日落，但是阿奴什卡却从来没有一天不去喂海狸。每天傍晚，她穿过寂静下来的潮湿的树林，穿过乌斯曼河上的小桥，到海狸培养所去。她觉得，她是在人迹灭绝的土地上行走——森林中竟是这么荒凉。仅仅在远方，在沃龙涅什近郊的某处，老是在那同一个地方，有大炮在隆隆地响。由于意识到大战临头，意识到激烈的战斗和残暴的敌人已迫近她的田园、她的家门口，阿奴什卡越来越感到本乡本土的可亲可爱了。

在路上，阿奴什卡像招呼老相识似的，向她所看到的一切东西点头致意：一会儿向一个云雀巢点点头——这只云雀竟粗心大意地把巢筑在路旁的沟渠上，一会儿又向小丘上一墩椿树近旁的野锦葵花点头，一会儿她又向一丛树皮被晒得滚热的幼年的白桦点头，一会儿又向一根揉皱了的束头发的旧缎带点头——它是被一个小女学生丢掉在地上的，不过阿奴什卡没有把它拾起来。

快到冬天的时候，普利瓦洛夫村的学校里开办了一所军医院。

阿奴什卡参加了军医院的工作，那个老海狸老使她放不下心来，不过谢苗已经为它储存了截好的白扬树枝，海狸咕哝一阵儿，躺下来准备冬眠——已经不需要每天去看它了。

有一回，莫斯科的演员们来到军医院，在学校里举行了一个音乐会。后来，应伤员们的要求，阿奴什卡也唱了几支歌子。一个头发花白、高高的个子、穿着短皮袄的女演员热情地一再吻了阿奴什卡，还说，她的嗓音之美简直少见。阿奴什卡窘得连眼皮都抬不起来了。战士们热烈地鼓掌，高声喊叫："再来一个。"

这个个子高高的女演员和阿奴什卡一同到她家里去见谢苗，她劝谢苗允许阿奴什卡随她到莫斯科进戏剧学校。谢苗感到心慌意乱，什么也没有听清，只是一再重复说："您是城里人，您比我看得更清楚。我可不会把阿奴什卡藏起来，不让她去过好日子。"

等女演员走后，谢苗在长凳子上坐了好久，撕扯那顶破三耳棉帽里的棉花。阿奴什卡靠墙站着，她的面色苍白，心在扑扑地跳，眼泪一直淌个不停。她怎么也抑制不住这些滔滔不绝的泪水。她望着谢苗的灰白的头发，望着他那缠着一条绿围巾的消瘦的脖子。由于对父亲的怜悯，由于不能决定自己究竟该怎么办，她不由得伤心地痛哭起来。

"你母亲玛尔法早就去世了。"谢苗终于说，"她是一个身体很弱的女人。可是你呢？你并不比她结实。你是一棵娇嫩的草穗，还不是一个成年人。你会操劳过度的。莫斯科的生活紧张得很。”

“爸爸，您愿意怎样就怎样吧。”阿奴什卡低声回答说。

“我的心愿很简单。”谢苗回答说，“怎么着对你好，我也就觉得好。去吧，这里就快剩我一个人凑凑合合过完这一辈子。就像你的那只海狸一样。”

他站起来，走出房门。阿奴什卡扑过去，跟随着他。夜是黑漆漆的，冷冰冰的。从草原上卷过一阵寒风。谢苗站在敞开的门口，说：“别跟我来。”

阿奴什卡回到屋里，坐在长凳子上，等着他。谢苗过了好久才回来——回来的时候他浑身是雪，一声不响，变得更加衰老了。他笨手笨脚地抚摸着阿奴什卡的头发，又说道：“你去吧！只是别造孽——别忘了我……”

阿奴什卡抱住谢苗的头，用嘴唇紧贴在他那粗糙的、被雪打湿了的头发上。

过了一天，阿奴什卡和演员们一道走了。不久，差不多就在同时，我们的红军对德国人发动了一次可怕的攻击，把他们都赶回西方去了。

雪消了，冬麦从雪地里钻出来，稠密得像刷子似的。这一年的五月，天气凉爽而晴朗。五月里有一天，寒冷的天空微呈浅绿色，这时传来了振奋人心的消息：我们胜利了，战争结束了。

时间不知不觉地逝去，可是阿奴什卡仍然没有回来。休养所重又开放了。谢苗仍然在休养所公园里巡逻，他还像从前一样，喜欢跟休养的人们讲那个安娜姑娘的死和那个诗人伊凡·萨夫维奇的故事。可是关于他自己的阿奴什卡，他却什么也不说——他怕他们会说他是个爱吹牛的老头子。

谁认识这些休养的人呢？到这里来的人各式各样的都有。可是对自己人，对集体农庄的庄员们，谢苗也是什么都不说——他们用不着他说就都知道，阿奴什卡在莫斯科，在那里一个很好的剧院附属学校学习。

有一次休养所的所长把谢苗叫了去，命令他以后不要向休养的人们讲那个女伶安娜之死的故事。

“这是为什么！”谢苗感到受了委屈，“我可并不是说谎呀。这是大家都知道的老早以前的事情了。”

“你用不着播弄口舌。”所长说，“现在人们神经都很紧张，白天你跟他们胡说，到晚上他们都怕走过这棵菩提树，或者把它锯掉吧？”

“锯了可造孽。”谢苗说，“还是我不说好些。”

转眼六月将尽，夏天已经过去一半了，可是阿奴什卡还没有回来。每到夜晚，远方的闪电在丘岗起伏的草原上闪烁，照亮了庄稼。

谢苗在所长那里请准了假，到一个远处村子里的电信局去——他决定了给阿奴什卡发一封电报。黄昏前，炎热消沉下来的时候，他动身了——白天根本就不能走路。在这时走路也很艰难，谢苗慢慢地走着，时而停下来坐在路边休息。他感到呼吸困难，就常用手指揉搓一根满是灰尘的苦艾，闻闻它的气味——他觉得这样会轻松一些。他长久地眺望着草原在黄昏前渐渐变青，天空中宛如雪山和海岛的白云被落日的残晖染红了，这些云彩静静地停留在被丰盛的庄稼压得疲倦、逐渐冷却的大地上空，等待着凉爽的夜晚。

有许多天鹅在空中飞翔。矗立在小冈上的灰色风磨被夕阳镀上了一层暗淡的黄金色。

“唉，阿奴什卡，”谢苗自言自语地说，一面很吃力地站了起来。“你要来这里看一看哪！你是在这里长大的，光着脚跑遍了整个草原，可是现在你在哪儿呢？”

风磨离大路不远。磨坊门槛上坐着一个穿军装上衣的人，扶着一副拐杖。“这是新来的管风磨的。”谢苗暗自想着，就向风磨那里走去。他想和这个新来的人一道抽口烟，谈谈他心里挂念的事。可是这有什么好挂念的呢，他的女儿在莫斯科，在那里学习，经常安慰她的父亲，只是不知为什么却总不回来，而且有好久也不来信了——这还不够叫人挂念的吗！莫斯科地方大，莫斯科的工作可不是他们这种农村里的工作。那里，人们想必是整天整夜连觉也不睡，总是在忙，总是没有一点儿空闲时间。不然的话可怎么对付得了这么大的国家呢——要知道多少田地、森林和草原，成千公里、成万公里地一直伸展开来呀！

坐在风磨旁边的那个人在抽莫合烟。一缕青烟一直升向上方，升到风磨的风车翼下面。“这一切都是好兆头！”谢苗想，他向那个人问过好，坐下，也抽起烟来。他端详了一下这个新来管风磨的人：看样子是一个好人，挺年轻，大概从前线回来不久。

“喏，我是去给我女儿打电报的。”谢苗说。

“为什么？”管风磨的人问。

“不能不打个电报。你听着，是这么一回事。”

谢苗不慌不忙地叙说起来。管风磨的人抽着烟，微笑了。谢苗仍然在说他的。他已经不是在叙说发生了什么和阿奴什卡有关的事情，而是在回忆她——从前是一个梳着一条油亮亮的大辫子的小姑娘，安安静静的，就像一只小蝴蝶。走起路来也很轻盈，有时你就听不见她的脚步声。人们都说——好个美人儿！可是问题还不在这儿。问题在于，她这么温柔，这么喜欢劳动，又这么尊敬她的父亲。他们活在世上的亲人就只有父女两个，这该是多么美好的生活，此外再也不需要什么了。可是，现在她怎么样了呢，那可就不知道了。

“应当往开里想，老人家。”管风磨的人说，“不要觉得委屈难过。”

“你说什么！”谢苗吃了一惊。“难道我觉得委屈难过了吗？高兴倒是高兴，不过担心总得担心。要是我有几个孩子也就好了，可偏偏只有她一个。她要是个不体面的孩子或者是个什么轻浮的姑娘——倒也罢了，那我也就没有什么舍不得的了。可是，你知道，她的心就像一团烈火，那么纯洁。唔，再见吧。兄弟，早上我还要赶回去，回家去。”

谢苗跟他告辞了，继续朝前走去。天色渐渐昏暗起来。一弯新月像一只柔美而纤细的角，悬挂在遥远的密林上空。密林后边升起了一团浓雾。随后黑暗从南方伸张过来，严厉的雷声在远处隆隆轰鸣，一道不祥的闪光歪歪曲曲地划破了天空。

谢苗加紧了脚步。由于迈步快走，他越来越得多停几次，很吃力地咳嗽。由于咳嗽，暑热冲进了他的头脑，冲进了他的眼睛，眼睛里涌现出眼泪。

天空越来越暗了，好像从地底下升起了一堵生铁铸的墙壁。雷声已经像主人一股，在前边、左边、右边到处张罗，不住地隆隆轰响。月光下，白色灰尘被照得十分清楚，在草原上迎着谢苗滚滚奔来。“走不到了！”谢苗想。

麦田和野草都发出沙沙的响声来。草原仿佛被天上的雷声震得崩陷下去了。远方的谷地中，有一匹带着绊马绳的小马发出哀怨的急嘶。

随后天空中，一次紧接一次，不断地闪射出耀眼的光芒。乌云卷来一阵冷风，黑压压的暴雨，挟着万马奔腾的声威响噪起来。

清早， 辆载重汽车在草原上救起了谢苗——这时他浑身都湿透了，发着高烧。这样，他终究没能发出那封电报。

休养所里的女医生给谢苗听诊以后，摇了摇头。她每天到谢苗家里来两次，但是谢苗知道，这一切都是枉然，他知道现在自己活不成了。邻人们时常来照看谢苗。谢苗躺在他的小屋里，可是屋里闷气，他就挪到过堂门口。邻居的一个老太婆给他在门槛旁铺上干草，他盖着一件短皮袄躺在敞开的门旁，注视着道路，老是在期待着什么，无论如何也不愿意从过堂门口回到小屋里去。

每到晚上，他感到比白天要好一些，因为可以看到远处有偶然路过的汽车灯光。阿奴什卡有可能搭乘其中一辆汽车回来。

汽车的灯光在遥远的森林旁出现了，像一颗白色的星星，慢慢地迎面驶来，忽然在一个小丘后面灭了，随后重又射出耀眼的银光，这时听到了夜间汽车马达安详的嗡嗡声。谢苗动了动，抬起头来。灯光照花了他的眼睛，穿过过堂，在墙上晃了几晃，又退了出去——这些车全是路过这里，继续向前，往草原上开去了。

谢苗闭上眼睛，侧耳倾听。夜间草原上有各式各样的声音。你简直就弄不清它们都是些什么声音。

勉强可以听到远处有火车头叫。“也许，是客车来了，晚点了。”谢苗想。于是他暗自思量着：喏，这不是她走出了车厢，搭上了一辆载重汽车；喏，汽车驶进了森林，驶过警备线旁，然后穿过小桥，沿着海狸培养所走着——那只海狸大概也是这么躺着，在等候她吧——谢苗想。这时汽车已经驶到篱笆旁边来了。谢苗微微抬起身子，仔细倾听。但是草原仍然一片寂静，寂静得似乎连映进盛水小桶里的闪闪的星光也推动了水波，发出轻微的声响。小桶就放在他身旁，有一把小木勺在水里漂荡。

谢苗觉得，那个德国人什里赫青克正坐在他的背后，冲他笑了笑说："现在我不需要你的燕麦了，谢苗·叶夫塞伊奇。""你的时代。早已过去了。"谢苗低沉沉地回答说，"你这只老狗，你的爪牙早已剥掉了。现在我们是照着自己的心意过活。"什里赫青克不作声了，不知怎么一下就消失得无影无踪。一个来休养的姑娘——女学生廖利娅出现在过堂门口，她皱着眉递给谢苗一杯苦水，还一直责备他不肯搬回屋里去。谢苗吃了一惊，才知道现在已是白天了。草原的小丘后面，有个东西发出很大的响声。"难道是康拜因吗？"他想，"难道麦子已经熟了，她还没有来吗？"

"我骗了阿奴什卡。"他对廖利娅说，"我答应她要活着等她回来，可是却连这么一点儿时间也等不了。我只剩下一口气了。"

谢苗总想请廖利娅替他给阿奴什卡发一封电报。夜里，他在脑子里想好了这封电报的内容："我死后你要活得纯洁、正直，回来一趟，看看我的坟墓——我在地下等着你。"只是人家是不会接受这种电报的。电信局里，人们都忙得很，要发的电报很多，他们没有工夫来理会一个愚蠢的老爹。他活了这么大岁数，可是无论什么事情还都解说不清。

白天，有各式各样的人来看谢苗：这里面有女医生，有修养的人，有所长，还有邻居们，但是谢苗总阖上眼睛，假装睡着了——这样他可以感到轻松些，现在他的身体简直衰弱到极点了。

炎热日渐消减，眼看要进入秋季。有一天夜里，雨声在树叶和房顶上滴滴答答地响了起来。黑暗很阴沉，倒还温暖。四下飘散着被雨水冲洗过的尘土和荨麻的气息。雨点滴在一个破生铁罐上，打得它叮当乱响。破生铁罐撂在院子里，谢苗用它喂鸡。这时，谢苗听了听，就笑了笑：这个生铁罐是玛尔法从城里买来的，喜欢过一阵，可是现在谁也不需要它了。

落雨时呼吸起来要轻快些。谢苗打起盹来。他就这么躺着，也不知过了多久，一道直射到他脸上来的白光惊醒了他。一辆汽车在房子旁边停下，马达正嗒嗒地响。谢苗用颤抖的双手支撑着，微微抬起身来喊道："阿奴什卡，是你？"于是倒下来，一声也不响了。阿奴什卡满眼含泪，捧住他的头，把嘴唇紧贴在他的头上，一面轻轻地抚摸着他骨瘦如柴的双肩和粗糙的面颊。从她手上散发出一股奇妙的香味，想必这是夜间野草的香气。

"喏，我回来了，"她说，"我回来了，你怎么了？你出了什么事？"

"没什么，"谢苗咕哝着说，"我就是这样子。有一点儿衰弱。"

有个人在房子里点着了灯。人们不知在说些什么，他们争论了一会儿，随后把谢苗抬到屋里，放到一张宽阔的长凳子上，阿奴什卡在长凳子上铺了一块干净的被单。

人们都坐上汽车走了。阿奴什卡让谢苗喝了些浓茶，然后就坐在他身边，一直坐到天亮。她抓住他的手一直不放，并且总在微笑，竭力忍着不让眼泪流出来。

谢苗目不转睛地瞅着她：多么好的一个美人儿。她穿的外衫轻飘飘的，是城里的式样，这样的衣服只有在节日才穿。可是她仍然是从前的那个阿奴什卡，还是这么温柔，心还是像火一样热。

九月里，人们把谢苗埋葬在安娜姑娘的坟旁。新坟周围围上了草块和各色的野花，后来秋天又给坟上撒满了落叶，堆得厚厚的，一点儿也看不见那些潮湿的黄土了。应阿奴什卡的请求，把谢苗葬在公园中他最喜爱的那个地方。

每天早上她都要到坟前去，休养的人们一看到她，都立刻静下来，互相招呼着，悄悄地从旁边走过去，免得惊扰了她。她坐在坟旁的一条长凳上，注视着草原，默默地沉思。

在爽朗的、秋天的、寒冷的天空中，许多鸟飞向南方。成熟的种子在干枯的果实里沙沙作响。秋风卷着黄叶斜飞，迎着阳光看去，晶莹透明。每到傍晚，总有一些冷冷的浅蓝色的云彩，纵横散布在草原上空。

临走以前，阿奴什卡到海狸培养所去看了看那只海狸。在路上她还像从前一样，开玩笑地向她的老相识们——向白桦姊妹、乌斯曼河上的小桥，和那丝松树，一一点头致意。

老海狸仍然住在那个铁笼子里。阿奴什卡叫了它一声。海狸沉重地用鼻子吸着气，用后脚站起来，摇撼铁丝栅栏——它认出了阿奴什卡。

不久，阿奴什卡走了。第二年夏天，割草的人们又来公园割草，可是已经没有谢苗了。割草的人时常给在这里休养的人们讲述两个安娜的故事。一个故事是老早以前的古事，大概听起来已经并不怎么有趣了；另一个故事，却留在所有人的记忆里。割草的人们的转述大致是这样的：“谢苗送她走的时候，只让她带去一条背袋。她带到莫斯科去的只有一个好嗓子。她的嗓子又嘹亮，又清脆——世界上哪来的这么好的嗓子。可是她回来的时候简直就认不出了，成了一个美人儿啦。谢苗有这么个女儿可真是福气。他等着她，等了好久，已经都不指望能等得到了：他得了重病，简直是不治之症。可是她还一直也不来，一直也不见回来。唔，当然啦，女人们开始叽叽喳喳地议论开了。有的说，她这么个女儿可有什么用呢。有的说，老头子人骄傲了，由于骄傲他受到了惩罚：原来他是空说大话的。还有人说，她现在顾不到他了，现在她只要穿绫罗绸缎，只要喝可可茶。咕，你们自己都知道，女人们的舌头都是很尖刻的。如果责备她们——她们就不作声了，要是不责备呢——她们会这么说开了头，想说什么就说什么，就连开炮也不能叫她们住嘴了。可是，她回来了。还给谢苗带回满满一屋子礼物。虽说他没能再活多久，她却把他打扮起来，把屋子也刷白了，刷得像个小孩儿的玩具一样漂亮。女人们，当然啦，全不作声了，她们来了个一百八十度的大转弯，转到另一极端——把个阿奴什卡简直看不够、也夸不完了。只要她一出来，就听到村里家家户户的女人们一片赞美、夸奖的声音。真是前后矛盾的人啊！人人都羡慕起谢苗来了。有什么好羡慕的呢？他就像一支蜡烛，眼看就要熄灭了，风一吹——他就完了。可是，不错，他满意地死去了。你们想想看，称心如愿的劲头儿该有多大——谢苗居然都可以稍微走动一下了。尽管很吃力，到底有时候，他扶着阿奴什卡从房里拖着步子拐了出来。在这里休养的人们知道了这一切，就要求阿奴什卡给他们个面子，到休养所去唱歌。阿奴什卡是个和蔼可亲的姑娘——她，当然啦，就答应了。喏，于是就开了一个音乐会。我们都去了。我们都是来宾。全村的人都在场。要知道阿奴什卡不仅是谢苗的——她也是我们的，是我们乡里的。休养所的所长派了马去接谢苗。有时候，你简直就别想跟他要到马，他的算盘打得可紧啦，可是这一次——要马，好，请吧！他亲自坐了车去接谢苗。我们去了，整个大厅里亮堂堂的——点了多少灯啊，四下里尽是用秋天的树叶扎成的花束。所有在这里休养的人们，就像过节一样：女人们都穿着薄纱的外衣，走起路来沙沙直响，所有的人身上都闪闪放光，飘散出一股股奇妙的香水气味。他们说：‘您的阿奴什卡，是我们的骄傲。’你看，如今的生活是什么样的生活！生活给了我们广阔的活动场所。假如一个人有天才，那么他的道路并不是朝奥尔洛夫勋爵走，而是朝整个世界走。正是这样！阿奴什卡和谢苗走进大厅来了，人们全站起来欢迎她！不知道还有谁会受到这样的欢迎。真难说。就像是欢迎公主一样。当然啦，现在没有公主了，可是对我们来说，她却是我们自己的公主。她唱得这么好，你一听——浑身都要发抖。谢苗，这个怪物！他坐在那儿，连眼泪都不擦。他说：'我，我辛苦了一辈子，现在总算轻松了。'可惜，他没能再稍微多活些日子———星期以后他就死了，睡着了，就再没有醒过来。是一个安安静静的善终。给他下葬的那一天，天气晴朗，静静的，暖洋洋的，蝴蝶在牧场上回旋飞舞，尽情地嬉戏。抬头望望，天空飘浮着晴丝，像丝线一般轻盈。好一个温和的晚秋啊！蓝蓝的河流，池塘一片平静，地面上的空气纯净得就像根本没有它一样。整个公园里铺满了干枯的落叶，沐浴在阳光里。是一个安安静静的善终！嗯，是的……阿奴什卡走了。我们都预祝她未来的生活光明、幸福——自然也不会不是这样的。"

讲这个故事的割草人沉默了。所有的人也都默默无言。只有一只黄鹤，高高地停在那棵古老的菩提树上，轻声鸣转，好像是表示同意说："是会这样的，是会这样的！"

可以毫不夸张地说，康斯坦丁·格奥尔基耶维奇·帕乌斯托夫斯基（1892—1968）是苏联最受欢迎的作家之一，在读者中一直保持着简直是神奇的声誉。你可以随便去问俄罗斯的任何一个人，他是不是喜欢帕乌斯托夫斯基的作品？而得到的多半是毫不犹豫地回答："帕乌斯托夫斯基？我喜欢。"这样淳朴的回答，是对一位真正的艺术家的最高奖赏。

帕乌斯托夫斯基出生在莫斯科一个铁路职工的家庭里。他的父亲是一个统计员，经常被调到不同的铁路线上去，所以他们的家也经常从一个城市迁往另一个城市。作家的童年是在乌克兰度过的。1912年在基辅第一中学毕业后，进入基辅大学，两年后又转到莫斯科大学学习。第一次世界大战期间，他当过电车司机、售票员、救护列车上的卫生员和渔人。在成为专业作家之前，他尝试过各种职业，当过工人、士兵、教师、记者，并曾在苏联各地游历。在卫国战争期间，他是南方战线的战地记者。他曾经这样说过："我的作家生涯是从想知道一切、观察一切和想去旅行的愿望开始的。"

还在中学的时候，他就在杂志上发表了第一篇小说。1926年出版了他的第一部作品集，此后他就成了专业作家。他的作品很多，除一百多万字的自传体长篇小说《一生的故事》(共六卷)、论述作家劳动的《金蔷薇》，还有大量长篇、中篇、短篇小说和传记、游记，其中有一些我国已有译本。

帕乌斯托夫斯基的早期作品还缺乏自己独特的风格，不难看出受别人影响的痕迹。中篇小说《卡腊－布迦日海湾》是他创作生活中的一个转折点——他终于找到了自己的道路。这部小说出版后，立刻博得了广泛的好评，高尔基更给予很高的评价，鼓励他就照这样写下去。不久他又发表了中篇小说《柯尔希达》，从此巩固了他在苏联文学界的地位。

帕乌斯托夫斯基是一个幻想异常丰富的人，从童年起他就是一个"幻想家"，而且终生都保持着对一切事物感到惊奇的能力。"浪漫主义"，在有些人的心目中是一个含有贬义的词，帕乌斯托夫斯基并不害怕别人把他看作浪漫主义作家。他说："我永远不会抛弃浪漫主义精神，不会抛弃它那净化心灵的火焰和人道主义的热情，不会抛弃它那永恒的激荡。浪漫主义情绪不容许一个人变得虚伪、无知、怯懦和残酷。在浪漫主义精神中包含着使人高尚的力量。”诚然，帕乌斯托夫斯基所写的并不是当前最紧迫的问题，他的作品所接触的也不是人们一般所说的那种重大题材，但这并不妨碍他创作出高尚的人，揭示普通人心灵内在的美。他的作品不似烈酒，也不靠奇特的情节吸引人，然而他的作品能于不知不觉间陶冶人的性情，给人以美的感受。

帕乌斯托夫斯基的有些作品，很难说属于哪一种体裁：它含有诗意，不妨说是诗；它有人物和情节，可以说是小说；但它又不是以情节取胜，而且文笔优美、清新，也可以说是散文。这里介绍的几篇作品，除《回忆克里米亚》，其余几篇和小说的界限就并不是那么明确的。但无论是小说还是散文，帕乌斯托夫斯基的作品，用普里什文的话来说，都是有“灵魂”的，他的每一篇作品中都包含着也许是往往不被人注意的朴素的真理。在《球花风铃草》中，一个民间的迷信说法被赋予了新的含意。只有在人民当家做主的时代，球花风铃草会给人带来幸福的说法才能灵验。普通农民谢苗老大爷从“南方的来客”——月亮花在北方开花的“奇迹”，联想到他亲眼看到的、人民所创造的许多奇迹（《南方的来客》）。就连普罗霍尔老头儿的那个似乎荒诞不经的故事，如果细细一想，也就并不荒唐了：人对破坏大自然负有责任，应该保护大自然，而不是破坏它（《黄光》）。

帕乌斯托夫斯基读中学时，曾经在地理老师家里看到一只加里曼丹岛上的蝴蝶的标本。这只蝴蝶很美，但可惜，几乎谁也看不到活着的它了。因此十二岁的科斯季克（康斯坦丁的爱称）幻想能找到一种“活命的水”，用来洒在那只加里曼丹岛的蝴蝶身上，使蝴蝶从装标本的箱子里飞出去，让大家都能看到它。在某种意义上，也许可以这样说，作家帕乌斯托夫斯基终生都是那个想让大家都能看到美的科斯季克：作家的笔就是科斯季克幻想找到的“活命的水”，他用自己的笔把生命赋予他看到的一切美的事物，把“不朽的灵魂”渗入他所看到的一切美景中去，于是这些本来不被人注意、仿佛装在“箱子”里的死“蝴蝶”，都仿佛活了起来，翩翩飞舞，构成一幅幅五彩斑斓的画面，给予人们高度的美的享受。

帕乌斯托夫斯基语言美的秘密其实也很简单：不过是善于观察罢了，但一定要用“自己的眼睛”。用自己的眼睛看到别人所没有看到的美，把只有你一个人看到的一切奉献给读者，只有这样，才会给文学艺术的宝库增添异彩。如果只是熟记前人用过的华丽辞藻，东拼西凑，拿不出任何自己的东西，那么人家为什么一定还要看你的“作品”呢？所以说：第一个用花来比喻女人的人是天下第一等的天才，而第二个用花来比喻女人的人，却是天下第一等的蠢材了。因为他不过是人云亦云，没有用自己的眼睛看到任何新的东西。任何比喻，任何美丽的辞藻，用得滥了，也都会失去耀眼夺目的光彩，变成陈词滥调。只有用自己的眼睛观察，用自己的语言表达，才能使文艺的百花园中永远充满生机。当然，用自己的眼睛，并不是一味追求新奇、牵强附会、似是而非的比喻，生编硬造、没有任何人理解的华丽词句，只能使人感觉莫名其妙，而绝不会使文章增色。用自己的眼睛，还要善于观察，善于看到别人看不到的东西，善于借助想象力扩大自己的视野，使一个极普通的现象进入诗的领域。这一切正是帕乌斯托夫斯基语言清新、明快、具有迷人魅力的秘密。

《沃龙涅什的夏天》中的牧童费佳认为，作家“应该知道一切，看到一切，什么都懂，无论干什么，都做得十分出色”。乍看起来，这天真的想法似乎是荒谬的。作家只会写作，怎么能“什么都懂”呢？但帕乌斯托夫斯基却从这“天真的信念”中看到了作家的写作技巧的真理，但可惜的是，有许多作家“并不总是真正理解”这一点，也“并非总是力图实现”这一真理。

《沿岸街上的人群》是帕乌斯托夫斯基晚年的作品。也许看完这篇可以说“什么也没有发生”的故事，会给人留下一种无法用语言表达的淡淡的哀愁。的确，作品的结尾是有点儿伤感的。然而这伤感却又分明是来自内心的喜悦，使人精神世界得到净化的、幸福的喜悦。给人幸福，给人欢乐，只是给予，而不希望获得任何回报。哪怕这幸福、这欢乐在某些人的眼里极其渺小，渺小得实在微不足道，但正是这乍看起来十分平凡的真正幸福能使一个生活在贫困之中的小姑娘“像鲜花一样开放”，使一群普通的凡人变成欢乐的海洋。而这幸福和欢乐的播种者——尽管他本来并没有任何期望——获得“一颗亲近的心”，也就是必然的了。虽说生活中未必总会出现奇迹，而且无情的岁月终将把一切往事“淹没在黑暗之中”，不管这些往事给人带来的是慰藉，还是遗憾。

时光飞逝，谁也无法留住逝去的时间，这是令人遗憾的。只有艺术能再现美的瞬间。《时光飞逝》中的画家创造了使萨莎激动、狂喜的奇迹，达·芬奇给我们留下了蒙娜丽莎的微笑……正像一切真正的艺术品一样，《沿岸街上的人群》也给人留下了幸福的伤感。

《夜行的驿车》是帕乌斯托夫斯基的又一篇杰作。描写一次安徒生乘夜行驿车发生在旅途中的一个美丽动人的恋爱故事和途中上车的几位纯洁天真的姑娘们的那极富诗意的交谈，那么感人……总之，《夜行的驿车》

的读者自己在阅读中去领会、去享受这不能用笔写出的感受。只要读了小说结尾安徒生的那两句话，你就会领略到那种感人肺腑之言的动人心弦之处：

“我为自己的童话付出了巨大的代价……”

“我的朋友，要为人们的幸福去想象，而不是为了悲哀。”

七月的雷雨

安·普拉东诺夫

九岁的娜塔莎带着她的小弟弟安托什卡从“公共生活”集体农庄到潘纽京诺村去。走了很久很久，而这段路总共只有四公里长。不过在童年的世界里，这是很长了……娜塔莎一会儿抱着弟弟——当他累得可怜巴巴地望着她的时候，一会儿又把他放回到地上，让他挪动那双小脚自己走——因为弟弟长得很胖，很沉，他已经满四岁了，抱着他，她累得要命。

炎热的七月，道路两旁长着高高的黑麦，而这会儿好像要缩回到土地里去，低垂了头，又仿佛由于漫漫长夏和太阳的暴晒，麦穗显得十分疲倦，眼下都变成老头了。娜塔莎惊恐地细看这些黑麦。麦丛中是不是会出现什么人呢？一定有人待在麦丛里，藏在里面，她想，到那时她该把弟弟藏到哪里去才能活命，哪怕只他一个人活下来。要是她把自己的头巾给他包在头上，让安托什卡看上去像个小姑娘——人们总是不惹小姑娘的——也许那就好些；要么把他藏到沟中的沙洞里，可是在这儿还没碰到沟壑，在集体农庄村旁才有呢。于是姐姐把头巾给弟弟扎在头上，她自己却光着头，这样才比较放心了。

两个孩子不声不响在路上吃力地走着，黑麦在他们身旁发出沙沙响声。天际万里无云，由于惹人烦闷的午间暑热，天空好像变得暗淡，变得苍白了。娜塔莎觉得，这样的天空让人感到枯燥无味，她想起农舍和院子上空繁星密布的黑夜。那座农舍里有她和父母住在一起，因此她断定，那样的黑夜才更有趣，也更美好。夜间，集体农庄里只听见善良、性情温和的蟋蟀在唱歌，青蛙在蓄水池里咯咯地叫，还有牲口棚里过夜的那头母牛在呼哧呼哧地喘气——母亲走上小台阶，拿腔拿调地呼唤她，好像是在数落什么："娜塔莎。来吃晚饭吧。你该睡觉了，数星星干吗呀！明儿还有大白天，要玩总还来得及的！"

娜塔莎把安托什卡的手攥得更紧，拉着他从黑麦旁边跑过去，好快点儿看到潘纽京诺村的农舍，外公和外婆就住在那里。可是弟弟很快就累了，他跌倒在尘土里，哭了起来。娜塔莎没有想到该立刻放开他的手，无意间在地上拖着安托什卡又走了两步。娜塔莎又抱起弟弟哄着他不要哭，然后和他一同爬到一座土丘的高处。这里黑麦长得不高，因为土地贫瘠，从这里可以远眺前方。风好似一片黑色的波浪，从麦田上吹过，气流在被照亮的一条麦田上空发出柔和的光辉，现在风的阴影已经不再遮着麦田了。娜塔莎四面环顾——什么时候才能看到潘纽京诺村呢？她看到磨坊风车的叶片，叶片从磨坊远方的麦田那边升起来，又没入麦田之中。在荒凉无人的阳光底下，在黑麦忧郁的沙沙声中，在中午不紧不慢的风声中，小姑娘已经觉得不那么可怕了，她的脸和整个身体已经清楚地感觉到这风是善意的。娜塔莎有所慰藉地叹了口气——瞧，那不是已经可以看到磨坊了，那里正在磨粮食，这大概是外公扛去了一口袋麦子：他知道，外孙女和外孙要来了，得用新面粉来做发面煎饼，他们的陈面粉已经吃完了。再说用陈面粉发面也发不好，做出来的发面煎饼不像用新磨的面粉做的那样，有那么多气泡和小孔。

娜塔莎嗅了嗅空气：有一股麦秸味、牛奶味、热烘烘的泥土味、爸妈身上散发出的气味，这对她来说是熟悉的、亲切的。于是小姑娘继续抱着弟弟往前走去。弟弟正搂着姐姐的脖子，头耷拉到姐姐的肩膀上，在打盹儿。

他们沿着黑麦地中间的道路向远方走去。突然娜塔莎叫喊了一声，站住了。从麦田深处走出一个干瘦、贫穷的小老头儿，迎着孩子们走来。老头儿脸上光光的，连一根胡子也没有，是一张陌生的脸。他的个子不比娜塔莎高，穿一双树皮鞋，一条破旧的粗麻布裤子，上面用军服呢子补了好几个补丁。他背着一只柳条小篮子。小老头儿在孩子们对面也站住了。他用一双早已看惯尘世的善良的浅色眼睛，神情忧郁地瞧着娜塔莎，摘下自家做的羊毛帽子点了点头，就从他们身旁走了过去。“他并不可怕！”娜塔莎心想着那老头儿，“只要他一碰我们，只要我使出全身的力气给他一下子，他准会没命……他没吃饱，没有力气，大概不是本地人！”

而那个小老头往黑麦团里走去时，又小心谨慎地望了望从他身旁走过去的两个孩子。他记住了娜塔莎的脸——记住了她那双富有同情心的、若有所思的灰眼睛，那张口在喘气的小嘴，那圆鼓鼓的双颊，还有那一头仿佛被太阳晒焦、被田野里的风吹干了的浅色头发。“将来准是个好农妇！”老头儿断定，现在他竭力想看清小姑娘抱着的那个小男孩儿。“这一个也像她一样，”这个过路的人终于看清了。“他累了，在睡觉。他有什么呢！”于是老头儿眼睛盯着路上的尘土和小草，走开了。当他看清了孩子们的脸的时候，他真想立刻就死去，就不至于会忧愁地思念起未来幸福的新生活了。要么就活在世上，永远活下去。他仿佛觉得，只是在老年的时候才产生真要活下去的愿望，而在年轻的时候却没有这种想法，那时候是糊里糊涂地活着……

老头儿最可怜的是孩子们，他觉得，好像有一种令人十分难受，难受得心痛的幸福正从孩子们身上钻进他的心里。在这以前他还不大了解、也没经历过这样的幸福。似乎由于没有多想，这种幸福已经给忘记了，可是它早就在等待着他。

过路的老头儿挨着长得挺不错的麦子坐到阴影里，想要好好考虑一下。“还想什么啊！”他喃喃低语，“活着吧，老头子，努力活着吧！啊——呀呀，我还是国王的干亲家呢，自由自在，什么人也不依赖！我还要什么呢？我的身子完完整整，它是我的。吃的嘛，满满的一屋子。我不喝酒，不病不痛！……”于是老人把头枕在小篮子上，满意地躺在黑麦旁边了。这会儿走路太热，再说他也用不着急着赶路：公文他已经准时送到了“公共生活”集体农庄。这会儿他累了，前面他还有的是时间——夏天的白天长得很，回家总来得及。已经在打盹儿了，老头儿心里总是甜滋滋的，因为他想起了他遇到的那两个孩子。他们默默地、羞怯地从他身旁走了过去，仿佛召唤他同他们一起去过永生的遥远的生活。

黑麦上方闷热的风沉默下来了——变得静悄悄的，就像雷雨或大旱之前的情况。老头儿已不出声了，他睡着了，在他那习惯于忍受一切的脸上，苍蝇和蚂蚁一直在叮咬。

娜塔莎的外公和外婆住在潘纽京诺村边的一座小木头房子里。从他们家院子的篱笆那儿开始就是公有的黑麦田，有一条道路伸展到这片麦田。这条路首先通往这两位老人的女儿，娜塔莎的母亲居住的那个集体农庄，然后再往前延伸——通往另一片长着庄稼和阔叶林的田野，一条条注入暖海的清澈河流灌溉着这大片大片的田地……娜塔莎的外婆乌丽亚娜·彼特罗芙娜从一清早就时不时地朝大门外张望着，看她的外孙女和外孙是不是已经来了。还在前天她就已经嘱咐过那个送信的女人，叮嘱女邮递员到集体农庄时一定顺便上她女儿家去一趟，让她女儿准许外孙女和外孙到潘纽京诺村来做客。“想必是那个女邮递员忘了上女儿家了。”乌丽亚娜·彼特罗芙娜仔细看着黑麦田里空无一人的炎热的道路，心里在想。“可是，不是吗，一天还要给她记上一个半劳动日呢。嘿，你呀。你这个享受优待的家伙！跑来跑去，拿衣裳下摆扫灰尘，干的就只是这么点儿活……是不是该到苏维埃去告她一状呢！……唉，去她的吧，就让她跑来跑去吧。这个糊里糊涂的女人！”于是外婆关上了篱笆门。

还从一清早，外婆就把麦秸放到了炉子里，白面和的面团从昨天晚上就发着，她已经不得不两次把面团从瓦盆里取出来放到陶瓷碗里去——一夜之间面团发得太大，已经从边上漫出来了。为了动手做发面煎饼，已经什么都准备好了，可是客人还没来，老头儿从一清早就到湖上去捞鱼了，连个人影儿也看不见。大概，他又坐在铁匠铺里，天南海北胡吹。他们有什么可说的呢？一个胡扯，另一个就附和。不是吗？她那老头儿什么都信。他只要自己过得有意思，过得好就行了。至于别人实际上是怎样过日子，他却不知道。他只是在等着，只是希望世上会出点儿什么事：要么是太阳突然熄灭了；要么是一颗陌生的星球飞近地球，用它那金色的光给大家照亮什么永远十分美丽的东西；要么是在一块贫瘠的、不适于耕种的地里自己长出一种营养丰富的甜草来，这种草对人有益，而且不需要种，只要收割就行了。

乌丽亚娜·彼特罗芙娜看了看发着的面，沉重地叹了口气："我怎么跟这样一个男人过了一辈子啊！……他从来什么也不需要，只要随便坐在哪里，跟人们谈论什么最好的生活，会有什么，不会有什么；在家里呢，就老是看着自己的财产想，什么时候这些东西会遭火灾，或是叫水给淹了，什么时候一切又都会换个样儿，这样他就不觉得无聊！可他的心肠也实在好，不跟人纠缠，而且总是让着我。"

外婆用心和好了干净的面团：已经该用面团来烙饼了，要不面发过了头，是会发酸的。

乌丽亚娜·彼特罗芙娜点着了炉子里的麦秸，可是这时听到，经常从邻居家跑来的一只公鸡在院子里叫，想打败她家的公鸡，占有她家的母鸡。乌丽亚娜·彼特罗芙娜对自己的财产是很在乎的——她抄起一把扫帚，出去赶走外来的强盗。赶走了那只公鸡以后，她朝街上和通往黑麦田的路上再四下看了看——也许会有什么人来吧。可是一个人也没有，只有一股热气好似波浪，顺着地面慢慢流动着，还有那些已经看惯了的旧农舍分散在村子里，邻居家那几只身上落满尘土的母鸡不知正在路上的车辙里刨些什么。乌丽亚娜·彼特罗芙娜关上篱笆门，回去烙饼了。第一张发面煎饼一下子就煎得很好，这不是没有原因的：在自己这一生里，她已经不知煎了多少次饼了——在她手里，它们会出现黄色的硬皮，需要把它们从火上拿下来，只是这会儿没有人吃它们。乌丽亚娜·彼特罗芙娜自己总是最后一个吃自己做的东西；她总给自己拿点儿剩面和着从面盆上刮下来的残渣碎屑，煎成什么，就吃什么，省得白白浪费粮食——对于她来说，不管什么食物，都同样好吃。有人从街上轻轻敲了敲窗子。"兴许是要饭的！"外婆心想。"可是眼下已经没有要饭的了，要不我会给些煎饼的。现在收成很好，没什么说的。”她把煎锅从火上拿下来，免得煎饼给烤焦了。然后走到小窗子跟前。外孙女娜塔莎正在往窗子里瞧，安托什卡在她的背后，用两只小手搂着姐姐的脖子，正在睡觉，那包着姐姐的头巾的大脑袋枕在娜塔莎的肩膀上。由于弟弟太沉，小姑娘的整个身子都弯下来了：她一只手扶着安托什卡搂着她的双手，免得他松手，另一只手抓住他的一条裤腿，免得男孩子的脚悬在空中有下滑的可能。娜塔莎把弟弟的脚放到墙根旁的土台上，腾出自己的一只手，又轻轻敲了敲窗户。

“外婆，”她说，“开开门，我们到你这儿来做客了。”

乌丽亚娜·彼特罗芙娜发觉，娜塔莎越是长大，就长得越发好看，脸上也更流露出若有所思的神情，而且也越来越像她。像她外婆还是个小姑娘时的那个样子了。生活又让她的形象在外孙女的身上再现，好在她死后，每一个人看到娜塔莎，都会想起乌丽亚娜·彼特罗芙娜来。生活的这种善意使她当外婆的深受感动，她感到宽慰，而且十分满意，于是说：“啊，是你们哪，我可怜的孩子！来，快进屋里来，除了你们，我心里还想着谁呢！”

来到屋里以后，外婆想把安托什卡放到床上去，可是他伸了个懒腰，睁开了眼。

“外婆，”他说，“给我们煎发面煎饼。因为我们走啊，走啊……”

“煎饼早就做好了。”外婆回答，“你坐到长凳上，我这就给你做新的，陈的已经冷了。”

“还要给点儿冷的克瓦斯，”娜塔莎请求说，“我们要把煎饼泡在里面吃。”

“这就拿来，这就拿来……这会儿我正在炉子旁边张罗，这就到地窖里去。”外婆说，“然后给你们做油煎饼，把茶热一热，等你们的外公一回来，咱们就吃午饭。昨天我就把克瓦斯做好了，冷杂拌也准备好了。还要什么呢？”

“还要草莓酱和蘑菇。”娜塔莎说。

“这也有，亲爱的，这也有，可不是吗！”乌丽亚娜·彼特罗芙娜想起来了。于是往门口走去，去拿吃的东西，东西有的是，有人可以让她招待，来分享她的吃食，她感到满心高兴。

农舍里有一股热烘烘的泥土味，很能饱人的发面煎饼味和烟味。窗外太阳在邻村里的不知名的野草上空照耀着。

“别呼哧呼哧直喘气！”娜塔莎对安托什卡说，“你是到外婆家做客来的，干吗呼哧呼哧地喘气？让我给你擦干净鼻子……”

安托什卡不作声了，他不再用鼻子喘粗气了，只是坐在那张空桌子旁边的长凳上轻轻呼吸。娜塔莎朝外婆那间明亮的正房里望了望。那里干净，可是毫无乐趣，两只肥胖的苍蝇一直在往窗玻璃上撞，发出激烈的像蜜蜂那样嗡嗡的声音。一盏煤油灯吊在桌子上方，桌子像过节似的铺着绣花桌布。村里远处有人在敲打一只干木桶，要给它箍上桶箍。让人忧郁的暑热涌进了窗户。娜塔莎走到贴着报纸和画片的那个角落里，想看一看、念一念，那上面有些什么。一张画片上贴着她的外公的一张照片。照片上的外公还年轻，留着黑胡子，穿着长裤、背心，胸前挂着表链，头发梳得那么光，就像舐过似的，他全身上下看上去都像一个阔人，像个城里人，或是像秋收时节的拖拉机手，一双眼睛也很聪明地、若有所思地望着远方……照片上的外公坐在一条光秃秃的、挺高的长凳上，这长凳就像纪念碑那样，是用砖头，或是用石头做的，他一只脚伸到地上，另一只够不到地，不很乐意地坐在那儿，仿佛发生了出乎他的意料的事。他完全没有注意到在自己身旁，在地上扔着一把拴着花结的吉他。外公的背后是一片小树林，树林里还有一座挺漂亮的白色大房子，就像少年宫一样，可是他并不看着它。他抬起一只手来，手里拿着一支手枪，把手枪对准自己的脑袋，就这样拿着它，准备自杀。他的另一只手放在膝盖上，膝盖上放着一个信封和一张纸，眼睛望着前面，虽然神情若有所思，不过却是快活的……这是在干什么呢？娜塔莎还不了解成年人的这种生活……

她坐到铺着桌布的那张桌子旁边的椅子上，开始仔细看绣花布上的画，他们家里没有这样的桌布，不过他们也用不着它：娜塔莎的母亲每天都洗桌子，用刀刮桌子，不铺桌布。他们家里也挺干净，挺好。村里公鸡啼了起来，起初是一只，随后是另一只，接着一下子全啼叫起来了，孵雏的母鸡也开始咕哒咕哒叫个不停，呼唤小鸡雏都聚集到它们身边来。路上起了风，把闷热的灰尘吹往空旷的地方。

“娜塔莎，苍蝇叮我，你到这儿来。”安托什卡在另一间屋里叫姐姐。

“让它叮好了，我这就来。”娜塔莎回答。

她走到窗前，把脸贴到玻璃上——她想在街上看到什么熟悉或亲切的东西，就像在她们集体农庄里，篱笆、草和树都是她熟悉的那样。可是外婆家的窗下只长着一丛小小的灌木，灌木丛的叶子上蒙着一层灰尘，它微微晃动着树枝，由于天热而且干旱，它非常疲倦，好像是在睡梦之中。

“领我回家去，我要妈妈。”安托什卡请求说。

“我要回我们那儿去，回家去，”他说，“不要吃发面煎饼，我要吃稀饭，昨天妈妈就煮好了……”

娜塔莎从炉台上拿了一张已经冷了的发面煎饼，揣到自己怀里。

“要不你在路上会要东西吃，你要东西吃总是要的不是时候。”娜塔莎对弟弟说。说着把他抱了起来。

外婆还在地窖里。地窖出口上面盖着草土块，通往出口的长着苔藓的矮门开着。老太婆在那里面自言自语安慰自己，挪动一根横木，大概是要从一个密闭容器里把果酱取出来。娜塔莎走到地窖门口，望了望，看外婆藏到哪里去了。地窖里黑漆漆的，什么也看不见，外婆在黑暗里嘟嘟囔囔地自言自语，想必是在说，她不想死，不过就是这么说她也一直还活着，活着。

为了不把篱笆门弄出响声（此外，它的铰链还会抱怨似的吱吱地叫，就像它被搅动得发痛似的），娜塔莎紧紧抱着弟弟，顺着一条小路往种着土豆的菜园走去，从那里穿过一段篱笆，走进黑麦田里。

黑麦田纹丝不动。在湿闷和寂静之中，麦穗弯下了腰，想要回到地面上去，似乎它们已经睡得昏昏沉沉了，黑暗从天上遮住了它们，掩护着它们，让它们安睡。娜塔莎在陌生的田野里回头看了看，想要看到，是什么遮住了太阳。远方的闪电凶狠地把看得见的整个世界劈作两半，在一片沉甸甸的、缓缓移动的乌云底下，从另一边，从潘纽京诺村后面刮来一阵尘土的旋风。那里打了一个雷，起初雷声沉闷，并不可怕，后来雷声滚滚，一声接着一声，一直到离娜塔莎那么近，使她感觉到心在痛。

娜塔莎走进黑麦田，好和安托什卡一起藏起来。她本想斜着穿过黑麦田，到路上去，然后顺着那条路离开乌云，回家去找父亲和母亲，可是后来又改了主意，因为她怕踩坏了庄稼，于是就沿着黑麦田的边上走。安托什卡已经看到了远处发生的一切——乌云，旋风，闪电。他全身紧贴在姐姐身上，把头藏在她热烘烘的脖子旁边。就像藏在妈妈怀里那样。

娜塔莎走到了路上，顺着那条路从外婆家往自己家里跑去。安托什卡的两只脚晃来晃去，无意中他用脚踢着了姐姐，但是他竭力安安静静地待在姐姐怀里，紧紧抓住不放——现在再没有别处可躲了。

娜塔莎竭力快跑，她只希望能把安托什卡抱回家去，他们不致在野外遇上风暴和雷雨。但黑麦地一直还是静悄悄的，风还没有刮到这里，也许一切都能对付过去。说不定可怕的乌云在远方就会完全消散，云散日出，看到的将是晴朗、凉爽的天空。娜塔莎站住了，听了听，她周围的一切都是那么安静，那么昏沉，蝈蝈干巴巴地叫着，渐渐住了声，因为田野为阴影所笼罩而寂静起来了。蝈蝈寻思，是不是已入夜了。随后娜塔莎又慢慢地往前走。安托什卡一声不响：他害怕目前就会发生的事情，不知他会怎么样，但是乌云和闪电都使他很感兴趣，他希望发生什么可怕的事情，那么他就可以见识见识了，只是别让他死去。安托什卡隔着姐姐的肩膀向后看，看后面的村庄，他还看得见外婆家，看来还来得及回到那里去。就在这时他吓着了，赶紧眯缝起眼来，从外婆家的院子那里开始，远处的黑麦突然都弯下了腰，倒伏下来——它们遇上了暴风雨。

“娜塔莎，快把我藏到什么地方去呀，”安托什卡气鼓鼓地说，“难道你没看见正在发生什么事吗，瞧你这傻样子！”

“等回到家，看我不揍你。”娜塔莎对弟弟说。

“我们到不了家啦，雷会劈死我们的，”安托什卡喃喃地说，“你托着我走快点儿呀，你又在一步一步地磨蹭！你快跑哇！”

旋风赶上孩子们，把一阵阵沙土、树叶、草茎和村里的垃圾刮到他们身上，娜塔莎和弟弟躲进黑麦田里，坐到地上，但风把黑麦按得那么低，因此娜塔莎有时能看到外婆家的房子、村庄，以及远方田野里和天空中的情况。

旋风带来的热烘烘的灰尘，和旋风一起，降下一阵冰雹，打在庄稼、土地、娜塔莎和安托什卡的头上，打在她没包着头巾的头上。这时她立刻俯在安托什卡身上，用自己的身体遮住弟弟。首先把他的头藏在自己怀里，把弟弟的全身紧紧按在自己身下，冰雹打在娜塔莎的头上和背上，但是她一声不响，因为她知道，安托什卡现在没被打痛，他很好，他甚至在她身子底下稍微动了动，仔细看看那里黑麦根旁和旧犁沟里的泥土。

冰雹变成大滴大滴冰凉的雨水。安托什卡躲在姐姐身子底下觉得无聊了，他想要看看外面究竟怎样了，想让雨把他淋个透湿，于是对娜塔莎说："放开我，我想看看外边。"

"躺着，要不雷会劈死你。"娜塔莎回答。

"不，它打偏了。"安托什卡说，于是从姐姐身子底下钻了出来。

娜塔莎坐下，让弟弟坐在她的膝盖上，用双手遮着弟弟的头，不让风吹着他、雨打着他，安托什卡在娜塔莎的膝盖上踮起脚来，四面环顾，看看那里有些什么，由于风狂雨暴，麦穗和雨点在鞭打他的脸，他忍耐地眯缝着眼，他看到了乌黑的、很近的、仿佛在奔跑的天空，低于天空的地方，一动不动地悬挂着一片灰云，灰云垂下一条很长的暴雨的雨丝，吹着空旷的那一边，看上去就像讨饭的老太婆蓬乱的长头发，这些灰云很快改变自己的形状，安托什卡眼看着它们渐渐融化，不复存在了，他决定再等一等，看看还会有什么。但是姐姐叫他更靠近她一些，躲在她身边，她好弯下腰来，保护他。安托什卡也确实想眯缝起眼来，把头扎在姐姐的怀里，姐姐的怀里又暖和，又干燥，不过他躲在那里觉得寂寞，在这里他却什么都看得见，因此他不听姐姐的话，而是看着天空和大地，而且还要看得更清楚些。可是黑麦穗妨碍他往远处看，因此安托什卡央求娜塔莎，让她把他高高举起。

娜塔莎从他头上解下自己的那块头巾，把它揣到怀里，用衣袖擦干安托什卡湿淋淋的头，在他后脑勺儿上打了一下。

“会着凉的，”她说，“瞧你这鬼家伙，偏要看旋风！我要告诉妈妈。她准会揍你的脑袋。”

安托什卡想要回答，说母亲不打他的脑袋，父亲只打额头，但是一阵暴风雨打得他喘不过气来，由于这阵暴雨，黑麦全部倒伏在地，四周很远的地方现在都能看见了。安托什卡看到了外婆家的那个村子和村后的草地，在小河那边，在雷雨的蓝光和大风之中，惊恐、发抖的草已经在风的驱赶下向他们这边跑来。

雨忽然停了，但风在田野里空旷的地方鼓足了劲，仍然在刮个不停。尽管由于可怕的乌云，地上该是一片黑暗，可这时什么都能看见，只不过光的色彩有所变化，变成了淡蓝的和黄的，但是颜色纯净、柔和，就像是在梦中：这是草、花和黑麦以它们自身的光芒在照耀因乌云笼罩而变暗的田野和农舍，乌云本身也被地下的明亮的大地反照得发出光辉。看到草、庄稼和农舍都完好无恙，而且生机勃勃，安托什卡也不再害怕乌云和闪电了。

风小了，到处都变得静悄悄的，但沉甸甸的黑麦再也起不来了。安托什卡望望外婆家那边，看到了外婆。她正走上通往院子的高高的台阶，在这恶劣的天气里向四面眺望。她为不见了的外孙们感到担心：“莫非他们在我这儿闷得慌？”她想，“可是在这儿怎么会闷得慌呢，他们不是才来吗，还不会觉得闷呀？大概是去看看别的村子去了，这就会回来的。他们可别淋了雨啊——瞧，天上积了多少乌云，多么黑哟！”对自己那个老头儿，对孩子他外公，乌丽亚娜·彼特罗芙娜倒并不觉得不放心，在雷雨还没下起来、还没结束以前，他反正不会回来：他会看闪电行事的。

“得把鸡招呼回来。让它们在板棚里待会儿吧。”乌丽亚娜·彼特罗芙娜决定。但近处接连响起两声暴雷，她立刻蹲下了，随后又轰隆隆一连响了好几声，震得农舍里关不紧的房门自己张开，又自己关上了（要是主人多关心自己的房子，门就不会由于一点儿响声自动敞开）。而外婆一蹲下去，就没有再站起来，直到雷声完全停息，直到最远处的隆隆声完全消失。

安托什卡看到了从乌云的黑暗中钻出来又扎进地里的闪电光。起初电光往下冲到村子后面很远的地方，可是在那儿它觉得通不过去，或是那儿没有什么可打击的，因而又悄悄返回高空，从那里一下子就击中了长在村里街道中间、木板熏得黑黑的铁匠铺旁那棵孤零零的树。那棵树突然冒出蓝光，好像它开了花，随后火光熄灭，好像死了，电光死在那棵树里了。

由于雷声滚滚，倒伏的黑麦动了起来，外婆却坐到台阶上，不再东奔西跑忙着去干家务活儿了，安托什卡因外婆的害怕而感到好笑。

紧跟着闪电，大雨倾盆而下。雨下得又密又快，四周变得一片昏暗，在喧嚣的雨雾后面，已见不到外婆的身影了。但高空的闪电又照亮了黑麦和村庄，这时安托什卡看到了从那座旧铁匠铺房顶下慢慢升起的黑烟，看到了烟中通红的火焰，可是火烧得不旺，因为雨在浇它。安托什卡明白了，闪电击中了树以后，它自己并没有死，而是经过树根进了铁匠铺，又变成了火。

娜塔莎搂住弟弟，把他紧紧贴在自己身上，和他一起走出黑麦田，来到了路上。她想快点儿跑回外婆家，好让安托什卡躲避雨和闪电，但是雨停了，雨点开始稀少了，空气中又开始冒起一股暖烘烘的热气，待在人家村庄的附近感到又气闷又寂寞。娜塔莎在路上站住，把弟弟放到了地上。

现在铁匠铺的屋顶上真的着火了：火焰烤干了湿透的木板，燃烧了起来。人们已经跑去村中救火，有人提着水桶，另一些人拿着斧头，近处一口水井上的辘轳在轧轧地响，还有一些农民站在远处自己的院子旁边，什么也不做——大概他们是在想，火灾会结束，火会自己熄灭，因为含雨量丰富的大片乌云才不过刚刚逼近潘纽京诺村：现在它还在河那边，黑得发蓝，饱含着水分，静悄悄的。乌云中电光闪烁，但是还听不到雷声。

可怕的漫漫长夜正从那里、从河那边向这里推进，可能见不到父亲和母亲，不能和孩子们在街上的井边玩个够，等不到把安托什卡在父亲的院子里把一切都看个够，就会死在这样的黑夜里。冬天里安托什卡和姐姐一起睡的那个小炕也将没有人睡了。现在他可怜那头每晚带着乳汁回家来的驯良的母牛，可怜那些在睡觉以前不知在呼喊谁的看不见的蟋蟀，可怜那些住在黑暗、暖和的缝隙里的蟑螂，可怜他们院子里的那些牛蒡和旧篱笆，它们大概都在想念他，等待着他吧。他生活在它们中间，就是为了让它们都觉得高兴，而且为了让它们不致再感到寂寞，他不想死。

安托什卡紧靠在姐姐身上，吓得大哭起来，他害怕铁匠铺烧起来。乌云过来，又要打雷打闪，雷电寻找地面，要把树劈死，烧毁集体农庄里他们那座旧木头房子。安托什卡紧紧靠在姐姐身上，觉得她身上有一股和他们农舍里所有的东西一样的气味——面包味、穿堂里的气味、木勺味，还有妈妈的衣襟味。

娜塔莎向四周望了望。她看到乌云离得还远，还来得及和安托什卡回家去。

“给，吃吧。”她说，从怀里掏出已经冷了的发面煎饼，递给了弟弟。

安托什卡趴在姐姐背上，一只手抱住她的脖子，很快就把饼全吃光了。姐姐却一直在往家跑，竭力不让弟弟沉重的身体把她压倒。

她在就要到来的黑云造成的昏暗之中，在两堵静默无声的黑麦墙之间奔跑着。安托什卡看着弯腰低头的麦穗，知道这是庄稼在生长，知道这是人们赖以生存的最重要的生活财富。

然而黑暗和乌云很快就追上了孩子们，遮住了他们，又下起雨来。而且在每一道激怒的电光和每一声雷鸣之后，雨也就下得越来越快。从天空的黑暗中倒下连成一片的大水，大水那样有力地冲击大地，破坏和翻乱它，就好像雨在耕地。

在密密的暴雨中，娜塔莎开始感到呼吸困难。她把安托什卡从背上挪到自己怀里，抱着他，好让雨少淋到他身上、闪电从上面劈下来不要先击中他，然后又往前跑去。

暴雨好似密林，在她面前密密地连成一片，越来越难以走过去了，现在就连挪动一步也很困难，而且很痛，仿佛有一片昏暗、坚硬、粗糙的树林包围了这两个孩子，要撕掉他们身上的肉，一直撕到与骨头剥离。

暴雨喧哗，压倒了雷声，只有闪电还看得见，有时闪电那么多，以致它们把自己的电光汇合成一片长时间不熄的光辉，这样一来他们反而觉得更可怕了。娜塔莎已经累坏了。她停下来，把浑身湿透的安托什卡放到地上。现在她不知道去哪里更近些：父母那里，还是外婆家？也不知从外婆家的村子已经走出了多远，回家还剩下了多少路？

娜塔莎坐到黑麦田旁，竭尽全力紧紧抱住安托什卡，让他靠在自己身上。她心里想，万一安托什卡突然死了，只有她安然无恙，那可怎么办？

于是娜塔莎像成年妇女那样大声喊叫起来，好让人听到，来帮助她。

可是，弟弟淋着雨坐了一会儿以后，对姐姐说："咱们来挖坑吧，咱们躲进去，住在那里面。你看，这儿是沙……别哭了，要不，没有你，我害怕……"

浑身湿透，显得消瘦的两个孩子开始用手在黑麦旁边给自己挖坑，那里的土比较松，可是才挖了一个不大的坑，姐弟二人就看到，大雨给他们把那个坑挖得更大更深，雨水像小溪一样把沙土冲走了，他们不能躲到那里面去。

娜塔莎和安托什卡缩成一团，用手捂着头，淋着雨躲在光秃秃的地上。

"你干吗要带我去外婆家？"安托什卡对姐姐说，"最好是坐在家里，我最喜欢家里……你这好动的小妞！"

"你最好还是闭上嘴吧！"娜塔莎命令他，"是谁叫快点儿从外婆那儿回家去的？我连一点儿发面煎饼也没吃。"

"在外婆家我闷得慌。"安托什卡显得老实些了。

电光一闪，就在娜塔沙和安托什卡身旁，附近倒伏着的黑麦丛里颤抖了好几下。姐弟二人害怕会打雷，早已互相搂抱着，把脸紧贴在对方身上——安托什卡把脸埋在姐姐怀里，她把脸俯在他肩上，这样就什么也看不见了。但是在暴雨声中，雷声听起来并不可怕。

"又打偏了。"安托什卡说。

两个孩子早就被雨淋得打冷战了，现在互相紧紧偎依着，想要暖和暖和：他们对挨雨淋的那种难受劲儿已经开始习惯了，感到昏昏欲睡。

"你们是谁家的？"附近一个陌生的声音问他们。

娜塔莎从安托什卡肩上抬起头来。他们身旁跪着一个干瘦的小老头儿，陌生的脸上没长胡子，今天他们去外婆家作客时遇到过他。现在这个老爷爷把小篮子戴在头上遮着雨。

“你们累了，或是怕了，是吗？”老头儿问娜塔莎，他说话的时候朝孩子们挪近了一点儿，好让他们能听得见。

“我们害怕了。”娜塔莎说。

“唉，怎么能不害怕呢？”那过路的人表示同意。“瞧，多吓人哪——又下大雨、又打雷、又打闪，我嘛，因为老了，因为傻，是不怕的，可你们怎能不怕呢？你们怕吧，你们应该害怕。”

“可我们对害怕已经习惯了，”娜塔莎说，“这会儿我们不觉得怕了。可你是什么人，打哪儿来的？”

“我嘛——远了。”小老头儿回答，“离这儿二十来俄里，‘胜利’育种场，听说过吗？……我就是从那儿来的，在那儿为育种的事送信，当信差——有什么事派我上哪儿去，去送个什么口信——我随时都做好准备。今天是上‘公共生活’集体农庄去，叫我去讲一声，让集体农庄派人去牵一头良种小公牛回去，他们理应有一头公牛。让他们派个赶牲口的去。”

“你讲过了？”娜塔莎问。

“讲过了。这会儿正往回走。”

安托什卡站起来，怀着小孩子特有的兴趣细看这个跪在湿地上，头上顶着个篮子的陌生的小个子老爷爷。暴雨变成了不透风的密雨，地上的水洼里泛起许多气泡，电光已经是在远方闪烁，不等雷声从那里传到这里，它就在途中慢慢消失了。

“好，你去吧，我们集体农庄早就需要一头公牛了。”娜塔莎说。

老头儿冒着昏暗的、下了好久还不停的大雨默默地看着两个孩子。

“我这就走，”他不乐意地说，“我该走了。”

“你们走不到的，”老头儿对孩子们说，“那里的路烂了，那里泥土很厚、很肥，眼看雨又要下大了。”

他把自己的帽子戴到安托什卡的头上，弯下腰，两手都碰到地，叫孩子爬到他背后的篮子里去，坐在篮子里，别掉出来。安托什卡立刻爬到那里，在篮子里他觉得又软和、又舒服。

“你要把他背到哪里去呀？”娜塔莎很快地问，她打算使出全身的力气去抓老头儿的脸。“谁叫你背他了？”

“背他去找他爹妈，还能上哪儿去呢？”老爷爷回答，“去你们集体农庄。也把你送到那里去。”

老头儿又一次稍稍弯下腰，抱起娜塔莎，冒着雨，背着、抱着两个孩子，顺着大路往“公共生活”集体农庄走去。

“你别怕，”娜塔莎对在她对面舒舒服服坐在篮子里的弟弟说，“我会看着他的。”

“他可不像你，他有力气。”安托什卡对姐姐说。

老头儿脖子上的筋鼓胀起来了，他拱起背，雨和汗洗净了他的脸和身子，但是他在泥水地里习惯地、很有耐性地走着。

孩子们一声不响，等待着什么时候能看到集体农庄里自己的那座房子。娜塔莎暗自担心，说不定由于打闪，他们的院子已经着火了。为了积蓄力量，老头儿也什么都不说，只是有一次低声地自言自语：“谢天谢地——没下雹子。有时雹子像鸽蛋那么大——那就会把孩子们打坏了。”

雨变成密密的小雨点，雷声已经没有了。不久娜塔莎透过雨网看到自己集体农庄最边上那个院子的一段篱笆——丘米科夫一家住在那里。她不知道，他们的集体农庄原来这么近，由于高兴，她笑了。这么说，一切都完好无损，没有发生火灾，要不人们就会跑去救火了，不过也许他们的房子已经烧毁了，火已经熄了吧——于是娜塔莎又发起愁来。

可是，瞧，那不是那棵白柳吗？它就长在娜塔莎的房子旁边，它还活着。那就是他们的草屋顶，还有那个有一只铁公鸡的烟囱……娜塔莎从安托什卡面前扭过脸去，用衣袖小心翼翼地擦去脸上的雨水和泪珠。

在父亲的院子旁，娜塔莎跳到地上，老头儿用篮子背着安托什卡，一直把他背进房子的穿堂里。

有许多人在娜塔莎父母的正房里避雨。娜塔莎的父亲招待他们喝茶，吃精白粉的面包，还给罐里装满了砸成碎块的糖。这儿有集体农庄的主席叶戈尔·叶菲莫维奇·普罗沃托罗夫、他们的外公，还有一个陌生人。

娜塔莎的母亲给女儿和安托什卡脱下湿衣服，换上干衣服，答应从今以后再也不让他们到任何地方去做客了。那个小老头儿在穿堂里从自己衣服上拧下一些水来以后，已经坐在正房里的桌子旁边，喝着茶，正在讲事情的经过。叶戈尔·叶菲莫维奇认识他——从育种场来的老头儿今天刚刚在那儿谈过关于公牛的事。

“怎么能这样呢！”叶戈尔·叶菲莫维奇主席说，他是跟娜塔莎的父来说话。“外边在下雷雨，下大雨，狂风暴雨，你却叫孩子们去潘纽京诺村？”

“他们走的时候，还是晴天呢，”父亲轻声地回答。

“可晴天以后立刻是狂风暴雨，大雷雨，”叶戈尔·叶菲莫维奇说，“孩子们可能来不及跑到潘纽京诺村。你看！我们在这儿坐了一个多钟头，在聊天，可你连一次也没想起小姑娘和小男孩儿来。”

“说了也是白搭！”父亲懊恼地回答，“他们什么事也没有，都好端端地回来了。”

“这倒也是的！”主席表示同意，说着看了看安托什卡和娜塔莎，现在他们正站在门边望着客人们。他们的母亲已经给他们换上了一身干净的衣服，这会儿他们又过得好好的。“他们的亲外公也是个爱唠叨的人，”主席说，“知道外孙和外孙女去那儿做客了，他却在雷雨天到女婿这儿来喝茶。坐在这儿，也不觉得不放心……”

娜塔莎的亲外公一声不响，旁人也都不作声。

“我一清早就来这儿，到合作社来了，”外公说，“想买个钓鲤鱼的鱼钩，去你们的马具匠那儿还有点儿事情，我跟他是干亲家……我们那个设有不少零售点的合作社里，什么鱼钩也没有——所有的鱼都好端端地待在水里，我的渔具却不能用。想在你们合作社里弄到……”

“事情已经过去了，”叶戈尔·叶菲莫维奇心平气和地说，“把不久以前交给你的育种场的公文还给我吧。”主席向娜塔莎的父亲伸出手来。

父亲有点儿胆怯地把公文交还给主席。

“当心，叶菲莫维奇，公牛可是良种的，得会侍弄它。”父亲说，“莫非因为孩子们淋了雨，现在连公牛也不信任给我了吗？”

“暂时不，”主席回答，“不信任。”

“那么谁去给你把它赶回来呢？”父亲很感兴趣地问，“集体农庄里除了我，未必还有谁肯承担这样的工作……”

“也许，我跟他会谈妥的。”主席指指把糖放在茶里正在喝茶的育种场里的那个老头儿。

“权在你手里。”父亲同意了，“瞧你，警惕性多高！莫非是觉得该关心年幼的人吗？可公牛是一回事，小姑娘和小小子却完全是另一回事。”

“不错，”主席又从头看了一遍公文，把它放好，说，“孩子是买不到的，丢了就完了，让人心疼，公牛却不是这样，丢失了还能花钱买……”

“嘿，你呀，说得好，瞧！”从育种场来的小老头儿突然打心眼儿里高兴地说，说着推开茶碟，无意中又把一小块糖丢进自己嘴里。

他不再喝茶，出神地看着主席，主席是个淡棕红色头发的农民，看样子有四五十岁，在用一双善于沉思的灰眼睛不紧不慢地观察世界上的一切。

娜塔莎和安托什卡听人们说话听厌了，于是走出去，来到台阶上。

雨几乎不下了，只是不时稀稀落落地掉下几滴：四周一切都变得安安静静、朦朦胧胧的。树叶和草都累坏了，耷拉下来，好像在睡觉，一直要睡到明天早晨。只在老远老远，在人家的昏暗田野里，电光闪烁，好像是疲倦的乌云在眨眼。

“明天咱们再到外婆家去，”安托什卡对姐姐说，“现在我不怕了。我喜欢雷雨。”

娜塔莎什么也没有回答弟弟。不是吗？他还小，已经淋得够受了，再说，也不能骂他。

母亲开开门，叫自己的孩子们去吃饭。母亲已经给他们煮好了土豆，还在上面浇上了鸡蛋，然后浇上了酸奶油。让孩子们快快长大，养得肥肥胖胖的吧。

（译自《普拉东诺夫三卷集》）

在美好和狂暴的世界上

安·普拉东诺夫

1

在托卢别耶夫机务段，亚历山大·瓦西利耶维奇·马尔采夫要算是最好的火车司机了。

他仅三十来岁，可是已经有一级火车司机的水平，早就在开直达快车了。当第一台功率强大的“NC”型客车机车来到我们车库的时候，就是派马尔采夫到这台机车上去工作的，而这是完全合理和正确的。给马尔采夫当助手的是机务段里的一个上了年纪的钳工，叫费奥多尔·彼特罗维奇·德拉班诺夫，可是他不久就经考试合格，当了司机，到另一台机车上去工作了。于是我就给派去接替德拉班诺夫，在马尔采夫的机车乘务组里当他的助手。在这以前我也是当机械师的助手，只不过是在一台功率小的旧机车上。

我对自己的任命感到很满意。那台“NC”型机车当时在我们机务段上还是唯一的一辆，单是它的外观就让我感到精神振奋。我可以好长时间地看着它，心里会产生一种特殊的、深受感动的喜悦——这就像初次阅读普希金的诗的时候所产生的那种非常美好的喜悦一样。除此而外，我还很想在一位头等机械师的乘务组里工作一段时间，好向他学会驾驶载重快车的技术。

亚历山大·瓦西利耶维奇平静而且冷淡地接受了派我到他的乘务组来工作的任命；看来，不管谁做他的助手，对他来说反正都是一样。

出车之前，我像通常一样，检查了机车的所有部件，试验了它的全部操纵机件和辅助机械，认为机车已经做好出车准备，感到放心了。亚历山大·瓦西利耶维奇看到我在检查，留心看着我工作，但是在我检查完了以后，他又亲自检查了机车的状况，就好像不信任我似的。

后来这种情况反复出现，对于亚历山大·瓦西利耶维奇经常干预我职责之内的事，我已经习以为常了，不过心里还是默默地感到不痛快。但通常只要我们一上路，我就忘记了自己的不快。我一面注意那些监视正在飞奔的机车状态的仪表，一面观察左侧机器的运转情况和前面的道路，并不时看看马尔采夫。他以一位伟大的大师勇敢无畏的信心驾驶着列车，像一位充满灵感的演员那样聚精会神，这样的演员把整个外部世界都转化为自己的内心感受，因此能统治整个外部世界。亚历山大·瓦西利耶维奇的眼睛望着前方，好像远远离开了现实，好像什么也没看见。但是我知道，他用这双眼睛看到了前面的全部道路，看到了迎着我们飞驰而来的一切天气情况，就连机车插入广阔的空间，机车所产生的气流把一只麻雀扫下碎石坡去；就连这只麻雀也吸引了马尔采夫的视线，有一瞬间他跟着这只麻雀转过头去，看看在我们过去以后，它怎么样了，飞到哪里去了。

我们从未因为自己的过错而晚点。恰恰相反，在那些我们本该不停车就通过的中间站上，常常会让我们停车。因为我们行车总是会赶出一些时间来，提前到站，于是就用不放行的办法让我们回到列车运行表上所规定的时间。

通常我们总是默默地工作，只是有时亚历山大·瓦西利耶维奇并不朝我转过脸来，用扳手敲敲锅炉，想要让我注意机车运转的某一不正常状况，要么是让我思想上做好准备，明白运转情况即将发生急剧变化，好提高警惕。我总是懂得上级同志的这些无言的指示，完全尽心竭力地工作，然而司机对待我仍然像对待一个给油工——司炉一样，经常冷漠地在停车场上检查压力润滑器，检查连杆接合处的螺钉拧得紧不紧，试试主动轮上的轴箱以及其他，等等。如果我刚刚检查了某一会发生摩擦的工作部件，给它上过了油，那么马尔采夫就跟在我后面再检查一遍，再上一次油，就好像不认为我的工作当真有用似的。

“亚历山大·瓦西利耶维奇，这个滑块我已经检查过了。”有一次当他在我以后又检查这一零件的时候，我对他说。

“可我想亲自检查一下。”马尔采夫微微一笑，回答说。在他的微笑里有一种使我感到吃惊的忧郁神情。

后来我才懂得了他的忧郁以及他经常对我们态度冷淡的原因。在我们面前，他感到自己优越，因为他比我们更确切地了解机器，他不相信我或任何别的人能学会只有他才有的才能——这就是能够同时既看到路上的一只麻雀，又看到前面的信号，而且在那一瞬间还能感觉出道路、列车的重量和机车的牵引力。马尔采夫明白，当然，在尽心竭力、在勤奋方面，我们甚至能超过他，但是他不能想象我们会比他更爱机车，会比他把火车驾驶得更好——他认为，驾驶得更好是不可能的。因此马尔采夫和我们在一起感到忧郁：由于自己的天才，他感到寂寞，这就像由于孤独感到寂寞一样，他不知道怎样把自己的才能都告诉我们，好让我们完全理解。

真的，我们不了解他的技能。有一次我请求准许我独立自主地开车，亚历山大·瓦西利耶维奇允许我开40公里，于是坐到了助手的位子上。我开车运行了20公里，就已经晚点四分钟了，而走完那段长时间的上坡路，我的时速最多没能超过30公里。在我之后，机车由马尔采夫驾驶，他以50公里的时速爬坡，在弯道上也不像我那样弄得机车晃来晃去，不久他就抢出了我耽误的那段时间。

2

我给马尔采夫当助手，干了将近一年，从8月到第二年7月。7月5日，马尔采夫作为特别快车的司机跑完了他的最后一趟车……

我们接受了一列80轴的客车，在我们接班以前，这列车已经在途中晚点四个小时。调度员来到机车旁，特意请求亚历山大·瓦西利耶维奇尽可能缩短列车晚点的时间。哪怕把这段晚点的时间缩减到三小时也好，否则他将难以把空车交给相邻的那个路段。马尔采夫答应他给抢时间，于是我们往前开走了。

那是晚上8点钟，但夏季的白天还在持续，太阳还以早晨那样扬扬得意的充沛精力照耀着。亚历山大·瓦西利耶维奇要求我让锅炉里的蒸汽一直保持仅仅比极限低半个大气压的压力。

半小时后我们来到了草原上，来到了平稳的软性地层剖面。马尔采夫使时速达到了 90 公里，而且不再降低，恰恰相反——在水平线上和坡度不大的坡道上，他让时速达到 100 公里。在上坡时，我把火箱加大到极限，迫使火炉用手工装煤，以帮助加煤机，因为我的蒸汽下降了。

马尔采夫开着机车往前飞跑，把调速器调到最大限度，完全切断了回动装置。我们现在正迎着从地平线后出现的一片威力强大的乌云驶去。太阳从我们这边照亮乌云，凶猛、暴怒的闪电又从内部撕裂它，我们看到，闪电犹如利剑自上而下插入寂静无声的远方的土地，而我们正向那远方的土地疯狂地疾驰，仿佛急急忙忙要赶着去保护它。看来，这一景象使亚历山大·瓦西利耶维奇为之神往：他从车窗里远远探出身去，望着前方，他那双看惯了烟、火和广阔空间的眼睛，由于非常兴奋，现在正闪闪发光。他明白，我们机车的工作和强大的功率可以与雷雨所做的工作相比，而且也许为这一想法感到自豪。

不久我们看到了在草原上迎着我们飞驰而来的尘土的旋风。这么说，暴风雨把雷雨的乌云向我们迎面吹了过来。我们周围光线变暗了，干燥的土和草原上的沙打在机车的钢铁躯体上，开始呼啸，发出咯吱咯吱的响声；能见度消失了，我开动涡轮直流发电机，用来照明，开亮了机车前的头灯。灼热的尘土的旋风刮进司机室，由于机车迎风行驶，风力变得更大，再加上炉膛里的煤气和包围了我们的、来得过早的黄昏，这一切使我们现在感到呼吸困难。机车吼叫着向前冲去，冲进惊惶不安的、闷热的黑暗里——冲进机车头灯造成的那条光的缝隙里。时速降低到了 60 公里，我们像在梦中一样工作着，望着前方。

突然一大滴雨点打在挡风玻璃上，但是被热风喝尽，立刻干了。随后一道转瞬即逝的蓝光在我睫毛旁忽地一闪，一直钻进我突然颤抖了一下的心里。

我一把抓住车灯的开关，但我心中的疼痛已经消失，我立刻望了望马尔采夫那边——他直望着前方，正在开车，脸上的表情毫无变化。

“这是什么？”我问司炉。

“闪电，”他说，“想要打中我们，可是稍微打偏了一点儿。”

马尔采夫听清了我们的话。

“什么闪电？”他高声问。

“刚刚过去。”司炉回答。

“我没看见。”马尔采夫说，说着又把脸对着外面。

“没看见！”司炉惊讶地说，“我寻思，锅炉爆炸了，啊，闪得多亮啊，他却没看见。”

我也怀疑这是打闪。

“那雷声呢？”我问。

“雷声嘛，我们错过了。”司炉解释说，“总是先打闪，后打雷。当雷声一响，空气振动，来回震荡的时候，我们已经飞也似的离开了它。乘客们也许听见了，他们在后面。”

随后我们驶进暴雨之中，但很快过了雨区，来到一片已经平静下来的、黑暗的草原上，一团团安安静静、已经累坏了的乌云一动不动地斜挂在草原上空。

天已完全黑下来，宁静的夜降临了。我们闻到了潮湿的泥土味、给雷雨浇透了的草和庄稼的芳香，我们风驰电掣地向前驶去，在赶时间。

我发觉，马尔采夫开车已经不如以前了——在弯道上，我们一会儿给甩到这边，一会儿给甩到另一边，时速一会儿达到100多公里，一会儿又降到 40 公里。我断定，亚历山大·瓦西利耶维奇大概已经很累了，因此什么也没对他说，尽管在司机这样操作的情况下，我很难使火箱和锅炉的工作保持最佳状态。不过再过半小时我们就该停下来上水了，而且要在那里停一会儿，亚历山大·瓦西利耶维奇可以吃点儿东西，稍微休息一下。我们已经赶出来了四十分钟，而到我们机务段的终点，我们至少还可以再赶出一小时来。

我还是为马尔采夫过于劳累感到担心，于是自己开始留神注视着前方——注视道路和信号。从我这一边，在左边的机器上方吊着一个为摆动的摇杆装置照明的电灯泡，我清清楚楚看到左边的机器紧张、稳定的运转情况，但后来机器上方的灯泡突然快要灭了，灯光暗淡，变得像一支蜡烛。我回头看看驾驶室，那里的所有灯泡现在亮度也只有原来的四分之一，勉强照亮着仪表。奇怪的是，这时候亚历山大·瓦西利耶维奇并没有拿扳手敲一敲，向我指出这一不正常的情况。显然，涡轮直流发电机并未达到设计的转数，电压下降了。我开始通过蒸汽管道调整涡轮直流发电机，花了好长时间忙着调节这台机器，但是电压一直没有升高。

这时一片云雾似的红光从仪表的字盘和驾驶室的天花板上一闪而过。我往外边望了望。

前面，在黑暗中，是近还是远——无法判定，有一条红光横在我们的道路上徐徐晃动。我不明白这是什么，但是我明白应该做什么。

“亚历山大·瓦西利耶维奇！”我喊了一声，并且拉了三声停车的汽笛。

我们车轮的轮箍下传来响墩的爆炸声。我向马尔采夫冲去，他朝我转过脸来，用一双呆滞而安详的眼睛看了看我。测速仪表盘上的指针指着时速60公里。

“马尔采夫！”我大声喊。“我们把响墩压坏了！”说着伸手去抓操纵系统。

“走开！”马尔采夫高声说，他的眼睛发亮了，反射出测速仪上方暗淡的电灯泡上的闪光。

转瞬间他已来了个紧急刹车，把操纵杆向后一扳。

我给紧紧挤到了锅炉旁，我听到，紧贴车轨滑动的轮箍发出一声哀号。

“马尔采夫！”我说，“得把汽缸的开关打开，我们会把机车弄坏的。”

“用不着！不会弄坏！”马尔采夫回答。

我们停下来了。我用注水器往锅炉里注水，并且朝外边望了望。在我们前面十来米，就在我们这条线路上停着一台机车，开往我们那个方向去的一辆煤水车。煤水车上有一个人，他手里拿着一根尖端烧得通红的、很长的拨火钩，他晃动着这根拨火钩，想要让特别快车停下来。这台机车是停在区间的一列货车的后推机车。

可见，在我调整涡轮直流发电机，没有看着前方时，我们已经驶过了黄色信号灯，随后又驶过了红色信号灯，而且大概还有巡道工们的不止一个的警告信号。但是为什么马尔采夫没有看到这些信号呢？

“科斯嘉！”亚历山大·瓦西利耶维奇喊我。

我走到他身边。

“科斯嘉！我们前面有什么？”

我讲给他听了。

“科斯嘉！……接下去，你来开车，我眼睛瞎了。”

第二天我把一列回程车开回自己的车站，把机车交给了车库，因为它的两对车轮轮箍稍微有点儿移位。我把所发生的事情报告了机务段段长以后，搀着马尔采夫的手，领他回他的住处。马尔采夫本人非常苦恼，没有去见机务段段长。

我们还没走到那条杂草丛生的街上马尔采夫居住的那幢房子，他忽然要求我把他一个人留下。

“不行，”我回答，“亚历山大·瓦西利耶维奇，您是个盲人。”

他用一双明亮的若有所思的眼睛看了看我：“这会儿我看见了，你回家去吧……我什么都看见了——那不是，我的妻子出来接我了。”

马尔采夫住的那座房子大门口当真有一位妇女站在那儿等着，那就是亚历山大·瓦西利耶维奇的妻子，她那头没包着头巾的黑头发在太阳照耀下闪闪发光。

“她头上包着头巾，还是没有头巾？”我问。

“没有，”马尔采夫回答，“谁是盲人——是你，还是我？”

“好吧，既然您看得见，那么请当心。”我决定了，于是离开了马尔采夫。

3

马尔采夫被送交法庭审判，开始侦讯。侦查员把我传去，问我对那趟特别快车所发生的事情有什么看法。我回答，我认为马尔采夫无罪。

“由于近距离放电，由于打闪，他失明了。”我对侦查员说，“他受了暗伤，管视觉的神经受到了损害……我不知道，这该怎么准确地讲。”

“我懂得您的意思，”侦查员说，“您说得准确，这一切都是可能的，但是并不可信。因为马尔采夫自己供述，他没有看到闪电。”

“可是我看见了闪电，给油工人也看见了。”

“可见，闪电击中的地方离你们比离马尔采夫近，”侦查员推断，“为什么你和给油工人没受暗伤，没有失明，而司机马尔采夫的视觉神经却受了暗伤，而且失明了呢？您是怎么认为呢？”

我无言对答，随后思考了一下。

“闪电，马尔采夫是不可能看到的。”我说。

侦查员惊讶地听着我的话。

“他不可能看到闪电，他霎时间就失明了——由于受到在电光之前到来的电磁波的冲击。闪电的光是放电的后果，而不是打闪的原因。当电光闪烁的时候，马尔采夫已经失明了，而盲人是不可能看到光的。”

“有意思，”侦查员微微一笑，“我倒愿意停止审理马尔采夫这件案子，如果他现在还是盲人的话。可是您是知道的，现在他和您、我一样，同样能看得见。”

“是看得见。”我证实。

“当他尾随那列货车，以高速驾驶着特别快车的时候，”侦查员接下去说，“他是不是盲人呢？”

“是的。”我证实。

侦查员注意地看了看我。

“为什么他不让您来驾驶机车，或者，至少命令您来停车呢？”

“我不知道。”我说。

“瞧，您看，”侦查员说，“一个有理智的成年人驾驶着一列特别快车，把几百人送往……必然的死亡，只是偶然避免了一场灾难，后来却辩解说，当时他是个盲人。这算什么呢？”

“可是要知道，他自己也会死的呀！”我说。

“大概是，然而几百人的生命比一个人的生命使我更感兴趣。也许他有要死的原因吧。”

“没有。”我说。

侦查员变得很冷淡。我开始让他感到无聊了，就像一个傻瓜会让他感到无聊一样。

“您什么都知道，只是除了最主要的，”他慢慢沉思着说，“您可以走了。”

我从侦查员那里去马尔采夫的住处。

“亚历山大·瓦西利耶维奇，”我对他说，“当您失明以后，为什么不叫我帮忙呢？”

“可是我看得见哪，”他回答，“我干吗需要你呢？”

“您看得见？”

“一切——铁路、信号、草原上的麦田、右边机器运转的情况——什么我都看见了……”

我感到莫名其妙。

“那您怎么会出那样的事呢？您闯过了所有的警告信号，您一直对着另一趟列车的尾部冲了过去……”

这位一级火车司机忧郁地陷入沉思，然后轻轻地回答我，仿佛是回答他自己：“我已经习惯于看到光了，我以为我看到了光，可当时我只是在自己的思想里看到了光，在想象之中。实际上我已经是个盲人，可是我并不知道这一点……就连响墩我也不相信，尽管我听到了它们的响声——我以为我听错了。而当你拉了停车的汽笛，对我喊了一声的时候，我却看到前面是绿色信号，我没有立刻猜到是怎么回事。”

现在我理解马尔采夫了，但是我不知道，他为什么不把这一情况告诉侦查员——告诉他，在他失明以后，有很长时间他还在自己的想象中看到外部世界，而且相信这个世界是真实的。我向亚历山大·瓦西利耶维奇提出了这一问题。

“可是我对他说过了。”马尔采夫回答。

“那他呢？”

“‘这是，’他说，‘这是您的想象，也许您现在还在想象什么，我不知道。’他说，‘我需要查明事实，而不是您的想象或猜疑。你的想象——有过还是没有过——我是不能检查的，它仅仅是在您的头脑里，这是您说的话，而险些儿没有发生的车祸，却是行为。’”

“他说得对。”我说。

“说得对，我自己也知道。”司机表示同意，“不过我也是对的，我没有罪。现在会怎样呢？”

“你会坐牢。”我告诉他。

4

马尔采夫给关进了监狱。我仍然以副司机的身份在跑车，不过已经是跟着另一个司机了——一个小心谨慎的老头儿，在离黄色信号灯还有一公里远的地方他就刹车，而当我们驶近信号机的时候，信号已经换成了绿色，于是老头儿又开始拖着列车往前开去。这不是工作——我在想念马尔采夫。

冬天我在州里的一座城市里，去探望我的兄弟，一个住在大学宿舍里的大学生。在谈话中，兄弟对我说，他们大学的物理实验室里有一种可以获得人工闪电的杰斯拉[1]装置。当时我头脑里产生了某种想法，这个想法是否有用还没有把握，而且对于我自己来说也还不够明确。

回家以后，我对这一关于杰斯拉装置的推测从各方面作了周密的考虑，断定我的想法是正确的。我给当时审理马尔采夫案件的那个侦查员写了一封信，请求对在押的马尔采夫进行一次试验，看看这种装置放电会对他产生什么影响。如果证明近距离突然放电会对马尔采夫的心理或视觉器官产生破坏性作用，那么马尔采夫案件就应当重新审理。我向侦查员说明，这种杰斯拉装置设在什么地方，以及需要怎样对人进行试验。

侦查员好久没有回答我，但后来通知我，州检察长同意在大学实验室里进行我提议的这样一次鉴定。

几天后，侦查员给我发来通知，叫我去见他。我到他那里去的时候心情异常激动，事先就深信马尔采夫的案件会获得完满的判决。

侦查员向我问过好，但好久默默不语，而是用一双悲哀的眼睛在慢慢地看一份什么文件，我失去了希望。

“您让您的朋友上当了。”后来侦查员说。

---

①杰斯拉（1856—1948），在美国工作的塞尔维亚人，电工技术领域的发明家。

“什么？维持原判吗？”

“不，我们释放了马尔采夫。命令已经签发出去，说不定马尔采夫已经在家里了。”

“谢谢您。”我在侦查员面前站了起来。

“可是我们不会感谢您。您给出了个坏主意，马尔采夫又成了盲人……”

我疲倦地坐到椅子上，霎时间我的心好像给烧毁了，我想喝水。

“专家们事先没有提出警告，在黑暗中把马尔采夫带到杰斯拉装置前，”侦查员对我说，“接通电流，产生了闪电，而且听到一声尖锐的响声，马尔采夫安详地走了过去。但是现在他又看不见光了——这是用客观的方法判明的，是由法医做的鉴定。”侦查员喝了口水，又加上几句，“现在他又仅仅是在自己的想象中看到外部世界了……您是他的朋友，请您帮助他吧。”

“也许，他还会恢复视力吧，”我说出了自己的希望，“就像那时候，在机车……”

侦查员想了想。

“未必吧……那时是第一次创伤，现在是第二次了。受过伤的地方又受了伤。”

侦查员再也控制不住自己，激动地站起来，开始在屋里踱来踱去。

“这是我的罪过……我为什么要听您的话，而且像个傻瓜一样，坚持要进行试验！我是拿一个人来冒险，而他没有经受住这一危险。”

“您没有罪，您并没有拿任何东西来冒险，”我安慰侦查员，“一个自由的盲人，或者是一个能看得见、但是无罪而被监禁的人，这两者哪一样更好呢？”

“我不知道。我不得不用让一个人遭受不幸的方法来证明他的无罪，”侦查员说，“这是一个太大的代价。”

“您是侦查员，”我对他解释说，“您应该了解一个人的一切，就连他对他自己也不了解的一切，也应该知道……”

“我理解您，您是对的，”侦查员轻轻地说。

“请您不要激动，侦查员同志……这儿的事实是在一个人的内部发生作用，而您却仅仅在外部寻找这些事实。但是您了解自己的缺点，您对待马尔采夫，像一个高尚的人。我尊敬您。”

“我也尊敬您，”侦查员表示同意，“您要知道，您可以成为侦查员的助手……”

“谢谢，不过我有工作——我是特别快车机车上的副司机……”

我走了。过去我并不是马尔采夫的朋友，他对我也总是既不注意，也不关心。但是我想保护他，使他避免命运给他带来的灾难，我激烈地反对那些偶然和冷漠地消灭一个人的致命的力量；我感觉到了这些力量中那种秘密的、令人不可捉摸的计算——这就是，它们断送的恰恰是马尔采夫，而不是……譬如说吧，不是我。我明白，自然界中并不存在我们人类社会中那种数学上的计算，但是我看到，确实有一些事实证明的确存在某种敌对的、对人的生命会造成毁灭性危害的环境，而这些极端危险的力量在毁灭那些卓越的高尚的人。我决定：决不认输。因为我感觉到，我身上有某种无论是自然界的外部力量，还是我们的命运中都不可能有的东西——我感觉到了我自己的人的特性。我变得顽强不屈，决定进行反抗，但自己还不知道应该怎么做。

5

第二年夏天我考试合格，取得了司机资格，开始独立驾驶一台“CY”型机车，在本地的客车线路上工作。每当我把机车开到停在月台旁的列车那儿的时候，几乎总是看到坐在一条油漆过的长凳上的马尔采夫。他用一只手拄着放在两腿中间的手杖，把自己那张充满激情而又敏感的脸朝向机车那边，然而他的眼睛却是呆滞的，什么也看不见，他贪婪地呼吸着煤渣的焦味和润滑油味，而且注意地听着蒸汽和空气泵有节奏的工作情况。我没有什么可以安慰他的，于是我开着车走了，而他却留了下来。

那正是夏天，我在机车上工作，常常看到亚历山大·瓦西利耶维奇——不仅是在车站月台上，而且常在他用手杖试探着道路，慢慢走着的时候，在街上遇到他。在最近这段时间里他瘦了，也变老了。他生活是富裕的——经裁定，发给他退休金，他的妻子在工作，他们没有孩子，但是苦闷、脱离社会生活的命运折磨着亚历山大·瓦西利耶维奇。由于长期忧愁，他的身体消瘦了。我有时和他说几句话，但是看得出，谈生活琐事让他感到无聊，他不能安于仅仅听我说一些亲切的安慰话，这徒然使他感到烦闷。我意识到，盲人，也是完全享有充分权利的、值得尊重的人。

“走开！”听完我那些表示关怀的话，他说。

但是我也是一个爱发脾气的人，当有一次他像往常那样叫我走开的时候，我对他说：“明天10点30分我要来开车。如果你能安安静静地坐着，我可以带你到机车上去。”

马尔采夫同意了。

“好吧。我安安静静地坐着。在那里你让我手里拿着点儿什么——让我握着操纵杆吧。我不会转动它的。”

“你可别转动它！”我又重说了一遍，“你要是转动它，我就拿一块煤放到你手里，从此再也不带你到机车上去。”

盲人默不作声，他是那么想再上机车，所以在我面前抑制着自己的高傲。

第二天我请他从那条油漆过的长凳上到机车上来，并且从机车上下去接他，帮助他走上机车驾驶室。

当我们开动列车，向前驶去的时候，我让亚历山大·瓦西利耶维奇坐到我的司机座位上，把探纵杆放到他的一只手里，让他的另一只手握着自动刹车装置，然后把我自己的双手放到他的两只手上。我根据需要，用我自己的手驾驶机车，他的手也在操作。马尔采夫默默地坐着，听从我的命令，满意地充分享受机车运行、迎面吹来的风和工作带来的乐趣。他聚精会神，忘记了盲人的痛苦，柔和的喜悦神情使这个人极其消瘦的脸上发出了光彩，对于这个人来说，对机车的感觉就是幸福。

回程时我们仍然是用这种方式驾驶机车——马尔采夫坐在司机的座位上，我俯身站在他身边，用自己的手握着他的手。对于用这种方式开车，马尔采夫已经如此适应，只要我轻轻按一按他的手，他就会准确地感觉出我的要求。这位以前技术超群的司机竭力想克服自己视力的缺陷，用旁的方式来感觉外部世界，好继续工作，以不辜负自己的一生。

在那些安全的路段上，我完全离开马尔采夫，只是从助手所在的那边望着前方。

我们已经快到托卢别耶夫了，我们目前这一次行程就要顺利结束了，而且我们一直是正点运行。但是在最后一段路程，我们迎面却亮起了黄灯。我没有过早地降低行速，而是开足马力向信号机驶去。马尔采夫用左手握着操纵杆，安静地坐着。我望着自己的老师，心里暗暗怀着希望……

“关掉蒸汽！”马尔采夫对我说。

我心里激动极了，默不作声。

这时马尔采夫从座位上站起来，把一只手伸向调速器，关掉了蒸汽。

“我看见了黄光。”他说，说着把刹车把手朝自己那边一拉。

“不过也许你又仅仅是想象自己看到了光吧。”我对马尔采夫说。

他朝我转过脸来，哭了。我走到他面前，吻了吻他，回答说：“请你把车一直开到终点吧，亚历山大·瓦西利耶维奇，现在你已经看到这个世界了！”

没有我的帮助，他一直把车开到了托卢别耶夫。下班以后，我和马尔采夫一同到他的住处去，我和他一起坐了整整一个晚上。

我怕丢下他独自一人，就好像怕丢下自己的亲儿子一样，怕他失去保护，无法抗拒我们这美好而又狂暴的世界上那些突然而来的敌对力量的影响。

安德烈·普拉东诺夫（1899—1951）是苏联一位很有才华的作家。他生在一个钳工家庭里，曾经做过土壤改良师，领导过沃龙涅什发电站的建设。在他生前，作为一个作家，他没有受到应有的重视，用帕乌斯托夫斯基的话来说：“普拉东诺夫的作品几乎没发表过。即使在罕见的情况下，偶然在刊物上发表他的一篇短篇小说，荒谬的责难立刻像山崩一样落到他身上。”苏联卫国战争时期，普拉东诺夫作为随军记者到过前线上的许多地方。这个时期他的作品发表得比较多一些。但1946年他的短篇小说《归来》发表后，又立刻受到极不公平的指责。此后，他不得不沉默下来。然而普拉东诺夫的作品具有“征服人心的力量”。帕乌斯托夫斯基十分推崇他，称他为“真正的作家”。这不仅是指他作为一个作家的才华，而且也是指他的人格。普拉东诺夫晚年病得很重，吐血，一连几个月一动不动地卧床不起，但是他一次也没有违背自己作为一个作家的良心。他的一篇文章的题目就叫作《作品就是良心》。他的许许多多作品都是在他过世后才第一次与读者见面的。

普拉东诺夫笔下的主人公大多是他熟悉的劳动者，如机床司机、机械工人、农民、普通士兵、流浪汉、老年人、妇女及儿童，写他们在社会大变革时期的经历和感受，探索并揭示他们内心的精神世界，同时也赞扬他的主人公们是“能人”“崇高的人”。他惯用既夸张又现实、既朴素又含蓄的艺术手法反映那一时期的现实生活，描写劳动人民的希冀、激情、痛苦和困惑，揭露社会的冲突和矛盾，嘲讽现实中的狂热和荒谬现象，揭露官僚主义的愚蠢和专横。这就是他的作品不得发表的根源所在！

普拉乐诺夫也是一位散文大师，这里介绍他的一篇《七月的雷雨》。对这篇短篇小说，帕乌斯托夫斯基说过，就其迷人的魅力来说，可认为是苏联当代文学中最鲜明、最典型、最具有征服人心的作品。

另一篇《在美好和狂暴的世界上》，虽然不像《七月的雷雨》那样抒情，却是普拉东诺夫有代表性的作品。他用他那既现实又怪诞的艺术手法，揭示了人们在这个“美好而又狂暴的世界上”的精神世界。

非琴俄罗斯文学经典译文集

В прекрасном и бурном мире

在美好和狂暴的世界上（下）

——俄罗斯抒情散文小说选

[苏]安・普拉东诺夫等 著
非 琴 译

河北出版传媒集团
河北教育出版社

花 瓶

瓦·科热夫尼科夫

布江卡集体农庄的陶器一向享有盛誉。

童话境界里大自然百花盛开的景象——幻想中的花园，被布江卡陶工们的手移植到了陶盆、陶罐和陶碗的侧面，这些景象能激起人们丰富的想象。

只消朝这些汤盆看上一眼——在那美妙的玻璃般的盆底上，就像在池塘深处一样，一动也不动地浮着一朵朵的荷花和睡莲——心里立刻就会觉得愉快、舒畅。

人们提议叫布江卡集体农庄把他们的陶器拿到国际展览会上去展览。

接到这样的订货，责任心使陶工叶戈尔·格雷兹洛夫十分激动，他说："人们由陶器碎片来推断千年以前人们的生活，我却要拿出一个完整的器皿来。这是我们政权的物证啊。"

格雷兹洛夫被公认为布江卡村最出色的陶工。

格雷兹洛夫身材高大，稍有点儿驼背，宽大的脸上流露着羞涩的神情，加上一对恳切的眼睛，因此脸上显得神采奕奕。他性情孤僻，注意力集中，对待自己的作品异常严格无情。他把还发烫的陶器从窑里取出来，仔细检查一遍，如果发现上面有一点儿哪怕是只有他一个人才知道的缺点，他立刻就用事先预备下的棍子把它打碎，之后他就满怀失望，闷闷不乐。这时候最好是别接近他。格雷兹洛夫会无缘无故地得罪人，不为任何原因。

格雷兹洛夫独自待在一间小屋里，思索着新的作品。他在满屋里踱来踱去，抽着烟，两手捧着头，呻吟着，似乎是害了牙痛病。

然而，当格雷兹洛夫被某个念头鼓舞着在工作的时候——那就没有任何人能像他那样陶醉在劳动之中，没有任何人能比他更温柔、更幸福、更善良。可是等到工作将要结束，格雷兹洛夫的性情就又变坏了。他又变得很神经质，为了每一件小事大发脾气。等到陶器几乎全部完工，他就变得郁郁寡欢。他神情冷漠，用忧郁的眼光朝着好的陶器略瞟一眼，就走开了。

于是格雷兹洛夫又开始辗转不安，开始求新。每次他着手工作的时候，总是想，他准能做成一件绝无仅有的艺术品，而且是把全部精力注入自己的劳动中去。

一些不可理解的事物往往会使他激动起来。在窑里发现了一块不起眼的陶器片，那上边侧面的釉凝结了，色彩变幻，栩栩如生，似乎在里面嵌上了阳光，这时格雷兹洛夫就变成了一个幸福的人。他珍爱它，犹如至宝。他把这样的陶器片和配方用纸包在一起，保藏在屋里。因为要放这些陶器片，他的屋子都显得狭小了。

获得成功的时候，格雷兹洛夫喜欢发表自己的意见：“用陶土做一只火鸡，做得跟天生的一模一样——这是可能的。可是你要有本事把自己的优越性表现出来，超过自然创造的火鸡。你要试试看，表现出自己在智慧上要比大自然优越，跟大自然较量较量。我们应当在作品当中表现自己，而不是其他不相干的东西。一个人在作品当中是做不得假的。它立刻就会告诉我，你是个什么样的人。在作品当中不管什么都是表现得很真实的。”

这一切他说得很快，声音是气愤的，事先就觉得受了委屈，虽然谁也没有和他争辩。

格雷兹洛夫的作品能激起每个人心里的无限喜悦——这些作品是多么柔婉、美丽。

格雷兹洛夫的作品都不出售。它们陈列在村苏维埃和党区委会里的架子上，就像陈列在博物馆里似的。

格雷兹洛夫独自关在他的小屋里——思考未来的作品题材。

白昼将尽，暮色开始降临的时候，农庄管理处的秘书彼尔科常到格雷兹洛夫家来。彼尔科坐在大木头上，小心翼翼地叉开两腿，用手风琴轻轻地拉起了忧伤、冗长的圆舞曲。彼尔科到这儿来就跟来上班一样。他知道格雷兹洛夫喜欢音乐，而音乐能够帮助人思索。

格雷兹洛夫在工作，为未来的作品准备陶土。香粉简直是粗糙的粉末，如果拿它来和磨细了的陶土做比较的话。就化学成分来讲，稀有的合金也没有这种陶土团这么复杂。混合物调好以后，就不再搅动了，盖在湿漉漉的席子底下，要过一年多才能使用。

格雷兹洛夫每天都在调和陶土，细致地揉它，为的是增加它的伸缩性、韧性和有生物体的弹性。只是为了匆匆忙忙地、漠不关心地吃点东西，他才暂时停止工作。

可是还没有最主要的东西。还没有这样的思想，可以借助它的威力，用已经调好的陶土团塑造出美妙的形式。

格雷兹洛夫感到苦恼，他在寻求着。可是思想不能集中。他的思想分裂成了两部分。

应该对这种精神上的分裂负责的，咱们照实说吧，应是叶莲娜·伊里尼奇娜·库图卓娃——集体农庄的领导人。这是个既美丽又活泼的女人，可是说话的声音很粗鲁，性格也刚强不屈，虽然她的嘴唇柔软丰满，而且稍微向上翘着，脖子上还有一颗像葡萄干似的胎痣。

庄员们都管他们的女主席叫“伊里尼奇娜”。

这个名字听起来又亲切又受尊敬。

叶莲娜·伊里尼奇娜穿一件棉短外衣，一双柔皮皮靴。有一匹供她乘骑的马，她像个男人似的，对这匹马十分严厉。

农忙时期，叶莲娜·伊里尼奇娜总是整天整夜地不离马鞍。

她时常留在田里过夜，爬到拖拉机手的大棚车里去，如果天气凉爽，她就躺在吊床上，蜷缩着身子，睡在随便哪个小伙子的身边。早上，那个小伙子看见有个女人在他身边睡了一夜，一点儿也不会觉得惊奇。甚至连那些做了甜蜜的梦，醒来以后如醉如痴的小伙子们，也不让自己说她的坏话，不仅是不让说，就连想也是不允许的。如果说能让自己做点儿什么的话，那就是把自己的上衣给叶莲娜·伊里尼奇娜盖上，因为早上天很凉，而且有雾。

有时叶莲娜·伊里尼奇娜变得叫人完全认不出来了。她穿着绸衫和瘦瘦的高跟皮鞋，身上洒了香水，来到俱乐部里。她的头发仓促地烫过了，还微微散发着焦味。

她心情兴奋，一视同仁地和大家跳舞，玩“寄信”游戏的时候，她也写小条子，听到了恭维话就涨得满脸绯红。

晚会结束了，大家都来到了街上，人们心情兴奋、愉快，仍然在开玩笑，献殷勤。叶莲娜·伊里尼奇娜突然露出沉思的神情，拒绝了别人送她，独自走开了，以后又穿上了旧衣服，鼻梁旁边现出一条操心的皱纹，来到了大家面前。她检查农庄的业务，那么严厉地责备别人，使那个人立刻变得严肃起来。可是一小时以前她听到了那个人的恭维话，还曾羞得满脸通红，就像她是在恋爱似的。

叶莲娜·伊里尼奇娜大胆地领导着农庄的生产。

在完成所有的计划方面，农庄都是先进单位。可是农庄也从事生产陶器工艺品，作为一个领导人，叶莲娜·伊里尼奇娜要为一切负责，那就意味着，也要为艺术负责。

她需要研究，以后会变成植物的奇妙的种子是怎样生长的，为的是在生命刚一萌芽的时候就去干涉它、影响它，正像米丘林培育神奇的果子的时候所做的一样。

叶莲娜·伊里尼奇娜也在研究陶工艺术，她为陶工们匀出了很多时间。可是陶工也像所有从事艺术工作的人一样，自尊心很强，而且很神经质。

每次一走进格雷兹洛夫的工作室，叶莲娜·伊里尼奇娜就觉得有些怯生生的，面颊上也浮起了红云。她，一个那么富有独立精神的女人，行动一向毫不拘束，果断有力，在这儿却显得局促不安，不知道把两只手放在哪里才是。她羞怯地微笑着，竭力不看格雷兹洛夫的眼睛，拿起一只陶盆，爱娇地捧着它，好像是抱着个婴儿，用尖细的、不像她平常说话的声音，柔和地喃喃低语起来。

格雷兹洛夫不知为什么也发窘了。有一次，他拿起一只小花瓶，一不留心碰到了叶莲娜·伊里尼奇娜的手，他颤抖了一下，把花瓶掉到地上——花瓶打碎了。叶莲娜·伊里尼奇娜蹲下来拾起那些碎片，

格雷兹洛夫朝她的眼睛望了望。他在她眼睛里看到了那么悲哀的神情，因此他整个心都痛起来了。

以后，当叶莲娜·伊里尼奇娜在会议上发言的时候，他时常望着她的脸，想要再找到这个神情，可是没能找到。

现在需要只想着工作，这些含着柔情的想法却在妨碍格雷兹洛夫。他想摆脱这些想法，于是对大家粗暴无礼，辱骂彼尔科，甚至把他和他的圆舞曲全部赶了出去——这首乐曲把他的思想引导到另一方面去了。

格雷兹洛夫独自关在屋里，不愿意和任何人见面。

可是陶工库津诺夫却跑来看他了。

库津诺夫对陶土满怀着信心。他说，可以用陶土制成人生活当中的一切必需品。他试用陶土来做家具，甚至试做炮弹壳。他无休止地进行着试验，扔得满院子里都是硬得像生铁似的陶器碎片。后来，这些碎片多得足够从村苏维埃到他家铺一条路了。库津诺夫在这条闪耀着霓虹般色彩的路上走着，同时体味到了两种心情，一种是甜蜜的忧郁心情，另一种是使人精神振奋的朝气。因为无畏的顽强精神能够点缀人生。

库津诺夫迈着小步在屋里跑来跑去，接连不断地抽着烟，吐掉烟头。他提议叫格雷兹洛夫做一个塑着集体农庄生活浮雕图的浴缸。浴缸——这是文化的象征，甚至连外国的农民也没有用浴缸洗澡呢。

“可是咱们这儿也没用浴缸洗澡哇。”

“咱来教会他们！”库津诺夫走过去说。“还有，你要明白，有多大的

地方可供雕塑啊！一个有人那么高的东西，农庄的全部事迹都能雕在上面的。”

“烧起来困难哪。”

“怪事！”库津诺夫吃了一惊，“我为什么来找你呢！你是陶工当中的第一把好手，你应当想出个办法来啊。”

库津诺夫的急不可耐的热情打动了格雷兹洛夫的心，他着手从事新的工作了。

叶莲娜·伊里尼奇娜有时到格雷兹洛夫的工作室来，可是格雷兹洛夫对她态度十分冷淡，于是她低下头，走了出去。

格雷兹洛夫听到库图卓娃高声吆喝马，不由得打了个哆嗦，仿佛这是人家对着他大声喊叫似的。

新的工作异常吃力，笨重的陶坯时常会塌下来，破裂，或者是成了歪的。

格雷兹洛夫试遍了上千种方法，可是没有一种是中用的——浮雕使浴缸无法均匀地焙烧。于是做了一个不带花纹的。库津诺夫大喜若狂，他往还发烫的浴缸里倒上了水，立刻就在窑边池里发疯似的洗起澡来，他幸福地大嚷大叫，说工作成功了。

可是格雷兹洛夫阴郁地朝这个平滑的褐色大盆望了一眼，摆摆手就走开了，尽管库津诺夫在高声喊他，叫他拿擦子给他擦背。

格雷兹洛夫没有去把浴缸送交给委员会。库津诺夫把浴缸装到手推车上，推到了管理处，他在那儿高兴地大嚷大叫，拿脚踢它，证明它非常结实，挥舞着双手，招呼愿意试验一下的人也来试一试。

尽管库津诺夫所说的理由都是令人信服的，可是委员会拒绝接受这件陈列品——这样的产品不能全面地反映布江卡陶工们的艺术技巧。库津诺夫仍然竭力争取到了拟订浴缸的生产计划。

为国际展览会准备的陈列品的交货日期迫近了。

格雷兹洛夫彻夜坐在工作室里，陶土笨拙地在他手里转动着，弄得湿漉漉、黏糊糊的。如果陶土有生命的话，那么大概准会被折磨得尖叫起来，就像一条狗不明白主人要它做什么的时候一样。

朦胧的月亮悬在空中，到处都显得异乎寻常的澄澈晶莹。似乎一切都是用玻璃做的，而且是那么脆弱，只要一丁点儿声音，或者轻轻地一吹，就会把它们弄碎。

大自然被寂静催眠，沉入梦乡。花儿在沉睡，紧紧地闭拢了花冠，在渐渐柔弱的花茎上垂下了头。梭鱼张开嘴在沉睡。芦苇丛中的河流也睡着了，只是还在梦中微微地叹息，缓缓地流动着。人们在沉睡。

老爷爷纳乌梅奇没有睡，因为他是守夜人。纳乌梅奇穿一件散发着狗腥气的羊皮袄，腋下夹着梆子，在这片寂静中蹑手蹑脚地走着，守护着人们的睡梦。

格雷兹洛夫没有睡。他满脸焦黄，面容消瘦，坐在工作台前，双手浸没在陶土里，凝望着一点。现在他抽烟抽得很多，到处乱抛着烟头——以前他从来也不让自己把烟头丢在工作室的地板上。

格雷兹洛夫停住黏土转盘，把作品端详了一下，一挥拳，捶扁了自己的劳作成绩，然后又重新开始。库床吱呀吱呀地响，陶土在格雷兹洛夫的神经质的手底下哼哧哼哧地喘息。又是一挥拳，又是一个打烂了的湿泥饼。

格雷兹洛夫把头低垂到手上，脸俯在冒着潮气的湿陶土里，就这样坐在那儿，他的姿势是绝望的。

工作室的门打开了，寒冷明朗的月光中，站着叶莲娜·伊里尼奇娜。她穿着印花布外衣，高跟皮鞋，脖子上围着一条轻飘飘的透明花边衣领——似乎这是用霜做的。

叶莲娜·伊里尼奇娜犹豫不决地站住了。

格雷兹洛夫抬起头来，茫然若失，突然讥讽地问："你是来检查的吧？"

叶莲娜·伊里尼奇娜低声说："我没上城里去，却上这儿来了。"

格雷兹洛夫指着放着陶土的高台，尖刻而又悲伤地说："讲台就在那儿，您是习惯在讲台上发言的。有什么事呢？"

叶莲娜·伊里尼奇娜顺从地坐在放着陶土的箱子上，睁大两眼瞧着他。她的脸被月光照得呈淡蓝色。她仿佛不是对着格雷兹洛夫，而是自言自语地说："人们都认为我粗鲁。不错，我是粗鲁。大夫叫富农杀害了。你自己也知道，集体农庄还没有巩固以前，我经受了多少辛苦。可是我看看你，看看你的作品，就想：这个人心里该有多少柔情和热爱，他是多么卓越地表现出了自己的感情。我觉得：你能做出这么美的作品……那么……"她突然用很轻很轻的声音低语说："你也应该明白我的心……"

格雷兹洛夫试图把手从陶土里挣脱出来，呻吟着说："主席同志，我一定还要做一样什么东西。"

他想要站起来。

叶莲娜·伊里尼奇娜站了起来，用颤抖的手整理了一下颈子上的透花衣领。她本想走向格雷兹洛夫，可是踌躇了一会儿，就悄悄地走了出去，好像是在耀眼夺目的月光中消融了。

格雷兹洛夫跑到街上。神奇的淡蓝色的月光在空中照耀着，一棵棵白杨好似巨大的水草，伸向高空，浮云犹如许多大鱼，正在向上飘动，周围是那么寂静，就像在水底下似的。

格雷兹洛夫想要痛苦地大叫、召唤，喊她回来。彻夜无眠的纳乌梅奇走近前来，说：“寂静最适合于思索，一个人的思想应该静悄悄地出现。你干吗在闲转呢？最好的陶工，暂时却只是在无聊地虚度时间。”

天空中露出了玫瑰色。

一只羽毛如画、耀眼夺目、异常华丽的公鸡，脚趾锐利的、傲慢的鸟中骑士，那个莽汉、那个哑嗓子的家伙和小偷，拍拍翅膀，磨磨脚爪，鼓足了劲儿，高声大叫起来。旁的公鸡群起唱和，母鸡醒来了。太阳升起来，射出了千万条光芒。河流闪闪发光。杨树上的绒毛在磨得发亮的水面上轻轻漂浮。

有这样一种伟大的力量，它能迫使我们——如果需要的话——去摘天上的星星，哪怕会因此烧伤手指。这就是对女人的爱的力量。

格雷兹洛夫在工作。剩下来的日子已经屈指可数了。他面容消瘦，叫烟熏得黑漆漆的，脸上流露着羞涩而幸福的神情。

过了一个月，从莫斯科来了一个验收国际展览会上的陈列品的委员会。广场上摆了一张桌子，陈列品就放在这上面，以便做总的评定。

轮到格雷兹洛夫了。

一个用麦秸包着的陶器放到了桌子上。

格雷兹洛夫取下麦秸，大家眼前呈现出一只花瓶。绛红色的瓶身猛然伸向上方，它的轮廓酷似一个紧抱着双臂的少女，努力抬起身子，仿佛就要腾空飞去。

这件飘飘然的艺术品里面，绚烂的色彩如同朝霞一般，变幻不定。

不由自主的赞叹声，像一阵风，在广场上轻轻飘过。

一位教授，也是一位艺术家，在花瓶旁边踱来踱去，一面用手指擦净蒙上了水汽的夹鼻眼镜。他的眼睛里射出了光彩。

教授狂喜地喃喃低语："这是一件真正的杰作。"

随后他问格雷兹洛夫："为什么花瓶上围绕着一条这么奇怪的简单花纹，就像一条妇女的普通透花衣领一样呢？"

格雷兹洛夫低下了头，搔搔眉毛，回答说："是这样……"

人们又用麦秸把花瓶包起来，放在一只装满刨花的箱子里，再把箱子钉上，装进了一吨半的载货卡车中去。行李验收员在上面写上了黑字："布江卡村——国际展览会。苏联馆。当心玻璃。"

不平凡的日子

瓦·科热夫尼科夫

正刮着风。天又黑又冷。

他们站在文化宫旁的电车站上。文化宫里的灯火好像是永远熄灭了。

听到了电车行驶的轧轧声。父亲把手伸给母亲，然后把她拉到自己怀里，拥抱了她。塔尼娅高声叫道："爸爸，还有我呢，爸爸！"

父亲回头望了望，不知为什么有点儿慌乱，还有点儿抱歉似的。他用强有力的手臂拥抱了女儿，抱起她来，把她的脸紧贴在自己被雪打湿了的脸上。

"嗯，怎么样，我的小女儿，怎么样呢？"

"爸爸，我要做个好孩子。你听见了吗，爸爸？"她喃喃地低声说，由于柔情和悲伤，她几乎喘不上气来了，悲伤使她的喉咙里感到了压抑和疼痛。

父亲把塔尼娅放到地下，很简单地说："我知道。"

电车停下来了。父亲让旁人到前面去，这样他可以最后上车，当电车开动了的时候，他站在车门前的踏板上，背着一条口袋，扭过脸来，微笑着挥手。塔尼娅高声大叫：“别这样，爸爸！这样你会掉下来的。”

电车开走了，空旷的电车站上只剩下了她和母亲。刮着凄厉的寒风，寒冷、忧郁、孤单。真想痛哭一场。

过了一个钟头，拉起了空袭警报。高射炮在射击，排炮震得窗子哗啦哗啦地响。

母亲说：“幸好现在才开始空袭，要不爸爸就只好走着去了。要知道，一天下来，他已经很累了。”

塔尼娅说：“是啊，这很好。”

这是一九四一年十月十二日，那天塔尼娅的父亲和民兵们一同出发去捍卫莫斯科了。

母亲进了工厂，现在那儿是在做自动步枪。她从早上工作到夜晚。塔尼娅大清早就起来准备早饭。晚上她一直要等到母亲回来，才肯睡觉。

“你真是我的小主妇啊。”妈妈说。

“为什么你要做两班呢？看你都这么瘦了，妈妈！”

“我觉着烦闷哪，塔尼娅！当我在爸爸的工厂里的时候，我就觉得不那么忧愁了。还有，也需要这样呢，塔尼娅。”

十二月里，塔尼娅满十七岁了。他们接到父亲的第一封来信，是寄给塔尼娅的。父亲向她祝贺，写道，他有这样一个成年的女儿，感到十分骄傲。关于自己，他只是说，他在炮兵部队里服役。

有一回，正当塔尼娅独自坐在家里的时候，沃夫卡·扎依采夫来了。

“您好！”沃夫卡说。

他在屋里来来回回走了一会儿，若无其事地问：“怎么样，冷吧？”

“关你什么事呢？”塔尼娅说。她不喜欢扎依采夫，认为他是一个无赖。

后来沃夫卡走到门边，说："请原谅我打搅。"于是走了，也没有说明他是为什么来的。

过了几天，他又来了，带来了一个铁火炉，腋下挟着几节烟囱。沃夫卡像在自己家里似的料理着，安装火炉。后来，等生着了炉子，看来通风情况也很好，他说："现在像个样子了。要不，你坐在这儿，活像个茨冈，披着披巾，张着嘴唇，叫人看着都觉得难受。"

"这个火炉值多少钱啊？"塔尼娅问。

"自己做的。"沃夫卡说，"敬礼！"

于是他走了。

以后沃夫卡又来了一趟，问道："不漏烟吗？"

塔尼娅垂下眼来说："不。"随后又用她自己也觉着陌生的声音问，"您现在在做什么，沃夫卡，读书吗？"

"不，"他回答，"我在工作。"又意味深长地低声说，"如今我们在工艺学校里做地雷。只是你对任何人都不能说！军事秘密。"又骄傲地加上了一句，"我已经得过两次两百卢布的奖金了，明白了吗？"

塔尼娅在报上读到了共青团员卓娅的功勋。她也希望能像卓娅一样地生，一样地死，她把这个想法告诉了扎依采夫。可是他说："你怎么成呢！"

"咱们瞧吧！"塔尼娅说。

她到共青团区委会去，声明她要上前线去。人家问她："现在您在做什么呢？"

"不做什么。"塔尼娅说。

“是共青团员吗？”

“不是。”

“为什么呢？”

“我不知道。”

“好吧，”人家对她说，“您明天来吧，我们会给您找点儿事干的。”

“我不是共青团员，这没有关系吧？”

“没关系。”人家回答她。

第二天她来了。

“这就是给你的。”书记对她说。

塔尼娅看完了文件，很委屈地说：“我要求到前线去，您却叫我去当扫地的女工。”

“不愿意吗？”

“我不是不愿意，可是真好笑：战争，我却是个扫地的女工！”

“这并不好笑。”书记反驳说。

她来到了管理处。人家说，并不需要扫地女工，需要装小货车的工人。

“好吧，对我反正一样。”塔尼娅同意了。

发给了她一双胶靴，一身帆布工作服。吊笼是潮的，底下是烂泥，从那里面走出了一些浑身又湿又脏的人来。当吊笼下降的时候，塔尼娅的心揪紧了，呼吸也停止了。她想，吊笼准会撞坏，那么她就会很快地跌下去的。

地道里又暗又潮，水在脚底下呱唧呱唧地响。发给了她一把铁锹，叫她把泥土装到小货车上。随后有一辆电气机车开到货车跟前，把它拖走。

不多久，塔尼娅的背和手就疼痛起来。她好像无论如何也等不到下班了。等到这一班结束，塔尼娅走往出口处去的时候，一个围着围巾的胖姑娘来到她的跟前，问：“你叫什么呀？”随后她说，“你听我说，塔尼娅，我们那儿少一个姑娘，上我们那儿去吧。人家提议给我们派个小伙子来，可是我们不愿意丢掉声誉。”

“我很累了。”塔尼娅说。

“我们也都很累了。”姑娘反驳说。

“那么好吧，我同意。”塔尼娅说。

轨道有十二公尺半长。胖姑娘——她叫尼娜——在唱《船夫卸货歌》，她竭力要唱低音，大家都合着这支歌的拍子推动钢轨。可是这儿没有任何叫人高兴的事情，有的只是非常吃力和困难的工作。钉道钉也很困难，因为鹤嘴镐——这种锤子很长，就像十字镐一样——很难正打在道钉头上。每当似乎连手指头再也不能动弹的时候，尼娜就大叫道：“快活着点儿啊，姑娘们！再铺六根枕木——红旗就是咱们的了。”

一面丝绒旗插在斜沟当中，两队工人在这上面面对面地向前铺路。

这天晚上尼娜的小队首先将铁路铺到了旗子跟前。

在她们休息的八小时里，红旗都要插在他们这儿，明天，两队又要重新开始对面铺路，又要重新争夺红旗。

塔尼娅没有回家去睡觉，因为姑娘们都决定在坑道里过夜，她们盖着棉袄，睡在木材上，头前插着夺来的丝绒旗。

可是塔尼娅却睡不着。她睁着眼躺着，心里想：大概，在前线上，战士们和他父亲也都是像这样并排睡在一起吧。这么一想，手和背仿佛都痛得轻一点儿了，心里也觉得舒畅、愉快起来。

就这样，她在工作着，并且觉得她这就要成为另一个人，成为一个大人了，许多伟大、美好的想法激励着她的心。

党组书记说，刚从列宁格勒运来了当地制造的发光石嵌花护墙板，要用它们来装饰走廊上的墙壁。

人们制造这些嵌花护墙板的时候，也正是敌人继续用猛烈的炮火封锁着这个全世界最高贵的城市之一的时候。这些列宁格勒人都是多么罕有的真诚而高傲的人哪！

“我多想做一个列宁格勒人哪！”塔尼娅说。

“好吧，”尼娜回答她，“我和姑娘们都决定要推荐你了。”

“做什么呢？”塔尼娅问。

“你能成为一个真正的共青团员，”尼娜说，“如果你住在列宁格勒的话，你准会是一个真正的列宁格勒人的。对吧，姑娘们？”

塔尼娅第一次放声大哭起来，自从父亲到前线去以后，这是她第一次放声大哭。她哭，是因为对同志们怀着甜蜜、温柔的爱，是因为现在体验到的那种让人心痛的骄傲感。

塔尼娅没对任何人说过她在哪儿工作。她决定，这一点不需要对任何人讲。就让这对大家成为一个意外，一个节日吧。要知道，这是多大的喜悦啊！战争——可是突然，请你们看看吧，谁能想得到呢？

她对母亲说：“是这样，我在一项军事建筑工程上工作。”旁的什么也没有说。

时间在逝去。到这个不平凡的日子只剩下不多几天了。

有一回，塔尼娅跑回家去。现在她住在女朋友那儿，因为这样上工去比较近。塔尼娅的房门边站着一个军人，他穿着短皮袄和毡靴，背部交叉扎着皮带。塔尼娅几乎激动得失去知觉，她大叫道：“爸爸！”

可是这不是父亲。军人转过身来，微笑着问：“是塔尼娅吗？”

“嗯，就是的。”

“我是阿扎罗夫。我给您带来了您父亲的信。我和他一道在斯大林格勒附近，您知道吧？”

“不。”塔尼娅说。

“不什么？”阿扎罗夫问。

“我只不过是不相信您看见过爸爸。”

“为什么不相信呢？我和他是用同一尊大炮作战的。”阿扎罗夫见怪了。

塔尼娅没有房门上的钥匙，她慌乱地说：“我没有钥匙，怎么办呢？您有过夜的地方吗？”

“我不需要过夜，晚上我就要走。那么有什么话要转告您父亲吗？”

塔尼娅靠在墙上，捂住了眼睛。

“您听我说，”她突然恳求说，“您能跟我到一个地方去吧？到那儿，我把一切都告诉你。”

“请吧。”阿扎罗夫说。

于是他们一同顺着街道走去。她是和这样一个人在一起走路，他每天都看到她的父亲，和他并肩作战，也许，还和他并排睡在一起。塔尼娅默默不语，因为她害怕讲的不是她想要讲的话——她知道，这最好是能够看到，那时候就比较容易了解了。

他们来到了管理处门前。她说：“您等一会儿。我这就来。”

她害怕委员会拒绝发给通行证。她激动地恳求说：“你们听我说，要知道，他是和我爸爸在一起的，他一定得看一看。”她甚至说，“他有勋章。”虽然塔尼娅并不知道他有没有勋章。

“您要把我领到哪儿去呢？”阿扎罗夫问。

“别作声，”塔尼娅扬扬得意地说，“别作声，马上您就都明白了。”

他们坐着吊笼下去，干燥而清洁的隧道是高大的、笔直的。塔尼娅领着阿扎罗夫在这条隧道里走，看到他那健壮的、眼睛灵活的脸上露出了沉思的神情，她高兴了。随后狡猾地问：“要是我们在这儿散步的话，不会叫您感到太疲倦吧？”

“什么？”阿扎罗夫问。

“距离相当长呢。”塔尼娅说。

“您听我说，这可真是奇迹。”阿扎罗夫说。

“不错。”塔尼娅说。

他们走着，走着。温暖的空气里飘散着树脂、油漆和赤热的金属气味，一阵阵地朝他们脸上吹来。

“别在枕木上走，”塔尼娅事先警告说，“刚给它们上了漆。”

“我真想摘下帽子来，踮着脚尖走，”阿扎罗夫说，“从来没有想到过。”

“真的吗？”塔尼娅问。

“真的。”他说。

似乎，这条路是没有尽头的。突然，豁然开朗，出现了一片天蓝色的广阔空间。

“这是什么？”阿扎罗夫问。

“‘斯大林工厂’车站。”塔尼娅又扬扬得意地说，“我们可以从这儿出去。”

他们沿着梯子走了上去。

巨大、空旷的站台大厅闪着白光，用柔和得像人的身体似的大理石琢磨成的柱子一直伸向高空。

“真像在城堡里一样。”阿扎罗夫说。

“真像在宫殿里一样。”塔尼娅回答。

塔尼娅指着护墙板说：“这是列宁格勒人做的。”

“什么时候？”阿扎罗夫问。

“不久以前。”塔尼娅回答。

“这一切呢？”

“这一切——是我们，也是在不久以前。”

突然，阿扎罗夫看到了大理石墙上长着的一棵铁树。这棵铁树的树枝奇妙地编织在一起，构成了一道栅栏。

“好极了！”阿扎罗夫说，“是谁做的？”

“一个男孩子，我们院里的男孩子。他十六步。”塔尼娅说。

“好一个男孩子！”阿扎罗夫说。后来他的声音发抖了，他轻轻地说：“您要知道，我还从来没有这么激动过。不，不是这个意思——我只不过是从来也没有体验过这样的幸福。也不是这个意思。一般地讲，您要这样来理解：譬如你正在听《最后一点钟》那支歌——这也正是那种心情。正是这个意思。”

“不错，”塔尼娅说，“这也正是那样。”

后来他们告别了。塔尼娅说：“请您转告爸爸……”

“我知道向他转告什么，”阿扎罗夫连忙说，“一般地说，现在我懂得了很多东西。”接着又有点儿不好意思地加上了一句，“你们都是些什么样的人哪！”

塔尼娅踮着脚尖，把手搭在他的肩上，吻了吻他。随后她叹了口气，说：“现在爸爸要坐地下电车回家了。”

“一点儿也不错。”阿扎罗夫说。

正刮着风，街上很暗，可是天空却很高，而且异常晴朗。

1943 年

瓦西里·米哈依洛维奇·科热夫尼科夫 1909 年出生于一个政治流犯家庭，1933 年莫斯科大学毕业，卫国战争时期曾任《真理报》军事通讯员，1928 年开始发表作品，1999 年起任《旗》杂志主编。20 世纪 60 年代的主要作品有长篇小说《剑与盾》，描写苏联卫国战争时期的侦察员生活；中篇小说《彼得·里亚宾钦》及《特别分队》，获 1971 年苏联国家奖；还著有长篇小说《阳光灿烂正当午》《白夜》等。

《花瓶》是作者比较优秀的作品之一。小说的主题是爱情对艺术创作的潜在力，描写了主人公对陶瓷艺术的执着及对自己作品精益求精的崇高精神。

作者同时也用朴素的笔触写出了女人的多面性。《花瓶》中的女主人公即使为农庄主席，工作时很严厉，但这不能改变女人在严肃工作后的温柔、善良和多情的天性，以及对自身美和对爱情的追求。

小说对爱情的描写很含蓄，却能令人体味爱的温馨和力量。这才是真正的文学作品应有的格调。

莫斯科姑娘

鲍里斯·波列沃依

“不，火药筒里还有火药，哥萨克的力量还没有耗尽。”[①] 我们那大名鼎鼎的电影演员之一，叶列娜·谢尔盖耶芙娜·舒宾娜调皮地说。她这样说过之后，像少女一样轻快地迈着小步，轻盈地跑下楼梯。她连停也不停，顺手拉过大衣和衣帽间女管理员递给她的绒头巾，一面走着一面穿戴上。女演员亲切地对看门的老人说了些什么，就往外走去。有这么一会儿工夫，她动也不动地呆立在出口处，大张着她那双神采奕奕、仍然是非常漂亮的大眼睛。

四周是多么美啊！

晚上一场暴风雪曾在这里猖獗。每逢遇到这样的暴风雪，冬天总是毫不节省地、漫不经心地撒出那些尚未耗尽的存雪。沉甸甸的、稠密的、富有黏性的雪仿佛一堵墙壁似的倾倒下来，不仅盖住了大地，而且掩盖了树

① 这本来是果戈理的名著《塔拉斯·布尔巴》中的话，现在一般作成语用，意思是：我还有力量去斗争。

木、围墙，甚至遮住了电线杆。雪沾到所有的东西上，犹如潮湿的布匹。就在叶列娜·谢尔盖耶芙娜双手捂着脸跑过电影制片厂院子的这一会儿工夫，雪已经从头到脚沾满了她的全身。

现在暴风雪已经平息了。四周一片洁白。雪像又厚又软的圆垫子，盖在出口处的栏杆上。像华丽的地毯，铺在台阶上。雪是这么清新，你简直会觉得，仿佛它正在冒出火花，正在隐隐闪烁，正在放射出浅蓝色的闪光。上冻了，空气异常纯净。周围静悄悄的，简直可以听得出稀疏的大片雪花落地的声音。这些雪花飞舞着，不慌不忙地在照耀着出口处的灯光的背景中一片跟一片地飘去。

“好样的，列尼卡！”舒宾娜高声说，一面很高兴地踏着听不出脚步声来的雪的地毯向前走去。这张地毯异常平整。电影放映场里正在讨论演员们在影片《莫斯科姑娘》中的样片，大家仍然在那儿继续争论，派哪一个演员来担任那个上了年纪的女衣艺师的角色。这是个很有意思的角色，可是没有真正的竞争者。大家的情绪都很高，热情在沸腾，尽管已经很晚了，可是谁也不想回去。暴风雪之后仅仅有一个人穿过电影制片厂的院子。一排纤小的脚印清晰地印在雪地上，一直从出口处通向大门。

叶列娜·谢尔盖耶芙娜知道这是谁的脚印。然而在这个可爱的夜晚，在这个子夜的寂静中已经可以感觉得到春天临近的夜晚，她实在是太兴奋了，她简直不能想到什么旁人的悲哀，她简直不能想到生活中的复杂性和一些使人不愉快的事情。力图不踏乱别人的脚印，女演员走到了街上。几辆汽车挤在停车场上，车上都仿佛盖上了洁白的棉被。可是她的“胜利”牌小汽车却已经扫净了雪，就停在大门外边。司机室里的灯开着。汽车司机正在看一本已经揉皱了的旧小说，他把书搁在方向盘上。就像搁在乐谱架上似的。舒宾娜渴望在某件事情上体现她因兴奋而显得过剩的精力，因此她说，她要自己来驾驶汽车。

“干吗呢，叶列娜·谢尔盖耶芙娜？道路，喏，您瞧——就像羽毛褥子似的。”汽车司机回答说，一面把小说夹起来，不大情愿地让出驾驶座位。

汽车开动了。在汽车前灯的灯光中懒洋洋飘舞着的大片雪花，迎着车灯急速地猛扑过来。舒宾娜加快了速度。为了能更明显地感觉到汽车的速度，她把侧面的窗子放了下来。寒气突然袭来。在两排仿佛盖满了肥皂泡沫的菩提树后面，半空中似乎弥漫着一片黄色的火光。火光上方，不知是哪一所大学的尖顶上，环形的红色灯光闪射着魅人的光彩，宛如在宇宙无垠的太空里迷了路的一座奇异的星座。所有这一切：覆雪的菩提、火光和红色的灯火，她都不知看到过多少次了，只是在平时根本就没有引起她的注意。然而今天一切都让人喜悦，一切都使人振奋。她想把车子开得更快些。舒宾娜似乎觉得，今天城市里一定还有什么意外的愉快事情在等待着她。

“速度，速度……在转弯处会翻车的。”汽车司机警告说。他说话的声调这么枯燥乏味，以致叶列娜·谢尔盖耶芙娜怜惜起他来。他既感觉不到诱人的景色的美丽，也感觉不到那清新而使人激动的、已经逼近的春天的气息。

“您怎么不问一下，样片讨论进行得怎样呢？”她瞅着汽车司机很感兴趣地问。

“这个我知道。”

“怎么知道的？”

"阿克莎娜·邱玛琴珂从近旁走过去了……"

"是吗？"舒宾娜不愉快地惊问道，"嗯，她说什么了？"

"她有什么要跟我谈的！她只不过是从这里经过，到公共汽车站去。我瞧了她一眼就明白了：采用了您的……嗳，请您减低速度，要知道我们这就到城里了！"

汽车司机在座位上不安地转动起来，他不安地注视着迎面飞来的雪的纱幔，他的手本能地伸向驾驶盘。显然，由于自己作为一个乘客，他感到一筹莫展，痛苦不堪，他的全部思想都沉浸在这种不安中，此外就什么也不能考虑了。舒宾娜和他一道乘车已经不是一年了，因此她很能懂得他的心情。可是在他的话里，甚至不是在他的话里，而是在他说话的语调里，她似乎总觉得有一种异乎寻常的、责备的，甚至可能是敌对的意味。舒宾娜突然极清晰地记起，一小时前，在第二次放映了样片之后，新影片中瓦丽娅这个角色最后决定由她来扮演了。这时候，也希望扮演这个角色的青年女演员邱玛琴珂脸色突然变苍白了。她那圆圆的、坦率的、还带着孩子们所特有的那种小肿包的脸，突然一下子就好像变成了石像。她默默无言地从座位上站起来，碰着了椅子上的扶手，踩着了别人的脚，颠踬着，匆匆地逃出了大厅。她走着，就像一个梦游者，在她那似乎变僵硬了的嘴唇上停滞着一丝呆板的微笑。叶列娜·谢尔盖耶芙娜还记起，当她已经走到门口，最后一次回顾的时候，是怎样用她那双孩子气的蓝色大眼睛朝她瞥了一眼。舒宾娜重又想象起那些清清楚楚印在闪闪发光的浅蓝色雪地上的孤零零的脚印，突然说："我可是没有向任何人请求过什么，我们是老老实实地竞赛。我们的样片审查了两次，一致认为我的要好些……阿克莎娜，当然是一个很有天分的姑娘，她有远大的前程。但在目前的情况下……”

汽车司机惊异地瞅着女演员。

“可谁又和您争辩了？她是个傻姑娘，人们都这么跟她说：难道你能比得过叶列娜·谢尔盖耶芙娜吗？没有什么好竞赛的，只不过是徒然自寻苦恼罢了。”

后面发出尖锐刺耳的哨音。制动器尖叫了一声，汽车停下了。车窗外出现了一个在黑暗中看不大清楚的民警的身影。

“驾驶员同志！您超过了规定的速度。请把驾驶证拿出来给我看一下。”

舒宾娜从小提包里取出一个浅灰色的小本子。她那双富有表情的眼睛从颀长的针形睫毛下和蔼而期待地闪耀着，在这双眼睛里流露出来的又是惶惑，又是温顺，又是轻微的、勉强可以察觉的顽皮的好奇心。过了一会儿，一只戴手套的手把小本子递了回来。一张被寒风吹得发红的年轻的脸孔带着天真好奇的表情俯向车窗。

“叶列娜·舒宾娜同志！这是您吗？请允许我看一看您的模样。”这是带着天真的好奇心说的，随后，还是那个有点儿沙哑的声音——想必他是想尽可能让他的声音听起来更严肃些，但是毫无效果——微笑着说：“可以走了，舒宾娜同志，只是请您注意：路很滑，汽车说不定自己会转弯，在这种情况下是可能翻车的……祝您健康！”

“您看到了，他笑了！”汽车司机不以为然地咕哝着说，他对区交通管理分局的民警很不满意。“叶列娜·谢尔盖耶芙娜，连石头您也会叫它微笑的。阿克莎娜，她哪能跟您比呢？就像俗话所说的：勿与身强者争斗，勿与富有者争讼……她只不过是个黄毛丫头。而您却是一位大名鼎鼎的演员，举世闻名的大导演的夫人。”

“这根本不关舒宾什么事。他今天甚至在讨论我的样片之前就走了。”

“尼古拉·华西里耶维奇是位品格高尚的人，这也是大家都知道的。我是说阿克莎娜……人们也跟她这么说过了：别插进去，别让受人尊敬的人们为难吧！可是她呀……唉，年轻啊！”

“我告诉您：我们是老老实实地竞赛！”舒宾娜已经是有些激怒地重复说，“一切都取决于样片。”

就是现在，回想起全部事情的经过，叶列娜·谢尔盖耶芙娜还是觉得没有任何地方可以自责。一个无名青年作家从哈萨克斯坦，简直就是从未开垦的处女地上，寄来了一部手抄的、字迹不清的电影剧本《莫斯科姑娘》，这部作品在电影制片厂里引起了热烈的争论。这部粗糙的、未经修饰的电影剧本，立刻以它生活的真实性和风格的清新吸引了人们的注意。从这个剧本上似乎散发出辽阔无际的大草原上的芬芳，似乎散发出刚刚翻耕过的泥土气息和经过艰苦的劳动才获得的第一次丰收的芳香。人们立刻感到，根据这个电影剧本可以拍成一部怎样的影片，制片厂里所有优秀演员的心中都燃起了参加拍摄这部影片的热望。

舒宾娜为自己挑中了瓦丽娅这个角色——这是影片中的女主角，是一个莫斯科少女，一个娇弱无能的姑娘，她是在母亲的羽翼下长大的，现在想去参加征服古老的、一望无际的大草原的远征。这对瓦丽娅来说，要比别人更加困难。她刚刚中学毕业，她还什么也不会做，她还不懂得真正的生活。母亲要求她的独生女去进大学。在中学里和瓦丽娅要好的那个小伙子不理解她，他认为她只不过是想要出出风头。姑娘和他、和自己的母亲都吵了架，她第一次感到了自己的刚毅性格所具有的力量，终于她还是和那些不认识的青年男女们出发到遥远的哈萨克斯坦去了。在一些非常的条件下，在克服一个又一个新障碍的过程中，她受到了锻炼，坚强起来了，过去在她身上潜伏着的组织才能发展起来了，一个羞怯的姑娘就在人们眼前成长为一个坚强有力的劳动者，她能埋头于任何一项工作，而且能引导和带动别人跟着她干。

叶列娜·谢尔盖耶芙娜考虑了很久。考虑着，考虑着，就爱上了这个角色，梦想着能扮演这个莫斯科姑娘。于是她和那些准备去垦荒的共青团员们交朋友，到他们家里和宿舍里做客，到车站上去送他们踏上遥远的旅程。她已经这么熟悉自己的瓦丽娅了，她简直能毫无困难地、随随便便地用她的声音来讲话，能很容易地想象出，在剧本上没有描写出来的那些生活环境中，她会怎么样做，她简直能代替瓦丽娅来回答任何问题。舒宾娜挑了列车出发这一场来拍摄样片。瓦丽娅站在车窗旁，她在猜测，她的朋友是不是会来给她送行。就在她出发的前夕，他试图最后一次阻止她，这时她对他讲了许多无礼的话。她的朋友没有来。在送行的人群中只有她的母亲。乐队的铜喇叭在阳光下闪闪放光，可以听到一些戏谑的临别赠言，车厢里已经唱起歌来，而瓦丽娅却站在敞开着的车窗前，面颊紧贴着窗框，一动也不动地向下凝望，凝望着她母亲的脸。按照舒宾娜个人的意图，在这一刹那间银幕上看不到瓦丽娅的面部，所有内心里的感情都必须由这个呆立不动的麻木的姿态表达出来。喏，火车开动了，已经看不见母亲了，来送行的人们的脸都浮动起来，融成了一片，车厢里的歌声更加嘹亮了。这个莫斯科姑娘突然一下子离开车窗，转身面对同行的人们，她的眼里饱含着泪水，嘴唇在喃喃地说："妈妈，好妈妈……"

这一切在样片中都拍摄得很成功。就是现在舒宾娜想起这一场景来，还是不能不感到激动。

邱玛琴珂也是选的这同一个情节来拍摄样片。但是她扮演的瓦丽娅完全是另一个人。她在车厢里、在她不认识的姑娘们中间慌慌张张地乱跑，一会儿看看这个的脸，一会儿看看那个的脸，好像是在寻求支持和援助。从车窗里看到了母亲，她急不可耐地、笨拙地试图放下车窗。当几双手帮助她把车窗放下之后，她立刻从车窗里探出身子，差不多齐腰伸到窗子外面，尖锐地、几乎像小孩子似的喊出同一个句子："妈妈，好妈妈！"

之后，她茫然无措地转向同伴们。她的脸上流露出惶惑和不安的神情：她生怕同伴们会笑话她。可是她看到并没有人笑她，而且所有的人都谅解地望着她，加以最最难过的场景——分别——已经过去了，所以她的脸上又很明显地变得轻快起来。在这天真的一瞥里，流露出纯粹儿童式的对同伴们的好奇，也表示出她已确信他们都是她的朋友，而且她深信，到谁也不了解的、遥远的处女地去，对他们所有的人来说不管是多么困难，但是一切总归都会很好的。

舒宾娜知道，这一场戏邱玛琴珂演得很不错。而且，当然啦，她身上有一种青春的魅力。但是难道她已经懂得瓦丽娅了吗？难道她已经达到了这个形象的内心深处了吗？难道一个年轻的、毫无生活经验的人，在这一瞬间是这样感受，是这样行动吗？当生活转向新的轨道时，所有已经习惯了的、舒适的生活即将留在后面，而列车就要把这个年轻人带到遥远的、另外一个她还不了解的社会里去，就要把她带往一种从未体验过的生活里去，这种新生活需要她用自己的双手来从头建设，既没有父母，也没有老师，也没有已经习惯了的学校里的集体，在这种时候，难道她会是这样的吗？……

“不，我忠实地扮演了这个角色。”舒宾娜已经是平静地高声说，仿佛是在继续刚才的谈话。

听到她这句没头没脑的话，汽车司机甚至都不感到惊讶。现在汽车行驶在汇成一片的车的洪流里，这条车的洪流一会儿在红绿灯前停了下来，一会儿重又不慌不忙地继续流向前去。这时候他更加担心了。他老是觉得，喏，他的“胜利”牌小汽车就要和别的汽车撞上了，于是他本能地做出勉强可以察觉的驾驶汽车的动作。同行的车的洪流长久地停滞在十字路口，恰恰停在一家复映影院旁边。一张年轻的脸，叶列娜·舒宾娜的脸，从被灯光照耀得雪亮的宣传画上往下瞧着。戴着护耳帽，穿着建设者穿的那种棉袄，她正从针叶树丛中往外瞧着。汽车司机用书朝宣传画那儿一指。

“您看到了吗？是您的片子，简直可以说，是永不凋谢的。《暴风雪》这部片子已经演了多少年了？当尼古拉·华西里耶维奇给您拍《暴风雪》的时候，大概阿克莎娜还没出世吧。喏，您看到了，售票处排的队。”

“请您接过驾驶盘去，我这就下车。”舒宾娜突然这样决定，一面把汽车驶到人行道旁。不久之前充满了她全身的那种喜悦，突然一下子就消失得无影无踪，被一种模模糊糊的忧虑所代替了。可能是为了要复活那种对所有艺术家来说是那么宝贵、无论什么都不能与之比拟的、创作的胜利感，她才突然想要到电影院去看一看自己年轻时代的片子，那时她还是在这部片子里初次露面。

票卖完了，但是女售票员认出了叶列娜·谢尔盖耶芙娜，向她问过好，立刻从保留票中给了她一个位子。验票员像对熟人那样对她欢迎说：“还在放杂志片，来得及的。”年老的女服务员小心地搀着她的手，领她在黑暗中穿过一排排座位，并且小声说：“想看看自己的片子吗？值得，值得！好片子，很久没有这么好的片子了。我自己，真是罪过，今天已经看过两次，这不是，现在还要看第三次。您怎么演得这么好！”

一个穿河运工作人员制服的胖子站起来让舒宾娜坐到旁边的空位子上去，在暗中只能看清他阔脸上的华丽的灰色大胡子。她左边是非常年轻的一对儿，现在这一对已经隔着女演员的头和那个河运工作人员继续方才的谈话了。

“……喏，他，维契卡跟我说，”那个姑娘压低了声音说，“‘卡波奇卡，咱们去看《玛丽娜的命运》。’可是我跟他说：‘哼，您去看您的玛丽娜吧，我可是要去看一部老片子，去看舒宾娜……’您知道，我是这么喜欢看叶列娜·舒宾娜的片子。这才是个好演员哪！可是《暴风雪》，您想象一下看，我却没有看过。为什么——我自己也不知道。”

“不错，我们没看过《暴风雪》。”被称作维契卡的那个年轻人严肃地证实说。

“好片子。”大胡子用一种低沉的声音说，甚至在他低语的时候，声音也是轰轰的。“这部片子，你们可别见怪，还在二十五年以前我就看过了。啊，真是轰动一时！你们可怎么会知道呢！你们那时候怕还没有出世哩。”“不错，还没有……”姑娘叹了口气。女演员躲了起来，她把脸藏到毛茸茸的大衣领子里。噢，难道偷听观众们像这样的，喏，像这样真诚、天真的谈话，不是非常美妙的吗？难道制片厂里最最喧嚣的赞扬能比这些天真的、从内心里流露出来的词句引起更大的喜悦吗？这个大胡子和这年轻的一对儿想必是些多么美妙、多么懂得艺术的好人哪！舒宾娜决定，看完电影以后，等到电灯一亮的那个时候，她就对这些可爱的邻人们微笑一下，跟他们谈谈，或许，还要告诉他们自己担任的新角色。要知道，这是多么好啊：随随便便她挽着这个姑娘和这个河运工作人员的手，和他们一道到街上去，到街心花园去溜达溜达。是的。她一定要这么办。大厅里已经响起那首熟悉的歌曲的曲调，在大森林中建设城市的青年建设者们的故事在银幕上展开了——银幕上映出了老早以前拍摄的那部影片。这部片子，对舒宾娜来说并不是一部艺术作品，而是她私生活中的一个片段。这是她拍的第一部片子，也是她丈夫导演的第一部片子。这是什么时候的事了？喔，当然，大胡子是对的！是二十五年以前。那时候他们还都是多么年轻，工作起来是多么轻快啊！拍电影的时候他们还不知道这会不会有什么结果，或许影片并不成功，会成为废品而被搁到搁板上去。但是他们仍然是那么相信自己的能力，他们是怎样埋头于工作之中，是怎样为了每一个细节而争论啊！他们这种年轻的热情终于征服了观众，影片获得了巨大的成功……

现在舒宾娜已经积累了丰富的演出经验，从她现有的艺术高度上，她看出了这部影片中所有表演中的幼稚和缺点。为什么要有这么一个不像样的情节：女主角，她，叶列娜·舒宾娜，在砍柴的时候失手用斧头砍伤了自己的脚；男主角——那个小组长跑去帮助她，给她脱靴子，给她包扎伤口，而正是在这一瞬间，因遭到突然的不幸而感到惊慌的时候，他却忽然意识到，这个姑娘就正意味着是他的……不，不像样！不，不应该这样，她演得不真实。要知道。她是一个建设者，一个庞大、勇敢的集体中的一员，而在影片中她却感到发窘，活像一个装模作样的小家碧玉……而这一场，她和他在大丛林中遇到了暴风雪，两人用一件皮袄裹在身上……幼稚、廉价，一点儿也不深刻。

但是她今天，正是今天来看这部旧片子终究是多么好啊！比较一下，感到在这些年月里你的演技有了怎样的进步，这可是非常愉快的。而她的邻人们！这些美妙可爱的人们，他们是怎样天真地接受了银幕上映出的一切。那个河运工作人员，大概，他是个领港人，可能还是个船长，是这么一个“经验丰富的老海员”。这个老海员简直像个孩子似的被影片陶醉了，他被深深地感动了，在扶手椅上不安地转动着，微笑着。看这年轻的一对儿，他们忘记了世界上的一切，面颊贴着面颊，相互依偎着，银幕上的闪光映到他们的眼睛里……

“嗯，好极了……从前她演得这么好——演得太好了！”大胡子满意地哼着。

“喏，我还是个小姑娘的时候，就爱上了叶列娜·舒宾娜。我想，我已经看遍了所有她演的片子。喔，说实话，我真不知道她会演得这么好。不是吗，维契克？”

“她现在也演得不错。只是为什么这么大年纪了，她们还硬纠缠着要演小姑娘呢？她，大概已经近五十岁了吧……”大胡子用他那种低音说。

舒宾娜全身蜷缩起来，仿佛是有一条鞭子在她头顶上呼啸。这是什么话，他们这是说的什么呀？现在她已经害怕转过脸去了，她只是用眼角斜睨着她右边的邻人。她看到一张样子相当粗鲁的宽大的脸，脸上布满了深深的皱纹，长着一个凶恶的、青筋嶙嶙的鼻子，嘴唇上还有一条皱纹，这是一个喜欢唠叨的标志。纠缠！他怎么敢这样说！难道她，叶列娜·舒宾娜在什么时候曾经要求担任什么角色了吗？纠缠！舒宾娜从来也没有纠缠着硬要演什么角色。都是人家来请求她，要求她……近五十岁了……唔，这又怎样呢？女演员的年岁是不能用出生证来判断的。都说她看起来还很漂亮。而且这一点根本就用不着人说：镜子，镜子是不会逢迎的……可是为什么她感到影院里这么闷热，为什么这里的空气这么沉闷？她用团成一团的手帕揩干汗涔涔的前额，可是却把皮大衣裹得更紧一些，把脸更深地藏到大衣领里。

这个粗鲁、凶恶、没受过教育的人，他懂得什么艺术？他怎么能这样说呢？纠缠！可是粗鲁的是外貌，而本质呢？未必是他故意想要得罪她吧。难道他能想得到，他这么残酷无情地议论着的那个女演员就正坐在他身旁，把鼻子藏到衣领里吗？当着她的面——当然，他就不会说这些话了。是的，是的，应当客观一些，他的本质根本不是凶恶的，甚至还是善良的，只是，他的面部大概过于严峻了。他该不会这样说了吧……但是说出来，或是这么想——难道这又有什么两样吗？还有左边这个金发的邻人！毫无疑问，这是那些狂热的、可笑的小傻瓜之一，有时他们在街上碰到她——舒宾娜，就拉住她，用颤抖的手指递给她一本笔记本、一张照片或戏报，请求她亲笔签名留念。可是连这个姑娘也不是说“演”，而是说“曾经演”，用“过去时”。当然啦，如果是和女演员谈话，或者是在什么地方的观众大会上，她也决不会用这个可恶的“过去时”的。

现在舒宾娜已经不再感到委屈了。她被击中了要害。这与其说是出于邻人们的谈话，毋宁说是由于她自己的发现。

是的。无论如何他们也不会对她说出那些在他们的谈话中自然而然流露出来的词句的！女演员的思想继续奔驰……可能，其他观众也都在这么想，只是由于怜惜她，尊敬她的演员的荣誉，敬重她的威望，所以没有说出声来。不是吗，当她看到那个上了岁数、气喘吁吁的罗密欧[①]在舞台上跑来跑去，或者是那个胖胖的连斯基[②]踮着脚尖站起来唱歌，而他面颊上松弛的皮肤耷拉到衣领上去的时候，她自己也曾不止一次感到生气……难道她也像他们一样，会引起这样的不快吗？

由于这种想法，舒宾娜突然感到了恐怖。假如那个摄影师——他们家庭里的老朋友——也是这么想呢，假如当他用纱布遮住对物镜，在苦恼地找寻散光，或者是寻找那些不易发觉她皮肤干枯、面颊松弛和她脸上背叛她的皱纹的缩图时，假如这时候他也是这么想呢？也许，尼古拉·舒宾本人也正是由于这么想，而有意删掉电影剧本中那些过于炫耀女主角青春的镜头吧？她已经有多少次看到他这样做了，只是不知为什么，她却没有想到，更确切些说，是她不让自己往这方面去想。也许，由于她的缘故，年轻的姑娘们已经从舒宾导演的最后几部影片里消失了，她们已退到了第二位，成了第三流的角色了吧？难道是这样吗？

一个比一个令人痛苦的想法、假设和猜测在女演员慌乱的脑子里奔驰。别人她不了解，可是这两个人、这两个大艺术家，曾经和她一道经历了她整个创作道路的这两个大艺术家，是决不会为了她而牺牲苏维埃艺术和生活的真实的——对于所有他们这些人来说，苏维埃艺术和生活的真实，就是他们最宝贵的东西。不，决不！心情平静下来吧……唉，这怎么能平静得下来呢！……可是为什么她的丈夫、影片的导演，今天在讨论《莫斯科姑娘》中她的样片之前就走了呢？她曾经是这样来理解的，她

---

① 罗密欧，莎士比亚名著《罗密欧与朱丽叶》中的男主角。

② 连斯基，根据普希金的《叶甫根尼·奥涅金》改编的同名歌剧中的人物。

以为他是故意做作，是他不希望影响公众的舆论。可是如果这是因为他爱她，他看到了。为了消除年岁的无情标志，她每天得花费多少时间和精力，只不过他不愿意自己向她说出这一残酷的真理，而希望由别人来这样做，如果就是如此呢？是的，是的，真的，或许正是由于她的缘故，他最近几部片子里的女主角才日渐衰老起来，正是因为如此，影片本身也变得黯淡无光、变得凋萎了吧？这是多么可怕啊！不，不，胡说八道，荒诞无稽，完全是神经作怪！《莫斯科姑娘》使人们热血沸腾，简直近于发狂了。可是，如果一切就正是如此呢？那时候该怎么办呢，该怎么做呢？应当像一个忠实的、真正的共产党员，对自己要严格、毫不怜惜……

不知为什么，舒宾娜又非常清楚地看到了那排印在洁白的雪地上的纤小脚印，看到了被她的演技、被叶列娜·舒宾娜的演技所战胜了的阿克莎娜，看到她仿佛是由于悲伤面部变得僵硬了，看到她怎样走出大厅，看到她怎样踩着了别人的脚，颠踬着，抓住椅子上的扶手，走向出口处。如果今天在那里、在制片厂里，胜利了的不是经过磨炼的、由于长期的经验而显得更加深刻的艺术天才的力量，如果获得胜利的不是对形象理解的深度，而是名字的感召力，是惰性，是对权威的崇拜，或者，是的，也可能是人们不愿意和她争论？如果是这样的话，那时候该怎么办呢？

所有这些推测一个接一个向叶列娜·谢尔盖耶芙娜猛袭。可能是因为以前她从来也没有这么想过，所以这些打击就显得格外沉重，特别令人难以忍受。

不，不，一定的，绝不会如此。当她看到银幕上分别的场景时，连她自己也不禁热泪盈眶了，演得很动人。但是，在邱玛琴珂表演的那个莫斯科姑娘的幼稚而笨拙的动作中，在她想要放下车窗来的笨拙的忙乱里，在那一声尖锐的、几乎是孩子似的喊声“好妈妈”里，生活的真实感终究是并不比她的表演差些，是的，并不比她的表演差。这倒是怪有趣的，如果让这个河运工作人员和这年轻的一对儿看到她俩的样片，他们会怎么说呢？“噢，演得真好！从前她是一个多好的演员啊！”右边的邻人说。

“从前是？”叶列娜·谢尔盖耶芙娜自己也不知道为什么突然出声问，她为自己这样发问而大吃一惊。

“嗯，不错，从前是。怎么？要知道，对她们，对演员们来说。最糟糕的就是忘记了自己的年纪。难道不是这样吗？”

大胡子很好交际地转向舒宾娜说：“这，喔，就像在我们那儿，就像春天的时候在河里的情形一样。鬼知道它们是怎么形成的，那些那么巨大的、溶化不了的冰块。我们河运工作者都管它们叫邱什卡[①]。这样的邱什卡阻塞住河道，其余的冰块连路都没有了。嘻，阻塞，糟糕！……他们也是这样。”

“嗳，请你们安静点儿，开起会来了！你们妨碍别人看电影了！”从后面传来了激怒的声音。

舒宾娜感激地向后回顾了一下。现在右边这个邻人对她引起的已经既不是苦恼，也不是憎恨，而是恐怖。他那有些嘶哑的、沉浊的低音本身就使她感到恐惧。但是她更加害怕的，是他突然认出她来。她懂得，她最好是趁现在还在放映电影的时候站起来走出去，但是她没有站起来的力气，她害怕会失足跌倒，所以仍然坐在那里，一动不动地蜷缩着身子，为了不致失声痛哭起来，她竭力什么也不去想。可是在那里，在银幕上，她在活

---

① 译音，原文为 чуцяа，意思是猪嘴。

动，在创作，那时候她还是笨拙的、动作不敏捷的，但却是一个有天分的演员。她年轻，而且她的表演是那么富有生活的真实感，简直很难不同意这一点——二十五年前的共青团员叶列娜·舒宾娜扮演这个年轻的姑娘，并不比现在的她——世界闻名的人民演员差。不比她差！而或许，还要好些？

但是这个大胡子的话简直是骇人听闻的，不公平的！溶化不了的冰块！那又是什么“阻塞”。这是一个多么万恶的字眼！舒宾娜想起整个画廊上、剧院里的巨匠们在自己创作的成熟期所创造的那些辉煌的艺术形象。叶尔莫洛娃、斯特烈皮托娃、雅勃洛奇金娜[1]……对这些辉煌的艺术形象，谁会有什么争论呢？可是在这些光辉难忘的成就中，哪怕是有一个年轻的角色吗？

归根到底，他，这个领港人，是以一种庸俗的、低级的观点来议论的。真正的艺术会战胜一切，其中也包括年龄。当然啦，现在来演年轻的女主角是很困难的。为了拍一个很短的情节，就不得不几个钟头、几个钟头地坐在化妆师面前。但是由它去，由它去！舒宾娜一切都准备好了，为了艺术，她什么也不可惜。可是终究……“阻塞”，这是一个多么卑鄙的字眼！也许他是想游，我就像是一块溶化不了的冰块，堵住了什么人的道路吧？可是谁又阻挡他们了？为什么邱玛琴珂就恰巧要演这个莫斯科少女呢？难道正在拍摄的其他影片还太少吗？邱玛琴珂刚刚专科学校毕业。对于她，这才是她的第一部片子，才是她广阔的道路的开端，而对于叶列娜·舒宾娜来说，这又有什么好隐瞒的，还剩下有数的几部片子

① 都是苏联著名的电影演员。

了——一部、两部，未必会有三部片子。那么，请说说看，为什么是她应该让路呢？……这个粗鲁人所需要的并不是演员的演技，他需要的是漂亮的脸孔，苗条的身材和纤巧的小脚。他懂得什么是真正的艺术和真正的表演，这个领港人？

舒宾娜又朝她的邻人斜睨了一眼。他正把他的那双大手搁在前面的椅背上，用手支着他的大下巴颏，目不转睛地望着银幕。大粒的汗珠在他的脸上滚下来，汗珠不时停滞在皱纹上，在他脸上留下一道潮湿的痕迹。最后几个镜头在银幕上一闪而过。终场的音乐响了。赶快！舒宾娜神经质地跳了起来，笨拙地碰着了椅子上的扶手，踩着了邻人的脚。她从一排排的椅子中挤出去，走到出口处。她感到这时候她面部出现一种呆板的、仿佛是麻木了的神情，大概，正像不久以前她在邱玛琴珂脸上看到的那种神情一模一样。

“怎么了，叶列娜·谢尔盖耶芙娜，有点儿闷，是吧？没有法子——是最后一场。”女服务员亲切地、有点担心地说，一面用手电筒的锐利的灯光给她照路。

“是的，是的，闷得要命！而且也没有意思，我们那时候演得非常幼稚。”女演员用一种不像是她自己的、连她自己听了也觉得奇怪的声音回答。

“喔，当然啦，当然啦。那时候您还是个小姑娘，而现在……已经誉满全球了。这怎么能比呢！”“你们这里有电话吧？”

“当然！请到经理那儿去。我已经偷偷地告诉他了，说您在这里。”

几个人坐在一间贴满了电影广告的小房间里，看到这位意外的来客，他们都不由得从座位上跳了起来，并且微笑了。舒宾娜竭力克制住自己的激动，像平常那样也回报以温柔的一笑，但是她谁也不看，也不向谁问候，就很快地走到电话跟前，“可以吗？”

“当然啦！”经理喊叫起来。为了更有说服力，他拍了拍手。

这时候舒宾娜匆匆地拨完了电影专科学校学生宿舍的电话号码，是一个不认识的姑娘接的电话，她请求这位姑娘去请应届毕业生阿克莎娜·邱玛琴珂来听电话。

“阿克莎娜不大舒服，”一个女孩子的声音犹豫地回答，“她现在……是谁找她？”

“请告诉她，就说叶列娜·谢尔盖耶芙娜·舒宾娜想跟她谈谈。”

“舒宾娜？！”就像一声惊呼似的脱口而出。随后听筒里传来激动的呼吸声，还是那同一个年轻姑娘的声音。但是突然带着一种不愉快的、低沉的音调回答说：“我不去叫阿克莎娜。她也不会来……”

女演员侧身坐到写字台上。她是这么轻轻地、优雅地坐下去的，那些尊敬而好奇地注视着她的人们，甚至连想也没有想到，她这样做是为了不至于因为站不住脚而摇晃起来，是为了不至于跌倒。但是她的声音听起来仍然是那么坚决而有礼：“好吧。就让她不来吧。那么我恳求您，姑娘，当然，如果这并不让您为难的话，那么请您转告阿克莎娜，说我拒绝演莫斯科少女那个角色。”

“拒绝演莫斯科少女？”

“是的，是的。并且请您告诉她，说我负责劝说舒宾和管理处，叫他们一定邀请阿克莎娜来担任这个角色。她的样片很出色，但是她塑造的形象里还有一些不够准确的地方。这些地方我以后给她解释，让她明天十一点钟到我这里来。”

听筒里传来困窘的、激动的呼吸声。

“您这是当真？您不是跟我演戏吧？……而且您……真的是您吗？”

舒宾娜甚至都没有感到这个问题滑稽。她恐怕会改变了这种严肃的声调，恐怕这些不认识的人们会懂得她的心情，于是她很快地说：“是的，是我，真的是我。晚安！”

舒宾娜从容放下话筒，亲切地向经理道了谢，就匆匆地走了出去。她的耳朵里嗡嗡地响，两腿发软，眼前有许多彩色圆圈频繁地闪烁着，流散开来。

舒宾娜竭力使脚步走得坚定些，穿过广场，走到街心花园，只是在这里她才站住，贪婪地吞咽着冰冷、清新、稍微有些潮湿的空气。从在灯光下闪闪发白的雪地上，不知为什么飘散出一股刚刚洗过、刚刚烫好的衬衫的味道。

就这样站着，舒宾娜用手掌在脸上抹了一把，仿佛是想从脸上抹下一层蜘蛛网来。她忧郁地微微一笑，想道：“莫斯科少女离别时的那一场戏，终究是我比邱玛琴珂演得更真实些。假如不是就外形来讲，那么，无论如何，就体会角色的深度来讲是如此。现在这一点我自己已经清清楚楚地知道了。”

鲍里斯·尼古拉耶维奇·波列沃依（1908—1981），毕业于工业技校，1928年起从事新闻工作，卫国战争时期任《真理报》记者兼政工职务，1962年任《青春》杂志主编。第一部特写集《带虱人的回忆录》于1927年发表后即从事文学创作。他的代表作长篇小说《真正的人》(1946）以苏联英雄阿列克赛·列席耶夫为原型，描写一位飞行员在卫国战争中负伤，截去下肢，经刻苦锻炼重返前线，仍驾驶战斗机，立下战功，歌颂了卫国战争中的爱国主义。这部长篇小说还被改编成电影《无脚飞将军》。此外他还著有中篇小说《沸腾的车间》(1939)、《我们是苏维埃人》(1948)、《在荒岸上》(1962)，1956年访问中国写成《旅行中国三万里》(1957)，还有《旅美日记》(1956)、中篇小说《艰难的一冬》(1970)、《统帅》(1973)，等等。1967年获列宁勋章，1974年被授予“社会主义劳动英雄”称号。

《莫斯科姑娘》描写一位年近半百、誉满影坛的演员舒宾娜和一位青年女演员争演十几岁的“莫斯科姑娘”的故事。由于舒宾娜舞台经验丰富，演技娴熟，加上对其知名度的不敢怠慢，试演后剧组一致通过由她主演《莫斯科姑娘》，然而经过一段曲折的情节后，她意识到年龄不饶人的自然规律，毅然放弃这个角色。作者对舒宾娜从争演到放弃的过程描写得非常生动、有趣、细腻，又真实可信，具有较强的艺术魅力和感染力。

梦

尤里·纳吉宾

季玛和萨沙一起从学校里回家去。上学去的时候，他俩也是在一块儿。他们一道在院子里玩，一道吃早饭，一道吃午饭和吃晚饭。他们住在同一幢房子里。他们的妈妈也在同一所专科学校里教书，并且托付同一个祖母——季玛的祖母来照料他们。因此尽管他们的年龄和“社会地位”不同，他们也只能相好了。季玛是三年级的学生，而且是一个少先队员；而萨沙才不过第一年跨进学校的大门，少先队员的红领巾对他来说还只是一个美丽的理想。和三年级学生的友谊使萨沙感到非常得意；而假如不是萨沙那么讨厌地饶舌的话，季玛也是并不反对照顾他的小同学的。

瞧，就是现在，当他们刚刚走出校门，萨沙就兴冲冲地说：“你看，不是吗，它们多像刚生下来的小鸡？”

“谁？”季玛很冷淡地问。虽然他明明知道萨沙是在对什么叫喊。

从校园的铁栅栏后面，枫树把它那带有鲜黄色叶子的长树枝伸到巷子里。正是十一月初，旁的树上叶子早已飘散了，只有枫树还保存着自己最后一件镀金的盛装。

“一点儿也不像。”季玛无精打采地说，“小鸡是圆滚滚的，叶子上却有锯齿。”

“真的！”萨沙很轻易地就同意了，“它们更像笨拙地伸开的手。你看，”他笑了笑，“这些手指有很久没说过了！”他一面说，一面指着那些粘在一起、发黑的、腐烂的叶子。

季玛什么也没回答。他被萨沙的这种态度激怒了——萨沙总是在讲一些什么意料不到的，而且，照他看来简直是毫无意义的东西。他觉得最不痛快的，是大人们倒常常喜欢这些荒谬的废话。就拿昨天晚上来说吧，妈妈告诉父亲，她的堂姊妹薇拉尼卡要到他们这儿来过节。

“薇拉尼卡？”这时正好在那里的萨沙沉思着重复了一遍，“多美的名字——薇拉尼卡！就像一只白色的小鸟儿在湖上飞翔。”

当萨沙回自己的屋里去的时候，父亲说：“小家伙真有意思……”

“装腔作势！”季玛嫉妒地说。可是他内心里却感到萨沙并不是装腔作势——萨沙从来也没想记住自己的那些话。

但因此季玛就更想向人们证明，萨沙根本就不是什么有意思的人，而是一个最无聊的人，是一个撒谎者，是一个装腔作势的家伙。

“啊，看那里，那个叔叔，”他又听到了萨沙的声音，“他就要驾着自己的胡子飞起来了！”

季玛抬起头来，看到在一幢两层楼的房顶上，有一个上了年纪的人，长着一脸飞散开的棕黄色大胡子。那个人正在指挥一队少年把一条装着各色小电灯的彩色带子装到房檐下面。他那浓密的大胡子迎风飞扬，真的，看上去你简直会相信，他这就要飞起来了。

“假如我早一点儿看到的话，我自己也会想得到的。”季玛很惋惜地想。他四面环顾了一下，静静的阿尔巴斯基街已经在准备迎接就要来临的节日[①]。穿着白围裙的看门人正在油漆大门；两个女人，一个上了年纪的和一个年轻的，在往墙上钉一幅写着粉笔字的红布标语；街道尽头，人们正在往一座七层楼的楼顶上拖一条很长的横幅。一丝不易察觉的忧郁的微笑掠过季玛的嘴唇。他瞟了萨沙一眼，然后说："爸爸答应带我去参加游行！……我们一道去，就像两个大人一样！……"

他听到萨沙深深地叹了口气，算是对他的回答。萨沙的爸爸在北极地带工作，他是个气象学家，已经有两年了，萨沙只有在广播中才能听到他爸爸讲话的声音。他从来也分辨不出爸爸的声音。可能这是因为，在广播中爸爸似乎不是在对萨沙，而是对莫斯科所有的孩子们讲话的缘故。

"爸爸要给我买一面小旗，"季玛扬扬得意地说，"而且我们的队伍要从列宁墓紧跟前经过。"

"你真幸福！……"萨沙又叹了口气。他开始感到忧郁了。而萨沙是不喜欢忧郁的，他喜欢为生活感到欢乐，感到惊奇。于是现在他也就朝熟悉的街道上望了一眼，希望找到什么能让他觉得愉快的事情。但是周围一切都向人提示就要到来的节日，而节日却使他想起了别离……

"你知道不，昨天我做了一个挺有趣的梦。"萨沙慢慢地，仿佛忽然想起似的开始说。他的脸上重又出现了笑容。"我仿佛是坐在船上，在碧蓝碧蓝的大海里航行，忽然，船的上空——一群会飞的鱼，金的、银的、红的……懂吗，它们都呼扇着自己的鳍，就像扇动翅膀一样，飞过船的上空。我抓起钓鱼竿来，就像往水里投似的，这么往空中一甩——钓着了！

---

① 指十月革命节。

我已经钓了很多了，可是一下子钓钩勾住了桅杆。我一拉，立刻就醒了。多好笑，是不？……”

“好笑……”季玛很严肃地证实说。而他自己却在想，为什么他整整一夜只是梦到算术练习本里两个单调的水池子：灰色的水缓缓地从这一个池子流到另一个池子里去……忽然他凝视着萨沙：“海是很蓝吗？”他问，脸上的表情很奇怪。

“蓝的，碧蓝碧蓝的，瞧，就跟现在的天空一样！”萨沙肯定地说。

“鱼是金的，银的……还有什么色的？”

“红的，玫瑰色的……”

“没有带灰色、褐色和暗红色斑点的？”

“没有……”

“噢，原来是这样，没有！”季玛幸灾乐祸地说，“什么也没有过：既没有鱼，也没有海，也没有梦！”

萨沙的嘴唇颤抖起来了。

“为什么呢？”他轻轻地问。

“难道你不知道人的梦是灰色的？就是如此！梦总是灰色的，即使你去问爸爸，可你……你简直是个撒谎家，造谣的家伙！”

萨沙忧郁地不作声了。

“现在我算把你看透了！”季玛胜利地接着说，“是你把卡尔纳乌赫依的尾巴弄脏了的！……”

卡尔纳乌赫依是一条两个月的小白狗，只有它的脸是褐色的，可是它已经有好几天拖着被紫黑水染污了的尾巴跑来跑去了。肇事者没有被发觉。萨沙提出了一个大胆的假设，他认为这件事应归咎于那些鸽子，就是那些祖母用面包屑在窗台上喂养的鸽子。鸽子撞着了窗扉，窗扉碰翻了墨水瓶，墨水瓶掉下去，于是就把墨水溅到了卡尔纳乌赫依的尾巴上。这只小狗是经常在窗旁转悠的。

“不，用诚实的少先队员的话起誓！”萨沙愤愤地叫道。

“第一，你还不是少先队员，”季玛很冷静地说，“而且你也不会成为少先队员的，当你还……”他冷笑了一下，“当你还在做彩色的梦的时候。而第二，是你故意染污了小狗的尾巴，为的是讲讲那些鸽子，并且向别人炫耀，你是多么聪明！……”

季玛在自己胜利的时候并不是一个宽宏大量的人：就在这天，萨沙得知，在这个院子里，“造谣家”这个绰号已经牢牢地粘在了他的身上。对这个确信自己会做彩色的梦的孩子，家里的人也没有表示宽容。

“这是我们自己的错，”季玛的妈妈说，“大家都称赞他的幻想，他对这个已经习惯了。”

“他愿意怎么幻想，就让他怎么幻想好了，”萨沙的妈妈说，“只是不该把自己的幻想当作真实……”

只有卡尔纳乌赫依还是照旧信任地在萨沙脚边转来转去。瞅着它那条紫色的尾巴，萨沙心慌意乱地想：“也许，事实上这真的是我把它的尾巴弄脏了的？……”

总之，白天没给萨沙带来欢乐。但是为了他白天所经历的一切，黑夜却慷慨地奖赏了他。萨沙梦见：似乎父亲带着他的冰块飞回来了，而且用降落伞直接降落到院子里。“我担心会耽误了游行，”父亲说。于是他挽着萨沙的手，领他到街上去过节。由于节日的人群，由于镶着朵朵白云的碧蓝碧蓝的天空光辉灿烂，由于闪闪发光的铜喇叭，由于仿佛在熊熊燃烧的红布旗帜和宣传画，由于在天空中破裂了的天蓝色、蓝色、绿色和红色的气球，萨沙感到眼花缭乱了。他手里有一面红色的小旗，而在胸前——无论季玛怎么说吧——却飘着真正的少先队员的红领巾！

卡尔纳乌赫依和他昂然地并排走着，翘起它那短短的紫色的尾巴……

尤里·马尔科维奇·纳吉宾（1920—1994），苏联作家和电影编辑。进入大学时原本是在医学院学医，后改学电影专业。参加过卫国战争，曾任《劳动报》记者和《我们同时代人》的编委，战后成为专业作家。著有短篇小说《前线归来的人》《伟大的心灵》，中篇小说《冬天的橡树》《节日前夕》《月光》等。到1973年为止，根据他编辑的剧本已拍出三十部电影，这中间也有根据他自己创作的剧本所改编的。纳吉宾是位多产作家。

他的作品的特点是有尖锐的戏剧冲突，文笔优美抒情。他的作品和帕乌斯托夫斯基的散文有相似之处，帕氏是以旅行爱好者感受大自然，而纳吉宾却是位猎人，如《野鸭发情时节》。他的小说内容五花八门，但占有主导地位的题材是战争、大自然、爱情、儿童。

《梦》表现了作者丰富的想象力和儿童的天真可贵，以及幻想实现后的欢乐，即使是梦，醒来时也会有无穷的回味。在生活中，如果不会幻想是很可悲的，难怪在小说《梦》中，非常实际的季玛，也不能不在心中暗暗嫉妒萨沙如此美丽的想象力，即使他当着萨沙的面说他是造谣，是撒谎，而季玛内心深处却为自己缺乏想象力而悲伤。

波涛喧嚣

维·斯塔里科夫

一条白色的小汽艇停在靠岸的踏板旁边，在微波中轻轻地摇摆着。三个穿着同样的灰色工作服的小伙子，把一条很窄的小路堵住了，正在和穆哈尔金队长谈话。卡嘉挥舞着手帕匆匆忙忙地跑下来，笨拙地以肩膀撞了撞那个最高的小伙子，于是高声大笑起来。小伙子一把抓住了同伴，好容易才站稳了。

“唉，这个小鬼！……”穆哈尔金说。

卡嘉高声大喊：“太阳落山了！……”

躺在暖烘烘的沙滩上的姑娘们都站起来去整理渔网了，渔夫们也开始准备渔船。

卡嘉回头望了望。符塞沃洛德，一个相貌善良而朴实的小伙子，就是那个险些被卡嘉从小路上撞开的人，宽宽地叉开两条腿，正站在那儿凝视着她。她又大笑起来，随即动手去拖渔网。卡嘉一面往小船上拖渔网，一面微笑着，习惯地哼着歌曲。

高个子、体格强壮、稍有点儿阴郁的穆哈尔金队长正在告诉外地来的人们，最好在哪儿设置机械化渔场，同时留心监督着人们到贝加尔湖去捕鱼的准备工作。符塞沃洛德没有听他说话，他仍然在望着姑娘们，不过他看到的只有一个卡嘉，他注视着她那健壮的裸露的双臂敏捷的动作，欣赏着她那柔韧的身姿。她不时热情地高声大喊，催促女伴们。蓝色的大眼睛在宽阔的眉毛底下炯炯发光，脸上一直带着笑容。卡嘉仍然四面环顾，望望姑娘们，细长的黑发飘散开来，遮住她的眼睛，因此她时常使劲摇一摇头。多么漂亮啊！

“塞夫卡①，走了！”同志们招呼他。

穆哈尔金领着外地来的人们到准备设置机械化渔场的地方去了。卡嘉的眼光突然间碰上了符塞沃洛德的眼光。她不满意地皱了皱眉，高声大喊：“快着点儿，快着点儿！”

“来得及的。”一个又胖又高，脸上带一点儿憨态的姑娘懒洋洋地回答。

“太阳就要落山了！”

渔家姑娘们嘻嘻哈哈地互相嘲笑着，迅速地把渔网放到小船上去。

斜坡上盛开着粉红色的踯躅花，娇嫩的青草那么鲜艳，仿佛发出了光彩，广阔的草原上点缀着野花，五光十色，灿烂似锦。透明的湖水轻轻地摆动着水草，小心翼翼地舔着沙滩。贝加尔湖不久以前才完全解冻。在这个春天里，渔民们是第三次夜间出去捕鱼。鱼汛开始了——这是一年当中最快乐的季节。现在渔村喜气洋洋，晚上岸边将要燃起篝火，歌声也要在空中飘荡起来了。

---

① 符塞沃洛德的爱称。

每年春天都有渔民从遥远的海岸到这里来。很多小伙子来的时候还是一些冒失的、口齿尖刻的单身汉，过了一个夏天，饱受风吹日晒，皮肤都晒黑了，等到深秋，捕了几百公担鱼，动身回去的时候，已经都结了婚，而且变得温顺了。外地来的人往往带走村里最好的姑娘。

全村的人都拥到岸边，送别即将远行的人们，这些人曾经和他们并肩度过了整个夏天，共同尝过成功和失败的滋味，一起忍受了酷暑，挨过雨淋，也经历过突然袭来的暴风雨和寒冷多雾的夜晚。女儿们就要像燕子一样和他们一起飞往遥远的地方去了。母亲们和孩子们在岸边分别，往往伤心地痛哭起来。

穆哈尔金和外地来的人们不久就回到岸边的野营来了。渔夫们已经放好了渔网，准备出发捕鱼。符塞沃洛德还从老远就在旁的姑娘们当中认出了卡嘉的柔韧的身姿，他又欣赏起她来。

一个小男孩儿，戴着父亲的大帽子，帽檐遮住了他的眼睛，孤零零地站在岸上，伤心地哭着。

“带我去！……”他满眼含泪，拖长了声调说，“你答应过了！……带我去！……”

一个十三四岁的大孩子严厉而坚决地回答：“别哭！……我说过了：不带你去——别纠缠了。”

卡嘉留心地注视着他们。

“把沃洛季卡带去吧。”她劝告说，眼泪感动了她。

他的兄弟还是头一次跟着成年的渔民出去捕鱼，他否定地摇摇头：“哪里有工夫照顾他呀！万一变了天呢……”

“今天晚上好天气，”卡嘉反驳说，“带他去吧！……干吗叫他难过呢？让孩子去认识认识海吧。”

“哭一阵子，睡得更香甜。”

“唉，你呀！”卡嘉生气地呵斥，然后高声招呼：“沃洛季卡，跟我去吧！”

一个很瘦的老太婆说：“别干傻事了，卡嘉！你要把他带到哪儿去呀？”

“没关系，玛涅法·伊万诺芙娜，”穆哈尔金支持卡嘉，“既然她乐意，就叫她给照看一下吧。”

“妈妈，你怕什么呢？”卡嘉热情地大声喊，“叫他长成一个渔夫吧。不是吗，沃洛季卡？你要当渔夫，是吗？”

她想跳到岸上来，可是符塞沃洛德抢先跑过去，抓住很轻的小男孩儿的胳肢窝，大踏步地走到水里，把他递给卡嘉。他们的手碰在一起了。

卡嘉把已经住声不哭、由于幸福而感到茫然的小男孩儿放到座位上，然后伸直了腰。符塞沃洛德仍然在船旁边站着。

“走吧，靴子要湿透了。”姑娘说。

“没关系，”符塞沃洛德抓住船舷，漠不关心地、挺高兴地反驳，“你什么时候回来？”

“一清早。”卡嘉微微一笑，回答说。他们的目光又碰在一起了。卡嘉扭过头去，向下一跳，拿起了船桨。“给推一下！……”

符塞沃洛德全身靠在船上，推动了小船。

“真有劲哪！”卡嘉宽厚地称赞说。

渔夫们划起桨来，小船开动了。

符塞沃洛德从岸上目送着他们划向广阔的蔚蓝色的湖面。

水面上传来了嘹亮的歌声：

别可惜我种的土豆，

一直从田埂上走吧……

穆哈尔金高声大笑起来。

“这是谁在唱歌？”符塞沃洛德问。

“卡捷林娜[①]。是啊，姑娘长大了，也更活泼了。从前是个很安静的姑娘……去吃晚饭吧，啊？”

他领着外地来的人们往村里走去，又叹了一口气，说：“变活泼了……今年秋天我们的卡捷林娜准要离开我们了。”

早上，外地来的工作队开始工作了，他们在装置机械化渔场。安装发动机的时候，符塞沃洛德时常朝湖那边张望：渔船是不是出现了呢？

一轮火红的太阳从水里升上来了，湖中立刻泛起了深红色的闪光。远远地传来了歌声。歌声越来越嘹亮，男声和女声和谐地交织在一起。从突入湖中的石岩后面划出了一条小船，接着是第二条、第三条……

符塞沃洛德丢下了工作。他好像听出了卡嘉的声音——她唱的是高音，音色特别鲜明有力。

小船沿着湖岸驶来。卡嘉坐在前面一条小船的船头上，抱着熟睡的沃洛季卡。凉爽的晨风翻乱了她的黑发，吹乱了披在她肩上的天蓝色头巾的尖端。符塞沃洛德觉得，在柔和的曙光中，卡嘉比昨晚更漂亮了。他丢下螺丝板子，匆匆忙忙地用麻层拭净了油污的双手，沿着湖岸跑了过去。

① 卡捷林娜即卡嘉。卡嘉是爱称。

前面那只小船冲上了沙滩，符塞沃洛德像昨晚一样，走下水去，伸手去接那个小男孩儿。

“喂，你好！”他说。

“你好！”卡嘉毫不惊奇地回答，轻信地把孩子递给了他。

符塞沃洛德抱着孩子走上岸来，回头望了望卡嘉，就站住了。她不慌不忙地收拾好东西，然后轻轻地跳到岸边的砾石上。一夜没睡，她的脸色稍有点儿疲倦，红艳艳的，因而眼睛也显得格外的蓝。

“给我吧。”她伸过手去。

“我给抱回家去吧。”符塞沃洛德提议。

“你还要怎么样啊！”她摇了摇头，用两只手整理了一下头发，又伸手去接那个孩子。

沃洛季卡转动了一下，睁开眼睛，瞅着陌生人的脸，困惑不解地呆望了一会儿，然后，又灵活又敏捷地从符塞沃洛德的手里溜了下来。

卡嘉大笑起来。

“咱们到家了，沃洛季卡！你还吹牛呢——我不睡……走吧！”

“捕了很多鱼吗？”符塞沃洛德问，不知道该怎样开始谈话。

“很多！……鱼儿自己往网里钻。”卡嘉有点儿嘲弄地回答，随后搀着沃洛季卡的手，往村里走去。

符塞沃洛德整天都盼望着卡嘉到岸上来，好和她谈谈，或者至少从远处再看她一眼。

快晌午的时候，岸上开始热起来了，冒起了一缕缕的热气，湖里的水也变得黯淡无光了。四周是一片昏昏沉沉的寂静，邻近的村庄里好像已经荒无人烟。牛群正在广阔的草原上吃草，几匹带着绊绳的马在那儿踱来踱去，单调地摇响着挂在脖子上的小铃铛。

听到了人声，姑娘们从小路上向岸边跑来。渔家姑娘们从符塞沃洛德身旁走过，谦逊地住了声——卡嘉不在她们当中。她们动手去修理夜间挂破的渔网了。一个胸部丰满的姑娘带头唱起歌来，其余的人都轻轻地随着唱，并且狡猾地往外地来的人们那边张望。

和昨天晚上一样，当晚上太阳快落山的时候，卡嘉到岸上来了。她走到水边，坐在一块石头上，开始洗她那晒黑了的脚。她身旁的沙滩上出现了一个人影。卡嘉抬起头来，看到了符塞沃洛德。

“你好！”他说。

“你干吗总跟着我？”卡嘉粗鲁地问，匆忙地站起来，一面整理着裙子。

“叫你迷住了，”他微微一笑，“你吓了一跳吗？”

“我可不会迷人，我不喜欢追求女人的人。喏，你去找纽莎吧，她喜欢这样的人。”

“干吗找纽莎呢？我喜欢的是你。”他大胆地说。

“原来这样啊！……”姑娘矜持地大笑起来。“喝，小伙子，多性急啊！纽莎！”她对那个胸部丰满的姑娘大喊，“追求我的人对我表白爱情了。快到这儿来呀！”

姑娘们丢开渔网，望着他们哈哈大笑。符塞沃洛德脸红了。

“你给我写信来表白爱情吧，”卡嘉狡猾地给他出主意，“让我们大声念念。”于是跑到女伴们那儿去了。

晚上，符塞沃洛德只是从远处注视着卡嘉，望着她那匀称的身躯的灵活的动作，倾听着她那嘹亮的声音。他又委屈、又生气地想：“碰不得！……等着瞧吧，我准会征服你的。”

当三条小船像昨晚一样向湖中驶去的时候，卡嘉经过外地来的人工作的地方，高声唱起了昨天唱过的那只歌：

别可惜我种的土豆，

一直从田埂上走吧……

嘲弄的、挑衅的目光刺伤了符塞沃洛德的心。“好吧，”他怨恨地想，“总有一天你的田垅要吃苦头的……”

每天晚上，当太阳西沉，影子迅速地越来越长的时候，渔民们夜间都出发到贝加尔湖去捕鲑鱼。在凉爽的清晨，他们驾着空船回来，捕获的鱼已经都交到鱼类收购站去了。卡嘉的歌声总是最高最响。

符塞沃洛德时常找个合适的机会到她跟前去，可是她猜到了他的心思，总不肯单独逗留。年轻的渔家姑娘们总是亲密地聚集在一起，并且装作漠不关心的样子，就好像岸上根本没有外地来的小伙子们，甚至对机械化渔场都不感兴趣。

第四天早上，靠岸的只有两条小船。

渔民们拖出灰色的渔网，银白色的鱼鳞在网上微微闪烁着，然后把它们挂在木桩上晾干。姑娘们在织补挂破了的网眼。

符塞沃洛德心情不安地走到她们跟前。

“你们的女伴呢？”他问。

“哪些女伴？”她们狡猾地问，互相使了个眼色。

“卡嘉、纽莎……”

“卡嘉和纽莎到另一个渔场去了。她们在哈兰崔渔场里捕鱼，整整要去一个夏天。”

“原来你是这样的人啊！”符塞沃洛德很委屈地想，好像这个捕鱼的姑娘欺骗了他似的。“一声不响，连一句话也没说……”

周围的一切都变得黯淡无光了。

晚上，外地来的人们装配好了机械化渔场，试验了一下发动机和绞车，和穆哈尔金——现在他们都很随便地管他叫季莫沙叔叔——一起试打了一网，最后一次在岸上喝了一顿鱼汤，然后就乘船回机械化捕鱼站去了。

符塞沃洛德望着渔村里的房屋逐渐向后退去，变得越来越小。喏，湖岸遮住了它们，现在连湖岸也已经看不大清楚了。完了！他的心里觉得郁闷不乐。

过了一个星期，在一个晴朗的清晨，机械化捕鱼站上的汽艇“海豚”号，很小心地绕过从水中突出的、磨得又光又圆的石头，驶近了哈兰崔。符塞沃洛德从机器间里出来，登上了甲板。他真走运：意外地来到了“海豚”号上，来代替一个患重病的一级马达工人。

岸上一片黑压压的蓊郁的雪松林，笔直地爬上山去，几座临时的渔民小木屋几乎就在水边上，夹在灌木丛当中。再往右去，隐约可以看到乌斯契—巴尔古津鱼类罐头工厂的两个石头烟囱。

每天早上汽艇要访遍规定由它负责的渔场，给渔民们送来吃的东西和信件、报告员和医生，把它们一昼夜内捕的鱼运到腌鱼站或鱼类罐头工厂去。“海豚”号拉了拉汽笛，岸上的狗惊惶不安地奔跑起来。有人从紧靠水边的小木屋里走出来了。符塞沃洛德贪婪地注视着他们。这里面只有男人。

“有鱼吗？”船长对着喇叭筒喊叫。

“有哇！”岸上的人们挥着手高声回答。

两条小船离开了靠岸的踏板。卡嘉在其中一条上面划桨。她的头上裹着那条熟悉的蓝头巾，头巾底下露出了几绺不服帖的黑发。她很有把握地划着桨，全身向后仰着，划桨的动作使她感到陶醉。

小船靠近了“海豚”号。卡嘉丢开船桨，大声喊：“把小船拴紧！”她跳到长凳子上，伸出一只手来，请求说，“喂，帮帮忙！”于是紧紧抓住符塞沃洛德的手，轻轻地跳上了甲板。可是她立刻张皇失措地退后了一步。“是你吗？”

“是我！”符塞沃洛德很高兴地证实了她的话。“你好，卡嘉！跟我们一道到巴尔古津去吗？”

姑娘肯定地点了点头，就跑到船尾去了——小船就拴在汽艇的船尾上。

汽艇离开湖岸，在清澈的湖水里全速向乌斯契—巴尔古津驶去。符塞沃洛德做完了机器间里的事，又到甲板上来了。卡嘉站在船头上，双手扶着栏杆，望着烟雾弥漫的远方。他走到这个渔家姑娘的身边。

“可以吗？”

“站着吧……这地方又不禁止人来。”

“卡嘉，你好像是在生我的气？”

“我不喜欢小伙子们和姑娘纠缠。”

“难道我是在纠缠吗？”

他俩听着哗哗的流水声，沉默了好久。

后来卡嘉迅速地从下到上看了看符塞沃洛德，问：“你这是故意的吗？”

“什么？”

“到‘海豚’号上来。”

“不……不过我很高兴——运气真好，我立刻就想：我准能看到你。”

“为什么呢？”

“我自己也不知道……我想再和你见一次面——喏，果然实现了。那时候你临走也没去告别。”

“我跟你告什么别呢？我们又不认识。”

“我却好像觉得，我老早就认识你了。”

“如果是好像觉得，那就眨眨眼[①]吧。”姑娘傲慢地回答，大笑起来，走到另一边去了。

符塞沃洛德不敢跟着她过去，他在甲板上站了一会，就回机器间去了。心在突突地跳，不久他又来到了甲板上。

卡嘉坐在一捆缆索上，脸上流露着安详、和善的微笑。符塞沃洛德坐在她的身旁，姑娘一点儿也不觉得惊奇。

“你喜欢贝加尔湖吗？”她问，仿佛是继续已经开了头的谈话。

“喜欢。”

“我也喜欢——啊，多么喜欢哪！对我来说，世界上再没有什么比贝加尔湖更可爱的了。早晨我一起来，立刻就跑到窗子前面——今天湖是什么样子的呢？我喜欢它像现在这样——温柔可爱，也喜欢它发脾气。去年夏天，有一些来实习的女大学生住在我们这儿。是些好人！我跟她们很

① 原文“好像觉得”也有看不大清楚的意思，所以她叫他眨眨眼。

要好。她们需要了解贝加尔湖的一切情况——水的温度、风向，有多少水草。她们研究得最多的是一种小虾——叫什么艾皮舒拉。嗯，她们整天价坐在桌子旁边看显微镜，就像拴在桌子上似的。这种虾小极了，简直就是灰尘。我问她们：她们在那儿看什么呀？她们说：我们在找最幼小的艾皮舒拉。”卡嘉高声大笑起来。“你倒找找看，哪一个是最幼小的！她们研究这种小虾吃什么，怎样生长，怎样繁殖。有一位教授发现，我们的鲑鱼光吃这种小虾。小虾少，鲑鱼就要减少，小虾多，鲑鱼也多。女学生们想要了解这种小虾的一切情况，好让贝加尔湖里永远有很多鲑鱼。她们很迟才离开我们这儿，坐最后一班轮船走的，已经下雪了，带走了整整一箱子写得满满的本子。她们把贝加尔湖说得太好了。她们爱上了它。我真羡慕她们！”

“羡慕什么呢？你不是也爱贝加尔湖吗？”

“有各种不同的爱。我的爱却毫无用处。”“你去学习吧——那么你的爱就也有用了。梅索瓦雅有一所技术学校。要不，也可以到塞连加去——那儿的鱼苗场里有各式各样的训练班，你尽管挑好了。”

“我什么也不知道，”姑娘承认说，“我曾经想做很多事情，可就是拿不定主意。你从哪儿来呀？”

“从梅索瓦雅。”

“噢，那很远哪……干吗要到这儿来呢？”

“我们那儿夏天里无聊得很，没有事干。冬天很有意思，夏天里却没法生活，只有灰尘在满街上飞舞。”

“你会演奏什么乐器吗？”

“演奏……我们那儿有个手风琴。”

“晚上到我们的野营里来吧——你拉琴，姑娘们唱歌。我们那儿没有会拉琴的人。”

符塞沃洛德赞美地望着她。他太高兴了：他们谈得那么随便，那么愉快，而且卡嘉自己要求他做他连想都不敢想的事。

“好吧，今天晚上我一定来。我去跟船长谈谈。他们总是把船停在波德列斯诺耶过夜，今天却要在你们那儿下锚了。”他答应说。

“当心！”卡嘉严厉地警告说，“要守信用——我可不喜欢撒谎的人。”

“我一定来。”符塞沃洛德又一次答应说。

汽艇驶进了混浊的巴尔古津河。四周有很多小汽船在河里穿梭般地跑来跑去，几艘汽艇和机动渔船停在码头附近，烟筒里正冒着烟，乌斯契一巴尔古津村的单层和双层的房子在河岸上伸展着。符塞沃洛德从甲板上下去，到机器间去了。等他又回到甲板上来的时候，卡嘉已经不在了——在岸上消失了。要在晚上离开汽艇竟是那么困难。一级马达工人的请求使船长觉得十分惊奇，当然啦，他没有变更舒适的夜间停泊处。

船员们照例都要到岸上去，在波德列斯诺耶闲逛，和姑娘们跳舞。小伙子们把心情烦闷的符塞沃洛德也拉到岸上去了。腌鱼站的一排小屋伫立在低低的沙岸上，旁边孤零零地长着几丛雪松，树荫底下是黑魆魆的黑莓果丛。“跟绿树成荫的哈兰崔比较起来，这是个多么荒凉、多么寂寞的地方啊！”符塞沃洛德想，凝望着深深的湖湾那边遥远的湖岸，那儿渔民们野营里的篝火像一个小红点一样，正在闪闪发光。“从这儿一直走有多远呢？”他心里暗自估量着，“大概，最多不过六公里。”

“去！”他决定了，于是拿了手风琴，往小船那儿走去。

他脱下短外衣，只穿着一件带条纹的水手汗衫，往手掌里吐了口唾沫，又回头望了望远方微弱的火光，撑开了小船。他安详地、均匀地划着桨，为了试验一下自己的力气，他决定用同样的速度划过湖湾。与其说是答应了姑娘的那句话，倒不如说是他想再看一看卡嘉，再听一听她的声音——这个无法克制的愿望在引导着他划向远方的篝火。

当小船猛冲到布满砾石的湖岸上的时候，他并不觉得累，只是手掌火辣辣地发烧。暮色已经很浓了。穆哈尔金队长就站在水边上。

“塞夫卡！”他大声喊，“好像是来做客的吧？我却在想：是谁上我们这儿来呀？好吧，一道去吃晚饭吧。”

符塞沃洛德拿了手风琴，跟着穆哈尔金往篝火那儿走去。只是到这时候他才发觉，有三条大狗紧跟着生产队的队长。

篝火旁边的人都回过头去，倾听着朝他们这儿走来的脚步声。只有卡嘉弯着腰在搅鱼汤，没有露出一点儿感兴趣的神气。

“我领来了一位客人。”穆哈尔金说，走进了被篝火照成浅红色的圈子。

“你来了吗？”卡嘉从火堆旁边走开，一点儿也不惊奇地问，并不因为有旁人在场觉得不好意思。“手风琴也带来了？吃过晚饭给拉一会儿吧……”于是又去弄鱼汤了。

纽莎调皮地说：“干吗要等吃过晚饭呢——现在就让他给拉起来吧。”

“好吧，让他拉吧。”卡嘉答应了，似乎她对他有特殊的权利。

人们殷勤地给符塞沃洛德拉过一条长凳子来。他从匣子里取出手风琴，把它放在膝盖上，想了想，就拉起来了。大家都默默地听着。篝火着得很旺，炭屑噼噼啪啪地响着，烟一直升向星空，人们一会儿因为有事从篝火旁走开，一会儿又走回来。黑影里有人在收拾碗盏，可以听到叮叮当当的响声。符塞沃洛德一支歌曲接一支歌曲地拉着。当卡嘉从篝火旁边走开的时候，他仍然在拉。他知道，她正在黑影里听着呢。

她回到篝火旁边来，问他："你吃晚饭吗？"

"不吃。"

"真的？不想吃吗？那么我也不吃了。"于是在他身旁坐下了。

姑娘们都走过来了。

卡嘉和纽莎开始唱起歌来，其余的人随声应和着。

明亮的星星照亮了昏暗的天空。波德列斯诺耶也出现了篝火的火光，符塞沃洛德想：现在湖岸上有多少篝火啊。他觉得，在整个贝加尔湖地区，没有比他更幸福的人了。

他偶尔望望被火光照耀着的卡嘉的脸，姑娘的美丽又使他惊奇不已。

坐在篝火周围的人逐渐稀少了。穆哈尔金是最后离开的人们当中的一个，他站起来，很舒服地大声打了个呵欠。

"是不是该去睡觉了？"他问，"一清早我就要把大家都叫起来，谁也不准睡懒觉。塞夫卡，谢谢你，常来看望我们。拉得真好。"

他走到黑影里去了。

有谁在小圆石子上走动，听到了嚓嚓的脚步声，玛涅法·伊万诺芙娜的声音轻轻地问："够了吧，好女儿？早就该站起来呢。"

"这就来，妈妈。"卡嘉头也不回，很快地回答。

现在只剩下卡嘉和符塞沃洛德两个人了。他不再拉琴了，默默地望着蒙着一层灰的赤热的炭火。

"我该走了。"他说。

"是啊。"卡嘉冷淡地表示同意。

“我这就要走了。”

“明天还来吗？”

“你愿意叫我来吗？”

“我们这儿没有拉琴的人。跟你在一起，姑娘们就不会觉得寂寞了。”她跳起来，没有告别，就向小木屋那里走去。

一切都寂静了。

符塞沃洛德在渐渐熄灭的篝火旁边又坐了一会儿，然后站起来，向岸边走去，几条大狗跟在后面，他在黑暗中听了听它们高声喝水的声音，在芦苇丛里找到了那条小船，于是撑开了船，轻轻地向波德列斯诺耶划去。那里的篝火也熄灭了，不过马达工人希望，就是没有篝火，他也能找到自己的“海豚”号。他真想划着小船在熟睡的贝加尔湖上漂流很久很久，望着星星的反光，听着水从桨上哗哗地滴落的声音，想着卡嘉，大概她还没有睡，也许，也在那儿想他吧。

早上，还是在往常那个时间，“海豚”号马达噗噗地响着，船头分开平静的水面，很小心地绕过水里突出的石头，驶近了隐没在绿荫之中的哈兰崔。卡嘉用力划着桨，把小船划过来，看到了符塞沃洛德，对他挥了挥手。“又要跟我们到巴尔古津去吗？”符塞沃洛德大声喊。

姑娘抬起神情愉快的脸，用双手把头发撩到后面，喊道：“不，是捕鱼去。晚上来呀！……”

汽艇装完了鱼，“海豚”号掀起高大的浪头，以全速向乌斯契—巴尔古津驶去。卡嘉挺直了身子站着，小船在波浪中颠簸着，她又挥了挥手。

“很显然，水手把心丢了。”同志们善意地嘲笑马达工人。

有一次，“海豚”号进行预防修理，一级马达工人获得了一昼夜的假期。一清早，正下着雾，符塞沃洛德又顺着熟悉的道路，划着小船到哈兰崔去了。荒凉无人的湖岸上，只有矮小、安静的玛涅法·伊万诺芙娜用担心的眼光在迎接他。她把野营收拾得干干净净，拿一把锋利的大刀，把棚底下那张桌腿埋在地里的长饭桌的桌面刮得几乎发出光来，一大堆洗好了的铝制碗碟，就堆在草地上。野营里的人早上都出去捕鱼了。

“你这是干什么呀——天刚亮就来了？”她怀疑地问，一面把桌子擦干。

“我有一昼夜的假期。”马达工人发窘地、怯生生地回答。

“对你来说，就没有比哈兰崔更好玩的地方了吗？喏，我们的姑娘们都拼命地想往乌斯契—巴尔古津跑，那儿有电影院，还能跳舞……可你总是到哈兰崔来……”她不赞成地摇了摇头。

符塞沃洛德一声不响。

“你是梅索瓦雅人吗？”玛涅法·伊万诺芙娜站住了问。“那儿你还有什么人？还是独自一个呢？”

“我们的家是个大家庭，”符塞沃洛德确信地告诉她，仿佛这件事能在玛涅法·伊万诺芙娜的眼里抬高他的身价似的。“弟兄三个，姐姐已经出嫁了。”

“父母都在吗？”

“父亲在，他在铁路上当司机。”

玛涅法·伊万诺芙娜对这个面容坦率、善良、身材端正、体格强壮的小伙子丝毫也没有反感。不过他最好还是去向旁的姑娘献殷勤吧，就是去追求纽莎也好，她老早就该出嫁了。他干吗要缠住卡捷林娜呢？在女儿完全长大成人以前，让她再过几年自由自在的日子吧。这个小伙子有什么打算呢？千万可别在秋天把女儿带到梅索瓦雅去啊……

“怎么，你们汽艇上的活儿太少吗？”玛涅法·伊万诺芙娜问，她并不想用这句话来得罪马达工人。

“活儿是足够干的，不过玩玩也是应该的。”

“就像成了专门给我们拉琴的人了。要不要也给你领一份口粮呢？”她讥讽地说，随即拿起碗盏，往屋里走去。

她在屋门前站住了，怜悯地朝小伙子望了一眼。他耸起双肩，在长凳子上坐着。

“你跟一个老太婆坐在一起干什么呢？去吧——他们都在那儿哪。”说着朝渔民们去的那边指了指。

后面传来了一阵沙沙的响声，这是沙子撒落的声音。符塞沃洛德一回头，看到了卡嘉。她抓着灌木丛，几乎是站着从陡峭的小路上滑了下来，困难地喘息着，在符塞沃洛德身边站住了。

“走吧！……”她招呼说。

“出什么事了？”玛涅法·伊万诺芙娜大声喊。

“是穆哈尔金……”

“穆哈尔金怎么了？”

“脚脱臼了，站不起来，我们去用小船把他接回来。”

她跑到岸边，跳上小船，命令说：“划吧，不过要快！”

小船轻盈地沿着湖岸向前疾驶，可是卡嘉仍然在催促划桨的人。符塞沃洛德浑身都被汗湿透了，小船终于拢了岸。卡嘉跳到岸上，向渔民们那儿跑去。穆哈尔金躺在草地上，生气地责备旁人：“够了，别说废话了！该去捕鱼了。”他看到了符塞沃洛德，抱怨说，“唉，小伙子，真倒霉……

帮帮忙吧……”

他叫马达工人扶着他，想要站起来，可是站不起来，于是又躺下了，茫然失措地问：“难道我走不到吗？”

“你别为难了，季莫沙叔叔，”卡嘉插嘴说，“你看，我们有这么多人！……我们把你抬过去！”

穆哈尔金望了望姑娘的脸。

“你暂时留下来代替我，给指挥一下生产队吧。我也许很快就会回来。卡捷林娜，只是你要改掉你那些习惯。你要对渔场负责啊。要玩，总归是来得及的。”

“季莫沙叔叔，那么我们就捕不到鱼了。他们跟我在一起，只能载回一船歌来。”

“你去跟小伙子们开玩笑吧，我可是跟你谈正经事，应当为生产队着想。你，还有你，”他指指两个十六七岁的少年，“抬我到小船上去。卡捷林娜，你领着其余的人到渔场上去吧。是时候了……喏，鱼在那儿翻腾，千万可别叫它们跑了……”

卡嘉站了一会儿，然后用命令的口气招呼大家：“走吧！……”

“咱们也抬着走吧，”符塞沃洛德对那两个少年说。

“等等。”穆哈尔金止住了他。

他目送着生产队走下了湖岸。绞盘吱呀吱呀地响着，慢慢转动起来了，马拖着绞盘，拉出了渔网上的绳子头。穆哈尔金轻松地舒了一口气，命令说：“现在抬着走吧。”

他在小船上躺得比较舒服一些，打发少年们回去了。

符塞沃洛德划着小船向野营驶去。因为丢下了生产队没有人照顾，穆哈尔金一路上都很烦恼。

“要是卡捷林娜愿意的话——她是能对付得了的。可是她自己都不知道，一分钟以后该干什么，是个急性人……”

到了野营，队长请求不要让他躺在屋里，让他躺在岸上——躺在草地上一棵高大的落叶松底下。

“这么说，你是牢牢地粘在卡捷林娜身上了。”他很同情符塞沃洛德，“你跟她可得严厉着点儿，别让她太任性了。她是个好姑娘，又活泼，又勇敢，只是自己还不了解自己。你是他的第一个爱人——这真是最难理解的恋爱。”

马达工人脸红了，回过头去。

“现在到她那儿去吧，去看看她在那儿干什么呢……”

当符塞沃洛德来到渔场的时候，那里的工作已经结束了，生产队正准备回家去。卡嘉打发载着鱼的小船出发，嘱咐他们给生产队买必要的东西带回来。少年们想跟她开开玩笑——说她太严厉了，比季莫沙叔叔还要严厉。可是卡嘉断然地大声呵斥他们，于是他们都不作声了。

“那么好吧，”其中有一个温和地说，“你不用操心了，我们又不是小孩子——也不是头一次去送鱼。喏，马达工人在那儿等着你哪……”

卡嘉甚至连头也不回，假装没听见这句笑话。

“当心，午饭前一定要回来。”她又一次告诫他们。

“有时候她竟是这样一个人！”符塞沃洛德怀着敬意想。

他们俩一道往野营走去。卡嘉跨着大步，得意地微笑着，玩弄着披在肩膀上的蓝头巾的尖端。

“今天我们捕的鱼真多——季莫沙叔叔准会高兴的。”她幸福地把她的快乐告诉他。

在快到野营的地方，松软的小路笔直地伸向陡峭的山岩。卡嘉停下来，整理了一下鞋子，伸直了腰，招呼他说：“你看！……”

从这儿可以看到整个湖湾。远方陡峭的湖岸上，茂密的树林好像一片迷蒙的烟雾，蔚蓝色的波浪滚滚地从此岸涌向彼岸，湖岸的轮廓越来越模糊了。卡嘉甚至眯缝起眼来。

“多美，是吧？去年有一位画家在这儿画过画。是个老头子，拄着拐杖。他说，他没见过比我们这儿更美的地方。”

符塞沃洛德默默地拉着她的手，紧紧地握她的手指。卡嘉脸上露出沉思的神情，变得很安静，在向远方眺望。他把她拉向自己身边。他们肩并肩地站了约莫一分钟光景，头一次感觉到他们离得这么近，简直叫人感到激动，头一次感觉到他们远远地离开了人群。

卡嘉回过头来，望着符塞沃洛德的脸。

“你要做什么？”

她那可爱的、微微张开的嘴唇离他这么近，嘴唇底下一排整齐的、湿润的牙齿在闪闪发光，符塞沃洛德对她爱慕的心情更加强烈了。可是她温柔地挣脱了手，调皮地微笑着，直望着他的眼睛，喃喃地低声说：“当心——别叫我烫着……”

“我们见过这样的姑娘。”符塞沃洛德执拗地说，又去拉她的手。

微笑从她那变得苍白的脸上消失了。

“见过多少？”她严厉地问，高傲地转身顺着小路向野营跑去。小圆石子在她脚下纷纷撒落下来。

然而她在小路尽头等了符塞沃洛德一会儿，然后和他并肩向前走去。

不过他了解，卡嘉还在生他的气。

“我是开玩笑。”他抱歉地承认说。

卡嘉仔细看了看他，缓慢地警告说：“你跟我可不要这样开玩笑……你去跟纽莎这样开玩笑吧。她喜欢这个。”于是往队长那儿跑去。

卡嘉整天都在野营里张罗着，偶尔坐到符塞沃洛德身边，和他说上两三句话，好像是想要安慰他似的，然后又跑开了。不过符塞沃洛德觉得，她还在为那句他不小心说出来的话生气，仍然不信任他。

傍晚，生产队又出发去捕鱼了。临走以前卡嘉花了很长时间向穆哈尔金详细询问，夜里应该在哪儿和怎样下网。

他们为下网的事忙了很久，天色很晚才回到野营来——岸上已经燃起了篝火。

穆哈尔金不安地问：“怎么样啊，卡捷林娜？”

“很好，季莫沙叔叔，”卡嘉疲倦地说，“把网撒下去了……以前我觉得当队长是件很轻松的事情。只要跑跑、喊喊就行了……”

“光喊没有什么用，”穆哈尔金肯定地说，“卡捷林娜，你要做好准备。我的脚好像不大好，千万别把我送到医院里去。”

“我可对付不了，季莫沙叔叔。你可别躺很久啊。”

“我自己也不高兴老躺着。”

玛涅法·伊万诺芙娜到篝火旁边来了。

卡嘉撒娇地请求母亲：“今天你自己烧鱼汤吧。我的手脚都不能动弹了。”

“你坐着吧，坐着吧，”玛涅法·伊万诺芙娜同意了，“今天你哪里还能做饭呢，已经累坏了。我都弄好了。”

符塞沃洛德拉开手风琴，手指在琴键上轻轻掠过。歌曲的旋律不知不觉地从琴上倾泻出来，这正暴露了拉琴的人的心情。纽莎立刻和着琴声唱起歌来：

那该多么好，结束了旅行，

再望一望爱人的眼睛……

姑娘们也都唱起来了。只有卡嘉一声不响，坐在那儿倾听，脸上流露着叫人捉摸不定的微笑。

晚饭以后姑娘们都各自回野营去了。篝火旁边已经没有人了。

卡嘉和符塞沃洛德向岸边走去。静静的湖水躺在他们脚边，散发着泉水的清凉气味。后面是一排黑魆魆的灌木丛。繁星在夏天广阔的天空中微微闪烁着。

“你还在生气吗？”符塞沃洛德问。

“不。”卡嘉心不在焉地说。

“别生气了。”符塞沃洛德请求说，他俯身紧对着她的脸，她那柔软的头发都碰着了他的双颊。“别生气了，卡嘉，”他又重复了一遍，他说得那么诚恳，这几句话里包含着他的爱的全部力量。“那不是真的……”

他拥抱着她，看到她那双轻信的眼睛离他那么近，他的嘴唇碰到了她的嘴唇。姑娘的坚硬的嘴唇突然变软了，变得像火一样热，她那柔韧的身躯也紧紧地靠到符塞沃洛德的身上。这个吻非常短促，就像是一声急促的叫喊。

卡嘉立刻吃惊地从他身边跳开了。

“你走吧！……”她软弱无力地请求说。

"卡嘉！"

"你走吧！……"

符塞沃洛德赶上了她，一把抓住她的手，硬拉着她站下来，他又面对面地看到了她的眼睛，眼睛里流露出温柔的、轻信的神情，使他感到惊讶。

"嗯？你是第一个吻我的人。当心！……"

她的眼睛在黑暗中闪闪发光。

"我要带你走，卡嘉！"

"到哪里去？"

"到我们的梅索瓦雅去。"

"为什么呢？我在这儿也不坏呀。"

"我决不把你丢在这儿。"

"你先问问我，看我是不是肯去。"

可是这只不过是说说罢了。她的眼睛讲的却是旁的词句——我去，带我到梅索瓦雅去吧，我去，不论你要上哪儿，我都去。

"走吧，"卡嘉柔顺地请求说，"已经很晚了……明天我还要到渔场去。你也该回去了……"

这是她第一次为他担心。

卡嘉把他送到小船旁边，在岸上和他告了别。

他撑开了小船，可是没有划桨。他好像觉得，她仍然在岸上站着呢。

"卡嘉！"他轻轻地喊了一声。

她没有回答，可是小圆石子在她脚下沙沙地响了起来。

"卡嘉！明天见……"

“明天见……”

他用桨轻轻地拨着水，不慌不忙地向“海豚”号划去。

船桅上的红绿灯在远方微微闪烁着。符塞沃洛德轻轻地划着桨，心里在想，从前他住在梅索瓦雅，根本不知道世界上有一个卡嘉，后来忽然遇到了她，可是又差点儿失之交臂。不过现在对他来说，再没有比她更可爱、更亲近的人了。

她带着那副可笑的神情警告他说：“当心！”难道他能忘记这个轻信的吻，难道他能拿这样的爱去调换什么旁的爱吗？秋天他们一定要一同到梅索瓦雅去，冬天他要到伊尔库茨克去进船舶机师训练班，把她也带了去。他们要在一起了！一生都在一起——永远都在一起。

然而这场恋爱原来并不是一帆风顺的。

有时候整个晚上竟会是这样度过的：似乎世界上根本就没有符塞沃洛德这么一个人。卡嘉忙着做她自己的事情，和姑娘们一起坐在篝火旁边唱歌，对马达工人连看都不看。她会不跟他告别，就和第一批离开的人一同回到屋里去。符塞沃洛德孤独地走到岸边，坐上小船，向汽艇划去，一路上在责骂自己太怯懦，性格太软弱，并且发誓，以后在哈兰崔一定要表现得更坚决一些。

然而只要卡嘉一来到他跟前，对他说上一句亲热的话，他就把昨天晚上所想的一切都忘记了。

穆哈尔金在乌斯契—巴尔古津的医院里躺了一个星期，又回来料理生产队的事务了。不过现在他更时常到乌斯契—巴尔古津去，到村里去耽搁一两天，在这段时间里就把生产队里的事完全托付给卡嘉。过了一个夏天，卡嘉出落得越发漂亮了。脸晒黑了，蓝色的眼睛变得更加深湛，嘴唇也红得更鲜艳了。连声音也起了变化，似乎是从胸膛深处发出来的，抑扬婉转的低音使符塞沃洛德的心情无法安静下来。她的肩膀长宽了，短上衣紧紧地裹着她那富有弹性的胸脯。

秋天明显地日益迫近了。最初的秋雾每天早上都在贝加尔湖上飘荡，吹来了冷风，刮掉了暂时还很稀少的黄叶。红艳艳的野蔷薇丛开得像篝火一样。渔家姑娘们时常从大森林里采些蘑菇和莓果带回来。

马达工人并不知道，当他不在哈兰崔的那些晚上，卡嘉怎样在不安地、无目的地东奔西跑，她怎样孤零零地独自在岸边徘徊，倾听着是不是有船桨打水的声音，要不，就顺着陡峭的小路爬到山上，望着黑魆魆的贝加尔湖，找寻波德列斯诺耶附近“海豚”号的桅杆上的灯火。

有一天，在一个这样的晚上，默默地留心观察着女儿的母亲严厉地说：“你干吗玩弄这个小伙子啊，卡捷林娜？他爱你——你的心也对他敞开了。咳，好女儿，有时候自己的幸福可不是很容易就能找得到的……生活，好比是陡峭的河岸：会掉下去的。你自己是在那儿走路，这可得当心哪。可别跟生活开玩笑……”

卡嘉沉思默想地坐在篝火旁边，双手抱住瘦削的膝盖，留心听着母亲的话，连一句也没有漏掉。母亲的话使她激动，她感到又甜蜜，又有点儿不安。“他为什么不来呢？为什么呢？”她想。

“对好人应当爱惜，”母亲接下去说，“人都在找寻一生的幸福。女人的幸福得来可不容易，并不是所有的人都能得到它。我什么都看在眼里了。早上你目不转睛地望着贝加尔湖，人坐在屋里，可是老在留神听着，外面是不是有汽艇的声音，总是头一个往岸上跑……你干吗舍不得跟他说几句亲热的话呢？”

“妈妈，他叫我到梅索瓦雅去。”卡嘉不好意思地低声承认。

玛涅法·伊万诺芙娜沉默了好久，弯腰对着火堆，用小树枝拨那金黄色的炭火。

“女儿总是别人家的宝。”她忧郁地说，“我想过了，好女儿。什么都考虑过了。你该跟这个好人共享同一个命运……”

“我怕，妈妈。”卡嘉声音更低地喃喃地说。

“另一种生活就要开始了，所以觉得怕。你做姑娘的任性的生活这就要结束了。”

母亲忧郁地望望逐渐苍白的炭火，不作声了，不知道是不是为女儿所承认的事觉得高兴。

过了两天以后，符塞沃洛德才到哈兰崔来，他的心情很不安。卡嘉矜持地接待了他。

“‘海豚’号上原来的马达工人就要回来了。”符塞沃洛德告诉她。

卡嘉很快地朝他望了一眼，可是立刻又把视线移开了。

“今天我们就要到萨依加特卡去，大概有五天航程，到那里去接鱼贝。这是我在‘海豚’号上的最后一次航行了，以后就要回去，回机械化捕鱼站去，你为什么不说话呢？”

“我在听着哪……”

“我跟你谈过梅索瓦雅的事……”

“最好还是唱歌吧。”卡嘉回头望着姑娘们，提议说。

他拉起琴来，可是不久就丢开了琴，阴郁地坐在篝火旁边。“她只不过是取乐罢了……唉，卡捷林娜！”卡嘉却在想：“难道我心里轻松吗？你们，小伙子们，都是只关心自己。”

时间比往常还早，马达工人就从篝火旁边站起来了，并且招呼卡嘉过去。

她惊奇地站起来，跟着他走去。

“再坐一会儿嘛。”卡嘉抱怨地请求说。

“不，”他阴郁地说，“我们夜间就要出发，路很远，得检查一下机器。”

他抱住姑娘的肩膀。

“你为什么不说话呢？不久我就要一去不再来了。莫非你只不过是取乐吗？也许，是玩够了吧？你说呀！……”

她在他强有力的手臂里猛然颤抖了一下，可是他把她拉到自己怀里，吻了吻她那火热的脸。

“你说话呀，卡嘉！……”

“放开我……”

她从他手里挣脱了出来。

“我又得罪了你吗？”

“你是说，五天以后你再来吗？”

“如果回来的话……”

“五天以后你一定来。到那时候我就把一切都告诉你。”

“我来待一整天。那将是我在这儿的最后一天了。”

他又想拥抱她，可是卡嘉敏捷地跳开了。

“别骗人，一定来！”

符塞沃洛德还想说点儿什么，可是只摆了摆手，就跳上了小船。

卡嘉站在岸上，听着船桨急剧地击碎浪花的声音。小船很快地离了岸。

她回到篝火旁边。穆哈尔金独自坐在那儿，关切地，而且她好像觉得，还有些非难地朝她望了一眼。

“他走了吗？”

“啊哈！”

“就这样把小队子送走了，这可不大好，卡捷林娜！你委屈他了。”

“这样他会爱得更坚定。”卡嘉大笑起来，回家去了。

这五天她就像是生活在雾里一样，无精打采，什么事也没有心思干。她希望符塞沃洛德就在这儿，在她身边，又顺从，又温柔，又可爱。“我为什么要那样送他走呢？”她自己责备自己。“我答应了他什么？等他来的时候，我对他说什么呢？万一他不来了呢？”

在约定的那天前夕，风从傍晚就在树梢间喧嚣。现在风刮得越来越紧了，给渔民们增加了很多麻烦。穆哈尔金为渔网担心，又把生产队里的人都叫起来。他们回来的时候都很疲倦，浑身湿透了。

卡嘉忧虑不安地倾听着哗哗的浪涛声。难道天气会越来越坏，使符塞沃洛德不能守信吗？夜里她醒了好几次。她好像觉得已经到了早晨，并且听到了噗噗的马达声。不，这是波涛在喧嚣。树仍然怀着敌意呜呜地吼叫、呻吟，波涛已经猛力拍打着湖岸，发出了隆隆的轰鸣。

早晨她起得比谁都早，立刻跑上山去，平时她总喜欢从那儿眺望贝加尔湖。乌云从树丛中钻出来，爬下山去，飘垂在沸腾的水面上。卡嘉感觉到了它们那冷冰冰的凉气。

“他不会来了！”她绝望地想。

卡嘉不止一次从山上下来，回到屋里，可是不一会儿又被想见到符塞沃洛德的愿望驱使着跑上山去，向湖中眺望。蒙着一层白沫的巨浪飞也似的扑向湖岸。有的时候乌云完全罩住了水面。树在猛烈地摇曳，呻吟，风在怒号。

“明天他也不会来了，”卡嘉想，“现在‘海豚’号在哪儿呢？也许，它正载着他在贝加尔湖上航行，来往于两岸之间吧……”

“够了，你别跑了。”母亲试图阻止卡嘉。

“稍微忍耐一两天吧……天气不会总是这样坏，也会有晴天的。”

下起雨来了。起初是像水银似的沉重的雨点噼里啪啦地落了一阵儿，随后暴雨大作，停了半个钟头，就又不住地下起来了。乌云垂得更低了。卡嘉知道，这样的雨和这种好像下雪以前的寒冷，是阴天连绵的预兆。

贝加尔湖的样子真叫人害怕。它发狂了。高大的波浪几乎溅到了渔民野营的房上。

黄昏来得格外早。

卡嘉又顺着湿漉漉的小路爬上山去，混浊的激流迎着她滚滚奔来，被风吹弯了的树好像诉苦似的同她弯腰行礼。

她在山顶上站住了。

她眼前显示出一片阴森可怕的远方的景色。突然，她往前迈了一步，抓住一棵小树，免得跌倒，俯身望着悬崖下面。她好像看到，有一条小船忽然在波浪中一闪。

在愈来愈浓的暮色中勉强可以看到一条小船，它随着波浪升上来，随即就消失了，不一会儿，又被一个浪头抛了起来。

难道这是符塞沃洛德吗？

波浪摇摆着那条无依无靠的小船，好像是摇摆一只胡桃壳。它驶近了暗礁附近水流湍急的地方。划桨的人用力挥动船桨，可是那桨好像只是在空中挥舞。

卡嘉恐惧地注视着他。

小船接近了暗礁地带。

卡嘉看到，它被一个浪头抛起来，猛然撞到了石头上。木片向四面八方飞散开来。

波浪当中露出了那个人的头，一会儿看不见了，一会儿又出现了……

卡嘉几乎是昏昏沉沉地顺着小路向前跑去，她跌倒了，膝盖和手掌都擦破了，流血了，可是她跳起来，又气喘吁吁地向前跑去。

“小船撞碎了，小船撞碎了！”她一向朝岸边跑，一面高声大喊。

她的喊声惊动了野营里所有的人。

卡嘉不假思索地跑着跳到冰冷的水里。第一个浪头把她抛了回来，她呛进了一口水，可是立刻又冲到迎面扑来的波涛里，向前游去。波浪一会儿把她抛到一边，一会儿猛烈地拍打着她，使她无法游泳。由于寒冷，她时常喘不过气来，腿也不听使唤了。卡嘉再一次用力挥动麻木的双臂，这时一个浪头从她头顶上漫过去，猛然冲到了石头上。

卡嘉在岸上恢复了知觉。纽莎站在她身旁，正在拧干衣服上的水。穆哈尔金一面咒骂，一面催促小船上的渔夫。他朝卡嘉斜睨了一眼，跳上小船，说：“这一下可玩够了！……”

卡嘉目送着逐渐远去的、在波涛中颠簸着的小船，悄悄地痛哭起来。

岸上人声嘈杂。

纽莎说：“看样子，他们赶上了……”

不管卡嘉怎样伸着头张望，还是什么也看不见。可是，喏，小船又出现了。波浪推着它向岸边驶来。小船猛然冲到岸边的砾石上，船上立刻跳下几个人来，抬着一个沉重的、高大的身躯往屋里走去，那个人的手臂在无意识地摆动着。

大家都把卡嘉忘了。

她躺在冰冷的沙滩上痛哭，一直在自言自语地重复着："我做了什么事啊！"

玛涅法·伊万诺芙娜在她身边蹲下来，摸摸她的肩膀，严厉地、悲伤地说："把他救活了！……走吧……你向死神招了招手。可是它已经从一旁过去了。"

卡嘉低下了头。

维克多·亚力山得罗维奇·斯塔里科夫，1910年生于莫斯科。1929年开始担任报社记者，1934年在乌拉尔首次发表了一些短篇小说。卫国战争时期是西北战线的一名战地记者，曾获一级战斗勋章及战斗功勋奖章。

他的作品集有《在游击队的土地上》《红宝石》《胜利的星》《北方和南方》《第五个春天》《山梨树枝》，等等。

《波涛喧嚣》译自《贝加尔湖的故事》，描写鱼汛期发生在贝加尔湖上的一个动人的爱情故事。作者用极其抒情优美的笔调，不但写出了渔家姑娘卡嘉和工人符塞沃洛德的纯真爱情，而且向读者展示出一幅捕鱼工人热情投身于工作的壮丽图景。

白　草

符·索洛乌欣

我们的河上有一些那样幽静偏僻的地方，如果穿过树木互相纠结，而且到处长满荨麻、简直无法通行的密林，坐到水边，那么你会觉得自己是处于一个孤独的、完全与世隔绝的世界。

以最草率的目光来看，现在世界仅仅是由两部分构成的：绿荫和水。然而就连水里，映照在它那整个镜面上的，也同样是一片绿荫。

现在让我们一点一点地扩大我们的注意力。于是几乎在看到水和绿荫的同时，我们看到，不管河道多么狭窄，也不管树枝怎样在河床上方纵横交错、密密地纠结在一起，但在创造我们这个小天地的过程中，天空仍然起了一定的作用，而且这作用并不是微不足道的。它时而是灰色的——这是在天刚蒙蒙亮的时候，时而在灰色中透露出一点儿玫瑰红，而在庄严的日出之前，它又变成了一片鲜红色；有时它又是金中透蓝，最后变成一片蔚蓝，在盛夏季节晴朗的日子里，它就应该是这个样子。

注意力再继续扩大一些，于是我们清清楚楚地分辨出：我们觉得似乎只不过是一片绿荫的一切，完全不只是单纯的绿色，而是一些可以细细区分的、十分复杂的东西。真的，如果在水边铺开一块平坦的绿色帆布——那才真叫美哩，那才真是妙不可言，望着这平坦的绿色帆布，我们真要情不自禁地赞叹说：“这真是地上天堂啊！”

从树上伸出一根炭一般黑的弯弯曲曲的老树枝，悬挂在水面上。当初它也曾在风雨中喧哗，而现在却已默默无声。它那春天的嫩叶也曾被雨点打得簌簌颤抖，而现在它已不再战栗，它已经把闪闪发光的鲜黄的叶子统统撒落到水里，把它们挥霍光了。炭一般的黑影倒映在水上，只是在遇到睡莲的圆叶的地方，才会被莲叶切断。

这些睡莲叶的绿色和四周映在水面上的树荫大不相同，也不可能和它们融成一片。

稠密的浆果，个儿已经长足了。现在它们光滑而又坚硬，简直像是用绿色的骨头雕成，再磨光了似的。

爆竹柳的叶子，有时让人看到它翠绿色的正面，有时却翻转来，露出无光泽的银白色的背面，因此整棵爆竹柳，它的整个树冠，可以说，在总画面上看上去好像一个明亮的斑点。

水边长着野草，它们都朝一边弯着腰。但后面的草却似乎踮起脚尖，竭力伸着脖子，哪怕是从同伴们的肩后探出头去，但一定要看到水。这里有荨麻，也有一些很高的伞形野花，我们这儿谁也不知道它们叫什么。

但为美化我们这个与世隔绝的小天地出力最大的，是一种高大的、开白花的草本植物，它的花华丽极了。也就是说，每一朵单独的小花都很小，简直不易察觉，但每一根草茎上，花都多得不计其数，形成一顶十分华丽、稍有点儿发黄的白色花冠。因为这种草从来都不是一棵一棵地单独生长，所以华丽的花冠汇合在一起，简直像一片白云凝聚在静止不动的林间草地上，睡意正浓。还有一个原因，使人不可能不注意它，不可能不欣赏它，只要太阳一把它晒暖，就有一团团看不见的轻烟，一阵阵浓郁的蜜香，像无形的云朵，从这白色的花之云上飘向四面八方。

看着大片大片华丽的白花，我常常想，这是一种多么荒谬的情况啊：我是在这条河上长大的，在学校里也教会了我一些东西，每次我都看到这些花，不仅是看到，而且能从其他花中认出它来，可是要是问我，它们叫什么，我却不知道。不知为什么，一次也没听到其他也是在此地长大的人提到过它叫什么。蒲公英、母菊、矢车菊、车前草、风铃草、铃兰……对这些，我们的知识还够用，我们还能叫得出它们的名字。不过，为什么立刻就下结论呢，也许，只有我一个人不知道吧？不，不管我指着白花问村里的什么人，他们都摊开双手说："谁知道呢？它们长在河边、树林中的谷地里，凡是比较潮湿的地方，都多得很。可是叫什么……你干吗要问它呢？花就是花，既用不着收割，也用不着脱粒，更用不着向国家交售，不是吗？就算没有名字，闻闻它还是可以的。"

我要说，一般来说，我们对于大地上周围的一切都有点儿漠不关心。不，不，当然啦，我们都喜欢说，我们爱大自然，无论是这些小树林、小丘、泉水，还是夏天半空中红艳艳的温暖的晚霞，我们都爱。啊，当然啦，还有采集一束鲜花。啊，当然啦，还有倾听鸟鸣，当森林里还是一片墨绿，黑得几乎让人感到凉意的时候，侧耳倾听在金色的林端卖弄歌喉的小鸟的啁啾声。还有去采蘑菇、钓鱼，还有，就这样躺在草地上，仰望空中飘浮的白云。

"喂，现在你这样无忧无虑，怡然自得地躺在草上，这种草叫什么呀？"

“什么叫什么？草。啊，那里……大概是什么冰草，要不就是蒲公英。”

“这儿哪有什么冰草啊？这儿根本没有任何冰草。你再仔细看看，就在你身子底下长着二十来种各式各样的草，它们每一种都有自己的名称，不是吗？咱就不说它们当中每一种都有什么让人感兴趣的地方了：要么是它的生活方式，要么是因为它能治病。不过这似乎已经是我们的智慧无法理解的奥秘了，这些就让专家去研究吧。可是不妨知道它们叫什么名称啊，仅仅是普通的名称。”

从四月起直到开始出现霜冻，在我们树林里到处都有的二百五十种：蘑菇（顺便说说除了很少几种以外，几乎都是可以吃的），我们认得出、叫得出名称来的，未必有四分之一。

关于鸟，我就不谈了，有谁能够肯定地告诉我，这三只鸟中哪一只是欧鸲——反舌鸟，哪一只是鹪鹩，哪一只是白腹鹟呢？当然啦，会有人能断定的，但是不是每一个人都能呀？是不是三个人里就有一个人，是不是十五个人里就有一个人能够肯定呢？……问题就在这里。

在莫斯科遇到了我的朋友和同乡（邻村的人）沙夏·柯西岑，我们立刻回忆起我们的故乡来，我们回忆起叫作“母鹤”的森林，回忆起那条叫作沃尔夏的小河，还有消失在“母鹤”中的多尔吉深渊。

“我们最喜欢‘母鹤’里面的芳香，”沙夏·柯西岑愉快地眯起眼来，回忆说，“随便哪里，随便在哪一条河上，随便在哪一座森林里，我都没闻到过这样的香味。不能单独地分别说，这是荨麻的香味，或者是薄荷的清香，要么是这个……它……嗯，你知道的，那种白草……很华丽的，嗯，你知道我说的是什么……”

“我知道你说的是什么，不过我自己有一百次打算问你，这种草叫什么？原来你把它的名字忘了。”

“不知道，而且也忘了。”沙夏笑着说，“总之，不妨打听一下。你该问问村里的当地人，会告诉你的。”“难道我没问过吗？问过好多次了。”

“我想起来了，得去问我父亲。不是吗？他当过四年护林员，他什么都知道。规定要让他们，让护林员收集各种树籽和其他植物的种子。他在看这方面的书。对，对，你和我父亲可不能开玩笑。要知道，在这方面，他什么都知道得一清二楚。至于这种草，那还用说吗？我们住的那座看林人小屋周围，简直就是个植物园。”

有一年夏天我和沙夏在村里见了面，他那位无所不知、无所不晓的父亲就在附近，甚至经常和我们坐在一张桌子旁边，我们却把那种香草给忘了。冬天我们在莫斯科又想起了它。我们悔之莫及：瞧，有可能打听出来了，却忘了问。第二年一定要问问这位从前的护林员。我们急不可耐，甚至急到了这种程度，想要赶快写封信去，甚至想发一封电报。

但我们想起白草，通常都是在晚上很晚的时候，不是在家里，而是在做客，在吃晚饭的时候，要不然就是在饭馆里，当我们沉醉于特别富有诗意的那一瞬间，特别鲜明地回忆起“母鹤”和沃尔夏的时候。大概只有这一点，才可以解释，为什么我们在三年当中既没有写信，也没有拍过电报吧。

有一次，我们所盼望的一切条件都凑齐了：我和沙夏碰在一起，巴维尔·伊万诺维奇就在我们身边，我们也想起了我们那简直像谜一样神秘的白草。

“对，对，对，”巴维尔·伊万诺维奇精力充沛地连声说，“怎么，难道我会不知道这种草吗？它的茎中间还是空的。有时候，口渴得很，想要喝水，可是泉水在很深的雨水沟里。你马上砍下一根一米长的草茎，用它来吸水喝。它的叶子有点儿像马林果的叶子。花是白的，而且十分华丽。香味那个浓啊！有时候，你坐在河边钓鱼，百步以外就能闻到香味。怎么，难道我不知道这种草吗？你呀，沙夏，难道你不记得了吗，河对岸我们的护林人小屋周围长了多少啊？割都割不完。”

“那么别折磨人了，你说，它叫什么？”

“白草。”

“我们知道它是白的，可是它的名称叫什么呀？”

“你们还要什么名称呢？比方说吧，我就经常管它叫白草。而且我们这儿大家也都是这样的叫法。”

我和沙夏笑了。虽然，我是这样想的，这位经验丰富的巴维尔·伊万诺维奇并不完全理解我们笑的原因。白草——突然觉得好笑。你试试看，猜一猜这时候他们在笑什么吧。

夏天的洪水

符·索洛乌欣

每天细雨霏霏，最后土地已经浸透了水，再也吸不进一滴水去了。所以当天空中出现一条很宽的黑色裂口，从那里倒下夏天那样的瓢泼大雨时，我们平静、温和的小河立刻暴涨起来。在每一个谷地，每一条沟壑里，水流都争先恐后，越过树根，跳过石块，向前飞奔，仿佛它们有一个共同的任务——尽快流进小河，以力所能及的方式参加进去，帮助它猖狂肆虐。

雨挥动千万条水绳，鞭打所有的小溪和洪流，不停地催促它们。雨打得越重，抽得越响，无数激流也就奔跑得越兴奋、越急促。

就在地面上——约莫半米高——弥漫着一层灰白色的雾。老大的雨点打在地上，摔得粉碎，变成水尘和极小的飞沫。每个屋顶上都能看到和这一模一样的灰白色烟雾。到处都能听到雨声，均匀而又紧张，雨声满怀信心地占领了四周的一切地方，毫不动摇地坚守着它的阵地。时而一声雷鸣，声音刺耳，震耳欲聋。听到雷声是很奇怪的，因为整个天空灰蒙蒙的，色调均匀，是连阴天的样子，而不像雷雨天气——雷雨时天空黑中透青，狂风大作。大家都知道，雷雨是很快就会过去的。

没有风，雨从单调的像凝胶一样的天空中浇下来。似乎现在它永远也下不完，永远也不会停了。

一夜雨声不断，天快亮的时候安静下来了，只是树上还在往下大量滴水。如果听觉敏锐，侧耳细听，还可以听到，草上也在往下滴水。

雨停了，河流却放荡不羁，肆意狂獗起来。无论什么时候，就连最深的积雪突然一齐融化，也没有像现在这样到处泛滥的洪水。河水冲垮并冲走了所有的小桥，卷走了似乎十分安全的夏天河岸上的一切：不管是木柴、圆木、草垛，还是垃圾。它冲出河岸，淹没了牧场，绿色的燕麦田，金色的黑麦田和正在扬花的、白茫茫的荞麦田。在地势低洼的村庄里，它悄悄地逼近了菜园。

在奥斯塔尼哈，河边有一些澡堂。这是些歪歪斜斜、由木桩撑着的小木头房子，现在水面上只剩下了澡堂的屋顶，大概不久就要被水冲走了。

但我们的小河毕竟太小了，即使发这么大的洪水，也不至给人们造成严重的灾害。假定说吧，有一只小猫在屋里玩耍，就算它扯掉了窗帘，打破了一只杯子或是花瓶，可是它还能惹出什么麻烦来呢？它到底只不过是一只小猫，而不是大象，不是熊，也不是老虎。

恰恰相反，大家都很好奇，兴致勃勃地观看对我们这个地方来说非同寻常的大水。一些人说："要是我们这儿经常有这样的大河就好了！"老人们在回忆：他们什么时候——是五十年前，还是七十年前——还看到过这么大的大水。虔诚的老太婆们数数落落地说："下了一夜，可是看哪，出什么事啦？要是下上四十天四十夜——那可不是要发洪水了吗！等着瞧吧，还会下大雨的！……"小孩子们在水边跑来跑去，观看联合收割机驾驶员安纳托里·拉曼诺夫用纱网在水里捞鱼，他想要捕到大头鱼或梭鱼。

我拿了一根棍子，沿岸信步走去，我什么也没有想，只是在欣赏这当真是极不寻常的景色。

高高的赤杨林，现在只能看到树梢。显然，水在迫使树丛顺着水流的方向向下弯曲，但树是有弹性的，它们利用浑浊的流水每一微小的让步，竭力要挺起身来，因此它们在不停地摇摆、弯腰，仿佛上过了发条。

一棵老白柳一直被淹到树冠，形形色色的小鸟在它的树枝上跑来跑去，惊慌而又哀怨地叫着。大概，有不少舒适、温暖的鸟巢（按时令来说，窝里还有雏鸟）都被淹没了。

我在一个地方看旋涡看得出神，于是站住了。水在这里撞到弯曲的岸上，转起圈儿来。旋涡边上水流缓慢，仿佛懒洋洋的，但越靠近中心，转得越快，终于形成一个旋转的水的漏斗，从附近漂过的一切都止不住地被吸引进去。麦秸、干草、木片，就连被淹没的树枝梳理流水所产生的气泡，也会被卷进漏斗里去。

我的耳朵里开始听到一种单调、微弱的吱吱声，声音是那样轻，起初我虽然听见了，可是不知怎的竟没有注意，不知怎的它竟没能被我“听见”。也许，最初我把这吱吱声和小鸟的啁啾声混淆起来了，后来才分辨出来，引起了我的注意。

我侧耳倾听，这才明白，吱吱叫的并不是一种生物，而是好几种生物同时在叫，它们就在附近，几乎就在我的脚边。

我沿岸走了几步，又细细听了一次，这时看到，在我自己觉得很大的，我的胶靴靴尖旁边，有一个小坑——这是一个从前的牛蹄子印，小坑里有几个很小的小兽，都团成一团，和一切小兽一样，软弱无力，孤立无援。

这些小兽有小老鼠那么大，或者不如说有田鼠那样大小，因为它们潮湿的皮毛，颜色更像田鼠。有六只小兽在那里蠕动着，而且每一只都竭力想爬到另一只上面去，它们滚在一起，一直在盲目地乱爬，把那些最弱的踩在脚下。

小坑刚好在陆地和水交界的地方，但水仍在继续坚定不移地往上涨。它已经在小兽的避难所底上积起一汪冰冷的水洼，有两只小兽一动不动地躺在那里，不知是呛了水呢，还是在争生存的盲目斗争中被它们的“兄弟”或“姐妹”踩死了。

我很想弄清，这是什么兽的小崽，于是开始向四面张望。一只麝鼠瞪着乌黑的小眼珠，从赤杨树梢后面望着我，它的爪子急急忙忙不停地划着，好让自己能固定地待在一个地方，不被冲走（水流在冲激着它）。它看到我在看它，急忙惊恐地向一旁游去，但是仿佛有一条看不见的线把它和那个牛蹄子印拴在一起了。因此麝鼠不是往远处游，而是在转圈儿。它又回到赤杨树丛那儿，又在望着我，不知疲倦地在原地划着。

水位正常的时候，那个牛蹄子印离河岸还远。这么说，当水涌进鼠洞时，母亲已经把它的小崽拖到了较高的干燥地方。很可能牛蹄子印并不是它们的第一个避难所。可是以前的那些避难所都被水淹没了，正如它那温暖、干燥的洞穴已被淹没一样，再过一刻钟，这个冰冷的、底上已经积水的牛蹄子印，也将像这样淹没在水下。

麝鼠在水里离我只有两米远，对于这种极端小心、胆子极小的小兽，这是不可思议的。从母亲这方面来说，这是英雄主义，是自我牺牲精神，然而不可能不是这样，因为小崽们正在那样惊慌、那样坚决地叫着。

我终于走了，以免妨碍母亲完成它永恒的使命——拯救自己的孩子。也许，它会把它们再拖到一个新的地方去，虽说再下起雨来，到最后它的小崽未必都能安然无恙地逃脱这场灾难，正像有两个已经躺在坑底，再也无法脱险一样——活着的只是关心活着的。

我回家去了。受这种不由自主的感伤心情影响，我在想，我也有孩子，我努力想象这样的情景：如果发生一场灾难，对于我们来说，它的规模，它的突然性和猖狂程度都如同这场洪水对于可怜的小兽一家一样，那时我不得不像这只麝鼠一样，把孩子们拖到一个又一个地方去，而他们却由于受冻，由于争取生存的斗争，相继死在路上，他们在呼喊我，在叫我，我却不可能来到他们身边。

我翻遍想象力所描绘出的一幅幅画面，停止在最可怕的人类灾难面前。它的名字就叫战争。

雨一分钟比一分钟大，雨鞭打着我的脸和手，打得我很痛。阴雨天漆黑的夜幕降临大地。河里的水仍然在涨。

天空中，从雨云上方，仿佛是从黑暗的夜空之上，传来一阵勉强可以听到的隆隆声，一群由火和金属制成的飞鸟不知是从哪里飞来，也不知要飞往何方。

如果它们现在能从高空向地面上看一眼，向在地上行走的我看一眼的话，那么在它们看来，我将是多么渺小，多么微不足道，恐怕会觉得比我看到的那些小麝鼠还要渺小得多吧。而在半小时前，当我看到它们冻得发抖，闭着眼睛，躺在大地和自然势力边缘的时候，我却觉得它们是那么渺小，简直小得可怜！

睡　莲

符·索洛乌欣

她为我在不该回来的时候来到莫斯科感到惊讶——我来的时候正是盛夏，正在我大学暑假的中期。我对她说，我是因为天气太好，天气简直好极了，才从农村逃回来的。

“怎么会是这样呢？”她更加惊讶了，“通常人们都是逃避阴雨，逃避连阴天啊。”

我想按照次序把一切都讲给她听。但在我那被爱情扰乱了的心灵里却没有任何次序。只要我看到一个点缀着野石竹淡紫色星状小花的斜坡，我就觉得，如果现在她也在这里，出现在我的身旁，那么我一生中就再没有比现在更幸福、更美好的瞬间了。或者傍晚前我坐在一个静静的深水潭边，水面上漂浮着鲜艳的黄色睡莲——我就会想象，如果她也和我一起默默地坐在这儿……啊，不，除非是在幻想或童话里，大地上不可能有这样的幸福，不可能有如此浩瀚无边、如此伟大的喜悦。

加以夜又是那么暖和，那么静，月色那么好。总之，无论你看到什么绝妙的美景，你都会希望身旁还有别人，让他们也能看到它，尽情地欣赏它。我却希望不只是和别人，而是要和我心爱的姑娘一同分享我的欢欣，分享我那静静的、孤独的喜悦。我再也不能独自一个人生活在这夏天百花盛开、月光如水、铃兰飘香、河流清澈、黎明时露珠盈盈的美景之中了。我对她说，我是因为天气太好逃回莫斯科来的，这可丝毫也没有夸大，没有任何虚构的成分。如果是阴雨连绵，大概我倒会感到轻松些。

我试图为她描绘出一幅图画。

“你想象一下看，四周全部是山岗。山岗遮住了地平线，甚至遮住了半个天空。我仿佛是在一个大碗里，碗边上，晴朗的天空中隐约出现一株株小草。山岗的边缘后面看不到月亮，但我的大碗里却洒满月光，宛如令人心醉的淡绿色的液体。你能想象得出来吗？”

她点点头，说，她想象得出来。

“要么是在河中的深水潭里游泳，你开始沿着深水潭的边上游，看到水平如镜，简直就是一片异常光洁、没有一丝波纹的镜面。当然啦，镜面中有蓝天，有像天鹅一样的白云，还有小松林……但是当你正在游着的时候顺便一看，这一切都看不见了。只不过是一个镜面。它没有镜框，代替镜框的是睡莲色彩鲜艳的叶子和花。你想象得出来吗？而当你游泳的时候，用肩膀分开这没有一丝波纹的平静的水面，是感到特别愉快的。如果水面泛起涟漪，起了波浪——那味道就已经完全两样了。睡莲的叶子和花上落着蓝色的蜻蜓。而最初，当你轻轻走近水潭，分开赤杨的树枝，往水中一看，你会看到，有一些红鳍的小鱼在水生植物的茎间游来游去。你想象得出来吗？如果游泳时在岸边摸一摸，准能拖出一只虾来……”

“你能给我捉到活虾吗？”

“难道会捉不到吗？随便你想要多少都行。”

我在讲着的时候，这一切都清清楚楚出现在我的眼前，一会儿是那些默默无言的山岗，一会儿是那镜面一般的水潭，一会儿是花海蜂潮、生机勃勃的林间空地。但在我的叙述中，出现得最多的还是河。也许这是因为目前正是炎热的夏天，也许只不过是因为我最喜欢河。那深水潭上平静的镜面——当你从野草丛生、亲切可爱的岸上头朝下一个猛子扎下水去的时候，就会把它打得粉碎。那水晶似的液体，顺着你的身体流动，会洗净你皮肤上的每一个细胞，并使它变冷。还有在晚霞满天时鱼儿拍水的声音，从河中爬上沿岸草地的浓雾，荨麻、绣线菊和薄荷丛中散发出的刺鼻的香味，当你在一个僻静的角落里安顿下来，那红白相间的浮子已经颤抖了一下，斜着潜入水中，钻到一片发光的阔叶底下去了。

河是一个特殊的世界，灌木丛仿佛是悬在水面上，向水里投下神秘的阴影，水从小石子上流过，发出愉快的淙淙的响声，草地上的野花倒映在水中。

一切——无论是月光下的山岗、暗红色的三叶草田、潮湿的林间小路，还是日落时绚丽多彩的天空——在我看来，我周围的整个世界都是美的，而且没有任何缺点。现在，当我远离这一切的时候，我以鼓舞性的语言讲述这一切，兴奋地描绘这一切，我好像觉得，它变得更美，更像是童话中的世界了。我仿佛看到，它是那样美，给人的那种愉快感觉简直使心脏几乎要停止跳动。黎明时的薄雾在我的想象中一定是粉红色的，在水草之间游来游去的小鱼一定是金色的，而且生着红鳍，草上的露珠一会儿变成大粒的珍珠，一会儿变成钻石，水变成了最纯净的水晶，任何一条小路都会变成一篇珍藏在心中的童话。

瓦列莉娅——我因为思念她而从乡村跑回莫斯科来的那个姑娘就叫这

个名字——听着我讲，充满幻想地望着自己面前，仿佛离开她眼睛五步远的地方没有裱着糊墙纸的墙壁，恰恰是一片深玫瑰红的三叶草，还有刚刚变成一片金黄的黑麦田中的矢车菊。瓦列莉娅突然提议说：“我为什么不能去看看大自然的这一切美景呢？我能在你们村里找到一个住的地方吗？大概有租给避暑的人住的房子吧？”

“我们那个地方没有避暑的人——离莫斯科太远了。不过……杜尼娅大婶或波莉娅大婶家……”

就像魔术师变魔术一样，各式各样的连衫裙、游泳衣、软底便鞋、三角头巾、无袖长衣，一件接一件地从宽大的衣橱里飞到了房屋中央。一堆五彩缤纷的华丽的衣服不知是由于什么奇迹，都装进了一个不大的小手提箱里。瓦列莉娅向四周看了看，提起小手提箱：“我准备好了。”

童话竟这样突然变成了现实，仿佛是一个梦，我简直无法清醒过来。瓦列莉娅到我们那儿去！瓦列莉娅要在老爷潭里游泳了！我将要在这样一些背景上看到瓦列莉娅：河对岸森林黑压压的边缘好似城墙上的雉堞，或者背景是开镰以前的草地，由于洒满沉甸甸的露珠，草地一片银白，但由于草正在开花，所以又变成了雪青色的。

我还没能、还没来得及从犹如潮水一般涌来的幸福幻梦中清醒过来，长途汽车已经带着我们离开莫斯科，越去越远了。我对瓦列莉娅讲得最多的是河，所以现在她的思想里自然也一直在想着河。

“你知道吗，”她说，在汽车里的靠背椅上往里坐了坐，坐得更舒服一些，“我可是个游泳好手啊。我很喜欢游泳。今年我还没有机会游泳哩。我希望现在可以游个痛快了。”

“嗯……我也喜欢。咱们一道游吧。”

“你通常在水里能待几个小时？比方说，我游到海上去，能游三四个钟头。有一次边防军人抓住了我，他们以为我打算游到土耳其去。真是些怪人，不是吗？还有一次我游到了一些刚刚露出水面的石头上。在烟雾中几乎看不到岸。起了风暴的时候，水会从石头上漫过去，现在水停留在石头中间，就好像盛在盘子里。你想象得出南方的太阳能把水晒得多么暖吗？有几条大鱼在这被晒热的水里只是还勉强能够活动。我把它们拿起来，丢进清凉的海水里。海水当然也是暖的，不过和这石头上的水比较……隐隐约约看到了岸。这真是妙极了。不过，你通常在水里能待几个小时呢？”

“几个小时？我不知道，我没试过。头朝下一个猛子扎进深水里去，游到对岸，再沿着边上游，采一朵睡莲花……”

“不过，你游到对岸又游回来，总需要一段时间吧？半个钟头，还是四十分钟呢？……”

“你要知道，瓦列莉娅，你大概想象得不大正确。我们村里的河是条小河，不是那种要半个小时才能横渡过去的大河，或者即使是游一个来回，也用不了那么长时间。”

“可到底是多大的一条河呢？跟这条差不多吗？”

我们正从一座桥上经过，桥下的河和我们那条河相比，已经可以算是一条很大的大河了。诚然，这条河里既没有绣线菊，也没有睡莲，也没有那种温柔的感觉。水是黑的，上面漂浮着油迹，看来这水是有毒的，河岸也是黑的，浸透了油，也许还有其他有毒物质。但宽度……瓦列莉娅问的是有多宽。

我默不作答，况且那条肮脏的黑河也已经一闪而过，立刻落到后面了。但瓦列莉娅正确地理解了我沉默的原因。当路上又遇到了另一条河，如果拿我们那条河最宽的地方和它比较，它的水流量也要比我们那条河大四五倍，这时姑娘用询问的语气惊奇地提高声音说：“到底有多大呢？我希望，它要比这条可怜的小河沟稍大一些。”

我又没有回答，在剩余的路上，瓦列莉娅已经不再要求我做任何比较了。她在讲她到各个不同的地方去旅行的故事。但就连她的这些故事现在也都击中同一个目标，正打在我的痛处。现在我在恐惧地想象我第一次领瓦列莉娅到我们那条小河去的情景。从此岸到对岸不过十米左右，我用力猛一蹬，头朝下扎进水里，如果在水下再划两三下，缓缓地斜着浮出水面，那么就刚好到达对岸的香蒲旁边。可她却要问，游一个来回需要多少时间。半个钟头，还是四十分钟？四秒——就需要这么长时间。嗯，不错，如果沿着深水潭的边上游，大概会有五六十米。可是要让自己恢复精神，痛痛快快地游一阵子，难道这不已经足够了吗？难道一定要从岸边游出去三个小时吗？恢复精神，并坐在岸上注意观察蜻蜓和浮上水面来的小鱼。高兴的话，可以扔几只苍蝇给浮在水面上的小鱼。有那么一会儿，苍蝇在拼命挣扎，在明亮平静的水面上画出一圈圈微弱的波纹。后来噗哧一声响，一条小鱼的尾巴忽地一闪，稍有点儿发暗的，平静的水面上又恢复了平静。难道这没有意思吗？这样一想，我又开始觉得我们那条小河是舒适而可爱的了，但是我立刻又用我这位女伴的眼睛朝它看了看（我希望，它要比这条可怜的小河沟稍大一些），仿佛是关掉了魔灯，小河的美突然变得暗淡无光了。开着鲜艳的睡莲花、美丽清澈的深水潭变成了积满淤泥的沼泽，变成了一个小水洼。唉，当然啦，只能一个人在那里游泳，如果是两个人，得两人同时游，不然就得等待游泳时搅起的泥沙沉淀下去，流走，等待水又变得清澈透明，站在齐脖子深的水里，才又能清清楚楚看到双脚和河底。

唉，那好吧。不过她一定会喜欢我们那儿的悬崖的。对，我的主要希望大概都寄托在悬崖上了。

在一个地方，拦断小河的流水，耸立起一座很高的圆形山岗。小河并不傲慢自大，也不是山间的河流，它并没有给自己打通一条峡谷，而是谦逊地向右转弯，绕过了这个绿色的庞然大物。然而俗话说，水滴石穿，这话的确不错。年复一年，特别是在春汛期间，小河一直在冲刷山岗的山脚，露出了红色的黏土和沙石。裸露出来的地方越来越大，越来越大，于是小河上耸立起一座形状奇特、由黏土和沙石构成的悬崖峭壁，高度和山岗相等，仿佛是用刀从一个大圆面包上切下来的。

悬崖上有些地方倒挂着松树，有些地方赤杨的叶子在风中喧哗，有些地方一无所有，仍然是裸露的泥沙。当我们还是小孩子的时候，对我们来说，再没有比这悬崖更有意思的地方了。我们顺着仿佛是从黏土皱褶之间流出来的松软的砂质岩屑往下跳，一次跳出去老远，简直紧张得喘不过气来。我们比赛从山上跳到山下，看谁跳的次数最少。就是不比赛，单为了往下跳时宛如飞翔一般的喜悦，也值得一次又一次爬上去，爬到我们开始往下跳的那个地方。因为悬崖的确很陡，所以每一次都是既向远处、又向下跳（向下跳的成分比跳远的成分更大）。每次着陆以后，都会随着被蹬动的流沙向前滑行一段时间，然后再跳。那可真是美呀！

有些地方形成直上直下的、坚实的峭壁，在这里可以进行类似登山运动的另一种新的运动。我们用很尖的小棍在砂崖上挖出一些小洞来，作为踏脚的地方，也可以用手抓住那里。我们顺着这些小洞往上爬，越爬越高，直到能抓住那些犹如黄色的长绳似的耷拉下来的、裸露的松树根，然后抓住有草根的土块，抓住野草，抓住松枝，来到柔软、凉爽的青苔上。悬崖上有一片小松林。我们在悬崖上玩游击队的游戏，也玩国内战争的游戏，后来我却喜欢独自一个人到这儿来了。挑选一个比较幽静的地方，坐下来，倾听悬崖脚下小河的流水声，水声潺潺，亲切温柔，仿佛在喃喃低语，能治愈一切痛苦，安慰一切委屈。在这个地方，小河从一些小石子上匆匆流过，所以才产生了它那晶莹清澈、宛如水晶一般的歌曲。

还用得着说吗，当我独自坐在那里的时候，如果我心爱的莫斯科姑娘瓦列莉娅能够坐在我的身边，和我一同倾听河水天真的絮语，那我准会幸福死了。难道现在我不正是和她坐着长途汽车到那里去，明天，不，今天晚上我们就已经可以……

“你听我说，”这时瓦列莉娅无忧无虑地说，“有一次我在天山的登山运动营地里休假，你想象不出那有多美，那是什么样的奇迹。起初教给我们最简单的登山技术：怎样攀登有草的山坡，怎样克服碎石坡地，怎样爬悬崖峭壁，后来就是攀登雪峰了。”

“这些……悬崖峭壁和碎石坡地都很高吗？”

“很高的地方不让我们去。我们大半是在海拔三四千米的地方活动……可是往下一看：路上的载重汽车最多只有一只绿色的小青蛙那么大，下面一条山间的河流变成了一条银线。可是周围还是能听到河水的声音，那里河流湍急，石头碰撞的响声就像打雷。”

我眼前出现了瓦列莉娅所描绘的山景，随后我又把目光转向我们那可怜的悬崖，用瓦列莉娅那双已经见过烟笼雾锁的天山壮丽景色的眼睛朝它看了一眼，于是我彻底而清醒地理解到，一场重大的灾难正在向我逼近。

瓦列莉娅的眼睛仿佛变成了我自己的眼睛，无论我用这双新的眼睛去看什么，一切都已暗淡无光，失去了鲜艳的色彩，神奇的火光熄灭了，迷人的密林变成了乱糟糟的、无人管理的小树林，宛如叙事诗一般和谐的连绵的山岗变成了一些被牲口践踏过的黏土小丘。

但睡莲，不管怎么说，睡莲一定会让人喜欢的。花就是花，何况在河上还会遇到大片大片的睡莲，在一个地方就可以采到四十朵、五十朵，也许甚至可以采到一百朵鲜艳的黄花。这些仿佛在跳环舞的黄色睡莲丛，长宽足有一二十米。

我稍微提了一下睡莲，期待这会引起瓦列莉娅的狂喜。果然，她变得活跃起来了，真的，她开始兴奋地回忆，只不过不是回忆黄色的睡莲，而是回忆起白色的百合花。

“你听我说，有一次我划着小船在乌克兰一条河流的旧河道上航行，来到了这样一个地方，再往前去已经不可能了，除非是从清香四溢白色百合花的地毯上走过去。你想象得出来吗？我们往前划，后面出现一条黑色的波纹，而四周全是白色的百合花。花心里稍有一点儿发黄。这就像在童话里一样。童年时我经常想象自己是处在白色百合花中的拇指姑娘，所以在这儿我觉得自己到了童年的童话世界。这样一来就变得更美了。”

“那是些什么样的地毯呢，长宽有几步远？”

瓦列莉娅笑了起来。

“你什么也没能想象出来。我告诉你，我们在似乎没有尽头的百合丛里划了，你明白吗，我们也许是划了半个钟头，也许是划了一个小时。”

于是我的睡莲，我那仿佛在跳环舞的睡莲花丛（二十米长）立刻变得黯然失色，犹如时隐时现的火花，顿时熄灭了，现在不管你看什么，一切都已经失去了光彩。

在漫长的旅途中什么事情不谈啊。瓦列莉娅吹牛说，在顿河草原上一个叫作“快乐”的农庄附近（但愿它永远也不快乐），她曾经看到，集体农庄庄员们当着她的面捕获了八百公斤虾，几乎有一吨，送到飞机场去。从莫斯科来了一封电报，要在某日某时送到。大概是政府的订货。那些虾都像螯虾一样，个儿很大，大眼睛，还有很宽的长尾巴。

我想象我怎样从满是淤泥的河岸上，被泥弄脏了手，从洞里给她拉出一只断了螯的可怜的小虾（就算是一只已经长大了的虾吧）。不知为什么，也不知是对谁，一股痛苦的委屈情绪涌上咽喉。

一切都已黯然失色，一切都失去了光彩。那缠绕着旋花和淡紫色风铃草的美丽如画的篱笆，只不过是一道歪歪斜斜的篱笆。在它周围，荨麻比旋花还要多，而且还有很苦很苦的牛蒡。河上的那座小桥，对我来说简直是美景、舒适和隐秘之最的那座小桥——充其量也不过是一根枞木而已。纵然碧绿的草丛中有一条白色的小路蜿蜒曲折通向小桥，纵然赤杨弯腰俯身，仿佛要去抚摸桥上的扶手……可是一根木头就是一根木头，即使它是架设在我们这条活泼可爱（而且这条河又有什么活泼可言呢）的小河上。

有一段时间我在考虑，怎样才能破坏这次出乎意外的旅行。因为瓦列莉娅要去我们村里，我本来感到自己是一个幸福的人，现在却突然由于同一个原因变成了不幸的人。但要破坏这次旅行，却无论如何也是办不到的。除非和她吵一架，然后分道扬镳。但那就已经是永远分离，无可挽回了。而且我也根本不会为了一个虚假的理由在任何时候和任何人吵架。更不用说是跟她了。这种情况是毫无可能的。

瓦列莉娅似乎猜到了我的心情。有时她从侧面看看我，大概在心中暗暗嘲笑我的心慌意乱、愁容满面，以及任何人一眼就能看出的不幸的神情。

然而一切都会有一个终点，我们的旅途也该结束了。我们是站在载重汽车上，扶着司机室，走完了最后几公里路。

道路是从最有意思的那个方向接近我们村庄的。一片平坦的农田，右面远远望见一带黑压压的森林，前面，一些小灌木丛从黑麦田中探出头来。然而我怀着嫉妒的心情注视着瓦列莉娅的脸，竭力想要猜出她对周围的景色有什么看法。但什么也猜不出来。瓦列莉娅迎风仰着头，眯缝着眼睛，一路上都是这样。

我已经完全心慌意乱，匆匆帮助瓦列莉娅在一个孤独的老太婆达里娅大婶那儿找好了住处，自己就赶快回家去了。倒不是因为我想家了，而是希望终于能一个人单独待一会儿，而且想要尽可能推迟蒙受这样的耻辱的时间——身材高大、美丽，见过一切世面的瓦列莉娅站到我们的河岸上，讥讽地说："喂，请让看看你所赞美的那条河吧。我希望你讲的并不是这条可怜的小河沟。可我们在哪里游泳呢？"

在达里娅大婶那里和她分手的时候，我说，不知是我有点儿不舒服呢，还是路上累了。总而言之，我们最早也得到明天再见。瓦列莉娅又看了我一眼，什么也没说。明天就明天吧。

我暗暗地希望，也许她会一个人去看一看我们这儿周围的景物，看出它们其实是十分平凡的——现在，对我来说，这已经是显而易见的了——也许甚至会想要悄悄地离去。我明白，这将是可怕的。但我觉得，其余的一切方案都会更坏，更可怕，令人更为痛苦。

这一天的其余时间以及第二天整整一天，我都可耻地躲了起来，逃避和瓦列莉娅见面。诚然，有好几次我从老远看到了她。有一次她那件天蓝色的连衫裙远远地在小河对岸，在黑麦田里，在森林中的小路上忽然一闪；有一次她从井边提回一桶水来。除此而外，邻居家的小男孩儿舒尔卡还告诉我，他们这些小孩子们曾在达里娅大婶的花园里看到住在大婶家的那个避暑的人：她站在小凳子上，在摘樱桃。

整整一天我好像是在做自己的什么事情，实际上时间却仿佛是在梦中度过的。黄昏时分，我偷偷溜出花园，来到一片荒地上，然后又偷偷跑进谷地，沿着谷地走到河边，那里是山岗，我那些僻静的地方就在那里。在那里就连白天谁也找不到我，更不用说夜里了，即便有月亮也无济于事。

当我独自一人待在默默无言的山岗中，上面是黑暗的但仿佛仍然是透明的天空，我自由自在地伸开四肢仰面躺下，繁星在我头顶上方闪闪烁烁，这时我才感到稍微放下心来。有一瞬间我甚至觉得：我的一切痛苦和不幸是不是都是我自己想出来的呢。有一会儿工夫，我感觉到，在这默默无言的星空下，这一切痛苦和不幸都是虚幻的。但瓦列莉娅毕竟就在附近，就在村里，而就其实质来讲，这一切都是荒谬的，这一想法又像火一样灼伤了我，于是星星也都变得暗淡无光了。

月亮从山岗后升起来了。最初露出一条像烧红了的古代五戈比铜币的暗红色的红边，后来整个五戈比铜币从容地升上高空，这是一枚巨大的铜币，因为烧成暗红色，边上仿佛稍稍肿胀了起来。山岗上的草给这枚铜币画上了纵横交错的条纹。铜币升向凉爽的星空，越来越小，颜色越来越淡，而且越来越透明了——不知是因为它已渐渐冷却，还是因为火红色的渣滓逐渐化作一团团絮状物沉淀了下来——直到最后四周都洒满了无法用尘世上的色彩来形容的月光（说是淡绿色的，不够准确；说是淡蓝色的，也不准确；说是黄绿色的，也不准确）。明月在完全的寂静中滚动着穿过广阔的天空，好像觉得，在它从容不迫地飞行的时候，隐隐传来极其轻微的、非尘世的音乐。而这音乐不是从任何地方传来的，只能是来自月亮本身。

一片黑影落到了我的眼睛上，我立刻跳了起来，于是看到了瓦列莉娅。当然，她是故意遮住月亮的，为的是宣告她的到来，但由于月亮被她遮住了，她周围出现了一圈微微颤抖的仿佛是童话中的光晕。

“你看，我就知道你不会在别处，一定是在这儿。你身体怎么样了？而我，却度过了极其美妙的一天。第一，一清早我去游泳了。你知道吗？就是在小河转弯的那儿，山上有一片小松林。这是无法形容的。没有哪一次在海里游泳使我感到这样神清气爽。我是光着脚踩着冰冷的露水走到河边的。后来我帮着达里娅大婶摘樱桃，有生以来我是第一次摘樱桃。你想象得出来吗？后来我到小河对岸的草地上去，采了一大束野花，各式各样的花都有，而同时……这又的确是这么美的……一束鲜花。我看到过中亚盛开的野罂粟花。这当然是惊人的。就是从飞机上也可以看到许多火红的斑点，仿佛山脚下铺上了火红色的地毯。但我却从来也没想象到会有像这样五彩缤纷、千差万别的鲜花，像这样柔和的色调。”

她坐到了我的身旁。我看着她，心里在想，她是真心诚意地称赞这一切呢，还是因为明白了我的心情，现在是出于礼貌，出于一种分寸感……不管怎么说，她是戏剧学院的学生啊，要扮演一个因为早晨出去游泳而感到欣喜若狂的姑娘，对她来说，这又算得了什么呢。但是，要知道，她所说的这一切——无论是游泳，田野里的野花，还是达里娅大婶家的樱桃……的确是很美的。

“可是你怎么知道我在这儿呢？”

“你对我讲过你心爱的地方。我已经去过悬崖了。”

她的头早已躺到了我的肩上，我们都默默不语。渐渐地有一种好像很熟悉的（仿佛是遥远的回忆），并不强烈，然而是清新的香味扰乱了我心情的宁静。我想，这也许是一种新的香水。但不，不像，然而同时这香味又是这么近，闻得这么清楚。

“你用什么很香的东西洗头了吗？”

“什么？不，我没洗头。啊！这大概是睡莲。”

真的，在她浓密的头发里藏着一朵金色的小花。

“我是白天戴上的。可是就这样把它给忘了。怎么，真的有香味吗？”

在长时间的，但并不令人感到沉闷的静默之后，瓦列莉娅说：“怪人。你怕什么呢？这样的夜，在芳草和繁星之间这样寂静，怎不令人神往。如果不为之陶醉，那么就只能怪这个人了，因为他是一个精神空虚的人，一个毫无价值的人。你真是个怪人，竟怀疑大自然伟大的魅力。难道一定要一望无际的大海和数以吨计的鲜花才美吗？鲜花成吨，这就已经不是花，而变成青贮饲料了。如果是一朵花呢？如果仅仅是一棵小草呢？难道它就不美了吗？”

又沉默了一会儿：“你可以看得出来，在整整一条河中，实际上是在整个世界上，我们所需要的不过仅仅是一朵睡莲花。”

复仇者

符·索洛乌欣

好运气落到了我们头上，叫我们去挖学校种的那块地里的土豆，这就用不着坐在教室里上那堂枯燥无味的数学课了。好好想一想吧，挖土豆，这多妙哇，这比做什么各式各样三位数和两位数的乘法可有趣多了。做这些乘法的时候，既不能大声擤鼻涕，也不能和朋友们闹着玩（看谁能把谁摔倒），也不能把手指头放在嘴里吹口哨！

所以我们大家，不管是男孩子还是小姑娘们，一离开无精打采的教室，来到晴朗的天空下，都笑语喧哗，尽情地胡闹起来。

是一个少有的好天：寂静、温暖，如果不算脚底下的黑土，那么一切都是金黄的和淡蓝色的。对黑色的土地，我们都不理会它，也不去理会那些在金光闪闪的蔚蓝色天空中飞翔的银色晴丝。

我们的胡闹，主要是玩小泥球：用秋天里黏糊糊的泥土团成沉甸甸的小球，安在柔韧的树枝上，用力挥动树枝，把小球抛出去，看谁扔得远。这些小球（有时也用土豆）飞得那么高，那么远，要是没看见过，那是怎么也无法想象的。有时蔚蓝色的天空中同时有好几个小球在旋转，它们互相追逐着，越来越小，越来越小，没法儿一直盯着它们，看清究竟是谁的小球抛得最高，落得最远。

我刚刚弯下腰，要做一个更重的小球，突然听到啪的一声，有个东西在我肩胛骨中间狠狠地打了一下。我立刻直起腰来，回头一看，看到维季卡·阿加丰诺夫手里拿着一根粗树枝，正从我这儿跑开。可见他不是把他那团泥土抛向天空，而是偷偷地溜到我的背后，把插在树枝上的泥团打到了我的肩胛骨之间。

我的眼睛里直冒金星，下嘴唇竟靠不住地抽搐起来：每当我要哭的时候，总是会像这个样子。倒不是说痛得无法忍受了。据我所记得的，我从来没有由于肉体上的疼痛而哭过。肉体上觉得痛的时候，可以大喊大叫，可以在草地上打滚，以减轻疼痛，而不是哭鼻子。然而只要受了一点点委屈，或者是受到不公正的待遇，我的眼里就很容易流出泪来。

哼，他现在为什么要打我呢？主要还是，偷偷地溜到我的背后来。我没有做过任何对不起他的事。恰恰相反，当孩子们不愿让他参加棒球游戏的时候，是我头一个站出来替他说情，劝大家接受他的。我和他早就不比力气了。自从弄清了我的力气比他大得多，大家就不再挑动我们角力了。既然一切都已经清楚了，还有什么好挑的呢。我们最后一次角斗是两年以前的事，早就该把它忘掉了。再说，这种较量，事过以后谁也不记仇。角力嘛，就是角力——这是一种自愿的、规规矩矩的较量。

地里没有任何人注意到这场小小的风波，大家仍然在收土豆。大概，天空也仍然是蓝的，太阳也照旧是红的，但我却已经既看不见土豆，也看不见太阳，更看不见蓝天了。我的喉咙里好像有一团发苦的东西，由于委屈和怨恨，心情沉重，脑子里却产生了向维季卡复仇的念头：要狠狠地教训教训他，叫他下次再也不敢这样。

不久，复仇的计划已经酝酿成熟了。过几天，等一切都被忘记了的时候，我将若无其事地叫维季卡到树林里去生小火炉。在树林里狠狠地揍他一顿。这办法又简单，又妙。当我对他说："哼，怎么样啊，狭路相逢了吧？"这时候，他一个人在树林里可真要吓坏了。不，我不会从背后打他，我要面对面，直接打他的鼻子，还是以牙还牙，用同样的方式报复他呢？既然他是从背后打我，这就是说，我也要从背后打他。只要他一弯下腰去拾干树枝，我就啪地给他一个耳光，叫他整个脑袋里都嗡嗡地想响。他回过头来，这时我就对他说："哼，怎么样啊，狭路相逢了吧？"然后再对准他的鼻子……

在预定的那天，课间休息较长的那段时间，我走到维季卡跟前。一个没有经验的小孩子要隐瞒心中的诡计，可不是一件那么容易的事。邀请一个和自己一般大的孩子到树林里去生小火炉，似乎这并没有什么了不得的。这种事情通常都是顺便说说，一下子就谈妥了，不可能有任何激动不安。这一次我却激动得很，甚至感到喉咙发干，因此声音也似乎变暗哑了，听起来好像是别人的声音。手也不得不藏到口袋里，因为它们突然无缘无故地颤抖起来。

维季卡怀疑地看看我，几根草黄色的头发耷拉下来，挂在他的招风耳朵上，他的耳朵红了。

"这可是……我知道，你要打架。要报复。"

"看你说的，我早就忘了！只不过是去生小火炉罢了。"

然而我的处境却复杂了。并非故意把人引诱到树林里去，只是在那里打他一记耳光？这是一回事。不是吗？猫儿偷吃了谁家的肉，它心里是有数的；但是像这样一场谈话，却是另一回事。要是维季卡竭力推托，一再拒绝，后来才很不乐意地勉强去了，那倒也简单得多。可是，不，在我说过这些话以后，他笑了，把嘴咧到了耳朵根（他的嘴那么大，一笑就会咧到耳朵根），很高兴地同意说："好，好的，那咱们就去吧。"

"我要给你点儿厉害瞧瞧，叫你永远记住这个'去吧'。"我暗想。在我们还没走到山上的时候，一路上我一直在竭力回想，他怎样无缘无故地在我的肩胛骨之间打了一下，打得我那么痛，我觉得多么委屈，以及我是多么坚决地决定要向他复仇。我把这一切想象得那样精确、那样生动，以致我觉得，我的背上似乎和当时一样又痛起来了，仿佛又有一团苦涩的东西哽在喉咙里，就连下嘴唇也好像又颤抖起来：这就是说，我已经十分激动，准备要报仇了。

在山上，就在小云杉林开始的那个地方，倒是有一个挺合适的机会：维季卡走在我的前面，他正好弯下腰，不知是在仔细看地下的什么东西，他的招风耳朵似乎向一旁伸得更长了，简直就像是请我给它一下子似的。

"你看，你看哪！"维季卡指着一个伸到地里去的小洞大声喊。由于兴奋，他的两眼闪闪发光。"有一只丸花蜂从这儿飞出来了，我亲眼看见的。咱们挖吧，说不定洞里全是蜜。"

"得削两把很快的小铲子，用铲子来挖，你带刀子了吗？"

我们很快削好了两把挺不错的小铲子，每人一把，于是动手挖了起来。草土块结实得很，两把小铲子都挖断了，后来又削了两把新的，在这以后才挖到了松软的泥土。然而洞里根本没有什么蜜，就连丸花蜂的窝都没有。也许从前当真曾有丸花蜂住在这儿，只不过不是现在。可是维季卡看到的那只丸花蜂为什么要钻进这里面去呢，我们始终也没弄清楚。

在树林边缘的草地上，我们立刻碰到了一片松乳菌。又是维季卡发现的，他可不是白长了一双有茶碟那么大的大眼睛。

绿油油的草地上，一个个鲜红的松乳菌长得那么结实，那么饱满。虽然太阳整天晒着，它们还是像青蛙那样凉冰冰的。一个老大的松乳菌正中有一滴清澈透明的水珠，仿佛是为了显得好看，故意滴上去的。把它们插在小树枝上烤熟了吃，该多美呀，可惜没有盐。真想美美地吃它一顿。

“回去拿盐去，”维季卡提议，“能有多远呢，跑过谷地就到了。还可以顺便跟妈妈要个鸡蛋，一人一个，嘿，太美了。”“回去拿盐吧。”我想，心里仍然怀着报仇的念头。“只是你别以为，一切就这么着算完了。等我们跑回去拿盐的时候，我一定在树林里好好地教训教训你，你跑不出我的手心。”

我们拿来了盐和两个鸡蛋。

“现在挖坑吧。”

我们把鸡蛋放在坑里，上面撒上泥土，就在这个地方生起了小火炉。火烧热了泥土，也就烤熟了埋在土里的鸡蛋。只要让它们挨着炽热的炭火，在灰里再埋一会儿，稍熏上点儿烟味，味道就更美了。

我们先点着一根不大的松枝，松枝毛蓬蓬的，不过已经干透了，上面的松针是红的。只划了一根火柴，它就燃烧起来，而且烧得那么旺，好像对它来说，燃烧是一大乐事，也就是说，世界上再没有任何事情比在我们的小火炉里燃烧更美的了。它甚至仿佛不是在燃烧，而是在跳舞，宛如一个穿着红色连衫裙的小姑娘……如果仔细想一想，这个维季卡并不是一个怎么坏的坏孩子，和他一道在树林里玩也是挺有意思的，只不过那时候他为什么要用力在我的肩胛骨之间打一下呢。现在只好等生好小火炉以后再说了。

我们往燃烧着的松枝上放一些很细的小干木棍儿。先把小木棍儿十字交叉，搭成一个井，然后再搭成小窝棚的样子。放上去的小棍儿渐渐的粗一些了，越来越粗，于是我们的小火炉烧得又匀，火苗又旺。虽说火炉不大，可是一眼就能看出，即使不往里面添木材，它也不会很快就灭掉了。

这时我们动手烤松乳菌了。当维季卡把他的第一个松乳菌插到树枝儿上去的时候，我立刻想起了当时他用来打我的那个沉甸甸的小泥团儿，我想，我是不是这会儿就收拾他呢，不过我决定，随时都来得及的，于是把我那个松乳菌也插到了树枝儿上。松乳菌在火里烤得吱吱地响，上面的盐溶化了，像开了锅一样冒起许多小泡。不知是什么东西吱吱响着滴落到火堆上，也不知是盐呢，还是蘑菇汁。树枝尖冒烟了，烧焦了……我们吃光了所有的松乳菌，可是我们还想吃，它们的味道真是太美了。而且还剩了些盐，不能把它扔掉啊。只好再采蘑菇去。

当我们把鸡蛋刨出来的时候，地里在往外冒蒸汽——鸡蛋不仅烤透了，也蒸透了。还用说吗，鸡蛋烤得美极了。我们蘸着剩下的盐吃掉了鸡蛋。我从来没吃过味道比这更鲜美的鸡蛋。当然啦，烤鸡蛋是维季卡出的主意。他总是会想出什么点子来，无怪乎他长着一对招风耳朵哩。

这不是，小火炉已经烧过了，现在该回家了，这时我应该……再想出点儿什么花样来该多好啊，真不愿意马上就回家去。

“咱们跑到小河那里去吧，”我对维季卡说，“在那儿洗个脸，要不，弄得脸上多脏啊。再喝点儿冰凉的凉水。跑吧，啊？”

我们村里什么都有，而且都近得很：要树林有树林，要小河有小河。我们走进齐膝深的清澈的河水里，现在，在九月底，河水很冷，我们弯下腰，喝了几大口，这水真是好喝极了。无论从井里打上来的水，还是从茶炊的水龙头里流出来的水，怎能比得上这么美的河水？透过水能看到河底——小石子、小草、细沙。小草铺在河底，经常在动，好像活的一样。

瞧，我们喝过水，也洗过了脸，再也没事可做，该回家了。我的心口开始隐隐作痛。维季卡却信任地走在前面。他的耳朵向两边翘着。抡起拳头，给他一拳，能费得了什么劲呢？

可是我心里已经没有怨恨了。生过小火炉，在小河里洗过脸以后，我的心里觉得那么舒畅。而且说实在的，维季卡是个不坏的孩子，他总是会想出什么花样来。去拿鸡蛋，就是他想出来的……

好吧。要是他再打我的肩胛骨中间，我一定饶不了他。可是现在，算了吧。

由于做出了不打维季卡的决定，我觉得轻松极了。我们回到村里，就像两个最要好的朋友一样。

烫面圆面包

符·索洛乌欣

每天晚上我们都烧床头小柜。我们宿舍的顶楼是存放旧床头柜的仓库。倒不是说它们已经毫无用处了，恰恰相反，它们一点儿也不比放在我们床边的那些小柜差——也是那样沉甸甸的，外面漆成淡蓝色，里面也有同样用胶合板隔起来的格子。只不过它们是多余的，所以放在顶楼上。而我们宿舍里却冻得要命。有一次，托尔卡·利亚色夫甚至一直开着一盏四十瓦的灯泡，让它在天花板下发出淡黄色的光。早晨我们问他为什么不把它关掉，托尔卡回答说:“为了取暖。”现在你们该懂得了吧，我们是多么珍视这种叫作温暖的宝贵而奇妙的“东西”，多么珍视它的每一丁点儿微不足道的能量啊!

注定要被烧毁的床头小柜被拖进屋里。把它一个角朝上，一个角朝下，斜放在地上，用沉重的铁棍照准上面的那个角猛击一下。手术既简单，又优雅。小柜散成许多碎块，就好像是玻璃的。上了厚厚一层油漆的小木板愉快地燃烧着，烤得周围热烘烘的。有一会儿工夫，木炭还保持着方柱形，或者是侧面木板的形状，随后就分散破碎，变成许多金色的火星。

温暖从炉子里流进房间。我们虽然都坐在炉边，可是尽量不坐在正中间，好让暖气毫无阻碍地流出，分散到四面八方去。然而到早上，我们盖着宿舍里很薄的被子，还是冻得半死。

当然啦，如果我们的伙食稍许比较顶事的话，也许我们就不会这样珍惜木柴热能的每一个分子了。可是正在打仗，我们这些十六七岁的半大孩子暂时还没有应征去服兵役。凭大学生的面包卡，我们每人只能领到四百克面包。我们一次就把这些面包统统吃个精光。既然我们这么想吃东西，每个钟头、每一分钟、每一秒钟都想吃，大概，我们还会再长大的。

市场上一个大面包卖九十卢布，大约相当于我们一个月的助学金。牛奶是二十卢布一瓶，奶油是一公斤六百卢布。而且市场上根本就没有奶油，它只存在于每个人的想象之中，好像是一种有魔法的东西，可望而不可即，谁也买不起，只有在富有浪漫主义色彩的书本里，才可能有这种东西。

然而，扎扎实实、一块一块黄澄澄的奶油，就连我们的屋里其实也是有的。对，对。奶油旁边还放着一大块粉红色的家制火腿肉，几个又松又软的奶油白面包，煮熟的鸡蛋，一个一公升的铁罐儿，密密麻麻地堆着大片大片的烤羊肉。所有这一切都放在米什卡·叶里塞耶夫的床头小柜里，虽说乍看上去，他的床头小柜和其余四个小柜没有任何区别，那四个小柜是我们的：根卡·彼罗夫、托尔卡·利亚色夫、沃洛季卡·波诺马廖夫和我的。

区别在于，我们的任何一个小柜，随便谁都可以打开它，里面一无所有，空空如也！而米什卡的小柜上却挂着一把锁。就它的大小和重量来看，这把锁本应挂在农村里用圆木建造的粮仓上，而不该挂在像床头小柜这样脆弱的东西上。因为我们知道，把这床头小柜怎么样斜放着，用棍子朝哪儿用力一击，就可以把它砸开，让它粉身碎骨，变成一堆木板。

然而不能砸它，因为它是米什卡的，加以上面还有一把锁。任何一把挂着的锁，只要不是你自己的，就碰它不得，这是人类许多世纪以来养成的习惯，这个原则对于人类一向是神圣的，只有在社会发生大动乱的时候才是例外，无论那是盲目的自发性暴动，还是合乎社会发展规律的革命。

米什卡是离城不远一个农村里的人。每逢星期天他都回家去，带回很多新鲜食品。他那通红的圆脸油光发亮，气色好极了，一双淡蓝色的小眼深深地躲藏在红润的胖肉里。然而，比方说吧，根卡·彼罗夫却是满脸发青，皮肤仿佛是透明的，就连我这个最高最壮的少年，有一次从床上猛一下子站起来，由于头晕，也跌倒在地上了。

为了不刺激我们，米什卡总是尽可能偷偷地消灭这些食品。无论如何，我们难得看到他吃东西。有一天夜里，我醒来后看到米什卡坐在床上。他给面包抹上奶油，上面再放一片火腿，于是大嚼起来。我忍不住在床上翻了个身。也许我是暗暗希望，米什卡会给我点儿什么东西吃吧。我不由自主地忽然发出一声长叹。米什卡回头望了望，装作心安理得的样子，用下面一句话来回答我的叹息：“嗯，没关系，别发愁嘛，总会设法熬过去的。”这时他嘴里塞满了已经嚼烂的面包，面色和黄油以及粉红色的火腿搅和在一起。

第二天夜里，我听到米什卡把头蒙在被子里，嘴里在吧嗒吧嗒地响。早上，没有任何迹象说明米什卡曾毫无节制地暴饮暴食。床头小柜上沉重的铁锁冷静地发出微弱的闪光。

宪法节正好和星期天紧挨着，这样就有整整两天假期。于是我对同学们说，我也要回乡下的家里去，我不知道是不是能带回火腿和酸奶油来，不过带回黑面包是完全有把握的。同学们对我说：路太远，有四十五公里，没有任何交通工具（战时），外面冷得很，要再遇上暴风雪，那就更麻烦了。可是今天我一门心思要回家，所以下了课连宿舍也没去，就立刻出发了。

当时我正在这样的年纪，最喜欢迎着风走路。如果不想让脸正对着风，那么就侧着脸，让面颊对着它，仿佛是用肩膀劈开气流，一面走，一面在想，你是多么强壮有力，意志是多么坚强，而且好像觉得，你的那个同班同学、轻佻的奥克莎娜，一定会看到你走路的这个样子，其实奥克莎娜不过是个黄毛丫头，然而你却习惯于用她的目光来衡量你自己的一切行为。

我还在公路上走的时候，时常有汽车追上来，超过我。但它们都是往莫斯科那个方向去的，不是满载全副武装的士兵，就是装着一箱箱军火，你举起手来，它们根本不予理会。汽车高速行驶，扬起冰冷的雪尘，和汽车上排出的废气混合在一起，在汽车后面盘旋飞舞，然后一切又都平静下来，只有阵风吹过，卷起一股股很细的灰蒙蒙的雪粉，在荒凉昏暗的公路上迎面吹来。

当该从公路转到普通道路上去的时候，天开始黑了。

回头望望都觉得可怕——冬天的天空仿佛是那么低，那么黑，沉甸甸地悬挂在整个大地上空。道路前方稍微亮一些，因为即使是在浓云后面，惨淡的十二月的太阳也理应发出最后的微弱的余晕。

在路面坚硬的公路上，比在这条路上好走一些。这里雪在脚下绊来绊去，直往后滑，脚步迈不大，却要花更多的力气。

有一个人从后面追上了我——这是一个高个子、留着大胡子的人，大衣上面罩着一件雨衣，头戴一顶长耳风帽。这个人大概是不会着凉的。意外的旅伴迈着大步，走得很快，我竭力想赶上他，虽然我感觉到，对于我这段“马拉松”的路程来说，用这么快的速度是不行的，如果这样走法，到不了村里，我就可能已经筋疲力尽了。

可是对他来说，这有什么呢！他只不过是要走到巴巴耶夫而已。不久他就会到家了，而在他到家以后，我还要再走二十公里呢。是啊……大概，他老婆会给他生好茶炊，端上一杯热茶。要么是从炉子上端来一碗菜汤。汤当然已经凉了，只是稍有一点儿热气。不过反正一样，只要有酒，或者来一片厚厚的面包……

我感觉到我的胃里一片空虚，而为了能走到家，我一定得吃点儿东西，哪怕是一块又干又硬的面包皮和一杯白水也行。有那么一会儿工夫，我边走边想，回想起有一次，那还是在战前，我曾就着果汁吃了整整一个大面包。要不就是回想起，当我不是住在宿舍里，而是住在私人住宅里的时候，自己做饭的情况。这也是战前的事。我到市场上去，买了一个卢布的很肥很肥的猪肉。猪肉是十卢布一公斤。这就是说，我花一个卢布是买了一百克。我把这块猪肉切成一样大小的小方块儿，和挂面搁在一道煮。白色的小方块儿漂在上面，吃的时候，小方块儿和勺里的挂面一齐送进嘴里，那味道真美极了……战前还卖一种脱水的酸果蔓水果羹，把粉红色的粉末冲在一杯开水里……

这时有一个想法像钉子一样钻进我的脑子里：等这个人走到家的时候，应该跟他要一块面包，也许，他会给的。既然有家，这就是说，家里也有面包。现在到底还不是闹饥荒啊。可是，要知道这是一种多么令人遗憾的心理啊！当你吃得饱饱的、什么都有的时候，向别人要块面包或者什么旁的东西，一点儿也不费力气。但是当你饥肠辘辘，当全部希望都寄托在这块面包上的时候……

“那么，怎么样呢，就好像变成向人乞讨了吗？就像傻瓜科斯佳讨饭那样：看在耶稣份上，行行好吧——是不是这样呢？根本不是什么乞讨。我们同路，一道在路上走。为什么不向他要呢？”

然而我知道，如果当真像讨饭那样去要一块面包，我是无论如何也说不出口的。“那么，也许可以求他留我住一夜吧？到他的村里只有三公里，可到我那里有二十公里。走不到的。”如果肯留我过夜，大概也会给我点儿东西吃。事实如此。可惜我是个不爱和人搭讪的人。换一个人处在我的地步，现在很快就会成为他的好朋友。是有这种爱说话的人。那么现在他自己就会劝我到他家去过夜，或者只不过是去喝一杯茶了。或者，说不定还有菜汤喝哩……虽说现在汤已经凉了，只稍微还有点儿热气……

“战争啊，老弟，得熬过去呀。”然而我的旅伴说，说话的时候并没有放慢脚步。

大概，我那副样子，我那绱过底的毡靴，我身上的破大衣，我的疲倦和饥饿——大概，所有这一切都唤起了他的同情心，不然的话，他干吗要安慰我呢？

如今大家都在受苦。前线上人们在受苦——死神在等着他们；这儿做母亲的和做妻子的为自己的亲人担惊受怕——也是在受苦。如果谁家有人牺牲了，谁家在办丧事，那就更不用说：自然是流不尽的眼泪和悲伤。可我和你还算幸运哩！手脚都好好的，正在回家去，而不是躺在什么地方的战壕里。可见总会设法熬过去的。

我想起，米什卡坐在床上吃抹了奶油的火腿的时候，也曾用这样一句一模一样的话来安慰过我。“你有什么熬不过去的呢？”想到我的旅伴，我满腹怨恨。但过了一会儿，我还是明白过来了。我没有任何理由生他的气。为什么要生气呢？为了他的家比我的家近，还是为了他穿得比我暖和呢？“我那么恨他，”我想，“好像我已经向他要过面包，而他已经拒绝了似的。或者是我已经求过他留我过夜了。可是，不是吗，我并没有问过他呀，为什么要生气呢？说不定他不但会给我面包，而且会留我住宿——还什么都不清楚哩。”

但直到现在我也不知道，这个人会怎样对待我关于面包和住宿的请求，因为当我们走到他的村子，他从大路拐到沿着一排房子的小路上去的时候，他用手碰了碰长耳风帽，对我说：“喂，再见，别泄气，没什么……”

也许，他向我告别比我向他开口早了那么半秒钟。可是也许，即使我们在十字路口稍站一会儿，我还是不敢向他开口——谁知道呢。不管是怎样吧，反正那个人已向自己的茶炊和菜汤走去，而我却独自一人留在黑夜里，现在黑夜已经降临大地了。

暴风雪越下越大。有些地方路已经被雪掩埋起来，有十来步不得不在积雪的路上走，一直没到膝盖。在这以后再听到脚踩在坚硬的路面上，心里别提多高兴了。幸好手里有一根棍子，在雪深的地方，我用它来探路。

其实，这个地方路并不窄。曾经有一队军车经过这儿，虽然车辙早就被雪盖住了，看得出表面上一条雪橇经过的狭窄的痕迹，但车辙还是有的，可以用棍子探测到它。

不管我怎样努力想象，全班最漂亮的小姑娘的眼睛、奥克莎娜那双湛蓝的眼睛在这一分钟里正在看着我，也就是说，我走路的时候应该步伐坚定，挺直身子，而不能被风吹得弯下腰来，也不能转身背对着它。不管我给同宿舍的同学们带面包回去的任务多么光荣，黑夜还是占了上风——我开始感到可怕了。

现在不管你喊也好，不喊也好，叫也罢，不叫也罢，反正谁也听不见。附近连一个小村子都没有。而且就是在村子里，人们也都各自坐在家里，大概已经要安歇了，正躺在床上，侧耳倾听风在房檐间、烟囱里和窗框之间高声怒吼，划着十字说：老天保佑，可别让人在这个时候待在田野里呀……就连看到屋里的猫，人们也会为猫高兴：它正蹲在炉边的椅子上，而不是在什么地方游荡。

我感觉到，尽管很冷，可是我却开始出汗了。

令人很不愉快的、黏糊糊的汗液流遍全身，似乎最后一点点力气已经随着出汗而消失，随着汗液而蒸发了。脚仿佛变成棉花做的，心口感觉到一片空虚，一种无所谓的心情控制了我。很可能是因为没有可以坐的地方，这才救了我的命。如果我哪怕是提着一个小小的手提箱，那么大概就会坐下来休息一下了，而且，当然啦，立刻就会睡着，第二天有人碰到一个上尖下圆的雪丘，才会从雪里把我刨出来。

然而无处可坐，我的两条腿在机械地移动着，践踏着松软的积雪，几乎没能使我前进，让我从这永无尽头的漫漫长夜到达那不可思议的、温暖和安宁的小岛，现在我的母亲正睡在那里，不知道我正穿过暴风雪的暗夜，在这里慢慢地走着。

我走不到了，这一点是十分清楚的。但同时（也许只不过是由于年轻的关系）又不相信我最终会死在这里。不可能，哼，就是不可能，我决不会死在这里。一定会发生什么奇迹，帮我摆脱困境，把我救出来，我还是会走到家，坐在桌边的长凳上，母亲会从炉子上给我拿来温暖的毡靴，我要饱餐一顿，然后再抽一支烟，深深地吸一支烟。再没有什么比这期待已久的一口更香甜的了。不，准会发生什么事情，我毕竟不会永远留在这儿。不是吗？这一切是这样现实：温暖的家，母亲，毡靴，还有吃的东西。不是吗？这一切确实存在，而不是我想象出来的。只需要我走到家，就什么都有了。家里有毡靴，而且当然啦，母亲那里还有保存起来的以备不时之需的一包香烟。可是到底会发生什么魔术般的奇迹，到底是什么会帮我走到家呢，是什么？是什么呢？

突然我发现：我的腿（现在我只看着自己的腿）仿佛在投出影子，而且从我身上也向前伸出了一条黑影。我回头看了看。

所发生的恰恰是最不可思议、最奇妙、最富有魔力的事情。一辆真正的汽车顺着旧车辙困难地慢慢驶来，车灯射出杂乱无章的灯光，时而向右，时而向左，时而向上，时而向下。我还不知道这是一辆什么汽车。是小汽车呢，还是一吨半或三吨的卡车，或者是什么旁的汽车？这都无所谓，主要的是，这是一辆汽车，还有灯光，还有人，如此说来，我得救了，我不会留在这儿，不会冻死在这荒谬的、遍地积雪的黑夜里了。

我根本没有想到，汽车可能不会停下来，而从一旁开过去。它所以会在这里出现，只不过是为了带我走，为了救我，怎么会不停下来呢？如果我知道它可能不停下来的话，我就会站在道路中间，伸开双臂拦住它了。事实上我却是彬彬有礼地站到一旁，好像连最普通的手势也没有做，没有举起手来，事情是这样显而易见：应该带上我。这不是，汽车（原来这是一辆一吨半的卡车）从我身边开过去了，溅起路上的积雪。人类的光暂时从黑夜那里夺回的广阔原野，又被黑夜一下子吞没了，夜间更加浓密、更加无法穿透的黑暗淹没了它。

一吨半卡车不是在行驶，而是在爬。在旁的时候，我连跑带跳，不消几下就可以毫不费劲地追上它，只要我的脚一蹬到汽车上的某个凸出部位，就能毫不费力地翻过车帮，坐进车厢里去。但是现在我却觉得，如果我用尽最后一点点力气，拼命奔跑，万一追不上汽车呢，而且以后还要往上爬，如果爬不上汽车，摔下来，跌倒在雪地里，那么，那就意味着永远也起不来了。因此我没有跑。

汽车开过去约莫二百步以后，停下来了。这并不奇怪。奇怪的是另一件事——它怎么会来到了这条路上，总而言之，它怎么会在这条路上经过的。

当手电筒射出的白色光斑开始在那儿一闪一闪的时候，我明白，汽车已经停下来了。想象力向我提示：人们怎样从驾驶室里走出来，现在正在查看车轮和这些车轮陷进去的那个坑。

现在问题的答案是很简单的，看谁更快：是我先走到汽车那儿呢，还是汽车先开动？有时，马达加大马力，紧张地吼叫起来，在它的吼叫声中甚至能听到呻吟和呼啸。我的心好像停止了跳动。汽车就要从坑里爬出来，就要开动了。但吼声停止了，手电筒的光又在闪烁，不久我已经能开始分辨出汽车的轮廓——比黑夜还要暗的汽车的黑影。

当我很吃力地走近汽车后部的时候，那儿附近并没有人。瞧，从汽车后轮底下溅起的雪已经飞到了我的身上，这么说我已经接近目标了。瞧，我已经看到，车轮在发疯似的拼命旋转，竭力想抓住点儿什么能让它抓住的东西，还看到，木制的车厢在一个劲儿地发抖。瞧，从我伸出去的手指尖到后面的车帮已经只有三米、两米，这不是，已经只有一米了……只要现在，在这最后一秒钟里汽车的后部不要突然远离我的指尖，只要现在，在我几乎就要抓到它的时候，汽车不要猛一下子开动。

再多走三米，到驾驶室那儿请求允许我搭车是不可能的。我好不容易用脚摸索到车厢下面一个什么铁的凸出部位，好不容易翻过很高的车帮，像条口袋似的跌倒在车厢底上。就在这一秒钟，汽车终于攀住路上的什么东西，突然跳起来，猛一下子开动了。

汽车沿着旧车辙行驶，这条车辙从离我家四公里的地方经过。这么说，我得把握时机，挑选道路上离我家最近的一个点，好从车厢里跳下来，继续往前走。但是我刚一躺到车厢底上，刚刚感觉到不需要再挪动两只脚，总而言之，不需要再往前走了，这时立刻就睡着了。

我睡了多久呢，我不知道。由于车身猛一颠，我醒了过来。我好像觉得，路边房屋和白柳的黑色轮廓看着很熟悉。我觉得，这就正是我应该在那附近从车厢里跳下去的那个村庄，从这儿到我们村只有四公里路程。我翻过后面的车帮，伸出手去，跌倒在雪地上。卡车立刻消失在风雪弥漫的黑暗之中。就这样，驾驶室里的人始终不知道他们曾带了一个意外的旅伴，而且不仅是让他顺路搭车而已，大概还救了他的命，使他不至冻死。

我仔细看看茅屋和树木，看看房屋分布的情况，这才明白，卡车要么是带着我走过了我该下去的那个地方，要么就是转到了另一个方向，因为我来到的这个村庄，对我来说完全是陌生的。这么说，只能去敲敲哪一家黑洞洞的窗子，希望窗子里能点亮灯光微红的油灯，请求让我在这里借宿，除此以外，再没有旁的出路了。

所有的房子对我来说同样是陌生的，对我来说，它们都是人家的房子。但不知为什么，我还是沿村慢慢慢地走了一会儿，仿佛是在挑选，到底该去敲哪一家的门，而且不知为什么转到了一座小木屋前（它和其他村舍没有任何区别，也许只不过更差一些罢了）。大概每一座俄罗斯木屋都有它特殊的“面部表情”，这表情可能是严厉的，也可能是可怜的，或者是善良的，要么是悲哀的。最常见的，自然是悲哀的。大概，我就是根据这种潜在的表情来选择该敲哪家的窗户吧。可也许只不过是需要有一段时间，好下定决心，鼓起勇气，在思想深处最终说服自己：既然敲是必不可免的，那么最好还是别再拖延时间了。

最初我站在台阶上敲了敲门，随后，胆大起来，用指甲敲了敲结了一层霜花的窗玻璃。我轻轻叩窗的声音不能穿透双层窗框，到达温暖的屋里，也许，它已和风声以及暴风雪的种种响声融成一片了吧。于是我开始曲起手指，用骨节去敲，不久就产生了效果。房屋深处有什么东西挪动了一下，吱吱响了一声，叹了口气，这时有个声音离我很近很近，就在门后面问：“您找谁呀？”

“我想寻个宿，迷路了，外面是暴风雪。”

“想得起来的！我，孤单单的一个女人家，能留一个男人过夜吗？”

“可我不是个男人啊，嗯，就好像是……总而言之，我是个大学生。”

“你从哪儿来呀？”

“从符拉基米尔。”

“大概，是从符拉基米尔城里走着来的吧？”

“正是从城里来的。”

可以听到，女人在门后吃力地拉木门闩，往这边拉拉，又往那边拉拉，好快一点儿把它抽出来。屋里闷热的暖气，我只吸了几口，就像喝醉了一样，浑身瘫软无力了。我坐到长凳上，一动也不想动，幸福地环顾四周。

那女人（看样子，她好像有四五十岁，这就是说，应当认为，其实她不过只有四十来岁）从炉子上拿下一双毡靴，从炉子里取出一个不大的铁锅，弄得炉子叮叮当当地响。

“吃中饭时煮的菜汤。这会儿大概已经冷了，还稍有点儿热气。”

瞧，当我还在和那个陌生人一道走着的时候所想象的一切，几乎分毫不爽地全部成了现实。一大片面包，看上去是那么厚，分量是那么重，在我不仅还没拿到它，而且对于吃到面包还毫无希望的时候，我所想象的就正是像这样的一块面包。

我在吃，玛莎大婶（那女人就叫这个名字）坐在对面看着我，在想自己的心事。

“你多大了？”最后她问。

“十七了。”

“这么说，到明年，要是它还不结束的话，你也要到那儿去了？”随后玛莎大婶不作声了，好像是在暗暗地拿主意，要不要再接着讲下去，最后决定还是讲下去。她在说，我在听，我吃过了晚饭，还抽了口烟（她儿子还留下了点儿烟叶，就是她现在跟我讲的那个儿子），时间一分钟一分钟、一个钟头一个钟头地过去了，窗外，一个风雪交加的战时的夜晚正在逝去，一个俄罗斯妇女、玛莎大婶的一生也在这儿逐渐消逝，她在半夜里让我进到她的屋里，这会儿正在一个劲儿地讲啊，讲啊，讲啊……

可见，在这以前，她没有机会说，没有机会减轻一下心里的负担。这么说，在她看来，我也是一个可以让她满意的、听她述说的人了，不然的话，有时心里明明有话要说，可就是一点儿也不愿意把这些话讲给人听。这倒也是真的，玛莎大婶让我到她屋里来借宿，我能报答她这份好心的唯一办法，就是怀着感激的心情听她述说了……

她说，起初儿子杳无音信，后来却来了封信，信是请别人写的。米沙在信里说，他躺在莫斯科的医院里，叫她去和他见见面。

玛莎大婶的话，主要是详细叙述在去莫斯科的路上她所遇到的种种困难，这些困难她都一一克服了。一九四一年秋天要到莫斯科去，可不那么简单，那时候莫斯科几乎是一个被包围的城市。如果当时我能记下她一路上的遭遇，现在稍加修改，不需要再做任何补充，就会是一篇完整的小说。

她，当然啦，到了莫斯科，也找到了米沙。原来他受了伤，除此之外，全身都冻坏了，玛莎大婶朝他看了一眼，心里好像已经明白，他活不久了。她坐在他身边，想在他身边守着他，哪怕是守一夜，守七天七夜都行。既然这是她最后一个儿子，这几夜又是他活在世上的最后几夜，就是守一百天，也要守着他啊。可是她没能守着他：米沙很想喝点儿牛奶。原来在和平时期他就很爱喝牛奶，在割草或收割庄稼的时候，他一下子就能喝上一壶。刚挤出来的牛奶，他也爱喝。从儿时就养成了这样的习惯，直接从挤奶桶里舀一杯牛奶出来。“我们的杯子很大……”这时玛莎大婶甚至从厨房里把这个杯子拿了来，好让我看看，它像什么样。杯子是铝制的，许多地方已经坑坑洼洼的了。说不定米沙还是个小孩子的时候，曾经拿着它玩过，至少是经常会把它掉到地上。

既然一个女人能够克服重重困难走到莫斯科，甚至进入莫斯科市，那么如果可能的话，她也一定会给受伤的儿子弄到牛奶的。然而在一九四一年深秋，莫斯科市内没有牛奶。玛莎大婶决定自己回村里去取牛奶。

这时她又详细向我叙述路上的种种奇遇：从莫斯科回乡下去，以及把一桶最好的牛奶给米沙带到莫斯科来的时候，都遇到过些什么情况。“我本来还想多拿一些。冬天牛奶是不会坏的。可是拿什么东西装呢？”

玛莎大婶不作声了，她沉默了好久。看来，我并没有做错——我轻轻地问：“怎么样，他喝到了没有？”

“喝到了。”玛莎大婶回答。

给我在炉子上铺好了床。不久，砖炉稳定而均匀的热气通过垫子（一件光板旧羊皮袄，上面还铺了一床厚绒布的小毯子）传到了我的身上。我模模糊糊地渐渐进入梦乡，同时心里却在想：我沿着村子走，这里的房子对我来说都是一模一样的。然而在这些破旧的圆木，在这些发黑的窗玻璃后面，隐藏着的是什么呢？这是些什么人？他们心里在想些什么？——这些我都不知道。可是瞧，通向一座房子的门开开了，原来住在里面的是玛莎大婶，她有她自己的伤心事，这悲哀是无可慰藉的，而且记忆犹新。她没有丈夫，也没有儿子，而且大概也不会有了。这么说，她将孤零零地独自在这座低矮的小屋里度过余下的日子。她心中留下的只有一些回忆。唯一的希望寄托在一点上——没有时间沉溺在回忆之中。不是吗？需要工作呀。

如果我敲的不是这一家，而是另一家的门，那么给我开门的想必就不是玛莎大婶，而是彼拉吉娅大婶，要么是安娜大婶，或者是格鲁莎大婶了。但她们每一个人各自也都就有这样的悲哀。这正像我到了另一个村里，到了第四个、第五个村里，甚至到了另一个地区，到了乌拉尔山脉那儿，到了西伯利亚，以及在整个广袤无边、风雪遍野的俄罗斯大地上一样，到处都会是这样的。

早上我没遇到什么意外情况，就到了我父母的家里。母亲给我烤了老大一个烫面的大圆面包。它和普通黑面包的区别是加了不少糖，而有点儿麦芽香味。

我在家里住了一夜，把珍贵的面包装进背包里，于是就动身回符拉基米尔，返回和我同住一间冷冰冰的宿舍而终日饥肠辘辘的同学们那里去了。

原来我回家来的时候很快就弄得筋疲力尽，并不仅仅是因为暴风雪，也不仅仅是因为我从符拉基米尔出来的时候没有好好地吃点儿东西。原来在冬季的道路上走四十五公里，这本身就是一件很不容易的事情。当我走了二十五公里，已经到了铺柏油的大路上的时候，前面只剩下二十公里了，但这时我已感到筋疲力尽，和前天晚上在暴风雪中的情况完全一模一样，当时如果不是一辆偶然路过的卡车，我准会冻死在茫茫雪原上的。

除此之外，这两天来我大概是感冒了，现在疾病开始发作起来。不管我想到什么未来的事情，不管这些事情多么有意思，可是现在我却觉得它枯燥无味：现在我不想在夏天到河里去游泳，也不想去钓鱼；既不想看书，也不想在森林里生篝火；不想去看电影，也不想吃冰激凌；就连世界上有那么一个奥克莎娜，我们全班上最漂亮的蓝眼睛的姑娘，我也觉得和我毫不相干了。我早就发现，如果我对世界上的一切都失去了兴趣，这就是说，我生病了。

在柏油路上走了一公里以后，我觉得自己已经完全支持不住了，于是向难得碰到的、可以说是犹如凤毛麟角一般稀少、偶尔从后面开过来的载重汽车举起手来。数着这些路过的汽车，猜测其中哪一辆会停下来带我，倒是可以稍微解解闷的。

第七辆汽车停下来了（在这段时间里我又挣扎着走了三公里）。

“喂，你去哪里？”司机走出驾驶室，威严地问，“有酒吗？”

“没有，会有什么酒呢？”

“烟叶，香烟呢？”

“没有。”

“猪油呢？唉，跟你有什么好谈的！”他走进驾驶室。马达威胁地吼叫起来。

“叔叔，叔叔，您别走哇。我有面包，烫面的，甜面包。今天早上妈妈给烤的。”马达不叫了。

“拿来看看。”

我从背包里取出沉甸甸的大圆面包，心里存着希望，也许司机会受到诱惑，从上面切下一块，把我带到符拉基米尔去。

“这就是另一回事了，爬进车厢去吧。”

圆面包和司机一齐在卡车的驾驶室里消失了。还用得着说吗，我再没有看到我的圆面包。为了这个面包，我经受了那么多痛苦，现在它已经不见了，然而，既然现在我对此竟毫不在乎，可见我是病得很厉害了。

这两天来宿舍里没有发生任何变化。似乎不是过了两天，而是过了两分钟。同学们看到我都活跃起来了，但立刻明白，我不舒服。我脱掉衣服，钻进冰冷的被窝，只是请求朋友们生着炉子，再从大锅里给我打点开水来。

“管理员用一把大锁把顶楼锁起来了（这是个最不愉快的消息，因为我怎么也暖和不过来）。开水嘛，要多少有多少。只是就光喝开水……你从家里难道什么也没带回来吗？”

于是我把事情原原本本地对他们讲了一遍。

“这个司机是不是像我们的米什卡·叶里塞耶夫？”

沃洛季卡·波诺马廖夫问。

“像，”我惊讶地说，想起了司机通红的圆脸和那双蓝色的小眼睛。“可是你是怎么知道的？”

“啊，不，我是开玩笑。只不过所有贪婪、吝啬的家伙彼此都有点儿相像。”

“那么，这么说，整整一天你什么也没吃吗？”根卡·彼罗夫突然猜到了。“哪怕从那个大面包上掰下一块来也好哇。”

“我本想把面包带给你们，让你们高兴高兴。这会儿就可以把它切成一块一块的……就着开水吃了……”

这时米什卡·叶里塞耶夫进来了。

“听着，”同学们对他说，“你要知道，他病了，给他点儿东西吃吧。你不会吃亏的。”

谁也没料到这会使米什卡发起火来。他突然高声大喊，一会儿冲着这个，一会儿冲着那个，大发脾气。可以看到，他叫喊的时候，唾沫从他嘴里向四面飞溅，我躺在床上，冷得发抖，不知怎的，我觉得这唾沫比什么都叫人讨厌。

“你们怎么，检查过我吃的东西了吗？怎么，难道我这儿有食品仓库吗？我和你们一样，一张面包卡，也是只给我四百克面包。嘿，你们可真机灵啊，看上别人的那一份了！我的床头小柜里什么也没有，你们检查好了。我让你们检查！”

我好像觉得，他这么说着的时候，狡猾地朝他那把那么沉甸甸的铁锁瞟了一眼。

所有这几天来的紧张心情，疲倦，没有留我过夜的那个男人，从我身旁驶过的那辆卡车，孤独而善良的玛莎大婶的痛苦，渗透在唯一一个烫面面包里的母亲对孩子的疼爱（她想，现在这个面包足够我吃整整一个星期了），司机拿走这个面包时那种毫不客气的态度，我没能把它带回宿舍来的悲哀，想要从米什卡的食品仓库中弄点儿东西给我吃的同学们的关怀，米什卡的狡猾和无耻的谎言……这一切突然像七月里雷雨时的乌云，在我心中慢慢地升起来，乌云盘旋飞舞，越来越黑，越来越显得凶恶了。这一团团的东西在增长，在扩大，涌进咽喉，感觉到一股苦味，它遮住了眼睛，突然像一阵黑压压的、古怪的浪涛从下面冲进了脑子。

“你瞧着，我就要检查。”我似乎觉得，我坚决地大喊一声，同时从床上站起来，两只脚在弄乱了的被子里绊来绊去。

后来同学们告诉我，我镇静地走到炉边，镇静地拿起我们通常用来砸床头小柜的那根棍子，向米什卡走去。起初米什卡东奔西窜，想要用自己的胸膛遮住他的小柜，但是他最终还是给我让开了路，甚至跳到了门口，可见当时我那坚决的样子是够吓人的。

其余的情况我清清楚楚。我用习惯的姿势把他的小柜斜着放在地上，掂着它觉得沉甸甸的，可不像从顶楼上拿下来的那些小柜那么轻，于是照准应该打下去的那个地方打了一棍。

啊，暴动的滋味多么甜蜜！啊，破裂了的碎片仿佛在心里发现噼噼啪啪的响声，这响声甚至传遍了全世界！

难道问题是在于规模的大小吗？问题是在于感觉和感情的实质。这就是我的巴士底狱，这就是我的冬宫，这就是还需要在某个时候去打碎的那些大门上的门闩。

我举起铁棍，一下，两下……于是“粮仓”中心的一切都暴露出来了：装着奶油的玻璃罐滚到了地上，一块块雪白砂糖纷纷撒了出来，大包小包飞向四面八方，大包小包下面，在柜底出现了面包。

“把这些东西统统吃光，小柜放到炉子里烧掉。”在又钻进冰冷的被子里去以前，我好像是这样吩咐说。我自己不想吃，甚至有点儿恶心。其实我不久就已陷入昏迷状态，因为已经病得很厉害了。

米什卡没去向任何人告状。不过他再也不住在我们屋里了。他的那把锁有很久就丢在炉子旁边，好像一件完全不需要的毫无用处的东西。后来宿舍管理员把它拿走了。

瓦尔瓦拉·伊万诺芙娜

符·索洛乌欣

我们坐在桌边闲谈。吃的、喝的，都已经喝光了，也吃光了。现在桌子上只剩下几只空酒杯，一个装煎蛋的空平底锅，一个碟子里还剩了点儿生葱，还有一片面包。

除了我，桌边还坐着我们的前区委书记（那还是在合并以前）、现在是州里的工作人员库德里亚绍夫，新区委（现在叫党委）书记格里高里耶夫，村苏维埃主席鲍里索夫，农机站站长列昂尼德·康斯坦丁诺维奇·柯罗文。

我爽直地对你们实话实说，前三个名字是虚构的，为的是不要说任何多余的话：就说他们用煎蛋下酒，每人喝了二两，也就够了。而对列昂尼德·康斯坦丁诺维奇·柯罗文，我却无论如何也不能不提他的真名实姓，一笔带过，因为正是他给我讲了一个小小的但很有意思的故事，我想要把这个故事告诉大家。

而且他是怎么讲的呀？简直像一位职业作家。没有一句多余的话，只有主要的细节，仿佛是在复述他已经写好的一篇短篇小说。

至于用煎蛋下酒，每人喝了二两嘛，那是因为在这以前，我们整天都坐着两辆小“嘎斯”在集体农庄的地里跑来跑去，忙着到各个生产队去，看看哪儿的苗已经出来了，哪儿的苗还没有出来——春天气候异常，从来没遇到过这样的天气：从四月中旬就出现了夏天里30℃的高温。

而且这儿的集体农庄主席又是新来的。让一个1937年出生的青年畜牧工作者来当主席，他初次担任行政工作，过于热心，因而“犯了错误”。为了巩固劳动纪律，管理委员会决定：缩减不在农庄工作的人的宅边园地。对于那些积习难改的懒汉或者是在外边赚钱的人，这样做倒还罢了，不然的话，像我们经常发生的情况那样，可就做得过火了。

比方说吧，老爷爷和老奶奶在他们歪歪倒倒的小屋里度过晚年。在他们还做得动的时候，一直尽可能到农庄干话儿——如今再也干不动了。他们都已经八十来岁了。什么都有个限度。他们该坐在墙边的土台上休息休息，还可以在自己的小菜园里种点儿什么。五月里繁花盛开的金梅草，六月里的拳参和母菊，对保证他们的生活都起不了多大作用，只有土豆还算是他们生活的保障。这，当然啦——他们都八十多了，也许不久就会离开这个世界，不过即使是还要活两年，那也得活下去啊。老人们的生活需要有个保证，他们需要土豆，需要有个小菜园。何况集体农庄里并不给养老金呢。

可是突然做出决定——收回一半宅边园地。

“怎么能这样呢，好心的人们哪？我们已经在菜园后边的地头上种了一小把燕麦，好拿来喂鸡呀。”

那怎么行呢——根本不予理会。于是连种下的东西一起统统给砍掉了，连用掉的种子也没想到要还给人家——这就叫作嘴上无毛，办事不牢。

或者拿另一件事来说吧。有一个人一生都住在莫斯科，还在参加革命的时候就走了，而不是心怀不满从集体农庄逃走的那种人。他在莫斯科一家工厂里工作，可以说，把自己的能力和本事全部贡献给人民了。每年休假都回农村来，他在村里有所房子，房子在河边上，房后有个小花园。

退休以后，他干脆回村定居，来过自由自在的生活。小花园也收拾得整整齐齐，精心照管，拾掇得干干净净，搞得很在行。倒不是为了赚钱，而是为了自己看着高兴。是上帝让退休的人种花养草，照料花园的。

管理会突然做出决定——莫斯科退休工人的宅边园地，连同他的小花园，统统收回。就像我们这儿人们所说的：齐边砍掉。也就是说，只留下房子底下的宅基。

年轻的农庄主席犯错误，区里的领导就得来纠偏。大热天在尘土飞扬的田间道路上乘车跑了一天，到五点钟的时候，我们都饿坏了。对我们来说，猪油煎蛋来得正是时候，这是一点儿也不奇怪的。

谈话渐渐转到了简直可以说是哲学性的问题上。也就是说，我们讨论的是——我记不得是由于什么引起来的了——比如说，人的力量或耐力的限度，一个人能不能知道他自己耐力的极限，或者，是不是有某种事先无法预料的、未被发现的潜力，可是它会突然发生作用，推动事情向好的方面发展。

提出了各种各样很有意思的问题。

“可不是吗？在战争中（突围的时候），似乎觉得，再走一公里，就会累死，简直是连一步也走不动了，身体的潜力已经消耗光了。可是只要德国人一追上来——又走了四十公里，而且几乎是跑步……这真是个谜。”

“我也知道一件事。有一个战士在结了冰的德聂伯河里抓着一块冰的边缘，齐脖子泡在水里，待了八个钟头。因为不能探出身来。探身，马上就是一阵扫射——你就完蛋了。你们只要想想看：八个钟头泡在冬天的冰水里，甚至都没有感冒。这是怎么回事呢？”

我想起了从前当过水兵的米沙·戈坚科讲的一件事，这是一件十分罕见的、在这个意义上来说非常典型的事件。

他们的驱逐舰上，有一个放在甲板上的深水水雷的爆炸装置突然开动起来。两个水兵听到嗒的一声响，他们坚信，再过几秒钟就会发生爆炸，于是抱起水雷，把它从扶手索上滚过去，扔到船舷外面。当驱逐舰已经从一旁驶过去的时候，听到船尾后面扑通一声。但是问题就在于，后来，在平安无事的情况下，那两个水兵同时搬却搬不动水雷，连一厘米也搬不起来，更不用说从扶手索上把它扔出去了。在情况需要的决定性时刻，哪儿来的这么大的力气呢？

“这有什么！”列昂尼德·康斯坦丁诺维奇·柯罗文突然说，“你们说的这些都是些小事。瞧，我知道一件事情。”

于是他说了下面的故事。

“我在村里检查一个集体农庄的工作（他说出了离我们这儿二十多公里远的一个乡村的名字），办完了各种各样很费时间的麻烦事以后，就像今天这样，到队长家里去吃点儿东西。

“队长是个女的，四十来岁，叫塔吉雅娜·谢尔盖耶芙娜。她的家里样样齐备，四扇朝街的窗户，窗前的花坛里种着茉莉花，简直像个大花篮。不错，看得出来，这些茉莉花已经有很久没有照料了。你们自己也知道的，要么是为队里的事情操心，要么是在家里养花，不能兼顾。

“而且是个寡妇。丈夫死了，去年才办的丧事。说实在的，我记不得他是怎么死的了，也就是说，记不得他是害什么病死的。好像是胃溃疡吧。可也许不是溃疡。我不想说谎，而且这和事情也没有关系。事实是，她是个寡妇。

“前面一间房间很宽敞，稍微收拾过一下，四面都铺着长条粗地毯，一些小木桶里栽着鲜花，挂着印花布的窗帘，圣像上蒙着绣花毛巾，圣像前点着红灯。

“‘你这是做什么啊？’我们责备她说，‘管理委员会的委员，又是党员，你怎么不感到惭愧啊！’

“塔吉雅娜·谢尔盖耶芙娜用眼睛望望木隔板，几乎是压低了声音，小声说：‘妈妈快要死了。要求点上神灯。昨天已经举行过涂油仪式。’

“我向隔板后面一看，看到床上有个老太婆，笔直地躺着，就像桌子上停放着的死人。连她的手也是像已经穿好寿衣的死人那样，叠放在胸前。看她的脸色，也和就要入殓的死人一模一样。皮肤蜡黄，双颊下陷，双唇紧闭，嘴唇的颜色都发青了，鼻子显得很尖，眉弓突出，看得格外明显。一双手，没有什么可说的：蜡黄蜡黄。脸上，你们听我说，灰扑扑的，好像蒙了一层灰。也就是说，不是今天就是明天，就要离开人世了。怪不得要求给她举行涂油仪式哩。

“‘是啊，瓦尔瓦拉·伊万诺芙娜操劳了一辈子，该做的事情都做完了。’我从隔板后回到桌边，说，‘她多大岁数了？大概，有八十多了吧？’

“‘快八十六了。’塔吉雅娜·谢尔盖耶芙娜证实说，‘是啊，当然是该做的事情都做完了。第一，拉扯大了七个孩子。两个女儿在外乡，都已经成了家。四个儿子在和德国人打仗的时候牺牲了，一个不久前才去世（就是说，是讲的她自己的丈夫）。儿子们死了以后，抛下一大伙孩子——得把他们抚养成人。现在是天各一方，各奔前程。有的在符拉基米尔的拖拉机工厂里工作，有一个在莫斯科当工程师，都长大了，连面也不见了。不需要照料了。

“‘你们以为，屋里这么干净都是我收拾的吗？可是当集体农庄的队长，哪有工夫照管家里、打扫卫生啊。从早到晚，脚不得闲，伤精费神。所以，家里收拾得这么干净，全靠她。还有我的三个孩子，最小的两岁半，最大的才六岁。躲也没处躲——生活呀。

“‘病倒以后，已经是第四天了。不知怎么一下子就出现了病危的迹象。三天就不行了。就像蜡烛一样快要烧尽了。你们责骂我，为什么我容许点上神灯，为什么同意举行涂油仪式。可是我怎么能不允许呢？既然这是她一生之中八十五年里最后的也是唯一的一个要求，是她活在人世上的最后一个愿望，我怎么能不同意呢？他们觉得怎么样走好，就让他们怎么样走吧。以他们愚昧无知的眼光来看，觉得怎么样才合乎人情，像个人的样子，就让他们怎么样好了。’

“这时我们发觉，我们谈论瓦尔瓦拉·伊万诺芙娜，仿佛是在谈论一个已经死了的人，而其实她暂时还在活着。说不定她甚至会听到我们的高声谈话，只是已经不能插嘴了。我们忽然醒悟，开始说得轻一些了，后来就完全改变了话题。

“晚上吃煎蛋的时候，塔吉雅娜·谢尔盖耶芙娜的三个孩子也都在这间屋里。老大谢辽沙——一个灰眼睛的六岁的男孩子，长着一头淡黄色的头发——已经养成了向外人问好的习惯；四岁的玛莎是个挺壮实的小女孩儿，穿一件宽大的衬衫，圆圆的小脸儿，粉红色的双颊，抹了一脸醋栗水果羹；不满三岁的沃沃奇卡立刻爬到母亲的膝盖上，用一根手指指着吃的东西。三个孩子都光着脚，不过并不是没有照管的样子，看得出来，有妇女的勤劳的手在照料他们。即使稍有点儿照料不周，那也不过是最近三四天的事。

“我们本应叫队长到区里去开会。可是看到她家里有个快要断气的人，于是说，叫她不要去了。要操心的事多得很：又是棺材，又是坟墓，还要按照农村里的风俗习惯，在安葬以后举行酬谢亲友的追悼宴会。而且心情也不会好。虽然是得尽天年的老人，可到底还是舍不得的。

“第二天我们正在区委开会，突然女秘书叫我去听电话。电话是从昨天我们吃煎蛋的那个集体农庄打来的：塔吉雅娜·谢尔盖耶芙娜队长被从青贮饲料切碎机上飞下来的一块镶面材料一下子就打死了。得到现场去了解一下，到底是怎么一回事，怎么能不去呢？我感到震惊，怎么也不相信，我们的塔吉雅娜·谢尔盖耶芙娜，一个身材魁伟、四十来岁、身强力壮、像马一样吃苦耐劳的妇女，突然死了？可以说，是我们这个地区最好的队长。

“我带着一位医生，一同驱车到‘胜利’集体农庄去。他们的青贮窖就在村口，所以我们立刻就看到了所发生的事情。不过我们看到了什么呢？我们的塔吉雅娜·谢尔盖耶芙娜躺在做青贮饲料的、切碎了的玉米秆上。她穿一件绗棉袄，脚上穿着男式皮靴。她俯卧着，脸歪到了一边，太阳穴被一块铁片打穿了。两手沾满泥土，作为队长，她的手就应该是这个样子。其实根本没有什么好看的。她已经在这儿的青贮饲料上躺了整整一夜了。把她抬进了车厢，好送到医院里去进行解剖。

“我本该也回区里去，可是眼前突然出现了昨天看到的那幅画面：眼看就要咽气的老太婆，三个小孩子，一个比一个小。

“‘他们怎么办呢？他们怎么办呢？’我突然想，心里仿佛被扎了一刀。空徒四壁的房子。一个死人，三个孩子。想象力不知为什么坚信不疑地向我暗示，一定是一个死人。三个孤儿围在已经死了的奶奶身边。也许他们吓得都钻到了长凳底下，钻到了桌子底下，就在那里坐着。

“我发动自己的‘嘎斯’，以最快的速度驶进村去，来到村子尽头，那儿有一幢黄色的房子，四扇窗户临街，古老的花坛里有一棵开得十分茂盛、无人修剪、仿佛是野生的茉莉。

“我刹住车，跑上台阶，差点儿吓呆了：迎面碰到了提着水桶出来的瓦尔瓦拉·伊万诺芙娜。

“‘难道你没死吗！’我忍不住脱口而出。我忍不住，因为我深信她已经死了。

“‘可让他们上哪儿去呢？’瓦尔瓦拉·伊万诺芙娜挺认真地朝屋里点点头，她的孙子们都在屋里。‘好吧，我就死了吧，可是谁来照顾他们呢，既然他们已经完全成了孤儿？唉，看来我这个老太婆还没有空去死呀。不是时候。请进屋里坐坐吧……’

“你们相信吗，从那以后已经过去三年了，她还在活着，这个接受过涂油仪式、本来已经死了的俄罗斯妇女瓦尔瓦拉·伊万诺芙娜仍然活着。她活着，没有空去死。可是力量是打哪儿来的呢？”

糖渍苹果

符·索洛乌欣

不管我怎样努力想在天黑前到达可以从公路上向右转的那个地方，但夜幕还是当我仍然在半路上的时候降临了。我十分固执，就是不肯打开车灯，有一段时间我是在暮色中开车，想要让自己相信，还要再过一个钟头，或者是一个半钟头，天才会全黑，而晚霞——不久前下过一场雨以后，透过云层露出的一条淡黄色光线——还将长时间照亮雨后的黄昏。但天越来越黑了。我打开车灯，好像是实际上无此需要，只不过是试一试——可是突然一切都消失了。那条很窄的晚霞，雨云低垂的整个天空，道路左侧的小树林，从角落里向外张望的那棵小树，一切都陷进黑暗之中。我眼前只剩下一段用鹅卵石铺砌的长方形道路，还有路旁黏土地里的水洼。

过了一分钟，当眼睛适应了这种强烈的明暗交界之后，我觉得奇怪，仅仅在一分钟以前，我是怎么竟能不开灯行驶的?

这时到了该转弯的地方了。在公路上行驶了很长时间，还在公路上的时候（起初是混凝土路面，后来是鹅卵石的）我老是安慰自己，让自己放心：不可能……不是那种连阴天……开得过去的。说真的，当你在混凝土公路上开车的时候，好像觉得，世界上根本没有不能通行的道路。诚然，有时用眼角偶尔向旁边瞟一眼，会看到，从混凝土公路到森林那里伸展着一条很窄的、泥泞不堪的土路，很深的车辙上漂着一层稀泥。霎时间心会紧缩起来，就像在连阴天之前那样。但迎面飞驰而来的混凝土路面立刻会驱散不祥的预感。一闪而过的林间道路仿佛是梦中的幻象，仿佛是由于眼中的泪花而产生的错觉。

每当遇到路上有坑的时候，射向我的“小嘎斯”前方的两束光线时而完全扎到路面上去，时而射向云端。在我的想象中，它们变成了两条很灵巧的活的触须，汽车——也是个活的东西——把它们伸出去，好用它们来探路，研究道路。

瞧，触须动作迟缓，向右爬去，完全滑离了石头路面，在潮湿的草丛、水沟以及干枯的灌木丛和翻耕过的肥沃农田里仔细搜索着，然后在一片没有一丝波纹、水平如镜的水面上困惑不解地停住不动了。转弯的地方到了。

平静的水面本身并不使我感到害怕。有时，底中坚硬，而且轧平了的、又深又阔的水洼，比有些表现上看起来无害的地方还要好走些，有些地方从表面上看似乎没有什么，可是车轮每转动一下，都会越陷越深，越来越陷进浓稠的泥潭里去。一般说，最可怕的是很深的车辙。当“小嘎斯”（或者照我们这儿的叫法，管它叫“小拉斯”）还是四轮着地的时候，仍然有希望从最伤脑筋、无法通行的烂泥中爬出来。可是有时候是它的底部、它的肚子（据专家们说，那叫底盘）着地——那么事情就不妙了。这时不管车轮怎样拼命转，反正都像悬在轨道上方的火车头一样，白费力气。

光线越来越强烈地照着水面，要不是这水一片漆黑、脏得要命的话，大概是会把它照透的。瞧，车灯慢慢地从上向下移动着（下坡），几乎贴近了水面，水面似乎懒洋洋地荡漾起来，闪现出耀眼夺目的白色光斑，仿佛那不是水，而是一片熔化了的白色金属。

但是当车灯只差一寸就要碰到水面的时候，车灯上射出的光线突然从水洼旁掠过，离开了它，沿着道路射向远方——“小嘎斯”绕过了一个大坑。

我的心里立刻觉得轻松了。鬼并不是那么可怕……走——一定会走得到。虽说这时每一分钟、每一米道路都孕育着这样的危险：可能抛锚，可能整整一夜待在这里，不能动弹，而这是会感到孤独和苦恼的。要到村子里去叫辆拖拉机来，那就要劝说拖拉机手，叫他离开温暖的被窝，开着拖拉机出来。而他多半是已经喝得醉醺醺，要么是看电影去了。他会执意不肯。而他是对的。谁愿意夜里在泥泞的道路上跋涉呢。

我已经习惯于开快车猛冲过积满水的水洼了，冲过十几个水洼以后，我甚至感觉到一种想要向什么挑衅的心情，一种奇怪的、疏忽大意的勇气。在水洼之间，马达吃力地吼叫着，简直是在呻吟。每个车轮要想向前转动一圈，一开始都要先在黏稠的污泥里空转一阵。

在一个地方，我好像觉得有个水洼太深，而右边却似乎有一条可以绕过去的道路的痕迹，于是我转到了这条路上。汽车开快车勉强走过去三米的样子，后来就停在原地发抖、尖叫起来。我赶快倒车，而且加大了油门。“小拉斯”猛地往后一退，又停在原地抖动起来。可以听到，它在往下陷。我慌忙向前推副变速箱的操纵杆，这个装置急剧地加大了汽车的马力，现在最后的希望都寄托在它身上了。马达吼叫得更加紧张，但“小拉斯”连一厘米都不肯动，反而陷得更深、更牢了。每次我时而由后退改为前进，时而由向前改为后退，试图摇撼汽车的时候，汽车都只是在原地抖动，既不能向前冲，也不能退后。

我关掉马达、车灯，走到翼子板上，想要察看一下情况。

从汽车翼子板上在往下滴水。有两次，啪嗒、啪嗒，声音很响地掉下两滴污泥，随后潮湿、无声的黑暗包围了我。

第一件事，我先仔细听听，附近有没有拖拉机的声音。现在我们这儿夜里不可能想象远处没有拖拉机嗒嗒的响声。通常晚上散步的时候，当你喜欢在僻静的小丘上坐一会儿的时候，你甚至会有点儿生气，简直享受不到万籁俱寂的夜晚的宁静：不是远处的拖拉机声，就是邻村的无线电广播搅得你不得安宁。可这会儿拖拉机的隆隆声对我来说却似乎比最愉快、最动人的音乐还要甜蜜。但四周静悄悄的。深秋，秋夜，昏暗、有风的夜晚，烟雾弥漫、来得很迟的早晨，细雨蒙蒙、一片灰暗的白天。田野里湿透了的干草，一半已经发黄的、半透明的树林。而主要是，夜里太黑了，又黑，又潮，而且有风。大概，在这样的秋夜，温暖的小屋和暖和的被窝，甚至会比寒冬腊月里更让人感到舒适吧。

我从四面八方细细察看汽车。汽车陷得很牢，整个肚皮和前后车轴都陷下去了。至少得往上爬四米，才能到我那样轻信地转了个弯偏离开的正路。这么说，需要拿铲子挖出汽车底下的全部泥土，好让它仍然用轮子着地；然后还得铲出一条斜坡，通往坚实的（松软的车辙似乎变成坚实的了）道路，然后需要在车轮下垫一些树枝、木材、石块——这些东西，附近是会找得到的；然后要是有人从后面推一把，那就更好了……

一个人在路上开车太难了。结伴而行，那就什么都变得跟开玩笑一样轻松了。对不幸的事情嘲笑一阵子，然后齐心协力动手干起来。就是两个人，也会轻松一些。可以互相说句话，干活也会快一倍。不是吗？当前所需要的正是干活。除此而外，两个人还能做一个人根本不能做的事情。一个人在路上真是太糟糕了。

只好开开小灯，照亮需要用铲子挖出泥土的地方。起初我还当心污泥，竭力不让水或泥灌进鞋子里去，可是踩到污泥里一次，又是一次——于是就无所谓了。我把裤腿卷到膝盖上面。不过它们老是会松开，滑下来。我也不再去注意它们了。

从汽车肚子底下往外挖土很不得劲，铲子经常会从手里滑出去，叮叮当当碰到金属上面。汽车的重量把泥土都夯实了，铲子怎么也铲不进去，真是急死人。

我停下来休息一下，又侧耳倾听，听到道路前面有在泥泞中走路的声音，扑哧扑哧，声音很响。在这个时候，还有人在家里待不住。不过他怕什么呢，既然他是步行——汽车底盘又不会陷下去。我猛一拉车灯的开关，明晃晃的灯光立刻飞向远方，由于意外，那走路的人急忙用手遮住眼睛，甚至扭过脸去。我又关掉车灯，开始等着那个过路的人。

过路的人穿着雨衣，戴着便帽，脚穿长筒胶靴，手里拄一根璎珞柏的棍子。他并不打算在我旁边停下来，可是让他就这样过去，对我来说却是不可能的。在这天夜里，在我感到孤独的时刻，他是唯一的一个活人。怎么能不跟人谈谈，说说心里的话呢。我为什么待在这儿，我是什么人，从哪儿来的，难道他对这些都不感兴趣吗？也许我需要人的帮助呢。对，正是关于帮助……难道不问明白就能走吗？

然而，我和我的不幸没能引起手持璎珞柏手杖的过路人的任何兴趣，甚至没引起他任何无聊的好奇心。有多少汽车陷在我们的路上呀？

“陷住了。”我说。好像并不是和那个过路人说话，不过还是在他走到我汽车近旁的那一瞬间，我才把这句话说了出来。

“有什么办法呢？尽是泥啊。”

“怎么有什么办法呢？有路嘛。”

“那么在路还没有修到你跟前来的时候，你就得坐在这儿等着了？”

过路的人有四十岁的样子，不会再大了。而且还得再减掉五岁，因为他没有刮脸。提了这么一个开玩笑的问题以后，他站下来，扭过脸来面对着我。除此之外，他笑了笑——这就可以继续谈下去了。

“到哪儿去找辆拖拉机来呀？”

“这儿附近没处可去。生产队里这会儿连一辆拖拉机也没有。要是到‘苏维埃政权’[①]去——有八公里，而且有哪个拖拉机肯为了你在这种路上开出这么远来呀……说实在的，我倒不急着到哪儿去。你要乐意的话，我给你帮帮忙吧。”

“那么……怎么办呢？”

“怎么办？有的地方挖一挖，有的地方垫一垫，不可能拖不出来。汽车本身没毛病吧？”

“汽车嘛，像钟表一样。我很高兴，要是您……我没料到……当然……”

“你别以为我是白干。三个卢布的报酬。好买瓶酒，再加一块夹肉

---

① 指“苏维埃政权”集体农庄。

面包。”

倒不是舍不得三个卢布——十个卢布也不在乎。可是如此露骨的贪财却刺痛了我，使我觉得很不愉快。我的回答是在这种时刻万万料想不到的：“用不着。我一个人能对付，再等一等。”

“好，那就干吧！”

他又笑了笑——现在是告别——于是迈开大步，用他那双长筒胶靴踏着泥泞走了。

“嗯——再等一等。”我这样回答他。可是请问，等什么呢？我是个傻瓜，傻瓜。为什么拒绝帮助呢？也许真的会拖出来的。

有一阵子我在狂怒地（生我自己的气）挖土。但有一点已经清楚了：我刚一试图开动汽车，它就又陷下去，我刨了半天的成绩，一下子就都付诸东流了。

不久前我经过的那个小树林（哪里是什么小树林，不过是一片小白杨树丛罢了），在此以前一直是和黑夜融为一体，这时却开始模模糊糊地露出了轮廓，它的后面也开始发黄、发亮了。小树林周围形成了一圈微弱的光晕。后来，两条微微抖动、时隐时现的光束，好像探照灯那样冲向天空。我很清楚它们为什么发抖，为什么时隐时现——这就是说，我经过的那个小树林后面每一个坑坑洼洼的地方，我都了如指掌。

原来这正是我要等候的：等候小杨树林会亮起来。过了十五分钟，一辆载重汽车开到了我孤单单地坐着的那个地方。

大概载重汽车自己也会停住的，不过为了保险起见，我走到了路上，用手打信号。不知是请求，还是要求它停下来？

“安静点儿……你怎么闯到这儿来了？”司机用责骂代替问候，“该在路上走哇。”

“我想这样好走一些，绕过一个水洼。”

“公鸡想来想去，到了还是落到了砂锅里。要拉一下吗？”

“可不是吗，当然啦，要拉一下。永远感激不尽。”

“好吧。给一瓶酒钱吧。”

司机砰一声关上车门，向前开去，好停在一个适于拉车的位置上。

“今天他们老是惦记着酒，”我想，“那一个要一瓶酒和一块夹肉面包，现在这一个也要一瓶酒。是啊，你看他们好大的口气——不是二两，不是一杯，一开口就是一瓶。大概这正反映出已经提高的生活水平和日益增长的需求吧。”

我不跟他讨价还价了！一瓶就一瓶吧。只要车能开走，而不要待在水洼里。

当司机为了把绳子拴到我的汽车上，走到我汽车上的小灯跟前来的时候，我看清楚了他。他是一个身强力壮、又高又大、有一头火红色头发的年轻小伙子。标准大小的棉衣他穿着嫌短，大概，伸手去掏口袋很不方便——不得不把胳膊肘高高地抬起来。不过，绗过的棉衣没扣纽扣，格子衬衣也是一样，胶靴的靴筒，边是卷着的。这样一来，他的腿显得更长了。他整个人好像一个感叹号。越往上越宽，也越健壮。

可以感觉到，这个火红头发的勇士身上有一种力量和信心。如果他拉着绳索，自己把我的汽车拉到路面坚实的地方，那也是不足为怪的。

我也看清了他的载重汽车。这是一辆破旧不堪的一吨半卡车，大概已经大修过不止一次了，好像是战前出厂的。车帮全歪了，而且破了，这倒没有什么，整个汽车就像小孩子拿来当足球踢的罐子，也可以不去管它，——可是它的轮胎光光滑滑，很靠不住，正是这一点首先使我感到不安。这种花纹完全磨光了的轮胎，司机们管它叫秃轮胎。而这辆车上的轮胎不仅没有花纹，而且隔着磨得光光滑滑、已经变得很薄的外胎，似乎都能看得到内胎。

我坐到方向盘前，开动马达，助卡车一臂之力。在车灯耀眼的亮光中，我看到，秃轮胎毫无阻碍地在滑溜溜的地上旋转，好似在油里打滚，把一些像雨点一样细小、像雨点一样密集的泥点溅到我的车灯和挡风玻璃上。

秃轮胎以令人难以置信的、几乎是螺旋桨的速度在原地旋转了一阵以后，停住不动了。卡车的车门砰一声关了起来。高大的年轻小伙子这就要走过来，解开绳索，开着卡车扬长而去，把我留在这里，等候新的机会了。果然不错，高大的年轻小伙子走过来了，蹲下来，开始仔细察看我的汽车。

“陷到排气管了，用我这辆破车是拖不出来的。”

他不作声了，又仔细看看汽车底下。在这片刻的沉默中，我们各人在想各人的心事。我在想这个小伙子，心想，他这就要丢下我走了。我想，他决定一走了事，可是又好像觉得，马上就走不大合适。所以他不作声，好鼓起勇气。

“是啊，拖不出来的。”小伙子仔细察看了汽车肚子底下，这样总结说，“深深地陷进去了。咱们还是先挖一挖，在车轮底下垫上些石头和树枝吧，然后再拉。”

在卡车上又找来一把铁锹。我们用两把铁锹从两边齐心协力地挖了起来。我注意到，小伙子的那把铁锹不是在找比较软的地方挖，而是伸到底盘底下，去挖最硬、最难挖的地方。

咔嚓、咔嚓，叮、叮，当、当，噼啪、噼啪，扑哧、扑哧，啊，真难挖！叫你知道我们的厉害，看你敢不投降。噼啪、噼啪，挖深一点儿，反正是要往下陷的。扑哧、扑哧，什么时候我们这儿才会有像样的路啊？咔嚓、咔嚓，你打哪儿来啊？“苏维埃政权”集体农庄。当、当，你叫什么？咕嘟、咕嘟，谢列格。黏土，见鬼。得从每个车轮底下挖出半立方米的泥来。咕咚、咕咚，在我们这儿，可不是在彼拉吉娅大婶那儿，吃饭的时候不能吹灯。扑哧，咔嚓！谢列格直起腰来，手里拿着折断了的铁锹柄。

“用力稍猛了点儿。”

“好吧，把我这把给你。”

“不要紧。赶明儿安上——比新的要好。抽支烟吧，不然的话我太热了。你看，铁锹都支持不住了。得稍微凉快凉快。我一焦躁起来，就忘了自己的力气，不管是在干活儿，还是和女人……”

“结婚了吗？”

“三年了。生了个姑娘，叫娜斯嘉。”

“多好的名字。”

“敢情不坏。像妈妈。可是我真不走运。”

“工作上吗？”

“倒不是工作，可也不是家里。你要知道，我当然可以瞒着。这都是由于我自己糊涂。我们的主席，还有总务主任，还有农艺师，还有两个队长，干完活儿以后，喝醉了，打起架来。他们那里到底出了什么事，我不清楚。总务主任给打断了两根肋骨。把总务主任送进了医院。嘿，我却不管三七二十一，在商店里挂出一张公告。”

“什么公告？”

“关于健康状况的。”

“我不懂。那张公告上写了些什么呢？”

“当然，我不该瞎编。不过我找到了一张旧报纸，从那上面抄了一段。自己又给稍添了一点儿。我是这样写的：关于总务主任尼基丁健康状况的公告。脉搏怎样怎样，呼吸怎样怎样，折断了两根肋骨，心率以及其他，等等。用图钉钉在商店里，结果引起一场轩然大波。从区里来了人，都不知道该怎样看待这个事件。墙报吗？不像。于是把它看作传单。你明白这意味着什么吗？”

“看样子您好像是个挺安静的人。”

“不，我是个调皮鬼。这一点我不否认。不过我到底可不是什么敌人啊？比方说吧，我算是什么政治犯呢？我不是敌人，不是吗？难道能把我当作敌人吗？”

“我想，会应付过去的。那里的人又不傻，甚至还蛮聪明哩——会弄清是怎么回事的。这儿主要的是一种幽默感。”

“是啊。我是为了笑笑，可他们却当真了。不过，还是干活儿吧。幸好我有一把备用的铁锹。”

嘁咔、嘁咔，扑哧、扑哧，咔嚓、咔嚓。“我看，你还是放下铁锹，去找找看吧。什么石头啊，圆木啊，木板啊——统统弄到这儿来。”噼啪、噼啪，咔嚓、咔嚓。“啊呀，我的妈呀，我挖了多少土啦。”咔吧、咔吧，啪！“呸！一下又一下，这是什么把儿呀。一锹又一锹，碰都碰不得——它已经飞出了老远。”

“是谁给你安上的。”

“我自己安的。”

“你还是安个橡木柄吧。”

我把我们三把铁锹中的最后一把让给谢列格，自己拿着手电筒去找垫的东西。离道路不远，在翻耕过的地里发现了一堆去年的亚麻，堆在那里，像一个小岛。这些亚麻拔是拔出来了，可是不知为什么没有从地里运走。我抱了一大抱粘在一起的亚麻，由于霉烂，臭气扑鼻，而且沉得很。

“好。每个车轮底下垫一把。唉，不是这样，要横着垫。”谢列格摆好我随手丢下去的一捆捆亚麻，把它们一捆挨一捆，横着垫在车辙上。我们干得很顺利。不过干得越顺手，干得越出色，我也觉得越窘，不知该给多少钱，才能和这个小伙子清账。

“我的轮胎，也要每个底下放一抱。为了保险起见，我再挖一挖。”

他为我耽误了多少时间啊。给他三个卢布，觉得怪不好意思的。只不过这么拉一下，把汽车拖出来，是一回事，而耽误一晚上的时间，却是另一回事了。

“还是得要点儿石头。想起来了，离这儿不远有一堆鹅卵石。还是战前打算铺路用的。打那时候起就丢在这儿了。走，去弄一些来。”

我们去弄鹅卵石了。

当然啦，他现在并不是为了这瓶稳拿到手的酒在干活儿。只不过是因为，事情开了个头，就得干到底。这儿既有自尊心，也有……嗯，也许，并不是自觉的纪律，而是某种天生的、世代相传的规规矩矩的态度，也许是这样吧。而主要的，大概还是狂热。做什么事情都需要有一种狂热精神，不然的话什么也做不成，即使是最微不足道的小事。规规矩矩的态度也是一样。自发的、天生的规规矩矩的态度，几乎是一种本能。

不仅是一瓶酒，就是三瓶酒，他也早该予以唾弃了。因为他不像一个守财奴，也不像一个吝啬鬼，那种人为了多得半个卢布都会卖命的。

“瞧，这就是鹅卵石。你知道该怎么办吗……放到我的棉袄上。你拉着袖子，我拉着下摆。就像一个担架。用手拿，我们能拿得了多少呢……三块石头，再多就拿不下了。”

我们把又脏又湿的鹅卵石堆到棉衣背面上。

“够了。抬不动的。”

“放吧，只要袖子还没挣破。”

“就像铁锹柄那样吗？”

“别说了。一，二，走吧。”

现在可不能丢脸。既然他走起来满不在乎，我也不能每走五步就停下来，要求休息休息。他一面走着，一面还在说话：“只要我还没回去，我的玛露霞，就是说我老婆，怎么也不肯躺下睡觉。她坐在那儿等着。等我回去，一道安歇。”

“可见她爱你。”

“为什么不爱我呢？”谢列格真诚地表示惊讶。“先堆在一起，然后再分开放。”

据说，道路会使人亲近起来。不过这不对。不是道路，而是工作，共同做同一件事情——这才会真正使人亲近起来，一定会使人亲近起来。

“她，玛露霞，也是个高个子，跟你正好相配，是吗？”

“看你说的。我可以让她坐到我的肩膀上，扛着她哪怕看到海角天涯。她心肠可好啦——两只眼睛有茶碟那么大。嗯，不错，她动作敏捷，干活儿麻利，也就是说，不管是家务活儿，还是地里的活儿，都是这样……为了我这件荒唐的伤脑筋的事，她难过极了。”

“会应付过去的。”

“娜斯嘉一生下来就有三公斤六百克。这么说，大概是像我。把那块扁平的石头垫到后面车轮底下。把它塞紧一些，不是这样。瞧，该怎样塞。现在好了。现在来试试看吧。我们的这场考试是很难的……看来，你听我说。看来，咱们试试看，不要你的马达。要不然，它又要往下陷了。还是这么着吧，你坐到我的驾驶盘前开车，我从你的汽车后面推它一把。没关系。这样更有把握。”

三分钟以后，两辆汽车——他的和我的——都停到了那条主要的车辙上。这也不是柏油路，而且说不定很快又会陷在烂泥里。不过暂时我们在道路上赢得了这场小小的战役。

“哈，看到了吧，可你说，”谢列格抖掉棉衣上的泥土，穿上棉衣，把绳索和折断的铁锹收起来，放到车厢里。“可你说，爬不出来。谁更厉害——是人，还是路啊？”

要说的话好像卡在我的喉咙里，我满脸通红（幸好天黑），把钞票递给谢列格，含糊不清地说：“拿着。讲妥了的。宁肯吃亏，决不食言（在最后一瞬间，我觉得四个卢布都嫌太少了，于是又加上一张揉皱了的一卢布纸币）。拿着吧。没有您，我怎么也不……”

“好了，我不要。一道干的，收起来吧。我们干得真棒，是吧？挖了一方土，还有垫轮胎的活儿，用石头铺了四米长的一段路。你听我说。一道去我家吧。去看看玛露霞、娜斯嘉。你别以为……酒，我们家里有。还有从去年就放着的糖渍苹果。要知道，我有个地窖。为这样的事情庆贺一下，怎么样啊？”

我开车跟在载重汽车后面，心想，一个人会多么意外地向人吐露他心里的话。人有时像一个多面体，如果生活把他转来转去，他会突然让人看到一些多么使人意外的侧面啊。

也许，那个手持瓔珞柏手杖、一开口就要三个卢布的过路的，说不定连他到最后也会请我去吃糖渍苹果吧？

符拉基米尔·阿列克赛耶维奇·索洛乌欣（1924—1998）是苏联著名作家，又是一位出色的大自然的歌手。

索洛乌欣出生在离莫斯科不算太远的符拉基米尔奥列皮诺村一个农民家庭里。1951年毕业于高尔基文学院，自1945年就已开始发表作品。他的作品的主题是歌颂故乡，歌颂大自然，回忆在农村中度过的童年，表现故乡人民的劳动、生活和命运。最初他多半是写诗，著有诗集《草原上的雨》（1953）、《母鹤》（1959）、《手拿鲜花的人》（1962）、《生活在大地上》等，后来又陆续发表了一些中、短篇小说。1960年发表的抒情中篇小说《一滴露珠》风格清新，获得广泛好评，也受到广大读者的欢迎。1964年出版的长篇小说《款冬》《美丽的阿第盖涅》等一组短篇小说曾荣获1979年国家文艺奖金。

在观察大自然的时候，索洛乌欣的目光是十分敏锐的。他不但能看到自然景色中人们往往视而不见的细微差别，而且善于用细腻的笔把这一切精确地描绘出来，打开别人的眼界，索洛乌欣的笔好似画家手中的彩笔，使乍一看只不过是一片单调的绿色画布渐渐变成了一幅色调各异、绚丽多彩的画面（《白草》）。而他对“白草”的描绘，更是传神，不仅观察入微，而且把我们带入了白花似云朵、蜜香如烟飞的神奇世界。

夏天雨后，小河暴涨，淹没了麝鼠的洞穴，老麝鼠把小麝鼠转移到一个又一个安全的地方去。麝鼠母亲的“自我牺牲精神”感动了作者，他的思想飞到了人间，停止在“最可怕的人类灾难面前”，这灾难的名字就叫“战争”(《夏天的洪水》)。索洛乌欣笔下的景色也的确是十分迷人的。四周全是山岗，人仿佛是在一个洒满淡绿色月光的大碗里……真的是“此景不应人间有，疑是梦中到仙山”。《睡莲》不但全篇奇峰迭起，而且可以说，没有一处是平淡的，就连瓦列莉娅收拾衣服，也写得那样生动，“就像魔术师变魔术一样”，各式各样的衣服从衣橱里“飞到了房屋中央”。不过这绝不是故意卖弄技巧，因为这样的描写正刻画出了瓦列莉娅这个热情奔放、富于幻想的姑娘的个性。

总之，无论就主题思想、全文的结构，还是就作者的语言来看，《睡莲》都可以说是一篇不可多得的佳作。

索洛乌欣深悟到艺术作品所蕴含的审美作用和教育作用，在他的作品中这两者达到了臻美的融会。他写景、写物，实际上是通过景与物的描写来深入探求人生哲理，阐释人生的意义。他曾经说过：“……科学有可能移动珠穆朗玛峰，却丝毫也不能使人的心灵变得善良一些，只有艺术能做到这一点，不仅如此，这还是艺术所追求的主要的和永恒的目的。”

评论界认为，在索洛乌欣的“诗歌和小说中，仿佛阳光四射，散发出大地和森林的芳香，充满一幅幅俄罗斯农村的迷人美景”，“他的诗歌具有小说的措辞严谨和行文流畅的特点，他的小说具有诗人的奔放热情”。愿读者在索洛乌欣充满“迷人美景”和具有“奔放热情”的作品中去咀嚼个中三昧吧。

《烫面圆面包》讲的是苏联卫国战争时期的故事。在严酷的战争年代，像玛莎大婶那样的普通劳动人民献出了自己的一切，但也有像毫不客气拿走故事主人公的烫面圆面包的司机，以及背着饥饿的同学们独自享用从家中带来的食品的米什卡那样一些贪婪自私的家伙。作者花了很多笔墨描写主人公在回家的路上所经受的种种折磨，这就更加衬托出司机的贪婪，最后砸掉米什卡的床头小柜也就不显得突然了。这篇作品语言朴素，然而具有强烈的感人的艺术魅力，关于玛莎大婶的那一段读来令人落泪。

《瓦尔瓦拉·伊万诺芙娜》通过一个普通劳动妇女几乎令人不可思议的故事，说明人民中蕴藏着惊人的潜力。

《糖渍苹果》通过一件小事说明每个人的心灵都可能有善良的一面、美的一面。故事的发展是出乎意料的：为了把一辆抛锚的小汽车从烂泥坑里拖出来，卡车司机谢列格付出了远远超出预料的艰巨劳动，结果非但不要原来讲定的报酬，反而邀请向他求助的小汽车的主人到他家去做客，尝尝他的糖渍苹果。

海狸岗

瓦·别洛夫

宛如对童年的回忆，
绿野忽然闯入眼帘，
心扉洞开，向着善，
良心纯洁，如无瑕的白壁一般。

——亚历山大·亚申[①]

道路干燥，是沙土路，因此是温暖的。但有时它会往下，进入低地，于是变得湿润而柔软，因此使脚上感到有点儿凉意。道路不知不觉地进了树林。不由得想，我们这儿叫作当家人的主妇，每天晚上也是像这样进入自己屋里。

七月里，昏暗而温暖的树林正不慌不忙地准备进入梦乡。树林里那些十分好动的鸟儿一只接一只地沉默了下来，由于黑暗而显得膨胀起来的云

① 亚历山大·亚申（1913—1968），苏联作家。

杉也都静止不动了。树脂慢慢变硬了。树脂味与还没降落到地上的露珠味混合在一起。

到处都是愉快的、昏昏欲睡的树林，它寂静无声，用自己的宁静来医治我们激动不安的心灵；它对我们是善良的、广阔的，是可以理解的，并不惹人厌烦，从它那里仿佛飘来故乡的亲切气息，让人感到心情宁静，就像你深明哲理的老母亲会让你感到心情宁静一样……

啊，寂静，有时它是多么令人愉快，而不会让人感到忧虑不安，这时生活是多么好啊！而这正是那种幸福的寂静。尽管不知哪里传来模糊不清，就其来源说显然是人类的声音，暴露了附近的村庄。但这更加衬托出了这里林中的寂静和我们心情的本质。我们心情的本质就是，在我们四周和我们心中有一片愉快、善良、寂静无声的树林，还有七月的夜，而且到处都是我们的祖国……

经常使用那些表达重要概念的词汇，通常不会给这些概念带来任何好处。于是我们要么是不好意思使用这样的词汇，要么就去寻找新的，还未被那些无谓的语言和笔墨弄得变成老生常谈的词句。通常这种企图不会有任何结果。因为重要概念与语言文字的游戏毫无关系，它们存在无须得到我们同意，对于那些用来表达它们的词汇，它们总是一次又一次赋予它意义和它本来的意思。是的，大概只有那些假的圣物才总是要求改换新的名称，但还是避免不了垮台的命运。我听着一只躲藏起来的长脚秧鸡的叫声，心里在这样想。突然感觉到了还看不见的海狸岗。感觉到了暂时还听不到的河流强有力的水流，感觉到它就在附近，感觉到它在流动，尽管并没有任何事物暴露它的流动。无论是冲洗石块和岸边黏土的潺潺的流水声，还是鱼和草的潮湿气味。不，无论是这样的流水声，还是这样的气味，这些通常伴随着一条真正河流的声音和气味，暂时还都没有——我听到和闻到它们，时间要晚得多——但是我已经知道，海狸岗就在这里，就在附近。尽管我从未到过这些地方。

我心情激动，穿过一块围着篱笆的地方——标出林中牧场边界的、高高的篱笆，于是又看到，道路好像不愿与人纠缠不休，所以往右边的什么地方去了。从这条道路上分出一条勉强可以辨认的小路，然后又消失了，而在并不令人感到惊惶不安的暮色之中，在这准备进入夜间宁静状态的树林里，我看到了一座小房子。这座有白色台阶的小房子就在海狸岗上。它坐落在一块并不宽大的林间空地上，给一片沉睡的松树遮蔽着。它那用圆木建造的墙壁四周杂草丛生，由于草莓正在开花，看上去草丛竟是一片白色。它，我童年的这种浆果，像一条白色的带子，在小房子后面开得特别茂密。我站在一个地方，怕跨过去会踩坏这条白色带子上哪怕是一朵星形的小花。白色的带子，遥远的、乡村中童年的天河……立刻在锁骨间的什么地方产生了对这些小星星的炽烈的柔情，它停留在我的喉咙里。我咬紧牙，蹲下来，轻轻抚摸像发绺似的、温暖的小草。但我立刻怀着憎恶的嘲讽心情揭穿自己是在滥用感情。我不知为什么感到羞愧，咽下了仿佛卡在喉咙里、使喉咙痉挛的那种痛苦感觉，我改变了原来的想法。然而，说实在的，为什么要改变想法呢？有一瞬间产生了一种对自己极端厌恶的心情，我连抽几口，抽完了那支发苦的香烟。但海狸岗上那座小房子是忧郁的、清晰的，它以极其自然和我不易察觉的庄严态度，轻而易举地使我恢复了原来的心情，这种心情是广阔无边的正在沉睡的树林的和谐在我心中引起来的。我又久久地看着像繁星一般撒在草丛中的草莓花。把烟头丢在这仿佛是自开天辟地以来最先出现的纯洁的草丛里，似乎是一种亵渎神圣的行为，于是我把烟头塞进火柴盒里。大概火还没有完全熄灭，因为火柴突然燃烧起来，燃烧的硝味使我感觉到，这儿，海狸岗上的空气是多么柔和，不易察觉，多么纯净。

我走到小房子所在的、几乎是陡峭的高高的河岸上。下面，透过松树的枝梢，透过柳丛、白桦和花楸的叶丛，可以远远看到一条很宽很宽，就连夜间也在发亮的河。它从远方向小山岗疾驰而来，静悄悄的、强有力的水流碰到山岗，于是折向右方，仿佛是在与海狸岗嬉戏。那对面的河岸也不低，也是岗峦起伏，但海狸岗还是高于对岸。那里水边沙滩白茫茫的一片，再过去，阔叶郁郁葱葱，犹如烟雾缭绕，其中夹杂着一些颜色更暗的松林和云杉林。再往左去，是一片宽阔的河滩地，蜿蜒曲折的旧河床从河滩地上穿过，一动不动的阔叶林环绕着它，仿佛给它镶上了一条绿色花边。看来，那只长脚秧鸡就正是在这片河滩地里。现在它又像民间所说的那样，有节奏地用脚在碰脚了。河滩地安静、明亮，把白茫茫的雾积蓄在自己的低地里，雾先给尚未收割的草地涂上一片乳白色，使野花的蓝光和黄光变淡，然后就把它们完全熄灭了。

小房子从山岗高处神秘而温和地看着这一切，而后面，温暖地云杉林正在静静地安睡。

你兴高采烈，还未能控制住自己心中一直在不断产生的感情。一种感情还没冷却下来，另一种更强烈的感情又产生了，然后紧接着又是第三种，就这样几乎直到早晨。但我有点儿模模糊糊地记得在海狸岗上度过的这第一夜。在一磴台阶下，我们找到了开锁的钥匙，于是进入你那间明亮的、夜间的房屋。玻璃窗外，就在窗边，可以看到绿色的树枝，就在近旁，一条不眠的清澈河流几乎就在我们下面奔流而过。

“你好，我故乡的土地。”

你不知道我听到了你小声说出的这些话，但即便你知道了，而我也知道你知道了，即便如此，我反正也不会感到不好意思。在我们相逢，与故乡的土地相会的时候，我的在场看起来并不显得过于不拘形迹。为此，我向你表示谢意。况且，不是吗，向故乡问好，是那么自然。然而我知道，谈论这一自然性，大概就已经并不自然了。

因为关于这一切的语言和谈论，对于谈论来说，也是一个最小的范畴，在每一行这样的文字后面，都有庸俗在暗暗地等待着我。当你试图谈谈内心深处的某种感情的时候，我们的语言总是这么贫乏。无线电技术里有这么一个术语：通过带。有一种机器限制、截短收音机上可以听到的频带，于是波段就会变窄。正是这样，当所谈论的事物对于个人来说是神圣的，没有任何尺度可以对它进行衡量的时候，任何这样的谈论都会截短和缩小我们正在谈论和不能不谈的内容……

我们整整齐齐放好我们所带的东西：猎枪、望远镜、猎具和渔具。托尼娅——拿面包、糖和牛奶来的，你的侄媳——给我们点着煤油灯，由于煤油灯发出的红光，开始变得神秘、舒适，立刻哪里也不想去了。托尼娅回家，回村里去了，你从穿堂里拿来劈柴，生着了炉子。火仿佛把灵魂吹进了海狸岗上的这座小房子里。

大概对故乡的疏远总是从冰冷的炉灶开始的。我记得，命运是怎样迫使我母亲离开农村到城市里去，记得，对我来说，那永远冷却了的故乡炉子的形象是怎样立刻变得可怕和令人感到痛心。

季利·乌连什皮格尔[①]为克拉斯化为灰烬向全佛兰德哭诉。乞食团[②]响应这一号召，从全佛兰德聚集到一起。良心不允许我高声号哭，尽管灰烬正在我心中实实地跳动：我们是眼看我们农村故乡里的炉灶——一切的发源地——正在一个接一个地熄灭。

虽然我们在离别故土，可我们还是一次又一次回到故乡，不管我们曾怎样以结识别的地区的方式，犯下了背叛故乡的罪行。因为没有这小的祖国[③]，生活就是不可能的。不是吗？一个人有故乡，他就是幸福的……

好吧，暂时我们有海狸岗，有故乡……

我们写这个以小写字母开头的词，没有什么可以感到羞愧的：因为对于我们来说，那个大的祖国就是在这儿，在海狸岗开始的。是的，一个人有祖国，他就是幸福的。不管祖国对她的儿子多么严厉，多么不亲热，我们也永远不会离弃她。

炉子烧得多热呀！蚊子以它们忧郁的声音提醒我们，我们是在林中过夜。我们俩都喜欢暖和，你不停地一点一点地往火里添柴，窗外夏夜正在慢慢地流逝。现在，对我来说，时间和你那条永不停息的河流已经联系在一起了。我们一分钟的一分钟的时间一去不返，与河中一层层流水一去不返十分相似，水和时间一样，也是永远不会流回来的。

早晨我睡过了头，没能看到日出。你不在屋里，我拿了望远镜，径直从台阶上久久地仔细观看仍然烟雾弥漫的河流，直到在一棵柳树后面看到

① 一部儿童文学作品中的主人公。

② 乞食团，最初是1565年起来反对西班牙统治的荷兰贵族的绰号，后来用作在陆地及海上对西班牙人进行游击战的人民起义者的绰号。

③ 在俄语中，“故乡”和“祖国”是同一个词；但作“祖国”解时，通常第一个字母要大写。

了你的浮子和钓竿梢。水流不时把浮子冲走，你在离我大约半公里远的地方钓鱼。

早晨很久还不结束，松树的枝梢间才刚刚刮起中午的风。渐渐干了的露珠和太阳结合，在树林里产生了虹霓一般的金色烟雾，像孩子的梦那样转瞬即逝的金色烟雾。四周鸟儿们欢快地、对一切都漠不关心地叫着。就在近旁，有一只夜莺几次开始试了试歌喉。好像是害怕显得比别的鸟儿更快活，有两次，看来它抑制不住自己的狂喜，已经放开歌喉，啼声婉转，但仿佛由于羞怯，立刻又住了声。就在房子后面，一只木斛鸫声音嘹亮，曲调多变，好似流水一般引吭高歌；远处灌木丛里，山雀都像小姑娘那样顽皮地啁啾不止；飞行迅速的沙鹆在河上尖声啸叫。不知什么地方，远处有一只杜鹃在咕咕地叫，但是声音清晰、纯正。它的声音悲哀而又清脆响亮，节奏就像心跳一样。无怪乎在民间把这种声音叫作孤儿寡妇的声音了，对于农村妇女来说，守寡也就是成了孤儿。

海狸岗在用一切声音歌唱。松树的树冠正在沉入，但始终未能完全沉入无底的天空。稀疏的薄云好像一动不动地挂在空中，而松树的树冠和林中的所有树梢都在从容不迫、悄无声息，然而波澜壮阔地迎着它们向上冲去。而下面，在温暖的、仿佛昏昏沉沉的大地上，一切都在忙忙乱乱，在开花，在生长，在急急忙忙地生活。

我向后仰着身子，抓着花楸树枝，顺着一条撒满松针的陡峭小路滑到河边，好去洗脸。可以看到，蚂蚁像一条连续不断的狭窄水流，通过山岗的斜坡，下到水边，然后又沿着同一条路回去。这准是蚂蚁的饮水处，它就在海狸岗上那座小房子的窗户底下。它们，这些极小的勤劳的劳动者，忙乱地爬着，翻着筋斗，又急急忙忙，都往河边爬去；另一些也是那样慌慌张张，从河边往上爬。我可怜起这化为千千万万一模一样有生命的小东西的活的物质来，这些由同样的本能推动的有生命的东西彼此是那么相像，没有任何区别。又像昨天晚上我揭穿自己滥用感情一样，现在我又揭穿自己在做不必要的哲学议论。我脱掉衬衣，什么也不想，抱着一种奇怪的消极观念的态度，花了好长时间用牙刷刷牙。牙膏有一股石油味，一股人造物质的气味。我把这牙膏抹到几个蚂蚁身上，开始留心观察它们：它们却若无其事地继续其蚂蚁的长征。这时，不久前曾经叫过的那只夜莺又短促地叫了一声。我立刻忘记了那些蚂蚁，跑去拿钓鱼竿，倒开钓丝……

瞧，我们的身影已耸立在寂静无声、绿油油的高高的河岸上，从岸上的沙土里长出酸模强壮而肥硕的茎来。有时我揪下一根这样的酸模茎，撕去上面的叶子，把茎放在嘴里，咬得咯吱咯吱地响；味酸而多汁的酸模把口腔清洗得干干净净，并不亚于牙膏。嚼过酸模以后，不知怎的舌头立刻就固定在它自己的位置上了。我们在钓鱼，而这意味着，我们好像已经不是我们了，我们已经和永恒的大自然融为一体，已经和大自然并驾齐驱，当你忘记自己的时候，就发生了与河，与灌木丛和草，与天空、风和鸟融合在一起的现象。如同在最初的童年，世界又变成完整与和谐的了，那时关于终结的想法还没有用它那残酷无情的冰霜冻坏人们的心。河水流淌着，宛如一绺绺明亮的有弹性的发丝，飞得很快的沙鸻好似在刺穿两岸之间的广阔空间。林中某处，在它那与世隔绝、仿佛有魔法的喧闹声中，传来牛颈上的铃铛声，我们拿着放在手套里的鱼饵，不知疲倦地从一个河湾走到另一个河湾。我们在寻找，期待着会有大量鱼儿上钩，在每一丛新的灌木丛旁都相信会大有收获。但每一丛灌木都在欺骗我们，我们在出声地寻思，想要找出没有鱼的原因。其实，鱼汤我们已经有了。但是你想要钓到苗鱼。我从来没见过这种贵重的鱼，所以你想钓到一条苗鱼，但苗鱼一次也不上钩，于是你拉着我去看沙鸻的巢。一只小鸟惊慌不安地尖叫着从巢里飞了出来。

我们默默地观看三只毫无保护的、很小的鸟蛋。你故乡的那条河就在一旁匆匆奔流，不知流往哪里。我们上方，海狸岗郁郁葱葱，由于有风，正在像波涛一般喧嚣。海狸岗上这个很小的居住者——沙鸻——惊慌不安地尖声啼叫，而我们正在观看鸟巢，我们想快点儿走开，以免折磨这只沙鸻。

在家中，你从粗麻布手套里把剩下的鱼饵抖到一个盛着泥土的木桶里，说，蚯蚓这样养着可以活好几个月，甚至更久，如果有时往泥土里加几滴牛奶和喝过后已经冲淡了的茶水的话。后来你忘记了蚯蚓，又拉着我往前走，让我去看啄木鸟的杰作。

“你知道啄木鸟有什么职业病吗？”

我不知道，啄木鸟的职业病是脑震荡……你怀着一个八年级学生的狂喜指给我看啄木鸟在穿堂木板墙上啄出来的一个洞。我在看的时候，心里感到惊讶，要在墙上啄出这个洞来，得啄多少下，而且需要有多么顽强的精神啊！但最有意思的是，啄木鸟的洞就凿在离木匠锯出来的小窗子只有十厘米的地方。啄木鸟不是钻进这个小窗子，看看里面有些什么，却凿了一个自己的，仅仅是它自己的小窗子。我一直还不能彻底醉心于海狸岗，还不能不进行我自己的愚蠢的类比。

看到啄木鸟的杰作，我不由得想到那些不相信父辈和祖辈的话的青年一代的执拗和自尊。祖先的经验不能使骄傲的青年人感到满意，他们每一次都要重新发现早已发现过的真理，凿出他们自己的洞来。他们当中只有不多一些人还有余力去凿穿后面一堵未被触动过的墙壁，而墙壁无穷无尽，生命却是短暂的，就像海狸岗上的野蔷薇开花一样。

我向你学习不弯腰，坚持住，不倒下去。有你在，我活着就比较容易了。但你呢？你是在向谁学习？谁，或者是什么是你的支柱呢？我知道：做一个正直的人——这是只有坚强有力的人才能拥有的奢侈品，但要知道，这力量不可能来自子虚乌有，它是需要吸取某种营养的。我是比较容易的，我有你这一活生生的榜样，有像你这一类型的人的榜样供给我营养。你却没有这样的活生生的精神支柱。因此我知道，你的生活是多么困难。我的拘谨，大概，这是农民的天性，它总是束缚着我，因此，在你的眼里，有时我并不是性情直爽的。因而你的眼睛里时常会流露出令人忧虑的警惕神情。但在这种情况下我能做什么，而且一般来说，又需要做什么呢？最好的办法就是拿起猎枪，去打山鹬。

幸福往往出现在完全不是你在等待它的那个地方。有时它出现了，我们却没有理会它，只是在以后，我们才意识到。要知道，一般说来，这就是幸福啊。对于我来说，构成幸福的有树林里的自由，通常走路走累了而感到的疲倦，一块黑麦面包，树脂的清香，松球落到故乡的土地上，发出很响的响声；还有松鸡尖细的叫声，暮色苍茫中小房子上微微发红的窗户，以及分开黑暗的篝火；窗台上插在罐头盒里的松枝，还有草莓的白花。但现在我想的是，一个人在对幸福能有这样的理解之前，大概需要先体验一下文明的一切好处。不，二者都是人们所需要的。当人们还没有让电话铃声吵得心烦意乱，耳朵里还未塞满莫尔斯电报机发来的讯号之前，绝不会理解松鸡的叫声；在人们还未厌倦案头仿佛害病的含羞草之前，绝不会理解插在玻璃罐里健壮的、散发出树脂清香的松枝；当响声震耳的飞机，连同飞机上的水果糖和安全带——当这样的飞机还没有让你乘够的时候，你绝不会了解在林中小道上步行的魅力……是不是因为我和你对这二者都能享受，而你的老乡们只能享受其中之一，所以他们对我们才这样警惕而不轻易信任呢？

有人连根砍掉了小房子台阶旁的一棵松树，你因为他们太不理解美而非常难过。我理解你，而我是这样理解的，我想起了关于伊万·格利尼亚内[①]的那个俄罗斯民间故事。从前有一个老爷爷和老奶奶，他们什么也没有。“喂，老头子，”老太婆说，“咱们用黏土来做个儿子吧，要不，咱们什么人也没有。”“好，做吧。”老头子说。老太婆用黏土做了一个儿子——伊万·格利尼亚内。伊万从火炕上下来，首先吃掉了老太婆，然后又吃掉了老爷爷。他走出农舍，几个扛着镰刀的庄稼人正从地里回来。伊万·格利尼亚内又把他们吃进了肚子里。他走到树林，迎面来了一只熊。他想把熊也吃掉，但是熊不让他吃。熊撕开了伊万·格利尼亚内的肚子。于是老爷爷、老奶奶和那几个扛着镰刀的庄稼人都走了出来，获得了自由。那几个庄稼人都动手打熊。打啊，打啊，就把它给打死了……

你比我更明白，抱怨在树林里淋得我们浑身湿透的小雨是荒谬的。而且早就知道，宽恕别人让自己受委屈，比让别人受委屈要轻松些，但不知怎么这儿总还是有点儿问题……应当宽恕什么和宽恕谁呢，宽宏大量和必要的自卫之间，界限又在哪里？为什么许多人也像那几个杀死熊的庄稼人一样，对宽宏大量根本就不宽恕呢？你们说，谁也没求你从格利尼亚内的肚子里把我们释放出来啊——也许，我们在肚子里会觉得更好些……

---

① 格利尼亚内，译音，意思是“黏土的”。

不，我不相信所有的人都像这些庄稼人一样。然而正面人物所行的善，对于人们来说真的是那样，经常会变成最残酷无情的恶。所以在生活中，正面人物通常都是在恰当的时候死去，就更不用说在书里了。作家缺乏足够的勇气引导自己的偶像到达他英雄活动的最终结果，总是把他杀死在光荣和美德的光环之中，而让一些也是那样坚强不屈的新的英雄去解决他所造成的麻烦。

英雄、英雄、英雄……多么经常地想到，英勇仅仅存在于一层对什么也毫无感觉的厚皮下面，而力量只会产生残酷无情，决不能产生善，这正像热核炸弹除了能爆炸一次，此外再不能产生任何作用一样。不过也许还有一种善的力量，还有一种无须采取残暴手段的威力吧？英勇是不是可以没有暴力呢？如果不相信这样的可能性，就无法生活下去。然而如果不是站在一个地方一动不动，而是向着某个目标前进，要做人将是多么困难，是多么难以不变得粗野起来啊。因为就连最娇嫩的脚，只要在大森林里走上一个夏天，那么这双脚就会变得粗糙起来，蒙上一层厚皮，一层感觉不出被踩死的幼雏的厚皮。我们那样令人惊叹地学会了用这样的话来为自己辩护：砍伐森林时不可能不产生碎木片，学会了只有破坏旧的才能为一切新事物而斗争，是不是就是因为这个呢？要破坏，总是比建造新的但不破坏旧的所需要的智慧要少一些。唉，我们当中的许多人是多么喜欢破坏，多么充满了忘我精神，多么天真地相信，他们必然会载入史册啊。但是，如果不是一个十足的傻瓜，没有任何一个主人会首先在建成新居之前，就拆毁他的旧木头房子。不是吗？就连蚂蚁建造新的蚁垤时，也保留着旧的，不去动它，不然它们就将无处可以躲雨了。我光着脚慢慢走着，把这些很不流畅的想法留在了你的树林里，我光着脚在地上慢慢地走，松球时而落到地上，草莓正在开花。杜鹃在咕咕地叫，河在我们的房子下面奔流不息。可惜，在这六天里我们连一次也没有在河里洗澡。河在等待着我们，水一直在山岗下流着，正像我们的时间，也是那样一去不返。

在那里，在海狸岗上，有一次我完全丧失时间感。记得时间仿佛停止了，消失了。我过去的全部经历，从最初的记忆开始，在此以前排列得井井有条的一切，都失去了连续性，一切都集中到一点，在一点上汇合起来了，未来也不存在了。只有现在，也就是已经有的一切，而这是一种奇怪的幸福状态。没有时间，没有永恒——既没有在我们后面的，也没有在我们前面的：只有现在有的，只有时间的零的坐标，一种奇怪的、无法解释的状态。我在用一种内部的视线观察周围的一切，我仿佛觉得，我听到了颜色和大小，声音和气味却是用眼睛看见的，尽管这个“我”也并不存在，它也消失了。

一只松鸡在你的房子后面尖声啼叫，有时蚊子在忧郁地嗡嗡地叫，闻到一股给太阳晒暖的气味，有时在柔和、朦胧的光线中，在窗内看到几枝一动不动的树枝，你简直弄不清，这是一昼夜中的什么时候。

我远远地到树林里去了，因为我知道，我会妨碍你工作，而友谊并不要求一定在场。有时你那过分的关心让我感到难受，我却希望对我严守中立，希望对我采取友好的漠不关心的态度。不是吗？对真正的朋友从来也不大摆筵席，像对客人那样进行款待。但你是自相矛盾的：就连你在抱怨各式各样的客人太多，而且惹人厌烦的时候，你也总是为有客人到来感到满心欢喜，即使是他们假装没有听到，以掩饰自己想要喝酒的最庸俗的愿望，或者有一次提醒你，谁是一个什么人物的时候，也是如此。有一次在这样突然到来之后，我头脑里昏昏沉沉，肋部隐隐作痛，从五点钟到十点钟一直在听着你说话。突然，我战栗了一下。你的声音里流露出那样的痛苦，那样的悲哀。你讲起你不久前死去的儿子，失声痛哭，我的心揪紧了，因为你的眼泪不是减轻痛苦的眼泪，没有什么能帮助你，什么也无法挽回：这痛苦是无可慰藉的，是无限的。倘若整夜都停留在海狸岗的小房子里，早晨我会沿着河岸走出去很远很远，躺到斜坡上一棵老松树底下，好长时间望着快到中午时灰蓝色的、暗淡的天空，不知为什么太阳不能让我觉得暖和。我站起来，拾了些干树枝，生起了篝火。火也不能让我觉得暖和，而只会灼伤皮肤。我望着瓦灰色的木柴灰烬，在思考一切事物的意义，思考那不可理解的、正在悄悄溜走的意义。现在我又感觉到时间了。篝火着得不那么旺了，时间在向一个方向流逝，什么也不能阻止它的行进——无论是杜鹃的啼声，还是竟敢企图参透一切不可理解的奥秘的心的跳动声。西方的什么地方威严地远远传来了雷声，雷声一会儿逼近，一会儿远去，慢慢地、不慌不忙地向海狸岗这边移动。雷雨在咆哮，愈来愈近，大地不断吞没它那含糊不清、喑哑的怀着不满情绪的声音，我一直望着在盛怒的阳光下微微发红、显得苍白的篝火火焰。绝望、痛苦、对无生命的永恒的大自然的嫉妒，以及对人们和对自己的怜悯，所有这一切汇合成哽在我喉咙里的一团硬块，我不知道该怎么办。惊慌不安的毛蓬蓬的太阳已经隐蔽起来，每一秒风都越刮越大。我慢慢离开雷雨，很吃力地穿过一片茂密的还很幼小的云杉幼林，走进一片树干弯曲、有很多节瘢的干松林。这片罕见的松林里既没有一片绿叶，也没有一棵青草，只有地衣在脚下发出咯吱咯吱的响声。现在就连树林也变成了陌生的、神情漠然的，只有雷雨在到处气势汹汹、态度傲慢地作威作福、横行霸道。但是在我看来，雷雨的隆隆声，它那全世界规模地歇斯底里地发作，似乎都是荒谬的，毫无意义的，这一切有什么用呢！为了什么，要干什么？因为就连那些现在还不存在、还没有诞生的人，也是一定会死的……

在屋里，我看到你坐在那张云杉木桌子旁边。你回头看了看，问我的脚是不是湿透了。我记得，在你的目光中，有一种对于我来说不可理解的神情，这神情总是会把相对来说我这一分钟里对世界的认识、对世界的理解归还给我。不知怎的，你的声音听起来是那样亲切……在你的声音和目光里，有一种好像是对我爱思考哲理的温和的宽容，仿佛你很了解这些哲学思考，在我为这些哲理苦恼之前很久，你就已经为它们苦恼过。现在你让我来考虑这一切，你却已经去了解旁的东西，去从事更重要的、我还不理解的事情去了。

但以前对生活的认识慢慢回到我的意识里来了。我为它回来在生自己的气，于是走到台阶上，坐了下来。雷声从到处，仿佛是从上面和从下面，从四面八方不断地爆炸。树林里暴雨喧嚣。突然飞来一阵冰雹，冷风吹来，真的像到了冬天似的。冰雹敲打着屋顶，咚咚地打在地上，蹦蹦跳跳，然后慢慢融化了，雷声在地面上向四面扩展，水在树林里和天空中飞舞。

雷雨已经在我们屋顶上方渐渐平息下来。一部分雷雨已经远去，一部分也没有力气了，虽说好长时间雨还稀稀落落地洒在海狸岗上。屋里温暖、安静，闪电的反光不时在窗外闪烁，飘散着一股清新的绿叶清香。雷声还在什么地方咆哮，但声音越来越轻，通过“斯皮多拉”牌晶体管收音机的播放，听到了声音不太响亮的、不知是谁演奏的美妙动听的音乐。可以听到，最后的雨滴从房顶上往下滴落，和这雨滴声相似的音乐声在小房子里回荡着。好像这是肖邦的玛祖卡舞曲之一。就是那一首，在它的旋律中仿佛可以听到生活的宁静的喜悦、雷雨之后快乐的疲倦、和谐而幸福的对世界的观察。由于屋内如流水一般传出这愉快和美妙动听的音乐，因此你的声音里仿佛含有支持、友谊和勇敢的意味。真想在这不可思议的世界上再重新做点儿什么，为了人们，也为了时间。

当我们离开海狸岗的时候，我听到松树的树冠在屋旁轻轻地抱怨，河若隐若现，杜鹃一声也不响，你的窗子里空留下了一些蓝色的野花和一卷《托尔斯泰文集》。

现在海狸岗正在寒冷的积雪下沉睡。大概这时那里是一片晴朗、寒冷的寂静。河被冰封闭了起来，插在玻璃罐里的花早已枯萎了，在恶劣天气，风在已经冰凉的炉灶里尖声呼啸。那座小房子在等待对它来说永远也不会有的春天。而我却过晚地向你说一声谢谢。谢谢你，为了友谊，为了我们在农村里的最后的家，看来，我们不能回到那里去，这是应该的，看来，这是不可逆转的时间的判决。

瓦西里·伊万诺维奇·别洛夫（1932—）是俄罗斯著名作家，国家奖获得者。1964年毕业于高尔基文学院，曾在集体农庄和乌拉尔工厂工作，自1956年开始发表作品，许多著名作家都对他作了很高的评价。著名诗人亚·特瓦尔多夫斯基看了别洛夫的中篇小说《常有的事》（中译本改名为《凡人琐事》）后，认为他写出了生活的真实，写得十分坦率。亚·亚申对别洛夫的小说的评价是：“惊人的、朴素的，富有哲理而且完全真实。”别洛夫的语言朴素无华，著名作家扎雷金说，他的语言中“没有所谓文学的创新，没有‘不经琢磨过的’词汇，就更不用说所有那些我们叫作标新立异、摩登和时髦，有时甚至叫作流行风尚的玩意儿了”。评论界有人借用别林斯基的话，称别洛夫为“真实生活的诗人”。别洛夫是一位写道德题材的作家，他的作品经常的主题是故乡，他认为故乡是小的祖国，是人的精神支柱。不久前他发表的一部长篇小说《一切都在前头》，着重暴露城市日常生活的阴暗面，揭露种种市侩作风，也引起了读者的注意。

《海狸岗》可以说是别洛夫的一篇比较独特的作品，文笔细腻、抒情，而且富有哲理，关于英雄、啄木鸟的那两段，还有那个关于熊的民间故事，都发人深思。

夜

尤·卡扎科夫

我要在黎明前到达鸭湖，所以夜间就从家里出来了，好在早晨以前赶到那里。

路上铺着一层尘土，因而十分松软，我顺着这条道路往前走，时而向下，进入沟壑，时而登上小丘，有时穿过稀稀拉拉的小松林，林中有一股仿佛停滞不动的树脂味和草莓的清香，随后又从树林走进田野……没有任何人在后面追赶我，也没有迎面遇到过任何人——夜间只有我一个人。

沿路黑麦绵延不断。黑麦已经成熟，一动不动，在黑暗中柔和地发出微弱的亮光。弯向道路的麦穗轻轻触及我的靴子和双手，这轻轻地触摸好似默默无言的、羞怯的爱抚。空气温暖、清新，星星起劲地闪烁，有一股干草味和尘土味，偶尔还有夜间草地上稍有点儿发苦的清凉气味。田野那边，河对面，远方的森林后边，微弱的闪光若隐若现。

不久，那条柔软的、不会发出一点儿响声的道路躲到一边去了。我走上了一条沿着河岸曲折蜿蜒、高低不平而坚实的小路，开始闻到小河的潮湿气味、黏土味，冒出一股潮湿的冷气。在黑暗中漂流的原木有时会撞在一起，于是发出轻微、低沉的响声，仿佛有人用斧背轻轻地敲击木头。前边很远的地方，在河那边，燃烧着一堆篝火，好似一个明亮的光点，有时它在树后面消失了，后来又出现了，于是水面上延伸着一条断断续续的、狭长的光带。

在这种时候是很容易想起什么来的，突然回忆起遥远的业已忘却的往事，一些曾经认识和亲近的人的脸紧挨在一起，围成一圈，出现在面前。幻想甜丝丝地涌上心头，渐渐地开始觉得，似乎这一切都是曾经有过的……仿佛从前就曾经经过由于潮湿而显得凉爽的沟壑和干燥的小松林，河水发黑，被冲毁的河岸上的土块哗啦一声落到河里，在水中漂流的原木轻轻地互相碰撞着。一个个黑魆魆的干草垛时而出现，时而消失，还有那在默默无言的斗争中树枝已经弯曲了的树，还有那些长满水藻的小湖，有些地方在水藻间会露出一个个黑洞……只是怎么也想不起，这是在哪里，是什么时候，在生活中哪个幸福时刻？

我走了已经一个半钟头了，而离湖还很远。夜间走路是很吃力的，老是绊在树根上和田鼠扒起的土堆上，让人厌烦，又怕由于走错了路在陌生的森林里迷路，使人感到疲倦。我几乎已经后悔夜间就从家里出来了，并且想，是不是在树底下坐一会儿，等待天亮呢？这时突然一个尖细、颤抖的声音传到了我这里来，好像是歌声。我站住，侧耳倾听……不错，这是歌声！歌词听不清楚，只能听到拖得很长的“噢噢噢噢……啊啊啊噢噢……”然而我为这声音感到高兴，虽然并没有明确的目的，我却加快了脚步。歌声没有变得更近，可也没有远去，一直这样，像条紊乱的细线，绵延不断。“这是什么人呢？”我想，“是木材流送工人、渔夫，还是猎人？不过也许是像我一样，一个人在夜间走路，就在我前面，为了不感到寂寞，所以在唱歌吧？”

我走得更快了，很费力地走出一小片云杉林，穿过山杨树丛，最后在下边，在茂密的树林四面环抱的一个不大的峡谷里看到了篝火。篝火旁躺着一个人，用一只手托着头，望着火光，低声唱着。

我往下走的时候被绊了一下，一根干树枝响亮地咔嚓一声。篝火旁的人住了声，很快转过身，跳起来，用手掌遮着篝火，朝我这边仔细张望。

“谁？”他惊恐地小声问。

“猎人，”我回答，说着走近篝火。“别怕……”

“我本来就没怕。”他脸上装出镇静的样子。“我怕什么！猎人就是猎人嘛……”

让我冲着他的歌声匆匆赶来的这个人，原来是个罗圈腿的十六七岁的男孩子。他长得并不好看，瘦瘦的脖子上有个老大的喉结，还有一双很大的招风耳朵。他穿一件密密绗着的棉袄、一条油污的棉裤、一双厚油布高筒靴，戴一顶好像是粘在头上的短檐小便帽。有几秒钟，他凝神注视，仔细打量着我，后来带着明显的好奇神情问：“您是去打野鸭？”

“是啊，我想到湖上去。”我说，说着取下猎枪。

“哪个湖？”

我说明了。

“啊，这很近！”他让我放心，然后转过头去，对着河上侧耳倾听。

“刚刚不是您在喊吧？”稍过了一会儿，他问。

“不是……怎么？”

“我不知道，有人在大声叫喊……喊一声，沉默一会儿，又喊一声……我本想去看看，可是廖什卡，我弟弟害怕……”

他又不作声了，我听到了急速的、轻轻的脚步声。有人从河边往这儿，向篝火跑来。

"谢苗，谢苗！"听到了有点儿惊慌，但又十分高兴的小男孩儿的声音。一个七八岁的小男孩儿从黑暗中跑到篝火的火光里。他穿着一件大得不合身的棉袄，一看到我，立刻站住了。他微微张开嘴，把目光从我身上转到谢苗身上。

“嗯，怎么样？”谢苗懒洋洋地问。

“噢，谢苗！有鱼上钩了！”小男孩儿又看看我，喘了口气。“两边两个没有，中间那个，上钩了！我用手一拽，那里——在游！”

“你撒谎！”

“一条大鱼在游！”他用手比画着做了个波浪起伏的动作，表演在怎样“游”。

谢苗跳起来，系紧裤子，喃喃地说：“我这就去！”于是在黑暗中消失了。有一会儿工夫，小男孩儿不眨眼地看着我，后来目光仍然不离开我，后退了一步，又退了一步，转身也往黑暗里跑去——只听到脚步声咚咚响。

不久我听到一阵奇怪的嘈杂忙乱的声音、压低的说话声、哗哗的水声，然后一切都静下来了，传来了脚步声，

孩子们回到了篝火边。谢苗伸着一只手拿着一条小鲟鱼。小鲟鱼有气无力地摆动着尾巴。

谢苗把鱼塞进一条亚麻布袋，坐到我旁边，微微一笑，说：“瞧，我们就是这样捕鱼。已经捕到三条了。”

“一条是我拉上来的。”小男孩儿低声说，随即低下了头，去揪棉袄上的纽扣。

“嗳——嗳！”谢苗很有分量地说，并且阴郁地住了声。

小男孩儿鼻子里发出呼哧呼哧的响声，显得更加不好意思了。

“我弟弟，”谢苗向我介绍说，“廖什卡。您别看他安静——装出来的……”

廖什卡自言自语地低声嘟囔了一句什么。

“什么？”谢苗睁大了眼，“你说什么？”

“没说什么……”廖什卡吃了一惊。

“你当心点儿！”谢苗皱起眉头看了我一眼，突然一个转瞬即逝的调皮的微笑照亮了他的脸，眼睛一亮，牙齿闪闪发光，连耳朵也动了动。廖什卡也扑哧一声笑了，但立刻醒悟过来，把头低得更低了。谢苗把手伸进衣袋，稍迟延了一下，最后掏出一包揉皱的香烟，抽着了烟，并且也请我抽。我拒绝了。

“这么说，您不抽烟？”谢苗遗憾地说，并且斜着眼睛瞅了瞅廖什卡。随后他用胳膊肘撑着身子，甜甜地打了个呵欠，幻想地望着火光，蜷缩起来，一动不动。他的脸好似蒙上一层烟雾，露出亲切的、不明确和富有诗意的表情。人们在想什么并不清楚、然而十分美好的事情时，就会露出这样的表情。篝火快要熄灭了，木炭渐渐冷却，蒙上一层微微发红的灰烬，周围是一片荒凉的、夜的寂静，只有上面，不知哪里的灌木丛中有一匹马在游荡，脖子上的铃铛不时发出轻微的响声。

廖什卡突然抬起头来，侧耳倾听。

“有什么在走动。”他胆怯地说，并且坐得离谢苗更近一些。

“胡说八道！”谢苗说，并且朝我的猎枪瞟了一眼。

有几秒钟寂静无声，随后清清楚楚听到了干树枝咔嚓咔嚓的响声。谢苗神秘地看了看我，勉强笑了笑。

“大概是熊。”廖什卡低声说，并且挪得离谢苗更近了。

他那双瞳孔扩大了的眼睛变得老大。

“深夜还不睡吗，渔夫们？”突然传来了很响，是个有点儿嘶哑的声音。一个上了年纪、带着猎枪的人不知怎么立刻出现，来到篝火跟前。他看也不看我们一眼，就把一只脚伸到火光前，伤心地不时发出呼哧呼哧的声音，仔细打量那只脱落的鞋掌。

“唉，由它去吧。”他嘟嘟囔囔地说，“这真是难得，啊？怎么样，我猜着了吧？捕鱼吗？”他又对我们说，并且抬起头来，“嗳——嗳，这儿都是熟人哪！”他对孩子们微微一笑。“怎么，捕到很多了吗？”

谢苗小心翼翼地把香烟丢进篝火里，并且严厉地看了看廖什卡。廖什卡扑哧一声笑了。

“没有多少，彼得·安德烈耶维奇，”谢苗不好意思地微笑起来，“也许天快亮的时候会……”

“好，让我瞧瞧，让我瞧瞧……”

谢苗很乐意地把鱼从袋子里倒了出来。

“啊，小鲟鱼。”彼得·安德烈耶维奇高兴地说，“嘿，好哇。只不过小了点儿。”

“一次跟一次不一样啊，彼得·安德烈耶维奇。”

“那当然，”彼得·安德烈耶维奇毫无不快地同意了，随即陷入沉思。他望着火光，仿佛已经离开我们到别的什么地方去了，无意识地把手伸进口袋，掏出香烟，抽着了烟，把火柴丢进篝火，仍然这样毫无意识地注视着火柴蹿起小小的明亮的火焰，然后熄灭，渐渐消失，与粉红色的灰烬融合在一起。

他并不老，但双颊布满深深的皱纹，薄薄的嘴唇，长鼻子也是薄薄的，前额狭窄，上面有一些疙瘩。一般说，他的脸使人产生某种残酷、紧张的感觉。他的猎枪已经旧了，是单筒的，枪托用铁丝紧紧地绑着。从他那只鞋掌快要脱落的鞋子里露出包脚布来……

“您怎么，是去苏格林基吗？”谢苗突然问。

“啊？”彼得·安德烈耶维奇颤抖了一下。“去苏格林基？为什么去苏格林基？还要往前去……”

“因为我们的机械师不久前从那儿拖回满满一袋米。”

“动身前抓了两条狗鱼，”廖什卡插嘴说，“老——大的狗鱼。”

“这是波波夫吗？”彼得·安德烈耶维奇问，“哼，他倒好——他带着狗。不，我要到奥尚基，然后往左，刚好在河边有个湖，一个小湖……”

“在奥尚基附近吗？”谢苗若有所思地反问。“不，那一带我没去过……没有机会。还是河这边的地方我知道得多一些。”

大家又沉默了。彼得·安德烈耶维奇倒换着脚，不时低声咳嗽几下。廖什卡在哥哥身边蜷缩成一团。他觉得很好，这无论从哪一点看：从他舒服的姿势，他眼里的闪光，频频的微笑……都完全可以看得出来。

“你可知道，摆渡工人在家吗？”彼得·安德烈耶维奇问。

“在家。早就坐船往上游去了，他们是带着手风琴去的……在娱乐，儿子结婚了，娶了第二车间的莫季卡·梅杜尼采娜。”

“是那个有点儿麻子的吗？”

“是她。他在她身上发现什么优点了？我可不会娶这样一个女人……”

“哼，这种事你还不懂呢。”彼得·安德烈耶维奇笑了笑，扭过头去望着渡口那边，仿佛是希望听到饮酒作乐的声音。“那么，你是说，摆渡工人在饮酒作乐？不过他会渡我过去吗？”他突然感到不安了，“大概不会渡我过去，啊？要不，摆渡倒是肯的，可是会把我淹死，是吧？大概都喝醉了……”

谢苗也扭过头去望着渡口那边。

“谁知道呢，”他迟疑地说。“您自己把渡船解下来，自己渡过去好了。他有三条，我是说船。”

“倒也是！”彼得·安德烈耶维奇笑了，并且瞅了瞅自己的靴子。

“这儿还有件讨厌的事！鞋掌完全掉下来了。有绳子吗？我在走路，你明白吗，一片漆黑……在树根上绊了一下，管它去呢——只是刺啦一声，线开了！”

廖什卡从怀里抽出一截绳子，彼得·安德烈耶维奇接过来，拉了拉，动手用它来捆靴子尖。

“你们用什么捕鱼？”他说得不大清楚地问。

“用深水钓钩，”谢苗很快地回答，“用七鳃鳗。”

“七鳃鳗？这很好，用七鳃鳗。它，小鲟鱼，喜欢它。我在这儿走路的时候，一看，那边有狼在嗥叫。你们没听见吗？看来，小狼崽长大了。”

“我们邻居那儿，”廖什卡活跃起来，“狼拖走了一只山羊。就在大白天！是只老山羊，又瘦。狼刚一咬住它，它咩地叫了一声——就断气了！狼穿过菜园，跑进地里，跑过一片片庄稼地，进了森林……费多尔叔叔拿着斧头跑出来，一看，抡起斧头，一下子砍到了墙上！到现在还这么翘在墙上，谁也拿不下来……”

“这倒是真的，是有这么回事。”谢苗证实说，“可不是吗？还有一圈，我钓鱼回去，已经是晚上，天开始黑了……只有西边还稍有点儿发黄，路也看得清清楚楚的。我经过一片小树林，就是墓地后边的那片林子——你们知道吗？好像是有人推了我一下，我转过身来，最初没看清，后来仔细一看，灌木丛旁有什么东西黑乎乎的，还有几只眼睛，就像腐朽的木头那样闪闪发光。就是说，有三只蹲在那儿望着我，我的脚立刻不会动了，就跟有一次做梦的时候那样——想跑，可是跑不动，汗流浃背。我想完了，可是对付过去了——没碰我。”

“夏天它们对人是温顺的，不碰人。”彼得·安德烈耶维奇很有把握地说。

“彼得叔叔……”廖什卡开始说，说着朝我们看了一眼，微微一笑。“要知道，我们还以为您——是一头熊呢！走路的时候咔嚓咔嚓地响……”

“谁以为？”谢苗耸耸肩，“你自己以为，别推到别人头上去。”

“不，孩子们，”彼得·安德烈耶维奇微微一笑，“熊不会闯到火这儿来。虽说会这样考虑——夜里有谁在这儿游荡呢？只有熊和猎人……也是猎人吗？”他对我说。“也许，这些地方您不熟悉，那就跟我一道走好了。您不愿意？好吧……当然啦，人人都想到他自己的地方去。”

彼得·安德烈耶维奇望了望星星，把又宽又黑的手掌伸给谢苗。

“再见。我慢慢走，要不很快就开始天亮了。是啊！要知道，上次我在俱乐部里听过你……父亲大概为你感到自豪了吧？好样的！”

他拍拍谢苗的肩膀，朝我和廖什卡点了点头，就小心翼翼迈开那只用绳子捆起来的靴子，走进黑暗中去了。谢苗坐在那里，深深地低下头，在挖手上的老茧，嘴里哼了几声。他的耳朵好像有点儿发暗了。

廖什卡突然伸了个懒腰，全身伸直，打了个呵欠，揉了揉眼。

“真想睡觉。”他说。

“那就睡呗。”谢苗搔搔弟弟的耳朵后边，“睡吧。”

“是啊。”廖什卡不信任地微微一笑，“早晨你自己去查看，别不叫醒我。”

“唉，叫醒你，真是个怪人！”

“以共青团员的名誉担保！”

谢苗看了弟弟一眼，宽容地微微一笑，就躺下了。大约是半夜两点钟左右，黑暗似乎变得更浓了，真想躺下，一会儿看着火，一会儿看着星星，一会儿看着勉强可以看到的近处的树，同时在听偶尔传来、听不大清楚的夜间的声音，猜测这是鸟儿从一处飞到另一处去，还是一个球果掉下来了，还是只不过是觉得好像听到了响声……

“廖什卡！”谢苗突然精神一振，说，“搬劈柴去！”

廖什卡跳起来，在黑暗中消失了，弄得树枝劈劈啪啪地响，很快就抱回了一大抱干树枝。他挑了几根较小的树枝，堆到篝火上，蹲下，瞪大了眼睛，开始吹火。他吹得那么用力，吹得从火堆上飞起许多炭屑，像乌云一样腾空而起。

“当心，会胀破的。”谢苗挺认真地说。

廖沙抬起头来，用毫无表情的眼神看了看我们，继续发疯似的用力吹火。终于，树枝一下子全部明晃晃地燃烧起来，发出噼噼啪啪的响声，飞起一些老大的火星。开始热起来了，我们眯缝着眼，从火边挪开一点儿。

我好奇地问，彼得·安德烈耶维奇是为了什么称赞谢苗。谢苗感到不好意思了，又去挖自己的手掌。

“就是这样，一般说说……”他喃喃地说。

“他在我们那儿编各式各样的乐曲，”廖什卡很乐意地说，“甚至在我们学校里演奏过两次，还在俱乐部里……”

“嗯？”谢苗转身对着他。“以后呢？”

“没什么……”

“那就别作声！”

谢苗向我投来一瞥很快的试探性的目光，不大情愿地承认：“一般说，当然啦，我是这方面的爱好者。”

“爸爸给他买了个大手风琴。”廖什卡又忍不住了。

“他会拉手风琴！您想听什么，他就给您拉什么！”

“这倒是真的。”谢苗证实说，并且叹了口气。“不错，我拉手风琴。只不过我有个梦想，这样的梦想！歌曲是怎样展开的？要知道，歌曲嘛，可以让它发生种种变化。可以这样来演奏一首歌曲，谁也不曾像这样演奏过。我说的对吗？我是怎么演奏呢？我拉出一个旋律，再给它增加一个曲调，这时歌曲已经是那么一回事了，而曲调却好像是另一回事。也可能，如果还嫌少，就再增加一个曲调，于是就成了完全不同的另一首歌曲。不过这还不是一切。这只是说的右手，而左手上——是和音。也就是说，和弦。奏出一个和音，好像不错，不过如果以敏锐的辨音力来评判，那么真正纯正的音色和美感都没有。没有真正纯正的音色！而歌曲，特别是长的，却需要有自己的韵味，就像河流、树林有自己的气味一样。这不是，我在俱乐部拿来几本手风琴曲。就这么拉了一遍，一瞧，不是那么回事！我心里觉得那么难过，我不能，唉，我完全不能这样拉——于是开始按照自己的方式重写……”

他突然怀疑地注视着我，竭力想要猜出，我是不是在笑他。他放下心来，又接着说下去，老是在眨眼，黝黑的双手，手指在微微颤抖。

“我有个梦想……写一首曲子，描写这样的夜。怎么样呢？夜里我躺在篝火边，听，我耳朵里好像在演奏，仿佛听到了音乐声。我想这样来谱写这首曲子：首先，小提琴开始轻轻演奏。这就好像是寂静。然后小提琴声缓缓地拖长了，于是这个……英国管已经开始吹了起来，是这么一种声音，有点儿嘶哑。它要奏出这样的旋律：你闭上眼，仿佛是在大地上空飞翔，想去哪里，就飞到哪里。而在下面，什么都有，湖泊、河流、城市，到处静悄悄，黑漆漆的。英国管仍然在响，大提琴却赋予它另一个曲调，它们在低音弦上歌唱，低声述说，就像松涛喧嚣，而小提琴一直拖长自己的声音，轻轻地缓慢地演奏着。这时另外一些乐器也参加进来了，所有乐器一齐演奏，声音越来越响，越来越响：图——鲁——鲁姆，塔——塔——塔——于是整个乐队奏出一首非凡的乐曲！主要的是，乐队里要有这样的一些乐器，就像小铃铛那样，叮叮当当地响。嗯，然后应当逐渐去掉一些乐器，让声音越来越轻，越来越轻，结束的时候又只剩下小提琴，好长时间拖长声音缓缓地演奏着，直到声音完全消失……”

谢苗望着黑夜，眨巴着眼，舔舔发干的嘴唇。

“还有，”他接着说，“得加上钟声，钟声要从容不迫。只不过要很轻很轻，就像月亮从树林后升起来那样，这是能够用音乐来描写的，不是吗？……我把这乐曲叫作《夜》。还是不这样叫吧！需要更美一点儿……这样更好——《夜的童话》，要么是《夜里的星》……瞧，我跟您讲，夜啊，还有所有这一类的东西，譬如星星啊，或者河上的雾啊，我都讲不出来。可是在音乐里，什么我都能描写。我心里觉得难过，躺下，却睡不着，一睡着了，时常听到在演奏这样的乐曲！醒来以后，想要回忆起这一切，可就是记不起来……需要学习，这是一定的！我是个绞车工人，用绞车把木材吊到岸上来。我坐着，转动操纵杆，绞车轧轧地响，或者是汽车按喇叭，或者是吃午饭的汽笛呜呜地响起来，我就在练习，辨别声音，什么音像'多'，或者，也许是像'法'……"

谢苗不作声了，不好意思地微微一笑，动手去拨弄篝火。突然空中响起一声奇怪而雄浑有力的声音，它产生了，破坏了夜的荒凉寂静，摇动了停滞的星空的沉寂，掠过河面，疾驰而去。

"嗳嗨——嗨——"一声低沉有力的呼号传到我们这里。

我们立刻转身对着河那边，在一瞬间困惑不解地侧耳倾听。寂静……那雄浑有力的喊声又不露痕迹地飞速掠过，匆匆逝去。

"嗳嗨——嗨——"

"木材流送工人在试嗓子！"谢苗轻松地笑了，"真棒，是吧？声音沿河传得很远。夜里划船，一俄里[①]以外就能听到船桨吱嘎吱嘎的响声。不然的话，有时还会听到这样的声音，简直弄不懂那是什么声音，就好像有人叫喊了一声，要么是叹了口气，要么是这样轻轻的'唧呜，唧呜，唧呜'。"

他学得很像地描绘出了那奇怪的声音，夜间我也常在河岸或沼泽边听到这样的声音，怎么也猜不透，这意味着什么。

"廖什卡害怕，我却不怕，"谢苗微微一笑，"不错，一个人觉得寂寞，可这样——却很好！"

---

①1 俄里等于 1.06 公里。

“我什么也不怕！”廖什卡突然高声说，并且眯缝起眼来。

“你不怕吗？那好吧，这会儿就到赫雷斯托沃沼泽地去，从那儿给我采几根扫帚草来。嗯？去呀，去呀！”

廖什卡嘴动了动，回头看看后面黑漆漆的夜，笑了。谢苗沉默了一会儿。

“这儿的人力气大得可怕，”他又开始说话了，“有些小伙子力气那么大，随便什么人也打不过他们。您以为这个木材流送工人大声叫喊是有什么事吗？他只不过是这么喊喊罢了：走到岸边，高声呼喊，听听他的声音怎样传到树林里去。”

“叔叔，叔叔！放一枪吧！”廖什卡突然请求说，并且贪婪地看了看我的猎枪。

“你自己放吧。”我回答，说着把猎枪递给他。

“胡闹！”谢苗不满意地说，“只不过是白白浪费子弹。”

但从他眼里燃起了和廖什卡眼里同样强烈的好奇的火焰。廖什卡四面环顾，看到不远的地方有一个高高的山杨树桩，一眨眼的工夫已经把自己的那顶旧帽子努力固定在这个树桩上了。

“等等！”谢苗严厉地制止住他，“现在咱们把火吹旺，那样会看得清楚些。”

他把一些干树枝堆到篝火上。火光变得暗淡了，钻出一股粉红色的浓烟，随后，这里那里开始窜起一些隐约可见的淡蓝色火舌，最后，整个火堆熊熊地燃烧起来。

“放吧！”谢苗命令说，并且用手掌遮着火花，目不转睛地盯着树桩上的帽子。

廖什卡开始瞄准了。他瞄准的时间长得要命，他用鼻子大声吸气，不时喘一口气，看看扳机，看看手指……等待枪响已经变得让人感到难受了，我注意到，谢苗的手也在使劲，他的眼睛也眯缝起来，就好像在看亮光似的。

“唉，你快了吗？……”他忍不住了。

但是就在这一瞬间，廖什卡手里的猎枪突然往上一跳，一束长长的淡蓝色火光忽地一闪，震耳欲聋的砰的一声枪响，帽子不见了，回声沿着河面，进入树林，断断续续，隆隆地逐渐远去。上边那匹马惊恐地打了个响鼻，脖子上的铃铛叮叮当当地响了起来，灌木丛发出咔嚓咔嚓的响声。

“真棒！”谢苗赞叹地说，并且向拿着帽子回来的廖什卡探过身去。“这一枪打得好！”

在篝火的火光下激动地检查了帽子。有好几粒老大的铅砂打中了帽子，几绺棉花从衬里里翘了出来。

谢苗陷入沉思。

“您知道吗？”他对我说，“您要是愿意，我领您到这么一个地方去，从来没有哪个猎人去过那儿，怎么样？我可以补休，求叔叔把猎枪借给我。嘿，我和您去它两天！一个秘密的地方，那儿的鸟不怕人。你在树林里走，右边是松鸡、黑琴鸡、大雷鸟，左边是湖，雁和野鸭就在那湖上一点儿也不隐蔽地游来游去，让人走到近前去开枪。枪响以后也不从湖上飞走，只是稍稍飞开一点儿。那里我跟叔叔去过一次，去那儿的路我记住了。那里什么人都没有：既没有猎人，也没有采浆果的女人，只有熊去采悬钩子。熊都很温顺，躲在灌木丛后面往外张望。那里越橘长得那么密，如果走到森林里被火烧过的地方，往那些土墩上一看，一个个土墩都好像是红的。还有草莓，那些草莓谁也不去采它，草莓是黑色的，都熟过了头，而且那么甜——比糖还甜！要是走进醋栗丛——香味那么浓，简直让人头晕。要是在灌木丛里走，黑琴鸡和大雷鸟会让你走得离它们很近很近，随后只不过‘扑，扑，扑！’突然一下子飞起来，掀起的风甚至会吹到你的脸上。那里还有松鼠在树林里跳来跳去，只不过这会儿它们是棕黄色的，皮毛毫无用处，我们都不打它们。还有那儿山坡底下，如果越过堵塞在路上的障碍，穿过峡谷，下去，那儿有一处泉水，我们叫甘泉，各式各样的水我不知喝过多少，可是这样的水从来也没喝过。那儿的水，应当认为，可以治病……”

这些时候廖什卡一直竭力克制着，克制着，可是忍不住了，可怜巴巴地撇了撇嘴，把脸都撇歪了，用鼻子大声吸了口气，绝望地拖长声调说：“谢——苗——”

“嗯？”谢苗惊讶地看了看弟弟。

“谢苗，带我——去——”廖什卡拖长声调说，看得出来，他感到无法忍受的痛苦。

“怎么？带他去吗？”谢苗怀疑地问我。

廖什卡那双湿润的大眼立刻注视着我。我思索起来，想了很久，而且有点儿忧郁。

“带他去吗？”谢苗又怀疑地重复了一遍，并且用批评的眼光细细打量廖什卡。廖什卡撇了撇嘴，咬紧发抖的嘴唇。

“带他去吧！”最后我决定了。

廖什卡轻轻地笑了，跳起来，用很长的衣袖擦了擦脸。

“啊哈！”他得意地叫喊，“瞧，我就是要去，就是要去。”

他胜利地望着谢苗，开始在篝火旁手舞足蹈，用各种不同的声调一再重复说。“怎么？瞧，我就是要去！怎么？瞧，我就是要去！”

我回头一看。东方天空已经开始亮了，微微泛出淡绿色。露水落下来了，空气变得十分清新。树可以看得出来了。不，还没有光，但单独的灌木丛、树枝、云杉，甚至球果，每一分钟都看得越来越清楚了。夜渐渐结束了，最早的黎明正在到来，正是清晨这样的时刻，这时村里的公鸡嘶哑地“喔——喔——喔”地叫了一阵，以后却又睡得更熟了。我该走了。我拿起猎枪，和孩子们告别。

我刚一离开篝火，潮湿、寒冷的空气立刻从四面包围了我，由于沾上露水，靴子闪闪发亮。一只喜鹊突然悄无声息地从一棵灰白色的云杉树梢上飞下来，忽上忽下，迎着黎明，默默地向东方迅速飞去。

我已经走出相当远了——登上一座长条形的山岗，找到了一条小路，大步向湖边走去。这时谢苗的歌声又跟踪而来，传到了我的耳中。又是听不清歌词，也听不出旋律。然而现在我知道，这歌是美的，而且富有诗意，因为它产生于真正的天才和暗淡的星光之美，产生于伟大的寂静和正在消逝的夏天的芬芳。

“啊啊啊啊……噢噢噢啊啊……”远方一个人的声音微微震颤，而在我下面，河水潺潺，宛如在睡梦之中，在水中漂流的原木轻轻地互相碰撞着，不知为什么我好像觉得，河里有一个非常聪明的人，静静地坐在船上，隐藏在半透明的一团团浓雾之中，用斧背敲敲从一旁漂过去的原木，竭力想由木头的响声来判断它们是不是牢固，质地是不是纯。

泰　季

尤·卡扎科夫

1

大棕熊名叫泰季。别的野兽也有名字，不过泰季怎么也记不住那些名字，老是会混淆起来，只有自己的绰号，它记得很牢。如果有人叫它，它总是会应声走过去，做要它去做的事。

它的生活是单调的。它在马戏团里工作，工作的时间已经那么久，都记不清有多少日子了。人们习惯地把它关在笼子里，虽说它早已被驯服，关在笼子里已经没有必要了。它开始对一切都漠不关心，对什么都不感兴趣，只希望能让它安静一下。但它是一个经验丰富的老演员，人们总是不肯让它安静。

晚上放它到灯火通明的演出场地去，场地当中有一个面色苍白、高个子的人，在不慌不忙地慢慢踱来踱去，那人穿着白色的长裤、柔软的黑皮靴和前面缝着金色绦带的淡紫色短上衣。那人的长裤，还有短上衣，还有那张神情冷漠的苍白的脸，总是会对泰季产生强烈的影响。不过那熊最害怕的还是他的眼睛。

很久以前，有好几次泰季曾经用可怕的野兽的方式起来反抗。它忧郁地吼叫，用力猛拉笼子上的铁条，随便用什么最残酷的办法都不能制服它。但是那个面色苍白的人走过来，站在笼子旁边，看着泰季，每次在他的目光下棕熊都会驯服地安静下来，一个钟头以后已经允许带它去排演了。

现在泰季已经不反抗了，而是顺从地表演各种各样笨拙的、不需要的，甚至往往是很不愉快的把戏。那个穿白长裤的人早已不用目光吓唬它了，提起熊来，总是把它叫作“善良的老泰季”，从他的声音里可以听出爱抚的意味。

泰季戴着皮嘴套走到演出场地，向快活地闹嚷嚷欢迎它的观众鞠躬行礼。给它一部自行车，它抬起一只脚从车座上跨过去，一蹬，车子动了，于是紧紧抓住把手，用力去蹬脚踏子，在演出场地转上几圈。场上在高声奏乐，观众在笑，在鼓掌。

它还会表演几个滑稽可笑的把戏：爪子很快地倒换着蹬圆木球；上到很细的金属条上，让身体保持平衡；两只前爪上戴着手套，和另一头小黑熊表演拳击。泰季失去了幽默感，更确切些说，它的幽默感是另一种，是野兽的幽默，因此它不懂，当它极其厌恶地表演那些笨拙而且很不愉快的把戏的时候，所有这些人为什么那么快乐。

夜里熊常常睡不着。走廊里暗淡地亮着一盏小灯，看守人——一个老头儿——鼾声如雷，从他身上总是冒出一股鲜美可口的香味。那些野兽不时在梦中咆哮和尖叫，从一个个笼子里冒出很难闻的野兽气味。角落里很暗，一些厚颜无耻的大老鼠在地板上跑来跑去，用后腿直立起来，于是从它们身上投射出一条条很长的影子。

泰季思索了一会儿，抱怨了一阵子，然后决定打扮打扮。它花了好长时间从容地舔净自己的爪子和肚皮，当爪子和肚皮已经变得完全湿润而且有点儿黏糊糊的时候，就又去舔肋部和背脊。但舔背脊是不方便的，不久它就累了，于是陷入忧郁的沉思。

它回忆起自己的童年和母亲——一头美丽的母熊，有柔软的爪子和一条宽宽的、热烘烘的舌头。但是泰季几乎不记得自己的童年，只记得一条不大的小河和黄色的沙岸，沙很细，而且是热乎乎的。它还记得蚂蚁的酸甜气味，从那以后它就再没有机会尝到蚂蚁的滋味。

同样它也回忆起在马戏团里有时候会喂它吃的美味午餐。有一次一头小驴病了，整夜在畜栏里哼哧，早晨听不见声音了。来了些神情阴郁的人，不知把死驴抬到哪里去了。晚上给泰季吃的不是平常吃的燕麦稀粥，而是整整一盆香喷喷的炖肉，于是这一天成了它的节日。

它还想到了很多：它仿佛看到了某些形象，愤恨和苦恼充满它的胸膛，它想怒吼，想到什么地方去做它自己的野兽的事情，因此它整夜高声叹气，第二天特别无精打采，神情阴郁，很不乐意去排练。

2

有一次马戏团沿铁路去某个很远的地方。泰季也去了。它这一生中曾多次旅行，因此已经对什么也不感到惊奇了，只是不喜欢汽车的汽油味。

一切都和往常一样。在车站上把装着野兽的笼子滚进车厢里去，人们大声喊叫、骂人，把什么东西钉起来，总之，弄出很多嘈杂的声音。最后门砰的一声关上了，不久一切都等速地颤抖起来，摇晃起来，让它非常想睡觉。颤抖和摇晃了两天，后来静下来了。当门又打开，从车厢里卸下那些笼子，然后再装上汽车的时候，周围的一切已经是另一个样子，气味也不同了，但泰季对这些并不感到惊奇。马戏团决定在继续往前运送野兽之前，得先喂喂它们。杂役来了，打扫干净笼子，然后拿来了吃的。给泰季往笼子里塞进一些煮熟的土豆、面包和一小盆燕麦粥，在这以后，有一刹那不知有什么分散了那个杂役的注意力，他忘了锁上笼子，就转身走了。

熊并没注意开着的笼子门，只是在贪婪地吃土豆和燕麦粥，它甚至轻轻地哼了几声——它简直饿坏了。它吃完以后，舔舔嘴唇，习惯地把盛食物的容器推到门边去，这时才发现门半开着。它非常惊讶，把头伸到外面，往这里那里看了看，打了个呵欠，又退回去，闭上眼，躺下了。但过了一会儿，它站起来，又探出头去。它闻了闻空气，望了望，仿佛在回忆什么，想了想，又探出身子，从汽车上跳到了地下。它在地上十分喜悦地伸了个懒腰，怀着好奇心绕着汽车转悠起来。

这时汽车司机到汽车这儿来了。他腋下夹着一顶便帽，嘴里不知在嚼着什么。风从他那边吹过来，泰季闻到了香肠味，于是迎着他走去。司机看到熊，立刻停止咀嚼，一下子呆住了。泰季用后爪站立起来，开始温和地吼叫。这时司机很快转过身去，弄掉了便帽，拼命向一排又矮又长、门上挂着块什么招牌的房子奔跑。

“救命！”他恐惧地高声呼喊。

泰季坐了下来，而且为防万一，往旁边挪开一点儿。它甚至已经要回转去，好再钻进待惯的笼子里了。但这时从房子里跑出一群人来，用发狂的声音对着熊大喊大叫。泰季惊恐地转过身子，在这群人中寻找熟悉的面孔，可是这里面没有熟人。泰季觉得可怕，于是跑了。它从拴马桩旁跑了过去，马看到它，都急忙跳到一边，高声长嘶。泰季也大吼一声，跑得更起劲了。

它跑过菜园，在菜畦上跌跌绊绊，跳过篱笆，经过田野，向远处的森林跑去。它跑得很快，抿着耳朵，不时喷喷鼻子，体验到一种陌生的快感，可是跑到最先遇到的一片灌木丛那里，它已经跑得气喘吁吁，于是站住了，并且恐惧地朝后望了望：车站不见了，人也不见了，汽车也不见了，只有荒漠的平原和远处黑压压的屋顶。熊发愁了，它很想再到马戏团去，住在昏暗的走廊上，夜里听那个味道很好闻的看守人打鼾。它怕往回走，于是轻轻地吼叫，微微摇晃着，用后爪站着欠起身来。后来它回转身，望望森林，喷了几次鼻子，擤干净鼻涕，然后闻了闻，有一股香甜的树脂味和蘑菇味，还有许多让它感到不安的气味。泰季往森林里走去。它顺着灌木丛慢慢往前走，每走到一块空地上，它都回头望望，希望能看到那个杂役或者是那个穿白色长裤的人，而他们会亲切地对它说："泰季！"但这次谁也没有露面，谁也没喊它，四周静悄悄的，而从森林里越来越明显地传来有力的召唤。于是泰季怀着又恐惧又好奇的心情走进了森林。

3

泰季运气不好。它来到了森林中一个已经有人居住的地区。一个木材采运企业就设在这里，大片林区已经砍伐过了，时而会有一些在森林中让人感到不快的东西闯入眼帘：窄轨铁路，一截截很粗的绳索，一块块油污的抹布，被车辆压坏的道路，用圆木在沼泽上铺的小路，在这些小路上行走时会发出隆隆的响声。这个地方几乎没有鸟兽，夜里还能听到一些与森林和寂静敌对的声音：发动机的嗡嗡声，敲击金属的响声，机车尖细的汽笛声。

泰季在森林里感到陌生，很不习惯，因此最初它只是想着怎么样才能遇到人，但同时又不知有什么妨碍它迎着汽车的声音走过去。一切都惹它生气。它不吃东西，几乎不睡，它瘦了，瘦得很厉害。有几次它开始表演终生难忘的那些把戏，希望有什么人到它这儿来，喂它。它用前爪倒立起来，很滑稽地在空中颤动着后爪，这样绕着林中空地转了几圈，然后它翻了几个筋斗，又跳舞、“装死”，它对自己十分满意。环顾四周，等待着有人给它东西吃。但是并没有人感到高兴，没有人称赞它，也没出现颇有诱惑力的燕麦稀粥，熊的小眼睛里露出忧郁的惊讶神情。它被森林的不可理解弄得陷入绝望，最后可能还是会回到人那里去的。但这时发生了一件事情，更增强了它对人的恐惧心。

有一天早晨，全身都给露水弄湿了的泰季闷闷不乐地在谷底慢慢地走着，挖出一些小草，把它们吃掉。

它抬起头来，突然碰到了站在上边的一个人的目光。泰季觉得奇怪，于是用后爪站立起来，它甚至高兴地哼了一声。但那人并不高兴，也没像它所期望的那样，说出什么像是呼唤“泰季”的话来——那人脸色发白了，很快从肩上取下猎枪，把它举起来，火光一闪，刺耳的一声响，好似打了个炸雷，不知是什么东西啪的一下打到泰季的耳朵上，它大吼一声，倒在草地上，四只爪子一齐乱蹬乱动。由于疼痛、委屈和惊讶，熊在吼叫。那人干了这一罪恶勾当之后，却撒腿就跑。泰季透过自己的吼叫声，甚至能听到他飞速奔跑时咚咚的脚步声，听到他经过的路上一切都在劈劈啪啪地响。

又过了一会儿，泰季怒不可遏，气得发狂，不顾一切地猛扑过去，要去抓那个人，但那人已经躲到什么地方去了，要么是逃跑了，就这样，泰季没能找到他。从这一刹那起，它开始怕人了，更加努力去寻找荒凉僻静的地方。

但是要去荒凉僻静的地方，要去真正的森林，得渡河到对岸去。可是它不知道这一点，因此它的处境越来越艰难了。有好几次它走到河边，看看在水上漂流的原木，心里烦闷，于是又回到树林里去。

4

这样过了两天两夜。第三夜泰季又走到河边，它惊奇地站住了，岸边停靠着一个大木排，木排中间还有一座小木头房子。明晃晃的月亮在空中照耀着，岸上有几座白色的临时木板房，每座房子上都有黑洞洞的窗户，四周没有一个人影，也听不到一点儿声音，只有木排的一根根圆木之间传来懒洋洋的潺潺的流水声。泰季用后爪站着欠起身来，用鼻子闻了闻。从木排上的小屋里冒出了黑麦面包和土豆的香味，那香味实在诱人，简直叫它无法忍受。泰季舔舔嘴唇，用后爪站着，全身摇晃起来。它一边摇，一边在紧张地考虑。

到冒出香味来的那儿去，它觉得害怕，因为它知道，那里有人，那些人痛恨它，它也痛恨他们，还在痛的耳朵不让它忘记这一点。但诱惑是那么大，熊在岸上走来走去，用爪子伸进水里试了试，恰好在小木屋的对面站了下来：唉，这香味多么好闻！

木排没有紧靠在岸上，有一个地方从木排往河岸上搭了个跳板，但泰季急不可耐，根本没注意到跳板，它突然跳进水里，一转眼的工夫已经爬上木排。熊毫无把握地踩着圆木，走到木屋跟前，围绕着它转了一圈。从里面传出雷鸣般的鼾声，泰季想起了马戏团，精神振作起来。它隔着窗户往里看了看，可是什么也没看见。于是它毅然决然地推开房门，从小门挤进屋里，立刻咽了一大口唾沫，这儿的包脚布、面包和土豆的气味阵阵扑鼻，味道那么好闻。面包和土豆都摆在桌子上。泰季走到桌前，从小铁锅上推开蒙着一层水蒸气的热乎乎的盘子，翻倒小铁锅，吼叫起来，立刻开始吞咽面包，因吃得匆匆忙忙，时常噎着。

“嗳！”那人停止了打鼾，突然从高板床上大声喊。“谁呀？是你吗，费佳？”

熊吓得蹲下了，但随即勃然大怒，大吼一声，用爪子在桌上用力一拍，小铁锅和盘子都掉到了地板上。立刻有个无论如何也不像是人的什么东西从床上掉下来，在地上爬着钻出房门，顺着木排往岸上跑去。

泰季明白，事情不妙，可是仍然在匆匆忙忙地吃，吼叫着，嘴巴吧嗒吧嗒地响，口水流到了地板上。它知道，它犯下了反对人的罪行。

过了一会儿，当熊已经吃完最后一个面包的时候，从岸上传来了闹嚷嚷的嘈杂声音。该走了，可是它还没完全吃饱，又从地板上抓了几个土豆，然后转身要走，却没有立刻找到房门。等它从房门里勉强挤了出来，看到附近有很多人。就像那次在车站上一样，一看到熊，人们一下子都叫喊起来，泰季却心不在焉地站住了。它上岸的路被截断了。它本来已经在斜着跑，希望能从木排边上跑过去，但是一条长长的火光忽然一闪，啪的一声枪响，拦住了它的去路。熊大吃一惊，转身回去，想绕过小木头房子。人们跟着它跑，呈半圆形包围了它，把它逼到木排边上。后面又啪的一声枪响，嚓的一下子打中了圆木，一块弹起来的树皮正打到了熊的肚子。它大吼一声，纵身往前一跳，扑通一声跳进水里，掀起一根水柱，水花飞溅，在月光下水柱是银白色的。它一生中从未游过水，因此连头都没入水中，又浮出水面以后，最初它不知该怎么办，可是爪子却自己动了起来，于是它向上伸着鼻子，对着星星，用爪子拼命拍水。水柔和地冲着它往下游漂去，人们停留在木排上，好长时间还在高声叫喊，而熊却更加用力挥动爪子、打喷嚏，气喘吁吁，向上抬起鼻子。

它在温暖的、银白色的水里游了大约半个钟头，看到附近有一座森林——连绵不断，黑压压的，这已经不是它不久前从中走出来的那片森林了——这是一片没有林间通道和采伐基地，也没有人烟的森林。

泰季感到脚下踩到了河底，很吃力地爬上岸去，站住不动了，水像小溪一般从它的皮毛上流淌下来。它回头一望，看到上游很远的地方有微弱的灯光，黑暗之中隐隐约约还有些发白的东西。它明白，那些人，还有那些临时木板房，还有木排，都留在那里了。它还明白，那里危险而且吵闹，这里却寂静而又舒适。它想起枪声和留在小木屋地板上的土豆，怨恨地低声吼叫了一阵，然后抖擞了几下，于是爬上陡峭的河岸，迎着一动不动的巨松和云杉向前爬去。

5

这是一片很大的森林，沿河向上，向下绵亘数十俄里。不仅如此，它还向东延伸，直到乌拉尔山脉，向北——直到冻土带。森林爬上一座座丘陵，有时给湖泊和林间空地让出一块地方，在这些林间空地上可以看到一些稀稀拉拉的村庄，村子里有两层的木头房子。这是个很少有人居住的荒凉地区，这里是各种鸟兽的真正辽阔无边的自由王国。

这里有很多狼和狐狸、松鼠和野兔，这里还有驼鹿和黄眼睛里射出神秘目光的大山猫。这里往往会遇到十分荒凉偏僻的地方，这些地方根本无法通行，那儿倒掉的大树就这样成年累月倒在那里，直到腐烂，慢慢陷进泥土里去。

这里发生过一些不知是由于什么原因引起的，仿佛是自然而然燃烧起来的火灾。当时火势很猛，在很大一片空间里熊熊燃烧，吞噬森林和野草，成千上万的野兽葬身火海。大火沿着斜坡蔓延，渐渐地，似乎也是自然而然地熄灭了，留下一些黑色的木炭和灰烬，还有些稀稀拉拉外部已经烧焦的树干。

不久，烧毁的林区开始长出茂盛而粗硬的红草，随后一个个土墩上又出现了越橘和黑果越橘，还出现了小白桦和小松树，林区边缘出现了野蔷薇和悬钩子丛。对于野兽来说，烧毁的林区已经不是荒凉可怕的地方，而成了取之不尽的宝库。阴郁的大雷鸟、羞怯的花尾榛鸡，还有黑琴鸡和野兔，都在这个宝库里生活、觅食。驼鹿也常来这里，在柔软和微微发白的苔藓上留下像一个个小坑样的深深的足迹。

森林中生活沸腾，这里的生活还没有由于人类的到来而变得那么阴郁。不错，这儿也在进行经常不断的斗争，统治这儿的是爪和牙的法律，有多少白骨和羽毛腐烂在这美丽地区里一些僻静的地方！但这儿危险的斗争并不像与人类的斗争那样毫无希望。

这些森林里很少听到枪声。每当枪声一响，就会好久好久，而且十分响亮地沿着丘陵向四面八方滚滚而去，进入会产生共鸣的松林，飞到河上，又从对岸发出回声，回声已渐渐减弱，拖得很长很长。于是松鼠丢掉球果，飞一般跳上树梢，好在那里怀着无限的好奇心朝四面张望，躲着的野兔也直立起来，驼鹿竖起耳朵，听了一会儿，悄无声息地挪到另一个地方去了。正在密林中打盹儿的大山猫有一瞬间微微睁开睫毛浓密的黄眼睛，神经质地不时动动两只耳朵上的那两撮毛。只有对人类最熟悉的狼，丢掉一切，犹如一些灰色的影子，跑到距离最近的小丘上，好长时间在闻，竭力想要闻到，同时又害怕闻到随风飘来的、可恨的人类的气味。

这里还有许多轻轻叮咚作响的泉水，即使在最热的时候，这些泉水旁也是凉爽的。这里那里不引人注意地出现一条条沟壑，它们长途跋涉，错综复杂、曲折蜿蜒地伸展到河边，沿途不时被醋栗丛和小山杨林拦阻、截断。獾和狐狸喜欢在这些沟壑里挖出一个个复杂的洞穴，而狼也就住在这儿，住在一条条小溪附近，它们的巢穴里面。

6

泰季整夜沿着河岸往北走，就像海员遵循罗盘的指示。它害怕深入森林，森林里充满它不了解的东西，然而河是它熟悉的，河已经救过它一次命，它信任它。有许多声音和气味从四面八方来到它这里，这些都是它应该弄清楚的，其中有一些它十分熟悉。有两次，大山猫的脚印拦住了它的道路，它立刻想起了马戏团里的大山猫，虽说后者气味更加强烈：被囚禁着的野兽，气味总是更浓一些。后来它惊起几只栖息在一棵大云杉较低的树枝上过夜的花尾榛鸡，起初它自己也吓了一跳，但随即很快就放下心来，明白这只不过是几只鸟而已。狐狸的脚印它也立刻就认出来了。

但迫使它经常保持警惕的大量新印象终于使它感到疲惫不堪，于是它在一个四面有云杉幼林掩护的小谷里找了个干燥地方，躺下来，迷迷糊糊地一直睡到了早晨。

奇怪，这只很大的野兽现在在森林里竟是完全束手无策，一筹莫展。许多年来它对森林已经生疏了，童年时了解的那一点儿关于森林的知识都渐渐忘却了。大自然赋予它的一切本能都已陷于昏睡状态，随便什么需要采取某种行动的、最微不足道的意外事件都会使它感到惊慌失措。它总是很想吃东西，已经习惯可以填饱肚子的大量食物的胃，现在经常空着，饿得难受。但马戏团里每天来喂它的那个杂役不在这里，不得不自己寻找食物，而它却不知道这该怎么办，不知道什么东西可以吃。

大概谁也不像野兽那样能感觉到和懂得，母亲意味着什么。母亲教导幼崽躲藏、打架、逃跑，向它说明，谁是敌人，谁是朋友。母亲知道哪里有黑果越橘和蚂蚁，哪里有草莓，有味道鲜美、汁液丰富的草根，哪里有鼠洞、鱼和青蛙。它知道哪里有清凉的水和幽静的地方，哪里有蚂蚁窝和长满柔软高大的野草、阳光灿烂的林间空地，它了解各种气味和迁徙的秘密。它还知道，森林里没有哪一只野兽能够活到很老很老，终其天年，每只野兽都会遭遇到可怕的不幸，需要十分机警、勇敢和小心谨慎，才能尽可能长久地保存自己，并在自己身后留下后代。

如果泰季不是在动物园里，后来又在马戏团里，在人类中间长大的，如果它的生活导师是一头对一切都暴虐凶残，但对它，对这只小熊却无限慈爱的母熊——那么现在它就会是一头威武强壮的野兽，知道一只野兽需要知道和可能知道的一切了。但泰季是向那个穿白色长裤的人学习生活的，它那桀骜不驯的野兽精神还在童年就已经给压制住了。它知道了森林中的居民不能理解，而且会感到可怕的许多东西。在城市里，它无疑比自己的任何一个同类更有经验，也更聪明，但在它目前来到的这个世界里，它的全部知识又有什么价值呢！在森林里它又变成了软弱无力的，可怜的小熊，什么也不懂，对什么都感到害怕。全部区别仅在于，现在它已经不是一只很小的小熊崽，而是一头长着发黄的獠牙、屁股给笼子磨破了的大熊，而且现在已经没有能保护它并教会它许多东西的慈祥、聪明的母亲和它生活在一起了。

7

小鸟儿吵醒了泰季。小鸟们在给露水淋湿的树枝上勉强可以听到地飞来飞去。太阳从远方，从东方的丘陵后缓缓升起。松树之间悬挂着透明的雾幕，空气清新、纯净，泰季从夜间栖身的地方走出来，一瘸一拐地往北走去。由于不习惯森林中的流浪生活，它的爪子感到疼痛。这已经是第二天了，但是它执拗地往前走，不知为什么它还不喜欢这儿。它努力往北走的时候，什么也不想，这就和鸟儿在长途飞行之前汇集成群的时候也是什么都不想一样。深深扎根于它心中的本能引导着它去一个想象中的地方，那里应该阳光充足，有许多食物、清洁的水，而且十分幽静。

中午，熊走过一块阳光灿烂的林间空地，这时一股异常的香味钻进它的鼻孔，在它胸中激起一连串回忆，但是这香甜、可爱的气味的源泉在哪里呢？泰季转身向东，稍走了几步——香味消失了！它激动不安地转身往西去——又闻到了诱人的香味！于是泰季开始转圈儿，它要找到蚂蚁窝，需要花费相当长的时间。它闻到的是蚂蚁的气味，立刻就辨认了出来，尽管它已经有那么久没闻到这种气味了。

这些蚂蚁多么可爱！还有什么比它们味道更鲜美呢！很肥，有点儿酸味，吃起来感到痒酥酥的，立刻会引起口渴的感觉和食欲，而且马上就会让这些愿望得到满足——可以不断地吃！

泰季把鼻子伸进蚂蚁窝里，由于强烈的快感甚至哼了一声——在近处，这奇妙的香味竟是这么浓郁！它把鼻子伸得更深，眯缝起眼，伸出湿漉漉的舌头舔吃蚂蚁，嘴也吧嗒吧嗒响了起来。霎时间它的嘴、脸上沾满一层蚂蚁，大个的棕色蚂蚁恶狠狠地爬到它的脸上，钻进它的耳朵，但泰季只是摇摇头，夹起尾巴，嘴却吧嗒吧嗒响得更起劲了。最后它受不住了，于是坐下来，想要喘一口气。就在这时它想起了早已忘记的办法，于是用爪子去挖蚂蚁窝。蚂蚁立刻爬满了爪子，它只消舔着吃就行了。这可方便得多了——蚂蚁不再钻进鼻子和耳朵里，嘴里也不会掉进泥土和针叶去，只是到那个蚂蚁窝已经什么也没剩下的时候，泰季才离开那里。

泰季毁坏了蚂蚁窝以后，又继续往前走。翻过一座宽阔的丘陵，上面有一片树梢已经光秃秃的，枯萎的云杉林，随后它又穿过一道峡谷，忽然碰到一个悬钩子丛，直到晚上它都没从那里面出来。

起初花尾榛鸡和大雷鸟起飞，鱼在小湖里拍水，林涛澎湃，以及从一旁经过的驼鹿弄出劈劈啪啪的响声，都会让泰季大吃一惊。它不熟悉的奇怪气味，不论是十分强烈的还是勉强可以闻到的，都会让它担惊受怕，但是它战胜恐惧，不断地研究一切声音和气味，这样好在下一次再遇到它们的时候，已经能够迎上前去，或者避开，或者根本不去理会它。

在它目前的生活中有一种一开始它还没领会到的幸福：除了人，它不需要怕任何东西。对它来说，无论是狼，还是大山猫或很小的貂，都并不可怕——这些野兽都是很凶猛的动物，小兽和小鸟遇到它们准要倒霉。谁也不来找泰季的麻烦，它既不需要躲藏，也不需要逃跑，不会感觉到身后有追赶它的轻轻的可怕的脚步声。恰恰相反，大家都怕它，因为在这儿，在森林里，它自己并没料到，它是最大和最可怕的野兽。

它明白这一点要迟得多，那是在有一次它偶然碰到一头小驼鹿的尸体的时候，当时有两条大狼正在撕着吃那头死鹿。看到狼，熊惊慌失措地站住了。那两条狼凶恶地、然而又是无能为力地吼叫起来，并且立刻走开，给熊让位。在泰季享用小驼鹿肉的整个这段时间里，那两条狼一直在一旁转悠，可是不敢走近。于是感到自己具有强大威力的喜悦意识在它心中苏醒了，甚至当它已经吃得过饱以后，它还几次回到那里，而每次都高兴地看到，只要它一露面，那些饿狼就都赶快从鹿尸那儿跑开。

8

泰季在一些地方停留一天，在另一些地方停留两天，一直继续往北走。松树变得更高、更细，悬钩子、草莓和越橘变得更多，村庄却更少了。无边无际、荒无人烟的美，未曾触动过的密林和寂静，这一切向四周延伸开去，似乎觉得，再也不需要什么了！但是由于几乎已被忘却的泰季的童年还留下了那样模模糊糊、十分美好的回忆，所以它总是觉得一切都不对劲，不是那么回事——它渴望到它自己的地方，到它自己的熊的天堂去。

泰季找到一个从它的观点来看认为特别好的地方，于是开始巡视这块地方。它拔掉一个个腐朽成为粉屑的树桩，破坏掉一个个鼠洞和松鼠窝，翻转一块块长满已经干枯的白色苔藓的石头，寻找软体动物和虫子。

有一次，它走到一个狭长的湖边，很响的拍水声使它觉得奇怪，于是它站住了。在岸边苔草中取暖的狗鱼被熊吓了一跳，从草丛里钻出来，钻进冰冷的深水里。泰季沿着湖岸往前走，仔细察看湖水和苔草，常常一动不动，呆呆地站着。

它还不知道鱼的滋味，但是不知有什么在提示它，叫它抓一个这种东西。最后它发现了一条一动不动的狗鱼暗黑色的背脊，于是紧贴着地面，悄悄地走近前去。从一旁来看，这是很好笑的，因为紧贴着地面的只有前爪和脸，屁股却撅起来，很滑稽地摆动着。但熊偷偷走过去时毫无声音，不过它那双小眼睛却凶恶地闪闪发光。

它很快而又急促地挥动爪子，一下子打在狗鱼停留的那个地方，高声吼叫起来，两只前爪都冲进水里。起初它不知道打中了没有，所以继续用两只爪子拍打，溅起一团团污泥，掀起一个又一个波浪。但这时狗鱼微微发白、带有斑点的肚子忽然在它面前一闪，于是它把它抛到了岸上。它把鱼全部吃掉了，什么也没剩下，于是记住了鱼的滋味，好在以后再抓鱼吃。

泰季在两个星期里学会了很多东西。现在它总是头冲着来的那个方向睡觉，它已经知道，除了浆果和草根，蘑菇的味道也十分鲜美。现在泰季不像最初几天那样，不加选择地碰到什么就吃什么了，它已经知道汁液最多的草根生长在潮湿地方，它开始只喝干净的活水，而且学会了利用风向，它的嗅觉更敏锐了。泰季已经能闻到很轻微的，时间过了很久的气味。根据自己痛苦的经验，它知道，森林里并不是什么都可以吃，有些浆果和蘑菇，最好还是别去碰它。

它强壮起来了，感觉疲倦的时候渐渐少了，最初几天那么疼痛的脚掌现在已经变粗糙了，在马戏团里给截短的爪子，这时又长长了。它走路时声音变得很轻很轻，几乎听不见响声。只有在忘情的时候，它破坏路上碰到的一切，才会弄得咔嚓咔嚓的响声传遍整座森林。

起初泰季多半是像在马戏团里那样，夜间睡觉。但后来它发觉，夜间森林里的生活比白天有趣得多。夜间出来游荡的貂、野兔和狐狸的脚印更加清晰，不知有什么在草丛里活动，在灌木丛中胡闹，不知有什么从峡谷和林间空地上跑了过去，寂静中忽然发出奇怪的叫喊声……除此之外，白天让泰季感到那么苦恼的苍蝇、马蝇和牛虻，夜里也都不见了。于是它更经常在夜里出来游荡，白天却躲在隐蔽的地方睡觉。

9

有一次泰季在森林里一条荒废的旧路附近，靠村庄的那一边发现了一块不大的燕麦田。它立刻明白，燕麦不是无缘无故长在这里的，而是与人有某种联系。

泰季从这块林间空地边上走过去。燕麦穗轻轻搔弄着它，这使它觉得十分惬意。它围绕着这块麦田转了一圈，没有找到它感兴趣的任何东西，于是走了。但过了很短暂的一段时间，它又回来了。这次它已经走进燕麦丛中，躺在那里，躺在月光下这个柔软、明亮的小岛上，开始用嘴去咬麦穗。就这样，它尝到了燕麦的滋味，这味道不知有哪一点使它想起几乎已经忘记的燕麦稀粥的香味。起初它贪婪地不加选择地把什么全吃进去——不管是麦穗，还是麦秆，后来就只吃麦穗和吮吸它的汁液了，天快亮的时候才离开这里，在燕麦田里踩出老大一块光秃秃的秃斑。

它很喜欢燕麦，过了一天它又来了，整整一夜都在大嚼。第二天夜里它本来也想来的，可是走进了一片不大的沼泽地，惊散了二三十只青蛙，花了好长时间去捉青蛙，全身都弄脏了，后来整整一早上都在洗刷身上的污泥，就这样转移了注意力。

泰季不知道，这天早晨有人坐着大车从那条旧路上来到这里，花了好长时间巡视这块田地，他们破口大骂，然后走了。傍晚时他们带着斧头和木板，又坐着大车回来了，好长时间在一棵看来对他们十分合适的老松树上制作什么东西。工作时竭力不敲得太响，不弄出很大的声音。

“好像是定做的！”他们当中有人不时重复说，于是他们脸上都露出了奇怪的、冷酷的微笑。

后来那些人走到一边去，抽了一会儿烟，漫不经心地把许多火星撒落到草丛里。他们从大车上拿出猎枪，有两个人爬上树去，第三个人却赶着大车回去了。有个水桶在大车底下叮叮当当响，坐车回去的那个人唱起歌来，好长时间留下来的人还能听到歌声和水桶叮叮当当的响声。

泰季醒来的时候，月亮已经升到了森林上空。它在完全的寂静中默默地躺了好久，只是不时转动着头，仔细闻闻，辨别各种气味。后来它起来，打了个呵欠，伸了个懒腰，想起了燕麦，于是不慌不忙、摇摇晃晃地向燕麦田走去。有时它被什么气味吸引住了，于是站下来，把鼻子伸进草里，长时间吸气，拔出香甜的草根，吧嗒吧嗒地吃起来——它不会轻轻地吃东西。

它已经几乎来到麦田了，透过密密的山杨林甚至可以看清那片好似一条白色带子的燕麦，中间有一块黑斑——那就是它两夜来在那儿大嚼的地方。它只需要往前再走那么十到十五步。这时它却突然站住了。

不，它什么也没听到，什么也没闻到。但是仿佛有个影子在它面前一闪，看不清楚，只是模模糊糊好像有个什么东西。本能警告它：当它不在这儿的这段时间里，这儿已经发生了某种变化。

泰季转向右方，沿着森林绕过这片田地，同时又不让微微发亮的燕麦带离开它的视野。它背上的毛直竖了起来，但它并不像往常那样高声吼叫：有什么提示它，最好不要吼叫。地里不见人影，周围一切都一动不动。勉强可以听到的微风不知从哪里吹来，几乎没有摇动野草，风是那么微弱，但燕麦香却变得更加强烈，泰季的鼻子也立刻变得更湿、更冷了。但泰季并没有舔嘴唇，也没有张开大嘴，它默默地咽下一口唾液，走到明亮的路上，一棵棵树投下一条条清晰的黑影，横卧在路上。本来已经平放下去的后颈上的毛立刻又直竖起来。一阵虽然微弱，然而刺鼻的焦油味、马的气味、烟草味和人的气味突然冲进它的鼻子。它停下来，闻了好久。最后它明白，曾经有人和马在这儿停留过一会儿，抽了一会儿烟，然后又走了。它稍稍放大了胆，沿着道路又走了几步，又从路上横穿过去，现在是从另一个方向来到了田地边上。

它已经清清楚楚知道，白天曾经到过这儿的那些人早就走了，可是——奇怪！危险的感觉并没有离开它，后颈上的毛也没有平放下来。它想完全离开这个使它产生如此强烈的恐惧的地方——因为一切不知道的东西都是可怕的——而且本来已经转身走回森林，但后来绕了个不大的弯，又回来了。

泰季没有母亲，谁也不能教它懂得，需要立刻离开不了解的东西。因此，它回来以后在云杉阴影里站了好久，味道鲜美、十分好闻的燕麦味压倒了恐惧感，在吸引它，让它放心，使它丧失了谨慎。

熊渐渐地完全从阴影里走出来，并且已经探身想要去够麦穗了，但就在这一瞬间，不知什么很响地哒地响了一下，上边什么地方和旁边有什么微微一动。泰季既没来得及跳开，也没来得及抬头，就看到很大的一片火光突然一闪，在夜的寂静中轰隆隆一声可怕的枪响，不知是什么火辣辣的东西啪的一下打中了熊的左前爪，打伤了它，泰季也跌倒了。还在哒的一声响的时候，泰季就已经明白，它中了圈套，知道这是它最危险的敌人——人，需要逃跑。因此不管在这一瞬间它是多么怒不可遏，它还是跳起来，往救命的、昏暗的森林里跑去。它冲向森林，飞也似的奔跑，能跑多快，就跑多快，但使它感到惊讶的是，在它第二次纵身一跳的时候，它又跌倒了，而紧跟着它，从上边，从那棵弯弯曲曲的松树上，又隆隆地响了两枪。刺耳地嗡嗡响着飞了过去，啪的一声就打在旁边，甚至好像打到了前边。但这时让它感到害怕的并不是枪声，而是它已经不能跑，而且又跌倒了。它又跳起来，从燕麦田这里跳开，可是又发生了不可理解和可怕的事，它的嘴脸竟栽到了泥土里。只是在这时泰季才明白，它的左爪好像已经不存在了。它麻木了，不会动了，不能再用它来站着了，于是它把体重挪到另一只爪子上，又开始奔跑，越跑越快，越跑越快，弄出可怕的劈劈啪啪的响声，慌不择路，吓得不时喷喷鼻子，摇摇晃晃，时常一脚踩空，胸膛挨到地面——赶快离开这儿！

它跑了很久，一直好像觉得后面在劈劈啪啪地响，似乎就要追上它了，于是它跑得更快，直跑得筋疲力尽，最后完全失去跑到安全地区的希望。于是它站住了，高声怒吼，转过身来，想要迎战敌人。它吼叫了一阵，蹲下来，抿住耳朵，缩回这时已经痛得无法忍受的那只爪子。它的眼睛炯炯发光，两肋鼓胀，由于恐惧和狂怒，背部和肋部的毛都直竖起来。由于自己在大声喘气，它什么也听不见。为了听听动静，它暂时停止呼吸。泰季什么也没听到，又不相信周围的寂静，以为敌人准是藏起来了。它又吼叫了一阵儿，然后转身走了，一边走，一边还经常不断地回头朝后看。

但是并没有任何人追赶它，被它的吼声惊动了的森林静下来了，听不到一点儿声音。泰季走着的时候开始舔自己的爪子。温暖的血使它感到兴奋，疼痛稍微减轻了些，

它一直在努力地舔，觉得这样做的时候获得一种神奇的快感。

而这却救了它的命。猎人们等到天亮以后，带着装好弹药的猎枪，顺着弯弯曲曲的血迹追赶，猜到了一切：它怎样奔跑，一路上毁坏灌木丛，用爪子挖地，血溅到草上。他们也猜到它曾经转身对着他们，坐了下来，因为这儿血特别多，草给压倒了，粘在了一起。但后来脚印开始看不大清了。血迹愈来愈少，不久已经完全消失了，猎人们失去了熊的踪迹，走遍

了附近的峡谷，一无所获地返回自己的村里。

10

而这时泰季正躺在远方阴森森的森林里一个干燥的“孤岛”上，痛得难熬。它的爪子肿胀起来，很痛，整整一天它不能挪动地方。黑夜降临了，但疼痛不让它入睡。除此之外，不知是什么新的恐慌控制了它，但它不能采取任何行动，只能加紧仔细闻，竭力想猜到这恐慌的原因。森林突然静下来了，一切都躲藏起来，听不到丝毫声音。这死一般的寂静越来越强烈地使熊感到难以忍受，使它精神紧张。

某种引起恐慌的东西从森林中疾驰而过，开始感到透不过气来。起初闪光断断续续，后来愈来愈频繁地环绕着半边地平线闪闪烁烁。闪电悄无声息，十分神秘地频频闪烁，由于在密林中，所以看不见闪光，只看到松树梢不时被幻影似的淡白色亮光照得忽然一亮。后来遥远的远方渐渐地开始响起隆隆的雷声。泰季用忧郁的低声怒吼回答远方的雷鸣，并且不安地在它那棵云杉下辗转反侧。由于四周笼罩着一片如此不祥的寂静，而从远方又越来越清晰，几乎毫不间断地传来隆隆的雷声，所以它越来越想躲到什么地方去藏起来。但是无处可藏，它只好更加紧紧地靠在树上。

雷雨异常迅速地到来了，树与树之间缝隙里的星星被一片黑幕遮蔽起来，白色的闪电剪开漆黑的幕布，电光打到邻近的一些小丘上，不知是什么胀破了，刺耳而又可怕地隆隆地响着：“咔！吭吭——吭！”——好像是在咳嗽。

从云彩里落下一阵自上而下的风，松树和云杉的树梢用沙沙的响声来回答它，下面却静悄悄的，什么都一动不动。阵风疾驰而过，几乎紧随着风立刻下起雨来。这可不是怯生生地在树叶上沙沙作响，泰季所熟悉的那种普通的雨——这雨一下子倾泻到森林上，用正在降落的雨水的喧嚣声充塞了整个森林，除了雨声已经听不到任何声音，只有雷鸣频频用扬扬得意的怒吼压倒一切响声。

只是到早晨雷雨方才过去，被阳光穿透的整座森林变得光彩夺目，闪闪烁烁的水滴从上面的树枝落到底下的树枝上，又从那里落到草上，一滴滴水珠都被土地吸收进去，森林里整整一早上到处都可以听到活跃的沙沙声。

可怜的，可怜的泰季！它已被疼痛、对雷雨和人的恐惧折磨得疲惫不堪，有那么长时间没有睡觉，浑身湿透。那么不幸，它坐在一棵老云杉树下，不能为阳光感到高兴，由于疼痛，甚至不能考虑到什么地方去寻找食物。它束手无策，十分孤独，就这样躺了一天和另一个夜晚，又躺了一天，直到伤口终于开始稍稍愈合，剧烈的饥饿感驱使它走出这个偏僻的角落。

它勉强用三只爪子一瘸一拐地在一座座小丘上慢慢地走，愁眉苦脸，小心谨慎，凡是钩住它那只疼痛的爪子的灌木丛、干树枝、树根，或者只不过是高大、粗硬的野草，都会惹得它暴跳如雷。但又过了几天，它已经能开始小心翼翼地用那只受伤的爪子落地了，一些忧郁的想法渐渐离开了它，它又高兴起来，精神也振作起来了。

但是它不得不又一次和人相遇。它不慌不忙，像马溜蹄那样在靠近河岸的地方走着。是一个温暖的夜，遇到了特别多的悬钩子丛。但是泰季正在生气：在此之前，它曾追赶一只还没睡醒、因而变得傻头傻脑的黑琴鸡，黑琴鸡胡乱扇动着翅膀，一会儿钻到灌木丛下，一会儿撞到树上，掉下来，泰季有好几次差点儿抓住它，但黑琴鸡还是飞上了一棵白桦树，泰季够不到它了。这会儿泰季还在气呼呼的。

泰季下到一个峡谷里。在一条小溪中喝够了水，从另一边上去，突然闻到了烟味，听到了人声。它悄悄地往冒烟的那儿走去，不久就来到一块林间空地上，空地上明晃晃地烧着一堆篝火，搭着两个帐篷，有几匹系着绊马绳的马正在地上吃草。这是一个科学考察队，不过泰季当然不知道这个情况，于是非常惊奇地蹲下来，想要更清楚地看看这一切。有人坐在篝火旁，也有人走动，他们高声谈话、大笑，从他们身上投射到树上的很大的影子在微微颤动。

泰季沿着空地的边缘走过去，后来想了想，走到离帐篷更近一点儿的地方，突然出乎它自己意料之外地暴跳如雷，吼叫起来。马立刻惊恐地打起响鼻来，挤作一堆，从帐篷里窜出了一条狗，大步跳跃着向泰季跑来，但是还没跑上十步，就猛一下子站住了，恶狠狠而又胆怯地对着它狂吠。泰季稍稍后退，试图从另一边走近帐篷，但狗又迎面跑了出来。篝火旁的人都跳起来了，有两人冲进帐篷里去，拿着猎枪又跑出帐篷来。泰季一看到猎枪枪身上微微发红的反光，立刻转身逃跑。狗跟在它后面紧追不舍，由于获得胜利，由于在追逐，欣喜若狂。泰季从森林边缘上跑过，转身向沼泽地跑去，后来勃然大怒，回转身向狗猛扑过来。狗立刻住了声，拼命向帐篷跑去。泰季想去拆毁帐篷，但想起了猎枪，于是往河边寻找食物去了。

泰季已经往北走了大约二百俄里，无论在哪里都不逗留很久。如今它已经不像最初几天那样对一切束手无策了。各种气味它已经都了解了，为了什么事情感到惊讶的情况已经越来越少，对周围的大量事物和现象也越来越熟悉了。例如它已经知道，无论在任何情况下都应该信任松鸦和喜鹊，尽管它们都被看作是最无聊的鸟。它学会了猜出黑啄木鸟这样叫或那样叫的原因，如果从老远看到一只松鸦落在一棵枯树的树梢上，正在擦净自己的喙，而在比它稍低一点儿的地方落着几只一动不动的喜鹊，耷拉着尾巴，望着下面——那么泰季就会毫不迟延地立刻到那里去，甚至不用嗅觉来核实一下，因为它知道，凡是有吃饱了的松鸦的地方，总是会捞得到好处的。泰季爬树的本事并不怎么特别好，不过如果碰到一棵树杈张开，比较好爬的松树，它永远也不会放过爬上去、从树梢上仔细环顾四周的机会。它只是不喜欢松鸦和喜鹊过分留心注意它。它竭力想要离开它们，低声吼叫几声，如果它们仍然紧紧跟随着，从一棵树飞到另一棵树上，用叫声伴送着它，泰季就不多考虑，马上藏起来，等待它们飞走。随后它不时向外张望，仔细看看近处的树，如果看不到那些纠缠不休的跟踪者，它就十分满意地哼着，继续走它自己的路。在短短一段时间里，它知道了在城市里一生都没能知道的那么多东西，它变得身强力壮，小心谨慎，从旁观者的角度来看，可能觉得它已经变成了一头真正的野兽。但事实并不完全是这样。

有一天早上泰季到一条小溪边去喝水，忽然好似晴天一声霹雳，吃了一惊，呆呆地站住了：小溪旁有熊的气味！这是时间已经过了很久的旧气味。也许，另一头熊来过这里以后已经过了两天了。但这微弱的气味里暗含着如此严重的威胁，以致泰季忘记了口渴，好长时间环顾四周，背上的毛怎么也不能平放下去。如此说来，在这片森林里称王称霸的并不是只有它独自一个，而是还有另一头熊，而现在对这另一头熊应该感到担心。从这天起，对泰季来说已经变得不安宁了。

它愈来愈频繁地遇到已被毁坏的蚂蚁窝，已被吮吸过和采摘过的悬钩子，已经给吃光的、长满越橘的土墩。当泰季从老远闻到兽尸的气味，赶到那里的时候，原来另一头已经来过，从兽尸上所剩下的当真只有一股气味了。现在森林里到处都有那头外来的熊的气味，这气味使泰季气得发狂。它的仇恨渐渐积累起来，变得如此强烈，如此坚定，以致不久对它来说已经十分明显：两头熊绝不能同时住在这个地区，有一头必须离开。如果这儿并不好的话，泰季会不假思索地离开这里，但是这儿是那么好，有那么多好吃的东西，因此泰季决定赶走仇敌，于是开始寻找和它相会的机会。有时泰季更经常地遇到才留下的新脚印，比遇到旧脚印的时候还多，可是怎么也没能遇到那一头熊。

它们的相遇很突然。早晨泰季选中了一个地方，觉得可以在这儿躺上整整一天，它走过松林间很小一块长满白色干苔的空地，这时突然有一股很讨厌的、离得很近的熊的气味冲进它的鼻子。泰季抬起头来，顺着飘来气味的方向一看，终于看到了自己的仇敌。哼，它这就要叫这个厚颜无耻的家伙知道它的厉害！它要怎样来收拾它啊！泰季的小眼睛里射出狂怒的闪光。有一瞬间它的仇敌躲到了松树后面，随后就走到了那块林间空地上……

这是一个那样大的庞然大物，一头吓人的野兽，在它面前，泰季像一只小兔子似的呆住了。仅仅在一刹那之前，泰季还满怀仇恨，渴望搏斗，还是一头野兽。但与它仇敌的野性相比，它的野性又算得了什么！这是一头真正的野兽，身上披着乱蓬蓬的长毛，下巴底下长着胡子，有钢铁般的利爪，一身发达的肌肉，还有那么凶狠的目光，泰季虽然也是个很大的野兽，看到它却吓得呆呆地一动也不能动了。

那头大熊站在那儿，低低地低下头，这样一来看上去好像是个驼背，它默默地站着，凝神注视着泰季。既没有发出任何声音，也没有做出任何动作，泰季却已经明白，正是它必须永远离开这个美丽的地方，难道它能，哪怕只是想一想要和这个可怕的庞然大物竞争吗！

就在这一瞬间，那头大熊也明白了泰季已经明白的事情。不仅如此，它还明白，泰季已经懂得了这一点。不，它并没有朝泰季扑过来，想要杀死它，它只是低声吼叫起来。它的吼声比泰季最低的吼声还低整整八度。在人听起来，野兽的吼声总好像是一样的，人的耳朵不能辨别吼叫声音的细微差别，泰季却立刻懂得那熊想要怎样了。它的吼声不高，甚至有点儿轻蔑的意味，那意思是一句简短的话："滚！"对于泰季来说，不服从这个命令就意味着一分钟之后将会给折断脖子、撕裂胸膛，倒在这白色的干苔上。泰季没有发出任何声音来回答它，转过身去，很快走开了。已经几乎藏进森林里以后，它最后一次回头望了望。那头大熊还是那样一动不动地站着，在密密的松树干的背景上，好像一堆后面有点儿凸起来的干草垛。

泰季永远离开了这个有许多棕色蚂蚁和红色越橘的富足地区，它走了，以免再在路上遇到那个长胡子的统治者。在生存竞争中，它原来是个弱者，它输了，而且有充分根据认为，它是幸运地摆脱了一场灾祸。

11

泰季翻越过好多座丘陵，离开那条大河稍往右去，沿着它的一条支流走，一天早上来到了一块宽阔的林间空地。这时叶子已经几乎完全从白桦和山杨上飘落下来，给地上铺了厚厚一层簌簌作响的地毯，鸟儿都汇集成群，悬钩子已经没有了，长出了大量蘑菇，开始出现早晨的秋寒。

下边有一条小溪奔流，巨大的松树在轻声喧哗，最后几朵母菊贪婪地望着有气无力的太阳，也已渐渐凋零。小溪的岸有许多地方是由金色的柔软细沙构成的，曾有黑琴鸡在沙上飞来飞去，留下了一些足迹。溪水不断悦耳地发出叮咚叮咚的响声，泰季站在林间空地上，突然明白，它已经找到向往的乐土，终于来到了自己童年的地方，它再也不向往任何地方，再也不想到哪里去，它的旅行结束了。

这里完全和很久以前一样，那时候泰季还没有名字，而只不过是一只愚蠢的小熊，那时候它常常吃蚂蚁和草莓，吃得撑坏肚子，于是母亲就叼着它的后颈，在小溪里久久地涮它，然后伸出长长的粉红色舌头，用力揉它鼓胀起来的肚子。那是一些十分美好、无法形容的幸福日子，现在泰季仿佛又回到了那里……不过这当然不是当年的景象了。不，童年已经在时间的模模糊糊的轻烟薄雾中消失，一去不返，不再回来，不会像太阳的光辉和嫩绿的小草那样突然一闪，重新出现了。唉，要是现在它能再变成一只小熊，找到自己的母亲，那该多好，它真想偎在母亲柔软、温暖的腰下大哭一场！多么可惜，这是不可能的……

白天和夜里泰季都在不断迁移，渐渐走遍了这个地区，为自己标出领地的边界。它考察了一条条小溪、一片片沼泽、一条条沟壑、一块块蒙着一层露珠的草地、森林的边缘以及一些偏僻的地方，它遇到狼、驼鹿、松鼠、水獭和野兔的大量脚印。对一些脚印它不感兴趣，另一些却惹它生气，于是它挖掉有脚印的泥土，把泥土撒得到处都是，或者剥掉树皮，为的是宣布自己对土地和森林，甚至对空气拥有的权力。

大雷鸟和黑琴鸡就从它鼻子底下突然飞起来，扇起干枯的落叶，弄出很大的响声，但是现在什么也不会让它吃惊了，它认为这一切都是理所当然，早就熟悉的。它不再深感不安而且好奇地去仔细闻随便什么动物留下的脚印了，而只不过是顺便注意到："瞧，有驼鹿从这儿走了过去，一共有三头。"或者是："有一只狐狸跑了过去，它十分匆忙，嘴里叼着一只鹌鹑。"

它的皮毛变成了胡桃那样的色调，长长了，变得丰厚松软，闪闪发光。那只受伤的爪子不再痛了，每当需要用力拔出一个树桩，或者翻转一棵不知什么时候倒掉的大树，现在它都要使用这只爪子。受可怕的食欲驱使，它经常要走很多路。不过这里什么都十分充足，它经常体验到一种极大的乐趣，感到从来没有像这样自由和强壮有力！

自由是伟大的！它像太阳、像广大的星空，它像温暖的和风，或者像飞速奔跑的淙淙的流水。

不需要怕谁，不需要做不想做的事情！

什么时候想站起来，就可以站起来，想去哪里，就去哪里！

可以站住，久久地目送从河上飞过的一队大雁；可以登上四面八方的风都不受任何阻拦、任意吹来的丘陵，在那儿可以闻到各种各样的气味——可以为自己任选其中的一样，到它正在召唤你的那个地方去！

可以钻进有许多枯树的密林，这些枯树上有许多窟窿，已经叫虫给蛀空了，为了欣赏自己不受任何约束的极大的力气，可以推倒这些已经死亡的枯树，它们将会那么可怜地咔嚓一声倒下去！

十一月到了——这是一个最初出现严寒的月份——驼鹿秋天的发情期开始了。泰季在丘陵上闲荡，非常气愤地注意倾听驼鹿呦呦的叫声，有好几次它从老远看到那头长着大犄角的驼鹿——那个庞然大物。那头驼鹿丧失了一切谨慎小心，在小树林里走来走去，登上干燥的长条形山岗，不时喷喷鼻子，几乎叫个不停。熊越来越不喜欢这些吵吵闹闹的邻居。泰季是头小心谨慎的野兽，有时忘乎所以，也会吵闹，但是它不能容忍旁的动物吵闹，不久它就痛恨那头驼鹿了，就像它曾痛恨另一头熊一样。

有一次它偶然碰到了驼鹿刚刚留下的脚印，而且立刻明白了，这就是不久前看到过的那个庞然大物和几头母鹿。这天它特别凶狠，要赶走那个厚颜无耻的家伙的愿望立刻支配了它。它怒气冲冲地把鹿粪撒到四面八方，很快顺着脚印去追驼鹿。它登上一座长条形的山岗，脚印不见了，它又从山岗上下来，绕了老大一个半圆形的弯，又闻到了驼鹿的气味。不久它就看到了它们。它们正在一片稀疏的山杨林里吃树叶，用丝绒般的嘴唇去够最嫩的树枝。

泰季大吼一声，扑向它们。那些母鹿急忙后退，大步跳跃着往下跑去，那头公鹿却出乎意外地突然打了个响鼻，冲着熊迎面走来。当然，在旁的时候公鹿也会不假思索地跟着母鹿逃走。而现在，在获得许多次胜利之后，它已完全受爱情的狂热支配，于是勇敢地前去迎敌，在一块林间空地上熊和鹿相遇了。泰季气愤地吼叫起来。驼鹿打了个响鼻，并且喷气，作为回答。由于渴望战斗，驼鹿浑身的皮肤都在颤动，眼睛充血，鼻孔微微发抖，呼出的轻微的热气被一阵微风吹走了。它正在年富力强的时候，长着很大的扁平鹿角，脖子强壮有力，臀部轻巧，微微下垂。

泰季没料到会受到这样的接待，一下子呆住了。它并没害怕，只不过是暂时停了下来，仔细考虑，怎样扑上去比较方便。但驼鹿却按自己的意思来解释这短暂的停顿，于是低下头，打了个响鼻，向熊冲了过去。泰季没来得及闪开，一下子就给撞倒了。驼鹿立刻用后腿直立起来，要俯冲下去，猛牴已被打翻的仇敌。如果驼鹿用角击中泰季的头，也许泰季的性命就这样结束了。但驼鹿没能像瞄准的那样击中熊的头部，而是牴到了它的肩膀上。熊的骨头十分牢固，经受住了这一打击，没有折断，但现在哪里还能搏斗，只要能活着逃跑就不错了！

驼鹿看到没有像它所希望的那样击中要害，于是又向上一跳，但泰季滚着躲开了，驼鹿这次完全扑了个空。于是驼鹿又低下头，像第一次那样猛冲过去。泰季急忙闪开，跳到灌木丛后面，驼鹿却不能立刻就停下来。当它转身去追熊的时候，熊已经一瘸一拐，尽力往下跑去。美丽的驼鹿大获全胜，获得了前所未有的胜利，但现在它觉得这还不够，它想要消灭敌人，或者远远地赶走它。于是驼鹿紧跟着跑过去，轻而易举地追上了熊，在奔跑的过程中又撞了它好几下。后来驼鹿好像想起了什么。突然站住了，于是打着响鼻，转身回母鹿那里去了。不幸的泰季给撞得遍体鳞伤，钻进最稠密的、被暴风吹倒的大片树木之中，好长时间在那里痛得直哼哼，呼哧呼哧地喘息，品味自己战败的耻辱。不久前那头长胡子的熊赶走了它，现在是驼鹿撵它走……最糟的是，现在它需要怕所有的驼鹿：既然有一头驼鹿打败了它，这就是说，旁的驼鹿也能这样对付它。从这天起，它的生活变得难以忍受了。不论它是去采越橘，还是去找蚂蚁窝，或者是去溪边喝水，一碰到驼鹿的脚印，立刻就转个弯离开那里。

但这毫无出路的状况延续了没有多久。在它血液中沉睡的、它所具有的祖先的野性突然醒了过来，狂怒地要求它去找到仇敌，把它杀死。它开始在森林里转悠，跟踪寻找驼鹿，怒不可遏地用爪子抓地，剥掉树皮，宣告自己的统治权，它找个地方埋伏起来，一连几个钟头完全一动不动地守候在那里。一次它在溪边发现许多刚刚留下的驼鹿脚印，于是藏到灌木丛里等着。它伏在地上，从树枝间望着小路，到处都铺着厚厚一层潮湿的黄叶。树都已经是光秃秃的，在日渐稀疏的、半透明的森林里，枝叶茂密的暗绿色云杉显得格外清晰、突出。早晨稍稍上了点儿冻，不过这会儿已经融化了，是阴沉、寒冷的一天。

下半天，上边传来了轻轻的咔嚓咔嚓的响声和喷鼻子的声音。泰季抬起头来。深深吸了一口气：有一股驼鹿的气味。它的耳朵紧张起来，后颈上的毛也竖起来了。它紧贴在地上，把后爪缩到肚子底下。那些驼鹿有两次停了下来。它们在干什么——是侧耳谛听，还是在扯什么树枝？这些泰季可不知道，它很有耐心地趴着，终于上边的灌木丛后面露出了鹿角，随后又看到了驼鹿。公鹿身后跟着三头母鹿。它们都站住了，警惕地动动竖起来的耳朵，仔细向下面看了看，然后下来，向饮水的地方走去：公鹿在前，三头母鹿跟在它后面。

那头公鹿还是闻到了熊的气味，立刻一动不动地站住了。泰季声音低沉地吼叫着从埋伏的地方窜了出来，驼鹿打了个响鼻，朝熊冲了过去。熊一跳闪开了，并且用爪子猛抓驼鹿的肋部。看来，熊爪打得并不重，只是轻轻地擦了一下，但肋部的肉立刻给撕掉一块，冒出血来。泰季闻到血腥味，立刻野性暴发。它有生以来第一次想要撕下活着的动物身上的肉，听到它的牺牲品临死前从喉咙里发出嘶哑的声音。这时驼鹿又转身向它冲了过来。熊很重，但驼鹿强壮有力的角还是把它像小猫一样抛了出去。泰季像上次一样在地上滚出了老远，但现在驼鹿的脖子上出现了一个鲜血淋漓的新伤口。泰季跳起来，用最大的音量大吼一声，全身都被震得摇摇摆摆，它猛一跳扑向驼鹿，竭力想从侧面进攻，因为它明白，鹿角是一种它无力对付的武器。

它们继续搏斗，拔起已经有点儿发黄的、湿润的草，刨起地上的泥土，破坏它们周围的一切，不过驼鹿明显地渐渐力气衰竭了。鲜血从它许多伤口里喷出来，尽管天冷，它却全身在冒热气。最后熊终于成功地从侧面扑到驼鹿身上，咬住驼鹿强壮的后颈，同时用后爪去撕它肋部的皮。然后熊用一只左前爪和牙齿紧紧抓着和咬着后颈，透过咬紧的牙齿吼叫着，右前爪使出可怕的力气猛击驼鹿的脖子，又往下一按，弄断了颈椎，驼鹿倒下去了。熊撕开了驼鹿的胸膛，但就是胸膛已被撕破，脖子已经折断，驼鹿还是试图站起来，把熊甩开——它是这么强壮有力！泰季大口大口地吞咽已经死了的仇敌的鲜血，嘴里发出呼噜呼噜的声音，不时咳嗽几声，好久都没清醒过来。

后来泰季不断地吼叫着，走回森林，但是又回转来，试图把死鹿拖走。拖起来很沉，也不方便，于是它用干树枝堆到死鹿身上，把它埋起来。它马马虎虎往已经死了的仇敌身上扔了些干树枝，挖了挖四周的泥土，然后真的走了。谁也没教它这样做，以前它也没这么做过，但现在它知道，需要这样。

过了两天，泰季已经忘记了这头驼鹿，它偶然从附近经过，风把一阵香味吹到它的鼻子里。它立刻想起了这一切，于是来饱餐了一顿。在这以前有狼到驼鹿这儿来过，根据狼留下的脚印，泰季知道了这一情况，因此它哪里也不去了，就睡在了附近。整整一星期它都来吃鹿肉，而且就在这儿睡觉，感觉到现在它已经是周围一切的统治者，它的领土也像那头有胡子的大熊的领土一样，是不可侵犯的。

12

但过了一段时间，犹如一个经久不愈的伤口，对人的思念最后一次又控制了它，一种比本能更为强大的力量突然驱使它走出森林。完全像不久前寻求孤独和自由一样，现在它又开始寻求与人会面。

整整四天它一直往东南走，直到最后来到一个开阔的地方。它面前是一片面积很大的丘陵，坡度平缓，丘陵上秋播作物一片翠绿，色彩鲜艳。泰季停在森林边上，林边附近有一条大道，经常有汽车在路上奔驰，或者是有人坐着大车慢慢地从那里过去。

泰季微微抬起身子，用后爪站在森林边上，由于思念人类，轻轻地摇晃着。但它并非只是需要任何一个人，它需要的仅仅是那个穿白色长裤的人。它需要那个人走近前来，搔搔它的耳朵后边，亲切地说："泰季！"并且用他那强壮的手把一块糖放进它的嘴里……

熊就这样站着，站了很久很久，但这已经完全不是从前的那个泰季了，它仿佛重新理解了生命伟大、神秘的意义，同时也已经永远告别了过去。它没有走到路上，到人那里去，也没有要在马戏团里学会的那些滑稽可笑的把戏中的任何一种把戏。它默默地、痛苦地思念着，后来仿佛它心中有什么东西发生了变化，仿佛最后的沉重负担从它身上脱落了下去，把它和人类联结在一起的最后一根线断了，于是它转回森林去了。四天以后它又已经回到了自己那里。

一天比一天冷了。现在泰季睡觉睡得很多，很少走路。每天早晨小湖和旧河床都蒙上一层响声清脆的薄冰。饥饿，泰季的这个经常不变的领导者，突然退居到次要地位。某种旁的需要越来越强烈地搅得它心神不宁，在马戏团里不让泰季冬眠——它需要演出，但在这里，它却要服从森林中的规律，它想睡觉。它一直走来走去，好像在打量什么，但它总是觉得，要么是不舒服，要么是太开阔。

一天夜里下雪了，早晨一片白茫茫的，遥望远方的丘陵，仿佛隔着一层轻烟薄雾，泰季更想睡觉了。就连雪地上它自己的脚印也不会让它感到惊讶了。有一次它在一棵云杉树下的干树叶上安顿下来，一连睡了三天，但后来醒了，又慢慢地不知往哪里走去，边走、边忧郁地看看十分活跃、在白雪中黑得格外显眼的乌鸦。

最后它找到了自己需要的地方，这是一个撒满落叶和针叶的深坑，坑上边灌木丛生。除此之外，一棵被锯断的云杉恰好倒在这个坑上。不知什么时候有人锯倒了这棵云杉，带走了锯下的树梢，却把下半截留在了这儿。针叶从枝梢上落下，撒了满满一坑。但即使没有落叶，云杉枝梢也已经那么稠密，泰季钻到树枝底下，就几乎看不到天空了。然而它还是觉得不好。它又爬出来，拖来一些干树枝，堆到上面，只是到傍晚才又钻进去。它在那儿翻来翻去，折腾了好久，怎么躺也觉得不舒服，最后才躺了下来。它觉得这样很好，于是开始舔净自己身上的毛。天渐渐黑了，在下着雪。这雪悄无声息，当天完全黑下来，松树梢上的雪也失去了它最后的淡紫色，这时泰季睡着了。

它梦到了什么呢？

是不是梦到了马戏团和漫长的演员生涯，而这漫长的演员生涯仿佛被走廊里的黑暗和演出场地耀眼夺目的灯光分成了两个部分？是不是梦到了一次次迁移、一节节车厢、车轮铿锵的响声、煤和汽油的气味？是不是梦到了高声大笑和疯狂叫喊的人们，以及那个穿白色长裤的人？

还是梦到了自由的新生活、香甜可口的蚂蚁、水流淙淙的冰冷的小溪、可怕的大雷雨、那头赶走了它的熊以及与驼鹿的恶战？

它是不是梦到了童年？那森林柔情脉脉，仿佛在召唤，它的英明的气息是不是飞到了它的身边，飞进了它的窝里？

谁知道呢？

无论是第二天还是第三天……它都没有醒来。雪一直在纷纷扬扬地下着，灌木丛一天比一天更加显得毛茸茸的，小路一天比一天更加难以通行，松树和云杉一天比一天更白，只有白桦仍然是光秃秃的，每天晚上都有一些黑琴鸡好久好久落在白桦枝上。严寒突然降临，真正的冬天开始在一座座森林里徘徊！

泰季的睡眠越来越深沉，呼吸越来越稀少，土坑上已经不再升起一团团蒸汽，不久就只能根据不大的通气洞和树枝上微微发黄的霜，才能偶尔猜到这儿是被雪掩埋起来的熊窝了。

橡树林里的秋天

尤·卡扎科夫

我拿了水桶，以便在山泉里打水。那天夜里我感到幸福，因为她将坐夜班快艇到来。但是我知道幸福是怎么回事，知道它变化无常，因此故意带上水桶，似乎我根本不指望她来，而只不过是要去打水。那个秋天，我的一切都似乎太顺利了。

这个深秋的夜像墨一般黑，真不想从屋里出去，不过我还是出去了。我花了好长时间把蜡烛安放到灯笼里，等装好蜡烛，点着了它，有一会儿工夫玻璃上蒙了一层水蒸气，微弱的光点闪闪烁烁，好似在眨眼，直到蜡烛着旺。玻璃干了，又变成透明的。

屋里的灯我故意没有关掉。在我顺着落叶松的林荫道往下去奥卡河的时候，被灯光照亮的窗子看得清清楚楚的，我的灯笼往前方和两旁射出不停颤动的光，我大概有点儿像铁路上的扳道员。只不过天黑前已经发潮的一堆堆枫叶和落叶松的针叶在我靴子底下低沉地沙沙作响，即使是在暗淡的灯光下，针叶也是金黄的，而在光秃秃的灌木丛上，伏牛花果却在闪着红光。

独自一人打着灯笼在夜间走路感到怪害怕的！只有你一个人的靴子在沙沙地响，只有你一个人被灯光照亮，引人注目，其余的一切都躲了起来，在默默地观察你。

林荫道突然沿着陡坡往下去，我房屋窗子里的灯光消失了，后来林荫道到了尽头，开始出现杂乱无章的灌木丛、橡树林和云杉。最后的母菊、云杉的枝梢，还有不知是些什么树的光秃秃的细树枝打在水桶上，发出“嘭！嘭！”的响声，声音一会儿低沉，一会儿响亮，在一片寂静中，老远就能听见。

小路变得陡峭而又弯曲，开始遇到长得密密的白桦，黑暗里不断闪出白桦的白色树干。后来白桦林也到了头，小路上开始碰到一块块石头，吹来一股清凉气息，虽说灯笼的光斑十分暗淡，什么也看不见，我却好像觉得，前面是一片开阔的空间——我已经来到了河边。

这时我已看到右边远方的浮标。浮标上的一点儿红光倒映在水里，变成了两点。后来在我这一边也看到了浮标，它要近得多，也在微微闪烁，于是河面显露出来了。

我踏着柳丛中湿润的野草，沿河岸往下游走，到快艇通常停靠的地方去。如果有人在我们这个荒凉地区上岸，快艇总是停在那里。泉水在黑暗中单调地汩汩作响，淙淙地流着。我放下灯笼，朝泉水走去，打了一桶水，尽量喝了个够，用袖子擦了擦嘴，然后把湿淋淋的水桶放到灯笼旁边，开始向远方的码头那边眺望。

快艇已经停在码头边了，可以隐约看到船舷上的红、绿灯光。我坐下，抽着了烟。我的手发抖，变得冰冷。我突然想，万一她不在快艇上，而有人从快艇上看到我的灯笼，以为我要坐船，于是在这儿停靠，那可怎么办呢？于是我吹灭了灯笼。

立刻变暗了，只有那些浮标在河上闪闪烁烁，好像是用针在河上扎出一个个小洞。真是静极了，耳朵里仿佛听到嗡嗡的响声，在这么晚的时候，大概许多公里之内只有我一个人待在河岸上。而上边，橡树林后有一个黑漆漆的小村子，所有的人早就睡了，只有村边我的屋里灯还亮着。

我突然想象她来我这儿的漫长旅程，她怎样从阿尔汉格尔斯克动身，睡在车厢里，或者是坐在车窗旁和什么人聊天；这些天她也像我一样，是怎样一直在想着和我会面的情况；现在她又是怎样在奥卡河上航行，看到了我叫她到我这儿来的时候向她描绘过的河岸；她是怎样走上甲板，风迎面吹到她的脸上，带来潮湿的橡树林的清香；而在下边，在暖和的船舱里，在蒙上一层水蒸气的玻璃窗后，一路上不知进行过一些什么样的谈话，人们怎样向她说明，该在哪儿上岸，如果没人来接，该在哪里过夜……

随后我想起了北方，想起我在北方漫游的情况，想起我是怎样住在渔场上，怎样和她一起在白夜去打狼鱼；渔夫们睡得很不安宁，一直在打呼噜，不时哼哼几声，我们却等到退潮以后，坐着高舷渔船出海；她悄无声息地划着桨，我却仔细望着深水里，望着一团团水藻，在水藻中寻找鱼的轮廓；我轻轻挥动鱼叉，把雪白的叉尖扎进狼鱼的后脑勺儿里，用力把它从水里拉上来，溅得我们满脸是水，狼鱼凶猛地在鱼叉上挣扎，张开可怕的大嘴，蜷缩成一圈，然后又像北螈那样很有弹性地伸直；随后，它已经在渔船底上了，好长时间还在弄出沙沙的响声，浑身颤抖，随便碰到什么都拼命一口咬住不放……

我还回想起这整整一年的情况，对我来说，这是多么幸福的一年。这一年我写完了多少小说，而且在这万物凋零、即将进入冬季的大自然中，我还要在这河畔度过一段时间，在剩余的这些幽静、安宁的日子里，我大概还会写出不少作品来……

夜包围了我，我在抽烟，每吸一口，香烟就清清楚楚照亮我的手、脸和靴子，但是并不妨碍我看到星星——而这个秋天星星是那么亮、那么多，甚至可以看到它们发出的浅灰色的光，看到被星光照亮的河、树林、河岸上的白石头、丘陵上发暗的方形农田，而峡谷里却比田野里暗得多，香味也更浓郁。

我立刻想，人的一生主要不是看你能活多久，三十岁、五十岁，还是八十岁，因为这反正还是不够，而死反正还是可怕的——主要还是看每人的一生中有多少个这样的夜。

快艇已经离开码头。它离这儿还那样远，还看不出它在移动。似乎它停在原地不动，然而已经离开了码头。这就是说，现在它正驶往上游，正在往我这儿开过来。不久就听到了柴油机响亮的嗒嗒声，我突然感到害怕，怕她不会来，怕她不在船上，而我只是在空等。我突然看到了她要到达我这里，必须克服种种困难走完的那段距离和必须度过的那些时日，而且明白，我那些要想两个人在这儿度过一段幸福生活的计划——这一切是多么靠不住。

“这算什么呢！”我出声地说，并且站了起来。我已经坐不住了，于是开始在岸上走来走去。“这算什么呢！”我无能为力地时而重复说，而且一直不时望望那艘快艇，

心里却在想，如果我独自一个人担着一桶水往上走，那将是多么不合情理，而且我的屋里将会变得多么空虚。难道最后我们竟会不走运，难道

经过这么多日子的等待和挫折之后，我们仍然不能会面，一切都将化为乌有吗？

我想起三个月前我从北方回来的情形，她是怎样突然从渔场到村里来为我送行，当我坐上小汽艇，好去转乘停在远方碇泊场上的轮船的时候，她是怎样站在小码头上，老是在说那同一句话："你要到哪里去？你什么也不明白！你什么也不明白！你到哪里去？"而我坐在小汽艇上，在女人们的告别和眼泪中，在小伙子们的叫喊和各种闹嚷嚷的嘈杂声中已经明白，我是做了一件孩子气的事，临走时怀着微弱的希望，希望将来能改正这一切。

现在快艇已经离得很近，我已经不再走来走去了，而是站在最边上，站在俯瞰发黑的水面的陡岸边缘，眯缝着眼，由于激动和怀着希望，高声喘着气，目不转睛地望着快艇。

发动机的响声突然降低了调门，驾驶室里聚光灯忽然一闪，一道轻烟似的斜射的光线从一棵树跳到另一棵树上，划过河岸。快艇在寻找靠岸的地方，它一直在往右去，聚光灯集中到一点上的光线射到我的脸上，我转过脸去，随后又朝船上望了望。上甲板上站着一个船员，他正打开船舷，好到下边去，把舷梯搭到岸上。而她穿着一件浅色衣服，就站在他的身边。

快艇的船头缓缓地深深扎进河岸，那个船员挪动了一下舷梯，帮着她下船，我却一把接过手提箱，把它提到远一点儿的地方，放到水桶旁边，只是在这时才慢慢转过脸来。聚光灯的光照得我眼花，我怎么也不能看清她。她朝我走来，一条很大的、摇摇晃晃的影子从她身上投射到上边森林茂密的斜坡上。我想吻她，但随即改了主意，我不想在聚光灯的灯光下这样做。我们只不过并排站着，用手遮住灯光，不自然地微笑着，望着快艇。快艇在往后退，聚光灯的光线往一边爬去，随后完全熄灭了，柴油机又在下边唱了起来，快艇——连同下面客舱里一排灯火辉煌的窗户——很快沿河向上游驶去。就只剩下我们两个人了。

“喂，你好！”我不好意思地说。

她踮起脚尖，很痛地抓住我的肩膀，吻了吻我的眼睛。

“走吧！”我说，并且咳嗽了一声。“见鬼，多黑呀，等等，我点上灯笼……”

我点着了灯笼，灯笼又蒙上了一层水蒸气，只好等着蜡烛着旺，玻璃干了，又变成透明的，然后我们走了。我提着手提箱和灯笼在前面走，她提着那桶水跟在后面。

“你不嫌沉吗？”过了一会儿我问。

“走吧，走吧！”她声音沙哑地说。

她的声音一向沙哑而低沉。一般说，她是个刚强、坚毅的女性，有很久我不喜欢她的这种性格。因为我喜欢女性的温柔。但现在，在这儿，在河岸上，在夜里，当经过这么多天的怨恨、别离、书信往来和奇怪的噩梦之后，当我们一个跟着一个回家去的时候，她的声音、健壮的身体、粗糙的双手，还有她的北方口音，却好像一只不是此地的鸟儿的呼吸——一只在秋天的鸟群中掉了队的、灰色羽毛的野鸟的呼吸。

我们向右转，走进峡谷，峡谷里有一条往上去的、很短的路，不知是什么人在什么时候铺起来的，路很窄，沿路长满榛树、松树和花楸。我们用灯笼勉强照着自己，在黑暗中顺着这条路往上走，而在我们上方，有一条窄窄的星河在流动，松树的暗黑色树枝在星河上缓缓漂浮，一会儿遮住星星，一会儿又让星星露出来。

我们几乎是一口气走到那条落叶松林荫道上，然后开始并排行走。我突然想要把一切都指给她看看，想要对她谈谈这儿的情况，谈谈这里的人，谈谈这里发生的种种小事。

“你闻闻看，”我说，“多香！”

“是酒香。”她回答，由于在走路，轻轻地喘息着。“我早就闻到了，还在船上的时候……”

“这是树叶。来，到这儿来！”

我们把东西放在林荫道上，跳过一条小沟，用灯笼照着，钻进灌木丛。

“这就应该在这儿的什么地方……”我喃喃地说。

“蘑菇，”她从后面惊讶地说，“红菇！”

我终于找到了要找的东西，是分散在草丛、针叶和黄叶上的小鸡的白色羽毛。

“你瞧，”我说，并且用灯笼照着，“我们这儿村里有个养禽场。小鸡长大了一点儿，开始把它们放出来。可是，瞧，有只狐狸现在每天来这儿，蹲在灌木丛里。等小鸡在树林里走散了，它就随便抓一只，就在这儿吃掉。”

我暗自想象这只深色的嘴、脸上长着白毛的狐狸，想象它怎样舔舔嘴唇，喷喷鼻子，想要把粘在鼻子里的绒毛吹出去。

“应当打死它！”她说。

“我有猎枪，我和你在森林里转转，也许我们运气好，能打死它。”

我们又回到林荫道上，继续往前走。看到我房子里被灯光照亮的窗户了，我开始想，等我们到家以后将会怎样。我立刻想要喝酒，而我那儿有花楸露酒。这酒是我自己酿造的，在树林里采了很多花楸果，拿回家去，把花楸果放到榨汁机里压榨，让它流出黄色的泡沫，然后把果汁滤进装着伏特加的酒瓶里。

“我们那里却是冬天了，”她好像惊讶地说，“德维纳河结冰了，只是在河中心有破冰船开出一条通道来。什么都是白的，通道却是黑的……而且在冒热气。每当有轮船在发黑的河面上驶过的时候，冰上就会有狗在一旁跟着跑。不知为什么总是伞（三）条。”

她就是这样用北方口音说：“伞条。”我暗自想象德维纳河、轮船、阿尔汉格尔斯克，还有白海上的那个村庄，她就是从那里来的。一座座空着的、高高的两层的木头房子，黑色的墙壁，寂静而孤独。

“冰已经出现了吗？”我问，“海上？”

“有了。”她说，她也在想，不知在想什么。也许是想她留在那里的一切吧。“回去的时候只好坐鹿拉的雪橇了，如果……”

她住了声，我等着，一面在倾听她的呼吸和脚步声，随后问：“什么如果？”

“没什么，”她声音特别沙哑地，慢慢地说，“如果冰越积越多，就是这么回事！”

我们在台阶上跺了跺脚，然后走进屋里。

“哦——哦！”她环顾四周，摘下头巾说。每当她感到惊讶或者高兴的时候，总是低声慢慢地说出她这个“哦”来。

房屋又小又旧，我是向一个莫斯科人租来的，他只有夏天才住在这里。几乎没有家具，只有两张旧床，一张桌子和几把椅子……墙给虫蛀了，四面墙上都蒙着一层白粉。然而屋里有个收音机，也有电灯，还有个小炉子和几本很厚的旧书，我喜欢在晚上看这些书。

“脱掉外衣吧！”我说，“咱们马上就生炉子……”

于是我到院子里去砍生炉子的干树枝。但是由于感到幸福，我觉得有点儿不大自在，脑子里在嗡嗡地响，手在发抖。总而言之，不知怎的感到浑身发软，想要坐一会儿。星星微微闪烁，星光刺眼。“天要冷了，”我想，“这么说，早晨所有的叶子都要飘落下来。不久就要下头一场雪了！”

奥卡河上响起一声悦耳的，有三种音调的汽笛声，好似波浪一般滚动着越过一座座丘陵，好长时间还在发出回声。下边不知哪里有一条拖船驶过，这是那种现在已经很少见的老式蒸汽拖船中的一艘。新式快艇和喷水式推轮汽笛声都短而高，带有难听的鼻音。鸡埘里有几只小公鸡被汽笛声惊醒，用假嗓叫了一阵儿……

我砍了些干树枝，抱了些劈柴，回到屋里。她脱掉了大衣，背对着我站着，弄得报纸簌簌地响，不知在从手提箱里拿什么东西。她穿一件色彩鲜艳的小连衫裙，连衫裙她穿着嫌小：如果我带她去莫斯科的什么地方做客，或者去俱乐部，大家准会悄悄地微笑，而这大概是她最好的衣服。我想起来了，她平常都是穿运动裤，裤腿塞在靴子里，长裤上面再穿一条褪了色的旧裙子，在那里这样穿是很有道理的。

我坐上茶壶，动手生炉子。炉子里不久就嗡嗡地响起来，干树枝开始劈劈啪啪地响，冒出了烟味和劈柴味。

“这是给你的！”她从后面说。

我一回头，看到放在桌子上的一条鲑鱼——漂亮极了，闪着暗淡的银光，宽阔的背脊颜色发暗，下颌微微向上弯着。屋里散发出一股鱼味，对旅行的怀念又支配了我。

她是沿海的居民，她甚至是于夏天金色的夜晚在海上，在一艘小汽艇上出生的。但是对于夜，她却不感兴趣。要知道，只有外来人才会看到夜，才会由于寂静和孤独而几乎发狂。只有当你在那里是个客人的时候，只有你离开了大家，也似乎已被大家忘却，只有那时你才会通宵不眠，一直在想啊，想啊，并且对自己说:“好了，好了！这没什么，这只不过是夜而已，你又不是永远待在这里，夜关你什么事呢？让太阳从海边悄悄地溜过去吧。睡吧，睡吧……”

而她呢？每天夜里她都在渔场上印花布窗帘后面睡得很熟，因为一清早她就得起来，和强壮的渔夫们一同划桨，一道从渔网里把鱼捉出来，然后还要煮鱼汤、洗碗洗盘子……永远如此，每年夏天都是这样，直到我们来到那里……

而现在我们却在奥卡河畔一同喝花楸露酒、吃鲑鱼、说话儿、一同回忆种种往事，回忆我们怎样于白夜出海去打狼鱼，怎样在起了风暴的时候和渔夫们一同去把渔网拉上来，怎样呛进苦咸的海水，感到一阵阵恶心，以及怎样一同到灯塔上去取面包，怎样有一次夜间一同坐在乡村图书馆里，脱掉靴子，脱下棉背心，看完我们在渔场上的这些日子里出版的所有报纸和杂志。

我把皮大衣毛朝上丢在炉边的地板上，我们把茶壶和糖果放到旁边，拿了茶杯，然后躺在这件皮大衣上，一会儿互相看着对方，一会儿望望淡红色的炉膛，望着里面的木炭，望着火苗怎样在木炭上奔跑。为了能这样多躺一些时候，有时我站起来，给炉子里添上一些干树枝，树枝劈劈啪啪地响起来了，我们觉得热了，就稍稍挪开一些。半夜两点我在黑暗中起来了，因为我不能入睡。我好像觉得，如果我睡着了，她就会离开我不知道到什么地方去，我就会感觉不到她，而我却希望她随时都和我在一起，而且我能知道这一点。“把我带到你的梦里去吧，好让我永远和你在一起！”我想这样说，“因为我们不能长期分离。”后来我想，那些离开我们，而且我们再也不会遇到的人，对于我们来说，他们等于正在死亡。我们对于他们来说也是一样。当由于高兴或者由于苦闷夜里不能入睡的时候，就会有一些奇怪的想法来到脑子里。

“你在睡吗？”我轻轻地问。

“没有，”她从床上回答，“我很好。别看我，我要穿衣服……”

于是我走到墙角落去，那里用皮带在墙上吊着一个收音机，我打开收音机。我在喀喀的响声和播音员含糊不清的声音之间寻找音乐。我知道，应该有音乐，而且找到了，一个男人的低音不知用英语在说什么，然后短暂的停顿。我明白，这就要开始演奏了。

我战栗了一下，因为才听到第一个声音我就已经听出这是什么旋律。每当我觉得愉快，或者是相反，当我感到痛苦的时候，我总是会想起这首爵士乐的旋律。对于我，它是格格不入的，但其中却含有某种秘密的思想，无法理解，这思想是悲哀的，还是欢乐的？每当我到什么地方去，每当有什么让我高兴，或者相反，有什么让我感到难过的时候，我常常会想起这个旋律。它也让我想起了莫斯科的那一夜，那天夜里我们俩一直乘车兜来兜去，后来又走来走去，我们孤独，不幸，整整一夜我没听到她说过一句责备的话，我却感到很不好意思。

在莫斯科度过了毫无意义的五天以后，她要回阿尔汉格尔斯克去。一切都和莫斯科车站上平时的情况一模一样：搬运工人推着他们的小车，自动小货车发出单调的响声，周围人们急急忙忙，在告别，只剩下有限的几分钟了……她要走了，虽然她还可以不走，她还有时间——有好几天空闲时间。我却感到遗憾，痛苦，我既生自己的气，也生她的气。我想，没有她我会感到多么空虚，又不得不喝酒，好在某种程度上减轻忧愁。

“你别走。”我说。

她只是笑了笑，用发抖的眼睛从下面看了看我。她的眼睛看上去是暗黑色的，闪射着绿色的火花，无法理解——她的眼睛是绿的呢，还是黑的？但是她不看着我的时候，眼睛是黑的，这我记得很清楚。

“多么愚蠢！”我说，“一会儿是我什么也没理解，就离开了北方，现在却是你。又是什么也没……多么愚蠢！你别走！”

“现在还说什么呢？”她怨恨地喃喃地说。

“不该住在总是在家的什么亲戚家里！”

“那么住在谁那里？你那里，是不是呢？反正一样，”她固执地说，“现在还说什么呢……”

“咱们去旅馆，这几天你就住在那里。”

“火车这就要开了。”她说，说着转过脸去。

“啊，不，等等，你想想看！在那么多书信往来之后，我们就要在一起了，就我们两个人，你想想看！”

她好久一声不响，轻轻咬住嘴唇，转动着眼睛在我脸上探索着，最后可怜巴巴地，像只给打伤的小鸟儿一样，问：“要是我留下来，你会觉得高兴吗？”

我感到呼吸困难，好像有块什么东西涌到了咽喉，我转身很快走进车厢，碰到了什么人，挤过去，找到她的单间，拿起手提箱，走了出来。到现在我还记得，列车员和当时正在车厢旁的人是怎样看着我们。

“走吧。”我说。

“车票呢？”她问，眼睛闪闪发光。

“管它什么车票！”我说，并且拉住她的手。

我们走到广场上，坐上了出租汽车。

“去旅馆。”我说。

“哪一家？”司机问。

“随便哪家都行！”

汽车开动了，迎着交通信号灯、已经亮起来的霓虹灯招牌疾驰，从车站、行人和房屋旁飞也似的开过去。

“停一停，老伙计。”在一家商店附近我对司机说，下车去买了一瓶葡萄酒。我把酒瓶塞进侧面的口袋里，然后回来了。我想象我们举起高脚酒杯、互相望着对方的眼睛、喝掉这瓶酒的情景。当我们到达旅馆，我向管理员走去的时候，我嘴里仿佛已经尝到了酒味。

“没有地方。”管理员平静地告诉我。

“随便什么房间。您明白吗？随便什么房间，最坏的，或者最好的！”

“没有地方。”他不满地说，并且懊恼地拿起铃声响个不停的电话的听筒。

她在前厅里等着我，怯生生地望着那些富丽堂皇的圆柱和一面面镜子。她连看我的时候也是怯生生的，仿佛我就是这一切的主人！我们走到出租汽车停车场上。

“咱们去另一家。”我有点儿不快地说。

她毫无怨言地坐进汽车，我们又在莫斯科疾驰。我顺路到一个朋友那里去借钱，差点儿没开口求他留我们住在他那里，但是他妹妹有客人，我看了看他们，看了看摆着酒的桌子、沙发床，看了看那些穿着很窄的印第安人软皮鞋、高高翘起来的脚，就什么也没求他了。不过钱却多借了一些。

“喝一杯吧！”朋友注意到了我的目光，对我说。

“不，在等着我，谢谢！”

过了一个钟头，两个钟头，我们一直坐着汽车到处跑来跑去，到处对我们说的都是那同一句话：“没有地方！”走到街上，我环顾一座座很大的旅馆大厦和楼房，许多层一排排的窗户，其中不少窗户里灯已经熄了，我想到这时候可以安安静静坐在和躺在自己屋里的那些人，想到那些此时正在听收音机和为了催眠而看书，或者正在拥抱女人的人，我开始感到心痛了。

最后，我们疲惫不堪，把她的手提箱送到火车站去，寄放在小件行李寄存处，然后慢慢向索科利尼基[①]走去。已经是半夜十一点多了。

“咱们怎么办呢？”我笑着问。

“不知道。”她疲倦地说，“也许，去饭店？我想吃东西……”

“饭店都关门了。”我看了看表，说，又愚蠢地笑了起来。“到市中心的林荫道街心花园去吧。”

我们很快地走着，就像我们在北方的时候要赶到二十公里以外的俱乐部去看电影，害怕迟到，在海岸上快步行走一样。路灯渐渐熄了，只是在

---

① 索科利尼基在莫斯科东北、亚乌兹河右岸，从前是沙皇狩猎的猎场，现在在那里开辟了文化休息公园。

路的一边，每隔一盏才有一盏亮着。街上已经几乎没有人了。我们终于走到了特维尔街心花园，坐到长凳上。

“去你家里，无论如何也不行吗？”她怀着希望问。

“要不我不就跟你去了吗！父亲，母亲——他们上哪儿去！”

“嗯，那好吧，”她说。“别难过，明天我就走，早晨还有一班车。以后……”她叹了口气，“以后你什么时候又来我们那里。”

我抱住了她，她偎依在我的怀里，闭上了眼。

“我们就这样坐一会儿，是吗？”她喃喃地说，在长凳上稍微动了动，坐得更舒服些。“你是个好人，我爱你，小傻瓜，还在那里的时候我就爱上你了，你却不知道……可怜的，你呀，可怜！”

她一动不动地坐了一会儿，然后甩掉鞋子，把脚缩上去，用裙子盖起来。

“脚痛。”她半睡半醒地喃喃地说，“这鞋子……不习惯……”

有两个民警在旁边的林荫道上走。看到我们，其中一个走到亮处，向我们走来。

“请您走开，公民！”他不知为什么只对着我说，“这是不允许的。”

“什么不允许？”在她不好意思地把鞋子穿到肿起来的脚上的时候，我问。

“别说了！已经说过——请您走开！”

我们站起来，走了。我又仔细看看那些房子和窗户，老是好像看到那间有沙发床的房间。这间房子里面没有旁的东西了，只有微弱的粉红色的光和一张沙发床。

“你听我说，咱们到大门洞去吧。”我毫无把握地说。

“走吧，”她同意了，并且轻轻地笑了笑，“我在那里脱掉鞋子，在台阶上坐一会儿。”

我们走进一个黑暗的院子，走到角落上最远处的一个门洞里，随手关上门，坐到台阶上。她立刻脱掉鞋子，开始揉脚掌。

“累了吧？”我问，并且抽着了烟。“可怜的，在莫斯科我们运气不好。”

“是啊，”她用面颊紧靠在我的肩膀上，“是座很大的城市。”

听到了脚步声，门开了，扫院子的女人朝门洞里望了望，看到了我们。

“啊呀，快离开这儿！”她大声喊，“你们这些魔鬼，怎么不让你们灾难临头啊，像些大门底下的猫，到处闲逛！快走，要不我这就吹哨子了！”

她从围裙口袋里掏出一个亮闪闪的哨子。她的脸颧骨突出，神情是凶恶的。我们又从院子里走过，扫院子的女人跟在后面，还在骂人。在街上我们一个看着一个，笑了起来。

“这可不是你的白海。”我说。

“没什么，”她又安慰我说，“那就这么走走吧。还是去车站呢？至少能在长凳子上睡一会儿，怎么样？”

“好吧。”我同意了，突然精神振奋起来。“你听我说，我真是个傻瓜，咱们去郊外好了！叫辆出租汽车，钱，我这儿有，到三十公里以外的地方去——我们这儿都这么办！”

一辆出租汽车在街上慢慢开过去了。从前，我很晚才回去的时候，喜欢看着这些夜间行驶的出租汽车。它们像中了魔法似的，在这座沉睡的城市里慢慢游荡，车上的小绿灯闪闪烁烁，看着这闪烁的灯光，总是想要到某个很远的地方去。

我们叫住了一辆出租汽车。

“去城外？”出租汽车司机问，而且立刻很明显地变得厚颜无耻，要敲竹杠了。“七个半卢布。送你们去。”

“好吧。”我说。对我来说，已经反正都一样了。

汽车行驶的时候，我想睡觉。路上荒凉无人，西方还是一片昏暗，但东方已经发白，开始破晓了。车外风声均匀地呼呼地响，出租汽车里面有一股刺鼻的汽油味。

“这儿，怎么样？”司机在一片小树林附近降低车速，问，“我们不能再往前去了。外地人，是吗？”他瞅着她说。

我们下了车，黎明前的寒气袭人，我们立刻觉得身上发冷。

“半个钟头够了吗？”司机像要对我进行估价似的打量着我，问。“我打个盹儿，你们来了，请叫醒我。有香烟吗？请给支烟抽……”

于是他开始在路边上给汽车调头，我们却踩着粗硬的野草往树林里走去，当时我的唯一感觉就是潮湿和一阵阵发冷。我的衣服变硬了，也变重了，皮鞋潮了，长裤上的皱褶也舒展开了。树林里微微露出暗淡的光。我看了看她，心想，现在我该怎么办呢。看上去她的样子很疲倦，脸消瘦了，眼睛下面有两道黑圈儿。她突然毫不掩饰地打了个呵欠，烦闷地向四周看了看，仿佛困惑不解，不明白我们为什么到这里来。

“也算是树林呢……”她喃喃地说，突然含有敌意地看了我一眼。

我也打了个呵欠，觉得没趣儿，而且因为我不是在家里，躺在床上，而是在这儿，在这潮湿而寒冷的地方，感到气愤。

“讨厌。”她痉挛地打着呵欠说，声音低沉、沙哑，要说的是“讨厌”，可说出来的却是“讨烟”。“噢，天哪！什么也不需要，我不想，回去吧……”

“回去就回去，”我萎靡不振地说，也打了个呵欠，“只不过要把酒喝掉，不然口袋坠得慌。”

我掏出酒瓶，试图打掉瓶塞，但瓶塞塞得很紧。于是我用火漆把瓶塞捅进酒瓶里。

“喝吧。”我把暖烘烘的酒瓶递给她，说。

“不想喝。”她喃喃地说，不过还是接过酒瓶，叹了口气，喝了起来。两条滴液，像两条血，流到她的下巴上，她咳嗽起来，把酒瓶还给了我。我喝完了，扔掉了酒瓶。

“走吧。”我轻松地说。

我们又在潮湿的树林里，在蕨类植物间慢慢地走，后来又在一块不大的草地的土墩上走，她一直微微提起裙子，免得让露珠溅湿下摆。

“怎么这么早？”司机问，并且含着讥笑的意味看了看我。“性情不相投？”

“开车吧！”我气愤地说，勉强忍着，没有揍他。

我们坐车回去，一路上在打瞌睡，急转弯的时候互相靠到对方身上，我记得，和她的接触使我感到不快，大概她也一样……已经是早晨五点钟左右了，到火车开来，还得在什么地方闲逛上三个钟头，我觉得不舒服，酒冲到头上来了，可是不知怎的感到很难过，闷得透不过气来。

这三个钟头简直是苦难，而主要的是，我不能走，必须和她在一起待到最后。好不容易等到火车来了，我又送她上车，可是不知道该说什么，我的头疼得仿佛要裂开似的。

“嗯，好吧，给我写信。”她说，一把抓住车厢上的扶手。

我竟还有力量让她稍等一下。

“别生气。”我喃喃地说，吻了吻她的前额，于是向出口走去。我记得，和她分手以后觉得那么轻松，我甚至感到惊讶，但也感到忧郁，内心深处仿佛有一个小小的伤口火辣辣地刺痛，而且不知怎的感到惭愧。

我把那件皮大衣拖到收音机旁，我们互相拥抱着，紧挨着坐在大衣上。这几个月来我心里一直有一种好像失去了什么的感觉，现在却把一切都找回来了，而且找回来的比我所能设想的还要好。

低音提琴伤感地低回婉转，在黑暗中寻找其合乎对位法规律的转调点，由于无法确定，犹豫徘徊，声音一会儿升高，一会儿降低，它这缓慢的转调使我想起了星空。萨克管留心倾听低音提琴的旋律，不知在抱怨什么，小号一次又一次爬上疯狂的高音，钢琴偶尔以它五度音的启示性和音插入它们中间，而打击乐器好似拍节器，犹如时间一般，把节拍分配在切分音上，用并没有什么内容的柔和的敲击声使一切都听从它的指挥。

“咱们不开灯，好吗？”她说，从地板上往上看着，看着收音机上的刻度盘，看着它那像狼眼似的小灯。

“好的。”我同意了，并且想，也许我这一生中永远再不会有这样的夜了。我开始感到忧郁。因为已经过了三个小时了，而我却希望这一切从头开始，让我再提着灯笼出去，等待，让我们再来回忆，然后又害怕在黑暗中彼此分离。

她为了什么事情站起来一下，向窗外望了望，沙哑地说：“雪……”

我也欠起身来，望了望窗外黑暗的空间。在下雪，却听不到一点儿声音。这是这个秋天第一次真正的雪。我暗自想象，明天白天将会在森林里一堆堆干树枝四周发现田鼠的脚印，而在兔子每天夜里都那么爱去啃的金合欢旁，将会发现兔子的脚印。我想起自己的猎枪，心情愉快起来，感到一阵战栗。在下雪，而她来了，这里就只有我们两个人，还有音乐，我们的过去和将来，也许将来会比过去还好，而明天我要领她到我喜欢的地方去，让她看看奥卡河、田野、丘陵、森林和峡谷……这一切是多么好。夜正在逝去，我们却一直不能入睡，小声交谈着，互相拥抱着，彼此害怕失去对方。我们又生着了炉子，望着它火红的嘴，通红的火光烘烤着我们的脸。早晨七点左右我们睡着了，那时窗子上已经透露出淡蓝色，我们睡了很久，因为在我们屋里谁也不来叫醒我们。我们睡着的时候，太阳升了起来，一切都开始融化，但后来又冻上了。喝过了茶，我拿了猎枪，我们一齐从屋里走了出去。有一瞬间我们甚至觉得眼睛痛——冬天的光那么白，白得刺眼，空气也那么清新，那么凛冽。雪已经化了，但到处还留下一层冰壳。冰壳没有光泽，是半透明的。从牛棚里冒出一股奶香扑鼻的热气，一些小牛犊挤在牛棚旁，踩来踩去，像踩在木板桥上似的，发出咚咚的响声。这是因为土块上面结了一层冰，而底下的粪水还没上冻。还有些小牛犊快活地在灰白色的秋播作物地里吃草，它们时常翘起尾巴，叉开鼠蹊部长着鬈毛的后腿，在地里小便。它们撒过尿的地方露出一片片湿漉漉的黑麦苗，看上去好似一个个翠绿的斑点。

我们先是在路上走。车辙上蒙着一层不透明的薄冰，但冰下是泥水，我们的靴子踩破冰壳，褐色的泥浆就溅到了冰上。树林里面，从冰下露出迟开的、刚刚有点儿发黄的蒲公英。在冰中可以看到冻在里面的阔叶和针叶，有些已经结冰的最后的蘑菇还在挺立着，我们用脚一踢，它们就断了，发出清脆的响声，蹦蹦跳跳，好久还在冰上滚动。冰在我们脚下陷落下去，老远都能听到清脆的响声，四面八方都在咔嚓咔嚓地响——前面，后面和两边。

远远望去，丘陵上的农田，隐约可见的一片片淡绿色上笼罩着轻烟薄雾，好似撒上了一层层面粉。干草垛却黑乎乎的，树林已经透光了，呈暗黑色，而且是光秃秃的。只有白桦像一道道白栅栏，显得格外刺眼。一棵棵山杨杂乱无章，仿佛有些手忙脚乱，颜色是绿的，绿得发亮，树林很多的丘陵上，有些地方尚未凋零的树木犹如繁花盛开，最后的树冠还在红光闪闪。透过树林，在离得很远的地方就能看得到河，河面看上去荒凉无人，而且寒冷。我们顺着有雪的峡谷下去，在身后留下一排起初很脏、后来却变干净了的脚印，然后我们在一棵给砍掉的山杨树旁，从山泉里喝了点儿水。静止不动的泉水深坑里，水底沉下了厚厚一层发黑的枫叶和橡树叶，被砍掉的山杨有一股苦涩、寒冷的气味，断面上的木质呈琥珀色。

“好吗？”我看了看她，问道。我感到惊讶，她的眼睛是绿的。

“好！”她贪婪地环顾四周，舔着嘴唇说。

“比白海上更好？”我又问。

她又开始望着河，还顺着斜坡往上看，她的眼睛变得更绿了。

“啊，白海……”她模棱两可地说，“我们那儿……我们那儿……可这里是橡树……”她打断了自己的话。“你是怎么找到这样一个地方的？”

我感到幸福，但不知怎的又觉得奇怪和害怕：那年秋天我的一切实在是太好了。为了让自己安心，我开始抽烟，全身都笼罩在烟和热气之中。奥卡河上从阿列克辛那边出现了一艘快速拖轮，它驱赶着波浪，飞快地顺流而下。我们默默地目送着它，从它的蒸汽机里冒出大量蒸汽，还有一股蒸汽从船舷上、从暗黑色的水面上方一个小洞里向一旁喷射出来。

等拖轮在转弯处消失以后，我们手拉着手，开始在明亮的树林里、稀疏的树木之间向上攀登，为的是从上面再一次看一看奥卡河。我们轻轻地走着，默默不语，好似在一个我们终于相聚在一起的白色的梦中。

咱们去洛普申加

尤·卡扎科夫

我一面翻阅帕乌斯托夫斯基的书，一面回想和他的谈话，现在我想，他从事文学创作的激情终生都在与旅行的激情进行斗争。

试看从他的同一部著作《金蔷薇》中摘引的几段摘录。

还在童年我就养成了看地图的爱好。我可以一连几个钟头地看地图，就像在看一部引人入胜的书。

我研究人们不知道的河流的流向，研究稀奇古怪的海滨。深入到原始森林深处，那里用一些小圆圈儿标出一个个没有名字的猎区购销站来，我像念诗那样反复背诵响亮悦耳的地名——尤戈尔海峡，赫布里底群岛，瓜德拉马和因韦尔涅斯，奥涅加和科迪勒拉山脉。

渐渐地所有这些地方都那样清晰、栩栩如生地出现在我的想象之中，好像觉得，我可以写出一篇篇（而且已经写了很多！——尤·卡扎科夫）虚构的在各个不同大陆、不同国家的旅行日记。

我乘轮船沿普里皮亚季河从切尔诺贝利镇返回基辅。

有一次冬天里我乘一艘完全空无一人的内燃机船从巴统去敖德萨。

那艘旧轮船离开沃兹涅先尼耶的码头，驶入奥涅加湖。

白夜笼罩着四周。我第一次不是在涅瓦河和列宁格勒上空，而是在北方森林茂密的辽阔大地和湖泊之间看到这样的夜。

苍白的月亮低悬在东方。它不发光。波浪摇荡着水中的几块松树皮，毫无声息地从轮船旁匆匆流往远方。

意识到他正在到某处去，这总是会使帕乌斯托夫斯基感到非常激动。他有一篇特写，他把它叫作《漫游的风》。没有这风，他就很难生活和写作。他一生中几乎所有的幸福时刻都是和旅行联系在一起。

当他旅行时，他想着终于能坐到桌边的时刻，好写出他在旅途中看到和所想的一切。

当他坐在农村里某个地方，或者在一座荒废的别墅里写作的时候，新的道路已经在召唤他，让他心情无法平静下来。

“列车铿铿锵锵，响声隆隆，笼罩在蒸汽里，笼罩在烟雾中。蜡烛在叮当作响的灯笼里燃烧，渐渐地快要点完了。点点深红色的火星沿着轨道从车窗外一闪而过。机车兴高采烈地高声吼叫，为自己飞速的运行感到陶醉。”

我深信列车正带着我向幸福疾驰。一部新书的构思已经在我的头脑里诞生了。

我相信一定会把它写出来。

后来他写成了那部著名的《卡腊—布迦日海湾》，而且——好似最高的幸福时刻：

我在船舱里写作，有时站起来，走到舷窗前，看看岸上。功率强大的机器在内燃机船钢铁的腹腔内轻轻地歌唱。海鸥在尖叫。写起来十分轻松……

意识到正在广阔的空间里运动，模模糊糊地期待着一定会经过的港口城市，也许还有不会使人感到厌烦的、短暂的会见，这一切对工作也很有帮助。

内燃机船用钢铁的艏柱分开冬天淡白色的水，我好像觉得，它正带着我驶往必然的幸福。我所以会有这样的感觉，显然是因为短篇小说写得很顺利。

这样的关于旅途幸福的回忆，在他的著作里有几百处。

有一次秋天里，我坐在帕乌斯托夫斯基在塔鲁萨的暖和的屋子里。和往常一样，谈起我们的熟人中谁正在写什么，到哪里去了，或者是从哪里回来……

“对了，尤拉！”康·格[①]突然很兴奋地说，“我没把望远镜拿给您看吗？没有？”

于是他匆匆站起来，走到架子前，把一个用旧了的望远镜拿给我。

“您看看！是件非常出色的东西。您知道这是从哪儿弄来的？从‘帕拉斯’[②]号护航舰上！”

---

① 康斯坦丁·格奥尔基耶维奇，帕乌斯托夫斯基的名字和父名。

② 帕拉斯，希腊神话中司智慧和战争的女神，同时也是城市的守护神。

随后他又坐到桌边，望着窗子。

“您可知道，作家当中我最羡慕谁？布宁！而且完全不是羡慕他的天才。天才，当然总是让人羡慕的，不过现在我说的不是这个……您只要想象一下看，什么地方他没去过呀！还在青年时期他就看到过一些很美的地方！巴勒斯坦、犹地亚、埃及、伊斯坦布尔……还有哪里？对了！印度洋、锡兰[①]……是个幸福的人！您知道吗……明年我和您一道到北方去。您在那里有个什么地方？洛普申加……咱们去洛普申加，怎么样？”

“塔吉扬娜·阿列克谢耶芙娜[②]不会允许的。”我说。

“不允许……”他表示同意，并且叹了口气。

我是 1957 年春天在杜布尔特和帕乌斯托夫斯基认识的……也就是说，从那时起已经过去十四年了，而那个春天也和在那以前或以后的任何一个春天一样，都要渐渐离开我们，直到绊在我们的棺材盖上……请想想看，历史的时间和我们当中每一个人的个人时间，这二者之间的相互关系是多么奇怪。

1967 春天我在巴黎，在鲍·扎伊采夫[③]家做客，他对我谈起了伊·布宁。他讲的故事是这样开始的：“我和伊万认识……嗯……我和伊万·布宁是在 1902 年认识的……”

由于某种恐惧感，我甚至打了个哆嗦——当时契诃夫还在世！离托尔斯泰去世还有八年，高尔基、库普林、布宁都还年轻，几乎都是刚刚开始写作的作家，那时候我父亲还没出生！从那时起全世界发生了多少伟大和

---

① 现已改名斯里兰卡。

② 帕乌斯托夫斯基的妻子。

③ 鲍·扎伊采夫（1881—1972），苏联作家。

可怕的事件，一些什么样的时代已经过去了，而鲍·扎伊采夫也许并不觉得他个人的生活是这么长久吧。我甚至对此深信不疑。

这么说，从我第一次看到帕乌斯托夫斯基，听到他的声音，从那个春天起，已经过去十四年了。当时我让他给迷住了。不是爱戴，而正是让他迷住了。迷恋到了这种程度，我甚至记得当时他穿的是件什么样的大衣——大衣是拉锦绒的，扣上去的里子上绗着菱形花纹——戴一顶鹿羔皮帽子。

总之，在帕乌斯托夫斯基生前的最后几年，他一直处于一种让人心醉和与此相关联的某种使人心情激动的气氛里。

1963 年，正是叶夫图申科名声大噪、盛极一时的时候，我和他一道到北方去，可以证明，他的崇拜者真是多极了。但那是性质完全不同的另一种声誉。对待帕乌斯托夫斯基的态度却是，这该怎么说呢……好，举个例子吧。1960 年秋天，我和费多尔·波列诺夫[①]，画家和博物馆馆长的孙子，一道去看望帕乌斯托夫斯基。到了大门口，这时波列诺夫甚至像小孩子似的害怕了，拒绝再往前走。于是我一个人进去了。

“康斯坦丁·格奥尔基耶维奇，”我说，“大门外还有一位客人。”

“为什么在大门外呢？”

“不好意思见您。”

老实说，每次去看望帕乌斯托夫斯基的时候，我也觉得不好意思。

我不知道，帕乌斯托夫斯基究竟是什么时候开始害气喘病的。但那

---

① 费多尔·波列诺夫，苏联作家。他的祖父瓦·德·波列诺夫（1844—1927）是著名画家。

时，在杜布尔特，他的病情已经相当严重，他一直在换房间，怎么也不能安顿下来，住进一个又暖和又有太阳的房间里。有时天气晴朗，他独自在沙丘上慢慢散步，给什么东西拍照，看看山上的积雪，到海边去，不过待的时间不长——从海上吹来潮湿的风，沿岸的冰层重重叠叠，几乎一直堆到海天相接的远方，有一股冰雪的气味。

夏天和秋天我没去过杜布尔特，不过那里春天真美极了！不知为什么，阳光充足，还有温和的海上的空气，一座座已经用木板钉起来的别墅、休养所都关闭了，四周人迹稀少，就是在创作之家，通常也只有十四五个人。早春时在那儿写作是很好的。据说帕乌斯托夫斯基正是在杜布尔特写完了几乎是全部的《金蔷薇》。

但是在我每天都能看到他的那个月里，据我看，他几乎没有写作——很多时候他都在散步，在看什么作品。他很少是独自一个人，更经常的是被和他谈话的人包围着。他在笑，在说话，用他那微弱的、嘶哑的声音说话——多半是说些可笑的事情。他喜欢说，也喜欢听好的笑话。一般说，他素来就有高度的幽默感，喜欢讽刺。

当时我记得的他就是这个样子——稍有点儿躬着背，个子矮小，戴着眼镜——他身边总是有三四个和他谈话的人。

不知为什么他为自己的眼镜感到不好意思。是不是不好意思呢，我找不出更恰当的说法。无论如何，他几乎从不戴着眼镜拍照，总是匆匆忙忙地摘下来。

那时他看了我的最初几篇短篇小说，他那热情洋溢的评价使我感到那么难为情，有好几天不好意思到他跟前去。他挑出三篇短篇小说，还写了一封转交埃·卡扎克维奇[1]的信。

一个有趣的细节！好像在信的末尾他写到了春天，说是黎明时可以听到从海上传来的雁啼……其实，那是三月初的事，沿海岸还有一条很宽的冰带，对于大雁来说，时候还早。不过是一个阳光充足的春天，晚霞好久好久在海上闪着绿光，金星出来了——大雁也该飞来了吧。而这时在康斯坦丁·格奥尔基耶维奇的想象中，它们已经飞来了。

我下一次又看到他，已经整整过了一年，也是在春天。那时我是头一次来到奥卡河，来到波列诺沃村。正是四月中，峡谷里仍然白雪皑皑。奥卡河水位很高，淹没了附近一带的所有草地，树林里一堆堆去年的落叶发出簌簌的响声，黄绿色的晚霞几乎撒满半个天空，每到晚上，奥卡河上的反光闪闪发亮，夹在暗黑色的两岸之间，好似浮雕一般，久久不会消失。

我还没到波列诺沃，就已经知道帕乌斯托夫斯基在塔鲁萨了，两天以后我决定去看他。

塔鲁萨潮湿闷热，泥泞不堪，一切都在流淌，汩汩地响，什么都散发出一股气味。奥卡河在城市底下，好似一望无际的浑浊的海洋，白云中偶然露出几块淡蓝色的空隙，一条条光柱落到附近的小丘上，于是可以看到裸露的黑土上，一片片休闲地上，弥漫着一团团透明的水蒸气。

帕乌斯托夫斯基无精打采，坐在自己的花园里，俯瞰河水泛滥的塔鲁萨河，我甚至感到有些可怕——他瘦得那么厉害，面色苍白，眼睛那样深深地凹陷下去，而且用那样忧郁的目光望着远方，望着奥卡河那边的什么地方。

---

① 埃·卡扎克维奇（1913—1962），苏联作家。

“啊，尤拉！”他声音嘶哑地说，同时伸出软弱无力的手。“捷克人问您要短篇小说了吗？我对他们称赞了您……您的作品该译成外文了……您是才从莫斯科来，是吗？谢尔盖·尼基丁[①]，您知道吗？很有天才……”

他说起来就没完了，仿佛我和他昨天才见过面，不过他说话困难，断断续续，声音微弱，那样贪婪地呼吸，有点儿神经质似的，而且呼吸急促，肩膀抖得很厉害。

“瞧，气喘……呼吸困难……”

说着腼腆地微微一笑，仿佛是觉得抱歉，于是又谈起文学来，提到一些新名字，谈春天，谈保加利亚……正在花园里干活儿的塔吉扬娜·阿列克谢耶芙娜走过来，把我们赶到屋里去。

我并不确切知道，康斯坦丁·格奥尔基耶维奇是什么时候住到塔鲁萨来的。起初他买了半幢房子，有一个小凉台，后来增盖了相当大一间圆木结构的房子，把凉台改成了餐厅，而底下，就像在半地下室里（几乎所有塔鲁萨人家里都是这样），是厨房，挨着厨房还添盖了一间房子，好像个小仓库，房屋的入口就要穿过这间小仓库。

我在小仓库旁刮掉靴子上的烂泥，在这个工夫里已经告诉康·格，说我打算夏天到北方去，去白海，还开始对他讲沿海居民的情况。刚一走进暖和的木头房子，他立刻到书架上去找什么，找出一幅地图，摘掉眼镜，把地图凑近眼睛，开始寻找我要去的地方。

“亚连加……洛普申加……”他喃喃地说，“多好听的名字！尤拉，把我也带去！带我去吗？瞧，我这就会恢复健康……医生会让我去

---

① 谢尔盖·尼基丁（1926—1973），苏联作家。

的，——您带我去吗？”

说罢忧郁地望望窗外，望望被淹没的草地和奥卡河。

在所有这段时间里——从距现在已经十分遥远的杜布尔特的那个春天到 1968 年 7 月非常不幸的那天[①]——我在帕乌斯托夫斯基那里做客并和他谈话，不过二十来次，不会再多了。几乎每一次还是像刚开始认识他的时候那样，见到他我都感到不好意思，怕妨碍他，使他厌烦，怕去得不是时候，不过这大概都是我自己想出来的，而我每次去看他，康·格总是很高兴……不是吗？他常向所有人打听我的情况，问我在什么地方，在写什么。而且作家也不可能总是孤单单的一个人。一个人工作是好的，然而并不是二十四小时都在工作，不是吗？作家需要和人在一起，需要听到各种新闻、各种各样的小事，需要的东西多着哪。我记得，卡达耶夫[②]的坚决邀请曾使我感到多么惊讶。

“请常来，请常来！”他邀请我和 B. 罗斯利亚科夫，“早晨和白天我不请你们来，白天我要工作，不过晚上请常来！来谈谈……”

而最后几年我连见到帕乌斯托夫斯基都几乎不可能了：有时他因为心肌梗死又一次发作住在医院里，有时住在雅尔塔，或者是住在莫斯科郊外的某所疗养院里。有时我又听说，他到法国、意大利去了。

所以我和他见面的次数很少，因此，如果说我很了解他这个人，从我这方面来讲，那是不可原谅地过于自信了。

不过我还是想要指出，帕乌斯托夫斯基这个人和帕乌斯托夫斯基这

① 帕乌斯托夫斯基于 1968 年 7 月 14 日去世。

② 卡达耶夫（1897—1986），苏联作家。

位作家惊人的一致，人如其文。有一些很好的作家，却是不好的人，而且这种情况并不是那么罕见……帕乌斯托夫斯基却是一个好人，和他在一起觉得很好。他几乎不谈自己的病，而他老年的生活，简直可以说是很痛苦的。需要有巨大的精神力量，才能一连多少个月——如果加在一起，那么就是多少年躺在医院，而不失去自己作为一个人的一切，不会耗尽自己身上人的品质。

最后几年里他写得很多，在大规模地出版他的作品，不仅出版，而且再版，人们一次又一次地反复阅读他的作品，而这，用列夫·托尔斯泰的话来说，让人反复阅读，这是最重要的。我在莫斯科没能预订到他的文集，在列宁格勒却预订到了——我花了五十卢布旧币向一个小投机贩买了一个排队的位置。我的妻弟，一个物理系的大学生，为了预订最新出版的他的文集，和一个朋友轮流值班，在明斯克整整排了一夜队。

就这方面来说，帕乌斯托夫斯基是幸福的，当然，我们这里有不少甚至是很有天才的作家，终其一生都没有人看过他们的作品。

但是我几乎没听到他谈起自己的著作，谈到自己的作品，只有一次他说，他想用读者给他的信，加上注释，编一本书。

有时，往往会听到他说："您认识沃兹涅先斯基①吗？他这个人好吗？这是真的，阿赫玛杜琳娜②是一位非常出色的女诗人？您看过尤拉·瓦西利耶夫的画吗？您对科涅茨基③有什么看法？奥库德扎瓦④的作品您喜

---

① 沃兹涅先斯基（1933—2010），苏联诗人。

② 阿赫玛杜琳娜（1937—2010），苏联女诗人。

③ 科涅茨基（1927—2002），苏联作家。

④ 奥库德扎瓦（1924—1997），苏联诗人。

欢吗？”

他酷爱文学，可以无休止地谈论它。他从不感到满足，不喜欢独自欣赏，总是急于让大家一齐分享他的爱好。“尤拉，您知道普拉东诺夫吗？”他问，单单是想到普拉东诺夫，他就会立刻激动起来。“不知道？您一定要弄到他的作品！这是一位天才的作家！啊，等等，我在莫斯科有他的作品，我一定拿给您，您看，这是一位多好的作家——最好的修辞大师！您怎么会没看过呢？”他肤色黝黑，前额很美，额角已经秃了。他有一双大耳朵，由于生病，双颊凹陷，因此颧骨显得更清晰、更显明，鹰钩鼻子好像更清秀、更大，从鼻翼开始横过脸上的两条皱纹也显得更清楚了。

一方面他有祖母——一个土耳其妇女的血统，同时他身上又有波兰人和扎波罗什人[①]的血液。他谈起自己的祖先时，总是不时微笑，轻轻咳嗽几声，但是可以看得出来，感觉到自己是东方和扎波罗什自由逃民的后裔，他是很高兴的，总是不止一次地回到这个话题上来。

他坐着的时候背多半稍有点儿躬着。因此看上去好像更矮、更加干瘦，黝黑的双手总是放在桌子上。谈话时一直用手去摸什么东西，拿在手里转动着，眼睛看着桌子，或者看着窗户。有时他突然目光向上一看，他那双聪明的深色眼睛立刻会吸引住你的全部注意力。可是他随即又把脸扭过去了。

他笑起来很美，很腼腆，笑声稍有点儿喑哑，眼角上立刻会出现扇面似的鱼尾纹——这正是笑的皱纹，他的眼睛炯炯发光。总之，他脸上的表情完全变了——有一会儿工夫疲倦和痛苦从他脸上完全消失。我不止一次

① 帕乌斯托夫斯基的祖母是波兰人，他的祖父是扎波罗什自由哥萨克。

发觉，我想要引他发笑，想要给他讲点儿有趣的事情。我看出，几乎所有和帕乌斯托夫斯基谈话的人都有这样的意图。

可以这样说，在社会生活中很难想象有比他态度更和蔼、客气的人。只要疾病没使他躺在床上，他一定要亲自到花园去迎接客人，和客人谈上一两个钟头，并且总是亲自送到大门口。如果客人让他感到不愉快，他一定会在临别时说几句十分亲切的话："我很喜欢您！"或者是："您要知道，您的一切我都了解，我经常向所有人问起您的情况！"

有一次，十月里我来到离塔鲁萨十五公里的奥卡河畔的马尔芬诺村。当时意大利刚出版了我的一本书，我当然忍不住要顺路去帕乌斯托夫斯基那里夸耀一番。他只有独自一人，看来，正感到寂寞，所以非常高兴。他匆匆忙忙把那本小册子接过去，几乎是一把抓了过去，像通常那样，摘掉眼镜，眼睛近视地眯缝起来，仔细看看封面，而且翻了翻，感到那么高兴，仿佛这不是我的，而是他的短篇小说第一次用意大利文出版。我坐在他那里的其余时间里，他一直在说马尔芬诺多么美，在那儿工作会多么顺利，而且一般说来，秋天是多么美好——他一直斜着眼睛，不时看看那本小册子（它就放在桌子上），老是拿起来，又开始翻阅，一次又一次仔细看看，声音喑哑地笑笑，因为封面上是一幅画着天鹅的粗糙的图画，而那时候我们却常把这样的天鹅画在漆布的背面。

……帕乌斯托夫斯基是个善良而又轻信的人。可惜，有时未免过于善良和轻信了。他常把自己对某个人的好评推而广之，用来评价那个人的作品。然而他曾帮助过多少真正有才能的作家，为他们的第一部作品写一些善意的话，在多次接受记者采访时，无论是我们自己的记者，还是西方记者，总是不断地重复他们的名字。

按学生这个词的原义来说，我不是帕乌斯托夫斯基的学生，也就是说、我没在文学院他的课堂里上过课，可是我认为，在文学上我和他是接近的。不过他那样经常和各国的记者、作家们谈起我，因此在许多文章里都把帕乌斯托夫斯基称作我的老师。

就最高的含意来说，这是对的——他是我们大家的老师，我不知道有哪个作家，无论是年老的或年轻的，不在内心里对他怀着敬意。

正像我已经说过的，帕乌斯托夫斯基十分轻信。塔鲁萨有一位卓越的老医生米哈伊尔·米哈依洛维奇·梅连季耶夫，他也是一位非常好的人。有一次帕乌斯托夫斯基在他那里看病，梅连季耶夫突然建议他戒烟。

"您听我说，尤拉，"帕乌斯托夫斯基甚至有点儿惊奇地对我说，"梅连季耶夫是个神秘的催眠术家。他建议我戒烟……嗯，后来只顾了说话儿，我忘了他说过叫我戒烟了。我走到街上，习惯地掏出香烟，可是觉得，不想抽，甚至感到厌恶……就这样，于是就戒掉了！"

后来我缠着梅连季耶夫，叫他也给我催眠。

"您不行！"米哈伊尔·米哈依洛维奇说。"我只是个内科医生！康斯坦丁·格奥尔基耶维奇却断定我是个搞催眠术的，对这个想法深信不疑，所以就把烟戒掉了……"关于帕乌斯托夫斯基，有一次我曾写道，"……他所喜欢的，总有一天会成为大家都喜欢的，就像现在我们都喜欢列维坦[①]，喜欢波列诺沃附近地区和其他地方一样。"

这是在1962年写的，五年以后我去保加利亚，到了一座沿海的古城索佐波利亚，正赶上那里有许多诗人和散文作家，大家劝我在那里住一

① 列维坦（1861—1900），俄国著名画家。

夜，我刚好住在帕乌斯托夫斯基住过的那间房子里，坐在帕乌斯托夫斯基坐过的那个古老的小院子里，喝的是帕乌斯托夫斯基喝过的那种葡萄酒……格列布·戈雷申[①]在我三年以前到过保加利亚，在他的旅行随笔里也有这样的想法。应当努力成为一个在自己身后留下美好足迹的人——对帕乌斯托夫斯基的回忆也一直在他心头萦绕不去。

顺便说说，帕乌斯托夫斯基生前最后几年曾不止一次出国旅行，这给他带来了许多人生的乐趣。从少年时代他就看过许多关于欧洲文明的书，看得几乎入迷，他的想象力进行创造性的幻想达到了出神入化的程度，因而写了大量以国外生活为背景的短篇小说。安徒生在意大利旅行[②]，葛里格在挪威森林茂密的峡湾散步[③]，航船从马赛驶往利物浦，巴黎一个抬垃圾的从尘土里筛出了金子[④]……帕乌斯托夫斯基作品中的主人公几乎遍布世界各国，然而作者一生却只在图画上看到过这些国家。只是在老年，帕乌斯托夫斯基才能看到他曾经写过的那些地方。他乘内燃机船完成了环绕欧洲的旅行，到了保加利亚、波兰、法国、英国、意大利。我想，这些旅行更增强了他对塔鲁萨、奥卡河和故乡的爱。这是帕乌斯托夫斯基去过意大利以后写的：“用那不勒斯海湾的全部美景来换我们溅满露珠的柳丛，我也舍不得交换。”是不是说得太美了呢？——有一个时期我曾经想，但现在我懂得了：说得并不过分！因为四月里我在巴黎突然想象我们的春天，峡谷中的小溪发出雷鸣般的响声，到处冒着蒸汽，泥泞不堪，还有奥卡河上

① 格列布·戈雷申（1931—），俄罗斯作家。
② 见帕乌斯托夫斯基的短篇小说《夜行的驿车》。
③ 见帕乌斯托夫斯基的短篇小说《一篮云杉果》。葛里格（1843—1907），挪威作曲家。
④ 见帕乌斯托夫斯基的《金蔷薇》。

的流冰和春汛，当时我自己也体验到了类似的感情。

对帕乌斯托夫斯基来说，1961年夏天是幸福的。病不知怎么退缩了，很少让人想起它来，天气一直很好，很热，帕乌斯托夫斯基不再理会为他规定的制度，也不把自己的病情放在心上，又抽起烟来，每天都去钓鱼，随时都处在人们当中，经常心情愉快，早上工作得心应手。

那年夏天先后到过他那里的人真是多极了：许多作者来拜访他，带来了诗、短篇小说，一会儿他要去意大利，参加欧洲作家共同体代表大会，一会儿旅行又延期了。经常有记者来采访，所有的人都得接待，得与所有的人谈话。

在这种时候，对于帕乌斯托夫斯基，钓鱼简直成了必不可少的休息。两点钟的时候，我和作家鲍里斯·巴尔捷尔①通常是在河岸上会合，从浮标看守人的守卫室里把发动机拖出来，装到小船上。浮标看守人科利亚拿来汽油，五分钟以后，帕乌斯托夫斯基来了。气喘在折磨他，他立刻随便找个地方坐下，不好意思地掏出一个有胶皮头的小玻璃瓶，有好几秒钟在吸一种什么药剂。歇过一口气来以后，他走到小船边，于是谈起发动机来。浮标看守人科利亚把发动机看得相当神秘。

"康斯坦丁·格奥尔基耶维奇，您要知道，这可不是随便什么玩意儿！"他结结巴巴地大声说，"这是发动机，是吧？机组，是吧？得了解它，而不能只是猛一下子开动起来，搁浅了，不走了……"

关于发动机的深奥谈话结束之后，我们爬上小船。科利亚从岸上又一次发誓说，发动机就像钟表一样！

---

① 鲍里斯·巴尔捷尔（1919—1974），苏联作家。

我们通常是驶往耶格内舍夫基、马尔芬诺那个方向——这里考虑到，万一发动机出了毛病，以后从那里顺流而下，划起来比较轻松些。帕乌斯托夫斯基拿着钓竿，穿一条普通长裤，脚上穿一双凉靴，皮肤晒黑了——感到非常满意，巴尔捷尔把掌舵的位置让给他。帕乌斯托夫斯基开动马达，给风吹得眯缝起眼来。他视力不好，巴尔捷尔有时对他大声喊："正对着船头有浮标！向右！向左！"

执行命令对于帕乌斯托夫斯基是一种享受。像哈萨克小马一样的小船走得很快，风是温暖的，阳光强烈，河在闪闪发光。高空中稀稀拉拉飘着几朵白云。在这些地方，奥卡河是很美的，它那柔和、广阔的河面十分迷人，四周坡度平缓的丘陵那么可爱，一直伸展到水边的森林、鲜艳碧绿的河岸、松树青铜色的树干以及不断涌现、随时都在更新的远景，无不令人心醉。

通常在韦列戈日和耶格内舍夫基之间的某个地方，发动机会突然停下来，于是我们让小船靠岸。巴尔捷尔嘴里咒骂着，忙着摆弄发动机，我在洗澡，帕乌斯托夫斯基在一旁钓鱼，然后我们向下游划去。我划桨——桨是铁的，又短，划起来很不得力，发动机翘在船尾，没有一点儿声音。帕乌斯托夫斯基和巴尔捷尔在晒太阳。有时帕乌斯托夫斯基不好意思地提议："让我来，尤拉，我来划……"

在韦列戈日附近，我和帕乌斯托夫斯基下来，到码头上去等顺路的快艇。巴尔捷尔留在船上，在他周围已经有好几位专家激烈地议论那个发动机了。

几乎每天都是这样。

有一次，我们三个——帕乌斯托夫斯基、巴尔捷尔和我——在塔鲁萨的广场上会合，要去钓鱼。刚准备到岸边浮标看守人的小房子那里去，忽然有一辆灰色小汽车赶过了我们。

“瞧，那是李赫特尔[①]的汽车。”巴尔捷尔立刻说。

“是吗？”帕乌斯托夫斯基近视地眯缝起眼来，从后面看着那辆汽车，突然轻轻地笑了，低下眼睛，不时咳嗽一声。“您知道吗，尤拉，李赫特尔正在这儿，在我们这儿给自己盖房子？一座城堡！而且为了到那儿去，专门从美国买了一辆汽车……”

“越野汽车。”巴尔捷尔更确切地说。

“怎么！”帕乌斯托夫斯基显得异常活跃。“你们认为怎样？去他那里只能坐越野汽车，不然就过不去，不是吗？你们要知道，起初他把一架钢琴运到浮标看守人的小房子里，就这么住在那儿——只有一架钢琴，别的什么也没有……”

说着又笑起来了。看得出来，在守卫室里的这种生活，还有想到李赫特尔决定在奥卡河畔塔鲁萨附近定居，而且在盖房子，这一切他都十分喜欢。

塔鲁萨和阿列克辛之间的这些地方早就开放了。在各个不同时期，契诃夫、帕斯捷尔纳克[②]、扎博洛茨基[③]、巴尔蒙特[④]、阿·托尔斯泰，都在这儿住过，伊古姆诺夫[⑤]在这儿演出过，有几十位画家曾经来这儿写生。波

---

① 李赫特尔（1915—？），苏联著名钢琴家。

② 帕斯捷尔纳克（1890—1960），苏联诗人，作家，翻译家。

③ 扎博洛茨基（1903—1958），苏联诗人。

④ 巴尔蒙特（1867—1942），苏联诗人。

⑤ 伊古姆诺夫（1873—1948），苏联著名钢琴家。

列诺夫一家曾在塔鲁萨演过戏。伊拉克利·安德罗尼科夫[1]在这儿待过，他用大车从谢尔普霍夫运东西来，把普希金的一根手杖弄丢了。他本想在塔鲁萨大出风头，可这样一来差点儿没急疯了。后来手杖又找到了……

我还遇到过现在已经去世的一些老一代知识分子，他们几十年来一直忠实于塔鲁萨，直到进了坟墓——茨韦塔耶娃[2]死了，娜杰日达·瓦西利耶芙娜·克兰季耶夫斯卡娅死了，她的儿子、雕塑家法伊德什－克兰季耶夫斯基死了，梅连季耶夫医生也死了，他的家里二十年来音乐声一直不断。

不过如果说以前有好几百人知道塔鲁萨，喜欢这个地方，那么帕乌斯托夫斯基却使塔鲁萨闻名全苏，塔鲁萨也把他选作该市的荣誉公民。

我坐着在柏油公路上行驶、被路上坑坑洼洼的地方不断颠簸着的公共汽车，亲耳听到一个微带醉意的塔鲁萨人夸夸其谈："瞧！看到了吗？"在照例的一次震动之后，他倒在一个人身上，说，"帕乌斯托夫斯基捐了两百万用来修路，是不是呢？公路修起来了。可现在呢？全部是坑……这就是说，再给两百万！"

不，帕乌斯托夫斯基没有捐出几百万来修路。不过帕乌斯托夫斯基写了几篇文章以后，塔鲁萨市的设施开始完善起来了。

塔鲁萨市公民帕乌斯托夫斯基的名望是很大的。甚至试图让旅游团到他那里去做客。卡卢加的作家弗拉季米尔·利勃利科夫讲过这样一个故事：好像有一次康斯坦丁·格奥尔基耶维奇从澡堂出来，正提着小手提

---

① 伊拉克利·安德罗尼科夫（1908—？），苏联作家。

② 茨韦塔耶娃（1892—1941），苏联女诗人。

箱不慌不忙地走着，突然有几个外地来的人，看样子都不是特别有教养的人，问他：“请告诉我们，帕乌斯托夫斯基的坟墓在哪里？”似乎康斯坦丁·格奥尔基耶维奇非常喜欢这句问话，后来很喜欢讲起这件事。

帕乌斯托夫斯基的坟墓现在当真是在塔鲁萨，俯瞰塔鲁萨河，离伊里亚旋涡不远。

尤里·帕夫洛维奇·卡扎科夫（1927—1982），生在莫斯科一个普通工人的家庭里。他的童年是在阿尔巴特街上度过的，也是在这条大街上，战争在他的记忆里留下了永不消失的痕迹。他在战争和战后的困难时期送走了他本应无忧无虑的少年时代，只有音乐给这位未来的作家带来某些乐趣。他从小喜爱音乐。1946 年他进了一所音乐中专，1951 年毕业后，当了一名职业低音提琴手。由于生活的困难，他没能像希望的那样进入音乐学院。之后，他忽然决心献身文学事业。1952 年开始发表作品，1953 年进入高尔基文学院，1958 年毕业，同年出版第一部短篇小说《曼卡》。

卡扎科夫认为，俄罗斯作家的短篇小说不是仅靠情节曲折和离奇吸引读者，他们的短篇小说的灵魂是诗意，是生活。他自己也受他们的影响，继承了他们的这一俄罗斯传统。卡扎科夫后来也成为一位卓越的短篇小说家，但就其作品的风格来说，却是一位杰出的抒情散文作家。评论界认为，他首先是一位“画家”，而且是一位“水彩画家”。帕乌斯托夫斯基、潘诺娃、爱伦堡等老一辈作家，对他的作品都给予很高的评价。从卡扎科夫的《咱们去洛普申加》中，可以看出他对帕乌斯托夫斯基的深深敬意。

《夜》表现了卡扎科夫的哲学思想之一——即人和自然的统一。在《夜》中，他对这一哲学思想写出了多么美妙的颂歌！读这篇《夜》会联想到屠格涅夫的《白净草地》，因为就其风格和修辞来说很像屠格涅夫。

卡扎科夫被誉为大自然的歌手。读他的作品会使人感到，似乎自己也亲自在大自然中享受它的美。尤其是在读《橡树林里的秋天》时，这种感觉尤为强烈。在这篇文章中，作者对大自然和文中主人公内心的描写是那么细腻而真实。从这篇文章中，可以看出作者已完全摆脱布宁的影响，因为之前他的作品深受布宁的影响。

《泰季》则明显地表达了作者回归自然的思想，对文中的主人公——一只马戏团的熊，离开人类回到大自然的描写引人入胜，从中得出了“生活”和“生存”的深刻启示。

就文学意义和文学的作用而言，卡扎科夫认为，他本人是继承莱蒙托夫、托尔斯泰、契诃夫等经典作家的文学传统。他认为，“俄罗斯文学总是致力于道德问题和研究人生的意义，但文学并未解决这些问题。这些问题是由历史解决的，只是文学稍稍走在历史的前面而已。”他还认为，文学作品对人的影响是不知不觉的，是潜移默化的，犹如“水滴石穿”。他说：“如果人，在他的心灵里有像良心、责任、道德、真理和美等这样的一些概念，哪怕是在极小程度上有那么一点儿，这首先不是应归功于伟大的文学吗？”

卡扎科夫只活了五十多岁，但他留下了丰富的文学遗产。当然，对过早失去这样一位极有才的大自然歌手——一位优秀的抒情散文作家，是令人非常惋惜的。

喀秋莎[1]

叶甫根尼·迪林

一片被炮弹劈乱了的树林。树皮都被铁片剥落，像是些破烂衣衫挂在枝干上，树皮下面露出了幼桦白惨惨的赤裸的躯体。

这里，在树林里面，从前曾经有一个小小的村落。大约有十来所低矮的小泥屋，院子里有水井和取水的吊杆。

现在这个村子什么也没有剩下。一堆堆熏黑的石头，石堆之中有些地方有被火烧得“歪扭”的铁床。

防线就设在顿河沿岸。在松软的河沙上掘成了战壕，战壕壁上编织着藤蔓，以免沙土滑落、崩陷。

这里有一个多林的小岛，把河道分为两条窄狭的支流。离此很近的小岛上，就住着希特勒匪徒们。冰封的顿河一动不动，在黄昏前的寂静中，可以“清楚”地听到敌岸那边在做什么。

---

①“喀秋莎”本是苏联姑娘的名字。苏联有一支歌曲叫《喀秋莎》，还有一种大炮也叫“喀秋莎”。这篇小说中的“喀秋莎”，有时是指歌曲，有时是指大炮。

叶高罗夫通过战壕跑到厨房里，拿来两盒晚饭——一份是他自己的，另一份给他的同乡柯契纳中士。

“准备好‘吃饭的家伙’吧，”他说，一面从口袋里取出用破布裹着的小勺，“今天的粥，你在家里从来也没吃过。”

“等一等，”柯契纳回答，“你听。”

叶高罗夫把盛着热气腾腾的粥的饭盒放在战壕底，探身到胸墙外面。

法西斯匪徒在开留声机。这倒一点儿也不新鲜：晚上他们时常开留声机，还吹着口琴随声附和。可是现在口琴却沉默着。这乐曲也非同寻常——一点儿也不像那种仿佛夹裹着蛙鸣声的沙克索风[①]的尖声狐步舞曲。黑暗中传送出俄罗斯歌曲的熟悉的旋律。一瞬间，这歌声使叶高罗夫想起了战前的时光，集体农庄的俱乐部和装在广场上的播音大喇叭，还有青年们表演歌唱的晚会。

“《喀秋莎》！”叶高罗夫叹息说。

“《喀秋莎》！”柯契纳附和道。

也许，德国人是从麦利托波尔弄来这张唱片的吧，或许，是从米列罗沃弄来的——可这还不都是一样吗？

听着从对岸传来的亲切的俄罗斯歌曲，心里是感到沉重而不快的。

叶高罗夫暗自想象那些在掩蔽部里的德国兵。他们都肮脏不堪，身上长满了虱子，头上包着各式各样的破布。他们抽着烟，用他们的语言在谈论着什么，扬扬自得地谈笑着把一张俄罗斯唱片放到留声机上。大概他们是认为，他们已像主人般来了顿河草原，在俄罗斯大地上任意践踏，可以

① 沙克索风，一种有簧管的乐器。

随意听一听俄罗斯歌曲，爱怎么听就怎么听吧……

由于内心里的苦痛和仇恨，好像有一团什么东西冲到了咽喉。

“走，咱们攻过去——我会收拾这伙音乐家的。”叶高罗夫轻轻地对中士说。

这时候一颗迫击炮弹在空中呼啸着飞过，轰的一声在不远的地方爆炸了。沙土溅进了战壕。

“把饭盒盖上，”柯契纳挺认真地说，“吃到嘴里又要沙沙地响了……”

等到射击停止以后，他继续说：“没关系，老乡。他们会做到头的。”

于是把盛着冷粥的饭盒拉到自己跟前。

是一个寒冷的十一月的清晨。浓雾罩满了谷地和洼地，沉落在湿而滑的树枝上，于是一颗颗巨大的冰珠就从树枝上滴落到沙地里。

叶高罗夫一觉醒来，脱下靴子，为了不致冻僵双脚，连忙把夜间打湿了的包脚布重新裹好。从战壕中往外张望了一下，他不由惊愕得张开了嘴。

烧毁的村子，那已经看惯了的废墟，都已变得不能辨认。断墙残垣和烟囱的残骸后面停着许多大炮，沉重的炮身威胁地、安然地仰指着天空。再过去一些，在那个小丘上，叶高罗夫看到了一些蒙着帆布的大卡车。

这是“喀秋莎”大炮。

叶高罗夫转身对着德国人那边。雾幕紧贴着冰面，小岛上隐隐现出模糊的树身。

一片寂静，仅能听到冷冰冰的水珠落地的声音。

突然雾中传出了熟悉的音律。有一个俄罗斯歌曲的爱好者，决定要在曙光乍露的时候听一听唱片。

明明白白地、非常清晰地，就像在平滑的冰面上滑过似的，从对岸送来了这样的歌词：

> 喀秋莎走上河岸，
> 走上高高的河岸，陡峭的河岸……

“喀秋莎”当真走出来了。一辆，然后是另一辆，又是几辆……覆盖着的帆布业已取下。潮湿的空气中响彻了口令声，没有炮身的近卫军迫击炮开始“演奏”起来。炮队用低沉的浊音附和着它们。

仿佛从来也没有过林间的寂静，水滴滴落的响声，和业已习惯了的战壕中的安适。被滚烫的金属撕裂的雾幕开始回旋飞舞，红艳艳的反光照亮了潮湿的树林。

过了一些时候，叶高罗夫在被弹坑翻乱的、烧焦的小岛上跑过。他在一个打坏了的德国人掩蔽部旁略微耽搁了一下。离掩蔽部入口处不远的地方，卧着一个高大的德国人，他的背上背着一个防毒面具的圆筒，跌倒的时候，他的脸正跌在一个小洼上，磕破了薄薄的冰壳。

叶高罗夫朝掩蔽部里望了一眼，里面是空空的。在胡乱钉成的木桌上，摆着几组黑色的唱片，角落里倒着一只有闪闪发光的镀镍小锁的唱机。

“他们会收起来的，”叶高罗夫暗自盘算道，“现在已经是我们的了……”

于是他又向前跑去。

一九四五年夏天，叶高罗夫在火车上讲了这个故事，那列火车是从德国载运复员士兵到东方去的。

叶高罗夫在背囊中摸索了一阵，取出一个紧紧包着的报纸小包。纸包里面，在两小块胶板当中，有一张用柔软的法兰绒裹着的唱片。

“就是它，《喀秋莎》！进攻的头一天，我们在一个村子里过夜，那是在克列茨卡亚西南。一个老婆婆拿来一个留声机给我们看，她说：‘是我小儿子在德国人战壕里捡到的。’唱片很多，净是各式各样语言的。不是德语的唱片上，法西斯们都给贴上了号码，想必是为了易于分辨吧。比方说，第十五号——是一张好片子，可第二十一号——就要差一些’……我开始翻看唱片一番，我们的《喀秋莎》也在里面。我撕掉了上面的号码，就好像是撕掉被解放的俘虏身上的标志，我请求把它送给我作为纪念。整个战争期间我都珍重地保存着它。在柏林的时候还唱过呢……”

叶高罗夫朝车窗外望了望，车窗外一列炮队正在月台上走过。这些大炮穿着炮衣，炮身上还有迷彩的痕迹，也是在开往东方。

叶高罗夫微笑了。

“我这样想：那些发明爵士音乐和狐步舞曲的人们，一定厌恶咱们的俄罗斯音乐，简直就厌恶得要命。因为我们的音乐，是唯一真正的音乐。对吧，啊？”

对他的话大家都表示赞同。